문학의 두 얼굴

문학의 두 얼굴

2011년 6월 24일 초판 1쇄 인쇄
2011년 7월 2일 초판 1쇄 발행

지은이 | 이동희
펴낸이 | 孫貞順
펴낸곳 | 도서출판 작가
　　　　서울 서대문구 북아현3동 1-1278 (우120-866)
　　　　전화 | 365-8111~2 팩스 | 365-8110
　　　　이메일 | morebook@morebook.co.kr
　　　　홈페이지 | www.morebook.co.kr
　　　　등록번호 | 제13-630호(2000. 2. 9.)

편집 | 손희 김하나
디자인 | 오경은
영업 | 손원대 설동근
관리 | 이용승

ISBN 978-89-94815-10-7 (03810)

* 잘못된 책은 구입하신 서점에서 바꾸어 드립니다.
* 지은이와 협의하에 인지를 붙이지 않습니다.

값 25,000원

* 이 책은 전라북도 문예진흥기금에서 일부 지원받아 출판하였습니다.

문학의
두 얼굴

삼라만상은 양면성을 지니고 있다
문학 또한…

이동희 평론집

작가

우리가 의식하는 현상들을 들여다보노라면 보이는 면뿐 아니라 보이지 않는 면이 있음을 종종 알 수 있다. 이 둘이 동질적이기도 하고, 아니면 이질적일 수도 있다. 동일한 내용이 일관되게 나타나기도 하고, 아니면 상대적으로 동일한 내용이 다르게 나타날 수도 있다.

반드시 그런 것은 아니지만, 자연 현상에서는 동질적인 것들이 그 현상을 달리하는 경우가 많으나 심리적인 측면에서는 동일한 현상이지만 이질적인 내용일 때가 많다. 이를테면 물이 기화되면 공기 중에 섞여 볼 수 없으나 그렇다고 해서 물 자체의 성질이 없어지지 않는다. 그 기화된 물이 다시 응결하여 비로 내리면 비로소 제 모습을 되찾은 물을 확인할 수 있다.

물리적인 경우와 달리 정신적이고 심리적인 경우에는 이를 인식하기가 쉽지 않다. '좋아 죽겠다!' 나 '미워 죽겠다!' 는 표현에 담긴 양면성을 파악하기는 그리 쉬운 일이 아니다. 가장 선호하는 '좋은' 감정이 왜 하필이면 누구나 꺼리는 '죽겠다' 는 행위와 결합하고, 상대가 '미운데', 왜 내가 '죽겠다' 고 하는가?

물론 이런 표현이 의도하는 심리상태를 짐작하지 못할 바는 아니지만, 그런 양면적이고 이질적인 표현들이 우리의 삶에 실질적으로 통용된다는 사실에 주목한다. 그렇게 복합적으로 부단히 상호작용하면서 인간의 삶은 도도하게 흐르고 흘러 인생이란 장강을 이루는 것이리라. 그런 양면적이며 다면적이고, 복합적이고 다중적인 인간의 심리상태와 정신세계를 정면으

로 다루는 분야가 바로 문학이라는 관점으로부터 나의 문학적 관심은 싹이
텄다.

필자의 첫 번째 평론집 『문학의 즐거움, 삶의 슬기로움』(신아출판
사.2001)도 바로 그런 문학의 양면성 혹은 복합성에 대한 반영으로 보아도
과언이 아니다. 문학은 그 자체가 독자에게 즐거움이기도 하지만, 지혜를
연마하는 수단이기도 하다. 그 효용성은 책 읽는 즐거움과 깨달음을 통해
서 우리의 삶을 진중하게 영위하는 도구가 된다는 주장을 미학적으로 수용
하면서, '문학 작품 자세히 읽기'로서의 평론작업의 성과가 바로 첫 번째
평론집의 주류라고 볼 수 있다.

이번에 십년 만에 펴내는 제2평론집 『문학의 두 얼굴』도 발상이나 체제
에서 제1평론집의 발전적 전개로 보면 크게 어긋나지 않는다. 그것은 '즐
거움과 지혜는 별개의 것이 아니다.'는 명제를 대전제로 삼고 '문학이란
무엇인가? 란 막막한 자문에 대한 답을 찾아가는 과정과, 문학의 안팎에
대한 점검과 천착을 통해 문학 제 모습을 탐구하는 일에 매진했던 기록들
이란 점에서 그렇다.

이에 제1장에 담긴 '문학 행위의 전통성과 개방성 고찰'에서 〈1. 문학
이란 무엇인가?〉는 제1평론집의 내용을 재 수록하였다. 그것은 문학을 공
부와 창작의 대상으로 삼고 있는 처지에서 필자가 지니고 있는 문학정신의
현주소를 진중하게 점검하여 그런 기조를 지속적으로 유지하고 싶은 일념
을 반영한 결과다.

제2장과 제3장에 담긴 작품론들은 제1평론집 이후 지역문단에서 문학
적 성과를 공유하면서 그 애환을 함께 했던 문인들의 저서에 얹은 평설-발
문들이다. 이것 또한 필자의 문학생활에서 결코 도외시할 수 없는 분야다.
혹자는 남의 저서에 얹는 발문이나 평설 작업을 폄하하여 그 진정성을 의
심하기도 하지만, 필자에게는 그렇게만 볼 수 없는 타당성을 스스로 확립
하려고 노력했다.

이를테면 필자는 시를 공부하고 창작하는 시인의 정체성을 확립하려는 것을 스스로 설정한 책무로 여기고 있다. 동시에 문학을 강의하고 널리 펴는 문학교육 및 창작지도 활동도 병행하였다. 여기에 지역 문단의 업무를 꾸리는 문학 단체의 책임도 적지 않게 수행하면서 나름대로 문학 활동을 전개해왔다. 그러다 보니 종횡으로 맺은 문우들과 문학회 회원들, 문인들로부터 수시로 발문과 평설의 청탁이 이어졌고, 필자의 힘이 닿는 한 주어진 작품을 성실하게 읽고 이에 대한 나름의 진중한 평가 작업을 해왔다.

이런 문학 활동의 결과적 산물들이 제1평론집에 이은 제2평론집의 주류를 이룬다. 그런 글쓰기 작업이 필자에게는 엄청난 중압감을 가하는 일이었으나, 글을 쓰는 과정에 꼭 필요한 연구와 그 결과적 산물로부터 얻게 되는 보람 또한 적지 않았음도 사실이다. 다른 사람의 문학 작품을 꼼꼼히 정성들여 읽는 일은 바로 나의 문학 창작의 밑거름이 된다는 사실은 힘든 작업을 거부하지 않고 수행한 변이라면 변이다.

그리고 또 하나 이유가 있다면, 세상의 어떤 생산물이든지 그 나름의 의미와 가치를 지니고 태어나기 마련이다. 그런 의미와 가치의 평가 작업을 선별적으로 수행한다는 것은 공부하는 문학인의 자세가 아니라고 본다. 인간적인 교감의 측면이건, 아니면 문학적 안목의 신뢰성에 기초했건, 필자가 지니고 있는 소졸한 필력에 대한 믿음에 바탕을 둔 문인들의 청탁을 수용하는 일이야말로, 나의 문학을 진중하게 펼쳐 나가는 길과 다르지 않다고 믿어왔다. 이런 필자의 글쓰기 작업은 결코 태만과 벗하지 않았으며, 안일과 동무하지 않았음을 만만치 않는 졸저의 분량이 대답을 대신해 줄 것이다. 그리고 이 평론집이 세상에 나오게 된 이유를 말해 줄 것이라 믿는다.

필자의 평론 작업에는 문학의 양면성 혹은 복합성에 대한 주의를 항시 염두에 두고 있다.

그것은 '지혜 없는 자비는 맹목에 흐르기 쉽고, 자비 없는 지혜는 관념에 빠지기 쉽다.' 는 말로 요약할 수 있다. 당신의 이름으로 된 저서들이 더 이상 시중에서 판매되기를 원치 않는다는 말씀을 남기고 열반(涅槃)하신 법정 스님의 책에는 위와 같은 말로 지혜와 자비의 상호 보완적인 특성을 지적하고 있다.

불경 『금강경』은 지혜와 자비에 대한 가르침으로 가득하다. 금강경 자체를 지혜의 보고라고 해도 과언이 아닐 정도다. 법정스님은 그 금강경의 핵심을 지혜와 자비로 보고, 지혜는 자비를 품고 일어날 때 유익한 정신력의 발현이 되며, 자비는 슬기롭게 행해질 때 사람을 살리는 따뜻한 사랑이 될 수 있다고 설득한다.

'지혜가 없는 자비는 무모하고 자비가 없는 지혜는 건조하다.' 맹목적인 자비는 무모하기 이를 데 없어 사랑이란 이름의 행위가 도리어 사람의 됨됨이를 해치는 경우를 얼마든지 볼 수 있다. 익애(溺愛)라든지, 조건 없는 사랑이 얼핏 보아 매우 진한 사랑인 것처럼 비치지만, 조금만 생각해 보면 그만큼 위험한 사랑도 없다.

관념에 머무는 지혜 역시 무미건조한 말장난에 그칠 수밖에 없다. 이성을 흔히 감성의 대립적 개념으로 파악하기 쉽지만, 이성은 감성의 작용으로 성립되는 인식의 결과임은 이미 정설이다. 감성의 자극을 통해서, 혹은 체험으로 터득한 삶의 다양성이 누적되어 사람의 이성을 이루는 바탕이 된다.

복합적이고 다면적인 것이 바로 인간의 모습이다. 그것을 수렴하는 철학이나 종교는 우리의 의식을 명철하게 지배하려 한다. 그러나 그것만으로 삶의 다양한 현상들을 모두 담아내기에는 한참 아쉬운 것 또한 사실이며, 더구나 우리의 미감을 즐거움으로 진동시킬 만큼 심미적 쾌감을 주기에는 매우 부족한 감이 있다.

이럴 때, 자아의 됨됨이에 대한 좀 더 섬세하고 미학적인 해답을 찾으려 할 때, 혹은 타인의 삶이 자신의 삶에 미치는 현상들로 인하여 곤혹스러울 때 우리는 신에 의지하기도 하고 철학에 매달리기도 하지만, 그보다 지혜와 자비가 아름답게 조화된 모습으로서 문학을 찾는 것 또한 매우 자연스러운 일이다.

이 소졸한 평론집이 그런 이들을 위한 작은 등불이 되기를 바란다. '종교는 평범한 사람들에게는 진실로 여겨지고, 현자들에게는 거짓으로 여겨지며, 통치자들에게는 유용한 것으로 여겨진다.' (세네카)고 했다. 우리는 신의 존재 여부를 떠나, 종교를 신앙하는 마음가짐에서 세네카의 귀띔을 자주 망각하곤 한다. 그럴 때마다 우리의 지혜는 자비를 잃어 한없이 무미건조해지기 마련이며, 우리의 자비는 대책 없이 눈먼 모순에 빠져 헤매기 일쑤다.

건실한 상식을 지닌 평범한 사람이나, 혹은 심오한 깨달음을 이룬 현자들에게, 나아가 대중을 조작의 대상으로 여기는 통치자들에게도 문학이 흔들리지 않는 하나의 대안이 될 수 있기를 바란다. 결코 쉽지는 않지만 지금까지 문학은 그런 길을 줄기차게 걸어왔으며, 문학인은 그 길에서 벗어나지 않는 삶을 지향하는 사람이라고 확신한다.

그런 자기 다짐의 말씀을 담아 이 평론집을 세상에 내보낸다. 독자 여러분의 애정 어린 관심이 있기를 바란다. 〈도서출판 작가〉 손정순 사장의 배려와 편집부의 노고에 무슨 말씀으로 감사를 표해야 할지 난감하다. 〈작가〉가 지향하는 좋은 출판문화의 개화를 기원하는 것으로 고마움을 대신한다.

2011년, 오월

油然齋에서

이 동 희

【 차례 】

책머리에

제1장 총론 · 문학의 의미와 가치

제2장 시론 · 1 : 자유로운 지성과 정신의 조응

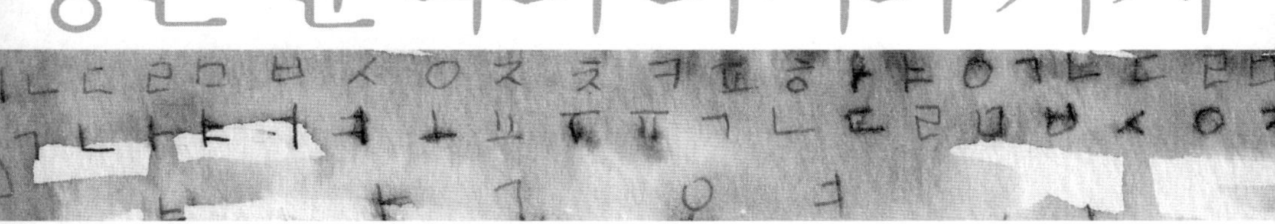

'詩窮而後工' 송나라 구양수가 했다는 이 말에 담긴 뜻이 무엇일까? 자구 풀이에 의존한다면 '좋은 글은 궁핍한 뒤에 나올 수 있다.' 정도일…… '궁핍窮乏'을 축자적으로 풀이하면 간단하다. '궁핍窮乏=가난=살림살이가 넉넉하지 못함. 한글학회, 『우리말큰사전.』이라고 간단… 급하거나, '궁핍=곤궁하고 빈핍함. 곤궁困窮=가난하여 살림이 구차함, 빈핍貧乏=가난하여 아무것도 없음. 이희승 『국어대사전.』이… 이하고 있다. 국어사전의 풀이에 의하여 詩窮而後工을 해석하면 '시같이 좋은 글은 시인이 가난하고 구차하여 아무것도 가진 것이… 나올 수 있다.'는 정도로 풀이할 수 있을 것이다.

…을 쓰려는 시인들이 지지리 가난해야 좋은 시를 쓸 수 있다니, 현대를 살아가는 대한민국의 시인들은 이제는 '좋은 글' 쓰기는 어…… 것이 아닌지 염려가 된다. 궁핍의 사전적 의미로 보면 그렇다. 단군 이래 최대의 풍요와 번영을 구가하고 있다는 대한민국! 제3세계 배… 게 있어 코리안 드림은 이제 고전이 된 지 오래다. 한국에 가서 일 년만 벌어서 귀국하면 고대광실 집을 장만할 수 있거나, 먹고사…… …름 놓게 된다는 이주 노동자들의 입장에서 보면, 한국은 이미 부자 나라의 선두 그룹에 든 것으로 보인다.

…에 관한 한 풍요의 바다에 빠져 버린 한국— 한국인, 대한민국의 시인들에게 좋은 글은 물 건너 간 것일까?물질적인 풍요가 후공을 두… …여 좋은 시와 담쌓게 할 것인가? 좋은 글— 좋은 시를 쓰기 위하여 일부러 가난을 선택하는 시인이 없을 바에야 그렇게 될 지도 모르… …지방 시단의 말석에서 그래도 좋은 글— 좋은 시에 목말라 하는 필자 같은 백면서생—무명 시인들에게 구양수의 잠언과도 같은 일절… … 쓰지 않을 수 없다.

…려 중에도, 1천여 년 전에 이미 『육일시화六一詩話』 같은 시화집을 엮어 시 평설의 대문을 연 구양수 같은 대문인이 '궁핍'을 단순히… 빈곤, 풍요에 대한 경계 정도로만 썼을 것인가 의아해 하면서, 시궁이후공의 숨은 뜻으로 필자의 생각이 줄달음쳤다.

…는 시를 생산하는 과정에서 겪게 될 시인의 절실성—절박성의 함의도 있을 것이다. 궁즉통窮卽通이라고 했다. 궁하면 통한다. 인간… … 상황이나 물리적인 현상들이 더 이상 어떤 경지나 선택의 여지가 없을 때, 상황이나 현상들은 제 나름의 돌파구를 스스로 마련할 수… …는 것이 진리다. 둑 안에 가득 찬 물은 결국 제방을 넘어 저를 가둔 그 억압을 무너뜨리고야 말 것이 아닌가. 물길도 흐르다 보면 지류… …고, 지류가 흐르다 보면 대하를 이룬다. 산맥이 달리다 보면 고산도 이루고, 고산이 지치다 보면 결국 낮동산 낮은 기슭으로 내려올… …없는 것이 자연의 이치다.

…제어할 길 없는 사유의 충일함이나, 정서적 곡진曲盡함이 더 이상 그 어떤 것으로도 해결할 수 없는 절박함에 몰입할 때 나오는 것이… …이어야 한다는 뜻이 詩窮而後工에 담겨 있다. 이는 저 워즈워드가 지적한 '시는 넘치는 감정의 자연스러운 유로流露'라거나, 어느…… …적한 것처럼 '죽을 것 같은 절실함이 없다면 시를 쓰지 말라.'는 지적과도 상통하는 것으로 볼 수 있다. 문장 중에서 가장 정치精緻… …과 생략과 함축으로 가장 높은 순도를 본령으로 하는 시는 '궁窮'한 상태가 아니면 나올 수 없어야 옳다. 시궁이후공의 진정한 의미… …에서 찾아야 할 것이다.

시궁이후공詩窮而後工의 참뜻*

'詩窮而後工' 송나라 구양수가 했다는 이 말에 담긴 뜻이 무엇일까? 자구 풀이에 의존한다면 '좋은 글은 궁핍한 뒤에 나올 수 있다.' 정도일 것이다. '궁핍窮乏'을 축자적으로 풀이하면 간단하다. '궁핍窮乏=가난=살림살이가 넉넉하지 못함. 한글학회, 『우리말큰사전』'이라고 간단하게 언급하거나, '궁핍=곤궁하고 빈핍함, 곤궁困窮=가난하여 살림이 구차함, 빈핍貧乏=가난하여 아무것도 없음. 이희승『국어대사전』'이라고 풀이하고 있다. 국어사전의 풀이에 의하여 詩窮而後工을 해석하면 '시 같이 좋은 글은 시인이 가난하고 구차하여 아무것도 가진 것이 없어야 나올 수 있다.'는 정도로 풀이할 수 있을 것이다.

좋은 글을 쓰려는 시인들이 지지리 가난해야 좋은 시를 쓸 수 있다니, 현대를 살아가는 대한민국의 시인들은 이제 '좋은 글' 쓰기는 어렵게 된 것이 아닌지 염려가 된다. 궁핍의 사전적 의미로 보면 그렇다. 단군

---

* 이 글은 전북문인협회(회장·소재호)에서 개최한, 〈전북문인대동제〉(2005. 5. 28. 전주교육대학교)의 발제강연 원고를 다듬은 것임.

이래 최대의 풍요와 번영을 구가하고 있다는 대한민국 제3세계 백성들에게 있어 코리안 드림은 이제 고전이 된 지 오래다. 한국에 가서 일 년만 벌어서 귀국하면 고대광실 집을 장만할 수 있거나, 먹고사는 데 한시름 놓게 된다는 이주 노동자들의 입장에서 보면, 한국은 이미 부자 나라의 선두 그룹에 든 것으로 보인다.

의식주에 관한 한 풍요의 바다에 빠져 버린 한국— 한국인, 대한민국의 시인들에게 좋은 글은 물 건너 간 것일까? 물질적인 풍요가 후공을 무디게 하여 좋은 시와 담쌓게 할 것인가? 좋은 글— 좋은 시를 쓰기 위하여 일부러 가난을 선택하는 시인이 없을 바에야 그렇게 될 지도 모르겠다. 지방 시단의 말석에서 그래도 좋은 글— 좋은 시에 목말라 하는 필자 같은 백면서생—무명 시인들에게 구양수의 잠언과도 같은 일갈에 신경 쓰이지 않을 수 없다.

그런 염려 중에도, 1천여 년 전에 이미 『육일시화六一詩話』 같은 시화집을 엮어 시 평설의 대문을 연 구양수 같은 대문인이 '궁핍'을 단순히 물질적 빈곤, 풍요에 대한 경계 정도로만 썼을 것인가 의아해 하면서, 시궁이후공의 숨은 뜻으로 필자의 생각이 줄달음쳤다.

이 말에는 시를 생산하는 과정에서 겪게 될 시인의 절실성—절박성의 함의도 있을 것이다. 궁즉통窮卽通이라 했다. 궁하면 통한다. 인간이 처한 상황이나 물리적인 현상들이 더 이상 어떤 경지나 선택의 여지가 없을 때, 상황이나 현상들은 제 나름의 돌파구를 스스로 마련할 수밖에 없는 것이 진리다. 둑 안에 가득 찬 물은 결국 제방을 넘어 저를 가둔 그 억압을 무너뜨리고야 말 것이 아닌가. 물길도 흐르다 보면 지류를 만들고, 지류가 흐르다 보면 대하를 이룬다. 산맥이 달리다 보면 고산도 이루고, 고산이 지치다 보면 결국 뒷동산 낮은 기슭으로 내려올 수밖에 없는 것이 자연의 이치다.

시인이 제어할 길 없는 사유의 충일함이나, 정서적 곡진曲盡함이 더 이상 그 어떤 것으로도 해결할 수 없는 절박함에 몰입할 때 나오는 것이 시가 되어야 한다는 뜻이 詩窮而後工에 담겨 있다. 이는 저 워즈워드가 지적한 '시는 넘치는 감정의 자연스러운 유로流露'라거나, 어느 시인의 '죽을 것 같은 절실함이 없다면 시를 쓰지 말라.' 는 지적과도 상통하는 것으로 볼 수 있다. 문장 중에서 가장 정치精緻하고 압축과 생략과 함축으로 가장 높은 순도를 본령으로 하는 시는 '궁窮'한 상태가 아니면 나올 수 없어야 옳다. 시궁이후공의 진정한 의미는 여기에서 찾아야 할 것이다.

이렇게 함축된 의미와 함께 필자는 '문인대동제'의 주제를 구체화하기 위하여 '시궁이후공詩窮而後工'을 현재 우리 고장의 시인들이 가져야 할 마음가짐이나 몸가짐, 문학을 창작하는 어떤 경지로 삼을 수 있다고 보았다. 더불어 이 화두를 대동제의 주제와 오늘날 문단 사회의 안팎에서 불고 있는 비판적 시각에 대한 자성적 대안으로 생각하였다. 그러다 보니 '窮'을 '窮乏'으로 해석하는 입장을 취하여 '시같이 좋은 글은 시인이 궁핍한 뒤에야 나올 수 있다.' 로 보았으며, 이를 대동제의 주제를 담아내는 화두로 삼았다.

필자는 최근에 이런 잠재적인 생각의 일단이 구현된 졸문 몇 편을 지상에 발표한 적이 있다. 결함 많은 필자의 의견에 대하여, 필자의 이름 석 자나마 기억하시는 문인 몇 분께서 읽으신 소감을 전화로 혹은 만남의 자리에서 전해 주었다. 전적인 공감의 표시도 있었지만, 질책을 격려 삼아 전해 주신 뜻으로 안다. 문인들의 의견을 결국은 동일한 지역사회에서 동시대를 살아가고 있는 도반道伴의 애정으로 알고 감사한 마음으로 수용하였다. 그런 의견들에 대한 생각을 세 묶음으로 정리하여 필자 스스로에 대한 글쓰기 반성문으로 삼고자 한다.

첫 번째로 생각해 볼 수 있는 것이 시인의 치열성이다. 속물적 세속주의와 일정 거리를 유지해야 한다는 시인됨의 당위성이다. 인격적 동일성은 시인이 아닌 사람에게도 동일하게 요구되는 것이지만, 특히 시인의 사람됨은 시의 품격과 동일한 의미와 가치를 지니기를 요구한다. 명문화된 시인의 문예작품과 명문화될 수 없는 사람됨의 격이 일치되어야 한다는 당위성이 '시인詩人'이라는 이름에 내포되어 있다는 것이 필자의 생각이다. 그렇지 않고서야 굳이 시 쓰는 사람을 '시인詩人'이라고 명명命名했을 까닭이 없다.

구양수가 지적한 '궁핍'은 시인의 이름에 담긴 사람됨의 치열성熾熱性을 요구하는 의미임에 틀림없다. 윤기 나는 문장에 담긴 인격적 천박성이 드러나는, 참을 수 없는 가벼움을 무엇으로 감출 수 있을 것인가? 그래서 시인이 되려는 이는 먼저 좋은 글을 쓰고자 하는 의욕에 앞서 좋은 글을 담을 그릇으로서의 인격 도야가 선결 과제가 되나 보다.

욕망을 켜켜이 껴입은 비만의 의식으로는, 글재주는 보일 수 있으나 좋은 시를 이루기에는 멀었다는 질책이 구양수의 경구에 담겼음에 틀림없다. '궁핍'은 사람됨의 길을 걷기 위하여 반드시 동반하게 되는 과제들에 대한 경계의 함의임에 분명하다.

체온을 유지해야 하는 육체가 청빈한 한기를 감내하고 부당한 군불을 멀리해야 할 인내, 지배하고자 하는 본능의 욕구를 지닌 사회적 존재로서 거부하기 힘든 높이에 대한 절제, 동물적 야수성에 굴복하지 않기 위하여 속물 의식의 거세 등을 시인들이 감내할 수 있을까? 그렇게 현실과 동행하는, 삶의 본능과 닿아 있는 욕망으로부터 자유로울 수 있는가? 그런 가난— 궁핍— 아무것도 가지지 않은 적빈赤貧을 받아들일 수 있는가? 구양수는 천년을 건너와서 시인이 되고자 하는 필자에게 엄중하게 묻고 있다.

대단한 독서가요 장서가였던 마오쩌뚱은 '책을 많이 읽을수록 어리석게 된다.' 고 독서의 의의를 폄하하는 말을 했다고 한다. 이 말에 담긴 진정한 의미는 아는 것이 중요한 것이 아니라 그 아는 것을 실천하는 것이 중요하다는 뜻을 표현한 강조 어법으로 해석된다. 이는 인식에 대한 실천성을 중시한, 마오의 핵심 사상을 드러낸 것으로 보아 무방할 것이다. 실천성을 상실한 교조주의, 텍스트주의, 책벌레를 높이 평가하지 않았다는 말이다.

말도 마찬가지다. 일찍이 공자도 '말로 할 수는 있어도 쓰지는 않는다述而不作.' 고 하여 실천이 따르지 않는 언어적 표현의 위험성을 지적하고 있다. 여기에서 하는 '말' 은 휘발성이 강한 음성언어를 뜻하는 것으로 보인다. 기록성이 강하여 증거가 남는 문자언어에 비하여 음성언어가 지니는 위험성은 상대적으로 낮을 것이다. 그러니까 바람에 스쳐 사라지는 말은 할 수 있으나, 바위에 새겨 남는 글은 함부로 쓰지 않겠다는 것이다.

문사철文史哲을 비롯한 인간의 정신적 소산들이 문자로 기록된다. 그런 언어의 부림이 구체성을 지니지 못할 때 그 언어의 생명은 오래 가지 못한다. 실천궁행한 삶의 족적을 기록한 역사와 구체적 형상화를 생명으로 하는 문학에서는 말할 것도 없이 언어에 값하는 구체성을 요구한다. 심지어 철학마저도 형이상학적인 사유가 인간과 세계에 구체성으로 적용될 때 비로소 관념적 언어는 제 무게를 지닌다.

근래 우리 사회는 언로에 있어서 백화제방百花齊放의 시대로 보인다. 일례로 민주제의 합의로 세운 국가 원수가 한 말씀('말씀' 은 겸양어도 공대어도 '말씀' 이다)이라도 할라치면 교수건 정치인이건 언론인이건 필설을 가진 자는 다 한마디씩 하려고 든다. 그것도 자기를 성찰한 겸손이 전제되거나, 전문성을 무기로 한 논거나, 최소한의 예의 같은 것은 찾아볼 수도 없다. 제목부터 선동적이고, 내용에서는 안하무인격이며, 다분히 감정이 개입된 듯한 필봉을 두려움 없이 휘두른다. 독자― 국민을 청맹과니로 알지 않는 한 있을 수 없는 일이다.

건전한 비판이나 대안을 갖춘 이의를 제기하지 말라는 뜻이 아니다. 국민의 삶에 현실적이고 직접적으로 영향이 미치는 구체적 정치 행위인 대통령의 정책에 대하여 교조주의적이거나 텍스트주의적인 책벌레의 실천성 없는 언사로 함부로 훼손하지 말라는 뜻이다. 교수의 이름으로, 혹은 작가의 이름으로, 또는 언론인의 이름으로……. 그것은 여론을 빙자한 자기도취이거나 혹세무민일 뿐이다.

시를 쓰는 사람을 시인詩人이라고 한다. 시인이 쓴 문자로서의 시가, 시인이 지닌 사람됨의 품격과 일치하여 실천적 구체성을 지닐 때 시詩도 인人도 비로소 제 값을 지니게 된다. 시인되기를 열망할지라도, 참다운 시인되기는 두렵고도 어려운 일이다. 그래서 미학적 고담준론의 시를 쓴 천박한 속물 시인이나, 훌륭한 인격자라도 미학적으로 설익은 시는 독자를 감동시키지 못한다.

모든 필자들이 시인된 마음가짐으로 글을 쓴다면, 우리 사회의 언로가 조금은 더 공동체적 가치를 높이는 데 기여하게 될 것이다. 대통령을 향한 필설만이 아니다. 글과 사람됨이 일치된 실천성을 지닌 글은 독자를 정신적― 현실적으로 고양시킨다.

― 졸고 : 「시인의 글쓰기」 전문, 『전북일보』 〈새벽을 열며〉 2005. 5. 10

이런 요구에 충실했던 한 예술가를 기억한다. 사람됨에 치열함으로써 당대에 안주하기를 거부했던 한 장인匠人을 생각하는 일은, 가슴 서늘하지만 유쾌한 일이다. 화가이자 빼어난 필력을 지녔던 에세이스트 김용준을 생각하면 사람됨의 내면에 갖추어야 할 창작의 기본자세가 어떠해야 하는지를 알게 한다.

　　"그놈은 어리석지 아니하냐. 자기의 우졸愚拙함을 감추지 못하는 바
보가 아니냐. 좀 영리하여 장졸藏拙하는 지혜쯤 가졌어야 험한 세파를
헤치고 살아갈 수 있지 않느냐. 어쩌면 그렇게도 야단스런 차림새를 하
고 어쩌면 그렇게도 시원찮은 발길질을 눈치도 없이 쉽사리 하여 금시
에 남의 놀림감이 된단 말이냐. 고양이처럼 영리하든지 양처럼 선량하
든지 사슴처럼 날래든지 그렇지 않으면 공작새처럼 화려나 하든지 그
도 저도 못 되는 허울 좋은 나귀! 게다가 또 못생긴 값에 재주까지 부리
느라고 논다는 꼴이 남의 수치羞恥만 사는 짐승! 오호嗚呼라! 나도 이
나귀처럼 못생긴 인간인가! 나도 이 나귀처럼 못생긴 재주밖에 못 부리
는가."

— 김용준, 『근원수필』

　　자신의 인상이 험하고 못생긴 나귀 같아서 얻은 아호 '검려黔驢'를 애
지중지하는 근원近園—(김용준의 또 다른 아호)의 고백을 듣고 있노라
면, 인격 도야의 치열함이 어느 정도에 이르러야 하는지 짐작하기 어렵
지 않다. 시커멓고 못생긴 주제에 재주마저도 없는 자신을 한없는 겸손
의 나락— 나귀의 수준으로 떨어뜨린 이후에야 근원은 비로소 화필을
잡았고, 필봉을 들었던 것이다.
　　두 번째로 생각해야 할 것은 치열하게 탐구하고 노력하는 자세에 대
한 점검이다. 겉으로 드러나는 박학다식이 아니라, 끝없는 관용과 따뜻
한 인간미로 가득한 내성을 갖추어야 하는 시인의 당위성이다. 사람됨
을 위한 인격적 치열성이 내공內工이라면, 이것은 외공外工이라고나 할
까? 외공이되 시문학이 갖추어야 할 미학성을 확보하자는 것이므로, 완

전한 드러냄이 아닌 창작의 본질에 대한 탐구를 말함이다.

미학적으로 빼어난 힘 있고 아름다운 문장은 그냥 얻어지는 것이 아니다. 속옷을 제대로 갖추어 입어야 한복의 옷맵시가 살아나듯이, 치밀한 소묘로 보이지 않는 골격이 튼실해야 완벽한 회화의 형상성이 이루어지듯이, 문학에도 제대로 된 속옷과 소묘가 있어야 한다.

시문학― 서정시가 갖추어야 할 속옷이나 소묘는 무엇일까? 그것은 문학이 추구하고자 하는 근본 목적과 일치한다. 문학이 갖추어야 할 기초공사는 바로 인간미― 인간에 대한 한없는 긍정이요 사랑이다. 휴머니즘은 문학만이 아니라, 인간의 이름으로 행해지는 만사의 귀결점이다. 인간을 위한다면서 인간을 저해하는 전쟁마저도, 휴머니즘은 전쟁을 하는 목적으로 승화된다. 평화를 실현하기 위하여 가장 비평화적인 방법이 동원된다. 가장 아름답고 의미 깊은 인간의 길을 탐구하느라 고심하는 문학―시문학―서정시가 가야 할 길은 불문가지다.

그런 내밀한 성정의 본성은 한사코 비세속적이고 비현실적이라는 특성을 지니고 있다. 현실에서 한 발 빼고 나야 인간이 보이거나, 마음에 드리운 욕망의 그늘에서 벗어나야 사람의 모습이 제대로 인식된다는 특징을 지니고 있다. 치열하게 시의 본령에 충실할 것을 다짐하면서도 부지불식간에 시인의 이름에 침윤하는 세속적 편향성으로부터 벗어났을 때 가능한 일이다.

"요즈음에도 시를 읽는 사람이 있나?" 가까운 지인이 그렇게 반문했다. 요즈음에는 무슨 책을 읽으며, 혹시 그 독서 목록 중에 시집이 들어 있느냐는 필자의 질문에 대하여 돌아오는 반문이었다. 요즘 같은 산문의 시대, 비서정의 시대에 시를 읽는 사람을 기대하다니…… 그래도 어찌할 것인가? 사람들의 성정이 메말라 갈수록 시문학은 서정성의 공급

처요, 시대가 한사코 건조하게 변질되어 갈수록 시는 더욱 필요한 수분의 공급처인 것을.

서정시는 본질적으로 우리에게 부족하기 쉬운 2%의 무엇인가를 공급해 주는 어떤 것이다. 그 〈무엇〉이 바로 사람의 사람다운 성정이요, 그 〈어떤〉이 당대에 결핍되기 쉬운 시대정신이다. 서정시는 사람들로 하여금 감성의 눈을 뜨도록 자극함으로써 슬픔을 슬퍼할 줄 알게 하고, 물성화되어 가는 시대에 올곧은 정신력을 충전시킴으로써 소금과 빛의 역할을 해 왔던 것이 아닌가? 그래서 사람의 가슴에는 따뜻한 강물을, 시대의 머리에는 냉철한 핏줄을 흐르게 하지 않았던가? 시가, 서정시가!

서정시는 본질적으로 비극적 정감에 가깝다. 드러내 놓고 울릴 수 없는 감성의 현을 건드려 훈훈한 성정의 모닥불을 피우거나, 비극적 세계 인식의 중심에 무엇으로도 대신할 수 없는 심미적 정신력을 고양시킨다. 그 서정시의 생존이 위기에 처하는 시대는 정상적인 시대가 아니다. 고금동서를 막론하고 바람직한 시대상은 아니다.

분주하게 정신없이 돌아가는 현대인들에게 필요한 것은 달리는 말에 채찍이 아니다. 문자를 지닌 매체들이 한사코 정치적 수사와 경제적 당위성을 들어 주마가편走馬加鞭 격으로 채근할지라도, 그러면 그럴수록 한 박자 쉬어 갈 수 있는 쉼표의 역할이 어느 때보다도 필요하다. 그 여유롭고 평화로운 온음의 쉼표가 바로 서정시다.

서정시는 아무것도 하지 않는 것 같으면서도 치열성을 내재하고 있는 무위無爲의 정신과 닮았다. 중국의 지성 왕멍王蒙은 무위의 정신에서 시정신을 찾고 있다. 무위는 아무 일도 하지 않은 채 그냥 가만히 있는 것이 아니다. 무익無益하고, 무효無效하고, 무취無趣하고, 무료無聊한 일, 더구나 어리석은 일은 하지 않는 효율의 원칙이요 양생의 원칙이라고 했다. 따라서 그것은 일종의 예술이요, 일정한 경지일 뿐만 아니라, 자기를 지키는 자존이요, 사회와 역사에 대처하는 인내요 총명이다. 이 무위의 정신에 넘치지도 모자라지도 않게 합당한 매체가 바로 서정시다.

그 서정의 힘으로 사람다운 사람의 길을 찾을 수 있다면, 서정시는 더 이상 나약한 감성이나 근거 없는 지성의 넋두리만은 아니다. 모든 사람이 시인일 수는 없다. 그러나 현대인에게는 무위의 정신으로 '4무왕명'을 구현하려는 노력이 어느 때보다 필요한 시대다.

술책을 부리지 않는 무술無述, 모략하지 않는 무모無謀, 이름을 좇지 않는 무명無名, 공을 세우려 안달하지 않는 무공無功을 최고 최선으로 삼는 삶, 바로 서정시의 세계다. 현실 속에서 보통 사람이 모두 시적이고 철학적(인 사람)일 수 없다. 다만 사무四無의 정신을 외면하는 시대 풍속이 서정시의 생존을 어렵게 하고 있음이 안타까울 따름이다.

— 졸고 : 「서정시의 위기」 전문, 『전북일보』
〈새벽을 열며〉 2005. 4. 12

중국 작가 왕멍은 학문을 외재적인 것과 내재적인 것으로 구분하고, 시인은 모름지기 내재적 학문의 탐구에 주력해야 한다고 주문한다. "내재적 학문은 하나의 사물, 사건, 사실, 그리고 학문의 지식과 기교만을 길러 주는 것이 아니다. 그것은 전면적인 지능 능력, 의지의 이념을 길러 주고, 전면적인 인품, 기질, 성격, 풍채, 품격, 신체와 정신의 총체적 에너지를 높여 주는 학문"이라고 규정하고 있다.— 왕멍 『나는 학생이다』

내재적 학문에 주력하게 되면 지혜롭고 침착하며, 태연하고 운치있으며, 건강하고 고상하며, 선량 소탈하고 기지가 있으며 인내심을 소유하게 된다는 것이다. 이는 모든 것은 순식간에 얻을 수 없는 것이며, 일순간에 변화하거나 완성되는 것이 아니다. 이 모든 것은 자신에게 달렸다고 본다.

즉, 내재적 학문은 그 사람의 감각, 성격, 신경, 양심, 재능, 면모, 잠재된 에너지 그리고 타인과 구별되는 모든 점에 의해 좌우된다. 그 사람과 함께 공존하는 모든 것, 그의 내부에 존재하는 이 모든 것은 시시각각 사사건건 표현된다고 본다.

내재적 학문을 닦은 사람은 어떠한 변화 앞에서도 침착하게 대응할 줄 알며, 그 어떤 위험에 봉착해도 두려워하지 않으며, 사면초가에 처했어도 태연하게 처신한다. 순풍에 돛단 격으로 순탄할 때도 과도하게 흥분하거나 도취하지 않으며, 승리를 얻었을 때도 여전히 차분하고 청정하다. 이것은 지혜·각오·품성·대도大道이며, 변화의 경지에 이른 이상적인 상태로서, 시인이 추구해야 할 서정성의 본질이라 아니 할 수 없다.

필자가 생각하기에 내재적 학문의 가장 중핵적인 본질은 바로 인간미— 인간성이다. 이런 이념을 표상하는 표제어로 휴머니즘을 상정할 때, 휴머니즘은 시인이 문학 행위— 시를 읽고 쓰는 모든 순간에 반드시 전제하고 귀결되어야 할 필수 사항이다.

세번 째로 생각해야 할 점은 시인의 정체성 확보를 위한 자기 검열이다. 제대로 된 시를 생산하여 올바른 자아의 정체성을 확립해야 하는 것은 시인의 당위성이다. 내가 나를 보면 잘 보이지 않는 것이 바로 자기 흠결이다. 제 눈의 들보는 보지 못하면서 남 눈의 티는 잘도 찾아내는 게 인간이다. 자기만족에 머무르지 않고 사회적 발언 행위가 될 작품을 생산해 내는 시인은 타인 혹은 밖에서 보는 나의 모습에도 눈길을 주어야 한다. 철저하게 독단적 수행의 과정으로 볼 수 있는 시문학 창작의 길에서 외부의 시선에 지나치게 과민할 필요는 없겠으나, 시인의 시가 마치

'정저지와井底之蛙 좌정관천坐井觀天' 하는 꼴이 되어서는 안 되겠다.

자기모순을 제거할 수 없는 개인이나 집단은 스스로 자행한 모순 때문에 자멸할 수밖에 없음은 역사가 증명하고 있다. 나의 모습을 나의 거울에 비춰 보고 부단하게 빛을 내는 일을 멈추어서는 안 된다. 마침 이런 우려의 목소리와 시인 집단을 향한 질책성 비판이 적지 않은 때에 이를 자성하는 목소리가 들려 반갑다.

한국문인협회에서 발행하는 『월간 문학』 9월호의 '편집후기'에 쓰인 편집인의 발언이 눈길을 끈다. 너무도 당연한, 어찌 보면 사족 같은 군더더기 말씀으로 치부할 수도 있겠으나, 오죽하면 이런 발언을 한 나라의 문학적 얼굴을 대표하는 문예지의 권말에 실었을까를 생각하면, 그 발언의 충정에 이해가 가면서도 한 편으로 부끄러운 자화상을 보는 듯하여 자책감이 들지 않을 수 없다. 발언의 요지는 이렇다.

"문학은 액세서리가 아니다. 묵묵히 공부하는 사람만이 남는다. 장사꾼이 아닌 문인 그들만이 성공할 수 있다. 문학을 돈으로 사고팔고 하는 문인들은 뒷골목에 전을 편 영자나 춘자, 화자들이다. 그들은 문단 이면사에 영원히 '문학 양동'으로 남는다. 이제 문협에는 글 잘 쓰는 사람만 가입토록 심사 제도를 바꿨다. 문협은 문단 액세서리들의 쓰레기장이 아니기 때문이다. 잘 발표된 문인들만 가입해 주기 바란다. 문협 이사 감사들이 글 잘 쓰는 문인 10명씩만 가입시켜 준다면, 문협은 펄펄 날 수 있을 것이다. 이제부터는 프로 정신을 가진 문인협회가 되기를 열망한다. 조용히 공부하며 글 잘 쓰는 문인들이 되도록 다 같이 노력해 보자. 그래야 앞으로 문협이 명예롭지 않겠는가."

필자는 이 발언을 통해서 몇 가지 풍문들에 대한 사실 확인의 계기를 가질 수 있었다. 그것은 문단에는 문학을 일종의 치장 의식으로 생각하고 덤비는 부류가 있다는 것, 문학을 돈으로 사고파는 부류가 있다는 것, 그 동안의 등단 제도는 글을 좀 못써도 등단의 기회를 주어 왔다는 것, 글쓰기에 대한 전문성이 좀 모자라도 아마추어리즘으로도 충분히 문인 행세를 할 수 있었다는 것, 조용히 글 쓰는 문인보다 시끄러운 꾼들이 문단을 독식해 왔다는 것, 문협이 문인들의 명예를 빛내는 기관이라는 것 등을 확인하는 계기가 되었다. 문협을 대표하는 편집인의 발언이니 아니 믿을 수도 없는 일이 아닌가?

자기비판이 없는 집단은 자기모순의 확대 생산으로 자멸의 길을 걷기 마련이다. 이런 뜻에서 편집인의 자아 비판적 성찰이 담긴 권말 발언에 대하여, 이 잡지를 구독하는 일반 독자들보다는, 이 잡지를 구성하는 회원들의 맹성을 촉구하는 질책으로 여겨진다. 그렇다 할지라도 문협을 구성하는 회원의 한 사람으로서 참담한 심정 가눌 수가 없다.

어떻게 이런 지경에까지 이르렀는가? 그리고 이 지경에 이르도록 문단—문협—문인 사회를 이끌고 온 책임은 누구에게 있는가? 누가 누구에게 돌을 던질 것인가? 문인의 참다운 길은 무엇인가? 문학이 궁극적으로 인류 구원의 메시지를 담을 수 있는 표현 매체이기는 한 것인가? 끼리끼리 동아리 의식으로 창조적 지평을 확대하는 작품을 생산할 수 있는가? 질문은 꼬리를 물고 이어지고 있으나, 그에 대한 대답은 궁색하기만 하다.

다만, 문학 창작의 길이야말로 그 누구로부터도 간섭 받거나, 그 누구도 간섭할 수 없는 외롭고 힘든 외톨이의 길이라는 점이다. 그 고통의 길을 기꺼이 가고자 하는 자만이 문인의 대열에 들 수 있을 것이다. 그 고독한 길을 걷고자 하는 자만이 스스로 천형처럼 문인의 굴레를 스스로 쓰게 될 것이다.

건강을 위하여 땀 흘려 산에 오른 등산객이 정상에 오르자 제일 먼저

하는 일이 가슴이 후련하도록 담배를 피워 댄다. 규정할 수 없는 모순감
이 목격자를 답답하게 한다. 운동을 통해서 동호인들의 결속을 다지는
생활체육인들이 한 말의 땀을 흘린 뒤에 서 말의 뒤풀이로 목을 축인다.
제어할 수 없는 악순환의 건강 의식이 목격자를 참담하게 한다. 목을 놓
아 통성기도를 하며 입만 열면 사랑을 노래하는 종교인들이 동시대의 아
픔이나 타종교인들의 존재에는 한결같이 나 몰라라 딴지를 건다. 예외일
수 없는 자기모순이 스스로를 질책한다. 자비심 없는 신앙인, 지혜롭지
못한 노인, 정의감 없는 경찰관, 동정심 없는 여인네, 정쟁을 사명으로
착각하는 정치인, 사주의 이익에 충실한 신문기자, 탐구심 모자란 교육
자 등과 한 치도 다르지 않게 자기를 부정할 줄 모르는 문인이 있다.

자기모순을 부정할 수 없는 문인들과 그런 문인들이 생산한 작품들
이 시대의 모순을 증언하고, 인류에게 희망을 줄 수 있는 따뜻한 메시지
를 기대할 수 있을까? 그런 문인과 작품들에서 좋은 문학, 좋은 문인을
기대할 수 있을까?

— 졸고 : 「좋은 문학, 좋은 문인」 중에서, 『전북문협회보』

〈권두 칼럼〉 2004. 9. 15

어느 시인은 '죽을 만큼 절실했을 때 시를 쓰라.' 고 외친다. 어느 정
도의 치열성이 내재할 때 죽을 만큼 절실하게 될까? 이 외침을 듣고 있
노라면 밖을 향한 소리라기보다는 시인 자신의 내면을 향한 절규로 들
린다. 어느 시인이 절실성의 내발적 동기 없이 시를 쓸까? 혹여 시에 담
게 될 시적 진실성 외에 어느 불순한 의도가 개입될 여지를 스스로 경계
하고 봉쇄하고자 하는 치열성의 토로로 들린다.

문학의 한길을 걷다가 요절한 한 작가의 고독은 우리가 궁극적으로
지향해야 할 바를 가리키고 있는 듯하다. "포장마차를 타고 일생을 전

전하고 사는 집시의 생활이 나에게는 가끔 이상적인 것으로 생각된다. 노래와 모닥불 가의 춤과 사랑과 점치는 일로 보내는 짧은 생활, 짧은 생, 내 혈관 속에 어쩌면 집시의 피가 한 방울 섞여 있을지도 모른다고 혼자 상상해 웃기도 한다. 내 영혼에 언제나 고여 있는 이 그리움의 샘을 올해는 몇 개월 아니, 몇 주일 동안만이라도 채우고 싶다. 너무나 막연한 설계— 아니 오히려 '반설계反設計'라는 편이 나을 것이다.

그러나 모든 플랜은 그것이 미래의 불확실한 신비에 속해 있을 때만 찬란한 것이 아닐까? 이루어짐 같은 게 무슨 상관 있으리오? 동경의 지속 속에서 나는 내 생명의 연소를 보고 그 불길이 타오르는 순간만으로 메워진 삶을 내년에도 설계하려는 것이다. 아름다운 꿈을 꿀 수 있는 특권이야말로 언제나 새해가 우리에게 주는 아마 유일의 선물이 아닌지 나는 생각해 본다."— (전혜린「먼 곳에의 그리움」에서)

인간이 벗어날 길 없는 유한성을 자각하면서도 꿈꾸기를 멈추지 않는 작가의 모습이 두렷하다. 이 시대를 시인된 자로 사는 길이 어찌 여기에서 벗어날 수 있을 것인가? 문학하는 일은 일종의 꿈꾸는 행위다. 꿈꾸는 행위에 현실의 탁한 이성이 개입되기를 바라는 사람은 없을 것이다. 더구나 가장 아름답고 의미 깊은 꿈꾸기를 본질로 하는 시인들이 한쪽 눈으로는 세속의 칼라로 꿈을 꾸고, 다른 한 눈으로는 순수의 흑백으로 꿈꾸기가 가능할 것인가? 시를 삶의 전방위에 올려놓았다고 착각하고 사는 스스로에게 엄중히 묻는다.

지금 우리나라를 방문 중인 노벨문학상 수상 작가 오에 겐자부로도 역시 비슷한 발언을 하고 있다. '작가는 마지막에 지금과는 다른 일을 해야 한다.'며 자신이 남긴 수십 편의 소설과 작별하는 '안녕 나의 책이여' 3부작을 집필 중이라고 고백하고 있다. 필생의 작업마저도 부정하는 자기 검열의 치열성을 통해서 자기모순을 극복하려는 (치열성을 극한) 창조자의 진면목을 본다.

무엇으로 시인된 자의 책무를 수행할 수 있을 것인가? 무엇으로 시대의 궁핍을 초월하여 아름다운 시문을 남길 것인가? 시인이 속물적 세속주의와 일정 거리를 유지함으로써 얻게 될 인격적 치열성, 헤아릴 길 없는 관용과 따뜻한 인간미로 충만한 내성을 갖추기 위한 탐구적 치열성, 그리고 자기모순을 제거하고 자기 검열에 충실함으로써 바람직한 시인의 정체성을 확보하려는 자성적 치열성을 살펴봤다. 이는 1천여 년 전에 구양수가 시인된 자에게 요구했던 몸가짐과 마음가짐― '시궁이후공詩窮而後工'에 대하여 필자가 마련한 자문에 대한 자답으로 대신한다.

문학의 의미와 가치로 본 종교문학
― 문학의 효용성을 중심으로

서언― 문학의 의미와 가치

문학만이 아니라 존재하는 현상으로부터 의미를 찾고 가치를 매기는 일은 의식을 지닌 인간의 저버릴 수 없는 제2의 천성―습관이라고 생각한다.

'그래서 어쨌단 말인가? 그것이 무슨 의미가 있고 어떤 가치를 지닌단 말인가?

스스로 묻고 대답하는 과정을 통해서 인식의 대상이 된 현상에 대하여 의식적으로 혹은 무의식적으로 의미부여를 한다. 그런 인식작용이 결과적으로 인식자의 행동양식을 결정한다. 그래서 의미가 있다고 생각하는 현상들에 대하여 적극적으로 접근하려 하고, 반대로 무의미한 일들에 대하여 외면하려 한다. 마찬가지로 가치가 있다고 판단되는 현상들은 소유하려 애를 쓰고, 그 반대 현상들에 대해서는 그런 시간과 노력을 마다한다. 삼라만상을 모두 인식의 범주에 넣을 수는 없을지라도,

시시각각으로 자아의 사고 작용을 요구하는 현상들에 대하여 사람들은 끊임없이 판단하고 평가한다.

한 걸음 더 나아가, 대개 사람들은 무의식적으로 그 의미와 가치를 '나'와의 관련성에서 판단하고 결정한다. 앞에서 지적한 인식 작용은 비교적 객관적인 차원에서 이루어짐으로써 타인과의 관련성이 적다. 그러나 그런 객관성이 항상 적용되는 것은 아니다. '나'를 전제하거나 '나'를 주체로 하는 의미 찾기와 가치 평가는 필연적으로 욕망과 결부되기 마련이다.

사물의 객관적인 의미와 가치가 생각의 주체인 자아와 관련될 때 의미를 찾기 위하여—가치를 평가하기 위하여 신경세포는 긴장되고 두뇌의 호흡은 빨라지기 마련이다. 매사 모든 현상들은 욕망의 검열창구를 비켜갈 수 없다. 어떤 형태로든 객관의 사물들이 주관적인 인식의 내면에 이를 때 사물의 의미는 욕구라는 이름의 저울 위를 지나가야 하고, 가치라는 이름의 프로크루스테스의 침대[1]를 통과해야만 한다.

우리는 타인의 생각이나 판단이 자신의 것과 일치할 때 의미 있고 가치 있다고 생각한다. 하물며 사물에 깃들어 있는 의미와 가치를 판단하고 평가하는 데에는 주관적 욕망기제가 작용하는 것은 당연한 것처럼 여겨진다.

이러한 주관적 사유의 함정과 맹목성을 경계하고 피하기 위해서 보다 객관화되거나 누구나 인정할 수 있는 전범이나 기준이 요구된다. 그런 기준이나 전범을 통해서 우리가 지닌 사유의 적합성을 비교해 보고, 판단이나 평가의 실체를 점검한다. 판단이나 평가의 대상은 모두가 객

---

1) 그리스 신화에 나오는 강도 Procrustes는 잡은 사람을 쇠침대에 눕혀 키 큰 사람은 다리를 자르고, 작은 사람은 잡아 늘렸다고 하는 신화의 내용을 비유해서, 인간의 사유나 욕망이 지극히 주관적이고 자기중심적이라는 점을 강조하고자 하는 수사적 의도임.

체다. 사유의 주체가 자아일 때 내가 아닌 모든 현상이나 사물, 사람마 저도 객체가 된다. 객체를 판단하고 평가하는 주관성의 오류와 맹목성을 피해가는 길은 공간적으로 보편성과 시간적으로 항구성을 지닌 기준과 전범이 필요하다.

사물이나 현상은 말할 것도 없고, 사람마저도 그 의미와 가치는 천양지차를 보인다. 이를테면, 사르트르의 '이 세상에 타인은 나에게 지옥'이라는 말과 아베 피에르 신부가 '타인이 없는 세상이 나에게는 지옥' [2] 이라는 표현의 사람에 대한 의미와 가치의 차는 하늘과 땅만큼이나 벌어져 있다.

물론 이 두 표현이 지니고 있는 내포적 의미체계를 짐작할 수는 있다. 세계와 인간을 학문적 사유의 대상으로 보는 실존주의 철학자 사르트르와 세계와 인간을 인격적 동일체로서 사랑의 실체로 받아들여 그들을 자신보다 더 사랑하는 신부 피에르 사이에는 건널 수 없는 간극이 있음을 안다.

무신론적 실존주자로 분류되는 철학자 사르트르가 생각하기에 인간에게는 실존이 본질에 선행하며, 따라서 인간의 본질을 결정하는 신은 존재하지 않기 때문에, 개인은 완전히 자유로운 입장에서 스스로 인간의 존재 방식을 선택하게끔 운명 지어져 있다고 본다. 만약 인간의 본질이 결정되어 있다면 개인은 다만 그 결정에 따라 살아가기만 하면 되지만, 본질이 결정되어 있지 않다는 바로 그 이유 때문에 인간 한 사람 한 사람의 자각적인 생활방식이 실로 중요하게 된다. 이런 의미에서 자유는 인간에게 주어진 선물이라기보다는 오히려 무거운 짐이라고 해석한다.

---

2) Abbe Pierre 『단순한 기쁨』(마음산책. 19쪽)에서 피에르 신부는 " '타인은 지옥이다' 라고 사르트르는 썼다. 나는 마음속으로 그 반대라고 확신한다. 타인들과 단절된 자기자신이야말로 지옥이다." 라고 고백하고 있다.

이에 비해 피에르 신부는 평생을 오로지 타인을 위한 헌신과 봉사로 일관한 실천적 박애주의자이자, 금세기 가장 위대한 휴머니스트요, 프랑스 사람들이 가장 존경하는 올해의 인물로 여러 차례 뽑힌 사랑의 구현자다. 집 없는 사람들을 위해서 집을 지어주는 엠마우스 운동의 창시자이자, 제2차 세계대전 때에는 레지스탕스 운동에 직접 참여한 정의의 화신이었으며, 아흔이라는 고령에도 불구하고 세상의 빈곤과 불평등과 불의에 맞서는 행동하는 지성인이다. 나아가 교회와 성직자가 범한 오류를 과감히 질타하고, 고통 받는 약자들을 그대로 내버려두는 세상에 대하여 분노하고 생각한 바를 실천하는 사회운동가다. 그에게 '타인이 없는 세상은 지옥' 이라는 생각을 짐작하기에 어렵지 않다.

이렇게 본다면 사르트르의 생각이 틀렸고 피에르의 생각이 옳다거나, 그 반대의 주장만이 용납될 수는 없다. 이 양자가 지니고 있는 사유의 너비에는 세상의 모든 의미와 가치가 함축되어 있다고 볼 수 있다. 이런 사유의 폭을 문학행위—표현과 수용에 적용해 보자는 것이다. 문학이라는 사물, 혹은 문학하는 행위에 대한 현상들에 대하여 일방적인 저울이나 침대만을 고집하지 말고, 보다 넓게 열린 사유의 광장에서 문학을 들여다보자는 것이다. 다만 여기에서는 논의의 전제로 '문학의 종교성' 으로 작품의 의미와 가치를 판단하고 평가하는 기준과 전범을 적용해 보기로 한다.

앞에서 전범과 기준을 거론한 바 있다. '전범' 은 종교의 바탕이 되는 교리—성서적 관점을 상정한 것이고, '기준' 은 문학에 적용하는 이론적 틀을 고려한 것이다. 종교성을 전제로 한 문학작품은 일단 성서적 범주에서 그 전범을 찾을 수 있다. 그러나 그런 성서적 범주에 대한 적합성을 획득했다 할지라도, 문학적 평가 기준을 통과하지 못할 때 과연 문학작품으로서의 의미와 가치가 있겠느냐는 의구심에서 이 논의는 출발한다.

가장 바람직한 현상은 종교적 전범에도 적합하고, 문학적 기준에도 충실한 작품이어야 하겠으나, 이것마저도 함부로 판단하고 평가하기에는 문학이 지닌 질량이 매우 광범위하다는 것이다. 전범으로서의 문학에 충실하다 보면 종교적 의미와 가치에는 만족한 답을 줄 수 있겠지만, 문학이 추구하는 미학적 차원의 배려와 형상화에 대한 문제는 없을 것인가? 기준으로서의 문학에 충실하다보면 문예 미학적 미감의 획득에는 만족한 답을 줄 수 있겠지만, 종교가 추구하는 의미와 가치에는 결함은 없을 것인가? 지난한 질문이 아닐 수 없다.

이런 질문에 대하여 문학작품이 추구하는 효용성[3]으로서의 의미와 가치는 대개 몇 가지 항목으로 대체된다. 첫째 인지적 영역으로서의 의미와 가치다. 문학 작품이 독자들에게 새롭거나 의미 있는 지식을 제공하며 창의적인 인식의 대상으로 승화되어 있는가? 둘째 정의적 영역으로서의 의미와 가치다. 문학 작품이 인간에게 윤리 도덕적인 각성의 계기를 주고 있으며, 독자에게 양심의 눈을 뜨게 함으로써 거듭날 수 있는 문학적 함의를 담고 있는가? 셋째 문예 미학적 아름다움[4]이 구현되어 독자들에게 즐거움을 제공하는가? 넷째 공동체를 통합시키고 보다 밀도 높고 차원 높은 공동체 구성원들의 삶의 의미와 가치를 고양시킬 수 있는 새로운 패러다임을 제공하고 있는가? 하는 정도의 기준을 생각할 수 있다.

물론 논자에 따라서 기준은 다를 수 있다. 다만 문학작품의 의미와 가치를 평가하는 데 이와 같은 기준들이 적용되는 것은 일반적 방법이다.

---

3) 문학의 효용성은 문학의 기능과 맞물려 있다. 문학작품이 지닌 인식적, 정의적, 심미적, 공동체적 기능은 곧 독자들에게 일정한 효용성으로 작용한다.

4) 미학적 범주는 장엄미, 우아미, 비극미, 골계미를 포함한 개념으로 쓰인다. 문학 작품이 형상화에 성공하였다면, 이 중에 어느 하나, 또는 복합적인 미감을 제공함으로써 독자의 공감을 얻게 될 것이다.

필자는 이들 문학적 기준들이 각각 작품에 어떻게 형상화되어 있는가를 횡축으로 하고, 종교적 전범을 종축으로 하여 개별 작품이 지니고 있는 문학성과 종교성의 의미와 가치에 대하여 살펴보려 한다.

그것도 가톨릭전북문우회의 연간 앤솔로지『빛무리』에 발표된 시문학 작품을 대상으로 제한하고자 한다. 이처럼 대상을 제한하는 것은 이 앤솔로지 자체가 문학성을 전제로 한 가톨릭 신심단체이고, 여기에 작품을 발표한 시인—작가들이 신앙인이라는 뚜렷한 개성을 지니고 있으므로 논의의 초점을 맞추는데 용이하기 때문이다. 그리고 이런 일차적 논의 역시 이 작품을 발표한 시인들과 무릎을 맞대고 이루어지기 때문이다.

1. 문학의 인지적認知的 효용성과 시문학

무엇을 아는가? 혹은 무엇을 알아야 하는가? 이 질문에 대한 궁극적인 대답은 '나'와 관련되어 있다. 나를 아는 것이 진정한 앎이요, 나를 아는 것이 지혜의 근본이 된다. 칸트는 철학이 제기하는 가장 중요한 질문은 '우리는 무엇을 알 수 있는가?', '우리는 무엇을 해야 하는가?', '우리는 무엇을 바랄 수 있는가?'의 세 가지라고 하였다. 이것들은 궁극적으로 '인간이란 무엇인가?' 하는 질문으로 귀결된다고 하였다. 또한 소크라테스는 철학의 궁극적인 목적이 '나 자신'을 아는 것이라고 하였다. 이 말들은 인간이 무엇인지 알면 자신이 누구인지 알 수 있다고 말하는 것 같지만, 반드시 그런 것은 아니다. 인간과 자신은 어느 정도 연관이 있지만 근본적으로 다른 차원의 개념이기 때문이다. 어떤 의미에서 '나'는 인간보다 한 단계 깊은 곳에 위치해 있다. 앞에서 지적한 나를 인식의 주체인 '자아自我'로 보았을 때와 인식의 객체인 '타아他我'

로 보았을 때의 관계처럼, 전혀 다른 의미를 띄게 된다.

'나'를 발견한다는 것은 그러므로 다른 것과의 관계에서 비로소 가능하다. "'너' 혹은 '그것' 없이는 '나'가 있을 수 없다."5) 여기에서 관계는 두 가지다. 하나는 나와 너의 관계이고, 다른 하나는 나와 그것과의 관계다. 이 두 가지 관계 중에서 나는 남고 너와 그것만이 달라진다. 이것은 내가 불변하는 실체로서 어딘가에 존재하는 것이 아니라, 다른 것과의 관계에 따라 변하는 특별한 존재라는 점이다.

나의 두 가지 존재 방식 가운데, 나와 참된 인격체로서의 나는 나와 너와의 관계에서만 가능하다. 나와 그것과의 관계에서는 앞에서 지적한 주체와 객체의 존재로, 그 둘은 차등적 관계差等的關係에 있는 반면, 나와 너의 관계는 동격의 두 독특한 존재들의 대등관계對等關係다. 그때의 나는 진정으로 참된 나다.

나를 발견하고, 나를 아는 일이 모든 앎―지혜의 근본이라는 점에 대하여 공감할 수 있다. 그렇다면 대등적 관계에서 자기발견에 충실함으로써 인식의 지평을 여는 작품들을 찾아볼 필요가 있다. 그것이 바로 '나'를 아는 길이기 때문이다.

> 나 죽어
> 꽃으로 필 수 있다면
> 까만 나팔꽃 씨로 흙에 묻히고 싶다.
> 누가 바지랑대 하나 세워주면
> 애기 순 도르르 말려 타고 올라
> 맑은 하늘 은은한 종소리

---

5) 부버는 『나와 너』에서 자아와 타아의 관계를 이처럼 시적으로 표현하고 있는 대목은, 손봉호의 「너와 나」라는 에세이에서 발췌한 것이다.

터트리고 싶다.

밤이면
초롱초롱 별꽃으로 피어나
어두운 하늘 문 앞
곱게 걸린 꽃등이고 싶다.

—〈강미정,「나팔꽃」『빛무리』제14집.〉

거듭 나고자 하는 지향성은 기독교인의 기본적인 신심이다. 이 시의 화자에게 있어 현실의 나와 죽어 다시 태어나는 나는 서로 다른 존재인 차등적 관계가 아니다. 살아 있는 나와 죽은 뒤의 나는 완전한 의미에서의 대등적 관계로 성립된다. 그런 대등적 관계일 때 부활復活은 의미와 가치를 지니게 되고, 그런 부활을 소망하는 일이 곧 종교적 신심이요 신앙도 될 수 있다.

그가 타고 올라갈 바지랑대가 굳이 무엇이어야 하느냐고 묻지 않는다. 우리가 믿고 의지하는 것은 모두 믿음의 바지랑대다. 그 믿음이 자라서 거듭난 존재―부활한 꽃이 된다. 그것도 나팔꽃이다. 나팔은 소리를 낸다. 나팔꽃이 꽃소리를 내어야 시가 된다. 이때 꽃이 내는 소리는 그냥 소리가 아니다. 그것은 음악이요, 천상의 소리요, 맑은 하늘소리다. 그런 하늘음악이 되고자 하는 시적화자 '나'의 소망이 타고 올라가고자 하는 버팀목이 바로 바지랑대다. 이 바지랑대를 굳이 믿음, 소망, 사랑으로 대치하면 신앙적 고백일 수는 있으나 시가 될 수는 없다. 문학의 금과옥조인 '형상화' 과정에서 벗어나 있기 때문이다.

애기 순(천국에 들자는 저 어린아이와 같아야 한다고 했다)이 마침내 하늘음악을 연주하는 천사가 되고 별이 된다. 그것도 우리네 일상의 어둠[無知]을 깨우는 등불이 된다. 지상에 내려온 가장 빛나는 별은 예수님이다. 이 시의 화자가 예수님처럼 별이 된다고 해서 누가 부정하다 하리요. 죽어서 부활한 자기동일성으로서의 등불은 완벽한 시적 화자의 새로운 '나'의 발견이요 거듭난 존재가 된다.

여기에서 성서적 의미와 예수님의 말씀에 대하여 상고하고자 한다. 복음서福音書는 예수님의 말씀이다. 이 말씀의 뉴앙스를 우리는 어떻게 받아들여야 할까? 고백적 언어告白的 言語로 보아야 할까, 아니면 객관적 진술로 받아들여야 할까? 적어도 4대 복음서에 진술된 예수님의 육성은 예수님 자신의 고백적 언어로 보아야 타당할 것이다. 고백적 언어는 그 내용이 고백자의 주관적 세계다. 그것이 만인에게 '진리'가 되는 것과 '주관적'이라는 사실은 별개의 것이다.

주관적인 고백이 진리가 될 수는 있으나, 반드시 그런 것은 아니다. '우리나라 사람들은 착하다'라는 진술이 참이 되기 위해서는 객관적 검증이 필요하다. 그러나 주관적 진술로서는 용납될 수 있다. 그런 의미에서 나팔꽃의 화자가 진술하는 소망이 주관적이라고 해서 진리가 되지 않는 것은 아니다. 고백자의 진실은 자신의 존재를 발견하고자 하는, 내면에 잠복한 신앙심을 형상화하려는 시적 작업이라는 특징을 지닌다.

물너울 깊숙이 알을 슬은 피라미는
팟팟팟, 지느러미를 휘날려
모래 폭풍을 일으킨다
행여 세찬 물길에 제 새끼 쓸릴까
어느 사나운 입질에 한 입 먹이가 될까
톡톡 샛눈을 뜨고
유영의 지느러밀 파닥거릴 때까지

출렁이는 물살을 붙잡고 발싸심하는

저 힘, 바로 저 힘이

은비늘 번득이며 물살을 거슬러오르는

피라미떼의 가족사를 쓰는 것인데

어룽어룽 서성대는 내가 비친다

오늘 하루도 휘황한 도시의 불빛에 기죽어 돌아와

잠든 아이들 이불이나 고쳐 덮어 주었다

목화랑 기쁨이랑 잠결에도 내 목을 끌어안는

이런 밤이면

세상 어디에 물정 모르는 이들을 내려놓을까

자꾸만 지느러미가 아픈 피라미가 있다

　　　　　　　　　－〈문금옥, 「피라미」 『빛무리』 제14집〉

　지느러미가 아픈 피라미가 된 어머니[혹은 아버지]의 모습을 통해서 독자들은 가슴 짠한 모성애[혹은 부성애]를 느끼게 될 것이다. 이 작품이 자기를 발견해 가는 기법은 철저히 문학적 암유(暗喩—allegory)[6]에 의지하고 있다. 암유의 기법은 시문학이 지닌 장점이 아닐 수 없다. 암유의 기법을 통해서 시적 화자는 자유자재로 변신을 거듭할 수 있다. 그런 변신을 통해서 '나—자아'를 '그것—객체'와 병립시키는 것이 아니라, '나'를 온전한 '나'와 중첩시키기거나 복제함으로써, 독자들의 미감에 새로운 인식의 불을 켜게 한다. 그것이 바로 시의 매력이자 힘이다.

　이 작품에서도 그런 암유의 기법은 확실한 효과를 발휘하고 있다. 삶

---

6) allegory는 풍유, 비유, 우언법, 우의 소설, 비유담, 우의화, 상징 등의 뜻으로 쓰이지만, 원래는 그리스어 〈allegoria=allo 다른+agora 이야기하기〉에서 유래된 것으로, 다른 일을 빌어 이야기하기의 뜻임, 본고에서는 metaphor=암유나 은유 등 비유의 의미까지 포함하여, 시적 비유를 총체적으로 지칭하는 의미로 사용함.

의 지느러미를 휘날리며 휘황찬란한 도심의 골목을 누볐을 어버이라는 존재, 힘들고 기죽고 상처투성이 일지라도 세속의 모래밭을 외면할 수 없는 삶의 엄숙성, 발싸심해대는 생존의 치열성이 거센 물살을 거슬러 올라가야 하는 피라미의 모습과 완벽하게 일치하는 과정을 체감하면서 화자는 자신의 존재를 확실하게 투영[形象化]시키고 있다.

이보다 더 적나라하고 적확[的確]하게 자기를 발견할 수 있는 방법이 시적 암유 말고 또 무엇이 있겠는가? 이 작품에서 시적화자의 진술을 듣고 있노라면, 예수의 '고독[짐승도 찾아갈 굴이 있고, 공중의 새들도 돌아갈 둥지가 있지만, 인자는 그럴 곳이 없다고 자탄하던]'과 시인 박목월의 명시 「가족」이 떠오른다.

예수의 고백을 통해서 우리는 한 선지자가 느꼈을 절대 고독의 경지를 짐작할 수 있다면, 박목월의 가족을 통해서는 한 가장의 무거운 어깨를 실감할 수 있다. 모두가 자아의 발견과 상통한다. 예수의 고백을 통해서 우리는 한 선지자가 걸어가야 할 고통스럽고 힘든 가시밭길을 짐작할 수 있다. 가족을 통해서는 현실의 무거운 짐을 짊어지고 가야할 '19문반'의 능력밖에 없는, 한 가장의 무력하지만 한없는 사랑을 공감할 수 있다. '피라미'가 담고 있는 자기발견의 무게―의미와 가치도 여기에서 조금도 멀지 않다.

'돌아갈 곳이 없는 선지자'와 '19문반의 가장'은 고백하는 화자의 자기발견이다. 마찬가지로 '출렁이는 물살을 붙잡고 발싸심하는' 이 작품의 화자도 마침내 가족사를 쓰고 있는 자아를 발견하게 된다. 이런 발견에 대한 독자들 공감의 진폭이 결국은 '자아발견'이라는 문학 고유의 효용성과 닿아 있다는 뜻이다. 그러므로 우리는 성서적 비유와 문학적 암유가 갖는 자기발견의 방식에서 동질성을 엿볼 수 있다. 이런 해석이 성서에 대한 모독이나 불경과는 차원이 다른 이야기다.

우리는

여백으로

말을 한다

공간과 공간사이

시간과 시간사이

숨과 숨 사이에

느낌으로

말을 한다

표정과 표정사이

작은 틈새로

말을 한다.

— 〈정병순, 「틈새」 『빛무리』 제14집〉

생존은 여백이자 간극이다. 살아 있음은 '호呼'와 '흡吸' 사이에 있다. 잠과 깸 사이에 생존이 있다. 어찌 보면 들여 마시는 숨만 있어도, 또는 내쉬는 숨만 있어도 살았다 할 수 없다. 잠만 자는 것도 죽음과 같듯이, 깨어만 있어도 죽은 것과 마찬가지다. 살아 있다는 것은 철저하게 '틈새'에 있다.

인간 존재의 본질에 대한 자기발견이다. 구어체로 하는 말이나, 문어체로 쓰는 글이나 명징한 언표言表만으로 의사소통이 다 끝났다고 할 수 없다. 어찌 보면 그런 구체적인 언어행위보다 더 많은 의사소통이 이루어지는 통로는 느낌―감각―영감의 차원에 있는지도 모른다. 이 형언할 수 없는 '말 아닌 말'이 우리의 삶을 지배하고 있는지도 모른다.

신앙을 생각하면 이는 분명하다. 신의 존재와 예수의 사랑을 이성적인 판단과 구체적인 성서적 기록만으로 신봉하고 믿지는 않는다. 신앙에 몰입하게 되는 동기나 신앙생활의 과정 중에서 확신으로 오는 신앙 체험은 소위 느낌이라는 차원의 영감靈感이기 십상이다. 말로 설명할 수 없는 신의 역사役事, 전 생애를 통해서 어떤 것으로부터도 감지할 수 없었던 신성神性의 체감은 언어의 차원을 떠나 있다는 것이 필자의 판단이다.

이 작품의 화자가 진술하고 있는 '틈새'도 여기에서 멀지 않다고 생각한다. 공간 사이, 시간 사이, 숨 사이, 표정 사이… 모든 삶의 행위들은 바로 이 '사이=틈'의 연속이 아니던가? 인간은 바로 이 틈을 사는 존재라는 것이다. 이는 존재론적 자기발견이 아닌가! '나'는 바로 이 사이에 존재하고 있다는 발견을 통해서, 형언된 말의 세계보다, 형언하지 않는 삶의 순간들이 소중하다는 발견은 고유한 의미와 가치를 지닌다.

이와 닮은 것으로 무용예술과 음악예술을 들 수 있다. 무용은 '움직임의 없음'도 동작의 연장선상에서 이해되고, 음악에서 '소리의 없음'도 소리의 연장선상에서 사용된다. 이 두 예술은 모두 시간의 예술이라는 점에서 공통되지만, 무용은 동작과 동작 없음으로, 음악은 소리와 소리 없음으로 그 시간의 공간을 채운다. 이런 뜻에서 이 두 예술에서 빈 시간[틈새]이야말로 예술적 형상화를 위해서 없어서는 안 되는 중요한 요소가 된다.[7]

그러므로 「틈새」의 화자가 '우리는/ 여백으로/ 말한다.'는 진술을 '우리는 형언하지 않는 언로言路로 말한다.'는 말로 바꾸어도 아무렇지도 않고, 나아가 '우리는 표의—표음문자로 쓰여진 성서의 기록보다는 나

---

7) 우광혁의 「무용의 언어와 음악의 언어」라는 글에는 이런 요지의 주장이 담겨 있다.

의 느낌을 더 믿는다.' 는 말로 바꾸어도 이상하지 않다. 아니 이런 해석
이라야 시문학도, 신앙도 비로소 살 수 있다.

> 요가시간이다
>
> 쓰레기통을 비우듯
>
> 거꾸로 서기까지 아홉 달이 걸렸다
>
> 들꽃 한 무더기 피어 흔들리는 천장
>
> 무엇이고 용서할 것 같은 현기증
>
> 파란 하늘 한 조각이
>
> 내 발아래 성큼 자리를 편다
>
> 묵은 찌꺼기들이 심장을 관통해
>
> 서슴없이 쏟아져 내린다
>
> 잠시 숨 고르는 사이
>
> 애써 다잡았던 두려움도 날아올랐다
>
> 있는 힘을 다하여
>
> 내장된 오물을 비워내는 일
>
> 필시 매달리지 못한 것들은
>
> 모두 땅바닥에 있어야 했다
>
> 가벼워진 발끝
>
> 땅으로 내린 뿌리는 물길을 내야 하는가
>
> 머리에서 때 아닌 물이 흐른다.
>
> —〈최정아, 「물구나무」 『빛무리』 제14집〉

이 작품의 화자는 '나' 다. 나는 요가수련을 통해서 물구나무를 설 수
있게 되었다. 세상을 정립正立해서만 본다고 다 보이는 것이 아니듯이,

인간도 직립해서만 보면 편향성을 지니게 된다. 현미경을 통해서 보이지 않는 미시의 세계를 들여다보듯이, 망원경을 통해서 멀리 떨어져 있는 대상을 끌어당겨 보듯이, 우리는 때때로 보는 방법이나 위치나 마음가짐-몸가짐을 달리해서 볼 때 진실을 볼 수 있는 경우도 있다.

역지사지易地思之는 이를 잘 표현한 고사성어다. 내 입장에서만 보면 나만 항상 옳다. 그런 시선으로는 갈등-문제-다툼이 해결되지 않는다. '나'의 입장이 아니라, 상대편의 입장에서 보아야 문제의 본질을 찾을 수 있다. 처지를 바꾸어서 바라볼 때 보이지 않던 진실이 보인다. 인간의 몸만이 아니라, 의식마저도 산성화되어 가는 특성을 지니고 있다. 의식의 산성화를 막기 위해서는 보는 방법뿐만 아니라, 사는 방법도 바꾸어 볼 필요가 있다.

그렇게 보는 방법이나 사는 방법을 바꾸는 일이 그렇게 쉽지 않다. 이 화자는 아홉 달이나 걸렸다고 하지 않는가? 아홉이라는 숫자는 가장 큰 숫자다. 아홉에다 하나를 더하면 다시 하나가 된다. 십진법에 의하면 그렇다. 그러므로 아홉이라는 숫자는 그냥 세속적인 시간의 단위가 아니고, 이 화자가 수행한 신앙의 치열성이요, 각고면려刻苦勉勵한 인간적 노력의 최대치가 된다. 그렇게 하고나서야 비로소 '물구나무'를 설 수 있었다. 물구나무를 섰다는 말은 앞에서 밝힌 대로 보는 방법과 사는 방법을 바꿀 수 있게 되었다는 뜻이다. 그렇게 하자 비로소 '참 나'를 발견하게 된 것이다.

참 나로 거듭 난 화자는 더러운 속내를 비울 수 있게 되었고, 무엇이든 용서하라는 가르침을 비로소 실천할 수 있게 되었으며, 파란 하늘[천심]이 비로소 내 의식으로 들어오게 되었다고 고백하고 있다. 이런 거듭남이 있음으로써 묵은 찌꺼기를 쏟아내는 것은 물론이요, 두려움마저 날려버릴 수 있게 된다.

비로소 가벼워진 '나'는 자아발견―자기각성의 최고의 경지에 이른
다. 우리는 때때로 거꾸로 서서 세상 바로보기를 이 화자는 권하고 있
다. 입장 바꾸어 생각하기를 권면하고 있다. 가진 자는 못가진 자의 입
장에서, 인간은 신의 입장에서, 남자는 여자의 처지에서, 남한은 북한의
시선으로, 높은 자리에 있는 자는 낮은 자리에 있는 사람으로, 신부는
신자의 입장에서 (그 반대의 입장에서도) 생각하고 바라보고 살아보기
를 권하고 있다. 그렇게 했을 때 비로소 모든 욕망으로부터 벗어난 '참
나'를 찾을 수 있다고 이 시의 화자는 말한다.

나를 아는 것이 진정으로 아는 것이다. 그 나를 발견하는 문학적 암유
는 다양하다. 나팔꽃으로 몸바꾸기를 실현함으로써 참 나를 발견했다
고 노래하기도 하고, 지느러미가 고단한 지친 어버이 사랑을 통해서, 현
실의 고단함 속에서도 결코 포기할 수 없는 사랑의 실천자로서 나를 발
견하기도 한다. 존재론적인 자아의 위상은 '사이=틈'에 있다며 나를 보
는 참신한 시선을 열어주기도 하고, 보는 방법―사는 방법―생각하는
방법을 거꾸로 함으로써 비로소 욕망의 굴레로부터 벗어난 참 나를 일
깨우고 있다.

2. 문학의 정의적正義的 효용성과 시문학

윤리적이고 도덕적인 깨달음을 얻는 것도 문학행위의 소중한 소득이
다. 어떻게 사는 것이 바른 삶인가? 무엇을 추구하며 사는 것이 보다 바
람직한 사람됨의 길인가? 문학은 이에 대하여 끊임없이 질문하고 대답
한다. 형식적으로 볼 때, 시인[작가]은 이런 질문에 대하여 대답을 마련하
는 전문가로 생각되지만, 문학행위의 본질인 표현[창작]과 독서[수용] 사
이에 존재하는 상호작용적 이치를 생각하면 어느 일방의 질문이나 대

답만이 있는 것은 아니다.

작가는 제2의 독자요, 독자 또한 제2의 작가다. 작가 또한 인간과 세계가 안고 있는 문제에 대한 전문가는 아니다. 작가는 문학이라는 형식을 통해서 독자에게 정답을 묻고 있다고 보는 것이 더 정확하다. 독자도 마찬가지다. 작가가 마련한 해석의 길을 그냥 따라가지는 않는다. 부단하게 질문하고 토의하고, 때로는 작가가 마련한 해석의 길에서 일탈하여 독자 나름의 새 길을 내기도 한다. 그것이 곧 적극적 독서행위며, 능숙한 독자는 그렇게 제2의 시인이 된다.

문학작품은 독자들에게 제시하는 바른 삶에 대한 하나의 해석이다. 이런 면에서 본다면 문학이 종교에 한참 뒤진다. 종교야말로 인간의 삶에 대한 도덕적이고 윤리적인 전범을 제시하고 있지 않는가? 현세뿐만 아니라 내세까지도 관장하기를 주저하지 않는 것이 종교다. 문학은 암유적이며 드러내지 않는 방법으로 교화한다면, 종교는 노골적으로 바르게 살기를 표방하고 강요한다. ‘문학당의정설文學糖衣錠說’은 문학이 독자들을 어떤 방법으로 교화하는가를 잘 보여주는 학설이다.

문학이 종교적 가치와 의미를 지니고 있다면 바로 이런 점을 들 수 있다. 다만 문학이 종교적 교리에서 벗어나기 위해서는 형상화라는 포기할 수 없는 과정을 거쳐야 한다. 문학은 신자를 달래는 설교나, 사랑을 선교하는 강론이 아니다. 문학은 교리를 해석하는 설법이나 규범을 강요하는 도덕 교과서가 아니다. 문학은 문학의 방법과 길이 있다. 그것이 곧 형상화의 방법이요, 그 수단이 곧 미학적 설득력이다.

> 작열하는 팔월의 태양아래
> 수박 한 통을 들고 아들과 내가 걸어간다
> 아들의 팔이 점점 올라가면서

내 팔도 점점 따라 올라가

서로 팔을 내리라고 실랑이를 벌이는데

땀을 뻘뻘 흘리며 종종걸음 치는

아들의 뺨 위로 수박 속 같은 노을이 번진다

십년을 산 아이는

사십년을 산 나보다 더 철이 들어

큰 눈을 깜박이며 자꾸만 나를 흔들어 깨우고

그럴 때마다

내 심장 속에서는 물고기 한 마리 퍼덕이며

살아야 한다고

— 〈김혜선, 「무게」 『빛무리』 제14집〉

지난번 독도 문제로 한일 간에 갈등이 첨예할 때, 이어령 씨가 일본어에는 우리말 '철이 들다'의 그 '철'이라는 말이 없다고 쓴 글[8]을 읽은 적이 있다. 하기야 매사 철부지 망동을 일삼는 일본인들의 성향으로 볼 때 '철'이라는 말이 없다는 것이 하등 이상할 것이 없다고 생각하며 실소를 금치 못하였다. 이 작품 「무게」에서 그 '철'이라는 말이 유효적절하게 쓰였음을 공감하면서, 우리말이 지닌 무게를 실감하였다.

어떻게 사는 것이 바르게 사는 것인가를 쉽게 규정할 수는 없다. 그러나 연장자가 연하자보다는 더 철이 들어야 옳지 않겠는가? 부모가 자식보다는 더 철이 들었어야 마땅한 노릇이 아니겠는가? 그래야 철이 든 사람이 되지 않겠는가? 그런데 철이라는 것이 이런 시간이나 윤리적 관계의 순차를 따르지 않는다는 데 문제가 있다. 그 철이라는 것이 물론 '철鐵'은 아니겠지만 '철'이 든 사람은 무게가 있다.

---

8) 이어령, 「일본인에게 주는 일지매(一枝梅)」(『joins.com. 05.03.21)

말의 뉴앙스라는 게 참 미묘해서 인간적으로 속이 깊고 사려 깊으며 매사 주도면밀하여 삶을 낭비하지 않는 사람은 철이 든 사람이다. 그런 사람의 됨됨이는 무게가 나간다. 이 무게는 체감하고 의식할 수 있는 사람 됨됨이의 질량이다.

이 작품 「무게」가 시가 될 수 있는 단서는 사십년의 무게가 십년의 무게에 미치지 못한다는 점과 부모의 됨됨이가 자식보다 못하다는 자각으로부터 출발한다. 그것을 발견하는 화자의 내심은 물고기가 퍼덕일 만큼 활성화된 생의 의욕으로 충만해 있다. 그런 생의 활성화된 자각들이 화자를 신명나게 살아 있게 한다. 바른 삶은 우리의 엔돌핀을 뿜어내는 촉매가 된다. 윤리적이고 도덕적인 삶은 생의 에너지가 낭비되는 것을 방지한다.

그러면 여기에서 발견한 바른 삶은 무엇인가? 화자에게는 그것을 일러 모―부성애를 시발점으로 한 사람에 대한 배려하고 할 수 있다. 이런 배려는 아무나 할 수 있는 것이 아니다. 소위 철이 든 사람이나 가능한 일이다. 나의 고통을 타인에게 전가하지 않고 자신이 짊어지려는 행동은 철이 든 사람이나 할 수 있는 선택이다. 그것을 이제 열 살밖에 되지 않은 여린 자식으로부터 발견하고 감동하는 화자의 심정을 '오버'라고 단정할 순 없다.

시적 대상인 열 살짜리 자식이 실행한 바른 삶은 무엇일까? 무거운 짐을 부모에게 떠넘기지 않고 자식이 지려는 배려는 분명히 철이 든 행위다. 이 행위를 타인에 대한 배려와 함께 부모에 대한 효심의 일단이라고 해서 틀린 말은 아니다. 문제는 너무도 당위적인 이런 행위마저도 감동이 될 수밖에 없는 우리 시대―우리 사회의 도덕적 불감증 내지는 윤리적 해이를 걱정해야 한다는 것이다.

불치하문不恥下問이라고 했다. 나를 흔들어 깨우는 어린 자식의 철이

든 행위를 통해서 어른들이 눈을 떠야 한다. 시대를 침윤하거나 사회를 혼탁하게 하는 정의—양심의 눈들은 다 어디로 갔는가? 저마다 심장에 양심을 흔들어 깨우는 물고기 한 마리씩 길러야 할 일이다.

노인이
가슴을 노출한
젊은 여인의 젖을 먹고 있다.

기근이 들어
기아로 빠져 들어가는 때
젊은 며느리가
늙은 시아비에게
젖을 먹이고 있다.

감옥에서
굶어 죽어가는 시아비에게
아기에도 모자라는 젖을 주는
오 저 숭고한 며느리!

천군 천사들이
찬미하고
땅이 감동하는 듯
루브르 박물관이
뒤흔들린다.
　　　　　—〈강신일, 「루브르 박물관에서—효부상」 『빛무리』 제14집〉

　이 작품은 우리에게 심각한 토론을 제기하고 있다. 이와 유사한 사례가 우리나라에도 전설처럼 유포되어 있지만, 생명에 대한 절대성과 윤리적 인간관계에 대한 처신이 쉽게 선악을 가릴 수 없게 한다.

　상황은 극한적이다. 감옥이라는 갇힌 공간이다. 시아버지는 늙은 몸으로 기근에 시달려서 죽어가고 있다. 젊은 여인은 자식에게 주어야 할 젖을, 이미 죽어가고 있는 시아버지에게 먹인다. 시아버지인 사람도 이미 죽음의 문턱에 이른 절박한 상황에서 더 이상 다른 선택의 여지가 없다. 절명의 순간에 누군들 먹이에 다가서지 않겠는가? 문제는 그 먹이의 대상이 며느리라는 데에 있다. 아무리 죽음이 목전에 다가왔다고 한들, 어찌 며느리의 젖을 먹을 수 있단 말이냐고 힐책할 일만은 아니다. 생명의 욕구는 눈이 멀었다. 이성을 마비시키는 절대 절명의 욕구, 그것이 바로 식욕이 아니겠는가.

　이렇게 본다면, 죽어가는 사람에게 젖을 먹인 여인은 이미 며느리가 아니다. 숨이 넘어가면서 며느리의 젖을 먹는 노인은 이미 시아버지가 아니다. 여인은 다만 먹이를 지니고 있는 구원자요, 노인은 기껏 죽음의 경지에 이른 굶주린 아귀일 뿐이다. 이들에게 도덕이나 윤리의 잣대를 들이댈 일이 아니다. 생명보다 더 존귀한 것이 없다는 것을 조각가는 형상하고 있고, 이 시의 화자 역시 그런 선택에 '오 숭고한 며느리!'라고 칭송하고 있다.

　화자뿐이 아니다. '천군 천사들이/ 찬미하고/ 땅이 감동'하고 있다. 천지신명도 감동했다는 것이다. 하느님도 동감했다는 것인가? 며느리의 선택을 그냥 효심이라고 쉽게 단정하고 넘어가려니 인간의 사유 능력이 제동을 건다. 그것은 생명을 최고의 가치로 여기는 자만이 선택할 수 있는 용기다. 휴머니즘은 용기를 필요로 한다. 그래서 인간다운 삶을 실현하기 위하여 역사는 얼마나 많은 피를 흘렸던가! 피를 흘리기 위해서는 용기가 필요하다. 사랑은 용기를 먹고 자란다.

　신라 손순의 전설9)도 윤리적인 선택의 문제에서 이와 유사한 사례라고 할 수 있다. 어린 자식을 살릴 것이냐, 늙으신 부모님을 구할 것이냐? 인간은 항상 선택을 강요받고 있다. 우리는 그 선택의 기저에 윤리와 도덕이 있음을 안다. 이것을 전방위에 표방하는 행위가 바로 종교다. 세속적으로 범하기 쉬운 인간의 한계를 극복하고, 보다 인류애적인 근원적 선택만이 우리를 영속시킬 수 있음을 종교는 말하고 있다.

　이것을 믿고 실천하는 것이 신앙이요, 이런 선택을 형상화하는 것이 예술이다. 그러므로 진정으로 형상화에 성공한 예술작품이라면 윤리적이고 도덕적인 의미와 가치를 초월하는 데 있다고 말할 수 있지 않을까?

　　　절룩이는 것도 때론

　　　아름다울 수 있지

　　　음악 속에선

　　　당김음(音) 주법으로 절룩이는 음표가 있어

　　　쇼팽도 라흐마니노프도

　　　베토벤도 싱코페이션(당김음)으로

　　　아름다운 曲들을 작곡하여

　　　기쁨과 슬픔을 노래하게 하였지

　　　버림받은 것이 아니고

---

9) 〈손순 설화〉 흉년으로 기근이 자심한 가난한 집의 철딱서니 어린 아들이, 부모의 음식을 빼앗아 먹는 것이 안타까운 효자 효부는 그 아들을 생매장하려한다. '자식은 또 낳으면 되지만, 부모님은 한 번 돌아가시면 그만'이라는 것이 이유다. 결과는 해피 엔딩으로 마무리되지만, 시아버지에게 젖을 먹이는 며느리나, 손자를 죽이고 부모를 구하려는 아들 내외나, 부모를 존중하는 윤리적 선택은 동서양이 별로 다르지 않다.

상처도 아니고

상처 안에 숨어 있는 골목도 결코 아닌

내 삶과 육체 속에 살아

죽을 때까지 함께할

지독한 아름다움이지.

—〈조정희, 「소아마비에 관한 명상」 『빛무리』 제14집〉

외눈박이 나라에 가면 두 눈을 가진 사람이 장애인이다. 〈걸리버 여행기〉는 이를 풍자한 고전이다. 자신의 기준과 자신의 눈으로 보는 것을 절대화하려는 본능이 죄를 낳는다. 사물의 가치와 의미는 다양성을 전제로 한다. 그럼에도 불구하고 인간만이 고정관념—선입관의 굴레에서 벗어나지 못한다. 이 작품은 그런 비뚤어진 의식에 대하여 이의를 제기한다. 아름다운 음악에서는 절름거림이 흉이나 장애가 아니라 오히려 미가 될 수 있는데, 어찌하여 사람의 절름거림은 흉이 되어야 하느냐고 묻는다.

이 작품의 의도는 윤리적이고 도덕적인 선택의 문제라기보다는 편향성과 고정관념의 문제로 보인다. 그러나 작품의 심층에 이르러 보면 윤리적인 문제와 닿아 있다는 것이 필자의 판단이다.

우리 사회에서 장애인이 겪고 있는 삶의 부당한 고역을 생각해 본다면, 필자가 왜 이 작품의 의도에서 윤리문제를 끄집어냈는지 짐작할 것이다. 장애인이 받는 부당한 폄하와 폄시는 인간의 존엄성을 훼손하고 있다는 데에 근거를 두고 있다.

장애인 아닌 사람이 어디 있는가? 겉으로 드러난 장애만이 장애가 아니다. 가장 큰 장애는 뭐라 해도 마음의 편견, 의식의 편향성이다. 마음

안에 도사리고 있는 청맹과니가 인간의 본래 모습이다. 이런 마음의 눈을 뜨게 하려는 작업들이 예술이고, 그것을 윤리와 도덕의 문제로 전면에 내세우고 있는 것이 바로 종교다.

그러므로 종교의 의미와 가치는 장애를 장애로 보지 말라는 금기가 아니라, 눈에 보이는 장애보다 눈에 보이지 않는 장애―죄를 들여다보게 하려는 데 있다. 많은 병자들을 치유했던 예수의 기적은 장애를 가진 사람들에 대한 인간적 인식의 지평을 확대하려는 의도와 함께, 모든 장애는 치유될 수 있다는 가능성의 제시로 보아도 좋을 것이다. 심지어 마음의 죄와 함께 원죄마저도 구원받을 수 있는 길을 제시함으로써 진정한 사랑이 무엇인가를 보여준다.

이와 같이 구원의 길을 제시하는 인간의 행위 중에 예술이 있다. 소아마비는 버림 받아야 할 천형天刑도 아니고, 숨겨야 할 부끄러운 상처도 아니다. 자신의 삶과 함께 살아야 할 '지독한 아름다움'이라는 진술은, 문학이 어떻게 윤리적이고 도덕적인 구원의 효용성을 지니게 되는가를 잘 보여주고 있다.

모순형용矛盾形容의 효용성, 모순어법矛盾語法의 효율성을 이 시는 효과적으로 살려내고 있다. '지독한'과 '아름다움'은 어울리지 않는 어휘 조합이다. 지독한 뒤에는 마땅히 부정적인 의미를 지닌 어휘가 오기 마련이다. 우리들의 상투적인 언어감각은 그렇게 자동화 되어 있다. 그러나 이런 상식―상투성을 깨는 어휘 조합을 통해서 화자는 전혀 다른 상황―상투성을 초월함으로써 닿을 수 있는 미감으로 우리(독자)를 감동하게 한다.

에페소 앞 가파른 능선에 올라
머흘구름 붙잡고 세상을 본다

이천여년 전 세상

플라타너스 나뭇잎은 영상 속으로

한 오래기 믿음을 찾는 나를 끌어당긴다

나는 구굽어진 가지마다 애련한 눈빛을 읽고

모지락스럽게 살던 짧은 생에서

흔들리는 양심이 소름끼치는 전율을 채취한다.

바위 없이 나무는 나의 체온처럼 한 몸이다

'주님도 계시고 마리아도 계셨음이라'

그녀가 밟고 마셨을 앞마당 우물은

죄인을 향한 눈물샘이다

하느님께서 자궁을 내어 주신 순명

여인의 삶은

아들이 죽어야 했지

지아비 떠나보낸 억센 팔자였어

나의 영혼은 혼돈 안에서

그녀의 생가를 돌고 돌아본다.

믿음을 각인 시키려는 따가운 햇살에

혼돈의 신앙은 나뭇가지에 꽁지를 내려

플라타너스 이파리에 착색되어 간다

―〈이소애, 「꽁지를 내린 영혼」『빛무리』 제13집〉

　　성지순례는 그 자체가 신앙이라고 생각한다. 필자는 아직 예수의 발 자취를 밟아보지는 못했지만, 우리나라 도처에 산재해 있는 순교자들의 성지를 둘러보노라면, 순례 자체가 거룩한 신앙 체험이라고 생각하였다.

왜 그것이 신앙이 되느냐를 이 작품은 잘 그리고 있다. 화자는 마리아의 성소를 방문하고는 '흔들리는 양심이 소름끼치는 전율을 채취' 하였다고 고백하고 있기 때문이다. 양심의 눈을 뜨게 하는 것이 곧 종교가 아닌가? 실존했던 예수와 마리아의 체취를 실감하고 느끼는 것만큼 거룩한 신앙체험이 또 어디에 있겠는가? 이런 장엄미莊嚴美[10]—거룩한 미적감동은 종교인—신앙인이 아니어도 얼마든지 체험할 수 있는 보편적 정서가 아닌가?

'주님도 계시고 마리아도 계셨음이라' 는 화자의 고백은 내발적 깨달음 그 자체였다. 양심이 눈을 뜨고, 세속적 삶에 익숙했던 여행자의 온몸이 비로소 성스러운 현장—성소와 한 몸이 되는 순간이다. 그런 체험은 곧 혼돈스러웠던 믿음에 종지부를 찍는 행위로 이어진다. 믿음과 불신 사이에서 방황하던 신심, 세속과 천상 가운데에서 어지럽던 인간, 육체와 영혼의 욕구에 방황하던 나그네는 비로소 신앙의 본질에 투신하게 된다.

알량한 인간적 자존이 비로소 꽁지를 내리고 온전히 신의 존재에 귀의하게 된다. 문학이 기여하는 종교적 의미와 가치는 헤아릴 길이 없다. 성지순례를 체험하지 못한 독자라 할지라도 「꽁지 내린 영혼」을 통해서 비로소 신앙의 본질에 대한 눈을 뜨게 된다면, 이보다 더 훌륭한 종교적 메시지가 어디에 있는가?

---

10) 장엄미(莊嚴美)는 예술미의 4대 범주의 하나로서, 숭고미, 숭엄미라고도 한다. 경이(驚異)하고 외경(畏敬)스러우며 위대한 대상에서 느끼는 절정의 감동으로, 영적으로 느끼는 거룩한 종교적 체험도 장엄미의 일종이다.

문학이나 종교나 그 본령은 바른 삶—양심의 눈을 뜨는 데 있다. 혼탁한 시대와 오염이 극심한 사회를 정화하는 데에는 이런 어린 양심이 필요하다. 저마다 마음에 활력 넘치는 양심의 물고기(양심) 한 마리씩 길러야 한다. 잘못을 범하기 쉬운 인간의 한계를 극복하고, 보다 인류애적인 선택만이 우리를 영속시킬 수 있다. 문학은 종교 이상의 메시지를 담고 있다. 이를 성공적으로 형상화 한 예술은 윤리적이고 도덕적인 의미와 가치를 초월할 수 있다. 예술은 인간에게 또 다른 의미의 구원의 길을 제시한다. 소아마비 같은 장애와 불구는 버림 받아야 할 천벌도 아니고, 부끄러운 상처도 아니다. 자신의 삶과 함께 가야 할 소중한 아름다움이다. 성지순례는 인간의 교만과 허영심의 꽁지를 내려 온전히 신에게 귀의하게 한다. 문학이 기여하는 종교적 의미와 가치는 막중하다. 윤리적이고 도덕적인 각성의 눈을 뜨게 하는 문학의 힘은 감히 종교에 버금가지 않는가?

3. 문학의 심미적審美的 효용성과 시문학

문학작품을 선택하는 일차적인 기준은 재미에 있다. 재미있기 때문에 문학작품을 읽는다. 그것을 쾌락이라고 하건 흥미라고 하건 문학작품은 일차적으로 독자들이 재미를 느낄 수 있어야 한다. 즐거움은 인간이 행동하는 중요한 동기요 이유다. 문학작품이 아닌 다른 읽을거리를 견주어 본다면, 문학작품이 왜 재미와 즐거움을 본질로 하는지 확인할 수 있다.

문학의 효용성으로서 '쾌락설快樂說'은 아리스토텔레스가 '시학詩學'에서 처음으로 제기한 이래 지금까지도 문학개론의 기본 학설로 인정받아 자주 인용되고 있다. 나아가 이 쾌락설은 모든 예술의 기본적인 출발점이자 모든 예술의 공통된 기능이다.

이런 지적은 일찍이 콜리지[11]에서 찾을 수 있다. 그는 '모든 예술의 공통적인 본질은 미美를 매개로 해서 쾌락이라는 직접적인 목적을 얻는 데 필요한 정서를 자극하는 데 있다'고 하였다. 콜리지의 관점에서 보면 다른 장르의 예술 영역보다 문학 장르가 쾌락적 기능에서 한 수 낮은 특성을 지니고 있다고 할 수 있다.

다른 영역의 예술들은 인간의 감각에 직접 작용하는 것을 특징으로 한다. 음악 예술이 청각적 기능에, 회화 예술이 시각적 기능에, 무용 예술이 온 몸의 움직임에, 연극 예술이 공감각적 기능에 직접적으로 투사되는 데 비하여, 문학은 일차적인 문자의 단계에서 2차적인 의식의 통역과정—감지단계를 거쳐야 한다. 어찌 보면 간접적으로 작용하는 셈이다. 이런 점에서 문학예술이 여타 장르에 비해서 감각적으로 한 박자 더딘 표현도구라 할 수 있다.

그러나 여타 장르의 예술적 자극이 감각에 직접적으로 투사되지만, 그것을 인지하여 미의식의 기억 창고에 저장하기 위해서는 언어적 통역을 거치지 않고서는 불가능하다. 이런 점에서 언어를 유일한 표현수단으로 하는 문학예술—시문학은 굴레와 축복을 한 몸에 동시에 지니고 있는 운명이라 할 수 있다.

쾌락—즐거움의 궁극적인 목적은 여러 가지로 말할 수 있다. 인간됨의 길에 다가서는 행위거나, 인간의 유한성을 극복하기 위하여 시행착오를 줄이려는 노력의 과정이라고도 한다. 그러나 이에 대한 해석은 역시 아리스토텔레스의 지적만큼 유용한 견해도 찾기 어렵다. 쾌락을 통해서 체험하는 카타르시스[12]를 예술의 궁극적인 목적으로 보는 견해는

---

11) 콜리지(Coleridge Samuel Taylor 1772~1834), 구인환 · 구창환『문학의 이해』(법문사. 1985)
12) 카타르시스-catharsis: 본래 배설-혹은 정화(淨化)를 뜻하는 의학 용어였는데, 아리스토텔레스가 '시학'에서 비극의 속성을 설명하는 용어로 사용하여 문학 용어가 됨. 그에 따르면 불안, 공포, 연민 등 인간의 정신 건강에 해로운 정서들이 비극을 보는 과정에서 해소될 수 있다고 하였다.

고전 중에 고전이다. 고전이되 이 견해만큼 예술의 목적을 효과적으로 해석하는 것도 찾기 어렵다.

　문학은 여러 가지 요소를 복합적으로 활용하여 미적 쾌락을 준다. 필자는 다음 네 편의 작품을 통해서 문학예술―서정시가 지니고 있는 심미적 함축성을 엿보려 한다.

　　　에이쑤 무슨 놈의 전화질을
　　　저렇게 오래 허능고
　　　앗다 맥없이 허간디
　　　헐말이 있싱게 그러지
　　　그래 홋딱 좀 허지
　　　아조 끼리고 사네 그려
　　　오마, 헐 이애기가 쐬앗는디
　　　그럼 으찌여
　　　알았네 알았어,
　　　대강 대강히서 싸게 끝내소 잉!
　　　아이고
　　　저러다 마누라 속곳 보일라.
　　　　　　　　　　― 〈이기화, 「어느 대화(對話)」 『빛무리』 제14집〉

　「어느 대화」는 대화對話다. 대화는 상대가 있는 말하기다. 상대가 없이 혼자서 하는 말은 독백이다. 독백은 반향이 없는 넋두리다. 그러나 대화는 발화자가 담아내는 내용에 대하여 즉각적이고 생동하는 반응을 불러온다. 그러므로 대화는 상대를 전제하고 의식해야 한다.

　이 작품을 받아들이면서 미소를 짓는 독자라면, 필자처럼 다음과 같은 점에서 공감하였을 것이다. 먼저 가장 뚜렷한 단서는 어조語調—어투語套에 있다. 정감 넘치는 우리네 전라도방언이 생생하게 살아 있는 대화에 있다. 이 작품에 쓰인 전라도 방언은 한 때나마 시대의 불륜으로 인하여 가장 천박하고 교양 없는 지방색—지역인의 캐릭터를 설정하는 데 단골로 쓰였다. 이런 사투리—우리 고장의 말씨가 이렇게도 정겹고 아름다울 수 있음을 절감하게 하는 데 이 작품은 성공하고 있다.

시의 가장 핵심적인 표현도구는 언어다. 시어가 담고 있는 의미영역은 차치하고라도, 언어 자체가 내뿜는 음악적 요소들은 그 자체가 시를 이루는 중요한 요소다. 언어는 의미를 담아내기 이전에 먼저 음성학적인 파장을 간직하고 있다. 그러므로 시인들이 구사하는 언어는 의미 이외에도 그 어휘가 발휘하게 될 음성적인 이미지의 영향—파장까지를 고려하여 구사하게 된다. 이 시에는 그런 시인의 운율적 의도가 생생하게 드러나 있다.

사실 전라도 방언처럼 아름다운 말도 없다. ‘표준어는 교양 있는 사람들이 두루 쓰는 현대 서울말로 정함을 원칙으로 한다’ 13)고 한국어 표준어 규정을 정했다 할지라도, 전라도 방언이 갖는 우수성은 이미 입증되고 있다.

우리나라 전통예술 중에서 대중적인 인기를 누리고 있는 장르는 판소리다. 이 판소리는 한국 전통예술의 정수로서, 그 예술성과 토속적 우수성이 이제는 세계적인 주목을 받는 경지다. 판소리를 세계 무형문화재에 등록해야 한다는 여론을 등에 업고 이를 추진한 결과, 유네스코에서 관장하는 세계 무형문화재로 당당하게 등록되기에 이르렀다. 이는 판소리의 문화적—예술적 우수성에 대한 세계적인 공인을 획득했다는 데에도 의미가 있지만, 아울러 전라도 방언의 문화적—예술적 우수성

---

13) 표준어규정. 제1부 제1장 제1항

이 함께 입증된 격이어서 더욱 의미와 가치가 크다 하겠다.

그 판소리 다섯 마당의 노랫말—사설은 반드시 전라도 방언이어야 한다. 가객이 누가 되었건, 소리꾼이 서울사람이나 경상도 사람이라 할지라도 판소리의 사설은 전라도 방언으로 해야 판소리 제 맛이 살아난다. 생각해 보라. 교양 있는 서울 출신 소리꾼이 서울말로 부르는 판소리를. 아니면 억양 드세기로 유명한 경상도 가객이 경상도 말씨로 부르는 판소리를 상상해 보라. 아마 그것은 소리가 아니라 무미건조한 연설에 가까울 것이다. 교양 있는 서울 창자도, 억양 드센 경상도 소리꾼도 판소리는 전라도 방언으로 불러야 한다. 그래야 판소리 제 멋—맛을 살릴 수 있다. 「어느 대화」는 이런 전라도 방언의 아름다움으로 가득 차 있다.

그 아름다움의 비밀은 결국 그 말을 구사하는 사람의 질박함에 있다. 전화를 오랜 시간 사용하는 교양 없는 사람을 질책하는 화자나, 그 질책을 정면으로 맞받아내는 수화자나 갈등을 만들고 원수 척 지는 싸움이 아니라, 그저 일상의 언짢음을 아무 복선 없이 구사한다. 그런 어투 어조 속에는 말을 나누는 사람들의 격의 없는 인정미가 전제되어야 가능하다. 이런 대화에 무슨 갈등이나 투쟁이 개입할 수 있겠는가? 장삼이사張三李四의 일상적 버릇을 드러냄으로써 전라도말씨의 감칠맛 내는 아름다움을 드러내고, 그 말의 임자인 전라도 사람들의 질박한 인성을 드러내면 그것으로 이 시의 사명은 훌륭하게 마무리된다.

그럼에도 이 작품의 또 다른 장점은 결구에 있다. '아이고/ 저러다 마누라 속곳 보일라' 에서 보이는 질타는 판소리의 해학적 구도와 매우 닮아 있다. 이 결구는 이 작품의 백미에 해당한다. 화해와 평화의 메시지는 해학적 구도가 아니고서는 불가능하다. 이 작품은 그것을 간파하고 있다. 결구를 통해서 '그냥 웃자고 한 질책이었음' 을 고백함으로써, 인

간사 웃음으로 해결할 수 없는 것이 무엇이냐는 주제를 자연스럽게 형
성하고 있다.

> 길고 짧음도 없더라
> 높고 낮음도 없더라
>
> 눈을 뜨면
> 한가운데 작은 점으로
> 궁굴면서 달려와
> 마침내 그의 도포자락에
> 묻히어 버리는 깃발이더라.
>
> 멈춘 심장에
> 피돌기 시작하고
> 한 겹 두 겹 떨어지는
> 속절없는 시간 아래로
> 강이 되어 흐르는
> 끝없는 줄기이더라.
>
> 조금씩 보이지 않게 배어들어오는
> 물기 같은 것이더라.
>
> ― 〈장화자, 「사랑」『빛무리』 제13집〉

문학적 형상화의 기법은 다양하다. '사랑'이라는 추상명사처럼 흔하
게 쓰이는 어휘도 없을 것이다. 사랑이라는 말은 구체적인 형상이 없는

명사다. 이 말이 담고 있을 파장은 무한대에 가깝다. 누가 있어 이 무한한 사랑의 의미영역을 제한할 수 있을 것인가? 사랑을 형상하고자 하면 그 방법이 묘연하여 암담하다. 그럼에도 불구하고 이 시인은 그 지난한 제재인 '사랑'을 참 깔끔하게 그려내고 있다. 보여주고 있다. 만지게 하고 있다. 느끼게 하고 있다. 그것이 문학이요 시가 아닌가!

우선 사랑은 평등하다. 이렇게 쓰면 시가 아니다. 이 개념이 구상화될 수 있는 과정을 마련해야 한다. 길고 짧음과 높고 낮음이 없는 형상성은 관념적 사랑을 지평선으로 끌어내리는 효과를 발휘한다.

그 다음에 사랑은 이념마저도 육화되고 체질화되어야 비로소 사랑일 수 있다. 이념의 깃발이 도포자락에 안기는 일상은 이미 사랑이 개념의 범주를 넘었음을 그린다. 그것이 더욱 구체화되는 것은 '피돌기'요 '강줄기'다. 피돌기는 사람의 생명성이요, 강줄기는 자연의 생명성이다. 사람에게 피돌기는 사랑의 실현이요, 자연에 강줄기의 흐름 역시 사랑의 실현이다. 사랑은 거창한 구호나 이념이 아니라, 사람의 몸에 더운 피를 돌게 하는 것이요, 저 산맥과 이 평원에 강줄기가 흐르게 하는 것이다.

그것이 실현될 때 '물기'가 배이게 된다. 물기는 생명의 본질이다. 생명의 본질은 사랑이다. 사랑은 생명을 생명이게 하는 물기에 다름 아니다. 조금씩 보이지 않게 배어들어오는 수분 같은 것. 만물이 생명을 가지게 하는 본질은 수분이다. 습기가 있는 분자는 모두 생명의 눈을 뜰 수 있다. 사랑이 구상화된 하나의 물질로 드러내라고 할 때 가장 적합한 것이 바로 이 '물기'일 것이다. 이 시에서 화자는 그것을 진술하고 있다.

넝쿨을 타고
강물처럼 흘러 그에게 닿은 것일까

밤새 어둠을 삼킨 키 작은 채송화가

마음을 열어젖히고

햇살 한줌 닦아 저리 빛을 내고 있다

강물이 된 오래 전 이야기들이

환생한 아침

먼 옛날 할머니의 가슴을 빠져 나온 어린 날의

꿈일지도 모를, 장독 옆 숨죽여 울었던 누이의 시린

손끝일지도, 이젠 어디선가 서로 도닥이며 늙어

갔을 꿈들이

성결한 꽃으로 피어

지금, 저기 가고 있다.

— 〈이은송, 「어떤 여름」 『빛무리』 제12집〉

사랑이 피돌기와 강줄기의 흐름이라는 것을 말하는 또 다른 작품이
「어떤 여름」이다. 채송화 한 송이 알뜰하게 피어나는 여름날이 지나가
고 있는 모습을 예민하게 포착한 이 시의 화자는 그런 발견마저도 성스
러운 의미로 받아들인다. '성결聖潔'이 그것이다. 성스럽고 순결한 한
송이 채송화는 이미 꽃이 아니라, 순결하고 알뜰했던 화자의 소녀시절
과 아름답게 중첩된다. 여름날을 채색하는 채송화와 성숙의 계절―여
름날을 고결하게 지나왔던 화자의 이미지가 채송화에 와서 성령聖靈을
입는다.

어둠마저도 안으로 삭이고 받아들일 줄 아는 생명만이 거듭날 수 있
다. 햇살이 생명의 양식이 될 수 있기 위해서는 스스로 빛을 내는 노고

를 마다하지 않는다. 그런 노력들이 마음을 열고, 스스로의 이야기를 만들어 넬 수 있다. 어둠을 살라먹고 스스로의 생을 엮어내는 이야기를 만들어내는 존재만이 '환생'이 가능하다.

거듭나지 않은 존재는 어둠이거나 죽음이다. 영원히 아침을 맞이하는 존재는 무명無明의 아픔이다. 그 무명을 깨치고 나오기 위해서 할머니의 품안도 기억해야 하고, 숨죽여 울음 울었던 성숙의 아픔도 참아내야 했다. 그런 꿈같은 세월이 어찌 무의미한 '늙음'일 뿐이겠는가? 마침내 피어오른 한 송이 꽃은 바로 '성결' 함이다.

성숙의 계절[여름]을 통과하면서 채송화 같이 키 작은 존재마저도 거룩한 은혜를 입어 성화聖化될 수 있음을 잘 보여주고 있다. 성장소설이나 교양소설이 있다면, 성장시나 교양시도 가능하다. 이 시의 화자가 경험한 여름날 성숙의 일기장에는 어둠을 살라먹고 부지런하게 빛을 닦아온 일생이 압축된 모습—채송화 이미지로 꽃을 피우고 있을 것이다.

종교가 사랑과 자비를 선교하는 것을 본령으로 하는 것이라면, 앞에서 살펴본 「사랑」이나 「어느 여름」은 선교적 기능에 충실한 작품이라 하겠다. 손에 잡히지 않는 사랑을 보여준 앞의 「사랑」이나, 성장과정의 미세한 감정까지도 놓치지 않고 성결한 꽃송이로 피어난 「어느 여름」의 화자는 생명의 본질이 사랑임을 잘 그리고 있기 때문이다. 생명을 생명이게 하고, 정신을 정신이게 하며, 마침내 사람을 사람이게 하는 성숙—성장의 양식이 사랑 말고 또 무엇이 있겠는가!

천지 만물을 주관하시는 아버지 하느님!
저 같은 미물에게도 아름다운 이름을 지어 주시고 꿈꾸는 사람들의 빛이 되게 하심을 감사드립니다. 맑은 계류와 맛깔진 고등을 허락하심으로써 저의 유년을 풍요롭게 하시고 마침내 성충이 되어 자유로이 날

수 있을 때까지 조금의 소홀함도 없이 돌보아 주신 은총을 어찌 다 헤아
리겠습니까. 저의 한살이가 끝날 때까지 제 몸을 태워서라도 오롯이 당
신의 영광을 드러내고자 하오니 저를 도구로 써 주소서.

　무주 남대천 같은 이름난 동네의 반딧불이가 아니라도 좋으니 어느
이름 없는 산골 속눈썹 짙은 계집아이가 저를 통하여 주님의 섭리를 깨
닫게 하소서. 차륜 같은 가난한 선비가 절망하지 않도록 그들의 빛이 되
게 하시고 그리움을 어찌지 못하여 밤마다 잠 못 드는 이들에게는 위로
가 되게 하소서.

　더러는 뒤가 구린 사람들이 꽁무니에서도 빛이 나는 저를 보면서 조
금씩 두려워할 줄 알게 하시고 수많은 시인 묵객들의 마음밭에 들어가
서정의 이랑을 일구어내는 촉매가 되게 하소서. 또한 간절히 원하옵기는
제 몸이 남김없이 타버릴 때까지 오로지 당신 곁에 있게 하소서. 아멘.

—〈형문창, 「반딧불이의 기도」 『빛무리』 제10집〉

　이 작품의 장점은 많다. 우선 알레고리의 기법을 충실하게 적용함으
로써 시적 함축미를 풍요롭게 한 점을 꼽을 수 있다. 첫 행부터 결구까
지 반딧불이로 설정된 화자의 기도는, 기도의 본령이 어디에 있으며, 기
도의 내용(문맥)을 무엇으로 채워야 하는지를 명징하게 보여준다. 기도
의 순서는 우선 '감사'로부터 시작한다. 감사의 뒤를 이어 하느님의
'도구'가 되기 위한 청원이 이어진다. 도구이되 그냥 도구가 아니라 자
신의 온 몸을 태우는 '희생'이요 헌신이다. 그 희생의 목적은 하느님의
'영광'을 드러내고자 함이지 조금이라도 인간적 자기 과시나 교만이 아
니다. (자기를 태워 빛을 내는)희생이 주님의 '섭리'를 깨닫게 하거나,
가난한 선비가 '희망'의 학문을 지속할 수 있거나, 외로운 이들에게
'위로'의 빛이 되거나, 시인 묵객들의 시가 되거나 그림이 되기를 갈망

한다. 이런 착한 사람들에게만 비치는 빛이 아니다. 부정과 비리를 일삼는 암흑가 족속들에게도 광명이 되어 하느님의 '경외' 하심을 깨닫게 하겠다는 청원이 이어진다. 마지막까지 하느님의 '곁(사랑)' 에 있기를 바라면서 반딧불이의 기도는 끝이 난다.

암유暗喩가 발휘하는 미적 즐거움은 그 내밀한 비유와 풍자에 있다. 하나의 개체[알—卵]에 불과했던 반딧불이가 유충—성충으로 '몸바꾸기' 를 거듭해 전력을 다해 빛을 내다가 일생을 마감하는 거룩한 순환과정은, 모든 유기체가 생명을 유지하는 섭리와 닮았다. 이는 '거듭남' 으로써 의미와 가치를 창조하는 생명체의 순환과정과 완벽하게 일치한다.

'일신日新 우일신又日新' 이라고 했다. 모든 유기체는 새롭게 거듭나지 않고서는 자기 일생에 의미와 가치를 창출할 수 없다. '의미 있는 존재, 가치 있는 삶' 은 모든 삶에 공통되는 특성이다. 어느 생명 있는 존재가 무의미하게 일생을 마감하기를 바라겠는가? 그 의미와 가치를 생산하는 최소한의 조건이 바로 거듭남이다. 예수님의 '부활(復活)' 은 이 거듭남을 종교적으로 승화시킨 인류사적 전범이 아닐 수 없다. 반딧불이에게 인격을 부여한 저 능청스러운 어투와 어조가 지닌 서정성과 내재율이, 종교적 비유로서도 매우 탁월한 깨달음에 닿게 한다.

풍자諷刺의 핵심은 해학과 비판정신이다. 꾸짖되 웃음으로 때리고, 때리되 부드러운 꽃잎으로 나무란다. 정의의 칼날을 숨긴 꽃잎의 매질, 이것이 풍자의 묘미요 아름다움이다. 이 시가 담고 있는 풍자는 암유된 문장 속에서 알맞게 발효된 빛을 내고 있다. 그 맛깔스런 아름다움을 일일이 열거해 보는 것도 이 시를 바르게 이해하고 받아들이는 길이다.

인간이 저지르는 실수나 과오는 대체로 '욕망' 으로부터 비롯한다. 욕망은 무자비하고 맹목적이며 자기 자신까지 멸망의 먹이가 되게 하는 무지와 닮았다. 의식주의 존재일 수밖에 없는 생명의 유한성을 자각하면서도, 인간은 그 욕망 때문에 유한한 생애를 살라먹고 있다. 반딧불이의 청결한 생애가 인간의 생애보다 못한 것이 무엇이며, 욕망 투성이 인간의 삶이 반딧불이의 삶보다 나은 것이 무어냐고, 이 시의 화자는 준엄하지만 풍자적인 기법으로 묻고 있다. 묻는 척하면서 실은 때리고 있다. 즐겁게 나무라고 있다.

우리는 너무 많은 것을 누리고 있다. 문제는 그 많은 풍요와 넘치는 소유로도 스스로는 궁핍하고 가난하다며 더 많은 것을 누리고 소유하려는 데 있다. 『법구경』에는 이런 말이 있다. '하늘이 일곱 가지 보석을 비처럼 내려도, 욕심은 오히려 그칠 줄 모른다. 즐거움은 잠깐이요 괴로움은 길고 많나니, 어진이는 이것을 깨달아 아느니라.' 14) 이럴 때 우리가 거듭날 수 있는 길은 한 마리 반딧불이가 되는 길뿐이다. 더도 덜도 말고 반딧불이 일생을 닮는 일이다. 우리가 소유하고 누리는 것을 어찌 일곱 가지 보석에 비길 수 있으랴? 청빈淸貧이 사제나 수도자만의 길이 아니요, 안분지족安分知足이 은둔자의 생활방식만은 아니다. 유한한 생애를 무한으로 연장하고 싶은 자, 일회적인 삶을 하나의 전범으로 승화시키고 싶은 사람들에게는 정신과 육체에 청빈의 앰풀 주사를 놓아야 한다. 그 앰풀의 용액이 바로 '시정신' 임을 이 작품은 말한다. 이렇게 본다면, 시정신과 종교성의 본질적 차이는 어디에서 비롯하는가?

심미적 효용성은 문학예술이 노리는 가장 근원적인 목적이다.「어느 대화」는 전라도 방언의 아름다움으로 문학예술이 노리는 미적감동을 그린다. 그 아름다운 비밀은 사람의 질박함이요, 화해와 평화의 메시지를 담은 해학적 구도에 있다. 「사랑」은 사랑이 구상화된 하나의 물질로

---

14) 이 법구경의 원문은 이렇다. '天雨七寶 欲猶無厭 樂少苦多 覺者爲賢'

드러내고자 할 때 가장 적합한 형상화 소재가 '물기'임을 말한다. 「어
느 여름」의 화자는 생명의 본질인 사랑이 생명을 생명이게 하고, 정신
을 정신이게 하며, 마침내 사람을 사람이게 하는 성숙―성장의 양식이
라고 노래한다. 「반딧불이 기도」는 문학과 종교가 그 의미와 가치에서
어떻게 일치할 수 있으며, 그것이 거두는 효과가 왜 아름다움이 될 수
있는가를 빼어난 솜씨로 노래하였다.

4. 공동체共同體 통합統合의 효용성과 시문학

문학의 효용성을 개인적인 차원에서 볼 때와 공적인 입장에서 볼 때
는 다를 수 있다. 문학행위―표현과 수용은 극히 개인적인 행위다. 그런
사적행위를 공리주의적인 입장에서 해석하고 판단한다면 지나치게 외
적인 영향만이 부각되기 쉽다. 그래서 공동체 통합의 기능이 있는 작품
일지라도, 순전히 그런 기능만이 아니라, 여타의 문학적 기능과 함께 공
동체를 통합시키는 데 기여하는 요소가 함축되어 있음을 살펴볼 필요
가 있다.

민족 공동체와 국가 공동체가 반드시 일치하는 것은 아니다. 다행스
럽게도 우리는 민족과 국가가 하나라는 축복을 받았다. 설령 남북분단
으로 인하여 국가 공동체가 통합되지 못하고 있다 할지라도, 남북이 한
나라라는 의식을 떨쳐버릴 수 없는 것이 현실이다. 일례로 지난번 부산
에서 있었던 아시안 게임이나, 여타 국제적인 행사에서 조금도 막히거
나 중단됨이 없이 남북이 자연스럽게 하나가 되었던 경험이 이를 증명
한다.

공동체는 민족과 국가만이 아니다. 사회 공동체도 있고, 지역 공동체
도 있으며, 가정 공동체도 있다. 나아가 하나의 개인과 또 다른 개인이
모여도 나름대로의 공동체를 형성했다고 말할 수 있다. 이들 공동체에

갈등과 대립이 발생하는 것은 매우 자연스러운 현상이다. 상이한 개체의 집합이 동일한 색깔로 일치하리라는 것은 환상이다.

그럼에도 그런 갈등과 대립을 조정하고 치유하는 기제를 공동체마다 지니고 있다. 민족의 명절이나 국가적인 행사는 이런 부딪침과 맞섬을 완화시키고 공동의 선을 확장시켜 나아가는 계기로 볼 수 있다. 올림픽 경기나 세계 월드컵 대회도 근본 목적에서는 이와 다르지 않다. 민족은 민족 나름대로, 국가는 국가 나름대로, 사회나 지역은 그 나름대로, 가정은 가정 나름대로, 개인은 개인 나름대로 갈등과 대립을 완화하고 구성원들의 에너지를 일치시켜 소기의 목표에 다가서고자 한다.

문학도 넓게 보면 그런 행위의 연장선상에 있다고 해도 과언이 아니다. 문학의 궁극적인 목적이 무엇인가를 생각해 보면 알 수 있다. 왜 문학작품을 생산하는가, 문학작품을 왜 읽는가를 생각해 보면 안다. 창작의 즐거움과 수용의 보람은 보다 인간다운 삶의 지향성과 일치되어 있다.

필자는 다음 네 편의 시를 통해서 공동체 통합을 위한 문학적 함의가 어떻게 형상화되어 있는가를 점검해 보고자 한다. 서정시가 그런 작위적인 (공동체 통합에 기여하겠다는)주제의식을 전제하지는 않는다. 다만 동일 언어를 사용하는 언중의 입장에서, 민족적 동질성을 공유하고 문화－역사적인 공감대를 지니고 있는 독자라면 우리말－우리의 정서를 담고 있는 서정시를 감상하면서 자연스럽게 공감대를 찾아보자는 것이다.

나는 보았습니다.
문규현 신부님과 수경스님
목사님과 정녀님의 말없는 고행을

삼보일배 팔백리길 비맞고 바람맞고
먼지마시고 아스팔트 독약을 마시는 모습을 보았습니다.

주님이 가신 그 길을 님들은 밟으셨습니다.
쓰러지고 넘어지고 고독한 그 길을 걸으셨습니다.

죄인들을 구하려고 넘어지며 또 넘어져 가시관을 쓰셨습니다.
고행길 잠자리 60여일
삼보일배 팔백리길을 님들은 완주하셨습니다.

나는 울었습니다.
한없이 울었습니다.
함께 하지 못한 이 몸이 한없이 안타까웠습니다.

새만금 이제 이 역사가 어떻게 그려지려는지
주님의 판단이 기다려집니다.
갯벌 새만금 그 역사가 어떻게 남아 있을 것인지
자꾸만 기다리고 기다려집니다.

―〈최윤경, 「삼보일배 팔백리길」 『빛무리』 제13집〉

　　문학이 공동체를 통합시키는 기능을 지니고 있다고 할 때, 그 공동체
는 자연환경까지를 포함한다. 새만금에 얽힌 우리 지역사회의 갈등양
상은 첨예하다. 새만금간척사업을 저지하려는 측과 이를 강행하고자
하는 측과의 줄다리기는 꽤 오랜 대치상태를 보여 왔다. 물론 많은 시간
과 노력이 소모되고 간극이 생겨, 치루지 않으면 좋았을 분쟁을 불러 일

으켰다. 사람만이 아니다. 이 분쟁에는 삶의 환경으로서 자연을 어떻게 활용하고 관리할 것인가 하는 관점이나 철학의 문제까지 포함하고 있는 다툼으로 보인다.

이 작품이 보여주고 있는 세계는 새만금 사업의 찬반에 있지 않다. 옳다는 확신을 향하여 자기희생을 마다하지 않는 '삼보일배三步一拜'의 고행을 종교적 차원에서 해석하는 시각의 문제에 비중이 크다. 인간이 하고자 하는 일들에는 찬성과 반대가 있기 마련이다. 그 찬성과 반대를 표출하는 방법이나 강도의 차이가 문제의 심각성을 대변한다.

이 작품의 화자는 삼보일배 자체를 희생적 수행과정으로 본다. 시적 대상은 신부요 스님이요, 목사요 정녀다. 천주교 사제와 개신교의 목회자가 함께 공동의 목표를 향하여 자신의 몸을 내던진다. 불교의 수행자와 원불교의 수도자가 함께 가장 낮은 자세로 길바닥에 투신한다. 이들은 어느 신을 향하여 자신의 의지를 시험하고 있을까?

화자는 결구에서 '주님의 판단이 기다려진다.' 고 자신의 판단을 유보하고 있지만, 어느 주님이 판단할 것인가? 하느님? 예수님? 부처님? 대종법사님? 어느 종교가 응답할까? 천주교? 개신교? 불교? 원불교? 어느 종교가 이들의 헌신과 눈물겨운 고행에 응답할까? 화자의 발언처럼 기다려 보면 알게 될 것인가.

그러나 화자의 진술과 시적 대상들이 겪는 고행의 목표는 종교나 신이 아니다. 그렇게 본다면 이 시적 대상들을 종교적 수도행위로 해석하는 것은 위험하지 않은가? 종교인들이 벌이는 사회적 주장―발언이나 참여라고 해서 반드시 종교적일 필요는 없다. 그것을 곧 바로 종교적으로 해석하여 신심행위로 보는 것은 과장이거나 오류일 수 있다.

시적 화자는 시적 대상들이 벌이는 사회참여의 행위(발언)를 종교적 관점에서 바라보고 해석하고자 할 따름이다. 시적 대상들의 헌신적 행위는 곧 공동체를 향한 웅변이다. 무슨 공동체인가? 거대한 메커니즘에 의해 자전하는 것처럼 보이는 총체성의 사회, 자연이라고 하는 또 다른 생명체, 그리고 그 사이에서 배타적 이기심으로 뒤뚱거리는 탐욕의 화신인 인간을 향하여 자신을 내던진 것이다. 그것이 곧 정치적 행위요 사회 참여의 한 방법이라고 한다면, 이 시의 화자나 시적 대상들은 인정하지 않을지도 모른다.

종교의 의상을 걸쳤다고 해서 사회적 발언들이 더 신성한 것은 아니다. 우리 사회에서 종교인들이 지닌 청렴성 순수성 그리고 합목적적 언행을 보여줌으로써 획득한 기존의 호의적 평가를 빌렸다고 해서 삼보일배 자체의 의미나 가치가 훼손되는 것은 아니다. 사회적 갈등을 치유하고 진정한 통합의 길이 있다면 그 길에 나서는 것이 어찌 삼보일배뿐이랴!

삼보일배라는 극히 종교적인 고행에 대답해야 할 측은 신이 아니다. 시적 대상들이 굽힘없이 결행했던 자기희생의 정신이 이 사회가, 그 사회를 지탱하고 있는 구성원으로서의 '우리'가 응답해야 할 차례다. 찬성이냐 반대냐, 개발이냐 보존이냐는 그렇게 중요하지 않다. 불특정 다수가 지니고 있을 다양한 주장과 의견들을 어떤 경로를 통하여 통합하고 결정해 나아가야 하는가? 그렇게 해서 분열과 분쟁의 갈등을 얼마나 지혜롭게 상생의 정신으로 봉합해 나아가야 하느냐? 그 결단은 우리(공동체) 스스로 마련해야 한다. 화자는 그것을 대변하는 가정으로 '주님의 판단'을 기다리고 있을 뿐이다.

이 땅을 뒤집어 울리는 함성인가?
서로가 목숨을 겨누는 게 아니다.
서로가 신나는 열광의 광장

‘붉은 악마’ 붉은 바람이 불어닥쳐
온 누리 휘내달으며 우리는 마침내
깃발이 되어 뛰어오르는
한 바다 거세찬 태극 물결이여!
〈어제의 월드컵이 그랬다〉

저 하늘에 닿는 불빛 흐름일까? 놀랍다.
기나긴 침묵에 길들여져
우리 누이의 죽음으로 왔다.
길 가다 장갑차에 으깨어지고도
하소연 길이 없는 꽃잎들은
내 노여움이 되고
내 아픔이 되어 소스라쳐진
뭇 별빛 엄청난 촛불 물결이여!
〈오늘의 효순이와 미선이는 말이 없다〉

새 당의 깊은 소용돌이 신음인가?
두 물살에 찢겨 피멍진 가슴일지라도
‘돌아오지 않는 다리’ 를 끝내는
서로가 건너오고 건너갔는데
서로가 부둥켜안고 울고 웃었는데
어쩌자고 ‘악의 축’ 인가?
새삼스런 ‘북핵’ 트집인가?
핵탄 공갈 훼방에도 우리는 솟아 솟아오를
한 깃발 ‘태극샛별기’ 를 본다.

이 작품은 우리의 현대사 중에서 가장 기억에 남을 만한 사건들을 제재로 하고 있다. 그것도 가장 치열했으며, 가장 비극적이었던 일, 가장 감동적이었거나, 참혹했던 현대사가 화자의 역사관을 통해서 문학적으로 통합되어 있다.

2002년 한일월드컵에서 한국이 거둔 성과는 축구놀이의 4강이라는 외형적 성과에 머물지 않는다. 축구놀이에서 세계 4위를 차지했다는 것도 놀라운 성과지만, 그 성적을 거두기까지의 축구경기와 경기 외적인 사건들은 각본 없는 하나의 드라마가 되기에 충분했다. 만사는 시작하기 전부터 예상하고, 기대하기 마련이다. 그러나 '02월드컵'에서 벌어졌던 과정과 결과들은 이런 예상이나 기대를 모조리 깨뜨렸다는 데 있다. 그것도 나쁜 쪽으로 예상이 벗어났거나, 무참하게 기대가 깨어진 것이 아니라 그 반대의 경지로 벗어났다는 데 월드컵의 드라마는 존재한다.

히딩크 감독의 등장은 드라마의 연출가로서의 극적 요소를 가지기에 충분하다. 그러나 이 외국인 감독은 명목상의 연출가였다. 진정한 연출가요 주연은 온몸에 붉은 셔츠를 입거나, 온 마음에 단심丹心 하나로 똘똘 뭉쳐 놀라운 잠재력을 발휘했던 우리 국민이었다. 붉은 악마는 그런 단심을 표출하는 하나의 상징이었을 뿐이다.

거대한 붉은 물결이 경기장을, 거리를, 우리의 가정을 물들였고, 태극 물결이 온 도시나 농촌은 물론 온 산하를 뒤덮은 그 짜릿했던 감동을 어찌 잊을 것인가? 그것은 단군 이래 최초로 온 겨레가 '하나로 뭉칠 수 있었던 거국적—민족적 거사'였다. 민족 공동체를 이처럼 순수의지 하나만으로 통합할 수 있는 힘이 과연 어디에서 왔을까? 축구놀이가 놀이

에 머물지 않고 우리의 의식에 혁명적 분발심을 촉발시킨 동기였음을
부정할 수 없다.

그러나 이 작품에서 시적화자는 몸으로 보여줬던 통합의 감동을 시
적 모티브로 승화시키고 있다. 단순히 축구경기로 촉발됐던 단심의 감
동을 시적 차원에서 의미를 확장하고. 감동에 생각을 입히려 하고 있다.
그것은 곧 '효순이와 미선'으로 촉발됐던 자주성의 문제와 외국 주둔군
의 처지에 있는 미군에 대한 올바른 자리매김으로 옮아가고 있다.

화자는 묻는다. 열화같이 타오르던 나라사랑의 열정과 겨레붙이 됨
의 자존이 진정으로 승화된 것인지 묻고 있다. 그 대답이 '촛불 물결'이
다. 그러므로 월드컵에서 보여줬던 '붉은 물결'은 '촛불 물결'과 조금
도 다르지 않은 의미와 가치로 승화되어야 한다. 더구나 붉은 물결이 환
희의 열정이라면, 촛불 물결은 노여움과 아픔의 열정이 아니던가. 그러
므로 화자는 묻고 또 묻는다. 분노와 슬픔이 승화되어 환희의 동포애와
조국애로 승화되었느냐고. 민족 공동체의 하나됨을 위하여 겨레의 분
발심을 촉구하고 있다.

그런 민족 공동체의 의식이 뻗어나가 '돌아오지 않는 다리'를 건너
'돌아올 수 있음'을 갈망할 수 있는 것이 아닌가? 갈라짐과 분쟁은 민족
공동체의 비극이다. 21세기까지 이어지는 분단과 분쟁의 치욕을 벗어
버리고 진정으로 민족이 하나 되는 '태극샛별기'를 열망하고 있다. 참
으로 하나된 것은 붉은 물결에서 비롯하여, 촛불 물결로 이어지고, 마침
내 태극샛별기로 승화될 때 공동체의 통합은 대단원에 이르게 된다.

이것을 이루는 길이 다른 데 있지 않다. 너와 내가 하나 되고, 갈라진
국토가 봉합되며, 끊어진 다리가 이어지는 길은 다른 데 있지 않다. 저
붉은 물결의 출렁임과 저 촛불 물결의 일렁임에서 비롯할 수 있음을 강
조한다. 환희와 격정의 기쁨이 분노와 슬픔의 눈물을 닦아 줄 때까지 우

리는 겨레의 자존과 나라의 위상을 바로 세워야 한다.

친구야!

오늘 네 책 잘 받았단다.

네 글속에서 난 또 하나의 너를 보았지.

어느덧 너와 난 오래 묵은 접간장처럼 담백함이 나는 친구,

맛이 나는 친구라고나 할까?

우리의 우정 어느덧 30여년이 흘렀구나.

친구야!

얼마 전 난 기차를 타고 여행을 가면서 철길위로 열심히 달리는 기차를 보며

가는 길은 똑같으나 만날 수 없는 두 선로를 생각해 보았단다.

똑같은 간격으로 어느 쪽도 기울어서는 안 되는 서로의 자리를

지켜주며 가는 모습을 말이야

가끔씩 놓여진 받침대 사이에 수많은 돌들은 우리들이 남긴

이야기처럼 보이고……

친구야!

한번 가버린 열차는 아쉬움만 남지만 철길은 언제나 남는 것처럼

우리의 우정의 길 또한 같은 길을 가는 동반자처럼 아름다운 길이 되지 않겠니?

친구야!

삶이 버거워지는 날 우리 서로 만나 '다리가 보이는 풍경' 찻집에서

쟈스민차 향기에 취해 보자꾸나……

—〈백희옥, 「친구야!」 『빛무리』 제12집〉

친구라는 이름처럼 흔하고도 애매한 말도 없다. 우리 사회에서 친구는 사귐의 시간이나 처지의 비슷함에서 유발하는 경우가 흔하다. 국어사전에는 '친구=오랫동안 가깝게 사귀어 온 벗'이라거나, '벗=마음이 서로 통하여 친하게 사귀는 사람' 정도의 설명을 얻을 수 있다. 시간의 영속성, 사귐의 친밀도, 마음의 교류 정도의 의미소意味素를 '친구—벗'에서 얻을 수 있다. 그렇다면 친구가 되기 위해서는 이런 요소들을 두 사람 이상이 공유해야 한다.

인디언들은 친구를 '내 슬픔을 등에 지고 가는 사람'이라고 한다. 참으로 그 의미의 파장이 가슴을 따뜻하게 하는 말이다. 그런가 하면, 현대 중국의 문호인 왕멍王蒙은 '세상에 영원히 지속되는 친구란 존재하지 않는다.' 하여 친구에 대하여 극히 불신하는 태도로 의미를 규정한 바 있다. 인디언들의 언어습관에서 우리는 인디언 사회가 포용하고 있을 인간 존중의 맥락을 간파할 수 있다. 마찬가지로 숱한 현대사의 질곡을 헤쳐 나오면서도 노벨문학상에 네 번이나 후보로 올랐을 정도로 필력과 적응력을 보여준 왕멍이 터득한 삶의 원리 또한 이해하기 어렵지 않다.

이를 통해서 볼 때, 친구가 진정으로 삶의 동반자가 되기 위해서는 본인들의 인간적인 노력이나 됨됨이와 함께 그 사람들이 몸담고 있는 사회적인 성숙도 또한 무시할 수 없다. '다리가 보이는 풍경'처럼 한 번 건너가 버리면 그만인 친구 사이가 아니라, 영원하지도 않고, 더 이상 멀어지지도 않는 철길의 평행선 같은 '친구 사이'가 우리 시대가 안고 있는 의미역意味域의 전부인지도 모른다.

억지스러운 친교나, 친밀도를 가장한 불신이 횡행하는 우리 사회가 안고 있는 사람 사이의 관계망이 '평행선' 만큼 정확한 상징도 찾기 쉽지 않다. 그런 평행선의 만남과 사귐만이라도 잘 가꾸어 나간다면 상처와 아픔이라는 이름의 배신을 얻지 않게 될까?

그렇다 할지라도, 우리가 지향하는 인간관계—친구관계는 저 왕멍의 그것은 아니다. 친구의 슬픔을 내 등에 지고 갈 수는 없을지라도, 영원히 지속될 것 같은 아름다운 착각과 따뜻한 실망으로 지속되기를 바라지 않겠는가?

담담한 세월
등에 지고
구부정한 노인
손수레 끈다

회색 수건
축축이 적시며
덜컹덜컹
손수레 간다

휘청거리는 길가
땡볕에 늘어진 오후
시장 모퉁이
손수레 멈춘다

때 묻은 돈주머니

마른 바람 들락날락

낮달 안은 노인

꾸벅꾸벅 졸고

손수레 단잠 잔다

—〈최찬희, 「노인과 손수레」『빛무리』 제12집〉

일전에 본 어느 TV 프로그램의 제목은 잊었지만, 한 노인의 등장이 매우 인상적이었다. 고물을 수집하여 판매하는 이 노인은 리어카—(손수레)에 1톤의 고물을 싣고 혼자서 그 1톤의 무게를 끌고 다녔다. 이십 년이나 같은 일에 전념하는 직업정신, 노모를 봉양하는 효심도 효심이지만, 조그마한 손수레에 짐을 많이 싣는 방법이나, 손수레를 알맞게 개조하고 작은 장치를 첨가하여 능률을 올리는 등 그의 천직의식天職意識에 놀라움을 금치 못하였다.

무엇보다도 필자를 놀라게 한 것은 그의 다음과 같은 말이었다. 작업을 끝내자 기자가 이제 무엇을 할 차례냐고 물었다. 머리를 감고 몸을 씻는 노인의 대답은 이랬다.

"내가 고물장수라고 사람도 고물이간?"

너무도 당연한 말이지만, 그 동안 직업에 따라 사람을 평가하고 선입관을 가졌던 필자의 내면을 들킨 것 같아 부끄럽기 짝이 없었다.

「노인과 수레」에는 4연에 걸쳐서 동어반복적인 진술이 있다. '손수레 끈다' '손수레 간다' '손수레 멈춘다' '손수레 단잠 잔다' 가 그것이다. 손수레를 제외하면 '끈다, 간다, 멈춘다, 잔다' 가 전부다. '손수레'를 대신한 자리에 '노인' 을 대입하면 의미는 더욱 분명해진다. '노인 끈다' '노인 간다' '노인 멈춘다' '노인 단잠 잔다' 가 그것이다.

이런 구성법과 시적 진술은 작품이 지니고 있는 의미망을 효과적으로 함축한다. 보다 능숙한 독자라면 이 시가 보인 진술을 다음과 같이 받아들이고 해석하게 될 것이다. '사람 끈다生' '사람 간다老' '사람 멈춘다病' '사람 단잠 잔다死'가 그것이다. 모든 인간은 생로병사生老病死의 순환에서 벗어날 수 없다. 이 작품의 화자는 '노인―사람'의 밖에서 '노인―사람'을 바라보고 있지만, 그 '노인―사람'에서 자신(시적화자)도 예외일 수 없음을 잘 알고 있다. 이 시는 그 앎과 발견이 이 시를 낳게 하였다.

이렇게 본다면 이 작품이 인식적 효용이나 정의적 효용성을 지닌다고 해서 잘못은 아니다. 다만 필자는 우리 사회가 안고 있는 '노인문제'의 일단을 지적하고, 이 노인문제의 해결 없이는 공동체 통합이나, 인간의 존엄성을 확립하기 어렵다는 우려를 담고 있음을 지적할 뿐이다.

화자의 측은지심惻隱之心의 눈길이 머무는 곳에 우리 모두의 눈길이 모아져야 한다. 정치적 차원에서 논쟁거리를 일삼는 복지정책은 이제 인간의 숨결이 통하는, 사람의 체취가 통하는 경지로 올라서야 한다. 누구나 노인이 된다. 노인은 시적 암유일 뿐만 아니라, 진정으로 '단잠'을 자야 할 인간의 존엄성에 대한 각성으로 받아들여야 한다.

문학은 공동체를 통합시키는 기능을 가진다. 모국어와 민족정서라는 동질의 인성적 특성을 공유한다. 이런 특성들은 시문학―서정시가 공동체 통합에 기여한다는 해석을 낳는다. 현안으로서 지역사회 난제를 해결해야 한다는 문학적 발언이 「삼보일배 팔백리길」에 담겼다. 또한 너와 내가 하나 되고, 갈라진 국토가 봉합되며, 끊어진 다리가 이어지는 민족 공동체의 길은 다른 데 있지 않다. 저 붉은 물결의 출렁임과 저 촛불 물결의 일렁임에서 비롯할 수 있음을 「두 물결」에서 찾았다. 불신이 만연한 우리 사회에서 사람과 사람 사이의 관계망이 보다 친밀해 질 수 있는 치유의 단서를 「친구야」에서 본다. 우리가 지향하는 인간관계―친구관계는 할 수만 있다면, 친구의 슬픔을 내 등에 지고 갈 수 있는 경지를 지향한다. 아울러 측은지심은 인지상정이다. 문제는 그런 보편적 인간성이 강물처럼 흐를 수 있는 사회의 선을 실행하는 데 있다. 가난은 나라도 구제하지 못한다며, 「노인과 손수레」의 노인처럼 소외된 사람들을 외면할 때 사회 공동체는 급격히 와해되고, 가진 자들의 삶도 건강하지 못할 것이다.

결언 ― 종교문학은 가능한가?
― 문학작품의 예술적 구비요건을 중심으로

당돌한 말씀이지만, 종교의 종파宗派를 인정해서는 안 된다는 것이 필자의 생각이다. 아니 (인정해서는)안 된다는 정도가 아니라, (인정)할 수 없다. 석가모니는 한분이요, 그 분의 가르침도 하나라면 종파를 나누어 분별하는 것은 석가모니의 가르침이 오히려 혼란을 가져올 것이기 때문이다. 석가모니는 한 분이요 가르침도 하나라면 그에 따르는 것도 다름이 없어야 한다. 기독교도 마찬가지다. 숱한 종파로 갈라져서 무엇이 무엇인지 헤아리기 어려울 만큼 다양하게 분포되어 있다. 그러나 하느님은 유일신이요, 그 분의 독생자 예수도 한 분이요, 그분의 가르침이 담긴 성경도 똑같은 데 어떻게 서로 다름을 내세울 수 있을 것인가?

다름을 내세우는 정도는 그래도 괜찮다. 분파된 파벌끼리 서로 갈라져서 반목하고 분쟁하기를 일삼고 있다면 분명 잘못된 현상이 아닐 수 없다. 반목 정도에 그치지 않고, 특정 종파가 배타적 독선을 강하게 주장하거나, 현실에서 자신들의 정통성을 실현하려고 가장 비종교적이요 신성에 반하는 전쟁까지 불사한다면, 이처럼 자가당착적인 모순은 없을 것이다. 실제로 인류의 역사에서 거의 모든 전쟁의 빌미를 종교가 제공해 왔던 과거를 상고해 본다면 종파로 인한 폐해는 인류사에 반동의 역사였음을 부정할 수 없다.

그러나 잡다한 인간사가 획일적인 기준이나 이성의 판단에 의해 냉철하게 전개될 수 없음도 안다. 현존하는 인간의 역사는 결과가 아니라 과정에 불과할 따름이라면, 종교가 종파로 나누어져 벌이는 혼돈과 혼란의 양상 또한 과정이요 한시적인 현상일 수도 있다. 종교적 카오스[15]의 세계가 종교적 코스모스의 세계로 변화―진화되는 과정으로 보면 그만이다.

종파 문제는 문학을 이야기하고자 예로 들었을 뿐이다. 또한 이 논제에 포함되어야 할 종교문학에 대한 필자의 의견을 마무리하기 위한 화두쯤으로 보아도 무방하다.

문학동네는 여러 가지 유형이나 유파로 나뉜다. 순수문학이네 참여문학이네, 민족문학이네 계급문학이네 나누고 쪼개기를 거듭한다. 낭만주의네 상징주의네, 리얼리즘이네 심리주의네 하고 규정하고 분류하기를 멈추지 않는다. 현존하는 문학의 양식이나 이에 대한 의미의 규정과 가치의 평가가 문화 발달의 필수적인 과정이요 한시적인 것이라면 이해할 수 있다.

그러나 문학작품을 어떤 유형이나 유파로 나눈다고 할지라도 원작품(자료)―텍스트로서의 문학작품은 불변한다는 사실이다. 마치 종교가 아무리 많은 종파로 갈라져서 싸울지라도 석가모니나 예수의 가르침에

---

15) chaos는 우주가 발생하기 이전의 원시적인 상태, 혼돈이나 무질서 상태를 말한다. 그러나 이 혼돈 상태에 창조적인 조건이 가해질 때 엄청난 변화가 발생하여 cosmos의 상태로 진화 발전한다. 구약의 천지창조는 신성에 의해 chaos가 cosmos 상태로 거듭난 세계라는 해석이 가능할 것이다.

는 하등의 변화가 없는 것과 마찬가지 이치다.

또한 문학작품을 어떤 유형이나 유파로 분류한다고 해서 그 문학작품이 그런 유형이나 유파로만 존재하거나 봉사(읽힘)해야 하는 것은 아니다. 문학작품이 어떤 유형이나 유파를 다른 사항들에 비해서 과다하게 표출하고 있거나 내포하고 있다고 할지라도, 역시 함축성을 본질로 하는 문학작품은 다른 요소들도 무시할 수 없을 만큼 지니고 있다고 보는 것이, 문학작품을 보는 바른 시각이라 할 수 있다.

이런 뜻에서 본다면, 농민문학이네 도시문학이네, 역사소설이네 전쟁소설이네, 신앙시네 민중시네 하는 분류가 문학작품이 지니고 있는 여러 가지 함축성 중에서 일정 부분의 경향성을 말한 것이라는 사실을 인정하는 것은 어려운 일이 아니다. 마찬가지로 종교문학이라고 해서 텍스트로서의 문학작품이 오로지 종교성만을 담고 있거나, 종교적인 주제만을 다루고 있다고 보는 것은 문학작품을 보는 올바른 방법은 아니다. 관점의 중심은 문학작품으로서의 성공 여부에 있지 그것이 어떤 경향을 띠고 있느냐가 중요한 것은 아니기 때문이다.

그러면 무엇이 중요한 것인가? 문학작품을 보는 비중은 무엇에 초점을 맞추어야 하는가? 말할 것도 없이 예술적 형상화 여부에 달려 있다. 텍스트로서의 문학작품이 예술적 형상화에 성공하고 있느냐를 따지는 것이 문학작품을 보는 올바른 관점이다. 문학작품이 어떤 경향성을 띠고 있느냐, 무슨 내용을 담고 있느냐, 어떤 사상적 배경을 지니고 있느냐는 그 다음에 논의되어야 할 사항이다.

텍스트로서의 문학작품이 갖추어야 할 요건을 정리해 본다면, 예술적 형상화, 창작 동기의 순수성, 그리고 심미적 쾌감 등을 들 수 있다. 문학작품이 어떤 유형이나 유파로 분류되고 자리매김 한다 할지라도, 최소한 이 세 가지 구비 요건은 문학 작품을 평가하는 일차적인 관문이라는 생각에는 변함이 없다.

따라서 종교문학의 의미와 가치도 일차적으로는 문학적으로 성공하고 있느냐 (예술적 형상화, 창작 동기의 순수성, 심미적 감동)여부에 달려 있음은 분명한 사실이다. 먼저 문학으로서의 충분조건을 갖추고 있어야 여타 비평자의 필요조건—이를테면 사상성이나 종교성, 혹은 역사성이나 소재성의 의미와 가치를 재단할 수 있지 않겠는가?

필자는 이런 관점을 바탕에 두고 본론에서 열여섯분 시인들이 발표한, 16편의 시들을 살펴봤다. 문학의 효용성이라는 관점을 분류의 기준으로 삼았지만, 이는 전통적으로 문학을 보는 네 가지 관점[16] 중에서 독자의 입장만을 차용한 방법이다. 이것은 필자가 감당해야 할 논의의 한계도 있지만, 작가와 독자가 상호작용하는 관계에서 볼 때 의미 있는 감상법(해석법)이 될 수 있다고 보았기 때문이다.

필자는 이들 시작품을 감상하면서 이미 전제한 것처럼, 종교문학이나 신앙시가 되기 위해서는 먼저 문학적 구비요건이 잘 갖추어져 있어야 한다는 점을 확인할 수 있었다. 문학 범주가 상위 개념이자 논의의 본질이요, 개별 텍스트들이 담고 있는 개성적 의미와 가치는 하위 개념에 속한다. 이렇게 본다면 작품마다 지니고 있는 문학적 함축미의 한 축으로 종교성이나 신앙시로서의 자리 매김이 가능하다고 보았다.

특정 종교를 신봉하는 시인이, 특정 종교 사상을 시의 사상적 배경으로 하여, 신앙적인 소재의 시를, 특정 종교를 표방한 매체에 발표했다면 이 작품을 일단은 '종교문학—신앙시'로 분류하여 감상하고 논의의 대

---

16) 문학을 보는 데는 흔히 다음 네 가지 관점을 적용한다.(박철희『문예비평』문예출판사) 첫째, 작가의 관점, 이를 생산론 혹은 표현론적 관점이라고 한다. 둘째, 독자의 관점, 이를 효용론 혹은 수용론적 관점이라고 한다. 셋째, 소재의 관점, 이를 모방론 혹은 반영론적 관점이라고 한다. 넷째, 작품의 관점, 작품을 유일한 텍스트로 인정하는 절대주의 형식주의로 객관론적 관점이라고 한다. 이 외에도 종합주의적 관점을 거론하기도 하지만, 이것은 앞의 네 가지 관점을 두루 적용하고자 하는 해석방법을 지적한 것이다.

상으로 삼을 수는 있을 것이다. 이러한 의미에서 종교문학—신앙시는 가능하다.[17]

그렇다 할지라도, 그 신앙시가 문학작품으로서 의미와 가치를 지니고 있느냐를 평가하는 단계에 오면, 독자—평자들은 다시 문학적 기준과 구비요건으로 돌아가 종교문학—신앙시를 재단하게 되고, 종교문학—신앙시는 평가받기 마련이다. 작품이 문학의 범주에 드는 한 이 절차를 피해갈 수는 없다. 종교문학—신앙시로 분류된 작품이 예술적 형상화에 성공하고 있는가? 창작 동기와 의도가 순수성을 지니고 있는가? 심미적 즐거움으로 감동을 담고 있는가? 점검하는 것은 작품의 의미와 가치를 결정하는 변함없는 기준이다.

이렇게 해서 종교성이 문학예술의 함축미를 구축하는 불가결의 요소로 작용하는 작품에 한해서, 우리는 종교문학—신앙시의 유형—유파로 받아들여 향유하게 될 것이다. 그런 문학적 향유마저도 결국은 효용론의 범주에 귀속하여 사람됨의 진정성으로 승화되는 것이 아닌가? 그래서 "시[문학]는 인간의 정신력을 심미적으로 고양시키는 언어예술의 정수다."는 정의가 시대를 초월하여 불변의 진리로 살아남게 되었는지도 모른다.

---

17) 만해 한용운의 「님의 침묵」이 좋은 예가 될 수 있다. 이 작품은 '불교사상'을 배경에 깔고 있으며, 시인 역시 '승려' 였다. 그렇다고 해서 이 작품을 불교문학-신앙시로만 분류하거나 제한하지는 않는다. 우리 독자들은 이 작품을 보다 확대된 문학의 범주 안에서 예술적 형상화에 성공한 명작으로 즐겨 애송한다.

문학 행위의 전통성傳統性과 개방성開放性 고찰[*]

1. 문학이란 무엇인가?

전통 사회가 급격히 산업사회로 전환하면서 사회 각 분야 역시 그 활동과 존재양상에 있어서 다양성과 개방성이 촉진되고 있다. 이런 현상은 문화— 예술 분야라고 해서 예외가 아니며, 당연한 귀결이라고 생각한다. 이처럼 문화— 예술의 표현 양식과 존재양태가 변화했다고 해서, 각 활동 분야가 지니고 있는 전통성마저도 부정될 수는 없을 것이다. 이러한 관점에서 문학 행위 표현과 수용의 전통성과 개방성에 대한 현상을 고찰하여, 이 시대 문학적 존재양식의 특징을 규명해 보고자 한다.

이러한 취지를 구체화하기 위하여,

— 문학의 전통적 특성으로 본 문학의 정의

---

[*] 이 글은 〈한국동인지문학관〉(2005.8.27. 공주유스호스텔)연수를 위한 문학 강연 자료로서, 이 글의 전반부는 문학론을 거론하면서 논의 전개의 편의성을 위해 졸저『문학의 즐거움 삶의 슬기로움』(신아 출판사, 2001)의 내용을 일부 재수록하였음.

― 사이버 문화의식의 문학적 수용에 관한 고찰

― 문학적 패러다임의 변화현상으로 읽는 융합적 문화의식 등에 대하여 살펴보려 한다.

문학이란 무엇인가? 새삼스러울 것도 없는 질문을 다시 하게 되는 것은, 이 논의를 시작하기 위한 화두임과 동시에 문학을 보는 관점의 다양성에 대한 필자 나름의 시도를 열어보이고자 함이다. 시의 개념을 정의하라면 모든 시인들이 자기 나름의 정의를 도출할 것이고, 그 정의에 의해서 생산된 시 작품 한 편 한 편이 시의 정의에 대한 실증이라 해도 과언이 아닐 것이다. 마찬가지로 문학을 보는 관점이나 문학에 대한 수용의 자세에 따라서 얼마든지 다른 정의는 도출될 수 있을 것이며 그것이 마땅할 것이다.

그럼에도 불구하고 문학이란 무엇인가? 다시 묻지 않을 수 없다. 왜냐하면 그런 물음의 시작과 끝이 문학행위― 표현과 수용의 중심을 이루기 때문이다. 그러니까 문학행위는 곧 문학이란 무엇인가에 대한 물음임과 동시에, 그에 대한 해답이라고 보아도 크게 벗어나지 않은 것이다.

작가의 입장에서 제시하는 작품이 문학에 대한 해답만을 담고 있다면, 문학작품이 놓쳐서는 안 될 2% 정도의 에센스가 모자란 것이 아닐 수 없다. 작가가 생산한 작품은 세계와 인간에 대한 해석임과 동시에 또 다른 문제의 제시요, 독자에 대한 새로운 질문을 함축하고 있어야 마땅한 것이 아닌가?

독자 역시 마찬가지다. 감명 깊게 읽은 단 한 편의 소설이나, 어쩌다 암송하게 된 단 한 편의 시를 통해서 세계와 인생에 대한 궁금증을 해소하였다면, 그것 역시 문학이 빠뜨려서는 아니 될 2%쯤의 무엇인가가 결핍된 것이다. 독자가 문학작품을 애독하는 일은 세계와 인생에 대한 정답을 찾는 일임과 동시에 새로운 문제의식으로 무장하는 일임은 자명하다.

이런 의미에서 보았을 때, 문학에 대한 고정된 정의나 확정 불변하는 개념이 존재한다거나, 존재해야 한다는 생각이야말로 문학행위를 하는 작가나 독자가 가장 경계해야 할 대목이다. 창의적 사유를 생명으로 하는 문학행위야 말로 이와 같은 망상을 떨쳐내는 일로부터 시작되어야 한다.

이런 관점에서 우리는 쉬지 말고 묻고 대답해야 한다. '그리고, 그래서, 그럼에도 불구하고, 문학이란 무엇인가?' 묻고 대답하고, 대답을 찾았는가 하면, 다시 물어야 하는 숙명을 지니고 있는 존재, 그 이름이 문학이다.

1. 문학, 스스로 묻고 스스로 찾는 대답

사람에 관한 모든 일은 스스로 던지는 질문으로부터 시작된다. 나는 누구인가. 나는 어디에서 와서 어디로 가는가. 나는 무엇을 믿어야 하는가. 나는 어떻게 즐기고 무엇에서 위로와 기쁨을 찾아야 하는가. 나는 무엇을 탐구하고 어떻게 이해해야 하는가. 나의 삶은 어디를 어떻게 더듬어 가야 하는가. 끝없이 던지는 스스로의 질문과 그 질문에 대한 답을 찾아가는 과정이 삶의 길이다.

궁금한 것이 없는 사람은 질문도 없을 것이요, 질문이 없는 사람은 삶의 길에 대한 대답을 찾을 필요가 없는 사람이거나 이미 그 길을 찾은 사람일 것이다. 삶의 길에 대하여 묻거나 바른 길을 찾을 필요가 없다고 생각하는 사람은, 자신의 생활이 자신의 생각과 완벽하게 일치되는 사람이거나 길과 생각의 분별을 아예 의도하지 않는 사람일 것이요, 길을 찾았다고 확신하는 사람은 그 믿음에 대하여 요지부동하는 맹신의 경지에 든 사람이거나 시간과 공간의 변화에도 불구하고 자신마저도 초

시·공간적인 존재요 의식의 소유자라고 착각하는 사람일 것이다.[18]

그렇지 않고, 스스로의 삶에 대하여 궁금한 것이 많은 사람은 끊임없이 질문하게 된다. 이 질문이 자신을 정신적으로 향상시키며 현실적으로 전진하게 하며 내면적으로 밀도 있게 한다는 사실을 터득한 사람일 것이다. 그래서 되돌아오는 메아리의 풍요로움에 자신을 내맡기는 사람일 것이다.

질문은 대답을 전제로 하는 언어행위다. 대답 없는 질문을 전제할 때의 언어행위에 사람들은 곧 실망하고 돌아선다. 누가 대답 없는 대상과 대화하려 하겠는가. 그런데 그 대답 또한 자신의 내발적 욕구를 충족시키지 못하는 것일 때의 실망과 처연함은 당해보지 못한 사람은 모를 것이다. 대답을 듣되 질문의 의도를 완벽하게 포함하고 있는, 넘치지도 모자라지도 않는 대답이어야 한다.

세상에 그런 대답이 어디에 있겠는가? 있다![19] 스스로의 질문— 의문에 대하여 모자람이나 넘침이 없이, 질문자의 의표를 찌르고 질문자의 생각이 아직 미치지 못한 영역까지 넘나들면서 풍요로운 메아리로 응답하는 영혼의 소리가 있다. 그런데 응답자는 놀랍게도 질문자 자신이라는 사실이다. 그런 놀라운 답변을 준비하고도, 그 답변자는 그것이 자신의 내면의 소리인지를 미처 깨닫지 못하는 대답, 그 중심에 문학이 있다.

문학은 질문자 자신이 찾아내는 물음이요 응답이다. 문학은 질문자 자신을 향한 끊임없는 발문이요 대답이다. 문학은 질문의 방법과 대답

---

18) 레바논의 한 현인은 말했다. "자기가 아는 것이 없고, 자기가 아는 것이 없다는 것도 모르는 사람은 어리석은 사람이니 상대하지 맙시다. 자기가 아는 것이 없고, 자기가 아는 것이 없다는 것을 아는 사람은 배우지 못한 사람이니 가르쳐 줍시다. 자기가 아는 것이 많고, 자기가 아는 것이 많다는 것을 아는 사람은 현인이니 그를 따릅시다."

19) 기도가 신과 나누는 대화라면, 독서는 저자와 독자가 나누는 질의응답 행위이다. N. D. Walsch의 『Conversation with God』에는 신과 나눈 대화로 세 권의 말씀을 전하고 있다.

의 다양성을 제시해 주는 인생의 교본이다. 문학은 질문의 유형과 대답의 내용을 제시해 주는 세상의 거울이다. 문학 말고는 인생을, 세상을 전일적으로 완벽하게 증언해 줄만한 대상을 아직은 찾을 수가 없다. 그래서 종교도 문학의 옷을 입게 되고, 정치도 문학의 치장을 하게 되며, 사회도 문학의 번역에 의지하게 된다. 그러니까 철학이 그렇듯이, 예술이 그렇듯이 결국은 모든 인간의 창조적인 행위는 모두 문학적인 것을 지향하거나, 문학적인 것을 원천적인 질료로 하여 세상에, 사람에게 드러나게 된다. 그래서 문학은 세상을 읽는 질문이자 그에 대한 대답이 될 수 있는 것이다.[20]

왜 사느냐고 묻고 좋은 대답을 듣고 싶을 때 멀리 갈 것도 없다. 산들바람 부는 오솔길을 산책하듯 걸으며 대화할 상대자로는 김동환 시인을 만나보는 것도 좋을 것이요, 좀더 진지하게 그러나 낭만적으로 노래라도 들으며 대화를 나누고 싶을 때는 고려시대의 이름 모를 멋쟁이를 만나 청산별곡을 불러보는 것도 유익할 것이요, 바람찬 역사의 가파른 언덕길이나 냉혹한 현대사의 질곡 속에서도 따뜻한 인간미의 대화를 원하거든 링컨이나 간디 혹은 처칠을 만나기 전에 김대중을 만나보는 것도 그렇게 손해 볼 것은 없다고 믿는다. 또 있다. A. J. 크로닌의 『천국의 열쇠』를 손에 쥐게 된 사람들은 거의 자신의 길에서 찾아야 할 한 모범적인 善知識을 만나게 될 것이다.

지름길 묻길래 대답했지요
물 한 모금 달라기 샘물 떠 주고

---

[20] 훌륭한 작가는 최선의 독자였다. 이는 훌륭한 독자는 최선의 작가가 될 수 있다는 반증이다. 문학은 수용자로 하여금 생산자가 되게 하고, 생산자로 하여금 수용자가 되게 하는 세상에 드문 재창조의 대상이다. 이는 문학 자체만이 아니라, 개인에게 있어 삶을 세상을 그렇게 재창조한다는 데 의미가 있다.

그리고 인사하기 웃고 받았죠
平壤城에 해 안 뜬대두
난 모르오
웃은 罪 밖에

— 김동환 「웃은 罪」

육행 오십여 자에 담긴 사람네의 마음안과 사람살이의 마음 밖을 이처럼 알뜰살뜰하게 드러낼 수 있는 것이 사람이 만든 것 중에 또 무엇이 있을까. 아무리 생각해 보아도 떠오르지 않는다, 문학밖에는. 이 작품이 드러내는 질문과 응답의 구조는 너무도 친숙하다. 우리네 삶이 스스로 밟아온 섬세하기 이를데 없는 사춘기의 봄바람과 가슴 두근거리며 다가오는 이성에 대한 향긋한 그리움이 밀물져 오는 것을 누군들 듣지 못하랴. 대답하지 못하랴. 우리는 이런 질문과 응답의 만남을 통해서 오랜동안 버려두고 돌아보지 않았던 마음안의 텃밭이 잡초 무성한 버려진 땅이 아니라, 이제라도 가꾸기만 한다면 서정성의 문전옥답이 될 수 있음을 확인하게 되는 것이다.

그런 확인은 확인으로 끝나는 것이 아니라, 우리의 삶을 재창조할 수 있는 역동적인 세계로 이끌리게 된다는 데 뜻이 있다. 한 나그네가 있다. 목마른 사나이가 있다. 마침 그곳에는 달디 단 사랑이 있고 그 사랑을 전달해 줄 메신저도 있다. 사랑의 전언문은 길 필요가 없다. 사랑의 메시지는 장문을 요하지 않는다. 베로니카가 십자가를 지고 가는 예수의 얼굴을 씻어드린 것처럼[21] 목마르다는 사나이의 말 한 마디에 그녀의 화답은 분명했으나 상징과 은유로 몸을 가렸다. 그러니 허물[罪]일

---

21) 가톨릭 기도서 〈십자가의 길〉 14처 중 제6처

수 없다. 사나이 가는 길이 만주로 향하는 고행의 길이어도, 밤이 지나고 나면 생사를 확인할 수 없는 전선으로의 출정이어도 상관할 것이 못된다. 메밀꽃 필 무렵에 장돌뱅이와 나누는 물레방앗간 풋사랑이어도 신경 쓸 것이 없다. 사랑의 목마름에 사랑의 손길을 건네줌으로써, 자연은 자연대로 해가 뜰 것이며 평양은 평양대로 성을 쌓아 삶을 지켜낼 것이다. 그것이 사랑의 진실이며, 사람됨의 참 아름다움이다.

이런 사랑을 접하면서 우리는 스스로에게 묻는다. 우리는 어떻게 사랑해야 하는가? 우리는 어떻게 살아야 하는가? 연륜에 잠식당해서 이제는 진동할 줄 모르는 낡은 악기처럼, 가슴 떨리는 향기로운 삶의 한 대목을 정녕 잊고 살아도 되는 것인가? 잊지 않는다면 나그네인 나는, 샘물을 지닌 나는 어떻게 묻고 응답해야 하는가? 묻고 대답하는 가운데, 우리의 삶을, 그 삶을 끌고 가는 내면에 심미적인 진실성에 활력이 붙지 않는가! 문학은 그렇다. 문학은 그렇게 존재하고 있다. 문학은 그렇게 묻고 대답한다.

2. 문학 건망증, 문제는 글이 아니라 삶의 변화

잊기 위하여 문학 작품을 쓴다거나, 잊어버리기 위하여 문학 작품을 읽는다고 말하면 제 정신이 아니라고 말할까? 그러나 실제로 문학 작품은 작자의 입장에서 본다면 잊기 위하여 쓰는 것이요, 독자의 처지에서 본다면 잊어버리기 위하여 읽는다고 말할 수 있을 것이다.

일상적 삶을 통해서 끊임없이 일어나고 사라지기를 반복하는 생각의 편린片鱗들을, 아름다움의 실체들을, 삶을 진동시키는 진실한 사건들을 만날 때마다, 그것들을 잊지 않으려고 기억의 창고에 넣어두기만 한다고 가정해 보자. 그것은 그대로 썩어서 아무짝에도 쓸모없는 퇴적물이 되고 말 것이다. 잊지 않으려고 노력하며 쌓기를 지속하는 무명無

明[22]의 기억들은 우리의 삶에 아무런 영향력을 발휘하지 못한다. 아니 영양가 있는 삶의 자양분이 되기는커녕, 기억의 창고에서 삶의 발목을 잡는 방해물이 되기 십상이다. 그것들은 사람들로 하여금 인간적, 세속적인 미망의 포로가 되게 한다. 그것을 떨쳐내기 위한 과감한 결단의 수행이 바로 글쓰기 작업이고, 그 예측할 수 없는 불가사의한 창조의 미로를 거쳐 나온 결과물이 문학이다.

글 읽기를 삶의 중요한 과업으로 생각하는 독자이거나, 혹은 해도 그만 안 해도 그만인 여기餘技쯤으로 생각하며 여유를 부리는 독자에게 있어서도, 문학 작품을 읽는다는 것은 그저 끝없이 잊어버리기 위하여 읽고, 망각하기 위하여 독서한다고 말할 수 있다. 잊지 않고서는 생각의 창고에 신선도 높은 수확물을 저장할 수 없으며, 망각의 선반이 없이는 또 다른 의미의 씨앗들을 갈무리할 수 없다. 우리가 수시로 확인하는 것이지만, 전혀 새롭다고 판단하는 느낌이나 생각은 언제나 무의식적이거나 선험적先驗的[23]인 세계의 노출이거나 재인식이라는 강을 거슬러 올라가는 행위임을 인정하지 않을 수 없는 경우가 많다. 그 선험적 세계의 풍요로운 자양을 위하여 우리는 오늘 읽고 또 잊어버리는 것이다.

이런 경우가 있다[24]. 책꽂이에서 눈에 띄는 명작 한 권을 골라서 읽기 시작했다. 오로지 책장을 넘길 때마다 발견하는 다시없이 새로운 귀중한 것에 정신을 집중한 욕망 그 자체에 빠져들었다. 때때로 누군가 그어 놓은 밑줄이나 책 가장자리에 연필로 긁적거려 놓은 감탄 부호— 나보

---

22) 불교에서는 무명無明을 치痴라고도 하는 것으로, 제법諸法의 이치에 어둡고 무지함을 말한다. 번뇌의 근본적인 원인으로서 무명을 맨 처음 들고, 무명 때문에 잇달아 많은 번뇌와 업이 일어나서 생사의 고통이 끝없이 계속되는 연기緣起의 단초가 된다고 본다.

23) 선험적이란, '모든 경험인식에 앞서 있지만 그 경험을 가능하게 하고 제약하는' 이라는 의미를 가진다. 또한 '대상을 취급하는 것이 아니라, 우리의 대상 인식 방식이 선천적으로 가능한 것이어야 하는 한 바로 그 대상 인식 방식을 취급하는 모든 인식' 을 선험적이라고 부른다.

24) 이 이야기의 맥락은, 파트리크 쥐스킨트의 작품집 『깊이에의 강요』 중에서 「그리고 하나의 고찰」 이라는 소품에서 찾을 수 있다.

다 앞서 책을 읽은 사람이 남겨 놓은 흔적으로, 나 자신 평상시에는 그다지 높이 평가하지 않는다— 가 이번만큼은 전혀 방해되지 않는다. 이야기가 그만큼 흥미진진하게 진행되고 문장이 알알이 경쾌하게 이어져 이 연필 자국을 전혀 의식할 수 없기 때문이다. 그런데도 어쩌다 그 흔적이 눈에 뜨이는 경우에는, 전적으로 동의하는 마음에서다. 앞서 읽은 사람이— 나는 그 사람이 누구인지 전혀 짐작조차 못 한다— 나도 역시 심히 열광하는 바로 그 자리에 밑줄을 긋고 감탄 부호를 찍었기 때문이라고 말한다. 비할 데 없이 뛰어난 글의 내용과 누구인지 모르는, 앞서 읽은 사람과의 정신적 연대감에 의해 이중으로 고무되어 계속 책을 읽어 나간다. 그리고 점점 더 깊이 허구의 세계 속으로 빠져들어 경탄에 경탄을 거듭하면서 저자가 인도하는 멋진 길을 따라 간다…….

그리고는 분명 이야기의 절정을 이루는 곳에 이르러 나도 모르게 '아!' 하고 큰소리 내어 감탄한다. '아, 얼마나 기발한 생각인가! 그 얼마나 멋들어진 표현인가!' 나는 한 순간 눈을 감고 읽은 것을 깊이 반추해 본다. 그것은 뒤죽박죽 엉켜있는 내 의식에 길을 내고 유례없이 새로운 시야를 열어 주고 새로운 인식과 연상들을 샘솟게 하고 실제로 예의 그 일침을 놓는다.

그런데 이런! '아주 훌륭하다!' 라고 긁적거리기 위해 연필을 기울이자 내가 쓰려는 말이 이미 거기에 적혀 있다. 그리고 기록해 두려고 생각한 요점 역시 앞서 글을 읽은 사람이 벌써 써놓았다. 그것은 내게 아주 친숙한 필체, 바로 나 자신의 필체였다. 앞서 책을 읽은 사람은 다름 아닌 나 자신이었기 때문이다. 내가 오래 전에 그 책을 읽었던 것이다.

그 순간 이루 형용할 수 없는 비탄이 나를 사로잡는다. 문학의 건망증, 문학적으로 기억력이 완전히 감퇴하는 고질병이 다시 도진 것이다. 그러자 깨달으려는 모든 노력, 아니 모든 노력 그 자체가 헛되다는 데서 오는 체념의 파고가 휘몰아친다. 조금만 시간이 흘러도 기억의 그림자조차 남아 있지 않다는 것을 안다면, 도대체 왜 글을 읽는단 말인가? 도대체 무엇 때문에 같은 책을 한 번 더 읽는단 말인가?

모든 것이 무無로 와해되어 버린다면, 대관절 무엇 때문에 무슨 일을 한단 말인가? 어쨌든 언젠가는 죽는다면 무엇 때문에 사는 것일까? 나는 아름다운 작은 책자를 덮고 자리에서 일어나 얻어맞은 사람처럼, 실컷 두드려 맞은 사람처럼 서가로 돌아가, 저자가 누구인지 모르고 그런 책이 있다는 것조차 잊혀진 채 꽂혀 있는 수없이 많은 다른 책들 사이에 슬그머니 내려놓는다.

그러나 혹시— 스스로를 위안하기 위해 이렇게 생각해 본다— 인생에서처럼 책을 읽을 때에도 인생 항로의 변경이나 돌연한 변화가 그리 멀리 있는 것은 아닐지도 모른다. 그보다 독서는 서서히 스며드는 활동일 수 있다. 의식 깊이 빨려들긴 하지만 눈에 띄지 않게 서서히 용해되기 때문에 과정을 몸으로 느낄 수 없을지도 모른다. 그러므로 문학의 건망증으로 고생하는 독자는 독서를 통해 변화하면서도, 독서하는 동안 자신이 변하고 있다는 것을 말해 줄 수 있는 두뇌의 비판 중추가 함께 변하기 때문에 그것을 깨닫지 못하는 것이다. 직접 글을 쓰는 사람에게 이 병은 축복, 거의 필수적인 조건일 수 있다. 그것은 위대한 문학 작품이 꼼짝 못하게 불어넣는 경외심 앞에서 그를 지켜 주고, 표절剽竊의 문제도 복잡하지 않게 해준다. 그렇지 않다면 독창적인 것은 존재할 수 없을 것이다.[25]

조지 도슨은 열 살 때, 열일곱 살의 흑인 소년이 백인 소녀를 겁탈한 혐의로 백인들로부터 린치를 당하는 것을 보았다. 그날 그의 아버지는

---

25) 모방론의 의미와 함께, 모방은 제2의 창조라는 사실을 음미해 본다.

26) 조지 도슨은 미국 흑인 노예 출신으로, 아흔 여덟 살에 글을 깨치고, 백두 살에 『인생은 너무나 좋은 것』이라는 제목의 책을 출간하였다.

"저 백인들 중 일부는 비열하고 못된 놈들이지, 일부는 겁에 질려서 저러는 거고. 그런 건 상관이 없다. 우리는 다른 인간에 대해 판단을 내릴 권리가 없는 거야." 도슨은 이 충고를 오랫동안, 무려 구십여 년 동안이나 잊지 않고 기억의 창고 속에 저장해 두고 있었다.[26] 겁탈 당한 백인 소녀는 나중에 백인 아이를 낳았다. 그러나 도슨의 기억에 따르면 아무도 그것에 대해 언급하지 않았다. 그는 그의 저서에서 이렇게 썼다. "아마 그때쯤 대부분의 사람들, 적어도 백인들은 모두 그 사건을 잊어버렸던 것 같다. 그러나 나는 잊지 않았다."

조지 도슨은 이제야 비로소 그의 기억의 창고를 비울 수 있었을 것이다. 그가 『인생은 너무나 좋은 것』이라는 책을 쓰기 위하여, 그의 기억의 선반에서 잊혀지기를 바라며 구십여 년을 기다려야 했던 아픔의 상처를 이 책 속에 피력함으로써, 비로소 망각의 참 의미를 스스로 창조해 낸 것이다.

아흔여덟 살에 글을 깨치고 백두 살에 이 책을 내기까지, 그것은 단순한 시간의 단위로는 의역해 낼 수 없는, 전 생애적인 삶의 대응양식의 결정체라고 할 수 있을 것이다. 그 대응양식이란 그의 생애를 통해서 쌓여만 갔던 기억의 창고를 비우는 일에 집중되어 있었을 것이다. 그런 기회를 포착하게 된 도슨은 일반인들의 의식과 판단으로는 놀라울 정도의 연륜과 신분상의 제약을 극복하고 마침내 무명의 긴 터널을 통과하였다.

그가 인생의 어두운 터널을 지나오면서 기억하고자 한 것은 무엇이었을까? 그는 네 살 때부터 증조할머니와 함께 일을 하느라 학교에 가지 못했다. 할머니는 그에게 노예 노래를 가르쳐 주었고, 그는 영원히 그 노래들을 잊을 수 없었을 것이다. 또한 자신이 어렸을 때 노예들이 모두 자유의 몸이 되었다는 말을 듣던 날을 기억하고 있다. 노예들 중 일부는 떠나는 것을 두려워했고, 일부는 소작인으로 남았다. 그러나 그들은 숫자를 셀 줄 몰랐기 때문에 농장 안의 상점에 빚을 져서 다시 노예와 같은 상태가 되었다. 도슨은 이런 삶의 상흔들로 가득 찬 기억의 창고를 업처럼 지니고서 일 세기를 살아왔고 마침내 그 삶의 종착역에 다다랐다.

잊으려야 잊을 수 없던 저장고를 비워서 얻은 새로운 창조의 포충망에는 보다 풍요로운 의미의 씨앗들이 눈을 틔우고 있다. '우리는 다른 인간에 대해 판단을 내릴 권리가 없다'는 진실을 드러내기 위하여 일 세기라는 불망의 시간을 지나왔다. 무지無知는 또 다른 무명無明의 업業이 된다는 진리를 발견함으로써, 인간이 타인으로 인하여 노예가 되는 것이 아니라, 자신의 무지와 무의지의 소산으로 말미암아 얼마든지 노예가 될 수 있다는 엄연한 진실을 찾은 것이다. 도슨의 망각으로 인하여 저자 자신은 물론 그를 대하는 독자들은 비로소 노예 노래도 잊을 수 있으며, 타인 백인들로부터 부당하게 당하는 비인간의 실상에 대하여 분노할 줄 알며, 상처가 진리가 되는 변화變化의 진실을 실감하게 될 것이다. 그러니 잊음은 그냥 잊음이 아니라, 삶의 향상이요, 인식의 주체인 자아의 질적인 변화의 다른 이름임을 안다.

문학은 바로 이 변화를 위하여 존재한다. 타성에 젖은 일상성을 일깨워서 끊임없이 새로워지려는 강렬한 열망이 변용되어 나타난 현상이 창작이고 독서 행위다. 그러므로 문학은 변화된 삶을 위하여 인식의 내면에 형성되어 있는 인식의 저수조를 깨뜨려야 할 이유가 여기에 있다. 독자도 마찬가지다. 자신의 내면을 가득히 채우고 있는 선입관의 미망과 고정관념의 포로가 되어서는 향상되는 삶을 기대할 수 없다. 질적으로 변화된 새로운 삶을 기대할 수 없다. 그러므로 문학은 부단한 잊어버리기 행위이며 그 실체이다.

3. 문학이라는 이름의 거울, 이명耳鳴과 코골이

문학이 무엇이냐에 대한 대답은 다양하다. 그것은 종교가 무엇이냐는 질문에 대하여, 기독교나 불교, 도교나 회교 등이 저마다 오르는 산맥이 다를 뿐이지, 궁극적인 도달점은 하나인 것과 같다. 예수의 산맥을 타고 오르는 이들은 믿음과 소망과 사랑의 길을 더듬어 오르다가 마침내 그리스도의 정상을 맞이하지 않는가. 석가모니의 산맥을 타고 오르는 이들은 탐·진·치貪嗔癡를 경계하며 부단한 자기정진을 통하여 오온개공27)을 깨달아 부처의 경지에 이르고자 하지 않는가. 노장老莊의 혜량할 길 없는 사유의 체계와 무위자연無爲自然28)으로 대표되는 도의 길이나, 중동의 모래사막에 거대한 민족적 신앙공동체를 건설한 마호멧의 산맥들도 결국은 종교가 무엇이며, 신앙의 행위가 어떠해야 하는가에 대한 대답을 찾는 길이다. 그 구도의 끝에 이르는 하나의 봉우리는 인간구원에 닿아 있다.

문학이 무엇이며, 문학행위가 어떠해야 하느냐에 대한 대답도 앞의 종교적 사유에서 유추할 수 있다. 문학은 음악형식이며 노래하기는 문학행위의 가장 확실한 징표라고 말하는 이들은 시문학의 산맥을 오르는 시인들이다. 문학은 서사형식이며, 이야기하기는 분명한 문학행위의 원초적 모습이라고 말하는 이들은 소설이라는 산맥을 오르는 작가들이다. 또한 문학은 인생의 축소판이자 무대연희이며, 보여주기는 뚜렷한 삶의 양식과 대응한다고 주장하는 이들은 희곡이라는 산맥을 오르는 극작가들이다. 이들 주장이나 판단이 결국은 하나의 정점에서 만

---

27) 五蘊皆空 : 불교에서 정신과 물질을 다섯으로 나눈 것色, 受, 想, 行, 識을 오온, 오음이라 하는데, 오온개공은 모든 것은 집착이 필요 없는 虛無라는 것.

28) 無爲自然 : 老莊은 반문화적 삶을 이룩하는 데 꼭 필요한 구체적인 삶의 태도를 無爲에서 찾는다. 무위는 물론 문자 그대로 '행동하지 않는다'는 말이 아니라, 인위적이 아닌 행동을 가리킨다. 그리고 反人爲的인 행동을 할 때에 더욱 효과적이라는 것이다. 이러한 무위가 인간의 삶에 더 효과적이라는 논리의 틀을 老莊은 견지하고 있다.

나게 되는데, 그 높이와 닿아 있는 것이 문학이요 그 높이에 이르는 길이 문학행위일 것이다.

종교가 다양한 구도의 길을 걷되 결국 인간구원의 정점에서 만나는 것처럼, 문학과 문학행위의 다양성이 이르고자 하는 궁극적인 지향점 또한 여기에서 멀지 않다. 문학 또는 그 행위의 드러냄의 차이와 변별성은 표현양식의 다양성일 따름이지, 본질적 차별성을 말하는 것은 아니다.

이렇게 생각했을 때, 문학과 문학행위를 규정하는 정의역定義域은 좀 더 그 범주를 광역화할 수 있다. 그 중에 하나, 문학의 거울론[29]을 생각할 수 있다. 문학─ 그 행위는 사물을 비추는 거울이라는 발상이다. 거울은 사물을 있는 그대로 반영한다. 우리는 스스로 거울도 만들고 그것을 통해서 사물을 비춰 볼 줄 알면서도 정작 자신의 내면을 들여다볼 수 있는 효과적인 반영의 도구로서 적절한 것을 구비하지 못하고 있다. 이때 효과적인 대용물로 인간은 거울을 생각하였고, 내면─ 관념의 세계를 비추는 데 탁월한 효과를 발휘하는 것으로 문학거울을 장만하였다.

실제의 거울로는 빛의 반사작용을 이용하여 사물의 실체를 반영할 수 있지만, 문학거울로는 무엇을 비출 수 있단 말인가. 이를테면 연암 박지원의 다음 글을 상기해 본다면, 문학거울이 비추고자 하는 대상과 그 방법을 어림짐작할 수 있다. 연암은 그의 글 「이명耳鳴과 코골이」에서 다음과 같이 쓰고 있다.

어느 아이가 자신의 귀에서 이상한 소리가 들릴 때마다 매우 신기하였다. 어느 때에는 귀뚜라미 소리가 들리기도 하고, 어느 때에는 시냇물

---

29) 문학에서 거울의 상징적 의미는 다양하게 사용된다. 즉 교훈, 본보기, 맑은 물, 달, 실상, 진실, 자아 성찰, 자각, 분열된 자아, 자기 도취, 진리 등의 의미를 지닌다. 문학거울이라는 표현은 거울이 지닌 이런 상징성을 총망라한 의미를 상정한다.

흘러가는 소리가 들리기도 하였으며, 또 어느 때에는 달 뜬 갈대밭에 갈 바람 지나가는 소리가 들리기도 하였다. 그럴 때마다 이 아이는 곁에 있는 사람들에게 소리를 들어보라며 자랑삼아 말하였으나, 아무도 그의 귀에서 나는 신명나는 그 소리를 듣지 못하였고, 아이는 자기의 귓소리를 들려주지 못하는 것이 안타까웠고, 자신의 신기한 귓소리를 알아주지 않는 사람들이 야속하였다.

어느 나그네가 여인숙에서 잠을 자게 되었다. 그런데 합숙하게 된 한 농부가 잠이 들자마자 곧 코를 골기 시작하였다. 코고는 소리가 마치 천둥 벼락 치듯 격렬하게 울리기도 하고, 어느 때는 팥죽 끓이듯 시끄럽게 코를 골다가, 코 고는 소리가 뚝 그치며 숨소리도 나지 않게 되어 숨이라도 멎지 않았나 의아해 하면 곧 이 농부는 폭포수가 일시에 쏟아지듯 막혔던 숨을 토해내며 결렬하게 코를 고는 것이었다. 이 나그네는 농부의 코고는 소리를 들으며 도저히 잠을 이룰 수가 없었다. 그래서 작심을 하고 농부를 흔들어 깨웠다. 무슨 코를 그렇게 요란하게 골아서 다른 사람 잠을 이룰 수 없게 하느냐고 질책하자, 이 농부는 화를 벌컥 내며, "내가 언제 코를 골았다고 자는 사람까지 깨우며 생트집을 잡느냐?"고 오히려 면박을 주는 것이었다.

나는 분명하고 확실하게 듣는데도, 다른 세상 사람들은 들을 수가 없는 것이 이명이요, 세상 사람들이 다 들어도 나만은 들을 수 없는 것이 코골이다. 연암 선생이 이 분명한 일상사를 두고서, 우리에게 전하고자 하는 메시지는 뚜렷하다. 내 소리 · 주관적 판단 · 독선만 가지고 남도 그러려니 선입관을 가지지 말 것이며, 남들도 다 듣는 소리 · 객관적 현상 · 사실이니 당사자야 오직 잘 알겠느냐고 섣불리 지레짐작하지 말라는 것이다.

문학거울로 비춰보는 세계와 방법은 이렇다. 논리적 진실을 논리적으로 지적하면 그것은 논쟁이 된다. 그러나 친숙한 삶의 현상들을 비유의 거울에 비출 때, 그것은 수용적 자아 성찰의 감동이 된다. 논쟁과 감동의 사이에 문학이 있다. 이 감동은 강직한 논리의 힘으로도 우리들 삶의 방향을 돌려놓을 수 없으나, 온건한 반영의 방법을 택한 비유는 스스로의 내면에 잠재해 있는 또 다른 자아를 찾을 수 있게 한다. 이 되찾은 자아의 모습을 보면서 우리는 무지로 향하는 일탈의 발걸음을 바른 길로 되돌려 놓기도 하고, 건조한 일상에 감성의 단비를 뿌려주기도 한다.

그것은 결국 삶의 의미와 세계의 다양성에 대한 시야를 열어주는 가치를 발휘한다. 문학거울을 통해서 우리는 편협하고 제한적일 수밖에 없는 경험의 세계를 뛰어넘어 광대무변한 삶과 세계의 진실에 이르게 된다. 그 통로가 문학거울이다.

시인 이상의 거울은 사뭇 다른 반사 각도를 보여주고 있어 흥미롭다. 현실의 자아와 내면의 자아가 심각하게 대립하는 공간이자, 부딪혀 깨어지고 분열하는 현장으로 거울을 설정하고 있다. 이를 확대 해석하는 자유를 허용 받을 수 있다면, 심리학— 정신분석학적[30] 접근과 함께 이역시 이명과 코골이를 원용할 수도 있으리라. 나는 듣는데 남은 듣지 못하거나, 남은 듣는 데 나만 들을 수 없는 현실적 상황에 대하여, 분열된 자아의식으로 대처해 나아가는 서정적 자아의 모습이 곧 독자로서의 나의 모습이 아니던가.

거울속에는소리가없소

---

30) 심리학적 문학연구에 원용되는 정신분석학에서는 '精神'을 '여러 정신적 대립의 총체'로 파악한다. 그 중 몇 가지만 예를 든다면, ①본능과 의식의 대립 ②무의식과 의식의 대립 ③쾌락원칙과 현실원칙의 대립 ④Eros와 Thanatos의 대립 등을 들 수 있다.

저렇게까지조용한세상은참없을것이요

거울속에도내게귀가있소
내말을못알아듣는딱한귀가두개나있소

거울속의나는왼손잽이요
내握手를받을줄모르는—握手를모르는왼손잽이요

거울때문에나는거울속의나를만져보지를못하는구료마는
거울이아니었던들내가어찌거울속의나를만져보기만이라도했겠소

나는지금거울을안가졌소마는거울속에는늘거울속의내가있소
잘은모르지만외로된事業에골몰할게요

거울속의나는참나와는反對요마는
또꽤닮았소
나는거울속의나를근심하고診察할수없으니퍽섭섭하오.

— 이상 「거울」

정신분석학적 성과를 그대로 원용할 필요는 없다. 그러나 이상의 시
가 드러내거나 감추고 있는 의미망은 대립적 구도를 원용하지 않고는
접근하기 쉽지 않다. 거울 속에 없다고 진술된 것의 반대쪽에는 있다는
것, 소리와 귀, 손과 악수, 만짐과 만남, 없는 거울과 거울 속에 있는 나,
반대와 닮음 등으로 진술된 함축성의 뿌리에는 정신이 여러 정신의 대
립의 총체라는 사실을 그대로 반영한다.

우선 본능과 의식의 대립 양상이다. 혼란한 활동성을 유지하면서 즉각적 쾌락을 추구하는 본능적 자아와 논리성의 차원에서 참거나 고통을 감내하면서 의식적 경계선을 유지하려는 자아가 대립하는 관상적觀想的 공간으로 설정된 곳이 거울이다.

정신분석학에서는 무의식의 영역을 가정하여, 무의식은 캄캄한 밤의 파도치는 바다이고, 의식은 바닷가 조그만 둑에 난 작은 길에 있는 집으로 비유한다. 이상의 거울에는 드러난 의미와 숨겨진 의미의 대립이 바로 이런 정신적 대립양상을 보여 준다. 서정적 자아가 거울 속의 자아를 근심하고 진찰할 수 없는 섭섭함이 바로 무의식의 영역에 대한 의식적 자아의 한계를 보여주는 대목이다. 인간을 이해하는 데 있어 드러난 것으로만 보아서는 안 된다. 겉으로 드러난 합리화·변형되어 나타난 자아는 참자아의 모습이 아니다.

향락본능에 충실한 쾌락원칙과 자기보존 의지에 충실한 현실원칙의 대립이 있다. 인간의 내부에는 쾌락본능을 검열, 억압, 억제하는 기제가 있다. 이것이 금기다. 이 금기로 인하여 변형되어 나타난 것이 현실원칙이다. 그러므로 현실원칙은 쾌락원칙의 변형이다.

이상의 거울에는 화합과 삶의 본능인 에로스Eros와 파괴와 죽음의 본능인 타나토스Thanatos의 대립이 있다. 에로스는 유기체의 생명, 원초 상태로 돌아가려는 욕망을, 타나토스는 무기물로 돌아가려는 욕망을 드러낸다. '거울 속의 나는 참 나와는 반대요마는 또 꽤 닮았다'는 고백은 이를 반증한다.

난해하다고 공인된, 이상의 거울과 같은 시를 읽는 문학 행위를 우리는 어떻게 받아들여야 할까? 그것은 정신분석학적 관점에서 보자면, 자기 내부의 억압과잉을 문학적 장치를 섭렵함으로써 줄일 수 있다는 데에서 문학 행위의 의의를 찾을 수 있다. 자아의 내부에 금기가 많은 인간일수록 현실의 제약이 따르기 마련이고— 제약이 많은 인간은 항상 자아 분열적 갈등으로 인하여 스스로도 모르는 무의식적 고통을 내면 화하게 된다.

그러나 문학거울은 이런 갈등과 고통을 온건하면서도 감동적으로 해소시키는 데 도움을 준다. 뿐만 아니라, 이명과 코골이라고 하는 효과적인 비유의 어법을 터득하면서 분열을 통합으로, 갈등을 조화로 바라볼 수 있는 디딤돌을 마련한다. 이상은 자신은 들을 수 없는 자신의 코골이를 듣기도 하고, 남에게 들려줄 수 없었던 이명을 독자에게 들려주기도 한다.

4. 문학의 두 얼굴, 지혜와 자비

삼국유사에는 「백월산의 두 성인 성도기」[31]가 전해지고 있다. 신라 구산군의 무등곡에는 달달박박炟炟朴朴 스님이 북쪽 고개 마루 사자바위에 판자집[板房— 北庵]을 짓고 아미타불을 예경하며 정토왕생을 염원하는 수도를 하고 있었다. 노힐부득努肹夫得 스님은 남쪽 고개 너머 돌무더기 시냇가에 돌집[磊房— 南庵]을 짓고 미래불인 미륵불을 섬기며 역시 정토왕생을 염원하며 수도하고 있었다.

수도에 정진한 지 삼 년여가 지난 어느 날 밤 한 묘령의 아가씨가 나타나 하룻밤 묵어가기를 청하며 다음과 같은 노래를 지어 불렀다. “나그네 가는 길에 해가 지니 천산이 저물어, 길 멀고 성 먼데 외롭기 짝이 없고나. 오늘 판방에서 투숙코자 하니 자비한 화상은 꾸짖지 마소.”[32] 그러자 박박은 ‘사찰은 청정을 주로 하므로 너는 가까이 할 곳이 아니다. 지체 말고 가라.’ 하고 문을 닫고 들어갔다.

---

31) 三國遺事卷第三 塔像第四 〈南白月二聖 努?夫得 朴朴〉
32) 行遲日落千山暮. 路隔城遙絶四隣. 今日欲投庵下宿. 慈悲和尙莫生嗔.

이에 낭자는 남암의 부득에게 찾아가서 전과 같이 게송을 읊으며 하룻밤 투숙을 청하였다. "해는 천산 길에 저물었으니 가고 가도 외롭기 짝이 없구나. 송죽 그늘은 더욱 그윽한데 동구를 울리는 시냇물 소리 오히려 새롭다. 하룻밤 자기를 청하는 나그네 길을 잃음이 아니라 존사를 지진指津引導코자 함이니 원컨대 내 청만 들어주시고 뉜가는 묻지 마소."33) 부득은 낭자의 딱한 사정을 듣고, 여인이 밤을 새울 만한 곳은 아니지만, 문전박대할 수 없음을 판단하고 유숙을 허락하였다.

이윽고 밤이 늦어지자 낭자가 불러 가로되, "내가 마침 불행히 산고가 있다. 바라건대 화상은 짚자리를 준비해 달라." 하였다. 부득이 불쌍히 여겨 아니 듣지 못하고 촛불을 은근히 밝히나 낭자가 이미 해산하고 또 목욕하기를 청하였다. 부득이 부끄러움과 두려움이 마음에 얽히었으나 애달피 여기는 정이 더함을 마지못하여 통을 준비하여 낭자를 그 가운데 앉히고 더운물로 목욕시키더니, 이미 통 속 물에 향기가 풍기어 금액으로 변하였다. 부득이 크게 놀라니 낭자가 말하기를, "우리 스승도 여기 목욕하라." 하므로 부득이 마지못하여 그 말을 따랐다. 홀연히 정신이 맑아짐을 깨닫고 보니 피부가 금색이 되고 그 옆에 한 연대가 생긴 것을 보았다. 낭자가 앉기를 권하고 이르되, "나는 관음보살인데, 와서 대사를 도와 대보리大菩提를 이루게 하였다." 하고 말을 마치고 홀연히 사라졌다.

박박이 생각하되 부득이 오늘밤에 반드시 계를 더럽힐 것이니 가서 비웃어 주리라 하고 이르러보니, 연대에 앉아 미륵존상이 되어 빛을 내고 몸은 금색으로 채색되어 있었다. 그만 머리를 숙여 예하여 이르되, 어찌 이리 되었는가 하니 부득이 그 사유를 자세히 말하였다. 박박이 탄

---

33) 日暮千山路. 行行絶四隣. 竹松陰轉邃. 溪洞響猶新. 乞宿非迷路. 尊師欲指津. 願惟從我請. 且莫問
何人

식하여 말하되, "내가 마음에 가림이 있어 요행이 대성을 만났으나 도리어 대우치 아니하여 대덕지인이 나보다 먼저 되었도다. 원컨데 옛날의 계분을 잊지 말고 일을 함께 하자." 하였다. 부득이 이르되 통에 아직 남은 물이 있으니 그대도 목욕하라 하였다. 박박이 목욕하니 또한 전과 같이 무량수를 이루어 이존二尊이 홀연히 서로 대하였다.

두 성인은 결국 모두 득도하였다. 달달박박은 청정계를 지킴으로써, 즉 딱한 처지의 낭자를 돕기보다는 수도의 계율을 보전함으로써 득도에 이르게 된다. 반면에 노힐부득은 청정계를 지키지 못함으로써, 즉 딱한 처지에 있는 중생을 불쌍히 여겨 보살핌으로써 득도에 이르게 된다.

감성적 동정심보다는 냉철한 이성적 원칙에 충실한 박박은 서슬 푸른 구도형求道形의 인물이자 지혜로운 탐구자로서 아미타불이 된다. 이에 반하여 부득은 냉철한 이성보다는 따뜻한 동정심을 발휘하는 온유한 봉사형奉仕形의 인물로서 자비로운 사랑의 메신저 미륵불이 된다.

이 두 성인이 함께 대덕지인大德至人이 되었다는 귀결은, 두 사람이 수도의 방법만 달랐을 뿐이지, 지향하는 목표는 동일하다는 것을 입증하는 설화다. 이는 탐구[智慧]와 사랑[慈悲]이 겉으로 보기에 다른 것 같지만, 지혜[探究]가 없는 사랑[慈悲]은 맹목이 되기 쉽고, 사랑이 없는 지혜 또한 메마른 관념에 빠지기 쉽다는 것을 웅변하고 있다.

또한 이는 인간의 내면적인 심리적 정신적 요인들이 양면성을 지니고 있음을 말한다. 마치 손등과 손바닥처럼 혹은 동전의 양면처럼 인간은 이성—지성적 손등인 동전의 표면이 있는 반면, 감성—정서적 손바닥인 동전의 이면을 지니고 있다. 인간은 탐구적인 지혜를 요구하는 머리로 사유하는 측면과 함께 자비로운 사랑을 필요로 하는 가슴으로 느낌을 노래하는 복합적인 양면성을 지니고 있다.

문학이 지향하는 바도 이를 섭렵하여 아우르는 창조행위다. 인간 존재의 의미나 삶의 구체적인 상황들, 복잡다단한 세계의 모습들에 대하여, 한편으로는 지혜로운 탐구를 통해서 교훈과 깨달음을 추구하지만, 그 방법에 있어 감성적인 서정의 현을 울리는 사랑의 실현을 지향하고 있다.

문학에서 지혜는 곧 사랑의 정신이요, 사랑은 곧 지혜의 발현임을 알 수 있다. 슬기로움은 마음의 상태와 별개로 존재하는 것이 아니다. 왕양명(1472~1529)의 시에 이런 작품이 있다.

한 줄기 바람이 불어와 서늘한 밤의 새로움을 더하고/ 연못가에 앉으니 쓸쓸한 달이 내 정신을 밝힌다./ 물밑에 헤엄치는 고기는 마음의 비결을 전해주고/ 가지 끝에 앉은 새는 참 도를 말한다./ 본능적인 욕구들이 하늘의 기밀들이 아니라고 말하지 말지니/ 모름지기 내용이 만물과 하나인 것을 알리라./ 끝없는 예악 논쟁으로 의견이 분분한데/ 어느 누가 청천에서 쌓인 먼지를 떨어낼까//[34]

바람과 밤은 새로움을 더한다. 달이 정신을 밝힌다. 물고기가 마음을, 새가 도를 말한다. 결국은 감성적 마음이 이성적 지성을 눈뜨게 한다. 그러니까, 이 시는 욕구와 도가 둘 아니듯이, 지혜와 사랑도 별개가 아님을 노래하고 있다. 예와 악이 논쟁의 대상이 아니라면, 지혜와 사랑도 분석의 대상이 아니다.

왕양명은 나아가 배움과 물음을 추구함이 덕성을 존양함과 무관할 수 있느냐고 힐문한다. 지적 탐구에 대한 왕양명의 태도는 지혜 탐구에

---

34) 一雨秋凉入夜新, 池邊孤月培精神. 潛魚水底傳心訣, 棲鳥枝頭說道眞. 莫謂天機非嗜慾, 須知萬物是吾身. 無端禮樂紛紛議, 誰與靑天掃宿塵?
35) 苟不志道而游藝, ?如無狀小子; 不先去置造區宅, 只管要去買畵掛做門面, 不知將掛在何處?

서 예술[藝]이 수행하는 역할에 관한 그의 가르침을 보면 알 수 있다. 그는 항상 그의 두 눈을 인생의 궁극적 목표에 고정시켜서, 예藝라는 단어가 그 동음이의어인 중국어 발음상 의義와 관계된다고 선언한다. 예술은 당연히 인간을 덕의 실천으로 이끌어야 한다. 시 암송, 독서, 거문고 연주, 활쏘기 등의 활동은 모두 마음[心]에 더욱 큰 조화를 가져다주고, 마음이 위대한 도道를 추구해 나가도록 도와주는 데 목적이 있다.

여기에서 예와 의는 서정과 이성의 관계와 같고, 사랑과 지혜의 관계와 같다. 그러므로 지혜와 이성에 뜻을 두지 않고 오직 자비와 감성의 즐거움을 구하는 사람은 형편없는 바보와 같아, 그는 먼저 집의 구조를 설계하지 않은 채 걸어 둘 그림을 사는 데만 신경을 쓰고 장차 그것을 어디에 걸어두어야 할지를 알지 못함과 같다[35]고 지적한다.

지혜는 어떤 한 사람에 의해 발견된 불변하는 보고寶庫가 아니므로 한 사람이 이 보고에 대해서 일정한 독점권을 주장할 수도 없다. 지혜는 여러 가지 다른 상황들에 대처하는 능력을 의미한다. 그것은 확정된 판단이나 미리 준비한 대답 없이 상황 자체에서 답을 구하는 열려진 마음을 전제한다. 이것이 지혜의 속성이다.

지혜와 사랑은 사람의 사람됨을 결정하는 본질적 요소이기 때문에 또한 문학의 영원한 테마가 될 수 있다. 지혜를 추구하는 사람은 곧 사랑을 실현하려는 사람이고, 현실 속에서 사랑을 실현하려는 사람은 끊임없는 도전과 시련을 감수해야 한다. 그러한 인물, 삶의 역동성을 온몸으로 드러내면서 도도한 인간사의 질곡을 헤쳐 나가는 인물이야말로 문학의 주인공으로 적합하지 않은가.

높은 수준의 지혜를 추구하는 사람들, 영적으로 승화된 삶을 추구하는 사람들은 세속적인 조롱과 비난의 대상이 될 각오를 해야 한다. 사회적으로 영합하기 위해서, 삶의 안락을 얻기 위해서, 자신의 수준을 계속

낮추어온 사람들이 세상에는 많다. 우리는 어쩌면 모두 현실이라는 울타리에 안주하기 위해 타협하는 삶을 선택해 온 무리에 속할 것이다. 그래서 그리스의 스토아 철학자 에픽테토스(55~135년경)는 그의 『어록』36)에서 지혜를 좇으면 비난이 몰려온다고 충고하고 있는지도 모른다. 그러면서도 에픽테토스는 강조한다. 영적으로 우월한 것에 애착을 가져라. 다른 사람들이 어떻게 생각하든 상관하지 말고, 주위에서 어떤 일이 벌어지건 자신의 진정한 갈망을 잊지 말라고 충고한다.

영적 진보나 도덕적 이상의 구체적인 현상이 무엇인가. 그것은 지혜와 사랑이다. 일관되게 도덕적 이상이나 영적 진보— 지혜와 사랑의 실현을 추구하는 사람들은 세속적인 사람들의 적대적 표적이 될 수 있다. 이것이 문학적 인물이 될 수 있는 역설적 진실이다. 선하다고 믿는 것을 향한 최선의 삶이 부딪혀 표면으로 좌절하고 끝내는 정신적으로 승리하는 인물을 드러내면서 문학은 사랑과 지혜를 말한다.

5. 문학 살아남기, 순금과 도금

작가의 손을 떠난 문학 작품이 명작으로 남기 위해서는 몇 가지 관문을 통과해야 한다. 시간의 여울 그 도도한 장강의 흐름 속에서 부침을 거듭하면서도 끝내는 망각의 심연으로 침몰하지 않아야 한다. 그래서 마침내 멀지만 반드시 닿아야 할 항구성恒久性의 항구港口에 닻을 내려

---

36) 에픽테토스 『어록』의 주요 대목을 샤론 르벨이 엮어 『불확실한 세상을 사는 확실한 지혜』라는 책으로 국내에 출간되었다.

37) 항구성恒久性, 보편성普遍性, 개성個性은 문학 작품이 지녀야 할 삼위일체의 보완적 특성이다. 항구성이 시간적으로 영속시키고 생명 있게 하는 문학가치의 통시성과 관련이 있다면, 보편성은 공간적으로 공통되게 하고 생명 있게 하는 문학 가치의 공시성과 관련이 있다. 또한 개성은 체험의 구체성과 독창성 및 진실성을 바탕으로 하므로, 개성에 철저하면 보편성에 도달한다는 역설적 진리는, 개성과 보편성의 관계가 절대적이 아닌, 상대적 특성임을 말해 주는 대목이다.

38) 지식知識은 한번 습득한 내용이 오래 동안 기억되는 일종의 영구적인 습득임에 비해서. 정서情緖는 한번 체험한 느낌이 곧 소멸되는 휘발성으로 인하여 부단히 변화하는 영속적인 경험이다.

야 한다.

항구성의 항구에 안착했다 해서 방심해서는 안 된다. 광대무변한 삶의 울타리를 넘어 양의 동서는 물론이요 인종의 다채색 장막을 헤치고 연륜으로 가려진 소노의 둔덕과 여남의 산맥을 무찌르고 보편성普遍性의 날개를 획득함으로써 비로소 명작의 가능성을 열었다 말 할 수 있을 것이다.

명작의 파랑새가 두 날개, 항구한 시간의 왼쪽 날개와 보편적 가치의 오른쪽 날개로 인류사 문화세계의 우주를 날게 된다 할지라도, 그 근원이 되는 개성個性의 원동력 없이 시간과 공간을 아름답게 교직할 수 없다. 이 개성적 힘은 작가의 역량과 밀접하게 관련되어 있으며, 작가의 진솔성— 삶의 핍진성逼眞性에 맥이 닿아 있다. 한편의 문학 작품이 오롯이 독자적인 고고성을 소리 높이 외치기 위해서는, 허구적 진실을 뒷받침할 수 있는 개성과 그 개성을 힘 있게 하는 진솔한 울림을 요구한다.

문학이 항구성, 보편성과 함께 개성[37]을 지녀야 하는 것은 그 자신의 생명력과 밀접한 관련이 있다. 왜 문학 작품이 통시적으로 영원하고 공시적으로 보편적인 특성을 지니게 될까?

그것은 문학이 앎을 다루지 않고 느낌을 다루기 때문이다. 문학은 지식이 아니라 정서[38]를 다루기 때문이다. 문학은 진리를 포함하고 있는 책이 아니라, 그 자체가 불멸의 흥미거리요 영구적인 진리인 책이 되어야 한다. 그 자체가 진리이지 진리를 포함하고 있지 않는다는 문학의 특성은 다른 문화 매체나 지적 결과물들과는 매우 중요한 차별성을 선언하는 대목이다.

문학은 도구가 아니고, 그 자체가 목적이 되어야 한다는 것이다. 한번 습득하기만 하면 되풀이하여 않아도 삶의 도구가 되는 데 기여하는 것이 지식이다. 구구셈을 한번 습득한 사람이 또 다시 구구셈을 재학습할 필요가 없는 것처럼, 지식은 되풀이하여 음미할만한 매력을 지니고 있지 않다. 그것은 일단 알게 됨으로써 그 역할과 기능을 다하고 인간에게 기여하는 생명력은 일단 멈추게 된다. 더 이상 영양가를 발휘하지 못하는, 필요할 때만 꺼내 쓰는 삶의 도구일 뿐이다.

그러나 정서는 그렇지 않다. 한번 체험한 느낌[感情－ 情緒]은 곧 소멸되어 버린다는 점이 정서의 불행이자 행운이다. 오래 동안 기억하고 싶은, 아름답고 가슴 떨리는 경험들도 시간의 여울을 지나고 나면 곧 잊혀지게 된다는 것은 정서의 불행이지만, 자신의 삶을 송두리째 박살내고 싶도록 분노의 치를 떨게 했던 경험이나, 땅속으로 꺼지거나 하늘로 솟구쳐 버리고 싶을 만큼 낯 뜨거운 체험도 시간의 터널을 지나고 나면 곧 잊혀지게 된다는 것은 정서의 행운이 아닐 수 없다.

그러나 문학은 되풀이하고 싶은 정서의 불행을 보완하기 위해서 존재하는 것이며, 되풀이하고 싶지 않은 정서의 행운을 추체험追體驗시키기 위하여 마련하는 것이라고 해도 지나친 말은 아니다. 앞의 것이 즐거움[快樂]에 닿아 있는 정서적 작용이라면, 뒤의 것은 깨달음[敎 訓]39)과 상통하는 정서적 맥락일 수 있다.

사랑과 미움, 슬픔과 기쁨, 공포와 경이, 노여움과 반가움, 한과 원망, 미련과 아쉬움 등의 감정적 경험을 반복하고자 하는 감각의 실체가 정서다. 한번 경험했다고 해서 접어두고 밀쳐두는 것이 아니라, 다시 한번 그 정서적 강물에 자신을 잠기게 하고 싶은 것이 인간의 정서적 본능이다. 인간의 느낌은 되풀이해도 싫증을 내지 않고, 반복하여도 지겹지

---

39) 문학의 효용성을 말할 때, 흔히 교훈과 쾌락을 든다. 예술이 본질적으로 아름답고 속성적으로 진실한 것이라는 전제 하에, 문학의 즐거움은 '고상한 쾌락a higher pleasure' 으로, 문학의 깨달음은 '미적인 진지성aesthetic seriousness' 으로 생각할 수 있다.

않은 좋은 감정을 향해서 집중력을 가지고 있다. 그것은 본능적 욕구와 통하는 것으로, 즐거운 경험을 되풀이하는 행위, 미욱한 삶의 중심으로 바투 잡으려는 깨달음의 행위로 인하여 예술적 작업은 가능하다. 문학의 창조행위도 그래서 세월의 먼 강을 돌아서 존재할 수 있었다.

사랑과 미움, 슬픔과 기쁨, 공포와 경이, 노여움과 반가움, 한과 원망, 미련과 아쉬움 등과 같은 정서는 역사와 사회를 초월해서 일반적이고 보편적이다. 그것은 아무리 긴 시간의 강물을 거스르거나 흘러 내려와 볼지라도, 시간적으로 영속되고 공간적으로 일반적이라는 사실만을 발견할 뿐이다. 호머 시대의 사랑이 다르고, 춘향 시대의 미움이 다르지 않으며, 미국인의 슬픔이나 아프리카인의 기쁨이 다르지 않으며, 우리의 반가움이 저들의 그것들과 다르지 않다는 사실을 문학은 말한다.

다만, 변화하는 것이 있다면 그것은 느낌이 아니라 생각하는 방법이요, 정서 자체가 아니라 정서 표현의 방법이 다를 뿐이다. 인종— 피부색의 다름에 관계없이 사람의 피는 모두가 붉고 뜨겁다는 사실과 국경을 구분하지 않고 감성의 파랑새는 넘나들 수 있다는 사실에서 문학이 지니고 있는 보편성과 항구성의 실체를 엿볼 수 있다. 여기에 체험의 구체화를 지향하는 개성이 더해지면서, 문학의 삼위일체적인 특성을 형성하게 된다. 그것은 개성에 철저하면 보편성에 도달한다는 사실에서, 정서를 매개로 하는 한 문학적 원질료는 역사적 항구성과 사회적 보편성을 획득하게 된다는 점에서 문학이 극복해야 할 중심 과제라 할 것이다.

문학 작품이 제대로 된 삼위일체의 결집일 때 살아남을 수 있다. 그것은 잠시 반짝이는 도금의 현란함이 아니라, 순금의 질감과 질량을 지닐 때 실현될 수 있는 꿈이다. 문학인이면 누구나 꾸어봄직한 순금의 질량과 질감을 위해서 문학의 파랑새는 오늘도 하늘을 날아보지만, 쉽게 열리지 않는 예술의 하늘이다.

모든 문학 작품이 고전이 되는 것은 아니다. 현실에서 쉽게 만날 수 없는 명작의 파랑새는 어디에도 있고, 또한 어디에도 없다. 독자가 스스로의 탐구를 통해서 보편적 진리로 가득한 순금을 발견하게 될 때 거기에 명작은 있다. 그러나 독자의 독서 탐구가 현란한 장식적 기교와 눈부신 도금의 즉물성에 눈이 멀게 될 때 어떤 작품도 명작은 되지 못한다. 그러므로 명작은 어디에도 있고, 또 어디에도 없다.

이것은 객관적인 평가 이전의 문제다. 문학 작품을 고르고 이를 섭렵하여 선험적으로 내면화시키는 것은 전적으로 독자 자신의 교양과 안목 그리고 문학 작품에 대한 취향과 관련이 있다. 그것은 순금을 순금으로 알아볼 줄 아느냐, 혹은 도금의 한시성을 분별할 줄 아느냐와 관련되기보다는, 자신의 독서 체험을 순금으로 간직하느냐 또는 도금으로 방치하느냐와 관련이 깊다고 본다. 문학 작품이 보여 주는 항구적 진실과 보편적 일반성으로 자신의 삶을 통해서 구현하고 반추하고자 할 때, 문학 작품은 순금이 될 것이다. 이때의 문학 작품은 독자를 고상한 쾌락과 아름다움의 진지성으로 몰아가게 될 것이다.

2. 문학적 패러다임과 융합적 문화의식

문화는 유통하고 소통하는 것을 특성으로 한다. 막는다고 해서 막아지는 것도 아니고, 금지한다고 해서 금해지는 것도 아니다. 국가나 민족의 이름으로 막는다고 해서 문화의 둑이 유지되는 것은 아니다. 국경과 민족성을 경계로 차단한다고 해서 문화가 차단한 쇠사슬 안에서만 맴도는 것은 아니다. 문화는 끊임없이 유통하고 소통하며 흘러간다.

한류 열풍을 타고 동아시아를 넘어 동남아시아 중동지방까지 번져가고 있다는 한국의 대중문화의 파급력이 이를 잘 입증한다. 나라 밖에서 오히려 더 많은 인지도와 선호도를 보이고 있는 대중 스타들과 그들이 만들어 내는 대중문화의 영향력은 이미 한국이라는 브랜드로 승화될 조짐을 보인지 오래다.

문화가 막히는 듯하면 돌아가고, 경계하는 듯하면 날아서 넘어가는 특징을 보인다. '굴절refraction', '변용-metamorphosis', '융합fusion'의 방법들은 문화가 어떻게 자생력을 확보해 나아가는지를 보여주는 증상들이다.[40] 이런 문화적 자생력 또는 문화의 특성은 부지불식간에 우리들의 삶에 깊숙이 침윤하여 우리들의 의식을 지배하고 마침내 삶의 양식까지 바꿔 놓기도 한다.

이런 문화적 특성을 선도하거나 혹은 그런 현상들을 가장 적극적으로 수용하는 사회현상 중에 문학도 예외는 아니다. 필자가 근래에 문화적 패러다임의 변형을 가장 심각하게 체험한 독서목록은 다음 세 가지 저서들이다.

하나는 데이비드 브룩스D. Brooks의 『보보스』이고, 둘째는 댄 브라운D. Brown의 『다빈치 코드』이며, 셋째는 루돌프 J. 러멜의 『데모사이드』였다. 필자는 이들 저서들을 탐독하면서 이들이 드러내고 있는 장르적 특성과 독창적인 내용과 서술방법의 개성으로 인하여 많은 충격과

---

40) 이런 문화적 현상을 반영하는 몇 가지 사례
*통크족 : 자녀들과 함께 살기보다 배우자와 함께, 또는 혼자 독립해 살겠다는 노인들
*노노스족 : 과시하지 않고 드러나지 않게 명품을 즐기는 사람들
*신기러기족 : 안정된 전문직을 얻기 위해 뒤늦게 가족과 떨어져 지방 의대와 한의대 등으로 진학
*슬로비족 : 정보화시대의 속도 전쟁에 매몰되지 않고 차분히 자신의 할 일을 해나가는 사람들
*여피족 : 도시 주변을 생활기반으로 지적 직업에 종사하며 새로운 삶을 지향하는 젊은이들
*예티족: 젊고, 기업가적이며, 기술에 바탕을 둔 인터넷 엘리트로 끊임없는 자기개발을 함
*오바리언: 오바상아줌마 에일리언외계인을 합친 일본말, 욘사마를 좋아하는 일본 중년여성
*올빼미족: 주로 낮보다 밤에 활동하는 사람, 인터넷문화의 발달로 늦게 잠을 이루는 사람이 많아짐
*펌킨족: 웹 서핑시 마음에 드는 사진이나 글을 보면 자신의 미니 홈페이지에 퍼오는 사람들

새로운 사유의 자극을 받았다.

우선 '보보스'를 통해서는 현대를 호흡하고 있으면서도, 나를 살아가게 하는 현대라는 산소의 정체를 모르던 삶에 비판적인 계시를 주었다. 혼란과 불확정적인 세태에 떠밀려가면서도 나를 찾으려는 나태와 방심 속에 살고 있는 자아의 한 모습을 제시해 주었다. 자아의 정체성을 비판적이고 자성적인 측면에서 관찰할 수 있는 계기를 가질 수 있었던 것은 필자의 독서여행이 찾은 행운이었다.

우리는 부지불식간에 저자가 규정하고 있는 의식을 소유하고, 그런 의식에 적합한 행동양식을 체질화하고 있다. 이를테면 현실적으로는 낭만적이고 무제한적인 자유를 추구하고 동경하면서도 의식의 내면에서는 기존의 가치관이나 전통적인 생활양식을 버리지 못하고 있는 경우를 본다. 심지어 입으로는 자유분방한 신세대의 자유방임적인 행동양식을 이해하는 척하면서도, 내심으로는 혀를 차거나 못마땅하게 생각하는 경우도 있음을 부정할 수 없다.

브룩스는 그와 같은 두 가지 상반되는 자세가 하나로 통합되는 현상을 이른바 '보보Bobo'의 등장으로 규정하고 있다. 그러니까 현대는 '부르주아Bourgeois + 보헤미안Bohemian'이 융합된 세대다. 1960년대가 히피의 시대였고, 1980년대가 여피의 시대였다면, 1990년대와 21세기는 '보보Bobo'들의 시대라고 규정한다.

보보들은 누구인가? 그들은 통합자이다. 보보들은 보수와 진보, 전통과 현대를 통합한다. 그들은 실용주의자들이다. 보보들은 실제적인 효용이 없는 삶의 방식이나 영적 태도를 거부한다. 그들은 새로운 지배 계층이다. 보보들은 부르주아 계층과 보헤미안 계층을 융합시켜 새로운 엘리트로 부상했다.

이런 관점에서 보았을 때, '나는 과연 보보인가?' 자문하지 않을 수 없다. 어느 측면에서는 그렇고, 또 다른 입장에서는 아니라고 부정할 수 있을 것이다. 그러나 내가 한국에서 중상류층 계층에 속한다면, 그리고 남들보다 많은 교육을 받았다면, 그리고 실용주의와 미적 감각을 추구한다면, 나는 보보라고 할 수 있다. 과연 나는 그런 사람인가? 이 책의 중간 어느 대목에 나오는 표현처럼 '반반half—and—half' 이라고 해야 할까? 다음의 인용문에서 이에 대한 대답의 근거를 찾을 수 있다.

이 계층 Bobo의 성원들은 끼리끼리 나뉘어 있으며, 자신들이 현실과 이상 사이에서 갈등하고 씨름하는데 정말로 많은 시간을 보내고 있다. 그들은 평등과 특권 사이에서 "나는 공립학교를 지지하지만 내 아이에게는 사립학교가 더 맞는 것 같거든", 편의성과 사회적 책임감 사이에서 "이 일회용 기저귀는 자원의 엄청난 낭비지만 쓰기에 아주 편하단 말야.", 반항과 전통 사이에서 "나도 고등학교 때는 마약을 했지만, 내 아이들이 그러면 절대 안 돼!' 저울질 하느라 고민하고 있다.

하지만 그 중에서도 가장 큰 고민은, 다소 거창하게 말하면 세속적인 성공과 내적인 덕목 사이의 갈등이다. 야망 때문에 영혼을 잃지 않으면서 어떻게 출세할 수 있을 것인가? 어떻게 물질적인 것에 노예가 되지 않으면서 무언가를 하기 위해 필요한 자원을 축적할 수 있을 것인가? 어떻게 답답한 일상에 얽매이지 않으면서 가족을 위해 편안하고 안정적인 삶을 꾸려 나갈 수 있을 것인가? 사회의 최상층에 살면서 어떻게 속물이 되지 않을 수 있는가?[41]

저자는 많은 취재와 연구를 하고, 내가 보고 있는 것은 정보 시대의 문화적 현상임을 확신할 수 있게 되었다고 고백한다. 이 시대에 아이디

---

41) 『디지털 시대의 엘리트 보보스』(동방미디어, 2001) D. 브룩스. 형선호 옮김, 45쪽

어와 지식은 천연 자원과 금융 자본 못지않게 경제적 성공에 필수적이다. 정보의 비가시적 세상이 돈의 가시적인 세상과 합쳐지며, 그 둘을 결합하는 새로운 구호, 이를테면 '지적 자본'이나 '문화 산업' 인구에 회자되고 있다. 따라서 이 시대에 번창하는 사람들은 아이디어와 감정을 제품으로 바꿀 수 있는 사람들이다. 이들은 교육을 많이 받은 사람들로서, 한쪽 발은 창의성의 보헤미안 세상에 있고, 다른 쪽 발은 야망과 세속적 성공의 부르주아 영토에 있다. 이들 새로운 정보 시대의 엘리트 계급은 '부르주아 보헤미안Bourgeois Bohemian'이다. 혹은 양쪽 단어의 첫 글자를 따서 말하자면, 그들은 '보보Bobo'들이다.

나를 포함한 '우리' 역시 이 계층의 일원이다. 그리고 이 책을 읽는 대부분의 독자들도 아마 그러할 것이다. 우리는 그렇게 나쁜 사람들이 아니다. 어느 사회나 엘리트 계층은 있으며, 우리 같은 '교육받은educated' 엘리트는 과거의 엘리트보다 훨씬 더 낫다. 과거의 그들은 혈통이나 재산, 혹은 군사적 힘에 근거하고 있었다. 반면에 우리는 교육받은 엘리트로서 삶을 더 풍요롭고, 흥미롭고, 다양한 것으로 만든다.

브룩스가 주장한 '나와 우리'가 한국 사회에도 그대로 적용될 수 있느냐는 쉽게 단정할 수 없다. 다만, 근래 사회의 지도적인 위치에 있는 인사들이 자녀들의 병역문제로 국적을 포기하는 대열에 휩싸여 있음을 목격하면서, 새로운 세계를 건설하고 새로운 시대사조를 몸으로 실행하는 보보들이 아니라, 개인적이고 이기주의적이며 편협한 보보들을 보는 듯하였다.

또한 우리 사회의 영원한 숙제인 교육문제에 대하여 지니고 있는 의식의 형태는 여지없는 보보다. 중등교육의 평준화와 대학입시의 공교육적 정책들에 대하여 일정부분 긍정하고 찬성하면서도, 그것이 '내 자녀'의 문제에 이르면 표변한다. 공적인 대의와 미래지향적인 대안으로서의 교육 문제의 해결이 아니라, 내 자녀가 원하는 선택받은 교육의 혜택을 누릴 수 있다면, 강남으로 이주하는 것쯤은 문제가 될 수 없다. SKY 대학에 내 자녀가 입학할 수 있다면, 전체 수입의 모두를 쓸어 넣더라도 고액 과외를 마다하지 않는다. 전형적인 보보들의 행태가 아닐 수 없다.

문화— 문학적으로 새롭게 등장한 보보들의 캐릭터를 어떻게 정립하여, 이 시대를 표징하는 정확한 인물상을 그려낼 것인가? 그리하여 당시대의 의미를 정립하기 위하여 방황하는 독자들에게 시원한 해답이나, 심각한 또 다른 삶의 문제를 던져 줄 것인가? 이는 이 시대를 사는 문화— 예술인들의 몫이다.

둘째, 계속해서 몇 주 동안 국내 베스트셀러를 기록한 『다빈치 코드』는 또 다른 의미에서 독서 충격이었다. 모든 서사문학들이 이야기의 사실성— 진짜 같은 거짓— 넌픽션 같은 픽션을 만들기 위하여 여러 가지 장치를 동원하고 방법들을 구사한다.

사실성을 높이기 위한 그런 픽션의 작업들은 작가나 독자 모두가 '미필적 고의에 의한 합의된 관례convention' 다. 소설은 독자가 거짓임을 알고 있을 것이라고 생각하면서도 작가는 사실처럼 속이거나, 작가가 거짓으로 꾸미는 줄 알면서도 독자는 사실처럼 속아주는 게임이다. 그것이 서사어법의 핵심이다. 개연성蓋然性은 이를 나타내는 가장 확실한 개념이었다.

그러나 '다빈치 코드' 는 서두부터 '사실fact' 를 전제하면서 독자들의 독서 욕구를 자극하고, 내용이 전개되면서 사실과 사실이 아닌 문학적 상상력이 혼재되는 양상을 보인다. '사실fact + 허구fiction' 가 융합하여 독특한 서사체계를 구축해 내면서, 다빈치 코드는 '팩션faction' 이라는 자기만의 장르를 개척해 낸다. 사실과 허구가 하나가 되어 어디까지가 사실이고, 어느 내용까지가 허구인지를 분별할 수 없는 내용을 형성함으로써 독자들로 하여금 전혀 새로운 독서세계를 탐험하는 재미에 빠지게 한다.

브라운은 다빈치 코드를 시작하면서 다음과 같은 전제를 맨 앞장에 깔고 있다.

〈사실〉

1099년에 설립된 유럽의 비밀단체, 시온 수도회는 실제로 존재하는 조직이다. 파리 국립 도서관은 1975년에 비밀문서로 알려진 양피지들을 발견했는데, 거기에는 아이작 뉴턴, 보티첼리, 빅토르 유고, 레오나르도 다 빈치를 포함한 수많은 시온 수도회의 회원들 이름이 있었다.

'오푸스 데이' 라는 바티칸의 성직 자치단은 아주 독실한 가톨릭 분파다. 세뇌와 강압, '육체의 고행' 으로 알려진 위험한 종교의식들이 보도되면서, 이 교파는 최근 논란거리가 되기도 했다. 오푸스 데이는 미국 뉴욕 시 렉싱턴가 243번지에 4천 7백만 달러짜리 미국 본사 건물을 얼마 전에 완공했다.

이 소설에 나오는 예술작품과 건물, 자료, 비밀 종교의식들에 대한 모든 묘사는 정확한 것이다.[42]

이 진술만 보자면 작품이 허구적 서사 문학인가, 아니면 넌 픽션 보고서인가 의심할 지경이다. 실제로 작품의 치밀한 구성, 007 시리즈를 방불케 하는 주도면밀한 사건의 인과관계, 하나의 최종 목표를 향하여 동

---

42) 『다빈치 코드 1권』(대교베텔스만, 2004), D. 브라운. 양선아 옮김, 9쪽

시다발적인 인물과 행위의 빈틈없는 일관성, 선명한 캐릭터의 설정, 비밀 암호를 풀어가는 탐정 소설류의 흥미성, 성적 코드를 저변에 깔고 있으면서도 그것을 호도하는 종교적 신비성과 화자의 입심, 종교적 비의성과 기독교 문화 및 서양 문화의 원류에 대한 해박한 해석학적 디테일 등등 이 소설을 지탱하고 있는 특징이자 장점들은 부지기수다.

그런 사실들에 침잠하여 독서삼매에 빠지다 보면 과연 '팩션faction'이라는 조어가 이 시대의 문화적 특징을 규정하는 적절한 용어라고 동감하게 된다. 이런 현상들이 문학적 조류를 이루고 있는지 오래다. 멀리 가지 않더라고 역사적 소재를 다룬 작품들은 팩션에서 멀지 않다고 보인다.

이를테면 소설 『동의보감』(이은성)이라든지, 대하소설 『태백산맥』(조정래)이라든지, 혹은 『칼의 노래』(김훈) 등의 작품들도 팩션의 범주에 들 수 있다. 문제는 작가가 지향하는 점이나 작품이 드러내는 주제의식이 문학적 상상력fiction과 실재적 사실fact 중에서 어디에 비중을 두고 있느냐에 달려 있다고 판단된다. 그런 판단마저도 작가의 의도와는 달리 순전히 독자의 몫이라고 생각하지만, 팩션에서는 사실성을 강조하면서, 아니 사실 그 자체가 문학적 형상화와 주제의식의 생명줄임을 굳이 부인하지 않는다는 데 특징이 있다.

다빈치 코드에서 보여주고 있는 다음과 같은 진술을 통해서 우리는 작가나 작품이 지향하는 바의 궁극적인 실체를 떠나서 종교에 대한 새로운 사유방법을 얻는다면, 이를 픽션으로 보아야 할까, 넌 픽션으로 보아야 할까? 대답이 궁색할 때 우리는 '팩션'이라는 유효한 개념을 떠올릴 수 있다면, 이 새로운 장르는 그 나름대로 존재 이유와 가치가 있다고 생각한다.

"소피, 세상에 있는 모든 믿음은 허구에 바탕을 두고 있어요. 그것이 믿음의 정의죠. 우리가 증명할 수는 없지만 진실이라고 상상하는 것을 마음으로 받아들이는 것이오. 모든 종교에서 신은 은유와 암시, 과장을 통해서 묘사돼요. 초기 이집트인부터 시작해서 현대의 일요 예배 학교까지 말이죠. 은유는 우리가 받아들일 수 없는 것을 우리의 마음이 받아들이도록 돕는 수단이죠. 문제는 우리 자신의 은유를 말 그대로 믿기 시작할 때 발생하는 겁니다."

— 『다빈치 코드』 2권 162쪽

셋째, 『데모사이드democide』 역시 현대의 문화적 특징을 규정할 수 있는 장르의 실험적 작품이다. 저자의 캐릭터부터 이 작품의 어떤 성격을 규정하는 데 도움을 준다. 저자 러멜은 본격적인 서사문학의 작가라기보다 대학교의 정치학 교수 출신이다. 자신이 서문에서도 밝히고 있지만, 러멜은 학문적 연구 성과를 보다 더 효과적으로 전달하고, 정치적 파급효과를 더 높이기 위하여 '소설— 서사문학'이라는 장르를 차용하고 있을 따름이다.

이 저서의 말미에 붙은 추천사의 제목 '소설로 펼치는 자유민주 평화론 강의'는 이 저서의 성격을 단적으로 말해 준다. 소재를 끌어오는 근거로 본다면 이 작품은 사실fact과 허구fiction의 비율에서 앞의 『다빈치 코드』보다 더 사실fact에 가깝다.

브라운은 사실성fact을 전제해 문학적 상상력fiction을 마음껏 구사함으로써 문학이 추구하는 쾌락적 효용성을 수확하고 있다면, 러멜은 문학적 허구성fiction을 전제해하고는 학문이 추구하는 세계와 인간이 저버릴 수 없는 소중한 가치로서의 진실성— 정의적이고 윤리·도덕성의 회복을 주장하는 열강을 펼치는 셈이다.

전쟁은 필연적으로 사람의 생명을 저해하는 행위다. 어느 나라나, 어느 군사력이 더 발달되고 더 성능 좋은 무기로 더 많은 살생을 저지름으로써 전쟁에서 승리할 수 있느냐를 따지는 것이 전쟁의 궁극적인 목표다. 그러므로 전쟁을 통하여 사람의 목숨이 손상을 당하는 것은 피할 수 없는 현실이다. 전쟁을 도발한 무장 세력이나, 그 도발에 응전한 무장집단이나 마찬가지다.

그런데 국가─ 정부의 궁극적인 목표는 무엇인가? 한마디로 정의한다면, 국민의 생명과 재산을 보호하고 지킴으로써 구성원의 행복권을 보장하는 것이 최고 최대의 사명일 것이다. 그런 국가─ 정부가 국민의 생명을 빼앗는다면 어떻게 되겠는가? 그것도 비무장 무저항의 국민을 상대로 행복권을 지켜주는 것은 고사하고, 그들의 생명을 빼앗는다면 어찌 되겠는가?

만약 그런 국가─ 정부가 있다면 그것은 전쟁보다 더 악독한 범죄행위요, 영원히 구원받을 수 없는 인류의 공적이 아닐 수 없을 것이다.

그런데, 현재 하와이 대학교 정치학 교수인 러멜의 연구에 의하면, 그런 범죄행위와 인류사적인 적대행위는 사실fact이요 진실truth이다. 수많은 인간의 생명이 상호간에 무기를 들고 싸운 전쟁─ 상대를 죽이지 않으면 내가 죽는 전쟁에 의해서 죽임을 당한 것보다 훨씬 더 많은 무고한 희생이 국가─ 정부에 의해서 자행되었다고 보고하고 있다.

나는 외쳤다.

"20세기에 정부는 1억 7천 4백만이나 되는 사람을 죽였습니다."

나는 더 큰 목소리로 외쳤다.

"그 수많은 시체를 한 줄로 이어놓는다면 지구를 네 바퀴나 돌 수 있는 숫자입니다. 그것도 아주 보수적으로 계산할 때 그렇다는 얘기입니다. 실제로 희생당한 사람들의 숫자는 3억 4천만 명에 달할 것입니다.”

나는 잠시 학생들에게 생각할 시간을 주었다.

“이것은 같은 기간에 전 세계에서 벌어진 전쟁에서 사망한 4천만의 희생자들을 포함하지 않은 숫자입니다.”[43]

그래서 러멜 교수가 만든 신조어가 데모사이드Democide다. 민주주의 Demo—cracy나 인구학Demo— graphy 등의 접두어 Demo, 인민, 대중과 부친살해Patre—cide 자살Sui—cide 등의 접미어 Cide 살해, 살인를 합성하여 시민학살, 민주주의 죽이기를 뜻하는 데모사이드라는 신개념의 단어를 만들어 낸 것이다.

데모사이드란 정부가 자행한 살인으로서, 공권력이 계획된 살의를 가지고 시민을 살해하는 것을 말한다. 부모가 자식을 영양실조나 위험에 노출시켜 죽게 만든다면 그것을 살인이라고 부를 수 있듯이, 정부가 강제노동으로 사람을 죽게 만들거나 기아상태에 빠트려 아사를 유발하거나, 전시라도 무차별 폭탄을 퍼부어 비무장 민간인을 죽이는 것도 데모사이드, 즉 시민학살이라고 할 수 있다.

나아가 러멜은 시민학살을 “정부가 종교, 인종, 언어, 출신종족, 계급, 정치, 반정부행동 등의 이유로 시민을 죽이거나 죽음에 이르도록 하는 행위”라고 정의한다. 그리고 데모사이드와 거의 같은 뜻으로 쓰이는 용어에 제노사이드Genocide가 있다. 이 용어는 폴란드 법학자인 렘킨 Raphael Lemkin 교수가 제2차 세계대전 기간 중에 나치독일이 자행했던 인민학살을 표현하기 위해 만들어낸 것으로, “인종, 민족, 종교 등의 이유로 사람의 집단을 학살하거나 학살음모를 하는 범죄”라고 정의했다.

러멜의 설명은 이어진다. 시민학살, 대량학살은 21세기에도 세계 도

---

43) 『데모사이드』(기파랑, 2005), R. 러멜. 이남규 옮김

처에서 지속되고 있는데, 그 이유는 전체주의 정치체제를 아직도 그대로 유지하고 있는 나라가 있기 때문이다. 민주주의 국가는 대량학살을 하지 않을 뿐 아니라 민주주의 국가에 대해서 전쟁도 하지 않는다. 오직 교조적 전체주의 국가들만이 이런 범죄를 저지르는데, 아직까지 몇몇 국가에서는 전체주의 정부가 존속하면서 인민학살을 자행하고 있다. 이는 객관적인 자료를 통해 역사적으로 증명된 사실이다.

러멜이 한국의 근현대사를 제대로 들여다봤다면 이렇게 말할 수 있을까? 아직도 지속되고 있는 분단의 역사는 차치하고라고, 소위 민주주의가 시퍼렇게 작동하는 대명천지 대한민국에서 지금도 청산하지 못하고 있는 통한의 역사, 그런 우리들 누더기 역사의 모습을 본다면 데모사이드는 20세기 과거의 역사가 아니라, 바로 21세기 현재의 역사임을 부인할 수 없을 것이다.

이상 세 작품이 문화의 시대, 첨단 과학정보화 시대의 한 중심에 서 있는 우리들에게 던져주는 의미는 크다. 시대적 조류에 얹혀갈 수밖에 없는 사회적 존재로서, 구체적 삶의 누적을 통해서 현재를 초래한 역사적 존재로서, 그리고 문화를 호흡하고 새로운 문화를 창조해야 할 창작의 첨병으로서 감당해야 할 문화— 문학적 존재로서 새겨둘 만한 메시지는 매우 구체적이고 현실적이다.

보보스적인 문화의식과 행동양식은 알게 모르게 현대인들— 특히 한국인들의 새로운 모델로 정착되어가고 있다. 새로운 소설문학의 유형으로서 팩션은 이미 세계적 모델임과 동시에 한국적 모델로 정착되어 있다. 문제는 형식적 민주화의 달성에 안주하면서 부지불식간의 고착화되어 가고 있는 정치의식의 둔화에 있다. 데모사이드는 과거의 역사가 아니고 현재진행형의 역사이자 해결해야 할 과제다.

그렇대서 동학농민전쟁이나 4·19혁명 같은 역동성만이 해답은 아니다. 문화— 문학을 통해서 반인류적이고 비인간적인 부정의 역사를 묻어둘 수만은 없다. 망각의 역사, 아니 모르쇠하는 역사의식을 일으켜 세워서 새로운 역사를 창조하는 패러다임의 중심축에 서도록 창조적인 뒷받침이 이루어져야 한다. 그 중심에 문화— 예술인들, 즉 시인과 작가가 있다고 믿는 필자의 생각에는 흔들림이 없다.

인터넷 시대의 융합적 세계관과
한국학의 비전[*]

머리말 ― 독서 · 경험 · 사색

사물을 보는 관점에 따라 다양한 편차를 가져올 수 있는 것은 인간이 지닌 인식작용의 한계다. 그럼에도 불구하고 우리는 그 편차를 줄이고 보다 사물을 정확하게 보기 위하여 부단히 노력한다. 우리는 편견과 선입관이라는 함정을 피하려고 엄정하게 자아를 연마하는 사람의 언행에 공감하고 감명을 받는다. 그렇지 못하고 얻어지는 정보를 주관적인 독단으로 해석하고 주장하며 강변하는 사람의 언행에 혐오감을 지닐 수밖에 없다.

'나' 스스로는 자신의 언행이 공명共鳴을 불러일으키는 향기로운 것인지, 아니면 혐오감을 불러오는 짜증스러운 것인지 판단할 수 없다. 그 '나' 마저 스스로 인식의 대상으로 삼아 객관화할 때 어렴풋이나마 스스로의 언행을 짐작할 수 있을 따름이다. 그때의 나를 가리켜서 인식의 주

---

* 이 글은 〈한국동인지문학관〉(2006. 8. 금산사유스호스텔) 연수를 위해서 마련된 문학 특강 자료를 다듬은 것임.

체로서의 '자아自我'라고 부른다. 나를 인식의 주체화한다는 것은 나마저도 인식의 대상으로 객관화할 수 있다는 자기선언이다.

그런 객관화할 수 있는 방법들에 여러 가지가 있다. 독서는 그런 방법의 가장 일반적인 사례다. 다른 사람의 생각을 들어보려는 자세는 스스로 범할 수 있는 인식의 함정에 빠지게 되는 오류를 경계하는 데 상당한 효과가 있다. 독서는 단순히 주어진 정보를 수용만 하는 행위가 아니다. 독서라는 이름으로 행해지는 인식작용은 판독하고 해석하며 비판하거나 수용하고 다른 대안을 모색하거나 엉뚱한 상상으로 또 다른 세계를 그려내는 종합적 사고 작용으로 이루어지는 복합적이고 지적인 작용이다. 이런 독서 행위는 주관적 독단을 경계하는 데 상당한 효과가 있다.

그러나 독서만이 유일한 것은 아니다. 독서가 사유思惟로 승화되지 못할 때 오히려 인식작용에 폐해가 될 수 있다. 생각이야말로 인간이 지닌 가장 인간다운 징표다. 독서는 인간다운 징표인 사유를 위한 징검다리이자 도수로이다. 자신의 세계에 이르고자 할 때 건너는 다리이거나, 앎의 갈증을 해소하는 도수로여야 한다. 왜냐하면 독서 내용이야말로 스스로의 내면에서 흘러나온 것이 아니라, 순전히 다른 사람의 생각으로부터 유래된 것이기 때문이다.

자신의 생각에 흘러드는 다른 사람의 사유의 결과에 대하여 마땅히 회의하거나, 의심을 가지거나, 공감하거나, 다른 생각을 유발시키거나, 문제를 제기하는 것 자체가 바로 독서행위요, 그런 과정을 일컬어 '저자와 대화' 한다고 말한다. 이런 일련의 과정들은 물론 내적인 두뇌활동이요, 이런 일련의 과정들을 통해서 자신의 사유가 끼어들 수 있는 여지를 가진다.

"독서는 어디까지나 개인적인 사색의 대용품에 지나지 않는다. 독서는 사상을 유도하는 역할로 충분하다. 책의 효용을 비유하자면, 우리가

지도地圖 통해 앞으로 얼마나 많은 미로를 거쳐야 하며, 어떻게 그 미로에서 빠져나올 수 있는가를 미리 짐작할 수 있는 것과 같다. 반대로 자신의 감정, 즉 의지에 의해 자발적으로 사색을 갈망하는 어떤 조건에서도 확실한 방향을 감지할 수 있는 나침반이다. 따라서 독서는 사상의 분출이 잠시 두절되었을 때 이를 만회하기 위한 휴식으로 사용해야 한다."[44]

쇼펜하우어는 사색처럼 유쾌한 활동은 없다며, 독서행위를 사색의 하위행위로 취급한다. 마치 여행 안내서를 통해서 어느 지방의 풍속에 정통한 여행 안내인의 삶과 다를 바 없다고 본다. 이에 비해 사색하는 사람은 자신의 두 발로 그 지역을 직접 여행한 사람에 비유할 수 있다고 본다. 그러므로 사색하는 사람만이 지역의 진정한 특색에 대해 말할 수 있고, 환경이 인간에게 어떤 영향을 끼치는지에 대해서도 정확하게 의견을 표출할 수 있다.

그렇다면 경험이야말로 독서보다 더 진리에 이를 수 있는 길로 보이지만, 쇼펜하우어는 이마저도 사색에는 그다지 도움이 되지 않는다고 본다. 단순한 경험과 사색의 관계는 음식물을 먹는 입과 이를 소화하는 위장의 관계에 비유한다. 우리가 입을 통해 음식물을 먹을 수 있다는 한 가지 사실만 떠올리며 위장보다 입을 더 중요하게 생각하는 것처럼, 많은 사람들이 경험을 통해 여러 가지 사실들을 발견할 수 있다는 이유만으로 경험을 더 중요하게 여긴다는 것이다.

이렇게 본다면, 진리에 이르는 유일한 길은 사색하는 데 있으며, 독서와 경험은 진리에 이르기 위한 과정적 보조수단이 된다. 쇼펜하우어의 지적처럼 사색이야말로 '스스로 결정하는 힘을 지닌 최고의 정신력'[45]을 낳게 하는 원동력이다. 독서도 경험도 결국은 스스로의 삶에 대한 스

---

44) 『SYNTAX』(지훈출판사, 2005), A. Schopenhauer. 김욱 옮김, 16쪽
45) A. Schopenhauer. 위의 책. 29쪽

스로의 결정을 낳기 위한 과정이요, 필요한 수단이다. 그런 독서자는 맹신의 함정에 빠지지 않으며, 그런 경험자는 맹목의 독선에 사로잡히지 않는다.

그러므로 독서와 경험은 진리에 이르기 위한 균형과 조화의 요소로 보기보다는 자신의 주장이나 견해에 이르기 위한 징검다리요, 도수로여야 한다. 균형 잡힌 독서량이 자신의 인간됨을 결정하는 것이 아니라, 그 징검다리를 건너서 어디에 이르렀느냐가 문제다. 다양한 체험의 양이나 질이 중요한 것이 아니라, 경험이라는 도수로의 물을 마시고 어떤 갈증을 해소했느냐가 중요한 것이다. 자신의 사유에 지핀 독서의 불길과 자신의 사색에 뿌린 경험의 소나기가 자신의 세계에서 바라본 자신의 목소리를 낼 수 있느냐가 관건이다.

그런 주장이나 목소리가 사유의 깊은 울림을 건져 올릴 수 있을 때 우리는 '아름답고 풍요로운 정신의 행복' 에 이를 수 있다. 형이하학적인 세계에서 인간은 항상 유한성의 존재로서 중력의 영향하에 있으며, 시간의 노예가 되어 끌려 다닐 수밖에 없다. 그러나 형이상학적인 정신의 세계에서는 물질이나 물체가 아니라 정신이 핵심이다. 정신의 세계에서는 물질적인 중력이나 시간의 억압으로부터 벗어날 수 있다. 그러므로 현실적인 행복이 주는 그 어떤 에덴의 사과보다도 정신의 행복이 주는 사유의 사과야말로 형이상학의 세계에서 맛볼 수 있는 참된 행복이다. 그 행복에 이르는 길이 바로 사색이다.

종교, 철학, 학문, 예술 등은 형이상학적인 세계, 정신의 세계에 속한다. 문학의 세계도 결국은 형이상학적인 세계다. 그렇다면 문학에서 추구하는 행복도 정신이 주는 아름다움과 풍요로움에 있다. 아름다움이나 풍요로움은 현실적이고 물질적인 차원의 것처럼 생각되지만, 그런 감정이 소통되는 과정을 보면 순전히 정신적인 차원의 것임을 알 수 있다.

필자는 이 소고에서 뜻 깊은 몇 편의 독서를 통해서 얻어진 사유의 일단을 밝히고자 한다. 그것은 '인터넷과 현대문학의 새로운 비전'과도 상관이 있으며, 시대적 징표를 아우르는 작업이 될 것이다. 그리고 그런 작업들이 앞에서 밝힌 바처럼 정신의 행복에 이르기 위한 즐거운 사유의 과정이지, 독서 그 자체에 매달리기 위한 괴로운 노동만은 아니었음을 전제한다.

이 작업이 궁극적으로 이르고자 하는 것은 융합融合—fusion의 다양성을 보이고자 하는 데 초점이 맞추어질 것이다. 융합은 시대적 징표이자, 이 시대를 읽는 가장 확실하고 유효한 기호記號—code라는 판단에서다. 물론 이런 판단은 독서와 경험이 필자의 사유와 만나 얻어진 결과지만, 그런 시대적 특성을 보다 차원이 다른 세계에 적용해서 새로운 인식의 틀—paradigm을 얻고자 한 것은 순전히 필자가 감행한 즐겁고 행복한 정신의 노동이었다.

이런 작업들이 가져올 수 있는 궁극적인 지향점은 '새로운 시대', '새로운 문학'에 대한 '새로운 비전'을 찾을 수 있느냐 하는 것이다. 그에 대한 대답은 필자가 제시하지 않아도 좋을 것이다. 이 소고를 독파한 독자라면 스스로 해답을 찾을 수 있게 될 것이고, 반드시 그런 결과가 오기를 바라면서 이 풍요로운 작업에 매달리게 되었다. 유달리 창작의 근기根機—(근본적으로 갖추고 있는 능력, 불가에서는 가르침을 듣고 이해해서 그것을 따를 수 있는 소질, 능력을 뜻함)와 뛰어난 상상력을 지닌 문인들이라면 구체적이며, 어찌 보면 필자의 주관이 개입된 적나라한 모범 답안보다는, 함축적이며 비유적인 제시가 창작의욕에 불길을 당기게 될 것으로 믿기 때문이다.

Ⅰ. 시대를 읽는 새로운 키워드 디지로그— digilog

현대를 읽는 관점이나 방법은 여러 가지다. 그 중에서 가장 일반적으로 쓰이는 징표가 있다면 아마 디지털digital이 아닌가 한다. 현대는 아날로그analog 자리를 대신한 디지털적 물질문명이 시대를 선도하면서 시스템이나 사고방식까지도 디지털이 좌우하는 화두가 된 지 오래다. 그러나 시대가 아무리 디지털화 되었다고 할지라도 아직도 아날로그적인 문명의 영향을 불식할 수 없다. 이제는 디지털이 지니지 못한 점을 아날로그적인 특성을 가미한 새로운 발명품을 양산해 내고, 새로운 사고방식을 창출해 내는 실정에 이르고 있다. 바야흐로 현대는 디지털과 아날로그 양자 융합 내지는 양자 통합적 시대로 빠르게 변화하고 있다.

디지털의 어원인 디지트digit는 손, 발가락을 1, 2, 3, ……으로 세면서 산용 숫자로 표시한다는 것에서 비롯되었고 글, 소리, 그림, 영상, 숫자 등의 온갖 정보들을 전자 장치들이 인식하고 이해할 수 있도록 특수부호화digitization시킴으로써 멀티미디어의 생명이 시작되었다고 볼 수 있다. 물론 컴퓨터를 통해 최초로 일반화 되어 지금은 거의 모든 전자기기들의 디지털화가 진행되고 있다.

우리가 흔히 디지털적사고, 현상들을 이야기할 때 수치적, 회수, 양, 순간, 정밀, 기술, 가상현실, 정보, 순간감각, 결과, 리얼타임, 긴장, 단기 등의 단어들을 떠올린다. 그리고 이러한 단어들이 실제로 문화와 습관은 물론, 우리의 사고방식이나 사고의 틀을 바꾸고 있다. 디지털적 사고는 더 이상 첨단 문명의 낯선 첨단의 이단아가 아니며, 우리의 생활과 우리의 의식 내면에 깊숙이 침윤되어 있다.

아날로그의 어원은 그리스어로 아날로지아analogia로 숫자적인 비율, 비교를 의미한다. 디지털의 어원과 마찬가지로 아날로그도 숫자적인 어원을 지닌다는 점에서 서로 공통점을 가지고 있다. 그러나 차이점은 아날로그가 옛날부터 사상, 사고, 발상이라는 별도의 면을 강하게 내포하고 있다는 점이다.

디지털 만능의 시대에서 이를 초월할 수 있는 새로운 지평을 꿈꾸기 시작하면서 사람들은 디지털과 아날로그의 통합— 융합을 시도하기 시작하였다. 아니 이제야 시작하였다기보다는 이미 인류, 특히 한국인들은 이 양자가 융합된 세계 인식과 생활 패턴을 보여 왔다고 주장하기도 한다. 이 양자 통합의 새로운 패러다임을 아날로지털analogital이라 하기도 하고, 디지로그digilog[46)라고 명명하기도 한다.

디지털적 정보 처리방식과 아날로그적인 사고방식 사이의 분단과 양극화에 대하여 본격적으로 대안을 제시하고 양자 융합의 새로운 패러다임을 제시함으로써, 새로운 미래를 선도할 수 있는 정보로 이어령의 『디지로그digilog』(생각의나무, 2006)만한 저서도 없다.

이 책에서 저자는 '한국인이야말로 디지털의 공허한 가상현실을 갈비처럼 뜯어먹을 수 있는 어금니 문화를 지닌 사람들이 아니겠는가. 그래서 사이버스페이스cyber—space의 디지털 공동체와 식문화의 아날로그 공동체를 이어주는 디지로그 파워digilog power가 희망의 키워드로 등장하고 있다.' [47)고 확신하고 있다.

한국문화에 정통하며, 비교문학적 차원에서 보는 세계 인식에도 탁월한 식견을 지니고 있는 저자는 한국문화— 한국인의 생활패턴 등 한국의 전통적 요소들이 바로 아날로그라며 이런 요소들이 삭막한 디지털문화를 극복할 수 있는 구원자라고 확신한다.

삭막하고 개인주의적이며, 허망한 가상공간에서 이루어지는 디지털

---

46) 『디지로그』(생각의나무, 2006), 이어령
47) 이어령, 위의 책, 143쪽

문명은 분명히 현대를 특징짓는 문명적 현상이지만, 그런 요소들이 우리 사회를 삭막하게 하고, 우리 삶의 공동체를 비인간화하는 원인이라고 진단한다. 그렇다고 해서 이런 디지털 문화와 문명을 거부할 수도 없다.

그는 디지털이 아날로그를 배척하거나 거부하지 않고 이 양자를 절충할 때 새로운 세계문명의 진보를 이룰 수 있다고 주장한다. 그런 주장의 근거로 우리 생활 문화의 여러 요소들, 우리말이 지니고 있는 원형적 의미들, 한국의 전통문화가 이미 배태하고 있는 특징들을 제시한다.

인터넷 시대를 장악하고 있는 디지털 정보가 냉혹할수록, 전원적인 마을 공동체의 생활공간이 삭막한 아파트형 공동주택단지화하여 황량한 생활환경을 만들어갈수록 우리 민족은 전통적인 생활문화를 더욱 살려가야 한다는 것이다. 그것은 이웃과 정을 나누며 살았고 지금도 그런 생활문화를 이어가고 있는 '돌떡 돌리기' 라든지, '별미 음식 나눠 먹기' 같은 아날로그적인 생활문화를 디지털 문화에 접목─ 융합함으로써 현대의 삭막한 환경을 극복하고 새로운 시대를 선도할 수 있다고 본다.

'정보는 은근함에 있다. 노골적으로 겉으로 노출되어 있는 정보는 이미 정보가치가 반감된다. 정보는 은밀할수록, 애매성을 띨수록 그 효과가 커진다. 전문적인 용어로 말하자면 엔트로피entropy 수치가 높을수록 참여도도 높아지고 끌어당기는 힘도 커진다. 광고물을 언론의 기사나 논설 속에, 혹은 재미있는 오락프로그램에 묻어두는 애드토리얼adtorial 애드테인먼트adtainment같은 새로운 수법이 등장하고 있는 것도 그 때문이다.' [48]

---

48) 이어령, 위의 책, 45쪽

　한국— 한국인들이 오랜 세월 지탱해 왔던 생활문화와 풍속 등에는 디지털 문화가 지니고 있는 결함이나 비인간적인 요소를 보완하거나 상승효과를 낼 수 있는 인자가 무궁무진하다. 디지털 시대를 살아가면서도 체질화된 정情의 문화를 잊지 못하고 시시 때때로 그런 풍속들을 재현해 내고자 하는 행동양식을 보면, 아직도 우리에게는 인정을 통해서 정보를 유통시켰던 아날로그적인 감각을 유지하고 있다는 증거가 되기에 충분하다.

　이러한 시대적인 징표를 한 마디로 규정하자면 바로 융합적 사유요, 융합적 패러다임이다. 이런 사유의 틀을 시대를 읽는 관심법으로 차용하거나, 현대 사조에 결핍되어 있는 인간적 요소를 충족시키는 방향으로 발전시키려는 의지가 어느 때보다도 시급한 시대다. 그런 사고방식의 첨단에 서야 할 부분이 바로 창조적인 작업에 임하는 사람들이다.

　문화—예술이 현대는 물론 미래를 좌우하는 동력이 될 것이라는 예언은 이미 현실화된, 오래된 미래가 되었다. 학문이건 철학이건, 정치건 경제건, 교육이건 사회건, 문화적 패러다임과 예술적 창조성을 결여한 접근은 이미 시대에 뒤떨어진 것으로 치부된 지 오래다. 하물며 문화—예술의 원천적 질료가 되는 문학 창작에 있어서는 더 이상 부연을 필요로 하지 않는다. 융합적인 세계 인식, 융합적인 시대정신, 융합적인 생활문화, 융합적인 창조정신은 이제 우리 시대는 물론이요 미래를 여는 사상의 징검다리이자, 사색의 도수로가 되었음이 분명하다. 우리는 어떻게 이 징검다리를 건너 디지로그의 세계를 주체적으로 열어갈 것인가? 우리는 어떻게 이 도수로의 물을 마시며 아날로지털의 시대를 창조적으로 헤쳐 나갈 것인가?

　이런 융합적이고 통합적인 세계인식의 패러다임을 보이고 있는 전범典範을 과거— 현재— 미래의 차원에서 찾아보고 접근해 보려 한다.

II. 유마경維摩經에 담긴 불교적 세계관과 융합의 세계

이런 작업을 진행하는 절차적 순서로 먼저 과거를 조명해 보았다. 과거에는 세계를 어떻게 보았으며, 그런 세계관이 궁극적으로 어떤 의미와 진리를 담고 있느냐 하는 점을 찾아보는 일은 뜻 깊은 인식행위요 독서활동이 되기 때문이다. 이런 작업에 합당한 대상으로 『유마경維摩經』[49]이 있다.

대승 경전 중에서도 초기에 성립된 『유마경』은 반야 사상에 근거하여 대승 보살의 실천도를 중시하고, 정토사상을 두드러지게 반영하고 있다는 점이 특색으로 꼽힌다. 흔히 '불가사의한 해탈의 법문法門'으로 불리기도 하는 이 경전은 예로부터 가장 많이 읽히고 또 가장 많이 인용되는 경전으로 유명하다.

'유마힐維摩詰'이라는 재가거사가 수많은 불제자들을 당혹하게 만들면서 종횡무진으로 대승불교의 심원한 철학을 전개하는데, 논전의 내용이 여느 경전에서 볼 수 없을 만큼 통쾌하게 진행되는 점이 흥미롭다.

이 경전의 전체적인 사상적 특색은 다음 몇 가지로 요약할 수 있다.[50]

첫째 반야의 공관空觀이 주된 내용을 이루고 있다. 유마힐은 소승의 성문승聲聞僧을 비판하고 대승을 찬양한다. 즉 성문聲聞들이 사물의 자성自性을 주장하여 거기에 집착하는 태도를 철저히 부정한 반면에 무자성無自性, 공空을 주장한다.

둘째 번뇌가 곧 보리임을 주장한다. 즉 무자성, 공의 경지에 들어가면

---

49) 『유마경』의 본래 이름은 '유마힐이 설한 경전' 또는 '무구칭이 설한 경전'으로, 공空 사상을 주창하여 대승불교시대를 연 반야부般若部 계통의 경전에 속한다. 이 경전은 반야부의 사상을 충실히 계승하면서 공과 보살행을 강조한 사상이다. 궁극적으로 모든 상대성을 초월한 불이법문不二法門에 들어갈 것을 주장하는데, 이는 유명한 '유마의 참묵'으로 표현되고 있다. 시공불교경전『維摩經』.時空社. 1989

50) 『유마경』, 11쪽.

세간과 출세간의 대립과 구별이 없게 되며, 번뇌의 큰 바다에 들어가지 않는다면 일체지—切智라는 보배를 얻을 수 없다고 한다.

셋째 생사가 곧 열반이라고 한다. 불도의 실천은 굳이 깊은 산에 들어가 수행할 필요가 없으며 일상생활을 영위하면서도 깨달음의 성질, 곧 도법道法을 버리지 않는 데 있다. 이러한 태도는 서민, 즉 재가자의 실생활을 통해서 불교의 이념을 실현코자 했던 대승 불교의 기본 사상을 반영한 것이다.

넷째 진공묘유眞空妙有 를 설하고 있다. 반야공의 사상을 수용하면서 진공을 설하고, 더 나아가 묘유 즉 공관을 통해서 전환된 현실을 긍정하는 입장을 취한다.

이러한 유마힐의 사상적 특성을 한 마디로 요약하자면 '융합融合의 정신'이다. 자성— 본래 구유하고 있는 진성— 을 부정하고 무자성을 주장한 것은, 이 둘을 초월한 정신적 경지를 설파한 것으로 볼 수 있다. 자성의 경지를 지나서 무자성의 지역에 든다는 것은 곧 깨달음이 이 둘의 융합적 사유가 없이는 불가능함을 말한 것이다.

또한 번뇌煩惱 곧 보리菩提라는 생각은 이 또한 상호 부정이 아니라, 상호 융합의 정신이 아니고서는 도달할 수 없는 경지다. 고뇌의 경지를 지나서 마침내 불타정각佛陀正覺의 지혜를 얻은 것이 바로 보리가 아닌가. 이것 역시 융합 정신의 발양으로 볼 수 있다.

생사가 곧 열반이라는 발상도 마찬가지다. 삶과 죽음의 세계를 초월하여 맞이하는 열반— 도를 완전히 이루어 일체의 중고衆苦 번뇌를 끊고 불생불멸의 법성을 증험한 해탈解脫의 경지— 를 맞이하기 위해서는 곧 생로병사의 과정을 건너 뛸 수는 없는 것이다. 그러므로 생사와 열반[해탈]의 융합적 정신 작용이 가능한 것이다.

진공眞空이 묘유妙有한다는 것은 일체의 색상色相, 즉 참으로 공허한 무색계가 참으로 묘하게 존재한다는 것이니, 이런 발상 자체가 융합적 정신풍토가 아니고서는 접근할 수 없는 경지다. 색즉시공이요 공즉시색이라는 금강경의 진리가 바로 통합적 사유의 결실이요, 융합적 세계관의 극치를 보여주는 것이 아닌가.

이렇게 본다면 유마힐의 통합적 세계관의 뿌리는 융합적 정신풍토에서 유래하고 있음을 짐작하기 어렵지 않다. 이런 사상적 근원을 '법신法身'에 대한 설에서 한층 구체적으로 확인할 수 있다.『유마경』제2품인「유마힐의 방편」에는 덕이 높기로 유명한 재가불자 유마힐이 병석에 있다는 소문이 나자 국왕을 비롯하여 대신들과 장자, 거사, 브라흐마나와 왕자들까지 수천 명이 문병을 가기에 이른다. 유마힐은 이 병문안을 방편으로 삼아 중생 제도에 이르는 설법을 전하고 있다.

이 '유마힐의 방편'을 요약하면 다음과 같다. 인간 존재를 이루는 물질의 집합체를 '몸'이라 한다. 불가에서 이르고자 하는 수행의 궁극적인 경지는 이렇다. 색상계에 속하는 물질의 존재인 몸이 궁극적으로 법신인 진공[無]의 경지— 에 이르고자 하는 과정이다. 이는 아뇩다라삼먁삼보리[無上無等正覺]의 경지에 이르고자 하는 과정인 것이다.

몸은 물질적 현상, 색계에 속한다. 몸은 사대의 집합체이자 사계의 융합체이다. 인간을 이루는 원소들은 지地, 수水, 화火, 풍風, 사대 요소로 이루어져 있다. 유기체인 사람의 몸을 분석해 보면 수분과 무기질의 결합이다. 그러니까 사람이 생명을 얻어 유기체가 되었다는 것은 이 사대의 원소들이 결집— 융합한 실체요, 사람의 생명이 다해 무기화 되었다는 것은 곧 이 사계의 원소들이 제 각기 흩어졌다는 뜻이다.

몸— 법신法身에 이르고자 하는 인간 존재의 실상=유마경維摩經— 몸[51]

<table>
<tr><td colspan="9" align="center">몸— 인간 존재</td></tr>
<tr>
<td>사대四大</td>
<td colspan="2">지地</td>
<td colspan="2">수水</td>
<td>화火</td>
<td>풍風</td>
<td colspan="2">사계四界 52)</td>
</tr>
<tr>
<td>오온五蘊</td>
<td colspan="2">색온
色蘊</td>
<td>수온
受蘊</td>
<td>상온
想蘊</td>
<td>행온
行蘊</td>
<td>식온
識蘊</td>
<td colspan="2">53)</td>
</tr>
<tr>
<td>육근六根</td>
<td>눈</td>
<td>귀</td>
<td>코</td>
<td>혀</td>
<td>피부</td>
<td>뜻</td>
<td>내적</td>
<td rowspan="2">54)</td>
</tr>
<tr>
<td>육경六境</td>
<td>빛깔</td>
<td>소리</td>
<td>냄새</td>
<td>맛</td>
<td>접촉</td>
<td>법</td>
<td>외적</td>
</tr>
<tr>
<td>육식六識</td>
<td>시각
視覺</td>
<td>청각
聽覺</td>
<td>후각
嗅覺</td>
<td>미각
味覺</td>
<td>촉각
觸覺</td>
<td>식별작용
識別作用</td>
<td colspan="2"></td>
</tr>
<tr>
<td>육신통
六神通</td>
<td>천안통
天眼通</td>
<td>천이통
天耳通</td>
<td>타심통
他心通</td>
<td>숙명통
宿命通</td>
<td>신족통
神足通</td>
<td>누진통
漏盡通</td>
<td colspan="2">55)</td>
</tr>
<tr>
<td>오분법신
五分法身</td>
<td>계戒
계율</td>
<td colspan="2">정定
선정</td>
<td>혜慧
지혜</td>
<td>해탈
解脫</td>
<td>해탈지견
解脫知見</td>
<td colspan="2">56)</td>
</tr>
<tr>
<td colspan="9" align="center">법신法身
일체 만법의 근원
빛깔도 형상도 없는 진실 자체로서의 몸
절대적이고 궁극적인 존재로서의 일체 만유가 이로부터 나옴
아뇩다라삼먁삼보리[無上正等正覺]— 더 이상의 경지가 없는 최고의 깨달음의 마음</td></tr>
</table>

---

51) 이 표는『維摩經』제2품「유마힐의 방편」, 43~53쪽의 내용을 한눈에 알아보기에 쉽도록 필자가 표를 만들어 정리한 것이다.

52) **사대사계** : 몸은 사대四大 혹은 사계四界로 불리는 네 가지 원소로 이루어짐

53) **오온五蘊** : 인간 존재를 구성하는 요소, 불교에서는 인간 존재를 비롯한 일체 만법을 다섯 가지 온蘊으로 파악함

　첫째, 색온色蘊 : 대상 일반, 신체나 사물 등 일체의 대상. 둘째, 수온受蘊 : 감각작용感覺作用, 지각작용知覺作用. 셋째, 상온想蘊 : 표상작용表象作用, 마음에 떠오르는 심상心象. 넷째, 행온行蘊 : 의지작용意志作用, 잠재적인 형성력. 다섯째, 식온識? : 인식작용認識作用, 식별작용識別作用, 의식, 마음 작용 전체를 총괄하는 것

54) 십이처十二處의 **'처處'** =마음의 작용이 일어나기 위한 터전임

55) **육신통六神通**

　①천안통天眼通: 자기와 타인의 먼 미래까지 투시하는 신통력.

　②천이통天耳通: 육신의 귀로는 들을 수 없는 소리를 듣는 신통력.

　③타심통他心通: 타인의 심리를 자유자재로 아는 신통력.

　④숙명통宿命通: 전생의 일을 아는 신통력.

　⑤신족통神足通: 마음대로 변화를 나타낼 수 있는 신통력.

　⑥누진통漏盡通: 번뇌煩惱 완전히 벗어난 신통력

56) **오분법신五分法身 :**

　계율戒律에서 선정禪定이 나오고, 선정禪定에 의해 지혜智慧 낳고, 지혜智慧에 의해 해탈解脫에 도달하고, 해탈解脫에 의해 해탈지견解脫知見— 자신의 해탈을 자각하는 것이 나옴

유마힐은 문병 온 대중들에게 "어진 이들이여, 사대의 합성으로 이루어진 이 몸은 강하지도 굳세지도 못하고 힘도 없는 무상한 것입니다. 너무나 빨리 썩기 때문에 믿고 간직할 수 있는 것이 아니며, 허물과 근심이 많은 것으로 어차피 무너지기 마련입니다. 어진 이들이여, 이 같은 고통과 괴로움의 병주머니로서 총명하고 지혜 있는 사람이 의지할 바가 못 됩니다."라고 인간 존재의 실상을 설한다.

이어 사대— 사계의 융합체인 사람은 사유의 단계를 한 차원 높인 '온蘊, 처處, 계界'가 모여서 이루어진 것인데, 다섯 명의 살인자, 네 마리의 독사, 비어 있는 마을에 비유할 수 있다고 하였다. 오온, 12처의 작용은 곧 마음의 작용이 일어나기 위한 터전으로서, 어떤 마음을 가지느냐에 따라 살인자나, 독사가 되어 빈 마을에 들게 된다는 것이다. 이를 극복하고 법신에 이르기 위해서는 육신통六神通과 오분법신五分法身을 닦는 데서 이루어질 수 있다고 설법하였다.

이러한 유마힐의 사상은 모두가 통합적 정신에서 출발하고, 융합적 차원에서 마무리한다. 오온은 만물을 구성하는 요소로서 사람을 비롯한 일체 만법을 다섯 가지 온蘊으로 파악한다. 색온色蘊— 일체의 대상에 대한 명징한 지혜— 수행이 있어야 삼라의 참모습을 파악할 수 있으며, 감각과 지각이 통합적으로 작용하는 수온受蘊에 대한 슬기— 수행이 있어야 만물을 제대로 받아들일 수 있으며, 심상과 표상에 작용하는 상온想蘊에 대한 통합적 대책— 수행이 있어야 만휘를 알맞게 드러낼 수 있으며, 의지작용과 잠재적 형성력이 융합하는 행온行蘊에 대한 바른 앎— 수행이 있어야 군상의 참모습을 형성할 수 있으며, 마음의 작용을 통합하고 융합하는 식온識蘊에 대한 참 인식— 수행이 있어야 만상에 대한 깨달음에 이르게 된다는 것이다.

이런 수행은 육신통으로도 이루어진다. 이 육신통 수행도 통합적이고 융합적인 사유의 과정이다. 즉 천안통 수행으로 자기와 타인의 먼 미래까지 융합하여 투시하는 신통력을, 천이통 수행으로 육신의 귀로는 들을 수 있는 소리와 육신의 귀로 들을 수 없는 소리까지 통합해 내는 신통력을, 타심통 수행으로 자신의 마음은 물론 타인의 심리를 자유자재로 알아내는 신통력을, 숙명통 수행을 함으로써 현생의 존재로서 전생의 일을 아는 신통력을, 신족통 수행으로 현상을 마음대로 변화를 나타낼 수 있는 신통력을, 누진통 수행으로 번뇌煩惱를 완전히 벗어난 신통력을 얻을 수 있다. 이런 신통력을 얻었다는 것은 곧 일체만법에 대한 융합적 사유의 결과요, 그런 사유가 곧 아름다운 정신력의 뿌리가 된다.

이런 수행은 마침내 오분법신에 이르게 되는데, 이는 탁월한 복덕과 지혜를 헤아릴 수 없이 닦은 데서 생겨나는 것이다. 즉 탁월한 계율에서 선정이 나오고, 탁월한 선정에 의해 지혜를 낳고, 지혜에 의해 해탈에 도달하게 되며, 해탈에 의해서 마침내 해탈지견— 자신의 해탈을 자각할 수 있게 된다. 오분법신은 연기적인 수행의 과정으로 보이기도 하지만, 하나의 수행에 얹어진 다음 수행의 탁월성이 더해져야 한다는 관점에서 보면 이도 융합적 사유의 결과로 보아도 무방할 것이다.

유마힐은 이렇게 병을 방편 삼아 중생들이 집착하기 쉬운 몸에 대한 무상無常함을 직접 보여주고 일깨워 준다. 무상의 도리에 이어 무아無我의 도리를 말하고 여래의 몸, 즉 법신에 대해 설명한다. 여래의 몸은 한량없이 청정한 선업을 닦아서 생긴 것이다. 반드시 여래의 몸을 향해 마음을 일으켜 깨달음을 구해야 한다. 여래의 몸을 성취해서 모든 중생의 병을 없애고 싶다면, 반드시 아뇩다라삼먁삼보리[無上正等正覺]— 더 이상의 경지가 없는 최고의 깨달음의 마음을 일으켜야 한다고 설득한다.

유마힐의 수행과 깨달음과 자신의 깨침을 대중들에게 설하는 과정을 듣노라면 앞에서 말한 통합적이고 융합적 세계 인식이 굳건하게 자리하고 있음을 알게 된다. 불이법문不二法門― 상대적이고 차별적인 모든 것을 초월하여 평등한 진리를 가르치는 선지식善知識의 사표師表를 보는 듯하다. 지혜의 수행, 깨달음의 세계가 어찌 다르고 차별화 될 수 있을 것인가? 삼라만상 모든 것에 깃든 불성은 차별이 없고 분별이 없다. 진공묘유한 세계를 의식하기 위한 현실적 대안은 곧 융합적 세계인식이 유일한 대안임을 알 수 있다.

지금 재가불자 유마힐의 선지식이 있어 삶의 지혜를 찾고, 세계가 공유해야 할 보편적 진리를 묻는 사람이 있다면 어떤 선문답이 가능할까? 그 질문과 응답은 바로 선문답의 한편을 채우고 있을 시인― 작가들의 가슴에 이미 울림으로 전해졌을 것이다. 인간과 세계가 둘이 아니며, 대승과 소승이 또한 둘이 아니며, 아군과 적군이 둘이 아니며, 나와 네가 둘이 아닌, 불이법문의 세계, 융합적 사유에 있음을 울림으로 전해주고 있을 것이다.

Ⅲ. '세계는 평평하다'고 보는 프리드먼의 융합적 세계관

유마힐 선사의 세계인식을 통해서, 우리의 삶이 우주적 요소들의 융합에 의해서 생성되고 소멸되는 존재임을 살펴보았다. '융합'은 제반 구성 요소들을 통합하여 존재를 형성하는 궁극적인 질서로서만이 의미가 있는 것이 아니라, 진리― 법신― 무상정등정각無上正等正覺에 이르기 위한 수행의 필수적인 과정적 가치라는 점을 함께 살펴보았다.

이제 현대적 차원에서 융합의 패러다임을 탐색할 차례다. 현대라는 괴물에 대하여 명쾌한 세계인식을 보인 사람으로 토머스 프리드먼 T.L.Friedman을 들 수 있다. 그의 저서 『세계는 평평하다』[57]에서 세계를 평평하게 한 동력 10가지를 들고, 이로 인해 어느 누구도 편안하게 쉬지 못했으며, 어쩌면 앞으로도 평안하게 쉬지 못할 것이라는 염려스러운 전망을 내놓았다. 세계를 평평하게 한 동력들은 정치적 사건, 기술의 혁신, 기업 활동이 융합해서 세계를 평평하게 하는 데 기여했다고 진단한다. 그 열 가지 동력은 이렇다.

평평화 동력 1 : 베를린 장벽의 붕괴와 윈도즈의 출현

평평화 동력 2 : 넷스케이프Netscape 출시

평평화 동력 3 : 워크플로 소프트웨어workflow sorft—ware

평평화 동력 4 : 오픈소싱open—sourcing

평평화 동력 5 : 아웃소싱out—sourcing

평평화 동력 6 : 오프쇼어링off—shoring

평평화 동력 7 : 공급사슬

평평화 동력 8 : 인소싱in—sourcing

평평화 동력 9 : 인포밍in—forming

평평화 동력 10 : 스테로이드the steroids

▶평평화 동력 1 : 베를린 장벽의 붕괴와 윈도즈의 출현

1989년 베를린 장벽의 붕괴는 소련제국 내에서 억압받아온 모든 주민들을 궁극적으로 해방시킬 동력을 작동시키는 시발점이었다. 실제로 장벽 붕괴는 그 이상의 일을 해냈다. 이 사건으로 균형추는 중앙집권적 경제체제가 기반으로 한 권위주의 통치를 옹호하는 사람들로부터, 민주적이고 합의에 기초하여 자유 시장을 기반으로 하는 통치를 지지하는 사람들에게로 기울었다. 냉전은 두 가지 경제체제, 자본주의와 공산주의의 대결이었으나 장벽 붕괴로 한 체제만 남았고, 그 후 모두가 나름

---

57) 『The World is Flat』(도서출판 창해, 2005), Thomas L. Friedman. 김상철 이윤섭 옮김.

의 방식으로 자본주의를 지향해야 했다.

이후 점점 더 많은 경제체제들이 위에서 아래로의 힘, 한 줌의 지배집단보다는 아래로부터 위로의 힘, 이익, 수요, 대중의 열망에 의해 운영되었다. 장벽 붕괴 후 다시 2년 뒤에는 소련이라는 제국이 붕괴되었다. 억압적인 정권이 그 뒤에 숨을 수 있었던 나라와 아시아, 중동, 아프리카, 중남미에서 독재정권을 지원해온 바로 그 소련제국이 말이다. 민주사회 혹은 민주화 과정에 있지 않거나 중앙집권적 계획경제, 규제가 심한 경제체제를 계속 고집하는 사회는 역사의 잘못된 길에 서 있는 것으로 보였다.

일부 사람들에게는, 특히 구세대에게 이러한 변화는 바람직한 것이 아니었다. 공산주의는 대중을 똑같이 가난하게 만드는 체제였다. 사실 누구나 똑같이 가난하게 만든다는 점에서 공산주의보다 더 나은 제도는 없다. 자본주의는 빈부격차를 낳는다. 일은 느리게 처리되지만 제한적이나마 누구나 안전하게 먹고살 수 있는 사회주의 생활양식, 빈약할지라도 직업, 주택, 교육, 연금이 모두 보장되는 사회에 익숙한 일부 사람들에게 베를린 장벽의 붕괴는 대단히 불안한 일이었다. 그러나 다른 많은 이들에게는 억압에서 자유를 찾는 계기가 되었다. 장벽 붕괴는 베를린 외에도 많은 곳에 영향을 미쳤고 세계를 평평하게 만든 일대 사건이었다.

▶평평화 동력 2 : 넷스케이프Netscape 출사— 인터넷 검색 최초 대중적 상업용 브라우저

넷스케이프에 의해 촉발된 새로운 국면은 세계를 평평하게 만드는 과정을 몇 가지 핵심 방식으로 이끌고 있다. 먼저, 넷스케이프는 인터넷을 검색할 수 있는 최초의 광범위한 대중적 상업용 브라우저를 공급했다. 넷스케이프 브라우저는 인터넷을 활성화시켰을 뿐 아니라 다섯 살 어린이이건 팔순 노인이든 모두가 인터넷을 사용할 수 있도록 만들었다.

인터넷이 활용화되면서 일반 소비자들은 웹에서 다른 일들을 하길 원했다. 그들은 단어, 음악, 데이터, 사진을 쉽게 디지털화하고 인터넷을 통해 다른 사람들의 컴퓨터로 보낼 수 있는 컴퓨터, 소프트웨어, 원거리 통신망을 갈망하게 되었다. 이러한 욕구는 촉매 역할을 할 다른 사건에 의해 충족되었다. 넷스케이프가 기업공개를 한 지 일주일 만에 윈도즈95Windows95가 출시된 것이다. 윈도즈95는 곧 전 세계 대다수 사람들이 사용하는 운영체제가 되었다. 그때까지의 윈도즈 버전과는 달리 내장된 인터넷 보조장치가 있어 브라우저뿐만 아니라 모든 PC의 응용 프로그램이 '인터넷을 감지하고' 인터넷과 상호 작용할 수 있었다.

요컨대 PC 윈도즈에 의해 세계가 평평해지는 1단계는 나와 내가 가진 컴퓨터가 상호작용하는 것과, 회사 내에서 나와 나만의 제한된 네트워크가 상호작용하는 일에 관한 것이었다. 그 다음 2단계는 인터넷 전자우편 브라우저 단계였고, 이것은 지구를 좀 더 평평하게 만들었다. 2단계는 누가 어디서 어떤 컴퓨터를 사용하든 나와 내 컴퓨터와 연결하는 일에 관한 것이다. 이것이 바로 전자우편이며, 인터넷을 통해 나와 내 컴퓨터가 모든 사람의 웹사이트와 상호 교류하는 것이 바로 브라우징이다.

간단히 말하면 PC—윈도즈 단계가 넷스케이프 브라우징—전자우편 단계를 낳았으며, 이 두 단계는 과거 어느 때보다 많은 사람들이 지구상의 더 많은 사람들과 소통하고 상호작용할 수 있게 만듦으로써 세계를 평평하게 하는 데 기여하였다.

▶평평화 동력 3 : 워크플로 소프트웨어workflow sorft—ware— 작업의
흐름

장벽이 무너지고 PC, 윈도즈, 넷스케이프 검색기로 다른 사람들과 연
결되자 사람들은 오래지 않아 인터넷 상에서 정보 검색이나 전자우편,
즉석 메시지, 사진, 음악 전송만으로는 만족하지 않았다. 사람들은 설계
하고, 만들고, 사고, 팔고, 상품목록을 찾고, 다른 사람에게서 세금을 걷
고, 지구 반 바퀴 떨어진 곳에서 다른 사람의 엑스레이 사진을 판독하고
싶어 했다. 또 이런 일을 어디서든 어떤 컴퓨터를 사용하든 문제없이 할
수 있기를 바랐다. 베를린 장벽 붕괴, 윈도즈와 넷스케이프 단계는 언
어, 사진, 데이터가 인터넷으로 디지털화되고 전송되는 방식을 표준화
하여 그 길을 열어주었다. 그래서 전자우편과 검색은 매우 값비싼 경험
이 되었다.

다양한 종류의 웹 서비스, 이를테면 워크플로 덕분에 산업은 세계적
규모의 인력과 컴퓨터를 위한 세계적 기반을 만들어내게 되었다. 이 유
례없는 새로운 방식의 대인교류를 새로운 워크플로 프로그램에 접목하
면, 다양한 형태의 작업을 함께 처리할 전혀 새로운 세계적 플랫폼이 만
들어진다. 이것은 평평한 세계가 창조되는 순간, 새로운 창세기다. 평평
한 세계가 형성되기 시작한 때라는 말이다. 물론 세계가 진실로 평평해
지려면 좀 더 시간이 걸릴 것이다. 그러나 사람들은 지금 뭔가가 변하고
있다는 것을 느끼기 시작했다. 한순간 갑자기 더 많은 사람들이, 더 많
은 지식을, 더 많은 사람들과 공유하고, 더 많은 사람과 함께, 더 많은
일을 해낼 수 있다는 사실을 알게 되었다.

마이크로소프트의 크레이그Craig Mundie 문디는 말했다.

"워크플로의 등장이야말로 진정으로 중요한 의미를 갖습니다. 게다
가 이것이야말로 지속 가능한 해법이라고 할 수 있죠. 세계가 평평해진

것은 이것으로 가능해졌습니다."

세계를 평평하게 만드는 나머지 6가지 동력은 이 새로운 플랫폼이 기회를 만들어준 협업의 새로운 형태들이다. 이 플랫폼을 오픈소싱에, 일부는 아웃소싱에, 일부는 오프쇼어링of-shoring에, 일부는 공급사슬 연결에, 일부는 인포밍in-forming에 사용할 것이다. 다양한 형태의 협업방식은 새로운 플랫폼에 의해 가능해졌거나 크게 도움을 받았다. 보다 많은 사람들이 이들 여러 가지 다른 방식으로 협업하는 것을 배울 때 세계는 더욱 평평해질 것이다.

▶평평화 동력 4 : 오픈소싱open-sourcing— 무료 소프트웨어 운동

그렇다. 우편물을 정리하는 방에서 놀던 괴짜들이 인류가 어떠한 소프트웨어를 써야 하는지, 그리고 다음에는 어떤 것을 쓸지를 결정하고 있었던 것이다. 이는 오픈소스open-source 운동으로 불리는데, 전 세계에서 수천, 수만의 사람들이 온라인에서 모든 것을, 예컨대 개인 소프트웨어에서 운영체제, 개인 사전, 심지어 자기 나름의 콜라 제조법까지도 공유하려는 운동이다. 대기업이 만들어 파는 포맷이나 컨텐츠를 내려받는 것이 아니라 아래에 있는 대중이 만들어 퍼뜨리는 것이 바로 오픈소스 운동이다.

'오픈소스' 라는 말은 기업이나 특정 그룹이 소스 코드응용 소프트웨어를 작동시키는 프로그래밍 지시어로 온라인에 공개해서 누구나 그 프로그램을 개선하는 데 기여할 수 있고, 동시에 수백만 명이 무료로 내려 받아 사용할 수 있는 데서 나온 말이다. 상업적 소프트웨어는 복제되어 유료로 팔리고, 그것을 제조한 기업은 당연히 소스 코드를 보석처럼 보관한다. 그럼으로써 새로운 버전 개발에 필요한 비용을 뽑는다. 반면에 오픈소스 소프트웨어는 공유되고, 사용자들은 끊임없이 소프트웨어

개발에 참여하며, 동시에 누구나 무료로 사용한다. 그리고 소프트웨어를 개선한 사용자는 다시 모두가 무료로 사용할 수 있도록 그 프로그램을 공개한다.

어떻게 이런 형태의 협동 작업이 가능해졌고, 왜 이런 운동이 세계를 더욱 평평하게 만드는지, 그리고 왜 그렇게 많은 논란을 불러일으켰으며 앞으로도 그럴지 설명하기 위해 단지 오픈소싱의 두 가지 측면에 초점을 맞추겠다. 즉, 지적 공유 운동과 무료 소프트웨어 운동이 그것이다.

지금 단계에서 초보적인 결론은 이렇다. 오픈소스는 세계를 평평하게 만드는 주요한 동력이다. 소프트웨어에서 백과사전에 이르기까지 전 세계 수백만 명이 돈을 주고 사는 대신 필요한 것들을 무료로 쓸 수 있게 해주기 때문이다. 그리고 오픈소스를 통한 네트워크 결합은 국경을 초월하고 누구에게나 개방되는 특성이 있다 지시하고 복종하는 상하관계가 있는 대신, 누구나 동반자로서 참여하는 수평적 혁신 모델로서 위계적 질서에 도전할 수 있다는 측면만으로도 세계를 평평하게 만드는 동력이다. 이러한 혁신 모델은 점점 더 많은 분야에서 이루어지고 있다. '아파치'와 '리눅스'는 서로 도와 컴퓨터 작업과 인터넷 사용에 따른 비용을 줄임으로써 세계를 놀라울 정도로 평평하게 만들고 있다. 이런 형태의 움직임은 사라지지 않을 것이다. 실제로는 시작에 불과한지도 모른다. 그리고 많은 산업에 이 방식이 적용될 수도 있다. 《이코노미스트economist》 2004년 6월 10일 자는 여기에 대해 이렇게 말했다. "오픈소스 방식은 그야말로 새로운, 자본주의 이후의 생산 모델을 대표한다."

▶평평화 동력 5 : 아웃소싱out—sourcing— 외부 조달, 외부 발주, 경쟁력이 없는 특정업무나 기능을 외부 전문 업체에 위탁하는 경제활동
Y2K 밀레니엄 버그 문제가 목전에 다가오자 미국과 인도는 데이트를

시작했고, 그 밀월관계는 세계를 평평하게 하는 거대한 힘이 되었다. 왜냐하면 PC, 인터넷, 광섬유 케이블의 조합은 아웃소싱이라는 완전히 새로운 형태의 협력과 수평적 가치 창출의 가능성을 모든 비즈니스에 열어 놓았기 때문이다.

콜센터, 비즈니스 지원 작업, 또는 어떤 다른 지적인 작업이든 디지털화될 수 있는 모든 서비스 산업이 전 지구적 차원에서 가장 값싸고 능력 있는 공급자에게 아웃소싱 할 수 있게 되었다. 광섬유 케이블로 연결된 워크스테이션을 이용하여 인도 엔지니어들은 지구 반대편에서도 미국 기업의 컴퓨터를 교정할 수 있었다.

Y2K는 인도의 독립기념일로 불려야 한다. 광섬유 네트워크로 인해 긴밀한 상호의존이 가능해졌고, 인도가 서방 기업과 협력하게 되면서 인도인들이 직업선택의 자유를 얻었기 때문이다. 다르게 표현하면 8월 15일은 인도가 한밤중에 자유를 얻은 날이고, Y2K는 인도인들이 한밤중에 일자리를 얻은 날이다.

그러나 모두가 일을 얻게 된 것은 아니었다. 일은 가장 뛰어난 지식 노동자들에게만 돌아갔다. 8월 15일은 인도에 정치적 독립을 가져다주었다. 그러나 Y2K는 인도인에게 모두에게는 아니지만 적어도 가장 생산적인 사람들의 대부분에게 경제적 독립의 기회를 가져다주었다. 확실히 인도는 운이 좋았다. 그러나 인도는 노력과 교육, 그리고 인도공과대학IIT을 세운 선각자들을 통해 뿌린 씨를 거둔 것이다. 오래 전에 루이 파스퇴르Louis Pasteur는 이런 말을 남겼다.

"운명의 여신은 준비한 자에게 복을 준다."

▶평평화 동력 6 : 오프쇼어링off—shoring— 생산시설의 해외 이전

중국의 WTO 가입으로 지난 수십 년간 있어온 오프쇼어링off—shoring

생산시설의 해외이전이 가속화되었다. 오프쇼어링과 아웃소싱은 다르다. 아웃소싱은 연구개발이나 콜센터, 회계 같은 기업 기능의 일부를 다른 기업에 맡기는 것이다. 그에 비해 오프쇼어링은 통째로 옮기는 걸 말한다. 예를 들어, 미국 오하이오 캔턴에 공장을 하나 갖고 있는 회사가 이 공장을 고스란히 중국의 광둥廣東으로 옮기는 것이다. 물론 광둥으로 옮겨진 공장에서는 똑같은 제품을 생산한다. 단지 더 값싼 임금과 낮은 세금, 더 낮은 복리후생의 부담을 안고 생산한다는 점이 다르다. Y2K 문제가 인도와 세계를 한 차원 높은 아웃소싱을 끌어들였다면, 중국의 WTO 가입은 세계를 한 단계 높은 오프쇼어링을 끌어올려 세계적 제품 공급망에 통합시켰다고 해야 할 것이다.

중국은 급속히 발전하고 있으며, 저가품 생산에서 고급품 생산단계로 넘어가고 있다. 그 결과 세계시장에서 경쟁력을 유지하려는 일본기업들은 중저가 제품의 제조공장을 중국으로 이전하고 있다. 미국이 중국의 성장에 장기적으로 잘 대응하지 못하면 경제와 국제정치에서 영향력이 줄어들 것이다. 다르게 표현하면, 미국과 유럽이 더욱 평평해지는 세계에서 무언가 이득을 보고 싶다면 가장 빠른 사자[58]보다 더 빨리 달려야 한다. 그리고 그 사자는 중국이다. 그리고 그 사자가 달리는 속도는 정말 빠를 것이다.

▶평평화 동력 7 : 공급사슬— 물류의 원활한 유통

미국 아칸소 주 벨톤빌에는 월마트 본사가 있다. 이곳을 방문하기 전

---

58) 미국식 교육을 받은 중국의 관리자가 베이징의 펌프공장에 다음과 같은 아프리카 속담을 크게 써서 벽에 붙여 놓았다고 한다. "매일 아침 가젤은 깨어난다. 가젤은 가장 빠른 사자보다 더 빨리 달리지 않으면 잡아먹힌다는 것을 안다. 매일 아침 사자도 깨어난다. 사자는 가장 느린 가젤보다 더 빨리 달리지 못하면 굶어죽는다는 것을 안다. 당신이 사자냐 가젤이냐 하는 것은 문제가 아니다. 해가 뜨면 당신은 뛰어야 한다." Thomas L. Friedman, 위의 책, 154쪽

에는 공급이라는 게 실제로 어떻게 이뤄지는지 실감한 적이 없었다. 월마트 물류센터의 면적은 120만 평방피트에 달했다. 나는 안내자와 함께 조망대에 올라가 상품들이 실제로 어떻게 움직이는지 볼 수 있었다. 건물의 한쪽에서는 수십 대의 월마트 대형 트레일러들이 수많은 공급자로부터 실어온 갖가지 제품 상자들을 쏟아내고 있었다. 크고 작은 제품 상자들은 각각의 탑재창구에서 바로 컨베이어 벨트 위에 실려 움직이고 있었는데, 이들 제품 상자들은 다시 더 큰 컨베이어 벨트 위로 합쳐졌다. 마치 작은 개천들이 강의 본류로 합쳐지는 모습과 비슷했다. 트럭들은 하루 24시간 일주일 내내 컨베이어 벨트 위로 제품 상자들을 쏟아붓는데, 컨베이어 벨트의 길이가 거의 20킬로미터에 달한다고 한다.

제품 상자들이 컨베이어 벨트 위에 실려 가는 동안 전자눈electriceye이 바코드를 읽는다. 그리고 제품상자들은 다시 분류되어 흩어지고 건물의 뒤쪽으로 간다. 뒤쪽에서는 큰 강이 다시 수없이 많은 실개천으로 갈라지는 것처럼, 큰 컨베이어 벨트 위에 올려 있던 상품들이 작은 컨베이어 벨트로 갈아타고 기다리고 있는 월마트 트럭까지 간다. 그러면 이 트럭들이 전국에 있는 월마트 지점으로 상품을 운송한다. 그리고 바로 월마트 지점에서 어느 소비자가 상품을 하나 사면 점원은 계산대에서 바코드를 읽고 신호를 보낸다. 그 신호는 월마트 네트워크를 통해 상품 생산자에게까지 간다. 공장이 중국에 있건 미국 내에 있건 말이다. 그리고 그 공장은 주문에 맞추어 상품을 만들게 된다. 그렇게 만들어진 상품은 다시 상자에 담겨 월마트로 보내질 것이다. 그러므로 월마트 점포의 선반에서 소비자가 상품 하나를 골라드는 순간, 이 모든 과정이 다시 시작되는 것이다. 소비와 생산, 운송이 이뤄지는 이 전체 과정을 월마트 교향곡이라고 부를 수 있지 않을까? 중요한 건 마지막 악장은 없다는 점이다. 1년 365일 하루 24시간 운송, 분류, 포장, 구매, 제조, 재 주문까지가 끊임없이 이루어진다.

월마트가 세계를 평평하게 한 동력은 공급사슬의 혁신에 있었다. 공급사슬이 만들어진 것은 물론 세계가 평평해졌기 때문이다. 그러나 동시에 공급사슬은 세계를 더욱 평평하게 만들기도 한다. 이런 공급사슬이 만들어져 성장하고 확산됨에 따라 기업들은 일정한 표준을 받아들이지 않을 수 없게 되었고, 장벽은 제거되고, 한 기업의 효율성을 다른 기업이 따라가게 되면, 세계적 차원의 협력이 강화되지 않을 수 없었다. 세계가 더욱 평평하게 되는 것은 당연한 결과였다.

▶평평화 동력 8 : 인소싱in—sourcing— 전통적인 방법으로, 조직의 계통과 체계를 통해 서비스와 기능을 직접 전달하는 경제활동 방식

"페덱스FedEx와 UPS(미국의 택배회사)가 세계를 평평하게 만들고 있습니다. 이들은 단순히 배달만 하는 것이 아니라 병참기지의 역할도 하고 있습니다."

UPS의 광고가 나왔는데 화면 아래 나온 UPS의 슬로건은 이랬다. "세상은 지금 같은 시간이 되었습니다. Your World Synchronized." 그 순간 닐레카니가 말한 게 바로 이거였구나 하는 생각이 떠올랐다.

"지금은 우리가 고객으로부터 컴퓨터를 받아와서 도시바의 수리시설로 보내면, 당신들은 그걸 수리해서 우리에게 보내고, 그럼 우리는 그걸 다시 당신네 고객에게 보내고 있습니다. 모든 중간과정을 생략합시다. 우리가 물건을 가져가서 수리한 뒤 곧바로 당신네 고객에게 보내겠습니다."

무슨 일이 벌어지고 있다고 해야 하나? 이런 일들은 '인소싱insourcing'이라 불려야 할 것이다. 이것은 완전히 새로운 형태의 협력으로 가치를 만들어내는 방식이다. 평평한 세계가 이를 가능케 했고, 또 이 때문에 세

계가 더욱 평평해지고 있다. 앞에서 평평한 세계에서 공급사슬이 왜 그토록 중요한지 자세히 설명했다. 그러나 월마트가 발전시킨 수준의 복합적인 세계적 공급 사슬을 만들 수 있는 기업은 월마트를 제외하면 거의 없다. 이 때문에 인소싱이 탄생한 것이다. 인소싱은 평평해진 세계에서 평평해졌다는 사실을 먼저 알아챈 작은 회사들이 크게 놀 수 있게 되었기 때문에 가능해졌다. 작은 기업들도 이제 보다 많은 곳에서 더 효율적으로 상품을 만들어 팔고, 원료를 살 수 있게 되었다는 사실을 깨달았다.

▶평평화 동력 9 : 인포밍in—forming— 자기협력, 경영 시스템과 그 환경이 상호 간에 어떤 영향을 주는 경우 환경이 시스템에 주는 영향

인터넷 검색이 어떻게 협력이라는 개념과 부합하는가? 나는 이를 '인포밍in—forming' 이라 부르고 싶다. 인포밍은 개인이 오픈소싱, 아웃소싱, 인소싱, 공급사슬, 그리고 오프쇼어링에 접근하는 수단이다. 인포밍은 개인이 공급 사슬을 구축하게 하는 능력이다. 즉 정보, 지식, 오락 등을 공급받을 수 있도록 연결해준다. 인포밍은 자기협력self—collaboration과 관련이 있다. 자기협력은 도서관이나 영화관에 가지 않고도 스스로 조사하고 그 결과를 정리하는 것을 말한다. 인포밍은 지식을 탐구하는 것이다. 또한 같은 생각을 하는 사람들이나 공동체를 탐색하는 것이기도 하다.

인포밍은 또한 친구, 동료, 그리고 협력자 등을 찾을 수 있게 도와준다. 모든 정치, 문화적 장벽을 넘어서는 지구촌 형성이 가능하다는 뜻이다. 이는 정말로 세계를 평평하게 만드는 중요한 기능이다. 야후 같은 포털 서비스를 이용해서 특정 주제나 화제와 관련해 동료나 협력자를 구할 수 있다. 야후의 이용자는 약 3억 명이고 적극적으로 활동하는 동호

회만 400만 개에 달한다. 이들 동호회 회원이 1,300만 명쯤 되는데, 전 세계 회원들이 모두 참여하는 모임을 한 달에 한 번씩은 가진다고 한다.

인포밍에는 또 다른 면이 있다. 사람들이 서로서로의 삶의 자취를 깊이 알게 된다는 것이다. 검색엔진은 사람들이 자신의 과거를 숨기거나 명성을 덧칠할 수 있게 해주는 모든 은폐장치를 제거해서 세계를 평평하게 만든다. 평평한 세계에서 사람들은 달아나거나 숨을 수 없고 은폐를 위한 장막은 점점 더 줄어든다. 정직하게 살아야 한다. 왜냐하면 당신이 무엇을 하는지, 무슨 잘못을 저지르는지 모든 것이 검색되는 날이 언젠가 올 것이기 때문이다. 세계가 평평해질수록 더 많은 사람들의 삶이 투명해질 것이다.

▶평평화 동력 10 : 스테로이드the steroids— 신기술

미국이 무선통신 분야에서 조만간 다른 나라를 따라잡을 것이라는 걸 나는 안다. 벌써 따라잡고 있다. 그러나 세계를 평평하게 만드는 열 번째 동력은 무선통신기술에 관한 것만은 아니다. 나는 이걸 '스테로이드the Steroids'라 부르고 싶다. 그것은 일부 신기술들을 말한다. 스테로이드가 근육을 강화하는 것처럼, 이런 신기술들이 세계를 평평하게 하는 동력을 더욱 강화하기 때문이다. 이 신기술들은 이 장에서 다룬 아웃소싱, 오프쇼어링, 오픈소싱, 공급사슬, 인소싱, 그리고 인포밍 등 모든 동력을 통합하는 데 기여한다. 휴렛팩커드의 최고경영자였던 칼리 피오리나Carly Fiorina가 말했듯이 모든 것을 디지털화, 휴대화, 즉시화, 개인화함으로써 세계를 나날이 평평하게 만들고 있다.

디지털화란 무엇인가? PC—윈도즈—넷스케이프—워크플로 혁명으로 사진, 오락, 통신, 워드프로세싱, 건축설계, 홈오토메이션 시스템 등 모든 분야에서 아날로그적인 콘텐츠가 디지털화되고 있다. 그리하여 콘텐츠가 컴퓨터, 인터넷, 인공위성, 광케이블로 전송 및 관리되고 다시 새로운 형태로 만들어지고 있다. '모든 것이 디지털화digital하고 있다'는 피오리나의 말은 이것이다. 그녀가 말하는 즉시화virtual란 디지털화된 콘텐츠를 새로운 형태로 만들고, 편집하고, 전송하는 일들이 역시 디지털화된 인프라에 의해 쉽고 빠르게, 그래서 깊이 생각해볼 필요도 없이 이루어지는 것을 의미한다. 휴대화mobile는 무선통신기술의 발달로 어디서든 누구와도 위에서 말한 모든 작업을 수행할 수 있음을 의미한다. 개인화personal란 누구라도 혼자서, 자신만의 장비로 모든 작업을 할 수 있다는 뜻이다.

▶삼중 융합triple convergence

세계가 이렇게 평평해지기 10년 전이었다면 그러한 일이 가능했을까? 단연코 불가능했을 것이다. 이처럼 세계가 평평해지기 위해서는 몇 가지 요소가 있어야 했다.

첫째, 그의 회사와 미국의 고객들이 게임 콘텐츠와 관련해 전자우편으로 의견을 주고받을 수 있을 정도로 통신망이 충분히 구축되어야 한다.

둘째, 가정용, 업무용 PC가 광범위하게 보급되어 사람들이 여러 가지 업무에 PC를 사용하는 것이 익숙해져야 한다. 그런데 오늘날 PC는 어디에나 있다. 인도에도 PC가 비교적 잘 보급되어 있을 정도다.

세 번째 요소는 드루바가 미니 다국적 기업으로서 업계에 진출하는 것을 가능하게 한 워크플로 소프트웨어와 인터넷 응용 소프트웨어의 출현이었다. 워드Word, 아웃룩Outlook, 3D 스튜디오 맥스3D studio MAX 등등, 그리고 가장 중요한 열쇠는 구글이었다.

프리드먼T.L Friedman은 평평화 동력 10가지로 인해 세계는 점점 더 평평화되고 있으며 그런 평평화 현상은 21세기 세계의 주요한 흐름이라고 진단한다.

이런 현상이 작용하여 현대 세계는 바야흐로 삼중융합triple convergence 시대를 열어가고 있다고 판단한다. 세계화 1.0 시대에는 티켓을 발급해 주는 직원이 있었다. 세계화 2.0 시대에는 티켓 발매기가 직원을 대체했다. 세계화 3.0 시대에는 각자가 스스로 티켓 발매원이 되는 것이다.[59]

이 삼중융합이 이루어지기까지는 세계를 평평하게 만드는 10가지 동력이 합쳐지고 힘을 모으면서 새롭고, 보다 평평하고, 세계적인 활동 공간을 만들어내기 시작함으로써 비롯하였다고 주장한다←융합1. 새로운 활동공간이 마련되자 기업이나 개인은 이를 최대한 활용하기 위해 새로운 관행, 기능, 과정을 받아들였다. 가치를 창출하기 위한 방식은 대규모 수직적 방법에서 보다 수평적인 방향으로 이동했다. 비즈니스를 위한 이 새로운 활동공간과 새로운 비즈니스 수행 방식의 결합이 두 번째 융합이었고←융합2, 이는 세계를 좀더 평평하게 만들었다. 마지막으로 이처럼 세계를 평평하게 만드는 과정 중에 수십억 명에 이르는 전혀 새로운 집단의 사람들이 중국, 인도, 구소련 등 새로 만들어진 활동공간으로 쏟아져 나왔다. 새롭고 평평한 세계와 새로운 수단 덕분에 이들 중 일부는 빠르게 다른 사람과 경쟁하고 협력할 수 있었다. 이것이 세 번째 융합이었다←융합3. 이 3가지 융합을 좀 더 자세히 들여다보면 이렇다.

▶융합1 : 베를린 장벽의 붕괴, 넷스케이프, 워크플로, 아웃소싱, 오프쇼어링, 오픈소싱, 인소싱, 공급사슬, 인포밍과 이들을 확대하는 근육강화제까지, 이들 모두가 보완재처럼 서로를 더 강력하게 만들어놓았다. 이 요소들이 융합되어 서로 보완되는 데는 시간이 필요했다. 결정적

---

59) T.L.Friedman. 위의 책. 229쪽

순간은 2000년경이었다.

이러한 융합의 결과 지리적 환경과 거리에 관계없이, 그리고 가까운 장래에는 언어의 장벽에도 관계없이, 실시간으로 지식과 작업의 공유가 가능한 웹에 기반을 둔 지구적인 규모의 활동공간이 창출되었다. 아직은 모든 사람들이 이 공간에 접근하고 있는 것은 아니다. 그러나 오늘날 세계 역사상 유례가 없이 보다 많은 곳에서, 보다 많은 시간에, 보다 많은 방식으로, 보다 많은 사람들에게 이러한 활동공간이 열려 있다. 이것이 세계가 좀더 평평해졌다고 말하는 의미이다. 다양한 형태의 협력이 가능한 이 새로운 지구적 활동공간을 창조해낸 것은 세계를 평평하게 만든 10가지 동력이었고, 그 동력들이 융합되었다는 사실이었다.

▶**융합2** : 세계화 2.0 시대는 진실로 메인프레임 컴퓨팅의 시대였다. 그 시대는 매우 수직적이고, 명령과 통제에 익숙하며, 회사와 그에 소속된 개별 부서는 수직적으로 조직되는 경향이 있었다.

세계를 평평하게 만드는 10가지 동력의 융합, 특히 PC, 마이크로프로세스, 인터넷, 광섬유의 기반으로 세워진 세계화 3.0 시대는 활동공간을 위에서 아래로의 양식에서 옆에서 옆으로의 양식으로 뒤집어놓았다. 그리고 자연스럽게 새로운 비즈니스 관행을 요구하고, 그런 관행이 자리를 잡고 확산되도록 촉진했다. 이 관행은 명령하고 통제하는 수직적 관계보다는 협력을 통해 무언가 이룩해내는 수평적 연결로 이루어지는 부분이 더 많았다. 지휘하고 명령하는 수직적 방식을 통한 가치창조에서, 동등한 위치에서 서로 협력하는 수평적 방식을 통한 가치창조로 변화했다.

새로운 활동공간과 새로운 비즈니스 관행이 완전히 조화를 이루기까지는 아무래도 시간이 걸린다. 그러나 여기 작은 경고가 있다. 그런 변화는 당신이 생각하는 것보다 훨씬 빨리, 그것도 전 세계적으로 일어나고 있다는 것이다.

▶융합3 : 생각해보면 21세기 초에 형성된 전 지구적 경제학과 정치학의 가장 중요한 동력은 바로 이 삼중 융합이었다. 즉 새로운 활동공간과 새로운 게임 참여자, 그리고 과거와 달리 수평적 협력을 가능하게 만들어준 새로운 비즈니스 과정과 관행 말이다. 수많은 사람들이 이 모든 협력의 도구를 갖게 된다는 건, 검색엔진과 웹이라는 수단을 통해 헤아릴 수 없이 많은 날것 그대로의 정보에 접근할 수 있게 되었다는 것과 다음 세대의 혁신이 평평해진 지구 전체에서 일어날 것이라는 점을 예고한다. 이제부터 시작되는, 혁신에 참여할 지구촌의 규모는 역사상 인류가 경험하지 못한 것이다.

IV. 새로운 미래를 창조하는 인재의 6가지 조건

이제 서술의 순서로 볼 때 마땅히 미래를 내다볼 차례다. 융합과 통합이라는 패러다임으로 미래를 예견한 석학으로 다니엘 핑크를 들 수 있다. 그의 저서 『새로운 미래가 온다』[60]는 논리적·선형적 능력, 컴퓨터와 같은 디지털 능력 등을 요구하는 정보화시대에서 창조의 능력, 공감의 능력, 큰 그림을 그리는 능력 등을 필요로 하는 하이컨셉의 시대로 이동해 가고 있다는 주장을 펼친다. 핑크는 이러한 사회변화를 전망하며 흥미롭고 생생한 사례를 통해서 새로운 미래에 갖추어야 할 인재의 조건으로 6가지를 제시한다. 이 6가지의 조건도 이 소론의 화두요 대 전제인 '융합과 통합의 패러다임'에서 벗어나지 않았음은 물론이다.

핑크는 새로운 시대를 하이컨셉[61] 하이터치[62] 시대로 규정하고 세 가지 관점에서 이를 규명하고 있다.

하나는 좌뇌를 중시하던 정보화 시대의 인재 개념에서 하이컨셉 하이터치 시대의 인재는 좌뇌와 우뇌가 융합하고 통합된 능력을 요구한다는 점이다. 이성적 좌뇌와 감성적 우뇌의 조화와 융합이 없이는 새로운 미래를 열어갈 수 없다. 정보화 시대에는 논리적이고 선형적인 디지털 능력을 필요로 하지만, 지금 세계는 완만하지만 결코 한눈 팔 수 없을 정도의 속도로 하이컨셉— 하이터치 시대로 이동해 가고 있다고 진단한다. 창조하는 능력, 공감하는 능력, 큰 그림을 그리는 능력을 지닌 인재가 새로운 하이컨셉의 새 시대를 선도하는 인재다.

둘은 풍요affluence, 기술의 발전technological progress, 세계화globalization의 관점에서 보는 인재의 기준이다. 18세기 농경시대에는 생산능력을 소유한 농부가 유능한 인재였다. 19세기 산업화가 진행되었을 때 생산의 효율성을 지닌 산업인력— 노동자들이 인재가 될 수 있었다. 20세기 디지털 시대 정보화시대가 열리면서 이제는 보다 정확하고, 참신하며, 보다 풍부한 정보를 소유하고 활용할 수 있는 지식근로자가 최고의 인재였다. 그러나 21세기 하이컨셉 하이터치 시대에는 아날로그적인 전통성이나 디지털적인 정보기술만으로 인재가 될 수는 없다. 창작하는 능력과 타인과 공감할 수 있는 능력의 소유자가 새로운 미래의 인재가 될 수 있다.

그렇게 미래 시대의 인재가 될 여섯 가지 조건이 바로 세 번째 관점이다. 하이컨셉 시대에는 6가지 필수 하이컨셉— 하이터치 재능을 연마함

---

60) 『A Whole New Mind』(한국경제신문, 2006), Daniel Pink, 김명철 옮김.
61) high concept은 패턴과 기회를 감지하고, 예술적 미와 감정의 아름다움을 창조해 내며, 훌륭한 이야기를 창출해 내고, 언뜻 관계가 없어 보이는 아이디어를 결합해 뭔가 새로운 것을 창조해 내는 능력과 관계가 있다.
62) high touch란 다른 사람과 공감하고, 미묘한 인간관계를 잘 다루며, 자신과 다른 사람의 즐거움을 잘 유도해 내고, 목적과 의미를 발견해 이를 추구하는 능력과 관련이 있다. Daniel Pink, 위의 책, 011쪽

으로써 좌뇌가 이끄는 이성적 능력을 보완해야 한다. 이 6가지 재능을 고루 갖추어야 새로운 시대가 요구하는 양쪽 뇌를 모두 활용하는 새로운 사고를 개발하는 데 도움이 된다. 디자인, 스토리, 조화, 공감, 놀이, 의미의 여섯 가지가 그것이다. 이를 좀 더 상세히 살펴보자.

첫째, 디자인design : 기능만으로는 안 된다. 디자인으로 승부하라. 단순히 기능만 갖춘 제품, 서비스, 경험, 라이프스타일만으로는 더 이상 충분치 않다. 이와 함께 시각적으로 아름답거나 좋은 감정을 선사할 수 있는 가치를 만들어야 경제적, 개인적 보상을 받을 수 있다. 디자인은 양쪽 뇌를 사용하는 새로운 사고의 가장 대표적인 재능적성이다. 헤스킷의 표현을 빌리자면 디자인은 '효용'과 '의미'의 결합이다. 그래픽 디자이너는 독자들의 이해를 도모하기 위해 읽기 쉬운 브로셔brochure, 업무 안내 등의 팸플릿, 가제본한 책, 소책자는 만들어야 한다. 그것은 효용이다. 하지만 효과를 극대화하기 위해서는 글자만으로는 담아내기 어려운 생각이나 감정 또한 전달할 수 있어야 한다. 그것이 '의미'다.

디자인의미에 의해 효용이 제고된 것이 개인적 만족과 직업적 성공에 긴요한 하이컨셉 재능으로 떠오른 데에는 적어도 3가지 이유가 있다.

첫째, 물질적 번영과 기술의 발전으로 예전보다 좋은 디자인을 접할 기회가 늘어났다. 이를 통해 좀 더 많은 사람들이 좋은 디자인에서 얻는 즐거움을 향유할 수 있게 되었다.

둘째, 물질적 풍요의 시대에 디자인은 차별화 수단이자 새로운 시장을 창조한다는 의미에서 현대 비즈니스의 주요 요소가 되었다.

셋째, 좀 더 많은 사람들이 디자인 감수성을 개발하면서 점점 더 궁극적인 목적, 세상의 변화을 위해 디자인을 전개하게 될 것이다.

디자인은 아웃소싱하거나 자동화하기 어려운 하이컨셉 재능이다. 그리고 이는 비즈니스에서 점점 더 경쟁우위를 부여하고 있다. 예전보다 더욱 쉽게 접근할 수 있고 좀 더 얻기 쉬워진 좋은 디자인은 우리 생활에 즐거움, 의미, 아름다움을 선사한다. 하지만 가장 중요한 것은 우리가 살고 있는 이 조그만 지구를 모든 사람들이 살기 좋은 곳으로 만들 수 있는 디자인 감각을 배양하는 일이다. 바버라 챈들러 앨런은 "디자이너가 된다는 것은 변화의 중개자가 됨을 뜻한다."고 설명한다.

둘째, 스토리story : 단순한 주장만으로는 안 된다. 스토리를 겸비해야 한다. 우리 시대의 삶은 정보와 데이터로 넘쳐나기에 강력한 메시지를 쏟아내는 것만으로는 부족하다. 어디선가 누군가 분명 당신의 주장을 반박할 수 있는 요소를 찾아낼 것이다. 또한 본질적으로 설득, 의사소통, 자기이해 등은 훌륭한 스토리를 만들어내는 능력의 밑받침이다.

스토리는 하이컨셉과 하이터치의 교차점에 존재한다. 먼저 스토리는 하이컨셉이다. 뭔가 다른 문맥을 통해 우리가 어떤 사실을 좀 더 쉽게 이해할 수 있도록 해주기 때문이다. 예를 들어 존 헨리 이야기는 초기 산업화시대에 어떤 일이 벌어졌는지를 매우 압축적으로 이해할 수 있게 해준다. 마찬가지로 게리 카스파로프 이야기는 새로운 문맥으로 스토리를 전개함으로써, 복잡한 내용을 더욱 기억하기 쉽고 의미 있는 방법으로 전달한다. 이는 파워포인트를 이용해 자동화에 대해 프레젠테이션 하는 것보다 훨씬 효과가 좋다.

또한 스토리는 하이터치다. 스토리는 항상 감정적인 펀치를 날리기 때문이다. 존 헨리의 이야기는 죽음으로 끝나고 게리 카스파로프는 초라한 신세가 된다. 포스터의 유명한 말을 부연하자면 "왕비가 죽고 왕이 죽었다."라는 것은 팩트이고, "왕비가 죽자 왕이 상심한 나머지 세상을 떠났다."라는 것은 스토리다.

우리의 스토리는 곧 우리 자신이다. 우리는 다년간의 경험, 사고, 감정을 몇몇 압축적인 이야기에 집약해 다른 사람에게 전하고 우리 자신에게 말한다. 사실 늘 그래왔다. 하지만 개인적인 이야기는 풍요의 시대에 더욱 기세를 떨칠 뿐 아니라 더욱 중요한 의미를 가지게 되었다고 볼 수 있다. 풍요의 시대에는 많은 사람들이 자유롭게 자기 자신을 이해하고 삶의 목적을 찾기 때문이다.

스토리는 집을 팔거나 의사들이 환자에게 연민을 느끼는 수단을 넘어서, 좌뇌만으로는 통과하기 어려운 이해를 향한 관문이다. 스토리를 통해 자기이해를 열망하는 모습은 곳곳에서 발견된다. 놀라우리만치 인기를 얻고 있는 '스크랩북킹' 운동, 자기 생활 속의 물건들을 모아 이야기로 만들어 세상 사람들, 그리고 아마도 자신에게 자신이 어떤 사람인지 이야기하는 운동이나, 수백만 개의 웹사이트를 검색해 단편자료들을 모아 자신의 혈통을 찾아내는 유행 등이 그렇다.

이러한 노력들은 스토리가 제공하는 것, 우리에게 맞는 것이 무엇이고, 왜 그것이 중요한지에 대한 좀 더 깊은 이해, 그리고 감성으로 풍부해진 문맥에 목말라 있음을 보여준다. 하이컨셉 시대는 항상 진실이었지만 그에 따라 행동하지 못했던 그 무언가를 우리에게 일깨워준다. 그러므로 우리는 다른 사람의 스토리를 경청하는 한편 저마다 자신의 삶에 대한 '작가' 가 되어야 한다.

셋째, 조화symphony : 집중만으로는 안 된다. 조화를 이루어야 한다. 산업화시대와 정보화시대에서는 집중과 전문화가 요구되었다. 하지만 화이트칼라 업무가 아시아로 넘어가거나 소프트웨어로 인해 줄어듦에 따라 그와는 반대적인 특질로 새로운 부가가치가 생겨났다. 즉 작은 부분들을 붙이는 능력, '조화' 라고 부르는 능력이 바로 그것이다. 현시대가 가장 많이 요구하는 능력은 '분석' 이 아니라 '융합, 통합' 이다. 즉 큰 그림을 볼 수 있고 새로운 전체를 구성하기 위해 이질적인 조각들을 서로 결합할 수 있는 능력을 말한다.

〈관계의 이해〉 그림 그리기와 마찬가지로 조화를 이루기 위해서는 관계를 이해해야 한다. 후기 정보화시대에 성공을 꿈꾸는 사람이라면 다양하고 독립된 분야 사이의 관계를 이해해야 한다. 뭔가 새로운 것을 만들어내기 위해서는 연관성이 없어 보이는 요소들을 융합하고 통합하는 방법을 알아야 한다. 그리고 하나의 대상을 다른 입장에서 조명, 유추하는 방법을 배워야 한다. 다음 세 부류의 사람들에게는 폭넓은 선택의 기회가 주어진다. 경계를 넘나드는 사람, 발명가, 그리고 은유를 만들어내는 사람이 그들이다.

〈큰 그림 보기〉 교향곡에서 작곡자와 지휘자에게는 여러 책임이 있다. 그들은 금관악기가 목관악기와 조화를 이룰 수 있게 해야 하고, 타악기가 비올라의 소리를 묻히게 해서도 안 된다. 그러나 이러한 관계가 물론 중요하기는 하지만 훌륭하게 만드는 것이 그들의 궁극적인 목적은 아니다. 작곡자와 지휘자들은 이러한 관계를 잘 엮어 부분의 합을 뛰어넘는 하나의 '전체' 를 만들어야 한다.

이렇게 관계를 이해하고 큰 그림을 볼 줄 하는 소질을 갖춘 직원들을 찾고 있는 고용주들이 점점 늘고 있다. 시드니 하먼Sidney harman도 그 중 하나다. 스테레오 컴포넌트 회사의 백만장자 CEO인 그는 MBA 출신을 고용해야 할 필요성을 전혀 느끼지 못한다고 말한다. "나는 '시인을 관리자로 내게 데려오라' 고 말한다. 시인은 시스템적 사고를 하는 대표적인 인물이다. 그들은 우리가 살고 있는 세상에 해석이 필요한 영역을 볼 줄 알고, 세상이 어떻게 바뀌어 가는지를 독자들이 이해할 수 있는 방법으로 표현한다. 시인들은 세상이 미처 알아채지 못한 시스템적 사고가思考家이며 진정 디지털 사고를 할 줄 아는 사람들이다. 나는 이들 가운데서 내일의 새로운 비즈니스 리더들이 탄생할 것으로 믿는다.”

물론 큰 그림을 볼 줄 아는 능력이 도움이 되는 곳은 비즈니스 분야만이 아니다. 조화의 이러한 측면은 건강과 웰빙을 위해서도 중요하다. 이른바 ‘통합의학integrative medicine’에 대한 수요가 늘어나는 상황에 주목해보자. 이는 전통적인 의학에 대체의학, 또는 보조치료를 결합하는 것이며 그 사촌 격이라고 할 수 있는 ‘전인의학holistic medicine’은 특정 질병에 대응하는 대신 환자를 총체적으로 치료하는 데 초점을 맞추고 있다.

이러한 움직임은 과학에 기반을 두고는 있지만 주로 좌뇌적 접근법에만 의존하는 과학에 전적으로 의지하지 않는다는 미국 국립보건원 하부조직의 입장 변화를 포함해 주된 흐름으로 정착했다. 그들은 지나친 단순화와 기존의학의 기계론적 접근을 넘어서 한 의사협회에서 주장하는 바와 같이, “육체적, 환경적, 정신적, 감정적, 심정적, 사회적 건강을 포함한 웰빙의 모든 측면을 고려한다. 그리하여 우리 자신과 우리가 살고 있는 지구를 치료하는 데 기여한다.”

넷째, 공감empathy : 논리만으로는 안 된다. 공감이 필요하다. 논리적 사고능력은 인간을 인간답게 만드는 능력 가운데 하나다. 하지만 정보가 풍부하고 분석적인 도구가 발전한 세계에서 논리만으로는 부족하다. 차별화를 통해 성공하기 위해서는 다른 동료들의 마음을 상하게 하는 것이 무엇인지 이해하고, 유대를 강화하며, 다른 이를 배려하는 정신이 필요하다.

공감이란 자신을 다른 사람의 처지에 놓고 생각하며 그 사람의 느낌을 직관적으로 이해하는 능력을 말한다. 이는 다른 사람의 입장에 서서, 그 사람의 눈으로 보고, 그 사람의 감정을 느끼는 능력이다. 이는 매우 선천적인 것이며 의도적으로 만들어지기보다는 본능적인 것이다. 하지만 공감은 다른 사람을 위로하는 연민과는 다르다. 공감은 내가 다른 사람이 되었을 때 어떤 감정을 느낄지 생각해 보는 것이다. 이는 대담한 상상 행위이며 일종의 가상현실로서, 다른 사람의 시선으로 세상을 경험하기 위해 그 사람의 마음을 타고 오르는 아찔한 행동이다.

이를 위해서는 스스로를 다른 사람에게 맞춰 조율해야 한다. 공감에는 행동의 모방이 일부 포함되어 있다. 드렉셀 대학 정신신경학자인 스티븐 플레텍Steven Platek은 하품의 전염을 '원시적 공감의 메커니즘'이라고 설명했다. 그는 연구를 통해 '하품의 전염'이라는 항목이 공감의 수준을 측정하는 여러 테스트에서 높은 점수를 얻었음을 발견했다. 그러한 사람들은 물론 하품을 따라했던 독자들과 같은 사람은 다른 사람과의 동조가 뛰어나서 하품하는 행동을 따라하지 않을 수 없다.

공감은 매우 중요하다. 공감할 수 있는 능력은 우리 인류가 그렇고 그런 동물들 사이에서 진화해 나오는 데 도움을 주었다. 그리고 우리가 직립보행을 실현하고 난 후에도 공감의 도움은 지속되고 있다. 공감을 통해 우리는 논쟁의 다른 면을 볼 수 있고, 비탄에 잠겨 있는 누군가를 위로해 줄 수 있으며, 비방의 말을 쏟아놓는 대신 노여움을 자제할 수 있게 된다. 공감은 자기 인식을 형성하고, 부모와 자식 간 유대를 돈독히 하며, 사람들이 함께 일할 수 있도록 해주고, 사회윤리의 발판을 마련한다.

공감은 지성의 일탈도 아니요, 지성으로 향하는 유일한 길도 아니다. 때로 우리는 초연함을 견지할 필요가 있지만 많은 경우 타인과 동조를 이룰 필요가 있다. 그리고 앞으로는 이 두 가지 태도 사이에서 침착하게 균형을 맞출 수 있는 사람이 크게 성공하는 시대가 올 것이다. 곱씹어 생각하고 또 생각할수록 하이컨셉의 시대는 이 같은 남녀 양성적 사고를 절실하게 요구한다는 사실이 분명해 보인다.

다섯째, 놀이play : 진지한 것만으로는 안 된다. 놀이도 필요하다. 웃음, 명랑한 마음, 게임, 유머가 건강 면에서나 사회적 성공면에서 커다란 도움이 된다는 사실을 입증해 주는 증거들은 많다. 물론 진지해져야 할 때도 분명 존재한다. 하지만 지나친 진지함은 사회생활에도 악역향을 미칠 뿐 아니라 개인적인 풍요로운 삶도 망치고 만다. 하이켄셉 시대에는 업무적으로나 생활면에서 마음의 여유를 즐길 필요가 있다.

핸리 포드Henry Ford는 일과 놀이의 결합을 독소적인 것으로 보아 두려워했다. 일과 놀이가 분리되지 않을 경우 서로가 서로에게 피해를 끼친다. 하지만 공황의 그림자가 리버루즈 공장을 사로잡고 있던 시대에서 벗어나 풍요로 충만한 하이컨셉의 시대로 접어들면서 일과 놀이의 결합은 좀 더 흔하고 좀 더 필요한 것으로 바뀌었다. 심지어 일과 놀이의 융합을 강력한 회사전략으로 활용하는 경우도 있다. 항공업계를 살펴보자.

노스웨스트 항공은 다른 경쟁사들이 파산상태에서 비틀거리고 있을 때도 정상적인 수익을 창출해 가며 오늘날 가장 성공적인 경영성과를 보이고 있는 기업들 가운데 하나다. 이 회사의 기업사명에서 화려한 업적의 원인을 엿볼 수 있다. 이 회사는 "즐겁게 일하지 못하는 사람은 어떤 일에서도 좀처럼 성공을 거두지 못한다."고 말하고 있다. 포드자동차가 즐거움을 배제했던 것과는 180도 달라진 모습이다.

한편 직장에 놀이를 접목시키는 기발한 시도를 하고 있는 기업은 단지 노스웨스트 항공뿐이 아니다. 《월 스트리트 저널》에 따르면, 50개 이상의 유럽 기업들— 노키아, 다임러크라이슬러, 아카텔 등 비교적 덜 기이한 회사들을 포함해—은 기업 경영진들을 훈련하기 위해 레고 블록을 사용하는 기술을 가르치는 '진지한 놀이'에 관한 컨설턴트들을 초빙하고 있다. 브리티시 항공은 직원들의 유머 감각을 높이기 위해 전문 희극인을 자체 고용하고 있기까지 하다.

다른 다섯가지 재능과 마찬가지로 놀이는 눈에 띄지 않는 음지에서 벗어나 집중적인 조명을 받는 곳으로 이동하고 있다. 일하는 데 있어 호모 루덴스Homo Ludens유희의 인간, 호모 사피엔스Homo sapiens현명한 인간만큼이나 효과적이라는 사실이 입증되고 있다. 놀이는 일이나 사업적인 측면에서는 물론 개인적으로 충만한 삶을 살기 위해서도 중요하다. 놀이의 중요성은 게임, 유머, 즐거움의 세가지 측면에서 명백해져 가고 있다.

게임, 특히 컴퓨터와 비디오 게임은 고객들에게 양쪽 뇌를 모두 사용하는 새로운 사고방식을 가르치는 크고 영향력 있는 산업으로 떠올랐으며, 이러한 새로운 사고방식을 가진 신세대 직원들을 고용하고 있다. 유머는 그 자체로 관리의 효율성, 감성지수, 그리고 우뇌의 특징적인 사고방식의 정확한 지표가 되고 있다. 기쁨은 무조건적인 웃음에서 드러나듯이 우리를 좀 더 생산적이고 충만하게 만드는 힘을 보이고 있다. 하이컨셉의 시대에는 재미와 게임이 단순히 재미와 게임으로 그치지 않으며, 웃음은 더 이상 웃어넘길 만한 일이 아니다.

여섯째, 의미— meaning : 물질의 축적만으로는 부족하다. 의미를 찾아야 한다. 우리는 숨 막힐 정도로 풍요로운 세상에서 살고 있다. 물질적 풍요는 수억 명에 달하는 사람들을 생존투쟁에서 해방시켰으며 좀 더 깊은 의미를 모색하게 이끌었다. 목적의식, 초월적인 가치, 그리고 정신적인 만족감이 그것이다. 의미를 부여하는 능력은 필수적인 재능으로 떠올랐다.

1942년 초겨울, 오스트리아 당국은 수백 명의 유태인을 체포했다. 그 중에는 빅터 프랭클Viktor Frankl이라는 젊은 심리학자도 포함되어 있었다. 당시 빅터는 새로운 정신적 웰빙 이론을 개발해 심리학 분야에서 각별하게 주목받는 인물이었다. 그와 그의 아내 틸리는 곧 체포될 것을 예상해 당시 그들에게 가장 중요한 물건을 숨기느라 고민했다. 경찰들이 집으로 들이닥치기 직전, 틸리는 빅터의 코트 안에 그가 쓴 원고를 숨겨 넣고 꿰맸다. 이들 부부가 아우슈비츠에 끌려갈 때 빅터는 그 코트를 입고 있었다. 하지만 집단수용소에서의 첫날이 지나자 SS요원들은 그들을 발가벗겨 모든 옷과 소지품을 압수했다.

따라서 빅터는 그후 자신의 원고를 다시는 보지 못하게 되었다. 아우슈비츠와 다카우에서 3년간 아내, 형제, 어머니, 아버지가 모두 가스실로 사라져가는 동안, 빅터는 몰래 훔쳐온 종잇조각에 자신의 원고를 다시 쓰기 시작했다. 이윽고 연합군이 강제수용소를 해방시킨 이듬해인 1946년, 이 쭈글쭈글한 종잇조각들에 적혀 있던 원고들은 20세기에 가장 큰 반향을 몰고 온 책 중 하나인 『삶의 의미를 찾아서Man's Search for Meaning』로 탄생하기에 이르렀다.

이 책에서 빅터는 자신이 어떻게 힘든 노역, 가학적인 간수들, 형편없는 음식들을 견뎌냈는지 담담하게 서술하고 있다. 하지만 그의 책은 생존자체를 이야기하는 것 이상이다. 『삶의 의미를 찾아서』는 인간 영혼으로 향하는 창窓이자 의미 있는 삶의 안내서다. 수용소에서 자기 자신의 경험은 물론 동료 수감자들의 정신 상태를 관찰하면서 빅터는 체포되기 전에 시작했던 자신의 이론을 더욱 가다듬었다. 그는 "사람의 주된 관심사는 즐거움을 얻거나 고통을 피하는 데 있는 것이 아니라 삶의 의미를 찾는 데 있다."고 주장했다.

우리는 의미를 추구하면서 기본적인 원동력, 인간 실존에 힘을 부여하는 동력원을 얻는다. 빅터의 접근법—일명 ‘logoth rapy’ 라고 불리는데, 여기서 ‘logo’ 는 그리스어로 의미를 뜻한다—은 심리치료에 있어 급속한 영향력을 발휘하기에 이르렀다. 빅터와 유태인들은 상상하기 어려운 극악한 환경의 집단수용소에서도 삶의 의미와 목적을 찾고자 노력했다. 내가 가장 좋아하는 글귀 중 하나는 다음과 같다. “이 세상에서 더 이상 빼앗길 게 없는 사람일지라도 사랑하는 사람들을 떠올리며 잠깐이라도 행복을 느낄 수 있음을 깨달았다.”

그는 고통 속에서도 의미를 생각할 수 있음을 보여주었다. 진정 그 의미는 고통 속에서 자라날 수도 있다. 하지만 그는 고통이 의미를 발견하는 데 전제요건은 아니라는 점도 강조했다. 의미는 우리를 살게 하는 원동력이다. 또한 외부환경과 내부의지가 결합되어 외부로 표출될 수도 있다.

현대사회— 현대생활에서 디자인, 스토리, 조화, 공감, 놀이, 의미의 여섯가지 재능은 점점 더 우리 생활의 길잡이가 되고 세상의 모습을 바꿔나가게 될 것이다. 분명 이 같은 변화를 환영하는 사람들이 많을 것이다. 반면에 어떤 사람들은 이 변화를 악몽처럼 두려워할지도 모르겠다. 검은 옷을 휘감은 가식적인 무리들이 우리 생활을 적대적으로 탈취해서는 보잘것없는 예술과 감정의 찌꺼기만 남겨놓게 될 것이라는 우려를 할지도 모르겠다. 하지만 두려워 마시라. 이 여섯가지 재능에 대한 오해가 있다면 이를 해소해야 한다.

좌뇌형 기질, 우뇌형 기질은 불변의 특성이 아니다. 즉 개인이 어느 하나를 갖고 태어나거나 다른 어떤 하나가 결여될 수밖에 없는 운명적인 것이 아니다. 흔히 사람들은 자신에게는 예술적 감각이 부족하거나 아예 타고나지 못했다는 식으로 말하지만 셈을 할 수 있는 능력을 갖고 있듯이, 누구나 하이컨셉 · 하이터치 능력을 개발할 수 있는 잠재력이 있다.

물론 토니 모리슨Tomy Morrison 같은 뛰어난 작가나 스티븐 호킹Steve Hawking 같은 물리학의 천재가 되는 사람은 매우 드물다. 하지만 우리는 읽기, 쓰기, 셈하기 등을 중히 여겨 누구나 이 같은 능력을 익혀야 한다고 믿듯이, 이 여섯 가지 재능의 경우에도 마찬가지다. 우리는 누구나 이를 익혀야 한다. 디자인, 스토리, 조화, 공감, 놀이, 의미는 더 이상 전문 분야의 사람들만이 독점하는 특성이 아니다. 새로운 미래는 이를 준비하는 사람에게 찾아올 것이며, 그 준비의 핵심은 바로 '융합과 통합'의 패러다임을 갖춘 미래 지향적 인재의 몫이 될 것이다. 여섯 가지 인재의 조건은 그러므로 새로운 미래를 열어갈 인재가 갖추어야 할 필수적인 요건이 될 것이다.

맺음말 — 과거 · 현재 · 미래를 관통하는 세계관

필자는 지금까지 '융합과 통합'이라는 패러다임으로 세계를 인식하는 몇 가지 선각들의 지혜를 엿보았다. 디지털과 아날로그가 융합한 디지로그 발상은 현대를 읽고 미래를 창조하는 새로운 패러다임이었다. 이러한 융합적인 인식의 방법으로 과거를 회고하여 유마힐 선지식의 세계인식이 담긴 『유마경』에서도 진리는 결국 융합과 통합의 불이법문의 세계였음을 알아보았다. 이어서 현대를 특징짓는 독특한 시각을 지닌 프리드먼이 『세계는 평평하다』에서 제시한 평평화 동력 10가지는 세계를 평평하게 하는 동력임과 동시에 평평화 된 세계가 그런 동력을

가중시키고 있다는 지적을 접하였다. 그렇게 해서 가능한 것이 바로 삼
중융합의 현대였다. 프르드먼이 제시하고 분석해 낸, 삼중 융합은 세계
를 하나의 지구촌으로 만들고 있으며, 세계화의 원동력도 결국은 융합
과 통합이라는 패러다임에서 벗어나지 않았다. 미래적 관점에서 다니
엘 핑크의 『새로운 미래가 온다』를 살펴보았다. 핑크는 현대가 보이고
있는 여러 특징을 통해서 미래를 열어갈 인재들이 반드시 갖추어야 할
요소들을 여섯가지로 집약해서 설명하고 있다. 물론 핑크가 견지하고
있는 논리의 틀도 결국은 '융합과 통합' 이라는 패러다임의 연장이었다.
이를 다음과 같이 하나의 표로 정리할 수 있다.

인터넷 시대에 적합한 세계관				
paradigm 이어령	digital+analog **D I G I L O G**			한국인 한국전통문화 한국어
時制	過去	現在	未來	通時的 觀點
人物	유마힐維摩詰	Thomas L. Friedman	Daniel Pink	觀念으로 구획되는 時間의 觀點에 각 時代를 특징짓는 思惟를 엿볼 수 있는 著者와 著書
著書	유마경維摩經	The world is Flat	A Whole New Mind	
融合條件	四大, 五蘊 12處 六識	平平化 動力 10가지	6가지 未來人才 條件	
融合修行	六神通 五分法身	三重 融合	하이컨셉 하이터치	
具顯世界	法身― 無上正等正覺	平平한 世界	融合과 統合	
窮極的 世界觀	융합적/통합적 세계 인식			컴퓨터·인터넷 시대 새로운 paradigm

　문학이 추구하는 바는 과연 무엇인가? 문학인이 이루고자 하는 바는
과연 무엇인가? 특히 컴퓨터 만능의 시대, 인터넷으로 온 세계가 지구촌
화된 시대를 살아가는 현대인― 문인들은 과연 무엇을 어떻게 추구하

여 시대를 초월한 항구성과, 국경을 뛰어넘는 보편성을 획득할 수 있을 것인가? 모든 문인들의 지대한 관심사가 아닐 수 없다.

그러나 필자는 이에 대하여 명확하게 대답할 수 없다. 아니, 대답해서는 안 된다고 생각한다. 그것은 머리말에서 이미 밝힌 바처럼, 유달리 창작적 근기根機 가 치열한 문인들에게 어설픈 주장이 오히려 혼란스러울 수 있기 때문이며, 이 소론이 지니고 있는 함축성을 통해서 독자들은 이미 간파하고 있을 것이라는 확신 때문이다. 그렇지만 필자는 어쩌면 이 소론에서 그에 대한 대답을 이미 하고 있는지도 모른다. 설령 필자가 문학이 지니고 있는 궁극적인 물음에 대한 답을 알고 있다고 할지라도 섣불리 발설할 수 없음을 다음과 같은 이유 아닌 이유 때문이다.

이 글의 핵심을 이루고 있는 '융합적 패러다임' 은 사유를 생산해 내는 틀이지, 사유 그 자체는 아니라는 점이다. '융합적 세계 인식' 은 사유의 징검다리이지, 사유 자체는 아니라는 점이다. '융합적 세계관' 은 사유의 도수로이지, 그 도수로에 흐르는 생명수는 아니라는 점이다. 이것을 분명히 인식할 수 있다면 이미 자문에 대한 자답은 이루어졌다고 본다.

강을 건넜으면 뗏목을 버려야 한다. 디지로그적 발상은 시대의 징표인 컴퓨터— 인터넷— 디지털로 대표되는 첨단의 시대에도 우리한국— 한국인은 오히려 그런 첨단의 시대를 슬기롭게 살아왔던 흔적을 전통문화 속에서 찾을 수 있음을 보여 주었다. 방법적 진실, 즉 시대의 강물을 건너갈 수 있는 매우 효과적인 '뗏목' 을 전해 준 것이다.

대승大乘은 본래 소승小乘에 대립되는 의미로 만들어진 말이지만, 소승이 자신의 수행만을 중시하고 지나치게 현학적임을 비판하여 대승은 중생구제와 자신의 수행 둘 다를 지향하는 것을 목표로 삼았다고 해서 둘이 다른 것이 아니다. 색즉시공이요 공즉시색이라면, 불이법문은 너무도 당연한 불교적 세계관이다. '참으로 비어 있는 것이 묘하게 있음 [眞空妙有]'의 세계처럼, 융합적 통합적인 사유를 거치지 않고는 이를 수 없는 진리다.

목적지에 도착했으면 기차에서 내려야 한다. 세계가 어떻게 평평화되어 먼 나라가 가까운 이웃의 지구촌이 되었는가를 프리드먼은 매우 명쾌하고 사실적인 증거— 논거를 통해서 주장하고 있다. 그의 주장이 아니더라도 우리는 일상 속에서 세계가 좁다는 것을 실감하고 있다. 그렇게 좁아터진 지구촌을 살아가는 원동력에 대한 섭렵은 뗏목의 실체와 도수로의 실증과 기차의 본체가 무엇인가를 확인하는 기회였다.

'새로운 미래가 온다!' 그러나 준비하지 않는 자에게도 오는 것이 아니라는 점을 핑크는 역설하고 있다. 그가 제시한 새로운 시대를 맞이하기 위해 인재들이 갖추어야 할 여섯 가지 조건들도 실은 내용이 아니라 창조의 틀에 해당한다. 내용이 아니라 형식적 특성에 대한 지적이다. design은 글자 그대로 삶의 도구들 혹은 사유의 중심에 대한 설계이지 그 자체는 아니다. story는 자신의 삶을 스스로 설득할 수 있는 능력, 의사소통할 수 있는 자세, 자기이해의 선결문제에 대한 지적이지, 우리의 삶 자체는 아니다. harmony는 부분들을 창조적이고 통찰적 관점에서 융합할 수 있는 능력이지, 하모니 자체가 삶의 목적이 될 수는 없다. empathy 역시 유대를 강화하고 타인을 배려할 수 있는 융합적 인간성이지 조화 자체가 삶의 핵심은 아니다. play는 뚜렷하게 삶의 수단임을 확인할 수 있다. 놀이적 특성은 인간이 지니고 있는 또 다른 면의 진실이다. 놀이 자체가 목적은 아니지만, 놀이가 빠진 인생은 그 목적 자체를 수정해야 할 만큼 중요한 방법적 진실이다. meaning이 없는 삶은 없다. 그것이 삶의 의미인지도 모른면서 우리는 끊임없이 '의미'의 의미를 찾아 헤맨다.

시간을 초월하고 시대를 불문코 세계의 진실을 사유할 수 있는 뗏목
이자 징검다리요, 도수로이자 기차는 융합적 세계관— 통합적 패러다
임이다.

예술적 삶을 위한 시문학 산책[*]

1. 예술적으로 좋은 삶이란?

어떻게 사는 삶이 좋은 삶일까? 영원히 멈추지 않는 의문이고, 중단할 수 없는 질문이다. 인생은 어쩌면 이 의문에 대한 해답을 얻어가는 과정이며, 이 질문에 대한 명쾌한 대답을 찾아가는 여정인지도 모른다. 어떻게 살아야 잘 살았다고 할 수 있을까? 이 질문과 의문에 대한 해답을 얻는 길은 이미 몇 갈래 정평이 나 있다.

철학philosophy은 이 질문에 대하여 본격적으로 해답을 찾기로 표방한 학문이다. 마땅히 철학은 인간이란 무엇이며, 세상이란 또한 어떤 곳인가에 대하여 탐구한다. 인간 존재의 의미와 가치를 탐구하고, 그 인간이 실존하는 세계의 현존성에 대하여 끊임없이 천착하는 학문이다. 그래서 인간이란 이런 것이며, 세계는 또한 이렇다는 가설을 세우고 그것을 논리적으로 설명하는 일련의 작업이다.

---

* 이 글은 군산문인협회에서 주최한 〈선상문학세미나〉(2007. 6. 23)에서 발표한 내용을 다듬은 것임.

철학에서 밝힌 인간의 존재성에 대한 의미와 세계의 현존성에 대한 특징이 이미 밝혀졌다면, 굳이 우리가 또 다시 좋은 삶이란 무엇인가에 대하여 의문을 가지고 질문할 필요가 무엇이겠는가? 불행히도 철학마저도 아직까지 인간의 존재성과 세계의 현존성에 대한 의미와 가치, 또는 그 본질을 제대로 밝히지 못하고 있다.

하기는 철학의 비조라 할 만한 소크라테스마저도 자신이 밝힌 철학적 가설을 입증하지 못하고, 혹은 입증하기 위하여 스스로 독배를 마셨는지도 모를 일이다. 소크라테스에 의하면 보편적 진리 즉 참다운 진리는 그것을 실천하는데 비로소 진정한 가치가 있으며, 참으로 알고서는 행하지 않을 수 없다. 그러므로 그에 있어서 지知는 곧 덕德이다.

지知 없이는 덕德이 있을 수 없고 덕으로 나타나지 않는 지식은 참다운 앎이 아니라는 것이다. 이미 지와 덕이 합일하면 만족이 생기는 것이니 그것이 곧 진정한 행복이다. 이것이 지와 덕이 합일이 된다는 지·덕·복의 합일설이다. 그는 이 세 가지 중에서도 지知를 가장 중요시하였다. 즉, 모든 덕은 지식의 특수한 표현이라고 하였다. 덕은 이성이 있는 모든 사람에게 속하는 것으로 가르침을 받고 연습함으로써 누구나 얻을 수 있는 것이라고 생각하였다.

그리하여 그는 아테네 시민의 무지를 자각시키고 타락한 양심을 각성시키고 그들에게 덕을 행하도록 하는 것이 자기의 사명이라고 확신하였다. 나아가 그는 영혼 불멸설을 확신하였다. 그리하여 죽음은 어쩌면 가장 좋은 행운일지도 모른다고 하였다. 플라톤의 「변명」에 의하면 그는 재판관들 앞에서 사형 선고를 받을 것이라는 사실을 알면서도 조금도 주저 없이 소신을 당당하게 피력하였다. 그리고 사형선고를 받고 나서도 죽으러 가는 자기 자신이 살기 위하여 그 자리를 떠나는 재판관들보다도 더 행복할지도 모른다고 말했다.

이렇게 소크라테스의 주장에 귀를 기울이다 보면, 우리는 죽음 앞에서도 당당하게 자신의 지적 소신을 부정하지 않는 삶이 잘 사는 삶, 좋은 삶이라고 하겠다. 그러나 현실은 그렇지 못하다. 세계는 그런 삶을 일반적인 현상으로 받아들이지도 않으며, 인간은 그런 삶에 대하여 일종의 공포를 느끼고, 어떻게 해서든지 그런 두려움에서 벗어나려 안간힘을 다한다. 인간의 존재성을 부정당하고, 그 중심에 세계의 현존성을 위해서 지행 합일하는 삶을 행복으로 여기는 덕행이 원칙적 차원에서 크게 벗어나지 못하고 있다.

지행합일知行合一, 지행일치知行一致를 삶의 최대 덕목으로 인정하면서도, 유기체로서의 자기 생존을 위하여 우리는 부지불식간에 지행이 불일치하는 삶을 부끄러움 없이 되풀이하고 있다. 그러면서 우리는 간헐적으로 또는 짓궂은 자문을 되풀이한다. 인간이란 무엇이며, 세계란 또한 인간의 삶에 어떻게 현존하는 것이냐? 좋은 삶이란 어떻게 사는 삶인가?

그런 의문과 질문에 또 하나의 확실한 대답을 준비하고 있는 영역에 종교religion가 있다. 종교는 신성을 빌어서 인간 존재의 의미와 가치를 신과의 맥락으로 밝히려 한다. '종교는 신의 영역이며, 신앙은 인간의 영역' 이라고 설파한 톨스토이도, 인간이 신성을 부정하는 것은 인간의 영혼을 부정하는 것만큼 어리석고 공허하다고 강조한다. 영혼을 인정하는 만큼 인간은 신성을 띤 거룩한 존재가 된다고 하였다.

그렇게 신을 사유의 중심에 두고, 인간을 신성에 얽매인 종속관계로 규정한다면, 인간이란 무엇이며, 어떤 삶이 좋은 삶인가에 대한 해답은 매우 명쾌하다. 그것은 종교적 교시나 성서적 교훈에 충실한 삶이 가장 바람직한 삶의 전형이 되는 것이 아니겠는가? 이때의 신성은 굳이 막강한 교세를 자랑하는 현실 종교일 필요는 없다. 그저 인간존재의 유한성을 극복할 수 있는 영성의 울림 같은 힘이면 그만이다. 초월적이며 어떤 절대적인 신성을 가정하고 여기에 굴종하고, 심지어 이런 초월적 힘에 빌붙어서 기복적祈福的인 이익을 추구하는 행위야말로 가장 비종교적인 행위일 것이기 때문이다.

종교적 삶이 가장 바람직한 인간적 삶인가에 대한 의문은 같은 맥락이다. 이 질문에 대한 명확한 해답을 얻지 못해서 오늘도 우리 사회의 법당은 문전성시를 이루며, 교회는 마천루를 쌓아가며 하늘로 향하고 있는지도 모를 일이다.

하지만 종교의 긍정적 측면으로 사회의 도덕적 수준을 향상시키고, 선을 지향하는 사랑의 실천은 종교의 의미와 가치를 재고하는 주요 요인이다. 그러나 종교가 이런 기능을 악용하여 혹세무민惑世誣民하고 배타적인 이익을 추구하며 독선적인 세력화를 통해서 새로운 지배 이데올로기를 양산하는 것은 경계하여 마땅하다. 종교의 이름으로 신의 전쟁을 일삼고, 내세를 빙자한 현세적 삶의 질서를 왜곡하는 것은 종교의 불행한 그늘이 아닐 수 없다.

어떤 논의와 찬반이 있을지라도 참종교는 현실을 초극할 수 있는 강력한 신심이 현실의 발판을 위협하지 않아야 한다. 그것은 말할 것도 없이 인류 공동체의 상생에 효용적이며, 그런 실천력이 도덕─윤리적이어서 인류의 보편타당한 심성과 상통하는 것이야말로 종교가 지녀야 할 제1의 덕목이라 아니할 수 없다.

인간이란 무엇이며 어떻게 살아야 하는가에 대하여 종교만큼 명확한 메시지를 주는 영역도 드물다. 그럼에도 불구하고 인류는 아직도 종교의 이름으로 전쟁을 저지르고 있으며, 세계는 신의 이름으로 인간을 차별하고 있다. 행복도 불행도 신성 앞에서 평등한 것이 아니라, 인종과 국가와 경제라는 경직되고 쉽사리 변화되지 않을 이데올로기로 인하여 갈라지고 있다. 그렇다면 아직도 바른 삶이나 좋은 삶에 대한 의문은 풀리지 않았으며, 질문에 대한 대답을 얻지 못한 것이 아닌가? 인간이란 무엇이며, 세계란 또한 인간의 삶에 어떻게 현존하는 것이냐? 좋은 삶이란 어떻게 사는 삶인가?

이런 의문과 질문에 또 하나 확실한 대답을 준비하고 있는 영역에 예술art이 있다. 예술은 철학이나 종교와는 사뭇 다르고 이질적인 모습과 접근법으로 인간 존재의 의미와 가치를 해명하려 하는 영역이다. 그래서 필자는 예술을 '가장 아름다운 철학이며, 가장 의미 깊은 종교' 라고 생각한다.

왜냐하면 예술의 이름으로 행해지는 모든 행위는 창조를 기본으로 하며, 예술의 이름으로 이루는 창조는 인간존재의 의미와 세계가 감추고 있는 아름다운 비밀을 드러내는 데 초점이 맞추어져 있기 때문이다. 모든 예술은 아름다운 창조행위요, 의미를 찾는 탐구행위의 다른 이름이다. 예술가들이 아름다움을 도구로 삶의 세계를 해석하는 것이 예술가에게는 철학하는 일이며, 신을 경배하는 종교 행위에 다름이 아니기 때문이다.

쇼펜하우어는 '모든 예술은 음악의 상태를 동경한다' 고 하였다. 이는 음악의 추상적인 여러 성질을 중요하게 생각한 철학자의 판단으로 공감할 수 있다. 건축가나 화가는 흙이나 돌 목재, 물감과 캔버스라는 오브제를 필요로 하지만, 작곡가의 작업은 자신의 의식만으로, 실체가 확정되어 있지 않은 부정형의 소리를 잡아두는 행위가 아닌가. 이렇게 볼 때 음악가는 자신의 의식만으로 자유로운 창작을 통해서 즐거움을 주는 예술행위가 가능한 것이다.

그러나 이 말은 쇼펜하우어가 예술의 정곡을 찌른 표현이기는 하지만 시문학이라는 또 다른 예술 장르를 생각했다면 마땅히 이렇게 고쳐져야 할 것이다. '모든 예술은 시詩의 상태를 지향한다' 고. 실제로 모든 예술 장르는 시의 상태를 동경한다. 시의 상태가 된 예술작품을 최고로 친다. 예술 작품의 성공 여부는 시적인 지향성을 함축하고 있느냐의 여부로 판단한다 해도 지나치지 않다. 왜냐하면 모든 예술의 배경에는 시정신이 내재되어 있으며, 예술의 이름으로 행해지는 창작품은 시의 상태를 지향하기 때문이다.

시란 무엇인가? 두말할 것도 없이 '인간의 사상이나 감정을 리듬 있게 표현하여 인간의 정신력을 심미적으로 고양시키는 것' 이다. 이런 시의 정의는 동서양을 통해서 이미 정평이 났다. 플라톤도 '예술가는 우리의 수호자 계층을 부도덕한 교육으로 이끌어 가는 것을 묵과해서는 안된다' 고 하였으며, 맹자도 '군자는 미를 닦는다' 고 가르쳤고, 공자역시 '음악이 타락했을 때, 음악은 세상을 어지럽히고 나라도 망하게 한다' 고 하여 타락한 예술이 세상을 어지럽히는 것을 경계하였다.

시의 정의에서 주목해야 할 것은 내용으로서의 '사상과 감정', 형식으로서의 '리듬— 음악성', 효용면에서의 '정신력을 심미적으로 고양' 시키는 점이다. 그러니까 시는 모든 예술이 창작의 구성요소와 그 함축적 의미요소와 그로 인하여 드러나는 효용면에서 시의 상태가 되는 것을 최고의 경지로 여기지 않을 수 없다.

예술은 인간이란 무엇이며, 어떤 삶이 좋은 삶인가에 대한 창조적 모델을 제시하려 한다. 그것은 시문학의 정의를 통해서 일정한 지향성을 얻을 수 있으며, 해답을 마련할 수 있는 단서를 찾을 수 있다. 모든 예술이 음악의 상태를 동경하듯이, 삶의 길을 찾는 이들은 한결같이 시의 상태를 지향 한다.

철학의 입장에서 규정한 사람됨이나, 종교의 처지에서 규정한 사람됨이나 그 중심에는 생각과 감정이 있다. 사상과 정서는 사람됨을 특징짓는 가장 중요한 징표가 된다. 예술— 문학은 바로 인간의 사상과 감정을 대상으로 한다. 철학이 이성에 치우쳐 지혜를 유효한 도구로 인정하는 것과는 차별화 된다. 종교가 인간의 정서에 편중된 신앙인 것과도 예술— 시문학은 차별화된다. 예술은 이성으로서의 사상과 감성으로서의 정서를 모두 포괄한다. 철학과 종교가 예술— 시문학에 와서 비로소 하나로 통합되는 것이다.

그 사상과 감정이 리듬— 음악성을 본질로 해야 한다는 것이다. 음악성은 자연의 질서이자 생명의 근본이다. 무질서하고 불규칙한 것처럼 보이는 자연이야말로 가장 리드미컬한 음악적 생명성 그 자체다. 모든 생명은 리듬을 지닌다. 리듬은 곧 생명작용의 바로미터다. 생명을 다른 말로 풀면 음악적 호흡에 지나지 않는다. 그 리듬을 기본 요소로 하는 것이 바로 시문학이다.

또한 예술— 시문학은 미학을 생명으로 한다. 모든 예술이 지혜만을 추구하지 않는다는 점에서 철학과 구별되며, 모든 예술이 도덕적이지는 않다는 점에서 종교와도 차별화 된다. 미적 창조성은 예술의 금과옥조다. 설령 윤리— 도덕적으로 용인될 수 없는 경지라도 미학적으로 성공할 수 있다면 예술은 이를 기꺼이 수용한다. 그런 점에서 예술— 시문학은 철학보다 포괄적이며, 종교보다 관용적이다.

장엄미, 우아미, 골계미, 비극미를 기본 골격으로 하는 미학은 그 태생적 본질이 철학적 명징성과 유를 달리하며, 종교적 윤리성과도 괘를 달리한다. 그러므로 미학적으로 성공할 수 있다면 모호하고 모순적인 자가당착도 용인될 수 있으며, 미학적으로 효용성이 있다면 악마의 유혹에도 넘어갈 수 있는 것이 예술이요 시문학이다.

그것은 어디까지나 예술적 성취가 곧 인간의 정신력을 심미적으로 고양시킴으로서 스스로 면죄부를 얻을 수 있다. 예술지상주의도 결과적으로는 미적 성과 말고는 그 무엇도 창조성의 핵심이 될 수 없다는 것이다.

무엇이 좋은 삶이며, 예술적 삶이 될 수 있는가? 심미적 창조성이야말로 인간이 저지를 수 있는 모순에 찬 죄악상을 스스로 경계할 수 있는 몇 안 되는, 인간이 고안해 낸 장치다. 심리적으로나 수량적으로, 혹은 감성이나 이성으로 느끼고 판단하기에 거룩하고 웅장하여 걷잡을 수 없는 미적 쾌감을 장엄미라 한다면, 그 어떤 치졸한 역사가나 자칭 타칭 영웅들의 행위도 미적 관점에서 보면 한갓 만용에 불과한 역사의 흔적일 뿐이다.

우아미가 추구하는 균형과 조화의 관점에서 보면 관료적이고 비인간적이며 형식적 휴머니즘은 설 자리를 잃는다. 균형과 조화는 인간이 가장 평안하게 느끼는 미적 안목을 제시한다. 일상에서 혹은 본능적으로 '보기에 좋고, 예쁘고, 사랑스러운 것' 들의 본질은 곧 우아미에 통한다. 부지불식간에 우리는 미를 생활화하고 미를 추구한다. 우아미가 그 예가 된다.

'미래에도 예술이 가능하다면 희극 뿐이다. 아니면 관제 예술이거나' 라고 외친 고든Gorden의 말을 빌지 않더라도 해학과 풍자 앞에서 자유로울 수 있는 자유인은 흔치 않다. 해학미는 삶을 진동시켜서 새로운 에너지를 창출하는 매우 유용한 미학의 영역이다. 요즈음은 희극적 터치, 코믹한 발상, 유머러스한 캐릭터가 아니고서는 대중에 어필할 수 없다. 그만큼 사회 대중은 해학미의 본질을 생활의 효용성으로 받아들일 만큼 의식화 되어 있다고 보인다.

비극미야말로 인간의 진정성과 밀접하게 관련되어 있다. 비극미는 바이런B.Byron에 의하면 "모든 비극은 죽음으로 끝나고 모든 희극은 결혼으로 끝장나 버린다."는 지적처럼, 비극은 인간이 느끼는 최대의 절망상태를 종결시킬 수 있는 삶의 욕구와도 같은 것이다. 희극미보다는 비극미가 오히려 거부감을 일으킬 수도 있지만, 비극미야말로 '인간적인 미'라고 할 수 있다. 이 모든 비극을 극복할 수 있는 존재는 인간 뿐이고, 삶을 비극적으로 고뇌 할 수 있는 존재도 인간 뿐이기 때문이다. 진정한 행복은 비극을 통해서 깨달을 수 있듯이, 진정한 아름다움 또한 깊은 절망으로부터 얻어지는 것이 아니겠는가! 비극미는 삶을 비추는 하나의 아름다운 빛과 같은 것이 아니겠는가!

그러므로 예술적으로 좋은 삶은 실현 불가능한 철학적 명징성에도 세뇌되지 않으면서, 비현실적인 종교적 범주에도 함몰되지 않는 미적 자유인이어야 가능하다. 그것은 모든 예술이 동경하고 지향하는 시문학의 지평과도 합일되는 경지여야 한다. 궁극적으로, 예술적으로 좋은 삶이란 미학의 범주를 스스로 경계 지으면서, 한편으로는 스스로 예술작업을 통해서 그 미적 범주를 무너뜨리는, 도전하면서 창조하는 삶이라야 가능한 일이다.

2. 좋은 시문학 산책

좋은 시란 무엇인가? 앞 장에서 언급한 대로 '인간의 정신력을 심미적으로 고양시키는' 시가 좋은 시의 반열에 들 수 있다. 그렇다면 어떤 정신과 감성을 어떤 그릇에 담아서 드러낼 때 좋은 시가 되어 수용자의 심미안을 진동시킬 수 있을 것인가? 한 마디로 대답하기 어려운 질문이다. 우리는 대답을 찾기 어려운 질문 앞에서 곧잘 실례를 들어 보임으로써 난제를 해결할 수 있는 능력을 본능적으로 지니고 있다.

근래 필자가 섭렵한 시 중에서 '좋은 시'로 판단되는 다음 몇 편의 시를 통해 이들이 왜 문학적으로 좋은 시가 될 수 있는가를 살펴봄으로써, 어떤 시가 좋은 시인가를 역설할 수 있을 것이다. 항용 좋은 시는 좋은 삶을 지향하며, 좋은 삶은 또한 좋은 시를 갈구하는 선순환의 호기심을 갖추고 있다는 것은 우리에게 커다란 축복이다.

그런 좋은 시들은 우리의 삶을 예술적으로 도전케 하는 에너지를 지니고 있다. 좋은 시를 읽다보면 나도 모르는 사이에 빈곤한 삶의 진정성을 충전케 하고, 목마른 예술적 감동에 젖어든다. 나아가서 좋은 시들은 우리의 삶을 부당하게 경계 짓고, 관념의 타성에 묶여 있는 것을 허용하지 않는다. 좋은 시는 우리의 삶을 해방시키는 쾌감을 주는 데 인색하지 않으며, 우리의 삶을 침윤시키고, 관념의 포로가 되어가는 의식적 가사假死 상태를 일깨우는 역동성을 지녔음에 틀림없다.

(1) 비극적 사회인식의 시 : 정민경의 「그 날」

정민경은 당시 경기여자고등학교 3학년에 재학 중인 학생이다. 정양은 〈5·18광주민중항쟁서울기념사업회〉가 개최한 항쟁 27주년 기념 백일장에서 이 작품으로 장원상을 받았다. 정양의 작품을 심사했던 시인들은 이구동성으로 정양의 문학적 재질을 높이 평가하고, 이 작품을 극찬하였다. "5월 광주, 열여덟 소녀의 천재시인을 낳다", "청소년 백일장에서 건진 '살아남은 자의 슬픔'", "놀랍다. 겨우 열여덟 소녀가 쓴 시라고는 도저히 믿기지 않는다." 등은 정양의 작품을 선정한 심사위원 시인들이 쏟아낸 찬사였다.

나가 자전거 끌고잉 출근허고 있었시야

근디 갑재기 어떤 놈이 떡 하니 뒤에 올라 타블더라고. 난 뉘요 혔더니, 고 어린 놈이 같이 좀 갑시다 허잖어. 가잔께 갔재. 가다본께 누가 뒤에서 자꾸 부르는 거 같어. 그라서 멈췄재. 근디 내 뒤에 고놈이 갑시다 갑시다 그라데. 아까부텀 머리에 피도 안 마른 놈이 어른한티 말을 놓는거이 우째 생겨먹은 놈인가 볼라고 뒤엘 봤시야. 근디 눈물 반 콧물 반 된 고놈 얼굴보담도 저짝에 총구녕이 먼저 뵈데.

총구녕이 점점 가까이와. 아따 지금 생각혀도…… 그땐 참말 오줌 지릴 뻔 했시야. 그때 나가 떤건지 나 옷자락 붙든 고놈이 떤건지 암튼 겁나 떨려블데. 고놈이 목이 다 쇠깠고 갑시다 갑시다 그라는데잉 발이 안 떨어져브냐. 총구녕이 날 쿡 찔러. 무슨 관계요? 하는디 말이 안나와. 근디 내 뒤에 고놈이 얼굴이 허어애 갔고서는 우리 사촌 형님이오 허드랑께. 아깐 떨어지도 않던 나 입에서 아니오 요 말이 떡 나오데.

고놈은 총구녕이 델꼬가고, 난 뒤도 안돌아보고 허벌나게 달렸쟤. 심장이 쿵쾅쿵쾅 허더라고. 저 짝 언덕까정 달려 가 그쟈서 뒤를 본께 아까 고놈이 교복을 입고있데. 어린놈이……

그라고 보내놓고 나가 테레비도 안보고야, 라디오도 안틀었시야. 근디 맨날 매칠이 지나도 누가 자꼬 뒤에서 갑시다 갑시다 해브냐.

아직꺼정 고놈 뒷모습이 그라고 아른거린다잉.

—「그 날」 전문

다음은 정양의 작품을 인터넷에 소개한 문학 담당 기자의 보도 내용이다. 보도된 기사 원문은 그 감동을 다음과 같이 전한다. 보도 내용을 간추려서 소개한다.

5·18 광주민중항쟁에 대한 인식의 문학적 형상화로 이야기하자면, 할아버지뻘의 시인 김준태나 큰아버지뻘 작가 박몽구와 이영진 못지않다. 이야기시 즉 '담시'의 가능성을 보여준다는 측면에선, 1970년 《사상계》에 발표돼 한국을 발칵 뒤집어놓은 김지하 시인의 「오적」에 비견할 만하다. 뿐이랴, 형식적인 세련미 역시 백석과 소월에 뒤지지 않는다.

5·18민중항쟁서울기념사업회는 항쟁 27주년을 맞이해 당시를 경험하지 못한 학생들에게 민주주의와 공동체문화의 소중함을 일깨워주자는 차원에서 백일장을 열었다. 의미가 큰 행사였지만 우려도 없지 않았다.

'요즘 아이들이 5·18을 알고나 있을까? 그 때 어떤 비극이 이 땅을 휩쓸었으며, 그로 인해 우리는 무엇을 얻었고, 잃었는지 관심을 가져줄까' 라는 걱정이었다. 그러나 그건 말 그대로 기우에 불과했다. 백일장 본심 심사를 맡은 시인 정희성은 경악했다고 한다. 경기여자고등학교 3학년 정민경(18) 양의 시 「그 날」을 만난 것이다.

정희성 시인은 기자와의 통화에서 "정말이지 놀랐다, 항쟁을 겪은 사람도 이렇게는 쓸 수 없을 것이다, 하물며 어린 학생이…… 당신도 놀라지 않았느냐."고 반문했다. 정민경 양의 시를 처음 접할 때의 감동과 가슴 두근거림이 목소리에 그대로 묻어 있었다.

시력이 40년에 육박하는 원로시인 정희성. 그는 칭찬에 인색한 사람이다. 그런 까닭에 학생들 대상 백일장의 심사를 맡고 '맥 빠진 교훈을 되풀이하는 관념적인 글을 재미없어 어떻게 읽어내나' 하는 걱정을 했다고 한다. 그러나 정민경 양의 등장이 그 예측을 빗나가게 만들었다.

정양의 시 「그 날」을 읽은 정희성 시인은 아래와 같은 말로 소녀 천재

시인의 탄생을 축하했다. "대상으로 뽑은 「그 날」은 처음 그 글을 접하는 순간 읽는 이를 팽팽한 긴장감으로 몰아넣었다. '그 날'의 현장을 몸 떨리게 재현해 놓은 놀라운 솜씨다. 알고 보니 예심부터 심사위원들의 눈을 의심케 할 만큼 뛰어난 글로 지목되었다는 것이다. 자만하지 말고 저력을 길러 대성하기 바라는 마음 간절하다."

산문형식의 짤막한 시 「그 날」. 하지만 그 짧은 문장 속엔 5·18 광주민중항쟁에 대한 모든 것이 들어있다고 해도 과언이 아니다. 학살당한 어린 시민군의 슬픈 얼굴, 항쟁에 적극적으로 참여할 수 없었던 소시민의 비애, 사람의 오금을 저리게 했던 진압군의 총구, 제 나라 국민에게 등을 돌린 비겁한 언론사들, 여기에 살아남은 자들의 견딜 수 없는 슬픔까지.

조금 과장하자면 1930년대 유럽 최고의 리얼리스트 베르톨트 브레히트가 울고 갈 정도다. 쓰다 보니 길어졌다. 사실 시는 시 자체로 읽고, 해석하면 된다. 이후에 느낄 감동과 실망은 온전히 시를 읽은 독자의 몫이 아니겠는가!

비극적 사회인식의 시가 현대문학의 몫만은 아니다. 일찍이 다산 정약용은 백성들이 겪은 비극적 참상을 소재로 칠언절구를 남겼다. 이 시를 대하다 보면 부패한 관리들의 가렴주구苛斂誅求가 얼마나 극심했으며, 이로 인한 백성들의 피해가 목불인견目不忍見이었음을 확인하기는 어렵지 않다.

이 시의 배경이 된 사연은 이렇다.

19세기 조선조 영조英祖시대에 전라남도 강진군 노전盧田 마을에 사는 한 백성이 아들을 낳았다. 탐관오리들은 군포세軍布稅를 많이 걷기 위해 태어난 지 사흘밖에 되지 않은 아이를 장정으로 군적에 등재하고 군포세를 부과하였다. 군포세란 남자가 성년이 되면 군무에 복무해야 하는데 평상시에 군에 입대하지 않고 집에서 생업에 종사하는 대신 일 년에 베 두 필씩을 세금으로 내는 제도였다. 관리로부터 군포세 고지를 받은 이 백성은 가세가 빈곤하여 세금을 낼 수 없었다. 그러자 관리들은 백성의 외양간에 매어 있는 농우農牛를 끌어가 버렸다. 재산목록 제1호 요, 가보와 같은 농우는 농부들에게 목숨과도 바꿀 수 없는 소중한 재산 이었다. 이를 어찌해야 한단 말인가? 지아비는 억울함을 참지 못하여 칼 을 들고 방에 들어가 "나는 이놈의 남근男根 때문에 이런 곤욕을 받는구 나!" 울부짖으며 자신의 남근 성기를 잘라버렸다. 젊은 지어미는 피울음 을 쏟아내면서, 피가 뚝뚝 떨어지는 절신絶腎을 들고 관청에 가서 호소 하려 하였으나, 문지기가 방해해서 들어가지도 못하였다고 한다.

1803년 다산 정약용 선생이 유배지 강진에서 이처럼 기막힌 사연을 듣고 깊이 탄식하면서 지었다는 한시가 이렇게 전한다.

盧田少婦哭聲長노전소부곡성장 :

노전의 젊은 아낙 오래토록 통곡하는데

哭向縣門號穹蒼곡향현문호궁창 :

관청 향해 울다가 하늘 우러러 통곡하네.

夫征不腹尙可有부정불복상가유 :

군인 간 남편 못 돌아옴은 있을 수 있으나

自古未聞男絶陽자고미문남절양 :

자고로 스스로 남근을 잘랐다는 말 못 들었네.

어두운 현실을 외면하고 시인이 서야 할 대지는 그리 넓지 못하다. 비 극적 현실을 외면하고 물색 좋은 명승지만 찾아다니며 음풍농월만 할 수도 없지 않는가? 좋은 삶, 예술적 삶은 우리가 몸담고 있는 세계에 대한 관심과 이를 적극적인 문학 어법으로 담아냄으로써, 사회와 자아와의 동일성을 확립해 나아갈 수 있을 것이다.

근래 우리 사회는 '가난'이 눈에 보이지 않는다고 한다. 달동네, 빈민촌, 해방촌, 피난민동네라고 하는 가난의 대명사들이 속속 재개발이라는 미명하에 사라져 가고 있기 때문이다. 그럼에도 불구하고 우리 사회는 가진 자와 가지지 못한 자의 격차가 더욱 벌어지는, 양극화 현상은 심화되고 있다.

경제적 삶만이 아니다. 현대사를 피로 물들였던 비극의 역사마저도 정의롭게 단죄하지 못하였다. 오히려 이를 단절시켰던 민주세력들이 코너에 몰리는 역전현상이 아무렇지도 않게 전개되고있다. 대명천지에 정의의 역사가 물구나무 서는 기막힌 세태가 아닐 수 없다.

이런 경제적, 사회적 모순과 불평등과 아이러니한 세태를 우리 시인들은 어떻게 해석하고, 어떤 문학적 어법으로 형상화 할 것인가? 18세 소녀의 시를 대하면서, 19세기 초반을 살아오면서 당대적 진실을 외면하지 않았던 다산의 시를 접하면서, 깊이 성찰하는 것도 예술적 삶을 지향하는 시인의 몫이라고 생각한다.

(2) 잘 사는 길— 우리들의 자화상 : 문태준의 「맨발」

시는 정신적 관념성과 육감적 구체성이 고도의 언어적 기교로 융합된 언어예술이다. 시는 추상적이거나 막연한 정서나 뉘앙스를 구체화된 물질성으로 그려낸다. 이런 형상화의 성공여부가 곧 시의 성패를 가름한다. 그러므로 시가 정신의 언저리를 개념어로 맴도는 것은 정도가 아니다. 막연한 감성이 구체성의 미감으로 채색된 작업을 음미하면서 독자는 일상성의 너머에 있는 아름다움과 의미를 건져 올리게 된다.

맨발이 아닌 생이 어디 있으랴. 밥이 종교가 되고 일상이 탁발승의 수행이 아닌 삶이 어디 있으랴. 바다에서 건져 올려 누군가의 먹거리가 되기 위하여 잠시 이승을 산책 나온 개조개의 맨발을 통해서, 오늘도 이 풍찬노숙風餐露宿 생존의 거리에 나선 또 다른 우리들의 자화상을 본다.

어물전 개조개 한 마리가 움막 같은 몸 바깥으로 맨발을 내밀어 보이고 있다
죽은 부처가 슬피 우는 제자를 위해 관 밖으로 잠깐 발을 내밀어 보이듯이 맨발을 내밀어 보이고 있다
펄과 물 속에 오래 잠겨 있어 부르튼 맨발
내가 조문하듯 그 맨발을 건드리자 개조개는
최초의 궁리인 듯 가장 오래하는 궁리인 듯 천천히 발을 거두어 갔다
저 속도로 시간도 길도 흘러왔을 것이다
누군가를 만나러 가고 또 헤어져서는 저렇게 천천히 돌아왔을 것이다
늘 맨발이었을 것이다
사랑을 잃고서는 새가 부리를 가슴에 묻고 밤을 견디듯이 맨발을 가슴에 묻고 슬픔을 견디었으리라
아— , 하고 집이 울 때
부르튼 맨발로 양식을 탁발하러 거리로 나왔을 것이다
맨발로 하루 종일 길거리에 나섰다가
가난의 냄새가 벌벌벌벌 풍기는 움막 같은 집으로 돌아오면
아— , 하고 울던 것들이 배를 채워
저렇게 캄캄하게 울음도 멎었으리라.

—「맨발」 전문

문학의 기능은 다양하다. 문학작품을 통해서 우리는 새로운 사실을

알게 된다. 인지― 인식적 기능이 그것이다. 작품을 통해서 우리는 부단히 새로운 사실들을 만난다. 사실만이 아니라 진실이거나 진리라고 생각되는 것들과 조우한다. 우리의 삶은 우리의 앎과 밀접하게 연관되어 있다. 아는 만큼만 살 수 있다. 그 앎이 반드시 지적일 필요는 없다. 새로운 눈뜸이나 새로운 발견이라도 좋다, 우리의 일상은 새로운 앎의 방향으로 발걸음이 향한다.

다음은 윤리倫理― 정의적情義的 기능이다. 바른 삶을 지향하는 인간적 엄숙성은 무엇이 옳고 그른가를 부단히 검증하고 검증 받고자 한다. 인간다운 도리와 사람다운 길을 찾고자 우리는 문학을 선택한다. 시대와 상황에 따라 바른 길과 옳은 선택은 다를 수 있다. 그러나 보편성의 맥락에서 보면 인간다운 삶의 길은 동서양과 고금에 걸쳐서 상통하는 바가 있다.

또는 심미적 기능을 제외할 수 없다. 아름다움은 그냥 미적 기능만을 말하지 않는다. 희비극과 장엄 우아한 것을 통괄하여 우리는 아름다움이라고 말한다. 문학은 예술적 미를 함축적으로 제시한다. 운율이나 회화적 이미지나 정곡을 찌르는 의미의 탁월성만이 아름다움은 아니다. 작품과의 만남을 통해서 심정적으로 전율처럼 오는 희열 또한 매우 소중한 아름다움이다. 그러므로 문학이 주는 아름다움은 음악적 울림과 회화적 색채와 심정적인 감동이 상통하고 융합하여 전일적으로 오는 즐거움의 다른 이름이다. 바로 문학의 심미적 기능이다.

「맨발」로 형상화된 함축성은 우리 삶의 간고함과 상통한다. 개조개와 움막과 맨발과 죽은 부처와 우는 제자와 관이 함축하는 바는 실로 섬세하면서도 장대하다. 개조개에 오버랩 되는 고달픈 민초의 삶, 우리 자신의 몸이 맨발인 채 움막 같이 초라한 현실의 삶을 비집고 나오듯이, 섬뜩하게 감각을 자극한다. 제자들을 두고 먼저 입적하신 부처께서 발을 슬쩍 내미신 바를 깨달음이 마침내 득도에 이르는 길이라는 선종禪宗의 화두가 결국은 이 시의 화두이자 주제가 된다.

우리 삶의 현장이 펄과 물이 아닌 것이 없다. 우리의 삶은 늘 젖어 있다. 진창에 발이 빠져 허우적거리고 있다. 우리 삶에 마른 땅만 있는 것은 아니다. 그렇다고 해서 시를 그렇게 하향평준화하여 생각하면 맛이 떨어진다. 최초의 궁리인 듯이 천천히 사유思惟하는 개조개의 느린 동작은 동작이 아니라, 이미 고등동물의 그것처럼 삶을 사유하는 행위다. 그 하등동물 개조개의 사유를 마치 개화하는 호박꽃을 고속으로 촬영하여 저속으로 보여주면서, 꽃이 금방 피는 것처럼 요술을 부리던 과학영화의 한 장면을 생각하게 한다. 그렇다고 해서 또한 시를 그렇게 엉뚱한 비유의 영역으로 상향평준화 하여 몰아가면 육감적인 맛이 덜어진다. 시는 육감적 구체성과 정신적 추상성이 적당한 농도로 융합되어야 하는 것이 아니던가!

그래서 이들 양자의 모자람과 지나침을 보완하기 위하여 조문弔問과 궁리窮理라는 시어가 빛을 발한다. 이 두 시어는 우리가 삶에 어떻게 대응하여 왔는가를 간단하게 설명하고 있다. 이 대목에서 우리의 사유 체계는 신선한 감동과 만난다. 저 속도로 시간도 길도 흘러오듯 살아왔음을 보여주는 단서다. 그렇게 우리도 흘러왔을 것이라는 발견, 깨달음이 우리의 삶을 진정성의 경지로 몰아간다. 그래서 시문학은 의미 있고 아름다우며, 인간다운 삶의 지평을 고상하게 열어주는 노작이 되는 것이다.

이런 독서법이 깨달음일 수 있는 것은 속도를 최고의 가치와 의미로 생각하는 현대인들에게는 설명이 필요 없는 대목이다. 현대적인 의미의 가치는 속도와 관련되지 않은 것이 없다. 그래서 '느림'이 현대인들의 독서 욕구를 자극하고 있지 않은가? 작용과 반작용은 물리법칙만은 아니다. 우리의 의식처럼 이 물리작용에 민감한 것도 없다.

만남과 헤어짐은 삶의 역사다. 사건이란 다른 말로 하면 만남과 이별이다. 인간 대 인간이건, 인간 대 자연이건, 혹은 신 대 인간이건, 모든 역사는 만남과 이별의 흔적이다. 개조개는 그런 역사를 만드는 데 하등 서두르지 않는다. 그들은 천천히— 느림의 철학을 실천할 수 있기 때문일 것이다. 늘 맨발로 젖은 땅과 발 빼기 어려운 뻘밭을 돌아서 애인도 만나고 친구도 만나며 저들의 생명을 구가했을 것이다.

유독 고등동물인 인간만이 자신의 역사를 만들기 위하여 서두른다. 고속도로, 고속열차, 초음속 항공기를 개발하면서, 끊임없이 서두른다. 결국은 만남과 이별을 위해서다. 그런 서두름이 마침내 자신의 목적지인 만남에 이르기도 전에, 먼저 이별을 만나야 하는 역설의 시대를 발전으로 알고, 미덕으로 치부하며, 행복으로 간주한다. 그러면서 인류는 오늘도 부단히 서두른다.

그러다 보니 사랑을 잃고도 슬퍼할 겨를이 없다. 슬픔마저도 속도에 빼앗겨버린 지 오래다. 새가 차가워지는 슬픔의 부리를 자신의 깃에 묻고 슬픔을 되새김하듯이, 개조개가 맨발을 자신의 움막 같은 껍질에 묻고 되새김하듯이, 인간의 차가워지는 별리의 슬픔을 묻어야 할 깃털은 어디인가. 이미 속도경쟁에 함몰되어 그 인간적인 깃털을 잃은 지 오래며, 움막 같은 사유의 보금자리를 잃은 지 오래다.

삶이 거룩한 것은 하등 동물이나 고등 동물이나 마찬가지이리라. 일용할 양식을 구하기 위하여 진종일 발버둥치는 간고한 삶을 보면 안다. 집이 운다. 가족들이 운다. 우리가 구하고자 하는 일용할 양식이 거룩한 것은 저 수행승의 탁발托鉢처럼, 그것이 육신의 양식을 위한 것이 아니라, 마침내 정신의 각성을 위한 수도修道이기 때문이다. 그래서 밥이 종교라고 말하는 어떤 인류학자의 고백은 신선하다.

탁발은 받는 이에게 복이 아니라, 베푸는 이에게 축복이 되는 행위다. 개조개가 우는 집을 위해 젖은 거리, 발 내딛기 힘든 펄로 나오는 것은 그러므로 신성한 신앙이 된다. 그것이 신앙의 기쁨인 것은 울던 집들이 탁발한 양식으로 인하여 축복이기 때문이다. 가난의 냄새마저도 지우며, 벌벌 떠는 두려움마저도 지우며, 컴컴한 움막에도 기쁨이 오기 때문이다.

(3) 인간에 대한 예의와 사랑 : 문인수의 「쉬」

시가 어떤 기능을 하는가를 논리적으로 설명할 수 있다. 그러나 그런 설명이 우리의 삶에 어떤 영향을 미칠 것이며, 그런 영향으로 인하여 우리의 삶이 어떻게 진동할 것인가는 각자 지닌 체험의 질량이 달라서 일률적으로 설명할 수 없다. 뭍에 앉아서 백 시간의 수영법을 익힌들 몸을 물에 담그지 않으면 수영은 불가능하다. 우리의 삶도 마찬가지다. 삶의 구체성으로서 체험이라는 물에 빠지지 않고서는 삶의 유영은 불가능하다.

그러나 우리에게는 시라고 하는 미학적 장치가 있다. 시를 읽고 시의 정서에 공감함으로써 시가 담고 있는 진실을 추체험할 수 있다. 시를 읽는 독자들의 축복이 아닐 수 없다. 진실을 공감함으로써 우리의 삶은 뜨겁게 요동치고, 삶의 거추장스러운 남루를 벗어버리고 아름다움으로 무장케 함으로써 어떤 시련도 즐겁게 타고 넘을 수 있다.

문인수의 다음의 작품을 읽노라면 인간의 인간에 대한 예의가 예법만으로 규정할 수 없음을 직감할 수 있다. 누가 있어 혈육의 사랑을 윤리와 도덕의 잣대만으로 규정하려 하는가? 누가 있어 육친의 사랑을 사회적인 관계만으로 재단하려 하는가? 예의는 사랑이 갖추어야 할 아주 미미한 필요조건의 하나이며, 인간의 인간에 대한 예의로서 사랑만한 것이 또 어디 있겠는가!

그의 상가엘 다녀왔습니다.

환갑을 지난 그가 아흔이 넘은 아버지를 안고 오줌을 뉜 이야기를 들었습니다.

生의 여러 요긴한 동작들이 노구를 떠났으므로, 하지만 정신은 아직 초롱같았으므로 노인께서 참 난감해 하실까봐 "아버지, 쉬, 쉬이, 어이쿠, 어이쿠, 시원허시것다아" 농하듯 어리광부리듯 그렇게 오줌을 뉘였다고 합니다.

온 몸, 온 몸으로 사무쳐 들어가듯 아, 몸 깊아드리듯 그렇게 그가 아버지를 안고 있을 때 노인은 또 얼마나 더 작게, 더 가볍게 몸 움츠리려 애썼을까요. 툭, 툭, 끊기는 오줌발, 그러나 그 길고 긴 뜨신 끈, 아들은 자꾸 안타까이 땅에 붙들어 매려 했을 것이고 아버지는 이제 힘겹게 마저 풀고 있었겠지요. 쉬,

쉬, 우주가 참 조용하였겠습니다.

—「쉬」 전문

화자는 아흔이 넘은 아버지를 안고 오줌을 누인 '그'의 이야기를 듣고, 그 장면을 연상하며 아버지와의 끈을 생각한다. '아, 몸 깊아드리듯'이라는 표현은 아버지로부터 받은 육신을 다시 아버지를 위해 되돌려 드리는, 인생의 깊은 의미를 성찰케 한다. 화자는 아버지가 누는 오줌발을 '길고 긴 뜨신 끈'으로 이해한다. 이 '끈'은 이승과의 끈인 동시에 아들과의 끈이기도 하다. 따라서 이 오줌발의 길고 긴 끈을 안타깝게 붙들어 매려는 아들과 힘겹게 마저 풀고 있었을 아버지의 모습에, 우주도 숨죽이며 지켜볼 정도로 눈물겨운 생의 근원적 비의가 담겨 있다.

이 시를 접하고 눈물샘을 자극받은 사람과 그저 하나의 읽을거리로 받아들이는 사람과의 차이는 단순하다. 필자의 경험에 비추어 보면, 눈물샘이 젖은 사람은 육친과 맺은 예의 그 '길고 긴 뜨신 끈'이 단절된 사람일게 분명하다. 그것도 아주 오래 전이거나, 그의 나이가 육친의 끈을 아직은 붙잡고 있어야 할 나이에 이미 그 뜨신 끈을 놓친 경우임에 분명하다. 이에 비해 아직도 육친의 끈을 붙잡고 있으면서 그 끈이 얼마나 뜨겁고 긴 것인지를 알아차리지 못하는 독자는 그저 하나의 읽을거리로 이 시를 받아들일 뿐, 눈물샘이 젖지 않을 것이다. 시가 되었건, 서사적 함의를 담은 담론이 되었건 독자를 자극하는 것은 언제나 독자의 내면에 자리하고 있는 체험의 질량과 밀접할 것이다.

필자의 경우, 호상好喪을 당한 상갓집에 가거나, 그래서 상주 역시 이미 원숙한 연치의 경지를 밟으신 경우를 볼 때, 친상을 당한 설움에 동조하기보다는 그 부러움에 우선 주눅 들기 십상이다. '복을 얼마나 많이 받으셨으면, 자식 도리를 다해 효도했으면, 저분의 부모님은 저렇게 천수를 누리실 수 있었을까?' 부러움이 앞을 가리기 일쑤다.

그러나 항용 그렇지만은 아니할 것이다. 인연의 그 '길고 긴 뜨신 끈'을 놓지 못하고 육신의 병마나 치매 같은, 오지 않았으면 좋을 불운을 겪으시는 육친을 모시는 자식의 처지는 다를 것이다. 자식의 공양이 밖에서 볼 때 효도지 자신에게는 형용하기 힘든 고통이 아닐까?

그럼에도 불구하고, 이 시에서 그리고 있는 바처럼, 아비와 아들, 부모와 자식 간에 끊을래야 끊을 수 없는 '끈'을 붙잡고 우주를 침묵케 하는, 이 광경보다 아름다운 장면을 근래 쉽게 찾지 못했다. 이 장면이 아름다운 것은 아비와 아들의 인간적 예의와 사랑이 중첩하는 것으로부터 비롯한다. 제 육신마저 감당할 수 없을 정도로 피폐해진 아버지의 '제 몸 가볍게 움츠리려'는 애틋한 염의廉儀 자식에 대한 사랑이 '농하듯 어리광 부리듯' 아비를 돌보는 자식의 염의와 사랑과 완전히 일치하는 것에서 비롯한다.

잘 사는 삶은 예술적 삶이어야 한다. 그런 삶은 시의 상태를 동경하고 지향한다. 우주를 침묵케 하는 시의 진동은 앎과 삶이 일치하고, 이성과 감성이 중첩하며, 인간과 세계가 진정성으로 합일하는, 미학의 이름으로 공존하는 경우를 말하는 것이다.

(4) 죽방멸치 같은 시, 혹은 그런 삶 : 정준영의 「죽방멸치」

죽방멸치의 똥은 쓰지 않다고 한다
비늘 한 점 떨어지지 않도록
대나무 통발로 몰래 가둬
끓는 솥단지까지 곱게 모셔와
그 숨이 뚝,
한번에 떨어지도록 했기 때문이다

똥이 쓰다는
아랫배 쪽에 흉터가 생긴
일반멸치는
그물에 몸이 걸린 채
온몸으로 苦悶死하므로
비늘도 상하고 속은
썩은 쓴 맛을 우려낸다는 것이다

종이그물에 몸이 얽힌 채

온몸으로 너무 고민한 잘 쓴 시들은

일반멸치의 맛이 난다

죽기 직전까지 살아 있는 게 관건이다

여러 번 죽는 것은 한 번 죽는 것만 못하여

비늘도 상하고 내장에 쓴 맛이 들어가는

일반멸치가 되는 것이니

시는 아무래도 말짱한 죽방멸치로 태어나야 한다.

—「죽방멸치」 전문

누가 그걸 모를까? 일반멸치가 아니고 죽방멸치로 태어나야 한다는 것을 누가 모르겠는가? '아는 것'과 '사는 것'은 다르다. 요즈음 시들은 아는 사람들이 쓰는 시가 높은 대접을 받는다. 일반멸치 같이 때깔 좋은 시가 고가로 거래되기보다는, 치명의 목숨 줄 바투듯이 몸으로 쓴 죽방멸치 같은 시가 후한 대접을 받는 문학의 시대가 되었으면 좋겠다.

그렇대서 쟁론의 무기가 되는 시를 말하는 것은 아니다. 이를테면 가장 치명적인 인간에 대한 편견마저도 정치적인 잣대를 근거로 외면하는 시인, 동포의 아픔마저도 이데올로기의 사슬에 묶어두고 오불관언하는 시인, 좁은 동네의 차별조차 말을 잃은 역사의 책무로 미뤄버리는 시인, 문학과 그 행위마저도 계급과 지위의 고하에 영향을 주는 도구로 생각하는 시인, 그래서 자리의 격상과 물질의 다과는 문학에 영향을 주어 마땅하다고 믿고 실행하는 시인이 횡행하는 시대의 문학을 바라는 것은 정녕 아니다.

그저 단숨에 쓰되 백조의 마지막 울음 같은 노래로서의 시, 심각한 내출혈을 통해서 얻어진 시일지라도 보기에는 그저 장미향을 풍기는 시, 민화 같은 어설픔 속에 일관된 쟁이 정신이 묻어나는 시, 비오는 흑백

필름 같은 영상으로도 눈물 콧물 다 드러내는 시를 바라고 원하지만, 어디 시가 그런 바람만으로 이루어지던가? 그래서 죽방멸치 같은 시를 생산해야 한다고 이 시의 화자는 에둘러 말한다.

그런 시적 변용變容이 놀랍다. 참신한 시인이 지향하고자 하는, 시의 구경의 모습이 잘 그려졌다. 그래서 시적변용이 참신하여 즐겁다. 앎의 차원을 지나서, 실천의 차원으로 달려가고자 하는 시인의 안목이 신선하다. 아는 삶이 아니라, 실천의 삶으로 달려가고자 하는 시인의 감성이 맛깔스런 멸치를 통해서 맛깔스럽게 변용되었다. 그래서 이 시는 참 맛있고 참신하다. 아무래도 이 시인이 언어의 대나무 통발이나, 정신의 끓는 솥단지를 겸비하여 생산해 내는 멸치시들은 분명히 일반 멸치는 아니고 죽방멸치일 것이 분명하다.

시인의 삶이 그러해야 하고, 그런 삶을 통해 건져 올린 시어야 한다. 예술적 삶이란 이성적 논리에서 조금은 비켜나 있지만, 아주 멀어지지는 않는다. 죽방멸치가 생산되는 저 순간의 조응照應처럼 죽방멸치 같은 시는 그렇게 시인의 정신과 미의식이 순간적으로 조응하여 생산— 변용되는 시를 말하리라. 낚싯줄에 걸린 물고기의 크기를 손맛으로 먼저 알아채는 낚시꾼처럼, 죽방멸치 같은 시를 건져 올리는 시인은 먼저 직관으로 사물에 내재하는 의미와 가치를 미학의 손길로 알아챈다.

손끝에서 만들어지는 시가 아니라, 가슴에서 녹아나는 시를 생산하기 위해서는 건곤일척乾坤一擲하려는 시적 용단이 필요하다. 기교적으로 탁월한 시가 아니라, 소비자를 진동시키는 시를 생산하기 위해서는 시의 생산자가 먼저 아름다운 진실 앞에서 진동할 줄 알아야 하리라. 시상을 발아시키고 이를 숙성시킬 시인의 토양이 전제되어야 한다.

한 발은 현실의 농염한 풍요의 양탄자에 올려놓고, 또 한 발은 치열하고 냉엄한 비판의 칼날에 서서는 '나는 평균적으로 가장 행복하다' 고

외치는 삶으로 죽방멸치는 가능하지 않다. 다만 가능하다면 똥이 쓰다는 일반멸치이리라. 똥이 쓴 일반멸치가 아니라, 깊은 내출혈에도 순간 냉동되는 원양어선의 생선들처럼 신선도를 유지하는 죽방멸치, 그래서 똥마저도 단내가 풍기는 그런 시를 원한다. 이를 위해서 우리의 시인들은 순간 냉동되어 신선도를 유지하는, 시의 원양어선이 되어야 하리라.

변절은 부지불식간에 자신을 훼손한다. 식민의 시대도 아니요, 투쟁과 저항의 시대도 아니어서 무슨 변절이냐고 힐난하지 마시라. 이런 시대일수록 시인의 정신이 훼손되기에 적당한 아열대의 시대다. 계절은 봄이지만, 기온은 여름을 내달리고 있다. 시인의 정신이 봄철에 머물러 있다면, 부패하기 쉬운 음식처럼 시인의 정신도 상하기 쉽다. 상해도 상한 줄 알아채지 못하는 것이 문제다.

죽기 직전까지 살아 있을 수만 있다면, 두 눈 부릅뜨고 살아 있을 수만 있다면, 시대를 거스르는 온갖 비인간적인 역류의 악취를 간파할 수 있으리라. 그래서 화자는 강조한다. '죽기 직전까지 살아 있는 게 관건'이라고. 이 수상한 시대— 자연의 순환이 삐꺽거리고, 시대의 순항이 저항을 받는 모순의 시대에도 끝까지 의식을 망가뜨리지 않은 채 살아 있는 게 관건이다. 그래야 죽방멸치 같은 시를 생산할 수 있지 않겠는가? 이 시대의 시인들이여!

좋은 시인의 삶은 좋은 시를 예술로서 생활한다. 그런 삶은 의식이 죽기 직전까지 살아 있다가, 순간 냉동되는 신선한 생선들처럼, 신선도 높은, 죽방멸치 같은 시를 사는 것이다.

3. 삶과 문학의 길항拮抗 혹은 보완補完 관계

해답은 없다
앞으로도 해답이 없을 것이고
지금까지도 해답이 없었다
이것이 인생의 유일한 해답이다.

— 거투르드 스타인의 「해답」 전문

시를 규정하기는 매우 어려운 일이다. 시를 정의하면 벌써 시의 본질은 달아나고 시의 형태만 남은 꼴이 되기 십상이다. 그래서 시를 정의하기는 '현재'라는 시간의 의미를 정의하는 것처럼 어려운 일이다. 시간의 속성으로 볼 때 과거와 미래는 분명히 규정할 수 있어 개념적 설명이 가능하지만, 현재는 그렇지 않다. '현재!'라고 발음하는 순간 그 현재는 이미 과거로 달아났거나, 미래가 다가와 있지 않는가? '시간은 멈추지 않음'을 그 본질로 하기 때문이다. 그래서 실제로 현재는 관념 속에서만 존재하지 현상적으로 존재할 수 없으며, 존재하지 않기 때문에 개념적 설명은 공허한 것이 될 수 밖에 없다.

시의 정의도 마찬가지라고 생각한다. 시는 이런 것이라거나, 이런 것이 되어야 한다고 정의하는 순간, 시의 본질은 달아나버리고 언어의 흔적만 남아 있을 뿐이다. 왜냐하면, 시는 그 시가 생산되는 순간의 당대적 현실과 불확정적인 감정의 협력적 소산이기 때문이다. 시간이 유수하듯이 시상을 포착한 순간의 감정 또한 흘러가버린 물처럼 되돌릴 수 없는, 어떤 순간의 진실인 경우가 대부분이다.

시가 지닌 이 모순에 찬 속성 때문에 시를 정의하는 시인 논객들의 시의 정의 또한 현란하기 그지없다. 필자는 최근에 매우 호감이 가는 시론서를 접한 일이 있다. 멕시코 출신으로 1990년에 노벨문학상을 수상한 시인이자 평론가인 옥타비오 파스Octavio Paz의 시론서 『활과 리라』가 그것이다. 파스는 이 책의 서두에서부터 매우 당혹스러울 정도로 시를 정의해 나간다. 그러나 그런 당혹스러움은 전혀 생경한 것이 아니라, 문학의 언저리를 맴도는 시객이라면 한번쯤 생각해 보았을 법한 절창들이다. 몇 구절 인용해 보겠다.

시는 앎이고 구원이며 힘이고 포기이다. 시의 기능은 세상을 변화시키는 것이며 시적 행위는 본래 혁명적인 것이지만 정신의 수련으로서 내면적인 해방의 방법이기도 하다. 시는 이 세계를 드러내면서 다른 세계를 창조한다. 시는 선택받은 자들의 빵이자 저주받은 양식이다. 시는 격리시키면서 결합한다. 시는 여행에의 초대이자 귀향이다. 시는 들숨과 날숨이며 근육 운동이다. 시는 공쑄을 향한 기원이며 무無의 대화이다. 시의 양식은 권태와 고뇌와 절망이다. 시는 기도이며 탄원歎願이고 현현顯現이며 현존現存이다. 시는 악마를 쫓는 주문이고 맹세이며 마법이다. 시는 무의식의 승화이자 보상이고 응집이다. 시는 계급과 국가, 인종의 역사적 표현이면서 역사를 부정한다. 시 속에서 모든 객관적 갈등들이 해소되고 인간은 마침내 일시적으로 스쳐가는 것 이상의 어떤 것에 대한 의식을 얻게 된다. 시는 경험이며 느낌이고 감정이며 직관이고 방향성이 없는 사유이다. 시는 우연의 소산이자 계산된 결과물이다. 시는 세련된 형식을 사용하여 말하는 기술이자 원시적 언어이다. 시는 규칙에 복종하며 동시에 다른 규칙들을 창조한다. 시는 선대先代를 흉내 내는 것이며 실제의 모방이고 이데아의 모방에 대한 모방이다. 시는 광기이며 황홀경이고 로고스이다. 시는 어린 시절로 돌아가는 것이며 성교性交이고 낙원과 지옥 그리고 연옥에 대한 향수이다. 시는 놀이이고 노동이며 금욕적 행위이다. 시는 고백이다. 시는 본래적 경험이다. 시는 비전이며 음악이고 상징이다. 시는 아날로지이다. 시편은 세상의 음악이 울리는 소라고둥이고, 시편의 운율과 각운은 전체적인 조화의 상응correspondencias이자 울림ecos이다. 시는 교육이자 도덕이고 계시이며 춤이고 대화이며 독백이다. 시는 민중의 목소리이자 선민選民의 언어이고 고독한 자의 말이다. 시는 순수하면서도 순수하지 않고, 신성하면서도 저주받았고, 다수의 목소리이면서 소수의 목소리이고, 집단적이면서 개인적이고, 벌거벗고 치장하고, 말하여지고, 색칠되고, 씌어져서, 천의 얼굴로 나타나지만 결국 시편은 빔vacio— 인간의 모든 작위作爲의 헛된 위대함에 대한 아름다운 증거!— 을 숨기고 있는 가면일 뿐이다.

— Octavio Paz 『활과 리라』 중 제1편 「시와 시편」 중에서

파스가 진술한 시의 정의는 순리와 모순, 긍정과 부정, 역설과 반어로 점철되어 있다. 그렇지만 이런 활달하고 거침없는 진술이 결과적으로 시의 진면목을 드러내는 데 매우 커다란 효과를 발휘한다. 어느 한 면만으로 정의할 수 없는 시의 다면성, 어느 하나의 주의主義만으로 규정할 수 없는 시정신의 역동성, 어느 한 가지만으로 규정할 수 없는 시의 기능을 설명하기 위해서는 파스가 채용한 진술 방법이 효과적이라는 점을 금방 알 수 있다.

시의 정의는 그만큼 다양한 것이며, 시의 기능 역시 매우 역동적이어서 한 마디로 판단할 수 없는 속성을 지니고 있다. 필자는 앞부분에서 예술적으로 좋은 삶에 초점을 맞추어 몇 가지 생각들을 전개하였다. 이것은 시의 다면성을 간접적으로 보여주면서, 동시에 시의 포괄적인 특성을 밝히려는 의도의 일단이었다. 지혜의 학문이 철저하게 이성에 의

존하고 있지만, 시에서도 철학적 이성으로서 명징한 사유가 필요하다는 점을 살펴보았다. 마찬가지로 종교가 지향하는 도덕과 윤리적 가치는 시에서도 무시할 수 없는 요소였다. 예술 또한 문학의 근본적인 질료이자 구경적인 지향점이었다. 모든 예술이 음악의 상태를 동경한다는 말은, 모든 예술은 시의 상태를 동경하고 지향한다는 진술로 바꾸어야 했다. 모든 예술적 창조가 보여줄 수 있는 최선의 상태는 시정신의 구현 여부에 있는 것만 보아도 알 수 있는 일이다. 그래서 시는 철학하는 예술이며 신앙하는 미학이고, 시는 가장 아름다운 철학이며 가장 의미 깊은 종교였다.

이런 시의 정의적 특성과 기능들이 구체화된 작품을 찾아보는 일은 당연한 순서다. 이 작품들을 읽다보면 '시란 무엇인가?'에 대한 해답의 단서가 보일 것도 같고, '어떤 삶이 잘 사는 삶인가?'에 대한 정답이 찾아질 것도 같은 느낌을 받는다.

비극적 사회인식의 시 「그 날」을 접하면서 필자 역시 매우 부끄러웠다. 살아남은 자들의 부끄러움은 물론, 망각이라는 매우 염치 뻔뻔한 인간의 타성이 자신의 아픔마저도 남의 이야기처럼 잊어버릴 수 있음을 자각하였다. 이는 시를 사랑하는 독자만이 누릴 수 있는 소중한 소득이다. 마찬가지로 우리 역사의 일부였던 조선시대 민초들의 통한의 아픔이 그려진 한시를 통해서 울리는 시의 파장은 이성과 감성에 신선한 자극이 되었다.

「맨발」이 담고 있는 시의 세계는 아주 폭넓은 것이었다. 개조개를 통해서 변용되고 감정이 이입된 서정적 진술은 한 편의 시가 현실의 자아를 읽는 도구가 될 수 있음을 확인하는 계기가 되었다. 한 편의 시를 통해서 현실에 대응하며 생활하는, 자아의 모습을 들여다보는 일은, 서툰 붓으로나마 자화상을 그려보는 일처럼 아름다운 위로가 되었다.

「쉬」에 이르러 인간의 인간에 대한 예의와 사랑이라는 소중한 의미와 가치들이 어떻게 소통되는가를 보았다. 형식적 사랑, 구호에 불과한 인간애, 불변의 가치가 될 수 있는 휴머니즘이 희석되고 소홀해지는 현상을 어떻게 보아야 하는가? 그래도 아직은 우리 사회에 조금은 그 흔적을 남기고 있는 혈육― 육친 간에 나누는 사랑의 끈으로 조금이나마 구원될 수 있을까? 이러한 삶을 지속할 때 우리는 「죽방멸치」같은 삶을 살거나, 그런 시를 생산할 수 있을까? 이것은 죽방멸치로 변용된 삶의 진정성의 문제다. 인간의 약점을 노리는 함정은 도처에 잠복해 있다. 그런 유혹과 변절의 시대를 슬기롭게 극복하기 위해서는, 그리하여 신선도 높은 시, 죽방멸치 같은 시를 살기 위해서는 우리 시인의 삶이 먼저 신선해야 한다는 점을 읽어낼 수 있었다.

이렇게 보면 결국 우리의 삶은 문학에 원천적인 질료를 제공하는 동시에 그 문학으로부터 받은 메시지로 인하여 부단히 수정修訂― 확정廓正되는 것이라는 생각을 떨칠 수가 없다. 삶은 문학으로 의역되고, 문학은 삶에 일정한 가이드라인을 제시하면서 끊임없이 길항拮抗하며 경쟁하거나, 부단히 보완補完하며 우정을 쌓아가는 것이다. 경쟁하되 진실한 아름다움으로, 교우하되 신선한 의미로 삶의 지평을 열어가는 동반자가 되는 것이다. 인간 삶에 있어 시문학은 아름다운 다리가 되어 의미와 가치의 세계로 건너가는, 소통의 다리가 되는 것이다.

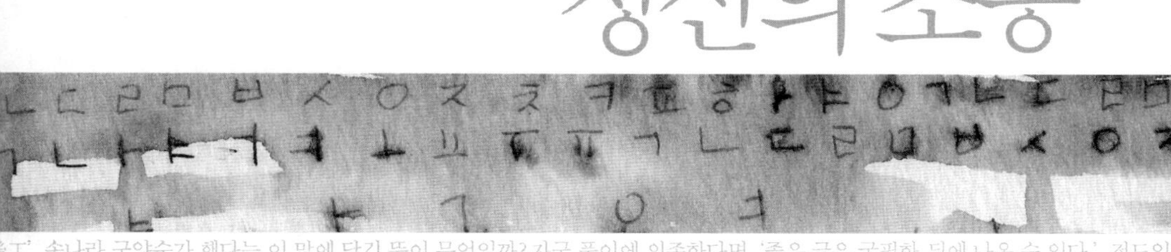

工' 송나라 구양수가 했다는 이 말에 담긴 뜻이 무엇일까? 지구 풀이에 의존한다면 '좋은 글은 궁핍한 뒤에 나올 수 있다.' 정도일 궁핍窮乏'을 축자적으로 풀이하면 간단하다. '궁핍窮乏=가난=살림살이가 넉넉하지 못함. 한글학회, 『우리말큰사전』'이라고 간단 하거나, '궁핍=곤궁하고 빈핍함, 곤궁困窮=가난하여 살림이 구차함, 빈핍貧乏=가난하여 아무것도 없음. 이희승 『국어대사전』'이 하고 있다. 국어사전의 풀이에 의하여 詩窮而後工을 해석하면 '시같이 좋은 글은 시인이 가난하고 구차하여 아무것도 가진 것이 올 수 있다.' 는 정도로 풀이할 수 있을 것이다.

쓰려는 시인들이 지지리 가난해야 좋은 시를 쓸 수 있다니, 현대를 살아가는 대한민국의 시인들은 이제는 '좋은 글' 쓰기는 어렵 이 아닌지 염려가 된다. 궁핍의 사전적 의미로 보면 그렇다. 단군 이래 최대의 풍요와 번영을 구가하고 있다는 대한민국! 제3세계 백 있어 코리안 드림은 이제 고전이 된 지 오래다. 한국에 가서 일 년만 벌어서 귀국하면 고대광실 집을 장만할 수 있거나, 먹고사는 놓게 된다는 이주 노동자들의 입장에서 보면, 한국은 이미 부자 나라의 선두 그룹에 든 것으로 보인다.

관한 한 풍요의 바다에 빠져 버린 한국— 한국인, 대한민국의 시인들에게 좋은 글은 물 건너 간 것일까? 물질적인 풍요가 후공을 무 좋은 시와 담쌓게 할 것인가? 좋은 글 — 좋은 시를 쓰기 위하여 일부러 가난을 선택하는 시인이 없을 바에야 그렇게 될 지도 모르 상 시단의 말석에서 그래도 좋은 글— 좋은 시에 목말라 하는 필자 같은 백면서생—무명 시인들에게 구양수의 잠언과도 같은 일갈 스지 않을 수 없다.

중에도, 1천여 년 전에 이미 『육일시화六一詩話』 같은 시화집을 엮어 시 평설의 대문을 연 구양수 같은 대문인이 '궁핍'을 단순히 곤, 풍요에 대한 경계 정도로만 썼을 것인가 의아해 하면서, 시궁이후공의 숨은 뜻으로 필자의 생각이 줄달음쳤다.

시를 생산하는 과정에서 겪게 될 시인의 절실성— 절박성의 함의도 있을 것이다. 궁즉통窮卽通이라고 했다. 궁하면 통한다. 인간 상황이나 물리적인 현상들이 더 이상 어떤 경지나 선택의 여지가 없을 때, 상황이나 현상들은 제 나름의 돌파구를 스스로 마련할 수 것이 진리다. 둑 안에 가득 찬 물은 결국 제방을 넘어 저를 가둔 그 억압을 무너뜨리고야 말 것이 아닌가. 물길도 흐르다 보면 지류 , 지류가 흐르다 보면 대하를 이룬다. 산맥이 달리다 보면 고산도 이루고, 고산이 지치다 보면 결국 뒷동산 낮은 기슭으로 내려올 는 것이 자연의 이치다.

어할 길 없는 사유의 충일함이나, 정서적 곡진曲盡함이 더 이상 그 어떤 것으로도 해결할 수 없는 절박함에 몰입할 때 나오는 것이 야 한다는 뜻이 詩窮而後工에 담겨 있다. 이는 저 워즈워드가 지적한 '시는 넘치는 감정의 자연스러운 유로流露'라거나, 어느 시 한 것처럼 '죽을 것 같은 절실함이 없다면 시를 쓰지 말라.' 는 지적과도 상통하는 것으로 볼 수 있다. 문장 중에서 가장 정치精緻하 생략과 함축으로 가장 높은 순도를 본령으로 하는 시는 '궁窮'한 상태가 아니면 나올 수 없어야 옳다. 시궁이후공의 진정한 의미 서 찾아야 할 것이다.

자유로운 지성과 정신이 빚은 생명과의 조응
— 이운룡의 시세계를 조망함

프롤로그

시란 무엇인가, 시문학이란 무엇인가, 문학이란 무엇인가? 이 세 가지 질문은 하나의 범주로 압축된다. 시는 문학의 정수일 뿐만 아니라, 모든 예술의 원천이고 질료임과 동시에 궁극적인 결정체이기 때문이다. 그러므로 시가 무엇인가를 아는 일은 곧 문학이 무엇인가를 아는 일과도 같다. 그리고 그 대답은 문학 이론가들로부터 얻을 수 있는 것도 아니요, 소위 문학평론가들에게서 찾을 수 있는 것도 아니다. 이에 대한 답은 시인들로부터 얻을 수 있으며, 시인들이 생산한 시에서 찾을 수 있다.

시인들이 발표한 한 편, 한 편의 시는 곧 '시·시문학·문학'이란 무엇인가에 대한 가장 적확한 응답인 셈이다. 한 편의 시에는 시인의 전 세계가 담겨 있다. 시인은 시로써 세상과 사람을 말하고 암시한다. 인간 행위는 결국 세계를 바람직한 방향으로 변화시키려는 의지와 사람을 뜨겁게 이해하려는 의도가 담겨 있게 마련이다.

시에서는 그런 의지와 의도가 지성적인 언어를 통해 드러난다. 세계를 아름다운 의미로 변화시키면서도 인간에 대한 뜨거운 이해와 더불어 추상화된 언어라는 점 때문에 시가 부당하게 외면당하는 현상을 부정할 수는 없다. 그럼에도 불구하고 시정신의 올곧음 없이는 인간의 인간다움을 특징지을 여타의 훼손을 감수하지 않으면 안 될 성질의 것이 시이기도 하다.

왜냐하면 세계와 인간에 대한 발전적 변화와 바람직한 이해는 결국 언어의 의역을 통해서 달성되고, 자유로운 인간 정신의 발현으로 어렵게 실현될 수 있기 때문이다. '시는 지성의 자유로운 [비개념적非槪念的] 생명과 정신의 자유로운 [비개념적非槪念的] 창조력과 관련되어 있다.'—자끄 마리땡의 (『시와 미의 창조적 직관』)—지적은 시의 위상과 특징을 규정하는 데 매우 유효적절한 해석과 단서를 제공한다.

'비개념적' 이라는 말은 시가 완전히 자유로운 정신의 산물이라는 뜻이다. 시의 이런 특징은 곧 자유정신만이 현 세계의 모순을 발견할 수 있으며, 인간이 저지를 수 있는 비인간성을 찾아낼 수 있음을 의미한다. 시는 개념화된 틀에 맞추어내는 붕어빵이 아니라, 이 세상에 전혀 없는 인식의 틀을 만들어내는 작업이다. 따라서 시는 개념화된 인간 이해의 고정 관념에 맹종하는 것이 아니라, 지금까지 없었던 전혀 새로운 인간 이해의 유형을 창조하는 작업이다. 그런 작업이 곧 시를 쓰는 일이요, 그 결과가 시작품인 것이다. 시인은 어느 대상에도 충실하거나 맹종할 필요가 없다. 정해지지 않은 대상을 통해 끊임없이 세계와 인간에게 자유로운 지평을 열어주려 애를 써야 하는 사람이 시인이다.

그래서 "시는 무엇과 동등해야지/ 충실해야 하는 게 아니다."(「시론」)라고 말한 매클리쉬A. Macleish의 주장에 공감하지 않을 수 없다. 시는 어떤 대상도 가지지 않는 지성의 자유로운 생명임과 동시에 창조력의 산물이어야 하는데, 시가 어떤 대상에 충실할지라도 그 대상으로부터 자유롭지 못하면 생명력 있는 창조에 이를 수 없을 것이다.

시가 무엇에 적극적으로 '충실'할 때에는 그 무엇의 시종이 되어 헌신해야 하고, 아니면 맹신자가 되어 그 무엇을 찬양해야 하리라. 그러나 세상의 그 무엇에도 청탁을 받거나 혹은 위협을 받지 않으면서 스스로 존귀한 길을 내주는 존재가 있다면, 이를 일러 시라고 해도 좋을 것이다. 시는 무엇의 대가로 부르는 노래가 아니다. 무엇을 위해서 헌신하는 것도 아니다. 헌신과 봉사마저 가장 순수하게 빛을 내게 하며, 땀마저도 보이지 않게 하는 것이 시다. 있으되 보이지 않고, 살았으되 움직이지 않으면서 도처에 있고, 항상 숨을 쉬는 인간의 원형질, 곧 세상의 순수태純粹態, 그것을 발굴해야 할 언어의 광맥을 일컬어 시라고 해도 좋을 것이다.

시가 그 무엇의 다음에 놓일 때에 시는 생명을 잃는다. 시는 처음이자 시초여야 하고, 시는 순수 무균의 원형질이어야 한다. 또한 시는 언어가 태어나는 새벽이어야 한다. 그래서 시는 권력의 첨단이되 왕관을 거부하고, 재물의 첨병이되 주머니 없는 평상복이며, 신의 불침번이되 빛 바랜 경전을 거부한다. 시는 시대의 목자일 수 있고, 과거의 경종일 수 있으나 시가 지향해야 할 바는 자신이 디디고 서 있는 발 밑을 살피는 일이어야 한다. 그랬을 때 시는 세상의 그 무엇과도 동등하면서, 동등한 그 무엇에 끊임없이 생명력을 공급하는 원천이 되어, 그 무엇의 됨됨이보다 항상 한 걸음 앞서 가는 인간과 세상의 선지자가 될 수 있다.

시가 그 무엇과 동등하다는 것은 그 무엇으로도 시를 치장하지 않고, 시 자체만으로 스스로 뜻과 값을 지닌다는 의미다. 시는 젖먹이 아이의 양식으로서 언어의 모유母乳이거나, 물고기에게 필요한 생명 현실로서 필요한 언어의 공간空間이거나, 새의 날개에 힘을 실어주어 비상하는 언어의 동력動力이거나, 편백나무 숲을 흔들어 푸른 향기를 방출하게 하는 언어의 피톤치드이거나, 야바위 시장의 소란한 소음을 뚫고 울려대는 언어의 경적警笛이어야 한다.

시가 그렇게 언어의 정수가 되기 위해서는 그 무엇과 동등해야지 그 무엇에 충실해서는 이룰 수 없는 헛된 망상인 것이다. 언어를 통해서 비로소 사람다운 사람을 비추려면 그 사람과 동등한 언어, 즉 나와 너 우리가 되려면 그 시는 우리와 동등한 언어여야 한다. 더불어 언어를 통해서 삶의 안팎을 비추려면 시 또한 그 안팎과 동등한 언어여야 할 것이다. 시가 사람에 충실해서는 사람을 다 비출 수 없고, 우리에게 충실하다고 해서 우리가 될 수 없으며, 안팎에 충실해서도 어정쩡한 중간자밖에 되지 못할 것이다.

시는 세상의 그 무엇과도 동등해야 한다. 그랬을 때 그 됨됨이를 바로 서게 하는 언어의 성전이 될 수 있다. 시는 신마저도 언어의 성전 앞에 무릎 꿇게 하는 교리가 되어야 한다. 그런 시 작업의 요소는 바로 지성과 정신의 자유로움이 조화를 이룰 때에 가능할 것이다.

바야흐로 이운룡 시인이 고희古稀 중반에 이르도록 발표한 적지 않은 시들을 조망하면서, 평생을 통하여 남긴 시의 궤적을 말하라 하면 바로 여기에 있다. 강조하면 '자유로운 지성이 빚은 생명력과 자유로운 정신이 빚은 창조력과의 조응'이라고 규명할 수 있지 않을까.

그의 시를 정독하다 보면, 시적 지성은 끊임없이 감성을 호위하여 시정신의 창조력을 확대시키고, 시정신은 또 지성을 감싸 지치지 않는 생명력을 발휘하게 한다. 지성과 정신이 시의 범주에서 조응할 수 있는 열쇠는 바로 '자유로움— 비개념성'에 있음은 물론이다.

그의 시세계는 그 질량의 풍부함을 조망하기엔 쉽지 않은 시의 대하를 이루고 있다. 단숨에 통과하기엔 벅찬 시의 산맥을 이루고 있다는 느낌이다. 필자의 시문학 실력과 솜씨로는 그 우람한 산맥의 한 허리쯤에나 닿을 수 있을지, 광대한 대하의 한 모퉁이나 건너다볼 수 있을지 저어하지 않을 수 없다.

그는 열 한 권의 시집을 출간하였으며, 2009년에는 제1시집부터 제9시집까지 대표작을 뽑아 육필 시선집 『새벽의 하산』을 상재한 바 있다. 필자는 준거가 될 법한 몇 작품을 중심으로 자유로운 지성이 발휘하는 생명 또는 정신이 빚은 창조력이 어떻게 조응調應하고 있는가를 살펴보려 한다. 이는 어디까지나 사숙의 대상으로 삼았던 선배 시인의 작품을 깊이 있게 공부하기 위한 '시작품 자세히 읽기'의 수준을 벗어날 수 없음을 의미하기도 한다.

1. 시어詩語와 이미지image의 힘

모든 예술 작품은 개인의 체험이 예술적 지성을 만나 이루어놓은 변주 양식이다. 시 역시 시인의 체험이 예술적 지성을 만나 이루어낸 것이다. 이를 다양성 있게 하는 원동력은 상상력이고, 상상력의 근원은 언어로부터 차입되는 것임은 분명하다. '예술적 지성'을 상상력의 다른 이름이라고 할 때 체험의 특성이 아니라, 개별적인 체험을 확대 발전시킬 수 있는 상상력의 정도가 시의 성공 여부를 가름하게 된다 하겠다.

그의 육필 시선집 『새벽의 하산』에는 1974년에 출간된 제1시집 『가을의 어휘』(현대문학사) 중에서 여섯 편의 작품을 선별하여 수록하였다. 그 중에서 「겨울 뜨락」은 신선한 이미지가 탱글탱글한 서정의 울림을 주는데, 첫 번째 시집의 일관된 특징으로 보아도 무난할 만큼 유별나다. 싱싱한 젊음이 번득이는 시어에는 줄기차게 밀어 올리는 시상, 곧 예술적 지성이 주력主力이 되고 있다.

> 겨울 아침 뜨락에 나와 앉았다.
>
> 덜 깬 꿈을 좇듯
> 나무는 장신의 귀밑에 달린
> 말방울을 울리고 있다.
>
> 가끔씩 고요를 잡아채면서
> 겨울 낮
> 가운데
> 한 발 들여놓고 있는
> 뜨락,
>
> 몇 마리 햇빛이 내려와
> 종알거리며 노란 깃을 접었다.
>
> 마악 모이를 들고 나온
> 神의 손바닥 위에
> 모여든다.
>
> 아, 나날은 빛나는 부리
> 어느새 쪼아 먹은 神의 말씀.

―「겨울 뜨락」 전문

문학평론가 김주연은 '독서의 한계'를 지적한 글에서 데리다(J.Derrida)의 문학론을 끌어다 다음과 같은 취지로 말한 바 있다. 독서는 언제나 작가에 의해서 의식되지 않은 어떤 특정한 관계를 겨냥한다. 작가가 스스로 사용하는 언어의 도식 틀 안에서 그가 통제하는 것과 통제하지 못하는 것 사이의 관계가 문제다. 동시에 독서는 텍스트를 넘어 그것과 다른 어떤 것으로, 어떤 지시 대상으로 언어 밖에서 성립되었거나 성립되었을 수도 있을 텍스트 밖의 초월적 기의基意로 정당하게 통과해 갈 수 없다고 하는 이론이다.

모든 독서는 텍스트 밖으로 나아갈 수 없는 한계를 지니고 있다는 지적이다. 역설적으로 이 대목에서 시 읽기의 한계를 극복할 수 있는 단서가 보인다. 그것은 시인이 제공하는 언어의 도식 틀 안에서 시를 읽을지라도, 시어로 통제된 것에서 시 읽기의 근거를 찾을 수 있으며, 통제하지 못한 것에서 상상력의 날개를 펼 수 있다는 점이다. 시의 생태적 특징이 그렇게 읽기를 자청하는 셈이 된다. 「겨울 뜨락」만 해도 그렇다. 이 작품에는 '겨울'이 통제하는 자연의 비 생명성과 건조성을 뛰어넘어 시인이 통제하지 못하는 시어들의 긴장감이 즐겁게 넘쳐나고 있다. 그것은 시어 하나 하나가 구체성과 생명력을 통해 이루어낸 상상의 세계라는 점이다.

시인은 자신의 미적 감성이 주관하고 있는 언어를 풀어내 겨울 아침 뜨락에 생명 있는 존재들을 팔팔하게 살려낸다. 장신長身의 생명력을 안으로 간직하고 있는 존재[나무]는 매서운 바람에도 드넓은 사유의 들판을 달려갈 수 있을 정도로 충만해 있다. 장신[사유]의 나무는 미래지향적 안목으로 겨울의 속성인 비 생명성, 곧 잔인성을 극복할 수 있는 대상이 된다. 아마 그런 사유의 안목에는 저만치 봄이 진군해 오고 있는 광경이 보일지도 모를 일이다. 몸은 해바라기가 되어 있을지라도, 계절을 앞질러 가는 사색은 이미 말방울을 울리며 시간을 선도하고 있음이다.

적막한 겨울 아침의 고요마저도 그는 내버려두지 않는다. 그때의 뜨락은 이미 정형의 시공간을 벗어난다. 고요한 아침, 생명 있는 존재들이 움츠러드는 삭막한 공간의 요소들을 모두 거느리고 계절의 마중물이 되어 뭇 존재들을 끌어들인다. 조심스럽게[겨울 낮] 생명 공간의 중심[가운데]에 조금씩[한 발 들여놓고] 생명의 장을 펼쳐 놓는다. 그리고 이때의 ‘뜨락’ 은 일상의 공간이 아니라, 생명을 받아들이는 터전이 된다.

생명의 핵심은 빛에 있다. 여기에서는 그 빛마저 살아 움직이는[몇 마리] 동물성으로 환치된다. 살아 있는 것은 움직이면서 살아 있음을 소리[종알거리며]로 전한다. 그리고 생명의 색깔[노란 깃]을 띤 채, 생명의 마당인 뜨락에서 자유롭게 노닌다. 몇 마리 생명을 허락하는 겨울 뜨락, 그것은 겨울을 극복할 지성의 찬가라 할 만하다.

또한 시인의 발견은 곧 신의 긍정적인 시선을 불러들인다. 겨울 뜨락에 모여든 생명에게 먹이를 내주는 행위는 신성神性과도 통한다. 겨우 목숨을 부지한 생명들은 신의 품에 모여든다. 비둘기가 모이를 주는 행락객의 손바닥 위로 날아들거나, 비단잉어가 먹이를 물고 가는 모습, 아니면 모이를 찾아 앙증맞게 달려오는 병아리들을 연상한다든지 하는 사실과 이 모든 것의 상상은 생명을 살리고자 하는 신성과 다름이 없다. 생명 있는 존재 치고 ‘부처님 손바닥’ 이라는 섭리를 벗어날 수 없음과 같다.

시의 결구는 그 부분에 와서 승화된다. 이는 비둘기, 비단잉어, 병아리만이 아니라 한 뼘의 햇살 없이는 생명을 부지할 수 없는 존재들과의 공통점인 것이다. 결국 서정적 자아도 그들처럼 햇살[신의 말씀]을 쪼아 생명을 부지하게 되는 것이리라.

그러고 보면 겨울 뜨락은 모든 생명체가 신의 섭리를 받아 생의 아름다움을 구가하는 열린 공간으로 변용되어 있다. 겨울이 비로소 신의 사랑을 통해서 생명의 공간으로 전환하는 계기를 만든 것이기 때문에 그렇게 생각할 수밖에 없다.

이런 상상이 가능했던 것은 순전히 이 시에 동원된 역동적인 시어의 힘에서 비롯되었다고 생각된다. 이 점은 다른 시에서도 쉽게 발견할 수 있는 특징이다. 이를테면 같은 시집에 있는 시「봄비 오는 날 밤」의 다음 구절을 통해 시어에 집중된 특징을 파악할 수 있겠다. "건넌방 벽지에서 배어 나오는/ 신혼부부의 모음과 같이/ 온 밤이 싹트는 가슴을 적시어/ 입맞춤의 매듭을 푸는 소리"에서 자분자분 내리는 봄비 오는 날 밤의 정경이 고스란히 눈과 귀에 잡힌다. '신혼부부의 모음'은 '건넌방 벽지에서 배어 나오는 소리'와 중첩되어 얼어붙은 대지를 녹이고, 새봄을 불러오는 봄비의 이미지를 청각 영상으로 고스란히 그리고 있다. '입맞춤의 매듭을 푸는 소리'도 마찬가지다. '온 밤이 싹트는 가슴을 적시어'와 합일되면서 역동적인 이미지를 도입하고 있기 때문이다.

그리하여 구체적인 이미지와 더불어 시적 모티프를 생동감 있게 그려내는 원동력이 된다. 탱글탱글하게 튀는 언어미의 극치, 사물의 이면에 도사리고 있는 생명성과 창의력 등은 그대로 시어의 역동성에서 비롯되고 있음을 확인하게 되는 작품이다.

그의 육필 시선집『새벽의 하산』에는 1978년에 출간된 제2시집『밀물』(한국문학사)에서도 여섯 편의 작품을 선별하여 수록하였다. 그 중에서「나의 무기」는 강렬한 이미지의 힘을 통해 삶의 진정성과 사람됨의 정도正道를 밝혀내고 있다.

나의 막강한 무기는
번쩍이는 칼날보다
쓰러진 풀잎을 일으키는 데 있다.

나의 버림받은 언어는
천 개의 무딘 혀보다
두근거리는 심장에 있다.

누가 이 풀잎의
이슬방울 속에 들어와
세상을 내다볼 수 있겠는가.

누가 이 풀잎의
풀꽃 속을 헤쳐
들여다볼 수 있겠는가.

오, 보이지 않는 얼굴의
보이지 않는 미소여!

오, 떨어지지 않는 손의
떨어지지 않는 체온이여!

— 「나의 무기」 전문

　　김춘수 시인은 이미지를 기능적인 면에서 구별할 때 "서술적敍述的인
것과 비유적比喩的인 것이 있다."고 말했다. 어느 쪽의 이미지인가는 시

인의 세계관과 관계가 깊다 하겠다. 기능상 어느 쪽이 순수한 것인지는 순전히 시의 완결성과 관련이 깊기 때문이다.

이 시에 동원된 이미지는 서술적인 기능과 비유적인 기능을 동시에 수행한다. "나의 무기는 풀잎을 일으키는 데 있다."와 "나의 무기는 심장에 있다."에서 '무기'는 주어의 의미를 더욱 공고히 해 준다. 그러나 이 무기가 '번쩍이는 칼날'이나 '쓰러지는 풀잎' 또는 '무딘 혀'와 '두근거리는 심장'으로 작용할 때에는 비유적인 기능을 수행한다. 그럼으로써 서정적 자아는 무기를 통하여 서사적 의미를 서술함과 동시에 무기의 비유를 확장시켜 자아의 세계관을 도출해내는 표현으로 작용하기까지 한다. 그것은 결국 '보이지 않는 미소'에 담긴 아름다움을 위한다든지 '떨어지지 않는 체온'에 담긴 생명의 소중함을 위하여 쓰일 '나의 무기'가 되는 것이다.

이 작품은 구성의 치밀성과 이미지의 긴밀한 협력을 통해 작품의 완결성을 높이고 있다. 전체적으로 기起·서敍·결結 3단 구성의 짜임새를 유지하는데, 1연과 2연은 중심 제재인 '무기'를 통하여 비유로써 시상을 불러일으키는 기起의 역할을 하고, 3연과 4연은 '이슬방울 속에 들어와 세상을 내다볼 수 있는' 기능을 보유하고 있으며, '풀잎의 풀꽃 속을 들여다볼 수 있는'은 시인의 깊은 안목을 회화적으로 표현한 것이라고 볼 수 있다. 이것은 서敍의 역할을 수행하면서 '무기'의 이미지를 강화해줌과 동시에 시상의 발전적 양상으로 전개시키려는 경우에 해당된다 하겠다. 5연과 6연은 시인의 눈과 시의 감성으로만 볼 수 있는 '보이지 않는 얼굴'과 '떨어지지 않는 손'을 유지하면서 결구를 이룬다. 이런 시적 진술은 볼 수 없는 '미소'를 지켜내고, 떨어지지 않는 '체온'을 유지해주는 생명 작용과 다름없음을 선명한 이미지로 표상하고 있다 .

시인이 구사하고 있는 힘은 나약한 인간의 삶을 일으켜 세우고, 동시에 생명력이 온전히 구현될 수 있는 세계로 승화시키는 데 기여한다. 제2시집의 표제시가 되었던 「밀물」에서도 "그대 발걸음/ 심장에 부싯돌을 치는가."라며 밀물의 자연성을 끌어다 나약한 인간에게 의지의 불길을 당기는 이미지로서 기능한다.

시에 드러나는 이미지의 힘이 무엇에 기여하느냐에 대한 기능주의적 입장은 한 편의 시가 담고 있는 자연의 세계를 의역해 인간의 삶에 일정 부분 새로운 안목을 제시하는 데 있다. 이미지야말로 시의 중심 요소이자 시가 지녀야 할 진정한 에너지인 것이다. 따라서 시가 존재하는 제1의적인 영역이 되어 마땅하다 할 것이다.

그런 점 때문에 '시어의 힘'과 '이미지의 힘'은 시가 지향하는 바, 독자와 공감할 수 있는 시문학의 공간을 성공적으로 확보하게 된다.

2. 소재素材와 시적 극화詩的劇化의 힘

시에 한해서 소재주의素材主義라는 말이 있다. 소재 없는 시가 어디 있겠는가? 때문에 소재를 중요시하는 창작 태도를 두고 논란거리로 일삼을 수는 없다고 본다. 다만 '주의主義'를 붙여서 강조할 만큼 소재에 집중함으로써 창작의 본질에 투철하지 못한 작품을 지적할 때 통용되는 개념이 소재주의가 아닌가 싶다.

그런 비판의 요지는 창작의 본질에 소홀한 대신, 누구든지 다룰 법한 소재들을 별 고민 없이 채택하여 작품을 양산하는 데 대한 부정적 시각을 드러내는 경우에 해당할 것이다. 다시 말하면 소재를 목적이 아닌 수단으로 여기는 창작 태도나, 소재 자체를 목적이자 수단으로 여기는 태도를 비판적으로 말할 때 소재주의라는 개념이 유효하다는 지적이다.

그렇다면 창작의 본질이란 무엇이겠는가? 말할 것도 없이 소재 중심이 아니라, 소재를 통해서 세계와 인간에 대한 독창적이고 심미적인 혜안을 내보이거나, 소재를 뛰어넘어 독자들에게 무한한 창조적 상상력을 자극하는 데 있을 것이다.

육필 시선집 『새벽의 하산』에는 1980년에 출간된 제3시집 『산불·산불』(시문학사)에서 아홉 편의 작품을 선별하여 수록하였다. 시인의 시 세계를 통시적으로 조망하면서 유독 제3시집에서 '소재의 힘'을 느낀 까닭은 시령詩齡이 막 무르익었을 장년에 채택한 시의 중심 제재들에서 막강한 '소재의 힘'을 느꼈기 때문이다.

제3시집에는 다양한 제재의 시들이 담겨 있다. 이 시의 제재들이 앞에서 지적한 소재주의의 우려를 아예 불식할 만큼 시의 형상화에 기여하는 정도가 매우 유별하다는 점에 초점이 모아진다. 그것은 이 시인의 시에서 발견되는 소재들이 사람됨의 진정성을 밝히는 그 '무엇'이어야 한다는 요구를 충실히 반영하고 있기 때문이다. 그 '무엇'은 다름이 아니라, 시인만이 지니는 특별한 인간관이거나 시인의 창조적 미의식과 결부되었을 때에 드러나는, 그래서 사람됨을 발견하는 신선한 안목이 창조적으로 깃들어 있음을 암시하는 그 '무엇'이라 할 수 있다.

산불이야, 산불 났네.
산신령이 타네요.
이쪽저쪽 맞불 붙어 타네요.
우리의 서러움 퍼붓고 퍼부어도
산은 숯으로 산이 되고
검은 주검이 되네요.

하늘과 맞붙어 뜨겁게 입 맞추며
불티 먹은 오천 년
신열이 불같네요.

되놈들, 꽹과리 징 살바람
왜놈들, 고춧대 불쏘시개
이 산 저 산 불 놓아 영기靈氣가 떠났는지

동네방네 노인들 청년들
불 끄러 갔다가
곡괭이 삽 벌겋게 달아서
내리찍는 시늉 보고 기겁을 했네.

어진 백성 흰옷이 활활 타네요.
석탄 백탄 타는 가슴
우리 속만 타네요.

—「산불」 전문

　'산불'은 이 시의 중심 소재다. 소재를 위한 소재로 남아 있는 것이 아니라, 끊임없이 변태變態 변용變容하면서 삶의 전반을 웅변하는 제재로 거듭나 있다. 소재를 위한 소재의 안이함이 아니라, 흔한 일상사이지만 시문학적 밀도로 거듭나면서 제재가 그 '무엇'이 되어야 한다는 요구를 충실히 반영하고 있는 작품이다.

　설령 '산불'이 한국전쟁이라는 역사적 은유라 할지라도 그것은 시가 아니고서는 도달할 수 없는 그 '무엇'에 대한 미학적 반영인 것이다. 이는 독자들에게 객관적 사실마저도 시의 프리즘을 통과한 새 안목을 제시하고 있다는 말이 된다. '산불'은 설익은 소재로 차용된 것이 아니다. 전혀 새롭게 승화된 '역사의 산불, 인간 무지의 산불, 문맹의 산불, 증오의 산불, 민심의 산불'로 변용된 것이다. 그리하여 구체적인 산불이 관념의 산불로 진화되고, 역사의 산불이 민심의 산불로 구체화되어, 철저한 자기 성찰과 역사의 성찰에 이르는 '소재의 힘'을 발휘하고 있다.

다시 말하지만 민속 신앙의 수호신 '산신령'이 불타는 '산불'이야말로 한국전쟁이 아니고 그 무엇이겠는가? 그것은 마파람처럼 남과 북 양쪽에서 타올랐음은 물론이다. 이념의 탈을 쓰지 않은 '산신령'으로 비유했다는 점에서 시인의 시적 형상성을 명쾌하게 들여다볼 수 있다. 이념의 색깔을 철저하게 탈색시키고, 전쟁의 참화를 은유로 표상하면서 결국에는 이념의 다툼과 전쟁의 비극이 바로 이 땅의 주인— 민초들에게 미치는 영향을 통절하게 비판한 것일 터이다. '서러움을 퍼붓고 퍼부어도' 그 슬픔이 해소되는 것은 아니다. 민초들의 삶의 터전은 초토가 되고, 민초들은 '검은 주검'이 될 뿐이다. 그런 폐해는 당대에만 끝나는 것이 아니라 '오천 년 역사' 동안 두고두고 송두리째 말아먹은 결과이지 않았던가. '불티 먹은 오천 년'보다 더 신랄한 질타를 어느 역사에서도 찾을 수 없을 것이다. 신열은 잠시의 열병이다. 그 열병이 개인에게만 머물러 있는 것이 아니라, 역사에 옮겨 붙어 유구한 민족성을 말살시키는 참상을 드러내고 있다. 이런 참상이 우리들의 잘못에만 있는 것도 아니다. 이민족 침탈이 주범인 것이다. 시인은 중국의 참전과 함께 그보다 먼저 온 일제의 침탈을 지적하여 우리의 '영기'를 불태우고 마침내 영혼을 불사른 비극의 '산불'로 형상화하고 있다. 불을 끄려는 사람들에게서도 전쟁의 참상은 여전하고, 민족의 순수한 혈통마저 훼손되고 마는 '산불' 의 현장성! 그것이 곧 우리의 역사이고, 그 곳에 뿌리 내리고 살아온 우리 겨레의 참상으로 이어지고 있는 것이다.

시인은 '산불' 을 통해 제재가 시의 그 '무엇' 이 되어야 하는가를 분명히 증명해준 셈이다. 그는 역사의 산불을 보여주되 역사의 주체들에게는 부끄러움을, 삶이 초토화된 민초들에게는 성찰의 계기까지 마련해 준다. 소재가 소재로만 머문 것이 아니다. 역사성으로, 현장 중심으로, 혹은 겨레 된 이의 가슴속까지 영원히 화인火印을 찍고야 말겠다는 의지의 표현으로써 감동을 넘어 통절한 울먹임으로까지 발전시키고 있다. 이는 그가 다루고 있는 소재의 각별한 힘이 아닐 수 없다.

제3시집에 동원된 제재들이 한결같이 이런 변용을 거치면서 시의 세계를 거의 무한대로 확장시키는 힘을 발휘한다. 육필 시선집에 선별된 다음의 작품만 보아도 알 수 있다.「옛터에서」는 역사의 부침에서 겪었을 삶의 지난함을 의식 있는 소재로 변모시켰고,「허수아비」에서는 이 땅의 백성들이 빈곤을 어떻게 이겨냈는가를 보여주며,「시선視線」에서는 빈부를 보는 어린 시선이 어떻게 오늘의 가치관과 세계관을 형성하는가를 보여주고,「시인 박봉우」에서는 한 시인의 자발적 궁핍과 그로 인한 자유의 값을 가늠하면서「버버리 · 1」에서는 절망을 극복할 내밀한 빌미를 제공하기도 한다.「충치」에서는 사소한 신병의 일상사를 통해 전생을 들여다보는 웅숭깊은 시심을 보여주고,「이 중사님의 펜글씨」에서는 상흔을 반추함으로서 삶의 다양성을 보여주는가 하면,「쑥굴댁」에서는 한 광녀의 비극을 통해 사람됨의 가치가 무엇에 있는가를 진술하고 있다.

이런 막강한 '소재의 힘' 이 이룬 시의 현장은 제4시집『이 가슴 북이 되어』로 자연스럽게 이어진다. 하기야 역사의 현장을 치열하게 더듬어 온 문학적 패기가 다다를 곳은 그리 마땅치 않으리라. 그는 자기 확인을 통해서 새로운 창작의 근기를 얻었음이 분명하다. 육필 시선집 『새벽의 하산』에는 1982년에 출간된 제4시집 『이 가슴 북이 되어』(창작과비평사)에서 아홉 편의 작품을 선별하여 수록하였다. 시인의 시세계를 통시적으로 조망하면서 제4시집에서는 '시적 극화의 힘'을 강하게 느끼지 않을 수 없었다.

시란 무엇인가에 대한 답은 다양하다. 그러나 창작의 기본은 일상적인 체험도 '낯설게' 하여 새로운 모습으로 타성적 삶에 자극을 주는 방법, 혹은 '시적 장치'를 통해서 심미안에 자극을 주는 것이라는 설명은 일찍부터 회자되어 왔다. 이런 주장은 낯설게 하기나 시적 장치, 시적 극화와 함께 시의 탄생 과정에서 필수적으로 논의되는 이론들이다.

모든 시는 시인의 지성과 정신 안에서 심미적으로 변용된 새로운 세계다. 그런 변용의 기술적 방법을 무엇이라 말하건 그 결과는 마찬가지일 것이다. 삶을 통하여 건져낸 체험이나, 관념적인 사고의 결과로 얻어진 생각[사상]의 차원에서도 그것은 어떤 방법으로든지 '극화劇化'라는 변용을 통하지 않고는 심미안의 대상이 될 수 없다고 본다. 시인의 작품을 통시적으로 조망하면서 제4집에 이르러 '시적 극화의 힘'을 감지할 수 있었음은 의미 있는 일이라고 생각했다.

극화란, 무대를 전제로 한 연희 양식이나 서사적 의미만을 지칭하는 개념으로 이해되는 것만은 아니다. 시적 극화는 어디까지나 시를 생산하는 과정에서 시인의 지성이나 정신력으로 이루어낸 의도적 '비틂'을 표상한 말이기 때문이다.

다시 말하거니와 제4시집에서는 시적 극화의 요소들이 특히 두드러져 보인다. 이 시집에 이르러 시문학의 진면목을 발굴한 점에서도 의미가 있겠지만, 시적 지성과 시인다운 정신력이 바야흐로 만개한 듯한 느낌을 받지 않을 수 없다.

소를 팔 때에 나는 울었다.
아버지를 따라 읍내 쇠전에 갔을 때
젖이 불어 새끼를 찾는 소들이
젖이 그리워 어미를 부르는 소들이
말뚝에 매여
그 무엇보다 길게 울음을 보내고 있을 때
나는 소로 태어나지 않은 것이 고마웠다.

머언 산을 바라보고 있는 소,
두려움으로 커진 눈을 굴리며
제 집을 생각하는 소,
살지 죽을지 바짝바짝 속이 타서
마려운 똥도 참고 있는 듯
고개를 땅에 처박고 있는 소,

(중략)

나는 소가 성자처럼 위대하게 보였다.
그러니 소를 마땅히 놓아주든지
소가 대접 받는 인도로 보내든지
소를 받드는 새 법을 만들어야 하지 않을까.

—「쇠전의 애가哀歌」1, 2연과 마지막 연

호흡이 긴 시이다. 길기 때문에 전문을 옮기지 못했지만, 전편을 다
인용해도 좋을 작품이다. 이 시를 떠받드는 근간은 앞에서 밝힌 '시적

극화의 힘'이다. 어린 화자의 눈에 비쳤을 쇠전[牛市場]의 슬픈 정경이 그대로 드러난다. 소를 팔러 가는 아버지를 따라나선 어린이가 이 시의 화자이다. 화자의 눈에 비친 소의 모습이 화자인 자신으로 옮겨와 마침내 성자의 모습으로 승화되면서 한 편의 드라마 같은 이야기를 펼쳐낸다.

E·슈타이거의 지적처럼 '시적 극화'라 해서 반드시 무대를 전제로 연희 양식으로서의 형식을 요구할 필요는 없다고 본다. 그저 '극적'이라는 점에서 이 시는 본연의 위상을 자리매김할 수 있다. 우리의 인생사에 이러한 상황은 충분히 무대를 갖추고 있는 체험적 진실이 아니던가? 시인은 그런 발상에서 출발하여 시 한 편으로 삶의 현장성을 축약해 극적인 긴장감을 풀어낸다.

1연에서는 어미가 새끼를 찾고, 새끼는 어미를 찾는 울부짖음을 들으면서 '나는 소로 태어나지 않은 것이 고마웠다'고 술회한다. 어린 화자가 소로 변신되면서 시적 극화의 단서가 충분히 제공되고 있다. 2연에서는 소의 모습을 세밀하게 관찰한 내용이 전개된다. 두려움에 떨고 있는 소, 제 집을 그리워하는 소, 똥도 참으며 풀이 죽어 있는 소를 연상하면서, 소년 자신이 소라고 의식할 정도로 사실적이다. 3연에서는 소와 화자 자신을 해방시키고자 한다. 억압에 대한 저항만으로도 자신을 되찾을 수 있다는 가정은 어린 화자의 의식으로 하여금 강한 극화의 힘을 발휘하게 하였으리라. 그러나 억압과 구속에 제압 당할 수밖에 없는 운명을 터득하면서, 어린 화자는 제법 의식화된 자아의 정체성을 갖추어 나아간다. 4연에서는 흥정에만 혈안이 된 소장수들의 행태를, 5연에서는 그런 소장수에 대하여 속수무책인 소의 슬픈 운명을, 6연에서는 칼잡이에게 자신의 목숨을 순순히 내주는 소의 순명을, 7연에 이르면 자신의 운명에 체념한 소를 벌떡 일어서게 하는 소년의 의기를 드러내주고 있다. 마지막 9연에 이르면 성자처럼 보이는 소를 '인도로 보내거나/

소를 받드는 새 법을 만들어야' 함을 역설하고 있다.

어린 주인공— 화자가 '소'라는 제재를 통하여 삶의 진실을 깨닫고, 운명의 한계를 절감하다 마침내 도달한 세계가 바로 소를 '성자'로 여기는 경지에까지 이른 것이다. 극의 발전 단계에 맞게 점층적으로 극화된 이 한 편의 시는 '발단·전개·위기·절정·대단원'의 단계를 거치면서 시적 화자나 독자의 의식에도 지성과 감성이 조화를 이룬 미적 경험을 누리게 한다.

이런 극화의 기법은 시집 이름이 된 작품「이 가슴 북이 되어」에서도 빛을 뿜어낸다. '이 가슴 울리지 않는 북이 되어/ 한 천 년쯤 두들기면 소리날까요?/ 멍들어 시펄시펄한 세월/ 먹피를 사발로 퍼내면서'를 읽어보면 드라마틱한 주인공이 될 여지를 리얼하게 보여주고 있기 때문이다. 억울함에도 소리 내어 울 수 없는 삶의 진실 앞에서, 가슴을 치며 통탄해 온 이 땅의 피붙이들에게는 천둥소리로 울릴 것이다.

더불어 부당하고 억울하고 가슴 먹먹한 인고의 세월을 살아온 화자가 마침내는『버버리의 노래』로 이어질 수밖에 없는 시의 운명을 예고한다.

3. 정서情緖와 예지叡智의 힘

육필 시선집『새벽의 하산』에는 1988년에 출간된 제5시집『버버리의 노래』(사사연)에서 단 두 편만을 선별하여 수록하고 있다.「자갈」과「목마른 연가」가 그것이다. 필자는 이 두 작품을 통해서 '정서의 힘'을 감지할 수 있었다.

서정주는 일찍이 시의 발전 단계를 다음과 같이 설파한 적이 있다. 한 편의 시가 되기 위해서는 시인 각자의 감각적感覺的 체험이 우선이고, 이를 내면화하여 정서情緖의 수준으로 끌어올려야 시에 가담시킬 수 있으며, 그렇게 해서 이룬 시에서는 마침내 예지叡智를 드러내야 비로소 한 편의 시가 완성될 수 있다는 논리다.

이에 대하여 김춘수 시인은 시가 갖추어야 할 기본 요소들을 지적한 것은 옳지만, 한 편의 시가 반드시 그런 순서로 발전되는 것은 아니며, 그렇게 되어서도 맞지 않다고 반박한 바 있다. 서정주의 주장이나 김춘수의 지적 모두가 타당하다 하겠다. 한 편의 시가 되기 위해서는 '감각·정서·예지'가 기본 요소이지만, 모든 시가 이를 반드시 갖추어야 할 필요조건이 될 수 없으며, 그런 순서를 지켜 시가 이루어지는 것도 아님은 분명하다.

그럼에도 불구하고 제5시집에는 그런 요소들이 균형 있게 갖추어져 있다. 전체 3연으로 구성된 시 「자갈」이 이를 증명해준다.

밭을 가는 땅에 자갈이 뒤집힌다.
자갈자갈 불평을 씹는 볼멘 목소리가
이랑을 따라 일어선다.
이리 튀고, 저리 튀고
가만히 있어도
튀어나오는 자갈들이 불을 먹었나 보다.
입에 물리기도 하고
쟁기 날에 무디게 부딪친다.

우리들 생애의 모든 힘,
우리들의 지긋지긋한 끈기는

땅에 처박혀 등이 굽었다.

엎드릴 대로 엎드려 땅이 낮아 보였다.

―「자갈」 전문

서정주 시인이 전제한 '감각·정서·예지'는 시의 기본적인 밑그림이다. 이를테면 '고백적 요소·묘사적 요소·발견적 요소'는 또한 '객관적·주관적·각성적' 요소들로 대체한다 해도 마찬가지다. 시는 그렇게 기본적인 요소들이 참여하여 시의 세계를 형성한다고 하는 원론적인 지적으로 보아도 무방할 것이다.

이 작품을 음미하면서 '자갈'이라는 명사는 돌, 자갈들이 부딪는 소리를 연상하여 붙여진 이름이구나 하는 생각을 하게 된다. 사물에 이름을 붙일 때에는 '자갈자갈'과 같은 의성어 차용이 용이했을 것이다. 그렇게 1연은 시인의 감각에 와 닿은 객관적 상관물로부터 비롯되어 있다. 다만 쟁기에 부딪치는 '자갈자갈' 소리가 '불평을 씹는 볼멘 목소리'로 변용 되면서 한결 시적 빌미를 제공하는 데 크게 기여하고 있음을 주의 깊게 보아야 하리라.

그런 자갈들처럼 보잘 것 없는 제재들이 화자의 지성에 의하여 내면화된 정서적 산물임을 제2연에서 찾아볼 수 있다. 어떤 객관적인 대상도 주체의 인식이 개입되지 않고는 내면화될 수 없다. 화자는 형편없이 왜소한 시적 대상[자갈]에서 '불을 먹었다'는 주관적 해석을 시도함으로서 시상을 발전시키는 단서를 제공한다.

이어지는 3연은 예지의 단계로 마무리된다. '우리들 생애의 모든 힘'은 바로 그런 불을 먹은 듯한 내면으로부터 나오는 것이며, 따라서 인생을 경영하는 '지긋지긋한 끈기' 역시 그러한 인고의 결과로 맺어지는 것임을 깨닫게 된다. 이는 바로 예지의 단계이자 발전적인 안목이 아닐 수 없다.

앞에서 지적한 시의 발전 단계가 잘 구조화된 이 작품에서 발상의 단서는 아마도 '자갈자갈'의 의성어 차용이 주는 절묘한 의미와 그것이 불평의 수단을 함의하면서 더욱 큰 효과를 나타낸다. 객관적인 체험이 주관적 정서로 내면화되어 하찮은 인생일지라도 우리의 삶을 버티게 하는 힘은 바로 '끈기 있는 인내'로부터 비롯한 예지임을 발견케한다.

제5시집에 수록된 시 「목마른 연가」에서도 이런 발전 단계를 적용하여 '정서의 힘'을 드러내준다. '풀벌레 목청 구슬진 아침 풀밭'에서의 감각적 체험 역시 '결코 죽지 않은 죽음 배우리라'는 각성을 불러들이고 있기 때문이다.

시선집 『새벽의 하산』에서는 1990년에 출간된 제6시집 『사랑의 반지름』(문학세계사) 중 네 편의 작품을 선별하여 수록하였다. 「사랑의 반지름·2」「사랑의 반지름·4」, 「사랑의 반지름·5」「사랑의 반지름·8」이 그것이다.

필자는 이 시집을 처음 접하고 받은 인상을 잊을 수가 없다. 이제 시인이 바야흐로 시선詩仙의 경지에 이른 것이 아닌가 하는 감동을 받았기 때문이다. 그 결정적인 요인은 바로 '사랑의 반지름'이라는, 간결하면서도 함축성 있는 시구를 도출해낸 '예지의 힘'을 발견하였기 때문이다. 이 한 구절에 함축된 오묘한 감동은 자못 컸다. 마치 성경의 『잠언서』나 『시편』에 나오는 한 구절이나, 칼릴 지브란이나 톨스토이적인 사랑의 잠언으로 읽었던 때의 시적 공감과도 같은 것이었다.

사랑의 의미를 규명하자면 사람마다 다른 언어를 구사할 것이다. 시인들도 달리 노래할 것이며, 화가마다 채도彩度가 다른 그림을 그릴 것이고, 명상가마다 지혜가 넘치는 사랑의 본질을 설파하겠지만, 사랑의 본질을 한 마디로 압축하기란 그리 쉽지 않으리라. 그렇게 사랑을 한 마디로 정의할 수 없기 때문에 오묘한 것인지, 아니면 오묘한 것이 사랑이라서 정의하기 어려운 것인지, 그럴 듯하면서도 정작 사랑의 개념이나 본질을 정의하자면 단순치가 않다.

그런 현상을 단 한 마디로 압축한 명언이 바로 '사랑의 반지름' 이라고 생각한다. 시집의 표지만 보고도 이야말로 '사랑의 정수' 를 집어낸 듯하다.

어떤 종류의 사랑이건 사랑에는 '사랑하는 자와 사랑 받는 자' 가 있기 마련이다. 신과 인간의 사랑이건, 여자와 남자의 사랑이건, 부모와 자식의 사랑이건, 친구와 친구의 사랑이건, 인간과 자연의 사랑이건 모든 사랑은 사랑의 주체와 객체가 있기 마련이다. 그 양자 사이에 원만한 사랑, 진정한 사랑, 완전한 사랑이 이루어지기 위해서는 바로 '반지름' 만큼의 역할과 기능이 있어야 가능하지 않겠는가?

하나의 완벽한 실체로서 그 대상을 원圓이라고 가정한다면 그 원만하여 조금도 이지러짐이 없고, 완벽하여 모자람이 없는 형태의 완벽성, 곧 원을 이루는 실체는 바로 반지름으로부터 기인한다 하겠다. 반지름끼리 합치면 지름이 된다. 지름의 값만큼 둥그런 실체의 원은 그 외형과 내면, 부피까지 조형하기에 이른다.

사랑을 형상화하자면 원이 제격이다. 원을 사랑의 상징으로 진술한 '사랑의 반지름' 은 그래서 사랑의 본질을 드러낸 탁월한 예지라 아니할 수 없다. 일방적인 반지름 사랑은 무의미하다. 사랑의 주체와 객체간의 진정한 조화와 호응만이 완벽한 실체로서의 사랑을 구현할 수 있다.

짝사랑은 온 사랑에 비해 메아리 없는 허무 같아서 그들 개인의 반지름을 잃어버린 격이 된다. 응답하지 않는 신의 속성을 모르고 응답이 없다고 무신론에 빠지는 것 또한 신앙의 반지름을 잃은 격이다. 이런 사랑의 본질을 단 하나의 시구로 압축해 낸 '사랑의 반지름' 이 제6시집 101

편 전부를 꾸며놓고 있다.

　　더 큰 사랑을 위해
　　사랑할 수 없으나 사랑합니다.

　　그대의 강을 건널 수 있지만
　　그대의 강을 건너지 않고
　　건너가면
　　서로의 손을 맞잡을 수 있지만
　　서로의 손을 내밀고 있는 그리움,

　　함께 강물 되어 흘러가다가
　　만남도 떠남도 흔적 없는
　　바다 한가운데
　　하나의 절대 사랑
　　그런 종교의 믿음으로 사랑합니다.

　　더 큰 사랑 위해
　　사랑할 수 없으나 사랑합니다.

― 「사랑의 반지름 · 2」 전문

　모순어법을 쓴 이 시의 말미에 사랑의 본질이 드러나 있다. 기구起句와 결구結句와의 호응이 바로 그 예이다. '더 큰 사랑'을 위해, '사랑할 수 없으나 사랑하는' 것에 사랑의 진실이 있다. 이런 사랑의 진실을 1연과 끝 연에 배치함으로써 그 사랑은 반지름과 반지름이 합해져 완성되는 원형의 세계임을 형상화한 것이다.

반지름이 그리는 '사랑의 원圓', 그 실체는 무엇일까? 5대 독자를 유
괴해서 살해한 범인을 용서하고, 그를 자식으로 받아들이는 어떤 할머
니가 보여주는 인간애의 반지름일까? 아니면 '사랑하기 때문'에 헤어
진다면서 이혼의 변을 늘어놓는 어느 연인의 애정 행색일까? 그도 아니
라면 '벗을 위해 목숨을 버리면 이보다 더한 사랑은 없느니라.' 했던 성
인의 가르침을 담고 있는 반지름일까?

이 시인의 시법에 함의되어 있는 '사랑의 반지름'은 바로 그런 모든
구체성이 깃들여야 할 사랑의 응답으로 마련된 은유의 빛이다. 죄와 용
서를 합쳐서 거룩한 사랑의 원을 형성한 것이기 때문이다. 사랑하니까
상대를 떠나보내는 사랑은 완전무결한 원이 된다. 소중한 내 목숨의 반
지름을, 또한 소중한 벗이 지닌 생명의 반지름을 합해서 우정도 형성된
다. 모든 사랑은 이처럼 상대적인 요소들의 반지름이 합쳐져 이루어지
는 원형적 산물인 것이다. 이를 단 하나 예지 넘치는 시구, 즉 '사랑의
반지름'으로 형상화한 그의 시세계는 점점 시의 선경仙境으로 접어들고
있다는 느낌을 지울 수 없게 한다.

4. 연치年齒가 주는 달관達觀의 힘

시선집 『새벽의 하산』에는 1993년에 출간된 제7시집 『聖者, 반눈 뜨
고 세상을 보다』(시세계사)에서 다섯 편의 작품을 선별하여 수록하였
다.「부처는 반눈 뜨고 세상을 본다」,「시간 여행」,「해바라기」,「쓸쓸한
날 우리 어머니」, 그리고「어머니, 그리움에 미친 날」 등이 그것이다.

앞서 '사랑의 반지름'이 갖는 시적 수사修辭rhetoric의 진수를 살펴본

바처럼, 제7시집에서도 그런 시적 잠언箴言들이 빛을 낸다. '聖者' 라는 한정사가 없더라도 '반눈 뜨고 세상을 본다.' 에 이미 시적 예지는 함축 되어 있다. 사람은 두 눈을 지녔다. 그러나 온전히 눈을 뜨고 세상을 보 는 것은 아니다, '반눈' 을 뜨고 세상을 본다는 점에 주목해야 한다. 반 半이 지닌 의미의 차이야 크지 않다 할지라도 불교적 진신眞身이나 시어 가 차지하는 비중은 자못 크다고 하지 않을 수 없다.

자세히 보라. 모든 부처는 왜 눈을 온전히 뜨지 않고 반만 뜨고 있을 까? 그것은 눈을 뜨되 반은 감고 반은 뜨고 있다는, 그리하여 부처의 오 묘한 신비 세계와 구경究竟의 진리를 내포한 상징적 실체로서 불교가 의 도한 신비주의에 그 진의가 있지 않겠는가. 무엇이든 완벽을 추구하거 나 절대를 추구하는 것은 도리가 아닐 터. 반눈 뜨고 세상을 바로 볼 수 있다면 그것이 곧 성자의 길이 아니겠느냐는 반어로 진술되어 있다.

사람과 세상을 보는 달관의 경지가 아니고서는 다다를 수 없는 예지 이다. 사람의 허물에는 눈을 감고, 미덕에는 크게 눈을 뜰 수 있으며, 사 람과 우주의 천리天理를 들여다볼 때에는 반눈을 떠야 보인다는 시적 달 관의 경지! 세상의 불의에는 더 크게 한 눈을 떠서 밝히되, 숨은 진리는 마음으로 감지하는 반 눈! 그런 가능성이 시의 잠재력을 확장시키고, 그 런 가능성을 실현할 수 있는 사람으로 시인을 세상에 보낸 것일 게다. 이런 합일점을 제7시집에서 발견하는 일은 시 읽기의 큰 즐거움이다.

달관의 경지는 저절로 이루어지지 않는다. 이운룡 시인이 제7시집을 1993년에 출판했으니 이제 연치도 어언 지천명의 하반(1938년생)에 이 르렀으며, 시력詩歷으로도 1964년부터 시작한 등단 절차를 1969년『현 대문학』3회 추천완료에 마쳤으니 그 동안을 헤아려 보면 어언 30년 동 안 문학 수업을 쌓은 뒤에 나온 시집인 셈이다. 당연히 세월과 지혜와 시력이 주는 문학적 슬기가 이런 '달관의 힘' 을 보여줄 때가 되었음을 짐작할 수 있는 대목이다.

『채근담菜根談』에는 "달관한 사람은 결국 괴로운 마음을 즐거운 마음으로 바꾼다."는 말이 있다.

世人以心肯處爲樂세인이심긍처위락
却被樂心引在苦處각피락심인재고처
達士以心拂處爲樂달사이심불처위락
終爲苦心換得樂來종위고심환득락래

세상 사람들은 마음에 맞는 것으로 즐거움을 삼는지라
도리어 즐거운 마음에 이끌리어 괴로운 곳에 있게 되고,
통달한 선비는 마음에 어긋나는 것으로도 즐거움을 삼는지라
마침내 괴로운 마음이 바뀌어 즐거움이 되느니라.

—『채근담菜根談』전집 제204장

성자의 가르침을 따르는 것이 곧 평안을 얻는 길이요, 그런 화평한 세상을 얻으려면 달관한 세계관을 가져야 한다는 뜻이다. 그런데 그런 달관의 세계가 쉽게 이루어지겠는가? 그는 30여 년의 작시 생활에서 사물의 본질을 밝혀보고자 집중한 삶의 지혜를 자연스럽게 터득해낸 것이 아닐까! 그리하여 천상에서 달관한 사람을 성자라 하고, 지상에서 달관한 사람을 시인이라 하는지도 모른다. 그렇게 달관의 시를 접하는 일은 그대로 시속時俗에서 걷는 수행과도 다름이 없을 것이다.

기러기는 하늘 푸른빛으로 눈을 씻고
구천을 난다.

반눈을 뜨고 세상을 읽고
반눈을 감고 마음을 읽는 부처님

봄 눈뜨는 나뭇가지 미소 뒤에
열매 한 섬을 숨기시고
나중에, 그 나중에야
여름 꽃도 다 시들고 나면
꿈결이듯 머리맡에서
구슬 굴리는 소릴 빚으신다.

깊은 깨달음 속 일렁이는 해와 달을
높이 띄워서
부끄러운 아랫것들 훤히 밝히시는
우리 부처님,
반만 눈을 뜨고도 온 세상을 내다본다.
— 「부처는 반눈 뜨고 세상을 본다」 전문

불심佛心은 만휘군상萬彙群象이 공유한다. 부처는 인격적 성자가 아니다. 자연의 이법이자 인간이 간섭할 수 없는 섭리세계 속에 있다. 그것을 찾아내 구체적으로 드러내는 존재가 바로 성자聖者이다. 그런 선각적 체험자만이 부처를 말할 수 있지만, 불문佛門에 들어가면 누구나 부처가 될 수 있다. 유일신으로서의 부처가 아니라, 깨달음의 인자因子로서 부처는 우리들 안에서도 현존한다.

그런 경지를 그린 시가 바로 위의 작품이다. 세상은 반만 낮이고 반은 밤이다. 반은 빛이고 반은 어둠이다. 이 세상에는 선과 악이 반반씩 자리 잡고 있는지도 모른다. 사람의 절반은 여자이고 나머지는 남자다. 절반은 선인이고 나머지는 악인일 수도 있다. 다만 누구나 깨달음에 도달하는 사람, 낮의 빛 속에 사는 사람, 밤이라도 휘영청 밝은 달빛을 누리는 사람만이 깨달음을 얻어 부처가 될 수 있으리라.

그래서 시인은 '반눈 뜨고 세상을 읽고/ 반눈 감고 마음을 읽는' 다고 한다. 그래야 불심을 얻어 부처가 될 수 있다는 말일 것이다. '뜨다— 읽다' 는 '감다— 읽다' 와 대응된다. 뜨고도 읽고 감고서도 읽는 세상— 사람, 그것이 곧 달관의 힘이 되고, 부처의 힘이자, 바로 시의 힘이 될 것이다.

'봄눈 뜨는 나뭇가지는/ 열매 한 섬을 숨기시고' 를 보자. 육신의 눈에만 의존하는 청맹과니는 봄눈에서 한 섬의 열매를 볼 수 없다. 그것은 반눈을 감을 때 비로소 보이는 세계다. 욕망의 눈을 아무리 떠봐야 보이는 것은 연약한 봄눈일 뿐 지혜의 눈, 곧 달관의 눈을 떴을 때에만 비로소 숨겨둔 진실을 볼 수 있다.

그래서 시에서는 달관의 안목을 밝히는 지혜가 번뜩여야 한다. 시인은 부처에 가까이 다가설 수 있는 성자에 근접해야 한다. 그것이 시의 요구이고 시인이 도달해야 할 경지이리라. 그런 가능성이 이 작품에서도 읽힌다.

달관의 힘은 그의 지혜로운 깨달음에 의한 선물로 작용하고 있다. 같은 시집의 시 「시간 여행」에서 시인은 이렇게 적시하고 있다. '나이를 먹으면 시간이 보인다.' 는 것이다. 마치 반눈 뜨고도 읽고, 반눈 감고도 읽는 지혜를 터득한 것일까. 시간을 보는 달관의 시력詩歷과 삶을 추상抽象하는 예지의 힘이 녹아든 진술이다. 결구에 이르러 '나이를 먹으면 눈물의 그늘도 보인다' 고 말한다. 나이와 그늘은 상통하는 말이지만, 이것을 차별화하는 대목은 바로 '눈물의 그늘' 에 있다. 삶의 비극적 정조마저도 달관한 예지의 힘으로 극복할 수 있는 힘은 연치가 준 선물일 것이다.

제7시집에서 빈도 높게 등장하는 '어머니'를 모티브로 하는 시들도 그의 예지에서 벗어나 있지 않다. 인생을 진지하게 탐구하고, 숨겨진 진실을 찾고자 노력하는 사람들, 즉 독자들은 그런 정서를 통해 나이가 가르치는 삶의 예지를 벼리게 된다. 「쓸쓸한 날 우리 어머니」나 「어머니, 그리움에 미친 날」 등이 바로 그런 정서의 산물이다.

자식 된 사람은 누구나 '아직도 철없이 엎어지고 뒤집어지는/ 나와 아내와의 푸른 물이랑/ 그 수선스런 강둑에서/ 홀로/ 어머니는 외로움을 낚아채어/ 떨리는 손 겨우겨우 빈 어구에 가득 채워 넣고'(「쓸쓸한 날 우리 어머니」) 계시는 것을 목격할 수 있을 것이다. '어머니!'라고만 불러도 눈에 눈물이 고인다. 시인이 감내하고 있는 어머니에 대한 그리움과 그것을 형상화하여 독자의 앞자락에 눈물방울을 떨어뜨리게 하는 공감의 미학이 있어, 심미적으로 의미가 깊다.

외로움을 낚아채어 빈 바구니에 넣고 계실 어머니의 쓸쓸함 앞에 가슴 먹먹해짐은 물론, 의식적 사고력까지 증발하여 백지가 되는 듯하다. 그리고 보면 늙음이 반드시 비극적 종말만을 뜻하지는 않는 것 같다. 사람됨에 다다를 수 있는 구경究竟이 바로 늙음이라고 볼 때, 사람이 늙는다는 것은 자연의 순리가 아닐 수 없겠다. 그것은 늙음이 현명한 달관의 즐거움을 주기 때문일 것이다. 따라서 시가 아니고서는 쉽게 공감할 수 없는 감수성이기도 하다.

그의 육필 시선집 『새벽의 하산』에는 2002년에 출간된 제8시집 『풍경은 바람을 만나면 소리가 난다』(푸른사상사)에서 열일곱 편의 작품을 선별하여 수록하였다. 이어지는 제9시집 『그 땅에는 길이 있다』(푸른사상사)의 열다섯 편과 함께 가장 많은 시를 발췌 수록하고 있는 셈이다.

그는 이제 시의 정상에 접근해 있다는 느낌을 강하게 암시 받는작품들
이다.

치열한 인생 경륜과 시로써 구축한 미적 영감에다 사물과 사람을 보
는 철학적 안목을 확실하게 감지할 수 있는 시집들이다. 이 원로 시인은
꾸며서 아름다움을 치장하지 않아도 그의 발언이 곧 시가 된다. 구절마
다 경구로 삼을 만하다. 그는 비망록에 적어두고 음미할 말씀으로 일상
을 영위하는 듯하다. 심성이 깊은 시인들의 걸작품을 대할 때처럼 번득
이는 정교한 바탕에 웅숭깊은 시심이 고여 있으며, 평범한 듯한 어법에
서 비범한 예지를 발견하는 것은 예사이다.

산이 하늘을 들어올려 몸 부풀리다

한쪽 어깨가 삐끗해

제 무게를 내려놓고

영영 깊은 도량에 푹 빠져 있다.

다른 꼬임에는 결코 넘어가지 않을 양

세차게 흔들어 깨워도

묵묵부답이다.

어쩔 도리 없이

나의 몸과 마음을 산에 내려놓고 왔다.

가볍다는 생각 뒤에 서 있는 산은

힘줄이 조금 땅겼을 뿐

뼈에 금이 갔다는 말은 못 들어 보았다.

나의 투정을 다 받아주는 산,

곰팡이가 피어도 곰팡내가 안 나는

유심한 거울이 내겐 없다.

—「새벽의 하산」 전문

  이 작품은 그의 시가 마침내 도달해야 할 정상의 시법으로 시의 진수를 함축해 놓고 있다. 정교한 은유metaphor를 자연스럽게 배합시켜 독자를 긴장시키지만, 그리 겁낼 것도 없이 시의 내면세계로 독자를 끌고 들어가는 힘이 센 시다. 역시 그만한 연조와 시의 슬기로움이 저절로 배어나와 마음을 사로잡는다.

  세상을 어렵게 받아들이면 힘든 상태가 된다. 그러나 세상이란 주관에 의해 해석되는 의식이나 물질의 변형에 다름 아닌 것이다. 사람을 난해한 존재라고 해석하면 한없이 복잡 미묘해진다. 시의 세계도 마찬가지일 것이다. 시는 복잡 미묘한 지성의 자유로움과 정신적 해탈이 빚어내는 종합적인 창조의 산물이다. 그래서 시를 두려운 상대로 보면 미리 겁부터 먹기 마련이다. 시도 세계에 대한 해석이며, 인간 존재에 대한 정서의 반응이라고 단순화해서 보면 의외로 심오한 시세계에 접근할 수 있다.

  이 작품이 그러한 단서를 제공한다. 작품의 내면으로 들어가 보자. 새벽잠이 없는 시적 화자는 어둠을 헤치고 산에 올라가 인간의 실존과 고뇌의 궁극에 탐닉되어 있다. 화자의 심상은 산의 속성과 동일성을 이룬다. 산을 내려와서도 그 자신을 산에 두고 왔다는 의식 자체가 바로 그러한 발상에서 연유된 것이다. '나의 몸과 마음을 산에 내려놓고 왔다'는 대목이 이를 잘 말해준다.

  그러니까 "유심한 거울이 내겐 없다."고 자각하는 시적 화자의 독백을 독자들이 수용할 준비가 되어 있다면, '시적 화자=산=나' 로 하여금 삼위일체가 되어 있다는 점에 주목해야 할 것이다. 이러한 표현 형식은 작품 곳곳에 숨어 있다. 바로 '가볍다는 생각 뒤에 서 있는 산' 과 화자와의 관계가 그 하나이다. 나는 누구인가? 나는 생각하는 산 뒤에 있는 존재임과 동시에 산과 내가 하나의 공간 속에 합일되어 있다. 다만 '유심한 거울'이 없는 것이 인간의 한계일 뿐이다.

그 '유심'을 유심唯心― 오직 한 가지 정신으로 볼 것인가, 아니면 유심留心 ― 변하지 않는 현실감이나 유심幽深 ― 그윽한 영혼의 울림, 또는 유심有心 ― 사물에 깃들어 벗어나지 못하는 미련으로 볼 것인가는 오로지 시인이 장치한 함축적 의도에 따라 해석될 수밖에 없다. 다만 표면적으로 보면 '유심有心'으로 읽는 것이 온당할 것 같다. 단지 이를 정신― 심미적으로 고양시킬 수 있는 읽을거리로 받아들이느냐의 여부는 독자의 몫이 될 것이다.

5. 자연과 소통하는 힘

육필 시선집 『새벽의 하산』에는 2002년에 출간된 제9시집 『그 땅에는 길이 있다』(푸른사상사)에서 열다섯 편의 작품을 선별하여 수록하였다. 육필 시선집을 제10시집으로 본다면, 이 선집에 수록하지 않은 2006년의 시집 『산새의 집에는 창이 없다』는 제11시집이 되는 셈이다. 본고에서는 '자연과 소통하는 힘'의 특성이 바로 제11시집에도 지속되고 있음을 감지할 수 있기 때문에, 제9시집과 함께 언급하는 것으로 대신하고자 한다.

사람이란, 세월이 깊어지면 자연의 일부가 되나 보다. 아니 유기체 특성이 무기체 특성들과 소통하면서 주객이 하나 되는 합일 현상이 벌어지기도 하는 모양이다. 하기는 시인을 가리켜 '자연과 신의 염탐꾼'이라고 말한 사람도 있다. 신이 자신의 속성을 자연에 풀어놓았다면, 시인은 신이 풀어놓은 자연에서 신의 속성을 찾아내어 신을 해방시키는 사람이라 할 수 있으리라. 그러므로 시인은 신을 해방시키는 사람일 것이다.

릴케의 산문 「사랑스런 신에 관한 이야기」를 읽어보면 '돌에 귀를 기울이는 사나이' 라는 대목이 나온다. 거기에 등장하는 조각가 미켈란젤로는 돌 속에 갇혀 신음하며 자신을 해방시켜 달라고 소리치는 신의 음성을 듣고 끌과 망치로 돌을 쪼아 형상을 드러냄으로써 신을 해방시켜 준다. 결국 조각가란 돌[자연] 속에 갇혀 있는 신을 해방시키는 사람임과 같이, 시인이란 바로 이런 언어의 조각가에 다름 아닐 것이다. 그러므로 신도 결국에는 시인에게 의존하지 않을 수 없다. 릴케는 이렇게 노래한다. "신이여, 그대는 어떻게 하겠는가? 만일 내가 죽는다면? 나는 그대를 담고 있는 항아리인데, 만일 내가 깨어진다면?' 이라고. 그렇다면 신성을 어디서 찾을 것인가? 신을 해방시키면서 동시에 신의 존재를 받쳐주는 사람이 바로 예술가[조각가— 시인]일 것이다. 또한 미당서정주는 '마흔다섯이면 귀신이 와서 사는 게 보이는 나이' 라고 말했다. 이운룡 시인은 이제 제11시집에 이르러 이순耳順의 통과역을 지나 고래희古來稀마저 간이역으로 치부하면서 당당히 지나쳐버릴 원숙한 경지에 이르렀다. 당연히 귀신과도 소통할 수 있는 시의 신통력을 보이고도 남을 연조인 것이다.

그래서 인생의 경륜이 높고 시에의 연치가 깊어질 무렵에야 신은 자연에서 신성을 찾아내는 혜안을 시인에게 허락한 것이 아닐까?

늙으면 갈 곳 있으리.
만나는 사람, 큰 집 줄이고 줄여
혼자이면 어떠리.

아내와 둘이면 사치스런 꿈일까.

키 낮은 처마 단칸방 앞에

찻상 하나 놓고 마주앉을 의자 둘,

두 평 꽃밭이면 어떠리.

그런 집에 살면 다시 사람들 그리워져

세상이 아름답게 보이리.

늙으면 그렇게 살아야 하리.

낯선 외로움 서서히 익히면서

외로움끼리 모이면 금빛이 되리.

그런 세상 하나쯤 가져야 하리.

—「작은 집 한 채」 전문

작지만 초라하지 않은 귀향처가 그의 시「작은 집 한 채」다. 삶이 죽음과 자리바꿈을 하고, 평화로운 삶에서 유택幽宅으로 옮아가게 되는, 비밀 아닌 비밀을 명료하게 드러내줌으로서 시적 성공을 거둔 작품이다. 사람이란 늙어지면 운명적으로 번데기처럼 쪼그라들 수밖에 없다. 피할 수 없는 자연의 이치다.

그러나 이승에선 자신의 부족을 스스로 인정하고 우상을 신봉하는 사람, 아직도 지어야 할 고대광실을 꿈꾸는 사람, 외로움은 자연법이 아니라고 우기는 사람, 그런 인물들에게 '키 낮은 처마, 단칸방과 찻상 하나, 마주앉을 의자 둘, 두 평 꽃밭'은 못내 성에 차지 않을 것이다.

시의 예지, 그리고 오랜 연조와 사유는 자연과 소통하는 지혜를 시인에게 허락했다. 시인은 그런 귀향의 처소를「그 땅에는 길이 있다」면서 다음과 같이 설득한다. "세월의 무덤 위에 꽃나무 하나 심었다/ 앞으로, 나무는 오래 살 테고/ 나는 죽어서 만날 것을 알고 심었다/ 그 날엔 하늘도 나의 푸른 밥그릇 조용히/ 땅에 엎어놓겠지, 그것이/ 무덤과 꼭 닮았을 것이라 생각하면서도 나는/ 왜 슬픔을 슬퍼하지 않는 것일까"라고. 자연과 소통하는 사람은 슬픔을 슬퍼할 이유가 없다. 오히려 '금빛으로 빛나는 세상'으로 바꿔지는 비밀한 천리를 늙어서야 깨닫게 되기 때문이리라. 시의 발상이나 이를 구체화하여 내밀한 언어의 질서를 세우는 어조 등에서 「작은 집 한 채」와 「그 땅에는 길이 있다」는 서로 유사함을 넘어 동일한 언어 구조와 내연을 공유한다. 이들 시는 자연의 속성과 일맥상통하는 점이 없지 않다.

늙어서 돌아가야 할 최후의 집은 자연이다. 욕망을 축소하는 일은 자연으로 돌아가기 위한 준비인 것이다. 만나는 사람도 줄어들게 하고, 살고 있는 큰 집도 줄여야 한다. 그뿐인가. 푸른 밥그릇[생명] 엎어놓은 닮은꼴이 무덤[집]이라고 연상되는 이 시의 이미지는 매우 암시적이고 참신하기까지 하다. 자연과 소통하고 화해할 줄 아는 늙은 사람은 욕망으로부터 해방되어야 한다는 의미이다. 그래서 무덤[집]이란 속세를 벗어나 산 속에 두어야 할 배척의 대상이나 두려움의 것이 아니라, 친화적인 대상으로서 밥그릇과 무덤과의 유사성을 자연스럽게 상상했을 것으로 보인다.

지상에는 길이 있게 마련이다. 육신의 길은 하늘이 아니라 땅에 있다는 뜻이다.

그 길을 애써 외면하고 사는 사람들에게 자연과 소통하는 방법을 귀띔해주는 속삭임이 제9시집과 제11시집에 가득 넘쳐난다. 이들 시에서는 인생의 궁극적인 행로를 암시하는 존재 의미가 잘 표현되어 있음을 보게 된다.

시인은 제11시집 '책머리에'서 이렇게 술회한 바 있다. "나는 시가 '미적인 언어 표현'이라는 말보다는 '존재의 본질 인식+존재의 미적 언어'라는 말로 대신하고 싶다. 존재란 곧 '사물이 있음— 있는 것'이라는 뜻이다." 이런 발언의 이면에는 시가 본질적으로 지니고 있는 '심미적 정신세계의 고양'이라는 특성임과 동시에 존재의 본질을 인식하려는 의미로 해석된다. 즉 시는 '미적 산물'도 되어야 하고, 나아가 '존재의 본질 인식'이라는 점을 첨가해야 한다는 표현이다.

삶만이 '존재— 있음'이 아니요, 죽음마저도 '존재— 있음'으로 인식한 생사일여의 정신, 그것은 존재와 무의 차별성이 아닌, 자연 회귀의 속성으로 인식함으로써 그의 시관이 분명하게 드러난다.

「작은 집 한 채」나 「그 땅에는 길이 있다」의 정서는 그의 존재론적 인생관을 함축한 삶의 시임과 동시에 그 자체 궁극적인 생의 단면을 형상화한 것이기도 하다. 왜냐하면 사람은 죽음으로 무화無化되는 것이 아니라, 노화의 끝에 필연적으로 만나게 될 죽음도 순순히 받아들일 수밖에 없다는 존재의 '본질— 있음'의 종말론적 실존 현상을 강도 높게 설득하고 있기 때문이다.

에필로그

지금까지 도도한 장강을 타고 흘러 마침내 대해에 이른 소회所懷를 벅찬 감격으로 풀어낸 듯한 기분을 느낀다. 한 시인의 시적인 진화 발전을 섭렵함과 동시에 언어에 함축된 내적 질서가 이렇게 탄탄히 자리 잡고 있음을 발견할 수 있었던 것은 필자와 더불어 독자들에게도 대단한 시 공부 자산이 되었을 것으로 확신한다. 그만큼 제1시집부터 제11시집에 이르기까지 이운룡 시인의 시적 전개와 발전 양상을 보면 마치 작은 수목이 노거수가 되어 가는 과정을 그대로 닮고 있다는 점에 공감했기 때문이다.

이운룡 시인의 시를 섭렵한 필자의 소감은 이렇다. 젊음이 팽팽했던 청년기로부터 깊은 사유의 세계가 샘물처럼 솟아오르는 노년기의 혜안까지, 그 동안 일관해온 정신사적 진화 발전이 그의 치열한 시정신과 무관하지 않음을 비로소 확신하게 되었다는 점이다. 그러한 시의 힘을 필자는 앞서 '자유로운 지성과 정신이 빚어낸 생명과의 조응'이라고 말한 바 있다. 미적인 사유의 체계에서 자유로움이란 필연코 비개념적이고 비정형적이며, 비세속적인 순수성과 맥이 닿는다고 할 수 있다. 왜냐하면 그런 순수한 지성의 세계에서 자유로운 정신과 창조력이 제 힘을 발휘할 수 있기 때문이다.

이운룡 시인의 시를 탐색하면서 한 시인의 정신사적 궤적을 구조화한다는 사실 자체만으로도 매우 힘든 작업이었다. 그래도 제한적이나마 한 시인의 거의 모든 작품을 조망했던 작업은 의미 있고 의의 깊은 공부였다.

그는 「나의 시, 나의 변명」이라는 시론에서 이렇게 농담을 털어놓은 바 있다. "나, 건드리지 마, 시 나온다."고. 이는 노년의 한 시인이 어떻게 살아왔는가 하는 생의 도정道程과 정신적 자산인 시와 그의 시적 태도를 한 마디로 압축해놓은 의미심장한 농담이기도 하다. 그런 정신으로써 그는 시의 끈을 놓지 않고 시에 매달려 한 평생 치열하게, 진짜 치열하게 살아오고 있지 않은가! 그는 또 그의 시에 대한 관점을 이렇게 피력하고 있다. "나와 사물과 삶과의 은밀한 소통을 통해 존재의 본질을 비집고 들어가려고 노력하는 것이며, 존재의 실체를 파악하려는 긴장의 절정에서 집중된 영혼의 언어로 그 대상을 표상表象하려고 진력한다. 그러한 자세로 대상과의 일체감을 꿈꾸는 시인이 오늘의 나이고 또한 내 시이다."라고 시와 더불어 그 자신의 시적 인생을 진솔하게 천명하고 있다.

자끄 마리땡은 "시는 아무런 대상을 가지지 않는다."고 했다. 그래서 시를 두고 "지성의 자유로운 비개념적 생명과 또 정신의 자유로운 창조력과 관련되어 있다."고 했을 것이리라. 시는 직관 인식이어야 한다는 충고를 잊어버려서도 안 된다. 시는 사물대상을 인식함에 있어서 주관성과 세계의 실재로 하여금 단일한 각성覺醒으로 어슴푸레 깨어나기 때문이다. 때문에 시는 대상을 적극적으로 향유하려고 하지도 않는다. 다양한 질량의 이운룡 시세계가 이를 입증해준다. 이 시인의 고백처럼 눈 쌓인 상록수를 건드리기만 하면 눈 폭탄이 쏟아져 내리듯이, 시심으로 출렁이는 그의 현 마음을 건드리기만 하면 시 폭탄이 쏟아지고야 말 것 같다. 따라서 시의 세례에 목말라 우는 독자들에게는 큰 축복이 되지 않을 수 없으리라.

터키의 민중시인 나짐 히크메트는 이렇게 노래했다. "가장 훌륭한 시는 아직 쓰이지 않았네/ 가장 아름다운 노래는 아직 불리지 않았네."라고 말이다. 고은 시인도 이와 비슷한 말을 했다. "문학에 관해서는 어제가 없다. 가장 좋은 시는 오늘 쓴 시이다."가 그것이다.

이운룡 시인에 대하여 미루어 짐작하건대 이제부터 생산되는 노후의 시는 더욱 진지하고 깊은 울림을 주는 대종이 될 것이다. 이는 조금도 의심할 것이 없다. 그런 연부역강年富力强하는 시심으로 더욱 풍성한 시의 식탁을 차려주기 바라면서, 시의 대하를 건너는 조심스런 탐색의 펜을 놓으려 한다.

마음밭을 가꾸는 소중한 연가

— 황호정의 첫시집 『달을 낚다』 작품론

들어가는 말씀

황호정 시인이 건네준 첫 시집 원고를 받아들고 넉 달의 시간이 흘러 갔다. 겨울이 아직 그 본색을 발휘하고 있을 2월 초순, 원고를 받자마자 이 달이 가기 전에 시의 몸에 그럴싸하게 파스텔 톤의 물감을 입히거나, 계절에 알맞은 속옷을 기우리라 다짐하고 자신하고 호언했었다. 그리고는 마냥 시간이 흘러가더니 봄도 막바지에 이르고, 마냥 흐드러진 넝쿨장미가 이제 막 초여름의 서막을 열어젖히는 시간까지 밀려 왔다.

이렇게 무작정 시간이 흘러간 것을, 아니 시간을 흘려보낸 것을 변명하자면 변명거리가 없는 것도 아니다. 우선은 한없이 게을러 터진 필자의 천성과 함께 분에 넘치는 과제를 선뜻 받아든 경망스러움을 원죄로 꼽아 볼 수 있을 것이다. 어찌 그 뿐이랴 . 평생에 한번 치를 법한 집안의 대소사, 세속 일에 휘둘려 다니다보니 시집 원고에서 잠시 눈길이 멀어진 것도 사실이다. 그렇게 눈에서 멀어지면서 세월은 거침없이 봄을 건너뛰고 무거운 책무만이 나를 짓누르고 있었다. 그러면서 하루도, 잠시도 황 시인의 원고를 마음에서 놓아 보내지 않았음에도 마땅한 물감이나 옷감 장만에 성과를 내지 못했다. 송구스러운 죄책감에 몸 둘 바를 모르겠다.

그러나 이런 신변의 변명거리는 그래도 견딜만했다. 정작 필자가 황호정 시인의 첫 시집 원고에 대하여 선뜻 말씀의 단초를 시작하지 못한 것은 원고를 받아들고 받은 충격적 잔상 때문이었다. 평생 직업으로 교단생활을 정년하고, 늦깎이 시인으로 등단하여 이제 그 시업의 첫걸음을 걸었노라고, 그래서 시답지도 않은 작품이니 감안하여 할 수만 있다면 군더더기 시의 잔가지를 사정없이 쳐 내시라고, 감히 설익은 문학성으로 시의 전달을 어지럽히지나 않는지 염려된다고… 말씀의 끝자락마다 겸손이 묻어나고, 당부의 손길마다 겸양이 넘치는 시인의 말씀을 귀 너머로 듣고 왔던 터라, 성급한 교만성이 일정한 선입관으로 필자의 내면에 또아리를 틀고 있었기 때문이 아니었나, 반성적 후회가 막급하다.

그러나 원고를 펼쳐들고 읽기 시작한 작품들은 한결같이 미묘한 파장으로 필자를 엄습하였다. 그것은 시집 전편에 흐르는 문학적 접근성에 대한 황시인만의 독특한 캐릭터를 접하면서 필자가 지니고 있던 기존의 문학 상식을 수정해야 할 만큼 자극을 받았기 때문이었다.

이를테면 스스로 밝힌 시문학 초년병으로서의 박미薄媚한 서정성이 일관성을 유지하면서 맥맥한 정신력으로 살아 있음을 목격할 수 있었던 것이나, 시의 어법인 생략과 압축— 긴장과 응축이라는 시의 전통적 표현법을 고스란히 담고 있어서 어디 한 자 어느 한 구절 가감삭제의 퇴고를 허하지 않는다는 판단에서 오는 감상이었다.

그러나 이 점은 완벽한 시적 의장意匠으로서 황시인의 작품들이 과·부족하지 않다는 것을 말하려는 것은 아니다. 오히려 퇴고라는 이름으로 이 작품들에 어설픈 삽질을 가하거나 호미질을 하게 될 때 시 작품 전체의 구도와 미감이 결정적으로 훼손될 만큼 독특한 시적 개성을 지니고 있다는 뜻에서 볼 때 그렇다는 것이다.

망설임 없는 행 가름과 연 가름으로 내재율을 유지하면서, 동시에 부사적 덧칠하기나 관형구적 꾸밈의 욕구를 절제하고 시어 한 어절을 한 행으로 삼거나, 단어 몇 구를 한 연으로 삼을 만큼 간결성을 유지하고 있다. 그러니까 다시 말하자면, 표 나지 않을 분장으로 시적 기교를 변동하고 싶은 욕구를 아예 무질러버릴 정도로 시적 몸체가 군더더기 없이 이루어졌다는 뜻이다.

또 하나는 시에 일관된 그리움의 정서다. 아내를 먼저 떠나보낸 별리의 정서로부터 비롯한 이 애틋함은 이 시집을 관통하여 흐르는 깊은 강물이다. 황시인은 상처喪妻한 설음을 가슴 깊이 간직하고 있다. 그 절절한 상실의 고통은 걷잡을 수 없지만, 통절한 슬픔과 비통한 절망감을 극복하기 위한 노력은 눈물겨운 사투였음을 고백하고 있다.

그런 애통함의 끝에 황시인은 또 다른 인연을 만나서 새로운 행복을 잘 꾸려가는 것이나, 어미 잃은 슬픔을 저 나름대로 극복하며 다복한 삶들을 이어가고 있는 자녀들의 삶이 남다르게 보인다는 것이다. 이 모두가 먼저 떠나간 아내의 염원이기도 하겠지만, 그보다는 이승에 남아서 새로운 인연의 실타래를 풀어가는 새 식구의 오지랖 넓은 배려와 사랑의 힘이 더 크다는 것을 그는 잘 안다 했다. 황시인 스스로 새로운 인연은 여생의 좋은 길동무가 되었으며, 그런 다복한 삶의 연속성은 순전히 슬픔이 빚은 역설임이 분명하다고 고백한다.

그런 고백을 뒤로 하면서 쓸쓸히 가을 동산을 넘어가는 바람결이나, 겨울 벌판을 지나가는 진눈개비처럼 삽상하게 서걱거리며 감성의 톤을 유지하는 시인의 모습이 매우 인상적이었다. 그것은 슬픔을 정제한 뒤

에 오는 맑은 영혼이랄까, 통곡의 뒤에 오는 적막 같은 고요함같은 서정
의 그늘이 그를 시인으로 내몰았고, 그에게 시를 안기는 저력이 되었음
을 짐작하기에 어렵지 않았다.

그랬다! 떠나간 동반자를 그리며 안타까워하는 심정이 어찌 세월이
흘러간다고 해서 빛이 바래거나 그리움이 감소될 수 있겠는가? 오히려
내심 깊이 연민의 강물을 흐르게 하고, 현실의 도처에서 의식의 발목을
잡는 각성이 되게 하며, 아름다움도 그냥 아름다움이 아니라 반드시 시
인의 미감에 눈물샘을 자극하는 서정성의 원천이 되었던 것이다. 그렇
게 해서 태어난 것이 시요, 그렇게 해서 얻은 것이 시문학의 도도한 울
림이었던 것이다.

누구는 말하기를 '시는 넘치는 감정의 자연스러운 유로流露'라고 정
의하고 있지만, 황시인이 추구하는 문학을 말하라면 '시는 넘치는 그리
움의 자연스러운 결정結晶'이라고 말하지 않을 수 없다.

사랑하는 사람에게는 눈에 잡히는 것마다 사랑 아닌 것이 없다. 새봄
에 꽃이 피는 것도 내가 그를 사랑하기 때문이요, 새들이 노래하는 것도
우리의 사랑이 있기 때문이요, 여름날 내리는 장맛비도 서로가 서로를
사랑하기 때문이다. 아침에 뜨는 해도 사랑하는 사람을 보라는 하늘이
보낸 메시지요, 저녁에 돋는 달도 사랑하는 사람을 노래하라는 조물주
의 선물이다. 사랑하게 되면 세상은 우리의 사랑을 중심으로 운행하고,
우리의 사랑을 위하여 존재한다.

뜨겁게 사랑하면 눈에 잡히는 것, 마음에 담기는 것이 모두 잃어버린
사람이나, 새로운 인연에 대한 감사의 고백이요 뜨거운 연가일 수밖에
없다. 부딪치는 바람결도 그 사랑과 함께 했거나 이어나가야 할 바람결
이요, 쏟아지는 눈보라도 그 사랑과 함께 맞았거나 맞아야 할 따뜻한 눈
보라다. 길모퉁이 찻집에서 풍기는 향기도 사랑의 향기요, 골목길에서

풍겨오는 저녁거리 된장찌개 구수한 냄새도 그 사랑을 위한 애틋한 추억이 된다. 사랑을 잃거나 얻은 사람에게 모든 사물은 사랑을 기념하거나 추억하는 앨범이다. 사랑하는 사람들은 도처에서 그런 사랑의 앨범을 넘기며 이승의 가파른 언덕을 올라가는 것이다.

그러므로 황시인의 작품에서 끊임없이 듣게 되는 연가는 너무도 인간적인 엘레지거나 환희의 송가가 되는 것은 당연하다. 그런 엘레지나 송가를 통하여 이승과 저승을 넘나들면서 인간의 한계를 초극할 수 있는 것도 바로 시문학으로부터 얻을 수 있는 숭고한 축복이 아닐 수 없다.

그런 엘레지나 연가를 황시인은 끊임없이 되풀이 한다. 그런 연서이기에 시상의 단초는 추억의 앨범에 잡아두었던 기념사진의 어떤 장면이거나, 사랑이 떠나간 빈자리를 메우는 애틋한 사랑의 눈길이 아닐 수 없다. 그러다보니 시의 전개는 간결한 시상의 응축이요, 그런 서정을 포착하려다 보니 부차적인 수식의 치장을 자제하고 억제된 모습으로 드러날 수밖에 없었던 것으로 보인다.

시절이 아무리 수상하다 한들 곡진하게 부르는 한 시인의 망부가亡婦歌에 어느 저승이 응답하지 않으며, 어느 망자가 외면 할 수 있으랴! 에우뤼디케를 부당하게 빼앗긴 오르페우스는 최고의 시인이자 음악가였다. 사랑하는 아내를 잃은 슬픔에 빠져 있던 오르페우스는 당당하게 저승 왕 플로토 앞에서 사랑하는 아내 에우뤼디케를 돌려달라고 간절하게 청원한다. "아내를 돌려주시든지, 아내와 저를 이곳에 잡아두시고 기뻐하시든지 마음대로 하십시오!"라고. 당당하나 애절한 시인 오르페우스의 노래에 핏기 없는 저승의 망령들까지 눈물을 흘린다. 마침내 저승 왕의 허락을 받고 잃었던 아내를 되찾아 저승을 빠져나오지만, 아내를 걱정하던 오르페우스가 그만 뒤를 돌아보는 금기禁忌를 어겨서 다시 아내를 잃는다.

오르페우스가 슬픔과 눈물을 양식으로 삼아 아내를 그리워하면서, 저승 왕까지도 감동시켰던 것은 막강한 무기나 군사의 힘이 아니었다. 단지 무기력하게 보이는 애절한 노래요, 만인의 심금을 울리는 시였다. 부드러운 것이 강한 것을 이기고, 아름다운 슬픔이 무지한 폭력을 이길 수 있음을 이 신화는 여실하게 보여준다.

현대의 신화神話는 무엇인가? 시문학은 오늘날에도 순수한 신화가 가능함을 보여주는 몇 안 되는 예술 양식이다. 현대는 어찌 보면 신화 부재의 시대요, 신화를 잉태할 수 없는 서정 불임의 시대인지도 모른다. 건조한 과학기술적 금속성이 식물적 신화를 허용하지 않는다. 그럼에도 불구하고 아직도 우리에게는 시가 있고 시인이 있다. 그래서 우리는 잃어버린 사랑도 반추하며, 그런 반추를 통해서 살아가면서 이어가는 또 다른 사랑의 소중함을 노래하는 것이 아니겠는가? 황시인의 망부가나 새로운 연가도 그런 현대적 신화 잇기의 한 몸부림이자 절절한 노래다.

펼치는 말씀

황시인의 첫 시집은 4부로 나뉜다. 1부와 2부에는 별리의 정서를 떨쳐내지 못한 애틋한 그리움이 진득하게 묻어나는 작품들이 모여 있으며, 3부와 4부에는 시대성이나 역사성 혹은 선험적 추억으로 비켜갈 수 없는 감성들이 시의 의장을 걸치고 정답게 모여 있다. 그렇게 유사성 있는 작품들을 모아서 장을 구별하려는 의지도 의미가 있지만, 긴 서정의 맥락을 일정하게 구획 지음으로써 독서 호흡을 조정하고 서정의 단락을 분별시키려는 의지로 보면 좋을 것이다. 나누어진 장을 따라 시적 의미 맥락과 서정적 아름다움을 감상해 본다.

　제1부에 있는 작품들도 앞에서 언급한 것처럼 그리움의 정서가 주류를 이룬다. 자연이 철따라 새롭게 부활하듯이, 상실이 끝내 무너지는 절망만은 아니다. 그런 연장선상에서 인생의 새로운 개화를 소망하는 서정들이 눈길을 끈다. 그런 서정들이 값진 절망의 끝에 피는 인생의 소망과 닿아 있다. 매화가 겨울의 혹독한 절망을 견뎌낸 산물이듯이, 인생이 굽이마다 맞이하는 가혹한 절망과 아픔을 극복함으로써 새로운 개화─새로운 인생의 계절을 맞이할 수 있는 것이 아니겠는가!

　　한 시름
　　두 시름
　　날마다 젖은 밤

　　허구한 날
　　종이접기로
　　날밤을 샌다

　　반달연을
　　주소 없이
　　가을 하늘에 띄워 보니

　　창 너머 맑은 달이
　　소리 없이 굽어본다.

①─「애달픔」 전문

　　찬비만 내리더니

오늘은
단비가 온다

한류와
난류가
함께 흐르는
내 마음의 강은 깊어

필 듯
말 듯
묵은 매화가
바람 없이 흔들린다.

②—「망설임」 전문

　작품①에서 매우 선명한 이미지를 만난다. '종이접기'와 '반달연'이
그것이다. 어떤 내용을 담아서 누구에게 보내는 사연인지 묻지 않아도
안다. 시름 많은 화자는 그 많은 젖은 설음을 마냥 흘려보낼 수 없어서
종이접기를 한다. 그리고는 주소는 없으나 행선지는 분명한 모순형용
을 통해서 잊을 수 없는 사람에게 편지를 띄우는 것이다. 그 서찰의 행
선지가 바로 '가을 하늘'이다.
　이미지는 독자의 마음에 가장 감각적이면서 공감하기 쉬운 그림으로
안긴다. 이미지로 인하여 시인과 화자와 독자의 거리가 급격하게 가까
워지고 친밀해진다. 이미지가 선명하면 할수록 시에 담긴 의미맥락이
형상화의 길을 성공적으로 걷게 되고, 그 여파로 인하여 독자에게는 미
감으로 다가온다. 이 작품이 바로 그렇다. 선명한 이미지로 인하여 독자

들은 화자가 의도하는 그리움의 정서를 한 폭의 그림으로 추체험하게
된다.

　종이접기의 이미지는 뚜렷하다. 설음 많은 시간에 할 수 있는 종이접
기는 사랑하는 사람에게 보내는 그리움의 호소 말고 또 무엇이 있을 수
있겠는가? 그런 그리움의 정서를 하필이면 종이접기냐는 것이다. 그것
은 가을 하늘을 비행할 수 있는 가장 빠른 통신수단— 종이비행기와 중
첩되는 이미지 때문에 독자의 공감을 쉽게 살 수 있다. 종이에 담을 수
있는 사연과 함께 종이비행기처럼 날렵하게 사랑하는 사람에게 닿고자
하는 염원이 중첩되면서, 절절하고 아름다운 사랑 이미지가 선명하게
살아나고 있다.

　반달연의 이미지도 마찬가지다. 우리네 전통적인 서정의 일부가 되
어버린 '돛대도 아니 달고 삿대도 없이 가기도 잘도 간다 서쪽 나라로'
하는 동요의 서정을 차용한 것으로 받아들이면 용이하다. 사랑하는 사
람, 잊을 수 없는 사람이 가 있는 곳은 '서쪽 나라 가을 하늘' 이요, 그
서쪽 나라로 가장 쉽게 갈 수 있는 수단으로 화자는 '반달연' 을 선택한
것이요, 잠재적인 서정성으로 독자들은 화자의 그리움이 닿는 최종 목
적지가 바로 그 서쪽나라— 서방정토임을 어렵지 않게 공감하게 된다.

　반달연의 이미지도 매우 선명하게 다가온다. '반달' 과 '연' 과 '띄우
다' 는 의미가 서로 상관하고 간섭하고 의미와 미감을 중첩시켜 화자의
의도를 그럴싸하게 담아가는 매체로 그 역할을 충실히 수행한다. 투명
하기 그지없는 '가을 하늘' 의 이미지까지 더하여 화자의 그리움의 정서
가 얼마나 간절하며, 얼마나 서러운 것이며, 어떻게 걸러낸 서정인지를
선명하게 드러낸다.

　언어화된 한 편의 작품에 담긴 시적 언어에는 시인이 의도했건 의도
하지 않았건 다양한 선험적 요소들— 의미와 미적 요소들이 함축되기

마련이다. 이 작품에서도 마찬가지다. 종이접기가 종이비행기와 중첩
되며, 반달연이 동요 반달과 중첩되는 것은 시인의 창작 의도와는 무관
하게 독자의 미감과 닿아 있는 대목이다.

  그런 사유와 공감의 영역을 지나자 비로소 젖은 설움으로 띄운 한 편
의 그리움의 연서가 전달되는 것이 아니겠는가. '창 너머 맑은 달이/ 소
리 없이 굽어본다.' 고 하지 않는가! 서러움이 맑게 정제된 달, 화자의 절
절한 그리움의 메신저가 투영되어 투명한 가을 하늘에 떠오르지 않는
가? 화자가 보낸 사연은 수신자에게 잘 전달되어 맑게 씻은 얼굴로 가을
하늘에 떠오른 것이다.

  이 달을 보는 화자나 독자— 지상의 인간들은 더 이상 슬픔이 더 큰
상처가 아니며, 더 이상 이별이 아픈 절망이 아니다. 이런 시를 통해서
화자나 독자는 지상의 존재로서 끊임없이 저승을 내왕하는 오르페우스
가 될 수 있으며, 별리가 또 하나의 만남이 되는 시적 역설이자 모순형
용의 극치를 추체험하게 된다. 나아가 시문학이 현대적 신화神話 를 창
조하는 뜻있는 작업임을 확인하게 된다.

  작품②에서 보이는 이미지도 매우 선명하다. '찬비' 는 '한류' 와 닿아
있고, '단비' 는 '난류' 와 닿아 있다. 화자의 의식 세계는 항상 차가운
슬픔의 비만 내렸다. 그런 화자에게 '오늘' 은 단비가 온다. 그 오늘이
바로 봄을 예견하는 천지의 조화다. 당연히 단비가 오면 한류와 난류는
교행하기 마련이다. 그 단비가 무엇이며, 그 난류가 무엇인가? 말할 것
도 없이 봄을 맞이하는 천지의 기운이요 그 운행이다.

  그러니까 슬픔으로 마른 날이 없던 화자에게 천지의 봄기운이 새롭
게 약동하고 있는 것이다. 그런 봄기운을 예견한 '묵은 매화' 는 망설이
게 된다. 아직도 천지는 눈보라가 설분분雪紛紛 흩날리는데, 아직도 젖
은 슬픔으로 대기는 차갑기만 한데 섣불리 향기를 피운답시고 자아自我

의 본색을 터드려야 할 것인가, 망설이게 되는 것이다.

초자연의 어떤 기색에 '묵은 매화' 는 망설일 수밖에는 도리가 없다. 그 망설임이 바로 화자가 견지하고 있는 겸허한 인간성의 발로다. 바람이라도 불어준다면, 그 바람을 탓하며 마냥 흔들릴걸 알지만, 바람 한 점 없는 천지에 봄기운은 대지를 건너 몰려오는데 어찌 할 것인가? 그냥 일관성을 유지한 채 한류를 본분으로 알고 견딜 것인가? 아니 난류가 흘러올 때 그냥 또 다른 변신을 시도할 것인가?

'마음의 강' 은 한없이 깊어만 간다. 깊은 강물은 소리가 없다. 소리가 없다 해서 강물이 흐르지 않는 것은 아니다. 소리 없는 강이 깊은 강이요, 얕은 강물일수록 소리가 요란한 법이다. 화자의 마음의 강은 안으로 한없이 깊어만 가는 강물이다. 차갑게만 흐르던 자아의 내면에 또 다른 매화 향기가 넌지시 기운을 보내고 있다. 어찌 경박하게 자아의 됨됨이를 쉽게 드러낼 것인가!

어찌 할 것인가? 존재성의 의미에 대한 해답을 마련해야 한다. 인간의 존재성이 항상 요란한 것만은 아니지 않는가. 그것은 바람 없는 바람에도 흔들리는 존재, 소리 없는 흐름에도 깊어만 가는 존재, 피어야 마땅함에도 한번 주저하고, 한번 더 망설여야 하는 존재, 그런 존재성은 화자의 본질이자 생각 많은 독자들의 존재성과 상통한다. 그래서 망설임은 한 그루 묵은 매화와 중첩하는 화자의 서정어법이자, 시인의 존재성을 간파할 수 있는 힌트이자, 시문학이 담을 수 있는 또 하나의 화법이 될 수 있는 것이다.

제 1부에는 이런 작품들이 대다수다. 선명한 이미지의 효과를 거두면서도 그 이미지들이 복잡하지 않는 개성미를 거둔다든지, 인간의 존재성에 대하여 긍정적인 질문을 하면서도 마침내 화자 나름의 대답을 함축적으로 제시한 작품들이 주류를 이루고 있다. 이런 작품들을 대하면

서 필자는 '진리는 결코 어려운 것이 아니며 미적 성취는 반드시 복잡한 디테일을 통해서만이 획득되는 것은 아니다.' 는 사실을 확인하는 계기가 되었다.

　제2부에는 황시인의 또 다른 개성미를 엿볼 수 있다. 매우 역동적인 시상의 전개를 통해서 정적인 미의식에 자극을 주는 작품들이거나, 세밀한 관찰력으로 사물의 숨겨진 의미를 찾아내어 인간의 삶이나 정서로 변용시키는 작품들이다.

외로움을 미끼로
그리움을 낚으려니
강물도
갈바람도
별빛마저 싸늘하다

받침대 깊이 꽂아
강 물결 잠재우니
밤공기 가르며
달 하나가 갈았다

해맑은 달에
낚시를 던져보니
산새는
물속을 헤엄치고
물새는
앞산에서 날건만

찌는 저만치 떨어져 졸고
입질도 없다.

갑자기
별똥별 하나 스쳐오니
물 아래 달이 출렁인다
흔들리는 달 속에
떠오르는 그리움
번쩍 찌가 솟는다.

③―「달을 낚다」 전문

내 마음의 강변에는
몸이
아래로
아래로 자라는
가녀린 나무가 있다

살바람에
즐거이 그네 되어 놀아주고
센바람에
기꺼이 길을 비켜주는
파~란 베일을 쓴
수녀님 같은 나무

가늘고 긴 실가지는

뜨거운 열선

끝 눈을 녹여서

잎을 피우고

첫 눈을 보고서야

잎을 덜구는 나무

내 마음의 강변에는

마음이

위로

위로만 크는

마음씨 고운 여인이 있다.

④―「수양버들」 전문

시③에는 역동성을 통해서 시인의 감성이 어떻게 변주될 수 있는가를 보여준다. 시적 모티브는 낚시에서 잡았다. 그러나 그 낚시라는 취미 행위가 강태공처럼 정치적인 의도를 짐짓 숨기고 무심을 가장한 세월 낚기와는 거리를 두고 있다. 그렇대서 요즘처럼 다양한 스포츠 레저행위로서의 취미 활동에도 머물지 않는다. 화자에게 있어서 낚시는 순전히 시적 모티브를 포착하기 위한 마음의 낚시요, 그리운 이를 그리워하기 위한 기다림의 변주로서의 낚시다.

그러니 정적인 마음 호수에 드리운 낚시에 물고기가 물려 올라오는 대신 그리운 이가 환한 달처럼 화자의 미감을 점령해 버린다. 흔한 경우 사유는 행동에 앞선다. 그러나 어떤 경우 우리에게 사유는 행동으로 유발되는 경우도 있다. 구체적 사고 작용은 즉물성卽物性으로부터 촉발하는 경우도 있음을 부인할 수 없다. 한참 일에 몰두하여 정신없이 지나고

난 뒤에 '시계'를 보고나서야 작업에 몰두한 시간과 그 정열을 반추하게 된다. 그러니까 이런 경우에 시계라는 즉물적 존재가 없었다면 작업에 몰두한 시간의 의미와 그 시간이 함축하고 있는 작업의 내용이 구체적인 작업— 행동으로부터 유발되는 것임을 부인할 수 없다. 깊은 사색으로 얻어진 깨달음에서 행동이 촉발되지만, 어떤 경우는 앞에서 언급한 것처럼 그 반대의 경우도 있음을 알 수 있다.

시③에서 그것을 확인할 수 있다. '외로움을 미끼로 그리움을 낚으려 했다'는 것이다. 외로움이나 그리움은 구체성을 결여한 시어다. 화자가 처한 외로움의 경지가 어떠한 것인지, 화자가 그리워하는 대상은 누구인지 막연하다. 그것은 감성의 한 파장일 뿐이다. 그러므로 이런 화자의 고백에 스스로 '강물도/ 갈바람도/ 별빛마저 싸늘하게' 냉소한다.

스스로 설정한 외로움과 그리움의 막연한 감성은 2연에 와서 어떤 전기를 맞는다. 그것이 바로 '받침대 깊이 꽂아/ 강 물결 잠재우는' 구체적인 행동성이다. 막연한 정서인 외로움과 그리움이 비로소 해초류의 포자처럼 정착할 수 있는 근거를 마련한 것이다. 그러고 나서야 비로소 외로움과 그리움의 결정체인 '달 하나가 앉는다' 외로움과 그리움이라는 막연한 정서가 시적인 성장과 성숙을 위하여 포자를 증식시킬 수 있는 근거를 마련하게 된 것이다.

그런 다음에야 화자의 상상력은 날개를 단다. 시는 본격적으로 변용의 날갯짓을 한다. 그 정서의 결정인 달에다 화자는 부단히 서정의 낚싯대를 던진다. 무는 것이 물고기일 리 없다. 산새가 물속에서 하늘을 날고, 앞산의 산새가 물속에서 날갯짓을 한다. 비로소 화자의 외로움과 그리움은 날개를 달고 비상을 시작한다. 물속의 물고기를 꼬이려던 '찌'가 저만치 떨어져 혼자서 졸고 있는 것은 당연하다. 물고기의 입질마저 없는 것 또한 당연하다. 화자의 관심권은 이미 물속을 떠나 산새를 따라

앞산에서 하늘로 오르고 있는데 어찌 물속 물고기가 사유의 대상이 될 수 있겠는가!

깨달음은 언제나 갑작스럽게 온다. 막연하게 일렁이던 감성의 정체― 외로움과 그리움이 그 자신의 구체성의 대상이자 결정체인 달을 향해 '별똥별' 하나가 급히 낙하한다. 막연했던 외로움과 그리움이 두렷한 '달'을 물고 떠오른다. 번쩍 찌가 솟아오르며 감성을 낚으려 했던 화자는 비로소 현실의 달빛을 낚는다. 그 달빛이야말로 그렇게도 잡으려 애를 썼던 '외로움과 그리움'의 결정이다.

혼자서 빛나는 달빛, 밤을 도와 쓸쓸히 대화를 쏟아내는 달빛을 낚으며 우리의 화자는 오늘도 이승의 못다 한 사랑을 그리워하며 허공에다 감성의 낚싯대를 드리운다. 물리지 않는 물고기 대신 영원히 여위고 차오르기를 반복하는 달처럼, 쉼 없이 반복하는 사랑의 영원성을 노래한다.

시④에서는 개성적인 발성법으로 세심한 관찰력의 세계를 보여준다. 1연에서 수양버드나무 가지는 아래로 벋어 자란다. 그 자람터를 화자는 내 마음의 강변이라고 규정하고 있다. 4연에서는 그 버드나무 가지가 위로만 벋어 큰다. 그 자람터가 바로 마음씨 고운 여인이라는 것이다. 그러니까 첫 1연과 끝 4연에서는 똑 같은 버드나무 가지라도 대칭을 이룬다. 아래로만 자라는 시적 화자의 수양버드나무, 위로만 크는 시적 대상의 수양버드나무는 이승과 저승으로 갈린 별리의 아픔을 갈무리하는 시인의 독특한 시적 발성법으로 보인다.

내 마음 안에서 벋어 자라는 나뭇가지는 아래로 아래로만― 그리움과 서러움을 안고 자라난다. 그러나 화자의 시적 대상인 여인, 마음씨 고운 여인은 위로 위로만― 별리와 상실의 하늘을 향해서 날아가려 한다. 이런 상극의 교차점에서 우리의 화자는 수양버들을 그냥 강변에 자라나는 나무가 아니라, 마음의 강변— 사색의 강 언덕에 피어나는 사랑의 표상으로 바라보는 눈길이 애틋하다. 이런 애틋한 정서는 2연을 배치해서 1연을 보강하고, 3연을 안배해서 4연을 보완한다. 시적 완성도를 향한 치밀한 구성이 돋보이는 대목이다.

2연에는 아래로 자란 수양버들 나뭇가지가 그네도 되어주고 강풍에는 길을 비켜주는 덕성을 지녔다. 그런 심덕이 파란 베일을 쓴 수녀님 같단다. 수양버들이 그리는 이미지가 수녀님으로 치환되면서 이 시인의 심덕에 신실한 신심의 한 단면을 엿보게 한다. 아래로 자라는 가녀린 심덕은, 하화중생下化衆生을 보살피는 수행자의 이미지와 상통하지 않는가. 그것은 곧 떠나간 임을 잊지 못하는 화자의 심정을 형상화하기에 적절한 소재다.

3연에는 위로 크는 수양버들 나뭇가지가 대칭적 발상으로 절묘한 의미와 아름다움을 생성하고 있다. ‘끝 ‘눈’을 녹여서 잎을 피우고, 첫 ‘눈’을 보고서야 잎을 떨군다’고 하였다. 이때의 끝 ‘눈’은 물론 가지 끝에 피는 새싹[아芽]의 눈이요, 첫 ‘눈’은 말할 것도 없이 서설로 내리는 눈[설雪]이다. 우리말이 지닌 동음이의어의 묘미를 살려서 시적 함축성을 확장하고, 대칭형의 아름다움을 발견하는 시인의 미적 안목이 탁월하다.

화자는 수행자의 일상처럼 임이 없는 이승을 쓸쓸히 거닐고 있다. 자신의 삶이 아래로만 향하는 죄인의 심정일지라도 그렇게 해서 떠나간 임을 그리워하며 ‘서러운 행복’을 맛볼 수만 있다면, 기꺼이 두건을 쓰고 하늘을 가린 채 중생을 교화하는 수행자— 수녀님처럼 살 수 있다는 단호한 심력을 보인다. 그냥 수양버들이 아니라, 마음의 강변에서 자라고 있는 심상이라 하지 않는가.

마찬가지로 3연에서는 떠나간 임의 이미지가 선명하게 채색되어 있다. 가늘고 길지라도 그 열정은 뜨거운 열선이다. 끝 눈을 녹여 잎을 피워 사랑을 구가했던 열정의 여인, 첫 눈이 내려 사위를 얼어붙게 하는 겨울의 한 복판에서도 여인은 따뜻한 가슴으로 사랑을 안을 줄 알았다. 그 여인이 그냥 수양버들이 아니라 마음의 강변에서 크고 있는 심상이라 하지 않는가. 그러므로 마땅히 수양버들은 시적 화자와 시적 대상을 하나로 일치시키는 매체이자 구원한 사랑을 표상하는 사유의 집적물이 된다.

시③에서 화자는 번득이는 깨달음으로 사랑의 영원성을 낚더니, 시④에서는 마음의 강변에 버드나무를 심어두고 상실 이후에도 계속해서 자라나고 있거나, 별리 이후에도 쉬지 않고 크고 있는 사랑가— 그리움의 연서를 쓰고 있는 것이다. 쓰는 데서 멈추는 것이 아니라, 부단히 천상을 향하여 연서를 보내는 것이다. 이런 신화가 시—문학 말고 또 어느 장르에서— 어느 사람살이에서 가능하단 말인가. 시문학이야말로 이승에서 천상을 드나들 수 있는 몇 안 되는 특별한 통로요, 떠나간 사람과 남은 사람이 소통할 수 있는 몇 안 되는 비상구를 갖춘 매체임에 틀림없다.

2부에는 이런 화법으로 일관하고 있다. 화려하지 않으면서도 독특한 발성법을 보이는 작품, 특별하지는 않으면서도 명확한 이미지를 구축하는 작품, 개성적인 관찰력으로 사물의 숨겨진 진실과 아름다움을 드러내는 시적 장치나 어법들이 독자를 편안하게 한다.

다시 한번 강조하건데, 진리는 결코 어려운 것이 아니며, 미적 성취는 반드시 복잡한 디테일을 통해서 획득되는 것은 아니라는 사실을 거듭 확인하는 일은 즐겁다. 황 시인이 그런 진리와 아름다움을 아우르는 정서로 그리움을 들고 있을 뿐이다. 가장 체험적인 진실, 거짓 없는 감성의 파장을 놓치지 않고, 아니 적극적으로 그런 감성을 살려내면서 다시는 되돌아올 수 없는 천상을 향하여 연서를 띄우고 있는 것이다.

이렇게 본다면 시문학이야말로 현대판 신화요, 황 시인이야말로 일찍이 〈오르페우스와 에우뤼디케〉를 탄생시킨 로마의 대시인 오비디우스의 화법이나 사랑법에 정통한 시인이 아닌가 여겨진다. 그런 시적 감성을 지녔기에 줄기찬 창작의 혼을 태워서 천상의 연서를 쓸 수 있었던 것이다.

제3부와 제4부에는 모두에서 언급한 것처럼 시대성이나 역사성 혹은 선험적 추억으로 비켜갈 수 없는 감성들이 시의 의장을 걸치고 의미 있게 모여 있다. 역사적인 소재나 시대적인 마찰음으로 발생한 체험적 소재들을 시의 소재로 채택한 작품들이 적지 않다. 동시대인으로서, 혹은 역사적 존재로서 시대적 사건이나 사회적 이슈들에 대하여 일정한 언급을 하고, 시인 나름대로의 가치를 평가하고 비판의 목소리를 낼 수도 있다. 그리고 그런 과정에서 일어나는 감성들을 시의 어법으로 갈무리할 수도 있다.

그러나 그런 작업들이 시의 이름으로 행해질 때는 보다 정치精緻한 시적 안목과 시적 완성도를 항상 염두에 두고 철저하게 점검해야 한다. 그렇지 않고 섣불리 시대적이고 역사적인 소재들에 대하여 시적 발성법으로 언급하게 될 때, 시도 아니고 시론도 아닌 불투명한 감성의 낭비를 초래할 수도 있음을 간과해서는 안 된다.

이는 시─문학이 철저하게 목적성이나 순수성의 어느 한 면만을 고집해야 한다는 뜻은 아니다. 목적성이 되었건, 순수성이 되었건 시의 어법을 차용한 작품들이 시적 완성도의 측면에서 지나치거나 모자람이 없이 결구되어야 한다는 뜻이다. 목적성을 전제한 시들이 시대의 격랑을 헤쳐 나오면서 일정한 역할과 기능을 수행할 수 있었던 것도 사실이다. 그러나 시기적으로나 시대적으로 한참 거리를 둔 역사적 소재들을 당대적 차원이 아닌 현대적인 관점에서 형상화한다는 것은 그리 만만한 작업이 아니다.

그러나 황시인의 작품에서는 이런 역사적인 소재나 사회적인 이슈들을 목적성의 차원보다는 서정의 내면으로 끌어들여 형상화한 작품들이 다수 포함되어 있다.

이를테면 「독도」 끝 연에서는 '한 손가락에 속은/ 나머지 손가락들이/ 이제야/ 독도는 우리 땅이라며/ 고래고래 소리를 지른다.' 고 질책하고 있다. 과거 우리 선인들이 동해바다 울타리 밖에 쓸모없는 땅이라고 내동댕이쳐 놓고 이제야 내 땅 타령을 하느냐며 꾸짖는다. '풍뎅이를 잡아서 모가지를 비틀어 돌리며 손님 온다고 마당 쓸라' 고 놀렸듯이, 우리 국민의 안목 없었던 영토의식의 결여를 시인 자신의 소년 체험과 결부시킨다.

그런 시적 발성법은 또 있다. 「소싸움」이라는 시의 결구도 시의 목적성을 청소년 체험과 결부시켜 서정의 차원으로 그려낸다. '음매 음매 울 엄매야/ 왜놈들도/ 되놈들도/ 머~언 동네 친구들도/ 박수치며 너무 너무 재미있데/ 우리 형제 잘 싸웠지, 그치?// 근데/ 소싸움은 누가 시키는 거야? 라며 동족상잔의 비극을 어릴 때 소싸움을 구경했던 체험에 실어 감성의 변주를 시도하고 있다. 그러니까 이념의 핏빛 투쟁이 우리 형제를 갈라놓았으나, 그런 부조리한 동족간의 피비린내는 바로 내 눈앞에서 벌어졌던 소싸움처럼 누가 시키는지도 모르고 싸우는 소싸움에서 한 발짝도 벗어나지 못한 우매한 짓이었다는 질책이다.

그런 질책이 시의 서정성으로 용납될 수 있는 것은 어디까지나 개인적 정서의 형상화라는 단서에서 비롯한다. 비록 역사적인 소재요 아직 감성적으로 변용되지 못한 시상일지라도 주관적인 감성의 변주를 통하여 시대성을 드러내는 작업은 나름대로 의미 있다.

　　다만 이런 일련의 작업들이 시적 형상미를 획득함으로써 보다 질박한 예술미를 성취할 수 있느냐 하는 것은 별도로 언급할 문제다. 황 시인처럼 인지적인 선험 소재들이 끊임없이 정서적인 모습으로 그 존재성을 드러내고 싶어 하는 것은 시인의 공통된 심정일 것이다. 그럴 때마다 앞에서 언급한 것처럼, 시적 완성도를 향한 치열한 자기 검열— 시적 형상미의 획득에도 각별한 주의와 창조성이 가미되어야 한다.

　　이런 소재들에서 비교적 한 발 물러나 앉은 작품 두 편을 3부와 4부에서 음미해 본다.

　　　한 마디만 건넸어도
　　　당신 품에 달려가 안겨 자련만
　　　붉은 눈 부릅뜨고
　　　왜 세월만 삭히십니까
　　　산꽃 들꽃 마주보며
　　　저마다 짝을 찾아 사랑하는데
　　　소문날까 두렵다며
　　　밤중에도 따로 서서
　　　발만 동동 구르는
　　　북녘 땅 지하여장군

　　　눈빛만 주었어도
　　　아낌없이 사랑하련만
　　　한 많은 반백년을
　　　이빨만 갈고 사시렵니까
　　　산새도 들새도 정겹게 만나

둥지에 새끼 길러 살아가는데
남의 눈이 무서워 남북으로 등 돌린 채
가을만 깊어가는
남녘 땅 천하대장군

⑤―「장승」 전문

고향마을
정자나무에는
산들바람이 살고 있다

소 뜯기던 동생도
코를 골던 당숙도
새참 먹고 한잠 자고 가던
어머니 치맛자락 같은
정자나무 그늘

그곳엔
밤이면 도깨비가 날뛰는지
서울 사는 사촌들은
어둡기 전에 도망치고
이민 간 당숙은 그때 떠나
영영 돌아오지 않는다

까마귀마저 떠나고 없는
밤이 된 고향

으스스한 그림자 속에

깜밥 쥐어주던 뒷집 아줌마도

이젠 보이지 않는다

아직도

고향 마을에는

학 머리된 내 어머니가

홀로 서 계신다.

⑥―「정자나무」 전문

시⑤는 3부에 있는 작품이고, 시⑥은 4부에 있는 작품이다. 예시된 작품에서도 알 수 있는 바와 같이 역사적인 소재나 삶의 환경에서 얻어진 시적 발상법이다.

시⑤는 말할 것도 없이 세계 유일의 분단국이라는, 우리의 비극적 상황에 대한 질책이다. 그 분단을 상징하는 시적 상관물로 '장승'을 등장시키고 있다. 천하대장군과 지하여장군은 우리 문화의 전통성과 관련 있는 소재요, 우리의 삶과 밀접하게 연관되어 있는 소재다. 우리는 마을을 드나들면서 마을의 수호신 격인 장승을 마주하게 된다. 수호신으로부터 보호 받는 부락 공동체는 마을의 평화와 사람의 행운이 담보된 소재다.

그러므로 두 장승은 떼어놓을래야 떼어낼 수 없는 이신동체二身同體다. 그런 장승이 이념이 다르고 체재가 다르다고 해서 생이별을 시켜놓고 있는 격이 바로 남북분단이요, 민족의 분열이다. 누구의 일방적인 책임만을 나무랄 수는 없다. 누구의 일방적인 짝사랑만으로 기대할 수도 없다. 천상― 지상이 되었건, 천하― 지하가 되었건 생각 있는 사람이 먼저 결합을 시도해야 한다. 남자라고 해서, 여자라고 해서 적극성이나 소극성의 변명거리가 될 수는 없다. 민족 의식이 있는 자가 먼저 나서야 하고, 동포를 사랑하는 사람이 먼저 손을 내밀어야 한다.

그러나 우리는 그렇게 하지 못하고 있다. '소문 날까봐 무섭다며', '남의 눈이 무섭다며' 좌고우면左顧右眄 눈치만 보면서 마냥 세월만 흘려보내고 있는 것이다. 민족이 결합하는데, 한 민족의 혈맥을 잇는데 어찌 그렇게도 남의 눈치를 보아야만 하느냐고 화자는 분통을 터뜨리고 있다.

화자의 분통 터지는 격분이 있음으로 해서 역사적인 소재나 사회적인 이슈가 건조한 목적성에서 한 발 나아가 서정성의 맥락에서 시적 울림을 얻는데 성공하고 있다. '발만 동동 구른다' 든지, '가을만 보내고' 나서야 언제 사랑의 결합이 이루어질 것인가? 언제 갈라진 이신동체를 결합시킬 수 있을 것인가? 언제 마을의 안녕과 평화를 기약할 수 있을 것인가? 화자는 조급하고 답답하다.

사랑을 결합시키는 데는 다른 것이 필요 없다. 사랑이 가장 감성적인 인간의 일인 것처럼, 가장 인간적인 사랑법으로 민족문제도 다가서면 된다는 것이다. '다정스런 말 한마디만 건넨다' 든지, '뜨거운 열애의 눈빛만 주었어도' 결합은 가능하다는 것이다. 사랑하는 사이인데, 원래 한 핏줄이요 한 겨레였는데, 다른 조건이나 값비싼 혼수감이 필요하단 말이냐고 화자는 분통을 터뜨리는 것이다.

한 자리에서 함께 마을을 지키고 드나드는 사람들에게 사랑과 평화의 인사를 건네야 할 장승 한 쌍을 남과 북에 갈라놓고도 편안하게 살 수 있는 사람과 사회는 정상이 아니다. 이는 마치 생가지를 찢어놓는 일이요, 생이별을 즐기는 악취미가 아니고서는 불가능한 일이다. 남 핑계, 남 탓에 이골이 난 사람들은 그러고도 평안할지 모른다. 그러나 이 시의 화자는 그럴 수 없다. 사랑의 이름보다 더 거룩한 이름 없으며, 한 핏줄보다 더 뜨거운 존재는 없다.

아직도 냉전적 분단구조를 전승의 가보처럼 여기는 사람들과 세력들이 의외로 많다는 사실에서 이 시가 우리 공동체에 주는 울림이 크다. 남북이 하나가 되는 일은 쉽지 않다. 갈가리 찢어진 이념의 갈등이 낳은 상처를 봉합하는 일은 그리 만만치 않다. 그러나 타의에 의해서 갈라진 사랑을 결합시키는 심정으로 추진한다면 못할 일도 없다는 것이 바로 〈장승〉이 담고 있는 시적 메시지다. 우리는 모두 이런 질책에서 자유로울 수 없는 책무를 지니고 있다.

시⑥에서는 피폐화된 우리 향토사회, 공동화되어가는 우리네 농촌사회의 아픔을 적나라하게 그리고 있다. 화자의 구체적 체험이 시적 형상화를 이루는 데 크게 기여한다. 향촌에 대한 시적 상관물로 '정자나무'를 등장시킨다.

정자나무는 마을 사람들의 휴식공간이자 만남의 장소다. 아름드리나무가 주는 평안과 휴식은 마을에 안녕을 지켜주고 전하는 메신저이자 수호신의 역할을 하였다. '산들바람이 살고 있다.'는 진술이 그것이다. 마을의 뉴스가 가장 먼저 전해지는 곳, 사람들이 모여 서로의 안부를 주고받으며, 누구네 밥솥에 밥물이 끓고 있으며, 누구네 누렁소가 송아지를 낳았다는 희소식이 교환되는 곳이 바로 정자나무다.

그 정자나무의 정겨움은 한 마디로 '어머니의 치맛자락 같은' 이미지로 온다. 아이들의 모든 근심걱정을 말끔히 감싸 안아 풀어주는 어머니의 치맛자락, 자식들에게 땀을 바쳐 일용할 양식을 마련하느라 한시도 멈출 수 없는 어머니의 치맛자락, 그런 이미지로 정자나무는 마을의 한가운데 서있는 것이다. 그런 정자나무 그늘 아래에서는 소를 돌보는 동생에게도, 점심을 자시고 한잠 늘어지게 낮잠을 즐기시는 당숙에게도 꿀맛 같은 안식처가 아닐 수 없다. 정자나무는 그렇게 마을 사람들의 의식과 생활의 중심체다.

정자나무의 또 하나의 중요한 기능은 '담론 생산지'로서의 역할이다. 담론뿐이 아니다. 설화를 생산하고 사람들의 일상에 풋풋한 상상의 공간을 제공하는 역할까지 하였다. '밤이면 도깨비들이' '낮에는 생활에 적응하지 못한 이웃사촌이나 당숙들'이 서울이나 타국으로 도망을 치거나 이민을 떠나보내는 장소가 되기도 하였다. 그런 담론과 설화를 주고받으며 우리는 서정의 계절을 맞고 보내며, 우리의 잔뼈는 그렇게 향토의 흙이나 물처럼 한 몸이 되어갔던 것이다. 그런 정자나무는 생활의 필수 요소요, 시적 상관물로서 이 작품의 중핵을 이룬다.

그런 정자나무에 어둠이 깔렸다. 인정스런 이웃들과 깜밥 쥐어주던 아줌마도 떠나고, 설화를 물어 나르던 '까마귀마저 떠났다' 으스스한 그림자만이 정자나무를 감싸며 퇴락하고 피폐해 가는 농촌마을 공동체를 투영하고 있다. 어찌 아쉽고 슬프지 않겠는가.

그래도 구원의 단서는 있다. 평화와 사랑의 표상이던 정자나무가 어둠이 짙게 덮인 불길한 상징물이 되었을지라도 아직 희망은 있다. 그 희망이 바로 '학 머리가 된 화자의 어머니가 홀로 그 정자나무에 서 계신 것'이다. 이는 화자가 퇴락해가는 마을을 구원할 수 있는 유일한 구원자로서 '어머니' 즉 모성을 들고 있다는 점이다.

그렇다! 모성─ 어머니야말로 죽어가는 생명을 살릴 수 있는 유일한 구원자요, 서정 불임의 시대를 건져낼 수 있는 유일한 주체가 될 수 있다. 우리는 모두 이런 모성을 회복해야 한다. 현대문명─ 물질문명은 한결같이 모성을 죽이고 생명을 단축시키는 것을 발전이요, 문명화라고 착각하는 자기모순에서 헤어 나오지 못하고 있다. 정자나무 아래 오순도순 살아가던 향토적 서정을 케케묵은 구시대의 유물쯤으로 착각하고 있다.

그러나 인간다운 삶의 진정성은 냉혹한 기계문명이나 거대한 욕망을 재생산하는 물질문명에 있지 않다. 그런 사조와 시류에 부지불식간에 전염된 사람들이 「장승」과 같이 생가지를 찢는 아픔에도 아랑곳하지 않으며, 「정자나무」처럼 소중한 것을 잃고도 태연할 수 있다. 시⑤와 시⑥을 서정의 중심축으로 끌고 가는 시적 화자나, 그런 화자의 이끌림에 서정적 공감대를 형성한 채 끌려가는 독자들이 나서야 한다. 유한한 인생을 삶의 진정성으로 채울 수 있도록 분발해야 한다.

나가는 말씀

필자는 황 호정 시인의 첫 시집 원고를 꼼꼼하게 독파하였다. 그런 뒤에 다음과 같은 집필의 방향을 설정하였다. 그것은 작품 전체를 조망하는 일도 중요하지만, 개별 작품이 담고 있는 의미의 축과 미학의 한 맥락이나마 건져야겠다는 것을 이 평설을 꾸리는 의도로 삼았다. 다행이 앞에서 밝힌 바처럼 몇 작품을 통해서 전체를 볼 수 있도록 시정신의 균일성과 시적 기교의 순박함이 그것을 가능하게 하였다.

더구나 상실의 아픔을 절절하게 안고 있으면서도 이미지즘의 간결성을 차용하여 넋두리에 흐르기 쉬운 감정의 과용을 적절하게 차단한 점은 탁월하였다. 그런 절제의 미학이 결국은 '외로움과 그리움' 이라는, 이 시집의 중핵적인 정서를 선명하게 끌고 갈 수 있었던 원동력이 되었던 것으로 보인다.

황 시인이 시를 촉발시키는 서정의 축은 상실의 아픔이다. 그러나 이에 못지않게 새롭게 이어지는 소중한 만남에 대한 눈뜸에도 소홀하지 않았다. 그것은 별리 뒤에 이어지는 만남의 순리나, 만남이 결국 이별이 될 수밖에 없는 순환의 논리를 간파한 시인의 감성이다. 이 시적 감성은 회자정리會者定離라거나 거자필반去者必反이라는 진부하지만 어김없는 불교적 세계관에 대한 천착만이 아니라는 것을 이 시집의 작품들은 잘 보여준다.

황 시인이 시의 발성법을 통해서 노래한 것은 어찌 보면 불교적 세계 인식보다 한 걸음 앞서고 있는지도 모른다. 별리의 사랑에 대한 엘레지거나, 새로운 만남에 대한 연가가 어느 것이 먼저고 어느 것이 나중이라는 분별을 허용치 않는다. 그것은 우리의 삶의 양식이 순환적 논리대로만 움직이지 않는 것처럼, 감성의 파장 역시 한 시인의 내면에서 불예측적인 파장을 형성하고 있는 것으로 보인다.

이런 시적 서정이 외로움과 그리움으로 전이되면서 다양한 시상의 파장을 형성한다. 그런 서정성이 선명한 이미지의 효과를 거두면서도 복잡하지 않는 개성미를 획득한다. 황 시인의 서정성은 단순히 감성의 과다를 초래하는 것이 아니라, 인간의 존재성에 대한 긍정적인 질문에 닿아 있다. 황 시인은 시를 통해서 나름대로 함축적인 대답을 제시한다. 그의 작품들을 대하면 진리는 결코 난해한 것이 아니며 아름다움은 결코 복잡한 세밀성으로만 얻어지는 것이 아니라는 사실을 확인하는 일은 시를 읽는 즐거움이다.

황 시인은 시를 통해서 천상에 있는 사랑과 중단 없이 대화를 나눈다. 절절한 그리움, 혼자 남은 고독을 그냥 무질러두지 않고 천상에 있는 임에게 서찰을 띄운다. 황 시인이 상실의 아픔을 극복하는 방법은 곧 시문학의 발성법을 잘 짚었다는 뜻이다. 그런 시의 어법을 통해서 황시인은 현대적 신화를 만들어 낸다. 일찍이 저승 왕을 감동시켜 에우뤼디케를 구해내고자 했던 오르페우스의 열정에 조금도 뒤지지 않는다. 그런 뜨거운 창작혼을 지녔기에 그리움의 연서는 시인을 구하고 독자를 감동시키는 노래가 될 수 있었을 것이다.

이에 못지않은 시적 분량과 감성의 질량으로 새로운 삶이 펼쳐내는 의미와 가치에 대해서도 감사의 노래가 이어진다. 이런 복합적 시상이 가능한 것은 시인으로서의 삶에 축복이 아닐 수 없다. 복합적 삶의 체험을 누린다고 해서 누구나 순도 높은 시를 그 결실로 얻는 것은 아니다. '잃음과 얻음'의 감성적 파장 사이에서, '불행과 행운'의 이성적 여울목에서, 혹은 '풍성한 시문학과 각박한 현실의 삶'을 헤쳐 나오면서 몇 갑절 더 번뇌하고 그 번뇌를 시적으로 승화시키고자 하는, 시적 치열성 없이는 불가능한 일이다. 황시인은 그런 시의 길목을 잘 확립하여 걸어왔다.

사람답게 사는 길은 차가운 과학 기술이나 욕망을 재생산하는 물질에만 있지 않다. 황시인은 현대 사회를 지탱하는 사상적 조류나 유행하는 시류와 한사코 거리를 두고자 한다. 소극적으로 거리감만 두려는 것이 아니라, 문제를 드러내고 이를 해결하기 위한 시적 방안을 제시한다. 공동체의 일원으로서, 시인의 한 사람으로서의 책무에서 비켜서지 않는다. 우리 독자들은 황 시인의 화자들에게 이끌림을 당하고 마침내 서정적 공감대를 형성한 채 즐겁게 끌려간다. 이렇게 시를 적극적으로 사유의 대상으로 삼다 보면 유한한 인생을 진정성으로 채울 수 있겠다는 믿음을 준다.

필자는 항상 이런 생각들이 독서와 글쓰기의 바탕에 깔려 있다. '글 읽기와 글쓰기도 결국은 사람의 일이다'는 것이다. 그 '사람'이 전제되지 않고는 어떤 명문 학설도, 만인의 눈을 뜨게 하고 심금을 울릴 수 없다는 신념을 간직하고 있다.

황호정 시인이 그가 생산한, 이 넘치는 시의 축복 속에서도 한결같이 '사람다운 사람살이'에 집중하는 것을 목격하는 일은 글쓰기의 고통을 상쇄할 만한 것이었다. 황시인은 자서에서 이렇게 말하고 있다.

이른 봄/ 눈발 털고 일어나/ 언 가슴에/ 한 송이/ 두 송이/ '들꽃을 피워' 봅니다.//

푸서리 땅에 핀/ 때깔 없는 꽃이지만/ 밭 갈고/ 씨를 붙여/ 천리향을 뿌려둡니다//

벌/ 나비/ 감미로운 입맞춤으로/ 튼실한 씨 맺음을 하게 하소서//

초원의/ 푸르름으로/ 흐드러지게 하소서.//

— 「자서自序」 전문

늦깎이로 시단에 등단한 일도 여생을 허송하는 사람들에게 귀감이 될 만하지만, 시문학을 진중하고 겸손하게 맞아들여 삶의 진면목으로 가꿔나가겠다는 겸허한 의지가 물씬 풍기는 서문이다. 시를 쓰는 일을 '들꽃을 피우는' 일로 여기는 시인에게 더 이상 어떤 현학적인 주문을 할 수 있을 것인가? 황시인은 스스로 시업의 길을 소박하게 다잡으면서, 한편으로는 미래지향적인 삶의 길도 함께 천착해 나아가려는 올곧으면서도 풋풋한 의지를 소유한 시인이다. 천리향을 뿌려 감미로운 입맞춤으로 초원을 푸르게 하려는 시인의 의지에 아름다운 성취 있기를 바랄 뿐이다. 그런 성취들이 마침내 현실의 건조한 삶을 풍성하고 아름답게 가꿀 수 있는 원동력이 될 것이다.

역사적 서정으로 지향하는 이상향

― 夕汀詩 2題

역사를 응시하는 목가적 서정

매년 전라북도에서는 '석정문학제'가 열린다. 이 석정문학제는 해가 갈수록 그 내용이 다양성을 더해가고 있으며, 다루는 주제들도 질적 수준에서 충실한 것으로 판단된다. 우리 고장을 대표할 수 있는 시인을 기리고, 그 문학정신을 구현하는 석정문학제 같은 소중한 행사가 지역사회의 문화적 기반을 다지는 지역축제로 승화되어야 할 것이다.

몇 년 전 석정문학제 세미나에서 있었던 에피소드가 의미심장하여 지금까지 기억에 남는다. 서울에서 초빙된 유명 시인이 첫 발제연사로 나서서 석정 시인을 '목가적 서정시인'으로 규정하는 취지로 여러 작품의 예를 들어 주장하였다. 지금까지 석정 시인에 대한 평가는 이 시인이 지적한 것처럼 목가적 서정시인으로 자리매김되어 왔으며, 이런 평판은 교과서를 통한 학교교육과 입시교육이라는 우리나라 문학교육의 맹목성에 힘입어 고정화되다시피 한 것이 사실이다. 이 유명시인도 이런 울타리를 맴도는 발제를 던져두고 바쁜 일정을 핑계로 서둘러 상경하고 말았다.

이어서 등단한 우리 고장의 유명 시인은 앞에서 발제한 내용과는 상반되는 주장을 전개하였다. 석정 시인이 천부적으로 지니고 있는 시적 서정성과 석정 시인이 즐겨 구사하는 서정적 시어에 현혹되어 석정시가 담고 있는 역사의식과 현실에 대한 강한 비판의식을 간과해서는 안 된다는 취지로 주장을 전개하였다.

그러니까 다분히 목가적이고 서정적인 시적 분위기와 그런 분위기를 조장하는 시어들이 '목가적 서정시—시인' 으로 규정하는 것은 시를 깊이 있게 들여다보지 못한 단견이라는 것이다. 「아직 촛불을 켤 때가 아닙니다」를 예로, 석정의 시정신은 역사관점에 기초한 비판적 현실인식에 있다고 보았다.

두 분의 주장을 듣다보니, '자연과 역사는 신석정의 시를 지탱하는 두 축이며 존재 근거' 라고 했던 한 평론가의 지적(최동호『한국의 명시』 한길사)이 떠올랐다. 이에 기초하여 생각해 볼 때, '석정시가 목가풍의 서정시에 머물렀다' 는 앞의 주장은 석정의 시에서 '자연' 만을 대상으로 본 결과이며, '석정시가 현실을 직시한 참여적 성격이 강하다' 는 뒤의 주장은 석정의 시에서 '역사' 를 함께 읽어낸 결과로 보였다.

이런 석정 시의 특징은 한국 시단에서 부단한 논의를 거쳐 정설이 되다시피 하였다. 그것은 신석정의 시문학이 1940년대 친자연적인 청록파 시인들을 비롯한 서정시에 막강한 영향력을 미쳤으며, 1960년대부터 본격화되는 참여파 시의 진원震源이 되었다는 지적은 석정 시의 움직일 수 없는 위상으로 설정되었다.

이러함에도 '석정 시=전원풍의 목가적 서정시' 로 획일화하는 것은 매우 비생산적이며 시의 위상을 왜곡하는 일이 아닐 수 없다. 비록 석정의 시가 전원을 노래한 본격적인 서정시의 반열에서도 밀려나고, 투사적인 참여 시인의 축에도 끼일 수 없는 어중간한 입장에 놓여 있다 할지라도, '역사를 응시하는 목가적 서정시'는 석정 시를 규정할 수 있는 중요한 특징이라 아니할 수 없다.

> 저 재를 넘어가는 저녁 해의 엷은 광선들이 섭섭해 합니다
> 어머니 아직 촛불을 켜지 말으세요
> 그리고 나의 작은 명상의 새 새끼들이
> 지금도 저 푸른 하늘에서 날고 있지 않습니까?
> 이윽고 하늘이 능금처럼 붉어질 때
> 그 새 새끼들은 어둠과 함께 돌아온다 합니다.
>
> 언덕에서는 우리의 어린 양들이 낡은 녹색침대에 누워서
> 남은 햇볕을 즐기느라고 돌아오지 않고
> 조용한 호수 위에는 인제야 저녁안개가 자욱이 나려오기 시작하였
> 습니다.
> 그러나 어머니 아직 촛불을 켤 때가 아닙니다.
> 늙은 산의 고요히 명상하는 얼굴이 멀어가지 않고
> 머언 숲에서는 밤이 끌고 오는 그 검은 치맛자락이
> 발길에 스치는 발자국 소리도 들려오지 않습니다.
>
> 멀리 있는 기인 둑을 거쳐서 들려오던 물결소리도 차츰차츰 멀어갑
> 니다.
> 그것은 늦은 가을부터 우리 전원田園을 방문하는 까마귀들이
> 바람을 데리고 멀리 가버린 까닭이겠습니다.

시방 어머니의 등에서는 어머니의 콧노래 섞인

자장가를 듣고 싶어하는 애기의 잠덧이 있습니다.

어머니 아직 촛불을 켜지 말으셔요

인제야 저 숲너머 하늘에 작은 별이 하나 나오지 않았습니까?

　　　─ 신석정(1907~1974) 「아직 촛불을 켤 때가 아닙니다」 전문

　이 작품에는 앞에서 지적한 특징이 유감없이 담겨 있다. 시인이 간직하고 있는 정신적 지향점이나, 시인이 발을 딛고 있는 현실에 대한 인식이 이 시를 감상할 수 있는 열쇠가 된다. 시적 서정의 용광로라 할 수 있는 정신의 지향점과 이를 현실화하는 발판으로서의 현실 감각은 시를 형상화하는 두 축이다. 이 작품에는 정신적 지향점─ 현실감각이 서정적이고 상징적인 시어를 통해서 은유되어 있다.

　이 시는 1933년 조선일보에 발표한 작품이다. 1933년이 어느 때인가? 일제의 탄압이 10년을 훨씬 넘어 이제는 겨레의 가슴에서 독립의 기운이나 해방의 열망이 소진하고 쇠락할 만도 한 시대가 아닌가. 뜻 있는 지사들과 투사들은 풍찬노숙風餐露宿을 마다하지 않고 이역만리에서 독립 투쟁의 회오리바람을 불러일으킬망정, 초근목피에 시달리는 식민지 백성들은 당장의 호구 대책으로 시름 가실 날이 없던 시대가 아닌가.

　이럴 때는 보통 사람이라면 자기안주의 보신주의에 빠져들기 마련이다. 보통 사람이 아니라, 특별히 강인한 정신력을 지닌 사람이 아니고서는 지레 무기력한 패배자가 되어 자포자기하기 십상이다. 더구나 해방의 기운이라고는 찾을 길이 없고, 이민족의 탄압은 도를 더해가는 시점에서 필부필부匹夫匹婦 는 그저 소아적 자기 안위, 퇴영적 현실도피의 유혹에 빠져들기 마련이다.

　현실의 장벽이 거대한 암벽으로 가로막혔다고 판단될 때, 보통 사람

들이 취할 수 있는 선택의 폭은 그리 넓지 않다. 겨우 눈앞의 어둠이나 밀어낼 만한 촛불을 켜들고 골방으로 숨어들거나, 자기를 응시할 수 있는 거울이나 찾아들고 닦기 마련이다. 그런 촛불이나 거울이 절망을 극복하고 암울한 시대의 어둠을 깨뜨릴 수 없음은 분명하다. 그저 현실에서 달아나 자기 안에 숨어들어 현실을 탄식하고, 운명을 한탄하며, 무능하고 무기력하게 비탄의 눈물이나 흘리기 마련이다.

이 작품은 그런 시대상에 대한 경종이요 질타가 아닐 수 없다. 비극적 절망에 대한 희망의 메시지요, 암울한 시대상을 읽는 새로운 대응방식이라 아니 할 수 없다. 그것은 도탄에 빠진 민중에게 주는 위안이요, 자포자기에 빠진 민생에 대한 위무가 아닐 수 없다. 절망을 초극할 수 있는 삶의 대응방식은 희망이요, 자기 집착의 소아에서 벗어날 수 있는 저력 역시 미래에 대한 비전이 아니겠는가!

이런 희망의 메시지가 논의되는 관점은 시적어조의 문제로 귀결된다. 하나의 관점은 분명한 역사— 시대의 축이다. '아직' 이라는 시간적 부사는 '~하기에는 시기가 이르다' 는 의미를 함축하고 있다. '절망하기에는, 포기하기에는, 비탄하기에는, 희망을 버리기에는, 소아에 집착하기에는, 촛불이나 켜들고 골방에 처박히기에는, 그래서 눈물이나 짜내며 한탄하기에는…… 아직 이르다' 는 지적이다. 시대를 정확히 읽어내고, 역사를 전망할 수 있는 안목과 정신력이 없고서는 진단하기 지난한 일이다.

또 하나는 시적어조가 담고 있는 서정의 문제다. 한결같이 고운 심성에서 토로하는 아름답기 그지없는 시어들이다. 목가牧歌는 무엇인가? 목동들이 부르는 노래가 아닌가? 전원에서 한가롭게 가축들에게 풀이나 뜯기며 부르는 노래가 바로 목가다. 석정의 시적 어조는 다분히 목가적이요 전원적인 특징에서 멀지 않다.

이것을 흠으로 지적하여 '자연과 역사의 어중간함'에 자리하고 있다고 석정시를 폄하할 하등의 근거가 될 수는 없다. 절망에 빠진 민중에게 들려줄 노래가 어찌 전투적 운동가만 있어야 하겠는가? 도탄에 빠진 민생에게 쥐어줄 무기가 혁명적 구호만은 아닐 것이다. 그러면 무엇이 남는가? 위로와 위무를 통한 자기탈피의 메시지여야 한다. 시적자아와 시적대상이 똑 같은 현실ー 시대ー 역사의 발판 위에서 찾을 수 있는 대안, 그것이 바로 이상향을 노래하는 목가로서의 서정이요, 노래면 충분한 대안이 될 수 있을 것이 아닌가.

시대의 아픔을 초극할 수 있는 서정가요, 소아적 자기애에 빠진 민중에게 들려주는 목가, 석정의 시를 듣고 있노라면, 동양의 현자들이 지녔던 내공 깊은 통찰의 힘이 느껴진다.

모성 회귀로서의 이상향 동경

신석정은 국권을 상실한 시대의 한 가운데를 헤쳐 나오면서도 역사를 응시하는 눈길을 거두지 않았고, 자연을 지향하며 전원적 서정을 거두는 일도 소홀히 하지 않았다. 앞에서 살펴본 「아직 촛불을 켤 때가 아닙니다」는 일제에게 강탈당한 주권부재, 식민시대에도 결코 놓아서는 안 될 희망을 노래한 역사의 비전이라면, 여기 「그 먼 나라를 알으십니까」는 현실을 초극할 수 있는 대안으로 자연을 설정하고, 이에 이를 수 있는 한 방법으로 모성회귀를 노래한 대표작이라고 할 수 있다.

어머니
당신은 그 먼 나라를 알으십니까?

깊은 삼림대森林帶 끼고 돌면

고요한 호수에 흰 물새 날고,

좁은 들길에 야장미野薔薇 열매 붉어

멀리 노루 새끼 마음 놓고 뛰어 다니는

아무도 살지 않는 그 먼 나라를 알으십니까?

그 나라에 가실 때에는 부디 잊지 마셔요.

나와 같이 그 나라에 가서 비둘기를 키웁시다.

어머니

당신은 그 먼 나라를 알으십니까?

산비탈 넌지시 타고 내려오면

양지밭에 흰 염소 한가히 풀 뜯고,

길 솟는 옥수수밭에 해는 저물어 저물어

먼 바다 물소리 구슬피 들려오는

아무도 살지 않는 그 먼 나라를 알으십니까?

어머니 부디 잊지 마셔요.

그 때 우리는 어린 양을 몰고 돌아옵시다.

어머니

당신은 그 먼 나라를 알으십니까?

오월 하늘에 비둘기 멀리 날고

오늘처럼 촐촐히 비가 내리면

꿩 소리도 유난히 한가롭게 들리리다

서리 까마귀 높이 날아 산국화 더욱 곱고

노오란 은행잎이 한들한들 푸른 하늘에 날리는

가을이면 어머니! 그 나라에서

양지밭 과수원에 꿀벌이 잉잉거릴 때

나와 함께 그 새빨간 능금을 또옥똑 따지 않으렵니까?

— 신석정 「그 먼 나라를 알으십니까」 전문

신석정은 역사와 자연, 문학적 감성과 역사적 이성을 양립시키면서 암흑의 시대에 희망을 노래할 줄 알았던 시인이었다. 이런 석정 시인의 발자취를 들어서 후학들은 자연을 노래했던 시인들의 선구자이자, 참여파 시인들의 진원이 되었다고 진단하면서도, 두 진영으로부터 완전히 받아들여지지 못하고 어중간한 자리에 석정 시의 위상을 자리매김하려 한다.

그러나 이는 매우 편협한 피상적 진단이라 아니할 수 없다. 한 시대를 살았던 시인이 어떤 정신적 지향성을 지녔는가를 진단할 수 있는 확실한 지표는 두말할 것도 없이 그가 남긴 작품이다. 친일로 판명되어 부관참시副棺斬屍하듯이 온갖 험담을 들을 수밖에 없는 시인도 그가 남긴 친일의 작품으로 인한 것이요, 변절의 역사에 굴복하지 않고 올곧은 정신력으로 항일의 삶을 살았던 시인도 그가 남긴 작품으로 인하여 빛이 나는 것이 아니겠는가?

이렇게 본다면, 신석정 시인이 남긴 시문학 작품은 신석정 시를 자연과 역사, 순수와 참여의 어중간한 자리가 아니라, 이 양립할 수 없는 가치와 개념을 문학적으로 슬기롭게 통합하고 형상화한, 우리 문학사에서 찾아보기 어려운 성공한 시인이요, 개성 있는 시문학으로 자리매김해야 마땅한 것이 아니겠는가?

이는 그의 대표작이라 할 수 있는 「아직 촛불을 켤 때가 아닙니다」와 「그 먼 나라를 알으십니까」 단 두 편만 음미해 봐도 금방 확인할 수 있는 일이다. 이 두 작품에는 앞에서 지적한 순수와 참여, 자연과 역사를 지향하는 시정신이 어떻게 하나로 통합되어 있으며, 어떤 서정적 울림을 내장하고 있는가를 확인할 수 있기 때문이다.

민족주의 문학과 사회주의 문학, 순수문학과 참여문학의 치열한 논쟁에 휘말리지 않으면서도 두 진영의 가치와 개념을 슬기롭게 통합할 수 있었던 신석정의 시문학은 시간이 흐를수록 그 가치와 의미가 새롭게 부각되고 있다. 변절과 저항의 대립적 가치 평가가 횡행하는 시대일수록 석정의 시는 두렷한 그 위상을 스스로 확립해 나아가고 있다.

이런 현상은 우연이 아니다. 일례로 일제에 부역했던 문학적 자산으로 시간이 흐를수록 시대 양심의 검열 앞에서 자유로울 수 없었던 일군의 문학인들에 비해서, 석정의 시문학은 오히려 양심의 시대가 준열하게 전개될수록 그 문학적 진가는 높아지는 것만 보아도 알 수 있다. 이는 석정 시인의 삶이 그만큼 역사 앞에서 준엄했으며, 문학 안에서 투명했던 삶의 결과적 현상이 아니고 무엇이겠는가?

「그 먼 나라……」는 자연과 순수를 노래하면서도 끝내 놓을 수 없는 역사에의 참여와 시대의 사명에 대한 에두른 목소리가 서정적으로 형상화된 작품이다. 이 작품이 석정의 대표작으로 많은 독자들의 사랑을 받을 수 있었던 것은 그만큼 다양한 문학의 함의와 미학적 표현이 서정적으로 완결되어 독자들의 심금을 울린 결과이리라.

이 작품을 바라보는 시선은 다양하다. 목가풍의 전원시로서 현실도피적인 소녀취향의 감성을 노래한 시라는 사려 깊지 못한 평가에서부터, 동양의 노장사상과 서양적인 유토피아를 지향하여 서정의 본령을 형상화함으로써 우리나라 서정시의 지평을 확대한 작품이라는 호평까지, 이 작품을 바라보는 스펙트럼은 매우 넓고 풍부하다.

그러나 달리 보면 이 상반되는 시각과 안목은 이 작품이 그만큼 풍부한 함축성을 지니고 있다는 반증이며, 나아가서 이 작품을 다양한 각도에서 바라볼 수 있는 근거를 스스로 제공하는 작품이라는 뜻도 된다. 사실 그런 논의가 충분히 이루어질 수 있도록 다양한 서정적 함의를 이 시는 내장하고 있다.

우선은 도가道家 가 이루는 노장철학이 이 시의 배경사상을 이루고 있다는 점이다. 무위자연無爲自然으로 대표되는 노장사상은 한편으로는 가치에 물들지 않은 사물의 세계와 그 사물의 근원에 대한 탐구로서의 존재론과, 다른 한편으로는 인문세계를 구축하는 가치욕구를 배제하고 삶 자체를 본체의 세계로 개방시키려는 무욕양생無欲養生의 인생론이라는 고유 문제가 핵심을 이룬다. 이 작품이 함축하고 있는 정신적 지향점과 온전히 합치되는 대목이다. 아니 노장이 지향했던 이상세계가 바로 이 시의 화자가 가고자 하는 세계다.

다른 하나는 서구의 유토피아주의utopianism다.—유토피아utopia ‘u’와 ‘topia장소’의 합성어이다.—그리스어에서 ‘u’ 는 없다ou 는 뜻과 좋다eu의 뜻을 함께 갖고 있다. 그러므로 유토피아는 이 세상에 ‘없는 곳outopia’ 을 뜻하지만, 동시에 ‘좋은 곳eutopia’ 을 뜻하기도 한다. 전자에 초점을 두게 되면 유토피아는 한마디로 허황된 꿈에 불과하다. 그것은 신화나 동화 속에서나 존재하는 환상의 세계이다. 따라서 유토피아를 추구하는 것은 실현 불가능한 것을 꿈꾸는 정신적 유희에 지나지 않는다. 그러나 후자에 비중을 둘 경우 유토피아는 역사의 시작과 함께 인간이 도달하고자 끊임없이 찾아 헤매온 이상향, 또는 직접 실현하고자 부단히 노력해온 무릉도원武陵桃源이요, 이상사회국가를 가리킨다. 이 시의 화자가 도달하고자 끊임없이 노래하는 곳과 완전히 일치하는 경지가 바로 유토피아다.

그렇다면 이렇게 동서양이 모두 이상향으로 설정하고 있는 무위자연의 경지와 유토피아에 이 시의 화자는 어떻게 이르겠다는 것인가? 석정은 이 작품에서 그 한 방편으로 모성회귀母性回歸를 대안으로 제시한다. 어머니의 사랑은 이 시의 화자가 설정한 확실한 구원자요, 구원에 이르는 유일한 통로가 된다. 어머니와 함께 돌아가고 싶은 곳, 어머니와 함께 살아가고 싶은 곳, 어머니와 함께 행복해지고 싶은 곳이 바로 '그 먼 나라' 다.

그 먼 나라는 분명히 이 세상에 존재하는 목가풍의 전원이다. 그러나 현실에 부재하는 전원이다. '아무도 살지 않는 먼 나라' 일 뿐이다. 당대적 현실에 대한 매운 성찰과 투명한 명상이 돋보이는 대목이다. 있으면서도 없는 곳, 존재하면서도 찾을 수 없는 곳, 그 곳이 바로 무릉도원이요, 유토피아가 아니겠는가!

그곳에 가서 화자는 평화(비둘기)를 구가하며, 그 곳에 가서 화자는 생명(어린 양)을 돌보며, 그 곳에 가서 화자는 노작능금의 신성함을 수확하겠다는 것이다. 그러나 그 곳은 현재는 갈 수 없는 먼 나라, 분명히 '좋은 곳' 이지만, 현실에는 '없는 곳' 일 뿐이다.

실현 불가능한 것처럼 보이는 무릉도원— 유토피아마저도 모성을 버리지 않는 한, 어머니의 사랑을 잊지 않는 한, 어머니의 사랑을 통해서 도달할 수 있다고 설득한다. 현실이 허용하지 않는다고 해서, 역사마저도 외면하지 않는 것임을 화자는 힘주어 아름답게 역설한다.

한 문화운동가의 꿈꾸기 혹은 그 기록
— 장교철 시집 『쓸쓸한 강물』 작품론

한 사람의 됨됨이는 그 자신이 기록한 자전적 글살이로 증명된다. 어떤 고답한 정신주의자의 사상이나 철학도, 비속하게 이름 없이 살다간 범부촌로의 삶도 그것이 기록을 남기지 않고서는 알 길이 없다. 그런 점에서 글살이는 사람을 온존하게 드러내는 인화작업임과 동시에 그 개인의 사람됨을 기록하는 역사 행위가 된다.

스스로 기록한 글살이만큼 자신을 진솔하게 드러내는 자료가 또 어디 있으랴. 설사 스스로 개인사의 사관이 되지 못하고 대필의 수단을 거쳤을지라도 사람됨을 알아보는 데는 그리 손색이 없다. 유력한 위인전의 대부분이 남의 손길로 다듬어져 훌륭한 읽을거리가 되기도 하고, 평생 글자 한 자 알아보지 못하고 문맹의 삶을 살았던 실생활의 달인들을 취재한 민초들의 생활사에서도 그 질박했을 삶의 간고함을 엿보는 데는 하등 지장을 받지 않는다.

하물며 가장 진솔한 자기 진술의 핵심인 시 쓰기는 한 사람— 시인을 온전히 드러내는 행위임은 두말 할 필요가 없다. 문학이 허구적 산물로

서의 가공적 진실이라는 단서를 수용한다 할지라도, 정치精緻한 글쓰기
의 진수인 시작품은 글쓴이— 시인을 알아볼만한 가장 유효적절한 사
료가 된다. '정신이 살짝 엿본 데 불과한 것을 그들의 말로 사로잡는
일'(폴 발레리)이 바로 시인의 시 쓰기임과 동시에 시인의 위대함이라
는 발언을 통해 본다면, 시인이 남긴 시를 섭렵하는 일은 결국 시인이
간직하고 있는 정신의 진수를 탐색하는 일임과 동시에, 말살이의 핵심
에 다가서는 행위로서 타당하다.

　시작품을 탐색하기 전에 필자를 사로잡는 하나의 선험적 체험에 대
한 해명부터 해야 제대로 된 시인 탐색 혹은 시작품의 섭렵이 가능할 것
같다. 왜냐하면 어떤 사람과의 현실적인 삶의 거리이건, 정신 또는 심리
적인 상관관계의 거리관념이건, 그 거리의 장단— 원근은 한 사람에 대
한 인상을 결정짓는 중요한 단서가 될것이기 때문이다.

　필자가 장교철 시인과 맺은 문단의 인연과 더불어 누려온 문학 활동
의 적지 않은 누적분량으로 볼 때 그는 시집을 상재했건 하지 않았건,
혹은 그를 통한 문인 행위의 정도를 논하기 전에 장 시인의 치열한 문학
정신은 활화산처럼 분출하고 있었다. 그것은 바로—

　'장교철 시인은 이미 시인이다'는 진술과 닿는다. 이 말은 조금은 어
패가 있게 들리겠지만, 장 시인을 놓고 볼 때 의미 있는 진술이다. 우리
의 문단 풍토에서 등단을 마치고도 십 수 년 처녀시집 한 권 가지지 않
은 사람을 시인으로 예우함에 있어 소홀한 분위기를 알기 때문이다. 그
럼에도 시집 한 권도 내지 않은 사람이 문단의 중요 책무마다 빠짐없이
그를 찾는 빈도가 상상을 초월하기 때문이다. 그런 이유 때문에 처녀시
집 한 권 가지지 않은 장교철은 이미 진즉부터 시인이었다는 정의를 전
제해 둘 필요가 있는 것이다.

장 시인이 처녀시집을 낸다고 했을 때 필자는 이미 알고 있는 일이지만 의아한 생각이 들었다. 알고 있다는 것은 아직까지 그가 단 한 권의 시집도 묶어낸 일이 없다는 사실에 대한 것이었고, 의아하다는 것은 이미 그가 시단—문단에 등단한 세월이, 그리고 그 문단에 몸담아 봉사하고 헌신한 시절이 적지 않음에 대한 것이다.

아니 누구는 등단하기 바쁘게 첫 시집이야, 출판기념회야 화려하게 소위 문인 행위를 해내는데 등단한지 십 수 년, 또 그만한 세월을 문단의 뒤치다꺼리를 하거나 문학 활동의 중심에 서서 누구보다도 치열하게 선도해 온 장 시인이 여태껏 처녀시집도 상재하지 않은 사실을 확인하며 의아하지 않을 수 없는 것이다.

그러나 이것도 오랜 시간 그와 함께 문단살림을 꾸려가면서 앞서거니 뒤서거니 상호작용한 세월의 내력을 생각하면 전혀 이해 못할 일은 아니다. 장 시인이 진중하게 시문학을 섭렵하는 자세는 이미 그런 결과를 상정하고도 남음이 있다. 문학이 그런 외형적인 문제가 아님은 이미 정설이 아니던가. 얼마나 많은 작품을 남기느냐는 양의 문제가 아니라, 얼마나 좋은 작품을 썼느냐는 질의 문제이기 때문이다. 릴케가 지적한 말을 장 시인은 귀감으로 삼지 않았을까? '많은 작품을 남긴 시인보다 단 한편의 시라도 인류의 가슴에 남는 시를 쓴 시인이 좋은 시인이다' 장 시인은 이런 의미에서 볼 때 양적으로 다산多産하는 시인이 되기보다, 질적 수준을 추구하여 과작寡作할지라도 인류의 가슴에 남는 시를 쓰고 싶어 한 시인임에 틀림없다. 그것이 장 시인이 추구했던 더디 가도 멀리 가는 시의 걸음걸이였음을 짐작하기는 어렵지 않다.

장 시인의 그 인간적 성실성은 지역문단의 통설처럼 굳어져 이의가 없다. 자생적 문화단체라는 것이 경제적 이윤을 발생시키는 이익집단이 아니기 때문에 기본적으로 구성원 각자의 자발적 참여 없이는 소기의 성과를 거두기 어렵다. 이런 특성 때문에 누군가의 헌신적인 선도와 봉사가 있을 때 그 문화단체는 빛을 발휘하기 마련이다.

지금도 필자는 장 시인의 전폭적인 협조와 참여로 전북문인협회의 살림을 꾸려가고 있지만, 이런 상호협력의 관계는 이미 십 년을 훨씬 넘는 인연을 가지고 있다. 필자가 전북시인협회의 초대 회장으로 피선되어 문학적으로 척박한 도시에 시심의 분위기를 확산시키기 위하여 노심초사할 때 장 시인은 시인다운 창의성과 인간적인 성실성으로 전북시인협회의 중요한 안건들을 슬기롭게 처리하는 데 언제나 머뭇거리지 않았다.

그의 이런 인간적 면모는 각종 지역사회의 활동에서도 그대로 이어졌다. 지역사회의 문화센터라고 할 수 있는 시골(순창고등학교)에서 교편을 잡고 있으면서, 지역신문의 논객으로 활동한다든지, 지역문단을 활성화시키기 위하여 순창문협 태동의 중책을 수행한다든지, 지역공동체의 정체성을 확립하기 위한 역사와 문화의 지킴이 활동을 하는 등 그의 활동 영역은 문학을 거점으로 교육과 문화, 역사와 전통, 언론과 환경 등 지역사회의 일이라면 언제나 선공先公에 두었고 자신의 일이라면 후사後私에 두기를 마다하지 않았다.

그러니까 그의 시쓰기는 이렇게 사람살이의 중핵인 인문학적 분야에 몰입하기 위한 전제이자 그 결과로서의 산물이 아니냐 하는 느낌을 떨칠 수가 없다. 실제로 그의 작품들을 보면 시인으로서의 안목이 결과한 것이라는 점을 알 수 있다.

꿈꾸는 자들의 치열한 공간

차디찬 엉덩이 오므리며

낮게낮게 책상에 엎드려
잉걸불을 지피고 있지만

손 닿을 수 없는 쓸쓸한 꿈

봄날 들불 같은
저들의 아우성이
잘 여문
꽃씨로 갈무리를

—「기숙사 열람실에서」 전문

이 시집 『쓸쓸한 강물』의 맨 뒤에 실린 작품이다. 이 작품을 보면 자연스럽게 이런 자문을 하게 된다. 시인은 무엇으로 사는가? 그리고 자답을 얻는다. 시인은 시로 산다. 그러면 그 시는 무엇인가? 사람의 정신력을 심미적으로 고양시키는 언어예술이 바로 시다. 그러니까 장 시인은 기숙사 열람실에서 학생들이 공부하는 모습을 지켜보면서 '시인은 무엇으로 사는' 가에 대한 대답을 구하고 있었던 것으로 보인다.

'꿈꾸는 자들의 치열한 공간' 을 엿보는 사람이 시인이다. 누구는 말했다. '밖을 보는 자는 꿈을 꾸지만, 자기의 내면을 들여다보는 사람은 깨달음을 얻는다.' 학생들은 자신의 밖에 있는 꿈을 위해 학습공간을 뜨겁게 채우지만, 이를 통해 자신의 내면을 바라보는 시의 화자는 깨달음을 얻은 것이다. 그들이 척박한 시골고등학교에서 치열을 가장한 꿈의 공장에서 노닐고 있지만, 선각적 시인은 이미 깨닫게 된 것이다. 그들의 치열을 향한 상당한 꿈꾸기가 '손닿을 수 없는 쓸쓸한 꿈' 임을 이미 알고 있는 것이다.

그런 그의 깨달음은 유독 '쓸쓸함'이라는 색조를 띤다. 쓸쓸하지 않으면 진실을 발견할 수 없다. 그런 깨달음이 그의 정신력을 고양시키고, 그의 시를 읽는 독자로 하여금 쓸쓸함의 추체험을 통해서 역시 정신력이 고양되는 것을 체험하게 되리라. 그것도 심미적인 시의 내재율을 통해서 쓸쓸함의 끝에 건져 올리는 '봄날 들불 같은 저들의 아우성이 잘 여문 꽃씨로 갈무리' 되리라는 것을 깨달은 것이다.

사람이니까 꿈을 꾼다. 그러나 사람이니까 실현될 수 없는 꿈일망정 놓을 수 없는 것이다. 시인은 그런 꿈꾸기의 대척점이 아니라, 그 꿈을 통해 자신의 내면을 들여다보는 중이다. 밖을 바라보는 사람이 아니라, 자신의 내면을 들여다보는 사람이다. 자신의 분신 같은 학생들의 꿈꾸기를 지켜보면서 시인 자신의 시업을 마침내 '꽃씨로 갈무리' 하기로 작정한다. 그것이 시인의 꿈꾸기요, 꿈 들여다보기다.

그리고 이런 답은 필연적으로 '장교철은 이미 시인이다' 는 진술에 대한 방증이 된다. 설사 그 흔하다는 시집 한 권 상재하지 못한 백면서생이지만, 그는 줄기차게 자신이 처한 삶의 공간을 들여다보며 꿈을 꾸고, 자신의 내면을 들여다보며 깨달음을 얻어온 천생 시인인 것이다.

장 시인의 이런 삶의 방식은 마침내 또 다른 삶의 상황— 밖을 바라보며 꿈꾸기를 계속하며 그런 치열한 삶은 필연적으로 또 다른 깨달음을 낳는다. 그것은 바로—

'장교철은 이미 문화운동가다' 라는 특성과 일치한다. 시를 이해하기 위한 해석의 틀도 다양하고, 이를 뒷받침할 수 있는 이론의 배경도 풍성하다. 그러나 한 시인이 세상의 어디를 주목하고 있는가 하는 '관점'과 어디에 몸담고 있는가 하는 '행위'의 문제는 한 시인의 세계를 이해하고 해석하는데 놓쳐서는 안 될 중요한 단서다. 시인의 구체적인 삶의 상황과 먼 곳에 있는 해석의 틀을 가져다 대입하고, 생경한 이론의 배경을 활용하기보다는 시인이 견지하고 있는 세상에 대한 관점과 행위의 발자취를 따라가 보는 것이 시인과 시세계를 이해하는 지름길이 될 수 있을 것이다.

필자가 몸담고 있는 시동인 일행과 함께 장 시인의 안내로 몇 해 전 남도 일대의 남근석 유적지를 순방한 적이 있었다. 언제 어떻게 이런 분야에 관심을 갖고 그처럼 해박한 식견을 확립하게 되었는지 감탄이 절로 나왔다. 고등학교의 국어교사로서, 지역문화운동가의 경력으로 문학적 탐방의 열정을 지니고 있다고 어렴풋이 알고 있었지만, 이렇게 체계적이고 심도 있게 우리 땅에 대한 애착을 가지고 있음을 처음 확인하였다.

전통문화는 끊임없이 발전시켜야 한다. 그러나 그 전제는 무엇보다도 계승이 먼저다. 우리 땅의 곳곳에 산재해 있는 민속적이고 토속적인 문화재를 외면하고서 무슨 전통문화를 발전시킬 수 있겠는가.

이 시집의 제1부에 담겨 있는 작품들은 장 시인이 전국 방방곡곡을 답사하여 기록한 문화운동의 실적들이다. 필자는 장 시인의 안내로 이름 없는 시골의 동구 밖이나, 동네 후미진 골짜기, 혹은 바닷가 외딴 마을에 서 있는 남근석을 돌아보며 이 땅 민초들의 건강한 삶의 의지와 심미안은 물론 이를 통해서 평화로운 삶을 꿈꾸었던 간절한 심정을 읽을 수 있었다. 장 시인의 체계적인 안내와 깊이 있는 설명을 통해서 우리 일행은 우리 땅 곳곳에 숨어 있는 문화재의 진면목을 찾아볼 수 있었다.

나와 가장 가까이 있는 남이나
나와 가장 멀리 있는 그대는
광덕산 능선 넘어온 꽃바람에

잠 못 이루고 온 밤 뒤척이다

달디 단 과육 적시는 뜨거운 밤

발돋움하여 세상 다시

세울 힘을 생각하면

가볍게 저지를 수 없는 몸짓이기에

땅 속 깊은 곳에서부터 피워낼

이름이고 싶다

—「산동리 남근석」 전문

문화는 시간이라는 역사 벨트에 담긴 인간 삶의 총화다. 문화의 이름으로 규명하지 못할 사람살이의 흔적은 아무것도 없다. 무자비한 시간의 횡포를 이기고 세월의 이랑을 건너온 한 조각의 돌이나, 깨어진 기왓장, 혹은 버려진 듯 남아 있는 낡은 건물 등 도처에 사람살이의 흔적은 숨을 쉬고 있다. 이를 버려두고 어디에서 역사를 이으며, 이를 외면하고서 무엇으로 전통의 맥을 이을 수 있을까?

이런 의미에서 본다면 장 시인의 문화운동은 이 땅의 문화지킴이 역할에 준한다. 그가 있어 지역의 외진 곳에서 희미하게 마모되어 가는 이 땅 문화의 맥락을 줄기차게 현재화하고 인간화하는데 앞장선다. 그의 답사 일기에는 틀림없이 토착문화의 지형지물이 지도처럼 그려져 있으리라는 생각이 그의 시들을 보면 더욱 확연해진다.

남근석은 가장 적나라한 토속신앙의 대상이자, 가장 원초적인 육식성으로부터 비롯하는 심미안의 결정체다. '문화의 존재와 활용은 인간 고유의 능력, 즉 상징적 사고— 언어의 상징화의 능력에서 기인한다' 『철학, 문화를 읽다』(한국철학사상연구회 지음)고 했다. 장 시인이 문화운동의 일환으로 매진하고 있는 문화탐방의 궁극적 결실도 결국은 시에 있음을 안다. 세월의 옷을 입고 있는 묵언으로 일관하고 있는 돌에서 장 시인은 상징을 얻어내고, 그 상징으로 삶의 핵심을 의역해 낸다. 그러므로 장 시인의 시에서 얻어지는 삶의 구체성은 그것이 곧 시인 고유의 상징화의 능력임과 동시에, 이를 시로 갈무리해내는 언어능력에 기인한다.

'나와 남' '나와 그대' 를 '달디 단 과육으로 적시는 뜨거운 밤' 에 대한 상징의 내용을 굳이 말하지 않아도 안다. 다만 세월의 간격을 뚫고 꿋꿋하게 '땅 속 깊은 곳에' 뿌리를 두고 있는 이 땅 민초들의 삶으로부터 유추해낸 삶의 진정성에 대한 상징을 끌어내는 의식의 밑바탕이 바로 그의 고유한 문화의식에서 비롯하고 있음을 발견하는 일이다.

멀리 있는 그대를 그리워하는 절절한 심정의 바탕, 너와 나를 달콤한 과육으로 젖어들게 하는 열정의 근원, 그것은 생명을 생명답게 하는 사랑이 아니고 무엇이겠는가? 그런 사랑이 있어 이 땅에 질박한 삶의 맥락을 유지— 온전케 하지 않았는가! 이를 상징으로 갈무리해내는 시인의 상징화의 안목이 그래서 대견하다.

이런 문화의식의 발현은 도처에서 이루어진다. '완전한 합일을 위해/ 내 몸 속에 들어와 용암으로 흐르면' (「창덕리 남근석」)에도 일관되게 흐르고 있으며, '부박한 삶 붙들고 싶어/ 힘을 새기고 꿈을 빌었네' (「남계리 석장승」)에서도 보인다.

그러니까 차가운 돌에서 용암처럼 뜨겁게 분출하는 생명작용을 상징해 내고, 켜켜이 돌옷을 걸치고 있는 돌장승으로부터 떠돌이 삶을 안착시켜서 평안을 꿈꾸는 이 땅 민초들의 간절한 염원까지도 읽어내는 안목을 발휘하는 것이다.

굳이 문화운동이라는 이름으로 그의 우리것 사랑의 행위를 규정하지 않아도 좋을 것이다. 버려진 듯이 쓸쓸히 서 있는 돌장승— 남근석 하나에도 우리가 결코 외면할 수 없었던 삶과 사랑의 절대성을 심미적으로 의역해 내는 그의 시정신을 대접하고 싶은 옹색한 필자의 언어감각이 굳이 '운동' 이라는 어휘를 동원했을 따름이다.

　장 시인의 치열한 탐구정신과 이를 천착해내는 또 하나 심미안의 기저는 고향의식이다. 고향이 무엇인가? 태생의 지리적 인연만이 고향은 아니리라. 삶의 뿌리를 내리고 생활의 호흡을 입혀온 산천이면 어디나 고향이 아니겠는가? 장 시인은 이 땅의 가장 오지 중의 하나였으나 이제는 장수하는 분들이 가장 많이 거주하고 있는, 소위 장수마을— 웰빙마을로 통하는 '순창' 사람이다. 그는 순창 사람이라는 자긍심이 대단한 듯하다. 그의 지적 의지가 지향하는 곳이나, 시를 얻어내는 소재로서의 근거지나, 생활의 대부분을 소진하는 행위들이 자신의 고향인 순창에 집중하고 있다. 그의 발길이 자주 닿는 곳, 그의 지적인 노력이 지향하는 곳이 바로 순창이다. 그는 자신의 모든 역량을 순창 사랑에 쏟아 붓고 있다는 인식이 필자의 뇌리에 새겨져 있을 정도다, 그것은 바로—

'장교철 시인은 고향지킴이다' 는 진술에 대한 근거가 될 만하다. 앞에서도 언급했지만, 장 시인은 순창을 드러내는 일에 자신을 아끼지 않는 듯하다. 그런 의지들, 그런 시간의 누적이 결국은 그의 시에 그대로 형상화 되어 있다.

　순창에 인문학적인 바탕을 튼실하게 하기 위한 일이나, 순창 지역의 문학— 문화— 예술을 진흥시키는 일에 몸을 사리지 않는다. 이런 고향 사랑의 정신은 그대로 실천으로 이어져 순창의 곳곳을 이잡듯이 답사하고 그 결과를 지인들에게 소개하기를 게을리 하지 않는다. 이런 결과는 장 시인이 글의 소재로 산문이나 칼럼 같이 설득력 있는 문장으로 전하기도 하고, 시와 같이 고답한 서정의 예술 작품으로 전하기도 한다.

그의 작품들을 보면 고향— 순창에서 얻는 시적 제재도 많지만, 순창을 드러내고 알리려는 의지들이 문예 미학적으로 결집한 작품들이 상당하다. 시집의 어디를 펼쳐도 순창사랑이요, 의식의 자락을 펼치면 순창의 향기가 그대로 전해지는 듯하다.

장 시인이 고향 출신 문우들과 결성하여 문학의 치열성을 가속화하고 있는 동인이 있다. 〈회문동인〉이 그것이다. 이 동인들의 작품을 들여다보노라면 그 문학적 수월성과 문학정신의 올곧음도 괄목할 만하지만, 동향인들의 끈끈한 우의가 매우 진득하여 동인지의 문밖을 나서기가 서운할 정도이다. 한결같이 고향— 순창에 대한 애정을 담고 있지만, 그것이 배타적인 고향 편집이 아니라, 문예 미학적으로 승화시켜 자신들의 쌈터를 문향文鄕으로 대접하고, 그 고향에 문향聞香을 입히고 싶은 문학적 열정과 갸륵한 정성에 절로 고개가 숙여진다. 장 시인도 그 〈회문동인〉의 한 사람이니 고향 사랑— 고향 지킴이 정신에서 멀지 않다.

불평하지 않고 흐르는 강물
그 강물 위에 뜬 구름은
부끄러워 낮 그늘에 몸을 숨기고
흔들어 깨우는 나무들
누가 이 부드러운 바람을 이끄는가
수달이 부산을 떨고
그 술에 같이 젖어드는 벌레들
아직 새순이 터지지 않아
물안개마저 조심조심 발걸음 하는
이런 풍경

아직도 상처가 없다

―「장구목 가는 길」 전문

　순창이라는 지역적 풍토성이 그렇다. 온갖 역사적 상처를 안고 있으면서도 '불평하지 않고 흘러가는 역사의 강물'이다. 그래도 자연은 자연대로 '부끄러워 낮 그늘에 몸을 숨길' 망정 역사의 행패에 불평하지 않는 곳이 순창이다. 그런 온순함이 그대로 자연이 되어 '뜬구름조차 부끄러워' 하고 '바람이나 수달이나 벌레들이나 물안개마저 조심조심 발걸음' 하는 '풍경'이 되었다. 그곳이 바로 순창이다.

　순창이 우리나라에서 사람살기에 가장 좋은 곳으로 정평이 난 것은 순전히 자연이라는 풍토성과 함께 그곳에 조상 대대로 뿌리를 내리고 살아왔던 사람들의 후덕한 인심이 자연성과 동행함으로써 가능했던 것이라고 확신한다.

　건축학계의 오래된 정설로 '신은 숲은 만들고, 인간은 도시를 만들었다'는 말이 있다. 이를 그대로 패러디 해보면 '신은 자연을 만들고, 사람은 순창을 만들었다'고 할 수 있을 듯하다. 신이 만든 자연의 숲을 파괴한 자리에 세운 것이 도시라면, 신이 만든 자연에다 가장 사람살기에 좋은 고향― 순창을 만든 이는 바로 순창의 사람들이다. 그런 사람살이의 노력들이 누적되어 살기 좋은 마을 순창이 이루어졌을 것이다. 신은 차별 없이 자연의 섭리를 펼친다. 다만 이것을 사람살기에 좋게 가꾸느냐 아니면 파괴하느냐는 순전히 사람의 의지에 달렸다.

　장 시인의 시집 도처에는 이런 '고향사랑― 고향가꾸기― 고향지킴이'가 역력한 심미적 의지를 읽을 수 있다.

　'눈 뜨고 일어나 확실한 깃발 세워/ 어깨 낮추어 일어나리라'(「회문산」)에서는 역사의 부침에 망연하게 좌절하지 않고 청사를 세우는 일에도 무심하지 않음을 말한다. 그것은 필연적으로 대립적 항전의 포즈로 읽기보다는 자존의 몸부림으로 수용해야 마땅할 것이다. 이런 의지는 '한 뼘씩 커가는 골짜기에 모여/ 바람의 웅성거림을 이제는 말하지 않는다'고 읊었던 시심과 닿아 있다. 굳이 목청 돋우고 어깨띠 두르고 결사 항전하는 것만이 역사를 바로 세우는 것은 아니다. 위대한 침묵으로도 자연은 한 뼘씩 커가는 것이 바로 사람 사는 세상이요, 자연의 본성이다.

그런 자연의 본성을 목월木月류의 운율로 살린 작품에서 보면 안다. 자연이 극복의 대상이 아니라 수용해서 사랑해야 할 대상이라는 점을 안다. 시인의 안목으로 사랑하고, 시인의 마음으로 즐기는 것이 바로 자연을 가장 자연답게 살려내는 길임을 안다. '산벚 꽃이파리// 무더기무더기/ 거품처럼 피어나니// 잘게잘게 씹히는 햇살 속에/ 머뭇머뭇 더디 가는 산 그림자// 골골마다 홍건히 치마끈 풀린 속살들'(「4월, 강천산」 전문)은 참 맛깔스러운 언어미의 절창이요, 참 즐거움을 주는 운율미의 절정이다. 생명이 기지개를 펴는 봄의 서정을, 고향 강천사 골짜기에 어리어 있는 자연의 생명감을, 이처럼 질박하게 풀어낼 수 있는 시심은 바로 자연성의 그것이 아니고서는 어림없다. 꽃이파리와 햇살의 속삭임과 그로 인하여 사람의 서정이 홍건하게 풀어지는 봄의 정서가 서술형 종결어미 등 군더더기 를모두 떨쳐낸 간결미로 형상화되어 있다.

이런 심미안이 바로 고향을 지키는 원동력이 되고, 그런 힘을 바탕으로 고향지킴이로 시를 풀어내는 시심의 근원이 되리라. 이것을 확인하기 위해서는 「순창고추장이」나 「구암사에서」 등의 작품을 살펴보거나, 자연을 소재로 하는 여타 작품들을 만나보면 알 수 있겠지만, 모두가 고향사랑— 고향지킴이— 자연지킴이 의식에서 유발하고 있음을 안다.

이렇게 자연에 기울이는 순수한 시심은 자연스럽게 '자연지킴이'로서의 본성을 강화하는 데 집중하리라. 그런 장 시인 의식의 바탕에는 필연적으로 이 땅을 온전하게 지켜내기 위한 역사의식으로 확장되고 충일하게 된다. 그런 시적 집중력은 장 시인이 거두고 있는 시문학을 향한 다양하고 진중한 편력으로 드러낸다. 그것은 바로—

'장교철은 역사지킴이다' 는 진술을 끌어낸다. 순창 지역사회의 문화운동에 발 벗고 나선다든지, 각종 지역사회 문화 활동의 산파 역할을 하는 등은 모두가 장 시인이 자신의 시문학 질료를 풍성하고 다양하게 하는 데 기여하게 한다.
　이를테면 이 시집의 제목이 되기도 한 다음 작품을 보면 그것을 확인할 수 있다.

　　바람과 달빛이나 빗물
　　버무려서 자리 잡고 흐르던
　　겸손한 역사를

　　믿을 수 없어라, 겸손한 안부도 없이
　　문 두드리며 달려오는 거만한 꿈

　　다시 흐를 수 있는가 우리는
　　경계 넘어 광활한 빛살 안고

— 「쓸쓸한 강물」 6연 중 4~6연

　강은 역사에 은유된다. 강물의 흐름은 역사의 흐름이다. 그래서 올곧은 역사의 흐름을 청사靑史에 비유한다. 그 짙푸르게 흘러가야 할 이 땅의 역사를 장 시인은 '쓸쓸하게' 인식하고 있다. 무엇이 시인으로 하여금 그 쓸쓸한 역사의식을 낳게 했을까?

전혀 짐작 못할 바는 아니다. 자연성에 순응한 역사는 우리에게 축복이다. 순리에 거스르지 않는 역사는 우리를 자랑스럽게 한다. 그것은 가장 자연을 닮은 모습으로 '바람— 달빛— 빗물' 등의 자연 소재들이 제자리를 잡고 흘러가게 해야 한다. 그것은 인간을 거부하지 않고, 사람이 사람됨으로 존재케 하는데 하등 역행하지 않는다. 그래서 '겸손한 역사' 가 된다. 그러던 자연이, 그렇게 겸손하게 순응하던 자연성이 일대 혼란을 겪는 사건이 전개되었다. 이를 걱정스럽게 바라보아야 하는 시인은 어찌 평상심만으로 평안할 수 있겠는가.

그것은 '겸손한 안부도 없이/ 문 두드리며 달려오는 거만함' 에서 기인한다. 그것은 기상이변으로 인하여 쏟아진, 뜻밖의 홍수로 강물은 거칠어진다. 어찌 자연 뿐이랴. 시대의 기상이변으로 역사에도 홍수를 불러온다. 겸손한 안부는 고사하고 인간적인 최소한의 예의도 없이 역사는 거칠게 시대의 홍수를 불러온다. 그것을 눈 번히 뜨고 목격해야 하는 우리의 화자는 '쓸쓸한' 역사의식으로 대응할 수밖에 없는 것이다.

쓸쓸하지 않고서는, 고독하지 않고서는 아무도 진실에 닿을 수 없다. 슬퍼하지 않고서는 눈물 흘리는 아픔을 감내하지 않고서는 누구도 사랑의 최전선에 닿을 수 없듯이, 쓸쓸하고 고독하게 사유하는 지성만이 시대의 홍수에 가슴 아파한다. 그 아픔이 시대의 정의를 낳고, 그 쓸쓸함이 잘못 흐르는 시대의 강줄기를 올바르게 바꾸어 놓으며, 그 고독이 결국은 자연을 자연답게 지키는 일이요, 사람을 사람답게 살게 하여 역사를 지켜내는 데 기여하게 된다.

'다시 흐를 수 있는가 우리는/ 경계 넘어 광활한 빛살 안고' 우리는 마침내 다시 흘러야 한다. 쓸쓸함은 시대의 아픔을 인식하고, 자연성이

앓고 있는 문제를 인식하기 위한 필수적인 지성의 요소다. 그 다음은 그 인식된 부조리를 거두고 강물을 강물대로 흘러가게 해야 하고, 역사는 또한 역사의 물줄기를 바로잡아 흘러가게 해야 한다.

그러자면 '우리' 라는 동류의식으로 역사의식을 공유해야 하며, 비판 없는 경계, 선입관의 경계, 무의식의 경계, 오불관언하는 방관의 경계를 뛰어넘어야 가능한 일이다. 그리하여 드넓은 자연의 품에 온존한 햇빛을 비추게 해야 가능한 일이다. 그랬을 때 화자가 인식했던 '쓸쓸한 역사' 는 비로소 '청사' 를 기록하며 인간의 삶에 기여하는 강물이 될 것이다.

장 시인은 지역사회 문화 활동의 중심에서 벗어나지 않는다. 그것은 지성인의 의무이자 책임이라고 여기고 있는 듯하다. 묻혀 있는 인물을 발굴하여 역사의 햇볕 아래 드러내는 일, 출향한 문사를 찾아내어 고향의 언덕에 시비를 세우는 일, 민초들의 생활 예술을 찾아서 널리 알리는 일들이 결국은 문화 활동이라는 의식을 강조하지 않고 그냥 삶의 중심축으로 삼아 사는 것으로 보인다.

그런 행위들이 시의 모습으로 형상화되기도 하며, 지성인의 이미지로 색칠하게도 하며, 부지런한 지역사회의 일꾼으로 보이게도 할 것이다. 그런 행위들을 구체화할 수 있는 하나의 역할을 장 시인에게서 찾으라면 필자는 서슴지 않고 '선생—교사' 의 모습을 꼽는다. 그것은 바로—

'장교철은 천생 선생이다' 는 진술을 끌어낸다. 우중愚衆은 어리석게 보이지만 개체로 보면 모두가 존엄하다. 민중民衆은 때때로 더디고 무디게 비치지만 제 자리에서 언제나 슬기롭다. 대중大衆은 잠시 어두울 수 있지만 멀리 보면 바른 길을 찾아간다. 그 우중과 민중과 대중이

역사의 바른길을 인식하기 위해서는 필연적으로 배움의 마당에 나아
가야 한다.

배우지 않고서는 아무도 진실의 아픔과 마주할 수 없다. 아픔을 회피
하고서는 역사의 문맹, 자연의 문맹, 삶의 문맹에서 벗어날 수 없다. 우
중이 존엄한 자존의식을 갖는 일, 민중이 지혜로운 주인이 되는 일, 대
중이 역사를 바꾸는 힘이 되기 위해서는 냉엄한 배움의 마당에 나서야
한다. 그러기 위해서 우리에게는 스승이 필요하다.

자연도 때로는 스승이요, 역사는 한결같이 스승이며, 시대의 바람도
훌륭한 스승이 된다. 스승은 몽매한 우중을 깨우치고, 타성에 젖은 민중
을 일깨우며, 무기력한 대중을 일으켜 세우는 역할을 한다.

장교철 시인은 타고난 선생이다. 고등학교 국어교사이기도 하지만,
지역사회를 문화의 최전선으로 끌어올리기 위한 그의 일관된 노력을
보면 알 수 있다. 장 시인이 시를 쓰는 일도 널리 보자면 교화의 수단인
지도 모른다. 아니 그럴 것이다. 이런 시들을 보면 장 시인이 선생— 교
사— 가르치는 사람으로서 얼마나 자신을 채근하며 사는지 짐작할 수
있다.

> 정말이지 선생이 어찌
> 아이들의 가르침을 돈으로 환산할 수 있는가
> 정히 뭐라 할 수 없지만
> 그냥 들뜬 기분으로
> 때론 신열이 오를 만큼
> 사명으로 가르치면
> 그게 나의 삶이요
> 기쁨이었는데

오직 횃불로 타오를

우리 아이들을 키우기 위해

한 마디의 말과

몸짓조차 근신했던

꿈 속의 교단이었는데

─「첫 월급 받은 날을 기억하면」전문

이 땅의 사표師表된 이들은 공통적으로 이런 출사표를 써서 간직하고 있을 것이다. 우리에게 있어 선생─ 교사가 된다는 일은 단순한 직업의식 말고 또 다른 문화의식이 함축되어 있음을 안다. 그것은 단순히 밥벌이 수단으로서의 직업이 아니라, 사람을 사람답게 하는 성직다운 의식이 잠재되어 있다는 뜻이다. 최근의 교단─ 교육 풍토로 보면 어림없는 소리지만 문화적 특성마저 불식시킬 수 없지 아니한가?

위에 인용한 작품은 사람을 가르친다는 일에 유별난 소명의식을 지니고 있음을 엿볼 수 있다. 시적 장치가 그리 현란하지도 않고, 또한 메시지가 은유적으로 많이 감추어지지 않은 작품임에도 필자가 거론하고자 하는 의도는 자명하다. 이런 정도의 사명감을 가진 장교철의 사람됨, 스승됨, 시인됨의 내면 풍경을 여과 없이 짐작할 수 있기 때문이다.

스승된 보람을 담아낸 「출근길에」서 '아무것도 가르쳐 준 것 없어/ 설령 나는/ 몰라도/ 그래도 달려와 웃음과/ 정 주는/ 나는 그들에게 누구인가/ 나는 그들에게 어디인가' 하며 끊임없이 자신의 스승된 좌표를 점검하고 가두어야 할 보람이 무엇이 되어야 하는지, 엄중하게 자체 검열하기를 마다하지 않는다.

가르치는 행위에 대한 엄정한 자기점검은 나태에 빠지기 쉬운 교육자가 지녀야 할 소중한 덕목이다. '오늘 내가 소진한 분필은 가루가 되어/ 손에 잡히지 않는/ 수설竪說로 날아갔는가' (「방과 후 학교」)라든가, '지금도 신나는 수업은 계속되는지요/ 늘 바쁘게 사는 것 같아' (「동춘이 편지」) 등을 보면 장 시인이 시를 수확하는 텃밭이 바로 교단이라는 점을 어렵지 않게 짐작하게 한다. 그리고 그것은 언제나 자기 성찰적이며, 또한 자기의 책무에 소홀하지 않도록 자신을 채찍질하는 어법으로 그려진다. 이런 장 시인의 어법과 시법은 시대의 몽매함을 깨우치기 위해 몸부림치는 문화운동가의 그런 역할과 일맥상통한다 하지 않을 수 없다.

장시인은 다면체의 성향을 유감없이 발휘하는 참 부지런한 사람이다. 필자는 그의 특성을 문화운동가의 꿈꾸기요 그 기록이라는, 제한적인 관점에서 그의 시를 공부했다. 그런 그의 문화운동 메뉴는 다양하다. '이미 시인' 이라는 진술에서 시문학의 본질에 투신하기 위해 행동하는 시인의 역동성을 보았다면, '고향지킴이' 라는 특성을 통해서 자신이 뿌리 내리고 있는 지역공동체에 쏟는 애정의 참 모습을 살펴보았다. 또한 '역사지킴이' 라는 진술을 통해서 그가 문학의 중심축에 확고한 역사의식으로 무장하고 있음을 살펴보았다면, '천생 선생' 이라는 진술이 담고 있는 문화의식으로서의 스승된 진면목이 그의 삶과 문학에 농축되어 있음을 지적했다.

이것 말고도 가족에 대한 뜨거운 사랑을 형상화환 작품이 다수다. 어찌 보면 의식의 빈곤함을 극복할 수 있는 힘도 바로 가족 사랑에서 나오며, 생활의 곤궁함을 치유할 수 있는 에너지도 바로 가족 사랑에서 유발하는 것으로 보인다.

특히 어머니를 자의식의 변환된 모습으로 인식하는 장 시인의 잠재의식이 그의 시 도처에서 아픈 모습으로 형상화된다. 장 시인의 문학적 성향과 함께 사람됨의 뿌리가 어디에 있는가를 짐작하게 하는 중요한 시적 모티브다. 지난 시절 겪었던 가족사의 아픔이 그대로 자신을 중심으로 한, 새로운 가족에 대한 사랑으로 변용되는 것 또한 장 시인이 즐겨 다루는 포에지poesy―시적영감이다.

장교철 시인에게서 이렇게 탄탄한 시적 영감을 발견할 수 있어 그의 문학적 장도에 기대를 해도 좋을 것이다. 참 시인은 밖을 보며 꿈을 꾸지 않는다. 자기의 내면을 응시하며 줄기찬 깨달음의 길을 걸어갈 뿐이다.

글을 쓴다는 것은 마음속 진실이 살아날 수 있도록, 자신이 내지르는 마음의 소리에 귀를 기울이며, 그 자신에게 더욱 가까이 다가서려는 노력의 일환이 아니겠는가? 그런 점에서 장 시인이 지금까지 보여 온 생활의 인내와 문학적 겸손, 문단과 문화 현장에 기울인 봉사와 헌신은 두렷한 '장교철문학' 의 줄기를 세우고도 남음이 있으리라 확신한다.

장교철 시인의 문학 장도에 대승적 문학정신의 개화를 기대한다. 아울러 인간적 승리가 함께 하리라는 확신을 축복의 말씀으로 대신한다. 처녀시집의 상재를 충심으로 축하한다.

21세기를 읽는 신체시, 21세기의 지성가사
— 유응교 제6시집 『그리운 것이 아름답다』 작품론

*

"유응교는 시인이다!"

이 말을 새삼스럽게 강조하는 것은 그의 이력이 만만치 않기 때문이다. 그는 건축학을 전공한 공학박사이자, 대학에서 건축학을 강의하는 현직 공과대학 교수다. 각종 수상 실적들을 살펴보면 그가 대단히 괄목할 만한 성과를 거둔, 성공한 전문인이라는 것을 알아보기에 어렵지 않다. 공과대학 학생으로, 공병학교 장교로, 공과대학 교수로, 성공적인 전문가로 그가 평생을 몸담았던 세계와는 그 됨됨이가 좀 다를법한 문학의 세계에 투신한 그의 이력 때문에 필자는 먼저 '유응교는 시인이다!'는 지적을 힘주어 말하고자 한다.

필자는 그가 이처럼 성공적인 자신의 이력 뒤에 문학을 배치해 둔 것은 아무리 생각해도 매우 지혜로운 처신이자 선택이었다고 생각한다. 이것은 인간의 본질적인 측면이나 인생의 참 의미를 생각해 볼 때 분명하다. 사람으로 비롯하는 모든 일이 결국은 인문학적 의미와 가치로 귀결되는 것이며, 그 인문학적 의미와 가치를 전면에 내걸고 본격적으로 탐구하는 영역으로 문학— 시문학만한 것이 없다고 믿는 필자의 확신이기도 하다.

이런 판단의 근거로 생각할 수 있는 것은 유웅교 시인이 펼쳐내는 역동적인 '글쓰기와 글살이'에 근거한다. 유웅교 시인의 '글쓰기'는 그의 다양한 저서들이 웅변하고 있다. 전문적인 자신의 전공분야에 관한 연구 업적이야 더 말할 필요도 없다. 이런 전공분야의 저서 말고도 참으로 다양하고 역동적인 글쓰기 작업을 해 왔으며, 또한 그런 결실을 책으로 펴내고 있다. 시집도 벌써 여러 권을 상재하였으며, 칼럼집과 유머집도 출간했다.

필자는 그 중에서도 그가 최근에 펴낸 시집 『꽃에게 사랑을 묻는다』와 유머집 『애들아, 웃고 살자!』와 『건축 유머집』을 대하면서 유 교수의 헤아릴 길 없는 인간적 매력에 감동하고 부러워한 적이 있다.

『꽃에게…』라는 시집은 그 동안 필자가 지녔던 시문학의 본질을 회의하게 하였고, 이를 통해서 시문학에 대한 새로운 안목을 갖도록 하였다. 유 시인은 일흔 세 종류의 꽃에 서정의 옷을 입히고 노래하는 것으로도 성에 차지 않았던지, 일흔 세 종류의 꽃을 모두 칼라로 사진을 배치하였다. 거기서 끝나지 않는다. 책의 말미에 전공서적의 찾아보기처럼 '꽃말과 꽃에 관한 백과사전식 뒤풀이'를 더해 놓은 것이다. 필자는 이 시집을 대하면서 그 글쓰기의 성실성과 노고에 대하여 저절로 고개가 숙여졌다. 일찍이 '나는 시집이라는 이름으로 책을 내면서 이처럼 자상하고 성실하게 앎의 서정을 노래한 적이 있었던가? 자문에 대한 대답은 부끄러움이었다.

'유머집'들은 인간 유웅교를 이해하는 가장 적합한 정보요, 가장 적

절한 자료라는 판단을 가능하게 한다. "앞으로도 예술이 가능하다면 희
극뿐이거나, 관제 예술일 뿐이다." 고든Gorden이라는 문예학자가 한 말
이지만, 현대의 각종 표현 예술 중에서 희극—유머가 갖는 영향력은 막
강하다. 희극적 요소는 인간의 삶에 윤기를 더해 주기도 하지만, 상업주
의와 결탁한 해학성은 기업을 살리기도 하고 죽이기도 하는 막강한 영
향력을 행사한다.

유 시인은 현대인이 가장 필요로 하는 삶의 요소로 해학성에 착안하
고, 그런 유머러스한 생활 방식을 통해 현대라고 하는 괴물을 잘 다스리
고 있는 것으로 보인다. 비인간적이며 물신주의적인 냉혈성, 자기 중심
주의적인 이기심이 만연한 현대에 피를 돌게 하고, 웃음을 선사하여 인
간주의적인 온기를 더한다. 이 희극적 발상과 이를 생활 속에서 처리하
는 방식은 유 시인이 터득한 매우 중요한 삶의 해법으로 보인다.

또 하나 유 시인의 '글살이'에 관한 대목을 빠뜨릴 수 없다. '글쓰기'
는 일종의 정신작업이요, 추상적 관념을 형상화해 내는 작업이다. 그러
나 '글살이'는 그렇지 않다. 글로 쓴 생각을 행동으로 옮기고, 글에서
생각한 관념을 구체화하며, 글로 표현된 주제를 생활속에서 실현하는
삶이다. 그런 정신의 행동화랄까, 구체화를 일러 필자는 '글살이'라고
하였다.

유 시인은 시문학을 책에만 묶어두지 않고, 문자의 공동묘지에 가둬
두지 않는다. 더러 전주 시내 근교 공원이나 산책로에 잘 알려진 명시들
을 패널로 만들고 이를 표지판에 세워서, 요소 요소에 배치해 둔 읽을거
리를 목격한 분들은 아실 것이다.

이를 시의 생활화나, 시문학의 일반화라고 규정할 수 있겠지만, 필자
는 그렇게만 보지는 않았다. 이것은 바로 '행복나누기'라고 생각한다.
내가 읽어서 행복했던 독서체험, 시를 읽은 기쁨을 불특정 다수에게 나

누어주고 싶은 마음이 아니고서는 불가능한 일이다. 그것을 마음만 먹는다고 되지 않는다. 바로 '글쓰기'의 정신작업을 '글살이'의 행동으로 옮길 수 있는 성실한 지성이 아니고서는 불가능한 것이다.

생각해 보자. 누가 옳다고 판단한 일을 생각으로만 머문다면 세상은 변화하지 않는다. 유 시인에게 있어서 글쓰기는 진실한 허구성을 생산하는 데 머물지 않고, 진실한 구체성을 통해서 드러내야만 성이 차는 것이다.

이러한 글살이는 유 시인 자신이 출간한 책을 지인과 문인들과 골고루 나누어보려는 의지와도 상통한다. 글쓰기가 생각을 고정화시키는 작업이라면, 글읽기는 생각을 공유하는 소통행위다. 유 시인은 이 소통행위를 중단 없이, 지치지 않고 계속한다. 그리하여 필자 같이 무딘 백면서생에게도 문학행위의 이면에 '글살이'의 성실성이 얼마나 필요한 것인가를 아프게 깨닫게 만든다.

그 동안 출간한 유 시인의 저서를 보면 소위 발문跋文 같은 것이 별로 눈에 띄지 않는다. 이는 유 시인이 천착하는 시문학의 개성으로 보아 타당하다. 자신의 소신과 문학적 발상, 그리고 개성적 시법에 대하여 언필칭 평론가라는 사람들이 덧붙이는 글들이 오히려 유 시인의 본질을 왜곡할 수도 있으리라는 것은 불을 보듯 뻔하다. 아마 이런 이유 때문에라도 발문을 얹지 않은 것으로 판단하였다.

그런데 이번에는 자신이 견지하고 있을 그런 신념이 무색하게 필자에게 평설을 얹는 고역을 맡겼다. 필자는 유 시인의 당부를 거절하지 못하고 그 어설픈 평설 몇 마디를 얹기로 하였다. 그것은 앞에서 밝힌 유 시인의 글쓰기의 성실성과 함께 글살이의 진정성이 나의 문학적 성과를 되돌아보게 하는 계기가 되었기 때문이다. 말하자면 지금까지 나누어 받은 글살이의 행복과 기쁨에 대한 일말의 응답이 필요하다고 생각한 것이다.

그럼에도 막상 시들을 대하고 보니 발문을 쓰기로 대담한 자신의 처신이 금방 후회가 되었다. 그것은 유 시인의 시들이 보여주는 시법들이 나의 미천한 안목으로는 새로운 의미를 더하거나 발굴하기 어려웠기 때문이다. 다만 모든 당대의 시들은 모두가 신체시— 시인 나름의 새로운 체제를 갖춘 시이며, 모든 시들은 일정한 의미영역을 전달하고자 하는 의지를 가지고 있음을 읽은 것은 커다란 소득이었다.

말하자면 우리 문학사에서 신체시는 최남선에서 끝나버린 것이 아니라 시인 자신의 시대에 어울리는 새로운 체제의 시[신체시]를 창조해 내야 하는 게 아니겠는가? 그리고 그런 작업들을 통해서 시대와 소통하고 시대인과 교통할 수 있는 이야기를 전달할 수 있다면, 그것도 매우 유익한 표현 수단이라고 생각하였다.

유 시인의 작품에서 그런 가능성을 보았다. 모든 창작품은 모두가 오리지널하고 개성을 가지고 있다. 지성인의 예리한 비판 정신과 시대를 관통하여 발언하고자 하는 의지가 시의 문맥에 깔려 있다. 21세기 지성인이, 21세기를 읽어내는 매우 효과적인 화법을 터득하였다고 생각하였다. 그것이 가사문학적 성과를 보인다고 해서 안 될 것은 없으며, 그것이 서정을 차용한 담론의 형식을 빌렸다고 해서 하등 문제될 것은 없다. 지성인이 쓴 가사의 어법은 21세기를 읽는 어법으로 일정한 효과를 지니고 있는 것으로 보인다.

＊＊

시의 역할은 지배자의 주술이고, 무당의 노래였다. 서발 막대기 휘둘러봐야 걸리는 것이라곤 질긴 목숨 줄뿐인 민초들의 탄식이었거나, 사랑 잃고 가슴앓이 해야 하는 선남선녀들의 비가였다. 시문학을 그 어떤 고상한 구어口語로 변설하고, 시 작품을 그 어떤 고답한 문어文語로 장식한다 할지라도 이런 시문학의 DNA를 바꿀 수 없다.

산마루에 올라가 왕을 내놓으라며, 반은 애원조로 반은 위협조로 땅을 치며 노래했던 구지가龜旨歌는 민중들의 주술을 닮았으며, 본래 내 아내지만 다른 사내에게 이미 빼앗겼는데 이제 와서 죽이네 살리네 칼부림하면 무얼 할 것인가? 유유자적 노래하고 춤추며 물러났던 처용의 노래 처용가處容歌 역시 무가巫歌에 다름 아니었다. 이런 점에서 보면 고려 가요에 담긴 서민 가객들의 시정이나, 향가에 정제되어 담긴 서정의 원류도 민초들의 감성과 그 감성을 드러내는 방법에서 당대에 가장 적합한 시법에 근거했음을 부인할 수 없다.

어디 우리에게만 그랬으랴? '시 삼백 편을 한 마디로 하면 생각에 사악함이 없다詩三百一言以蔽之思無邪'며 중국의 그 무한한 시문학의 역사를 집대성했던 공자님의 말씀처럼『시경詩經』에 담긴 시들도 결국은 민초들의 탄식이었거나 시대의 징표를 담은 구어이자 문어들의 파노라마였다. 부역에 끌려가 감감무소식인 지아비를 그리는 지어미의 탄식, 사춘기에 처한 처녀총각들의 애타는 연정을 담은 노래 등『시경』의 시들도 결국은 시대를 드러내는 언표였으며, 당대의 민초들에게 가장 적합한 언술 방식이었다.

동양뿐이 아니다. 오비디우스가 써서 만인의 심금을 울렸던『변신이야기』에 담긴 저 애절함에 극하는 사랑의 이야기는 어떤가?「오르페우스」의 노래나,「트로이의 전쟁」등 오비디우스는 신들의 전성시대를 그리기에 가장 적합한 서사와 서정의 방법을 통해서 신의 이야기도 사람의 이야기처럼 풀어냈다. 잠시 이뤘으나 곧 실패하고, 실패한 듯했으나 다시 이어질 듯, 읽는 이의 애간장을 녹였던, 선남선녀들의 사랑이야기도 결국은 당대적 이야기하기의 당위성을 스스로 확립하는 것이 아니고 무엇이겠는가!

이렇게 본다면 모든 노래들, 시들은 당시의 사람들이 감성을 드러내고 시대를 전하기에 가장 적합한 노래하기와 말하기의 방법으로 이루어졌음을 알 수 있다. 신라의 화랑이나 승려들은 그들의 위상과 시대징표에 맞게, 고려의 좌절한 가객들은 자신의 처지를 가장 절절하게 드러내는 언어적 장치를 구사하여 신세를 한탄하고, 시대를 분노했던 것이다.

유응교 시인은 21세기의 중심을 살아가는 지성인이다. 그의 안목에서는 어느 것 하나 허투루 지나가지 않는다. 우리의 삶에 의미와 가치를 부여하는 것은 의미의 책갈피에 담아둔다. 우리의 삶을 혼란스럽게 하는 현상들에 대해서는 준엄한 질책을 서슴지 않는다. 배우고 꾸짖되 시의 형식과 개성적인 어법에서 벗어나지 않는다.

그의 개성은 자신이 포착한 발상에 기존의 개념을 매우 자연스럽게 녹여서 풀어낸다는 점과 유머러스한 어법과 경쾌한 처리방식이 특별하다. 사실事實과 사실史實에 대한 천착도 게을리 하지 않는다. 사실事實에서 진실성을 밝히되 해학적인 발성을 놓치지 않고, 사실史實에서 교훈을 얻되 과거와 현재가 미래적 안목에서 통합되는 것을 마다하지 않는다.

독자들이여! 시를 이렇게 규정해도 좋은가? 망설이거나 회의하지 마시라. 앞에서 밝힌 바처럼 신들의 전성시대 그리스 시대에는 신화에 어울리는 어법이 있기 마련이요, 공맹시대에는 그 시대에 알맞은 화법이 있지 않는가. 마찬가지로 21세기인 지금은 21세기에 알맞은 시법이 있어야 하지 않겠는가.

필자는 유응교 시인으로부터 21세기의 신체시다운 발성법과 21세기를 담론으로 하는 지성가사의 가능성을 발견하였다. 4부로 구성된 이 시집에는 비판적인 사안들이 해학적 어조를 빌어서 표현되었다. 현학적인 몸짓으로 엄살 부리지 않으며, 시적 기교로 과장하지도 않는다.

독자들은 그저 시적 화자의 발견과 담론에 재미를 동반하고 동참하면 그만이다. 유 시인의 '유머집' 이나 '꽃시집' 다운 일관성과 문사다운 고집이 조금도 손색 되지 않고 드러난다. 심각한 고민이 문제를 해결해 주지는 않는다. 오히려 인생을 소재로 하는 시들은 인생이 그런 것처럼 즐거운 담론 속에 진실이 숨어 있는지도 모른다. 시의 소재가 따로 있는 것이 아니며, 시적 표현이 교과서에만 있는 것은 아니라는 사실을, 이 시집을 읽으면서 깨달을 수 있다면, 커다란 독서수확이 될 것이다.

* * *

시집은 모두 4부로 구성되었다. 각 부에 표현상의 차이보다는 소재의 다름을 분별의 근거로 삼은 듯하다. 각 부마다 소재에서 연관성이 있는 작품들로 묶여 있다.

제1부는 작은 제목이 '시심을 간직한 따뜻한 가슴으로' 다. 제목 그대로 일상에서 포착된 소재들에 시인의 안목과 의식이 가미하여 자신의 사유를 펼쳐낸다. 시인다운 감성이나, 사물에 대한 회의적인 사유가 없이는 태어날 수 없는 작품들이다.

왜
사람들은
책을 본다고 얘기할까

책을 읽는다고 하지 않고

책을 느낀다고 하지 않고

책을 쓴 이와 대화를 하지 않고

책을 눈으로만 보지 말고

책을 가슴으로 읽어다오.

책을 영혼으로 읽어다오.

책을 본다고 한 사람도

거실 앞의 TV만 보느라고

책을 제대로 보지도 않는다.

너무 바빠서

책을 볼 시간이 없다고 한다

읽지는 못하고 슬쩍 보더라도

제발 책 좀 봐 주오.

그대의 삶을 풍요롭게 하기 위하여

그대의 마음을 향기롭게 하기 위하여

그대의 영혼을 빛내기 위하여!

—「책을 보다」 전문

시의 형식으로 교훈하면 어떤가? 시의 어조로 꾸짖으면 어떤가? 이 작품을 읽다보면 세태를 읽는 시인의 안목이 어디를 지향하는지 알만하다. 현대에는 미디어 과잉시대, 미디어가 지배하는 시대다. 그래서 모든 것이 이미지로 바꾸어지기를 갈망하며, 영상화 된 정보를 선호한다. 소위 정보라고 하는 것들도 모두가 미디어 체제로 변화되어 있다.

그러므로 가장 기본적이고 원초적인 미디어 매체인 책마저도 읽지 않고 보는 것이다. 그림책을 보듯이, 영화를 보듯이, 동영상을 감상하듯이 활자 매체인 책마저도 보는 것이 화자는 안타까운 것이다.

읽기 대신 보았다고 해서 그게 무슨 대수냐며 모두가 21세기에 잘 먹고 잘 살망정, 시인은 이것이 못마땅한 것이다. 가슴으로, 영혼으로 다른 사람의 생각과 느낌을 공유할 수 없는 시대와 사람들에게서 삶의 풍요도, 마음의 향기도, 영혼의 빛도 찾을 수 없다. 이것이 이 시대의 비극이라는 것이다.

이 무미건조한 시대적 양상을 치유하는 길은 그러므로 '시심을 간직한 따뜻한 가슴' 이어야 한다. 그 따뜻한 가슴은 시의 가슴이며, 시를 받아들이는 마음이며, 시를 노래하는 영혼이다.

제2부는 '풍자와 해학' 이다. 유응교 삶의 중핵적 화두이자, 유응교 글쓰기의 최대 화두이자, 유응교 글살이의 핵심 개념은 바로 풍자와 해학이다. 웃되 예리한 비판의 죽비를 감춘 풍자이며, 웃기되 삶의 에너지— 엔돌핀을 돌게 하는 해학 정신이 기본이다. 웃음이 질병을 치료하는 효과를 발휘하며, 웃음이 인간의 행복지수를 끌어올린다는 것은 이미 케케묵은 정보다.

현대— 21세기는 개인이 직장을 구하는 제1조건이 재미있는 일터여야 한다면, 회사가 직원을 채용하는 우선 조건도 재미있는 사람이어야 한다. 배우자를 구하는 조건도, 상품을 판매하고 구매하는 조건도 모두 재미가 제1순위를 차지한 지 오래다.

병술년 정월 보름
영국의 한 가정집에
아프리카산 앵무새가

"사랑해 게리"라고
회사 동료의 이름을
계속 불러대는 바람에
남편 몰래 사랑을 한
사실이 들통나고 말았다.

남편의 친우인 게리를
집으로 불러들이고
전화로 게리를 사랑한다는
목소리를 날마다 들은 앵무새가
남편이 귀가하자
그대로 반복한 것이란다.
이 사건으로
둘은 이혼을 하고 말았으니
전국의 부부 여러분!
집에 있는 앵무새 입단속
잘하서야 되겠습니다.
앵무새도 없고 불륜도 없다면
그냥 웃으시기만 하면 됩니다.
오래 살다 보니
별일도 다 있다고.

— 「앵무새의 폭로」 전문

이 작품을 읽으면서, 느끼면서, 대화하면서 웃지 않은 사람은 자신의
삶의 방식에 대하여 심각하게 고민해야 할 것이다. 시인이 무엇으로부

터 시제를 포착하여, 어떻게 시대 현상을 고발하며, 그 최종 목적지가 무엇을 지향하고 있는지를 짐작하지 못하는 사람은 자신의 독서체계와 정보를 해석하는 지성을 돌아 보아야 할 것이다.

고답한 고민만이 고민이 아니며, 우아한 고독만이 시가 되는 것은 아니다. 해외 토픽거리, 세속적인 가십거리 속에 삶의 실상이 담겨 있고, 숨어 있음을 시인은 일찌감치 간파한 듯하다. 놓치기 쉬운 일상속에서 재미를 발견하고, 그런 재미를 통해서 근엄한 척 위장하고 있는 현대인들의 허위의식과 미필적 불륜을 고발하고자 하는지도 모를 일이다.

그렇지 않고서야 어떻게 이처럼 보통 사람들이 놓치기 쉬운 가십거리를 통해서 시대의 징표를 전달하고, 웃음을 선사하고, 웃음 뒤에 서늘한 채찍을 숨겨 둘 수 있겠는가? 건실한 시의 독자들이야 고민하지 않아도 되겠지만, 간통죄를 폐지하자고 떠들어대는 작금의 세태는 시의 진술이 전혀 바다 건너 남의 나라 일만은 아닐 수도 있다.

심각한 주제의식과 고난도의 함축성을 갖춘 시들이 오히려 일반 독자들에게 담론의 장을 제공하지 못한다. 아니 전문가들에게도 화두가 되지 못하는 오늘날 우리 시문학의 현실을 돌아본다면, '앵무새의 폭로'가 담고 있는 해학의 효용성에 주목할 필요가 있다. 유응교 시에 즐겁게 접하다 보면 우리의 사유와 생활을 자극하는 21세기의 신체시로서, 이야기를 풀어내는 지성가사로서 주목에 값하고 남음이 있을 것이다.

제3부는 소제목이 '동결된 음악' 이다. 여기에 수록한 작품들은 소제목 그대로 역사의 상흔으로 동결되어 있거나, 인간의 의식에서 묶여 있는, 사려 깊지 못한 행위에 대한 비판의식이 짙게 드러나 있다.

우리는 역사의 현장이나 역사적 유물 유적 앞에서 그 장대하고 웅장한 외형성에 주눅든 나머지 정작 그 역사의 현장과 유물 유적에 담긴 민초들의 희생의 혈흔이나 원성을 외면하기 쉽다. 이를테면 어떤 인류학자는 「세계 7대 불가사의」라는 현장을 일부러 찾아가지 않는다고 한다.
유 시인도 소재로 삼아 비판한 시가 여기에도 수록되어 있지만, 중국의
만리장성이나 캄보디아의 앙코르와트의 그 웅혼하고 아름다운 유물 유
적 뒤에는 얼마나 많은 인민들의 희생이 있었겠는가! 만리장성을 쌓은
돌 하나하나는 중국 인민들의 유골을 쌓아서 만든 것이 아니겠는가? 앙
코르와트 사원의 석조형물이 입은 돌옷(이끼)은 그 돌 조각을 축조한
백성들의 피맺힌 원한인지도 모를 일이다. 역사를 외면하고 역사의 교
훈을 잊은 민족은 언젠가는 똑같은 역사적 모순을 되풀이한다 하지 않
는가?

거나하게 취한
대신들의
유장한 시조창도
사라지고

흥에 겨워
어깨춤 덩실 추던
북장고 소리도
멈추고
애절한
가야금에
거문고 켜는
기녀들도
자리 떠나고

무더운 여름

노랫가락에 취하여

덤벙 뛰어든 한쪽 발

담근 채

5백 년이 지난 지금도

차가운

가을 달빛 아래

그대로

서

있

네.

—「경회루」 전문

이 작품과 소재에서 유사하고, 시적 발상에서 닮은 작품들이 제3부에 포함되어 있다. 시인은 이런 역사적 유물 유적에서도 풍자적 화법과 교훈적 발성을 잊지 않는다. 왕조 시대의 유물에서 왕조시대의 시대상을 읽는 것은 지성적 안목이면 가능하다.

문제는 시의 독자는 물론이요, 일반인들의 의식에서 아직도 치유하지 못하고 있는 왕조적 발상과 악습이다. 민주가 개화하여 낙화할 지경이 되었는데도 아직도 양반이네, 상놈이네 하는 신분 차별 의식이 횡행하고, 자신의 몇 대 조상이 무슨 벼슬을 살았음을 자랑하는 것을 부끄러워할 줄 모르는 사람들의 의식은 어디쯤 가고 있을까?

평민들을 착취하고, 매관매직을 일삼으며, 알량한 권력의 맛에 도취되어 탐관오리이기 십상인 왕조시대에 살았던 벼슬 고관대작이 무슨 자랑이란 말인가? 그것은 아마도 저 경복궁의 '경회루' 처럼 아직도 한 발은 조선 왕조시대에 담그고, 또 한 발은 21세기 최첨단 시대에 걸친 채, '나는 평균적으로 행복하다' 고 주장하는, 넋 나간 사람인지도 모른다.

제4부는 소제목이 '독도의 독백' 이다. 시인의 가장 큰 장점이자 독특한 개성을 보이는 해학적 발성법이 돋보이는 작품이 수록되어 있다. 이 작품도 시적 화자를 '독도' 로 하고, 시적 대상을 '일본' 으로 설정하여 매우 효과적인 골계미를 형성하고 있다. 그 화자는 여자이고, 그 대상은 발정난 수컷이니, 시적 구도가 명확하다.

독도 사랑을 주제로 한 시를 많이 보았지만, 이처럼 직설적이고 시원하게 카타르시스를 유발하는 작품을 만난 적이 별로 없었던 것 같다. 시가 반드시 근엄하고 점잖은 격조를 유지해야만 하는 것은 아니지 않는가? 조선말기의 사설시조나 평민가사처럼 인간의 진솔한 감정을 숨김없이 토로함으로써 오히려 독자들에게 서정적인 통쾌감을 줄 수 있는 표현 방법들이 왜 외면 받아야 하는가? 이 작품을 읽으면서, 배꼽을 잡고 웃으면서, 포복절도抱腹絶倒 를 통쾌하게 즐기면서, 21세기를 형상화하는 새로운 시법을 발견했다면 과장된 것일까?

참 웃긴다.
천년을 동해에
발 담그고 산 내게
네 품으로 오라며
추파를 던지는 네가.

치마끈 풀어 헤치고
욕정의 문을 열어 주랴?

홀로 떨어져 있다고
걸핏하면 치근대며
집적거리는 네게.

저 파도에 떠밀려온
쓰레기만도 못한 주제에
괭이갈매기의 울음보다 못한 주제에
게다짝 끌고 뒤뚱거리며
애걸복걸하다니……

참 웃긴다.
날 보고 네 것이라고
소리 지르는 네가.
어디 제 마누라 보고
내 마누라라고 외치는
못난 사내 보았더냐?

그렇게 외도를 하고 싶거든
야스꾸니 신사 앞마당에 서서
달밤에 훈도시 차고 체조나 하여라.
참 웃긴다.
저 발정 난 수컷!

—「독도의 독백」 전문

국가 간의 외교는 그 나름의 격조가 있어야 한다. '외교사령外交辭令'

이란 말이 있지 않은가? 속으로야 욕설을 해주고 면박을 주고 싶지만, 겉으로는 격조와 예의를 갖추어 점잖게 언설하는 말들을 외교사령이라고 한다.

외교사령처럼 겉 다르고 속 다른 언설을 시에서도, 가장 진솔한 감정의 형상화라는 시의 언어에서도 그대로 답습할 필요가 있겠는가? 시인은 그 점에서 거침이 없으며, 그 점에서 21세기 신체시를 쓰는 것이며, 21세기 지성인의 가사를 창작한 것이다.

앞에서 밝힌 바처럼 유응교 시인이 자신의 시집에 다른 사람의 발문을 얹는 등의 소신 없는 글쓰기 행위는 이례적이다. 필자 나름대로 생각해 보니, 평생 시문학을 짝사랑하면서, 시 공부를 명패처럼 달고 사는 '당신 필자는 이 작품을 어떻게 보겠느냐? 고 시험하는 것이나 아닌지 모르겠다.

내가 시험 좀 당하면 대수겠는가? 어찌하든 글쓰기는 시대를 반영하는 작가의 생각이요, 글읽기는 작가의 생각을 통해서 시대와 소통하는 한 방법인 것을. 필자는 유응교 시인이 자신의 개성을 독특하게 드러내고 있는 시법을 접하면서 즐겁게 웃고, 재미있게 깨달은 것이 수확이라면 큰 수확이었다.

21세기 최고 지성의 한 중심을 살아가는 유응교 시인이 펼쳐낼 또 다른 21세기 독법과 화법이 시법 안에서 더욱 광채가 나기를 바랄 뿐이다. 모든 표현은 당대적으로 새롭고, 모든 언어적 표현은 일정한 담론을 담고 있는 그릇이라면, 유응교 시인의 시들이 21세기의 신체시요, 21세기를 담아가는 지성가사일 가능성은 언제나 열려 있을 것이다.

그리움을 찾아가는 영혼의 불꽃

— 황영순 제4시집 『짧고도 긴 편지』 작품론

서언— 시의 힘

정신은 뜨거우면서도 차갑다. 마음은 수채화 물감이면서도 가을하늘이다. 시선은 밖을 향하면서도 이내 깊은 내면을 응시한다. 시어는 아끼는 듯 인색하다가도 흘러가는 강물이 되기도 한다. 말씀은 조용한 독백이었다가 어느새 은유와 상징으로 생나무울타리를 세운다. 시제詩題 현실의 마루를 닦는 손길이었다가 고답한 천상으로 비상하는 날개를 손쉽게 달고 난다. 세속을 향한 변설은 차갑지만 자신을 비우는 기도의 어조는 잔잔하고 절절하다. 한 발은 뜨거운 육신의 부름에 미련을 두고 또 한 발은 차가운 영혼의 세계로 다가간다.

차가우면서도 뜨거운 것이 공존하는 정신의 질량은 도대체 어디서 오는 것일까? 현실과 이상을 아우르는 시의 힘은 무엇으로 얻는 것일까? 육신의 부름에도 외면하지 않고 영혼의 울림에도 소홀하지 않는 마음의 파장을 어떻게 갈무리하는 것일까?

황영순 시인의 제4시집 작품 전체를 통독하고 난 뒤, 필자의 뇌리를 스치는 편린들을 생각나는 대로 붙잡아 둔 것이 앞부분이고, 그런 생각에 놀라다가 부딪친 질문이 뒤의 것이다. 어떻게 모순적 개성들이 공존하고 병행하여 한 시인의 세계를 형성할 수 있을까?

이런 질문은 우문이 되기 십상인 줄 알면서도 질문독법을 그만 둘 수 없다. 시의 본질이 그렇게 육법전서의 길로 가는 것을 결코 허용하지 않으며, 시인됨의 속성이 한 대상만을 줄기차게 사랑해야 하는 유교적 순애보를 거부하는 존재가 아니던가? 그렇게 창과 방패를 동시에 지상 최고의 품질이라고 고집하며 만들어낸 무기가 바로 시문학이며, 그런 무기를 아무렇지도 않게 독서시장에 내놓고도 부끄러워하기는커녕 으스대는 존재가 바로 시인됨의 특성이 아니던가?

1990년에 노벨문학상을 수상한 옥타비오 파스의 시론집 『활과 리라』를 읽다보면 이런 주장이 전혀 생경하지 않음을 발견하는 즐거움이라니! 그는 말한다. 시는 앎이고 구원이며 힘이고 포기이다. 시는 이 세계를 드러내면서 다른 세계를 창조한다. 시는 선택받은 자들의 빵이자 저주받은 양식이다. 시는 격리시키면서 결합시킨다. 시는 여행에의 초대이자 귀향이다. 시는 들숨과 날숨이며 근육운동이다…….

시에 관한 이 자유롭기 그지없는 파스의 독설은 여러 페이지에 걸쳐서 계속된다. 그의 독창적인 시론은 듣는 이를 당혹하게 하다가 읽는 이를 귀순하게 하고, 받아들이는 이를 공감하게 하다가 깨닫는 이를 감동하게 한다. 시의 본질을, 시인됨의 속성을 이처럼 적나라하게 눈치 보지 않고 토로해 내는 작가를, 시의 진면목을 이처럼 통쾌하게 지적해내는 시인을 필자는 일찍이 만나보지 못했다.

그런 파스의 시적 진실이 공허한 논리로 필자의 안두에서 떠돌다가 황영순시인의 작품을 만나면서 비로소 논리의 육신이 옷을 입게 되었음을 실감하였다. 그녀의 분신들이 그렇게 공허한 이론의 육신에 시적 의상을 입히는 것으로 보였다.

뜨거운 시심과 차가운 현실 인식은 균형추를 이루려고 굳이 시도하지 않는다. 그저 아픔과 기쁨이 서로 달리 있는 것 같으면서도 실은 한 뿌리였음을 말하려는 어법일 뿐이다. 삶과 죽음이 별개의 세계인 것 같지만 실은 시작과 끝이 없는 시간의 숙명임을 이야기할 뿐이다. 사랑과 그리움이, 욕망과 기도가, 육신과 영혼이, 인간과 절대자가, 생활과 신앙이, 문학과 종교가 다르면서도 하나이고, 틀리면서도 닮았음을 노래할 뿐이다.

시인의 마음이 아닌 돌멩이의 가슴으로 보면 차가운 것은 차가운 것이고, 미움은 미움일 뿐이다. 그러나 시인의 눈으로 보면 차가움은 뜨거움의 현재 모습이요, 미움은 사랑의 뒷모습일 뿐임을 발견하는 일은 소중하다. 시인의 가슴으로 바라보고, 시인의 마음으로 담아내며, 시인의 정신으로 버텨내는 그 절절한 삶의 안간힘이 순결하고 투명해서 소중하다.

누구에게나 삶은 치열하고 엄숙하다. 고통의 터널을 지나왔다고 해서 누구나 광명한 지상으로 나오는 것은 아니다. 어떤 이는 좌절의 낙석주의 구간을 잘못 걷기도 하고, 누구는 절대 안전속도를 지키지 않아서 추돌하는 삶에 빠지기도 한다. 누구는 자신만의 상향등을 켠 채 마주 달려오는 운명과 대결하는 것도 불사한다.

그러나 고통을 기쁨의 이웃으로 받아들이려는 영혼의 소유자는 생존의 치열함을 제재로 하여 시적진실에 다가서려 한다. 시가 무엇이라고, 시가 무슨 힘이 있다고, 시가 무슨 불세출의 구세주라도 되는 것이라고, 시가 영원불멸의 금과옥조라도 되는 양, 시에 그렇게 명운을 걸고 매달리는 것일까?

그렇다! 시는 힘이 세다. 시는 매우 강력한 힘을 지니고 있다. 사랑을 잃고 절망에 빠진 연인을 구원해 내는 노래의 힘을 시는 지니고 있다. 육신의 고통 속에서도 구원의 빛으로 치유시키는 위로의 힘이 있다. 절망의 노래로 희망을 이야기하며, 고통의 신음으로 기쁨의 찬송을 들려주기도 하고, 말도 안 되는 말로 막힌 말문을 트기도 하는 힘이 시에게는 있다. 그래서 시는 힘이 센 지성인의 무기이자, 무지한 자의 한숨이 될 수 있다.

어느 시인은 '시는 문맹文盲을 부끄럽게 하는 가장 아름다운 무기'라고 말했다. 여기에서 문맹은 인문학적 진실에 무지함을 뜻한다. 사람됨의 진정성에 무감각함을 뜻한다. 세계와 주관의 함수 관계에서 가장 소중한 '사람의 사람됨'에 의미와 가치를 두지 않음을 뜻한다. 사람을 제쳐두고 다른 무엇을, 어떤 우상을 옥좌에 올려두고 칭송하고 떠받드는 이교도를 뜻한다. 사람종교보다 더 위대한 신앙은 없다는 뜻이다.

시는 참과 거짓을 분별하게 하는 안목을 갖게 한다. 시는 아픔을 신음하면서도 기쁨의 악상을 찾아낼 수 있는 음악이다. 시는 스스로를 위로할 줄도 알고, 시는 타인과 자신을 경계하는 울타리를 허물 줄도 안다. 시는 비인간적 야만과 비이성적 무지와 비문명적 횡포를 한없이 초라하고 부끄럽게 하는 가장 아름다운 무기이고, 그렇게 강력한 힘을 지닌 무기가 되어야 한다. 세상이 시의 공격 앞에서 즐겁게 투항해야 하고, 사람이 시의 무기 앞에서 아름답게 항복해야 한다. 그래야 지상에 평화가 오고, 인간 사이에 사랑이 강물처럼 흐르게 된다. 그런 심미안을 지니지 못한 사람은 모두가 문맹이요, 그런 문맹을 부끄럽게 하는 것이 바로 시문학인 것이다.

황영순시인의 시에서 그런 가능성을 발견하는 일은 매우 뜻이 깊다. 그녀의 시에서 시가 지닌 힘을 발견하는 일은 즐거움이다. 자신에게는 조촐한 위로와 격려의 메시지를 보낼 줄 아는 시의 힘! 삶의 동반자에게는 감사와 미안한 인사를 정갈한 목소리로 들려줄 줄 아는 시의 힘! 사랑하는 가족에게, 생활의 소도구에게, 절친한 동료에게, 구원의 절대자인 신께, 그리고 자신을 아무렇지도 않게 기억하고 망각하는 사회에 시인은 겸허하게 무릎 꿇고 시의 고백성사를 드린다. 시는 그렇게 힘이 있고, 아름다운 무기가 된다.

시에 그런 힘이 있기에 고통 속에서도 맑게 정제된 한 편의 노래를 뽑아낼 수 있으며, 시가 그런 무기이기에 혼란 속에서도 명상의 바람자락을 잡아낼 수도 있다. 도대체 놓을 수 없는, 결코 놓쳐서는 안 될 사람됨의 그리움을 찾아 황 시인은 오늘도 시문학의 성전에 고요히 마음을 모은다. 그런 마음의 편린들이 과장되지도 않고 지레 질겁하지도 않으면서, 또한 화장하지 않은 '생얼 시심'으로 한편의 고백서를 들고 우리의 문맹을 깨뜨린다.

고통의 힘

살아남을 수만 있다면 목숨을 건 모험처럼 즐거운 체험도 없으리라. 치유되기만 한다면 한번쯤 사랑중병에 걸려본들 무에 대수겠는가? 돌아올 수만 있다면 모르는 길에 나서는 나그네가 되는 것도 무난한 일이다. 문제는 목숨을 건 모험은 치명적인 위험이 보장되지 않아서, 사랑중병은 그 회복할 길 없는 예리한 상처 때문에, 모르는 길의 나그네는 귀환이 담보되지 않은 두려움 때문에 섣불리 길에 나서지 못하는 것이 인생이다.

아픔도 그렇다. 치유될 수만 있다면 저항력을 얻어 잔병치레를 하지 않을 행운도 있다. 그러나 아픔의 공격을 받았다고 해서 누구나 행운을 만나 쾌차하는 것은 아니다. 매서운 슬픔 바이러스 공격에 치명적으로 꺾이는 경우도 적지 않고, 비탄에 빠져 스스로 무너지는 경우도 흔치 않은 것이 또한 인생의 진실이다.

키에르케고르는 이렇게 쓰고 있다. "나의 생애는 하나의 큰 고뇌였다. 누구에게나 이 고뇌가 그 자체로 가치 있는 것은 아니다" 고뇌를 어떻게 체험했느냐의 태도가 중요하며, 고뇌를 어떻게 풀어냈느냐의 결과 또한 중요하다는 뜻이다.

진주조개는 상처를 입으면 그 상처를 보듬어 안고 고뇌하다가 고귀한 진주를 만들어낸다. 상처를 입지 않았던지, 설사 상처를 입었다 할지라도 고뇌하지 않고 지레 자진하였다든지 했다면, 진주조개라는 아름다운 의미를 창조하지 못했을 것이다. 진주조개에게 중요한 것은 상처 입은 고통을 가슴에 끌어안고 고뇌하는 시간을 통해 마침내 진주라는 아름다운 의미를 결과했다는 점이다.

지구 안쪽 바람에 쓸리는 춘란 한 분
마음을 비우며 살았다는데
입춘 우수 다 지나가고
그만 끝인가 했는데
청명 곡우 그 절기를 알고
화들짝 소식을 달았다
불러도 응답이 없이 詩 속으로 들어가
가부좌를 틀었다는데
몇 천 년의 긴 겨울밤을 지나온 자리
황홀한 춤으로 피었다

오오 장한 시간의 힘이

그늘을 박차고 생기로 밝았다

오늘 활짝 열었다.

— 「꽃의 진실」 전문

십여 년 시의 꽃 속으로 들어가 오로지 시와 살고, 시와 대화하고 , 시와 눈빛을 주고받다보면 이런 꽃을 피울 수 있을까? 만약 그렇다면 누구나 시인이고자 하는, 누구나 생활의 시인이고자 하는, 누구나 그렇게 아픈 가슴을 마다하지 않을 것이다. 누구나 문맹을 깨뜨리는 일을 어렵다 하지 않을 것이다.

그러나 키에르케고르가 아니어도 누구나 자신의 생애는 고뇌에 찬 역동성을 지녔다고 생각하겠지만, 누구나 이렇게 고통 속에서도 아름다운 꽃을 피울 수 있는 것은 아니다. 누구나 시의 진주를 만들어내는 진주조개가 되는 것은 아니다. 그것이 꽃의 진실이고, 그것이 인생의 진리이다. 누구나 문맹의 부끄러움에서 벗어나기가 쉽지는 않은 것이다.

그녀의 칩거는 한 송이 꽃을 피우기 위한 내밀한 아픔이었음을 안다. '지난 한 십 년 그 이후로도' 쭉 그렇게 고뇌의 시간에 잠겼다. 이는 시간의 명분을 쌓는 일이 아니라, 개화를 위해 천둥과 먹구름을 양식했던, 고뇌를 끌어안는 자신의 태도를 드러냈을 뿐이다. 달려드는 심술쟁이 아픔도 뿌리치지 않았고, 훼방 놓는 비바람 질병도 내치지 않았다. 마치 자연의 변화를 동무해야 열매를 향한 꽃을 피우는 나무처럼, 아픔을 이웃하고, 고통을 친구하며, 고뇌를 받아들이는 시간의 동반자, 그런 세월을 살아왔을 뿐이다.

그러고 보니, 그렇게 '마음을 비우고' 살아보니 꽃이 피는 진실을 터득한 것이다. 누구나 고통의 터널을 지나오지만, 누구나 터널의 어둠을 지워내는 것은 아니다. 가까이 하고 싶지 않은 미움마저도, 원수같이 질긴 아픔마저도 끌어안고 시간 안에서 고뇌하다보니 꽃의 진주를 만들었던 것이다. 슬픔이 영롱하게 빛을 내는 진주를 만들어낸 것이다.

고통 안에서는 누구나 '그만 끝인가' 절망에 흔들리기 마련이다. 흔들리므로 인간이고, 인간이기 때문에 나약한 법이다. 이 나약한 인간성의 함정을 피해갈 수 있는 길은 무엇일까? 말할 것도 없이 그것은 바로 '시의 힘이요, 고통의 힘' 이다. 청명— 풋풋한 계절감에 시심을 맡겨두고, 곡우— 약동하는 리듬감에 마음을 잡혀두고 살다보면, 그렇게 고뇌와 함께 자연의 절후를 슬기롭게 지날 수 있다.

누가 부른다고 해서 섣불리 나서지 않는다. 오로지 시문학의 자기장 패각貝殼 안에 칩거하면서, 상처가 변용하기를 인내하는 것이다. 가부좌를 틀고 앉아서 상처가 마침내 영롱한 이미지로 환생하기를 기도하며 수행하는 것이다. 숱한 세월이 약이다.

무수한 어둠이 또한 보약이다. 어둠이 항상 부정해야만 하는 특성은 아니다. 어둠마저도 살라먹고, 긴 긴 겨울밤마저도 받아들이면서 환생하고 재생하기 위한 고뇌의 시간을 벗하기에 어둠만큼 좋은 것이 무엇이겠는가? 그러므로 어둠은 생명을 부정하는 개념이 아니고, 생명이 부활하기 위한 시간의 동굴이 바로 겨울이요 밤이다. 어둠이 짙을수록 아침은 밝고, 겨울이 가혹할수록 봄은 더욱 찬란하게 동터오지 않던가!

그렇게 고뇌의 시간을 지나고 보니 바로 '장한 시간' 이 '황홀한 춤사위' 를 너울거리며 활짝 문을 열고야 만다. 이것이 바로 '꽃의 진실' 이고 '인생의 진실' 이다. 고뇌의 터널을 지나고 나서, 상처를 보듬어 안고 긴긴 어둠의 가혹한 겨울을 지나고 나서, 비로소 진실은 꽃을 피운다. '고통의 힘' 이 만든 진실의 꽃 앞에서 황홀하지 않은 가객이 어디 있으랴.

황시인이 맛본 황홀한 춤사위는 미당 서정주의 「꽃밭의 독백」에서 맛보았던 저 황홀한 절망과는 다른 차원을 이룬다. 지순하고 내밀한 꽃의 비밀, 헤아릴 길 없는 황홀한 아름다움 앞에서 좌절하고 절규하며, 인간의 한계를 수용하는 미당의 목소리가 절박하다. '……문 열어라 꽃아, 문 열어라 꽃아,/ 벼락과 해일만이 길일지라도/ 문 열어라 꽃아,/ 문 열어라 꽃아,'

그러나 황 시인은 내밀한 고통의 터널을 지나고 나서 맞은 개화開花라서 황홀한 것이다. 미당이 객관적 실체로서 꽃의 아름다움에 질려 버린 목소리라면, 황영순은 주체적 실체로서의 자신을 통과하고 피워낸 꽃이어서 황홀한 것이다.

그러므로 미당은 객관적 상관물인 꽃 앞에서 '문 열어라 꽃아!' 라고 절규하며 황홀해 하고, 황시인은 주체적 실체인 자신을 향해서 '그늘을 박차고 생기로 밝았다/ 오늘 문 활짝 열었다' 며 황홀해 한다. 꽃은 꽃이로되 앞의 꽃은 절대미絶對美의 비의秘意를 풀길 없어 절망하며 느끼는 카타르시스라면, 뒤의 꽃은 절대고絶對苦의 비의를 풀어내며 얻은 환희로 문을 연 꽃인 점에서 유별하다.

시간의 힘을 먹고 시는 꽃을 피우고, 고뇌의 힘을 통해서 인간은 꽃이 될 수 있다. 이런 심상은 「문, 처음 열다」에도 그대로 나타난다. '냉정하게 버렸던 바깥세상/ 굳게 닫았던 마음의 문, 처음 열다' 라고 환호한다. 얼마나 지극한 고통의 시간을 경과하고 나야, 얼마나 아프게 고뇌하고 나서야 이렇게 선언할 수 있을까? 그렇게 지나왔을 어둠의 시간, 결코 짧지 않았을 겨울밤, 그 가혹한 시련이 손에 잡히고 눈에 밟혀서 애틋하다.

그러나 어찌할 것인가? 닫힌 꽃잎을 억지로 열어서[助長] 개화를 촉진할 수 없는 것처럼, 고뇌의 수위에 이르지 않은 감성의 저수지를 눈물만으로 채울 수는 없는 것이 아니던가? 그럴 때 황시인은 또 다른 시의 힘을 비축하고 이를 형상화해내는 방법을 부단하게 닦아왔다. 그리고 그런 삶의 흔적, 고통스러웠으나 결코 비탄에 빠지지 않았던 심상을 그려내고 있다.

사랑의 힘

사람이 고통을 극복하기 위해서는 자발적인 분발과 함께 그 디딤돌이 될 만한 주변 환경이 필요하다. 그런 점에서 가족은 가장 먼저 구비되어야 할 필수 요건이다. 황시인은 그런 점에서 대단한 행운을 갖추었다 해도 과언이 아니다.

그녀는 항상 그림자와 동행했다. 그랬다, '그림자처럼'이라고 해야 딱 어울리는 그림이 보인다. '지난 한 십 년 그 이후로도' 쭉 그녀의 그림자는 양지에서도 음지에서도 동반했음을 안다. 필자와는 생활근거지가 동일한 좁은 동네에서, 그것도 문학울타리라는 공간 안에서, 그녀가 보이는 극히 제한된 행동반경 속에서, 포착된 장면은 당연하게도 그림자를 동반한 모습이었다. 그림자인 부군 역시 나름대로 사회적인 성취를 과시할 만한 처지에 있으면서도 기꺼이 시인의 수족이 되기를 마다하지 않았다. 사랑의 동반을 자청하는 그림자, 기꺼이 궂은 일을 마다하지 않는 조력자로서의 역할이 참 보기 좋았다. 부군은 시인보다 먼저 깨어 시인의 앞길을 쓸었을 것이고, 시인보다 부지런히 시의 뒷마당에 자랄 수도 있는 잡초 뽑는 일에 분발했음을 안다. 이렇게 노심하고 초사하지 않았다면, 어떻게 황시인이 이처럼 황홀한 시의 꽃을 피울 수 있었겠는가?

그녀가 앓았을 시적 열병 속에서 디딤돌이자 밑거름은 순전히 구체

적인 사랑의 결정체임이 분명하다. 세상은 아내가 남편을 도우면 내조
內助요, 남편이 아내를 도우면 외조外助라고 하지만, 필자는 그렇게 보
지 않는다. 드러난 일을 숨어서 도우면 내조요, 숨겨도 좋을 일을 드러
내서 도우면 외조라고 해야 옳다고 본다. 그런 의미에서 황 시인의 부군
이 보여준 내조는 문우들은 물론 사랑으로 맺어진 모든 인연들이 귀감
을 삼을만한 한 편의 순애보요, 한 편의 사랑시였음이 분명하다.

황 시인이 부군으로부터 받았던 내조는 아내에 대한 지순한 사랑이었
으리라. 그러나 그 배경에는 문학의 밖에 있다고 생각하는 문외한(부군
이 문학의 안에서 방황하는 시인 아내)을 향한 줄기찬 희생이자 헌신이
었으리라. 문학의 꽃을 피우지 못하고 시들 수도 있는 절박함, 치열한 문
학 사랑을 주체하지 못하고 방황하는 동반자의 신음소리를 외면하지 않
고, 그녀의 부군은 기꺼이 생활의 오지랖 안에 감싸 안고 보살폈으리라.

그리하여 세상에는 또 하나의 의미 있는 시의 꽃이 피어나게 된 것이
다. 그것이 문학의 보편성 속에서 빛이 나는 것은 모든 사랑의 보편성을
담는 문학의 속성 때문이며, 그런 행위가 시의 개성 안에서 아름다운 것
은 시적 개성은 곧 시인의 개성이라는 특성과 맞물려 있기 때문이다. 시
인의 신음이 시의 꽃으로 개화할 수 있도록 시의 토양을 기름지게 한 사
랑의 힘은 아무리 강조해도 지나치다 할 수 없을 것이다.

어느 날 문득 깨어보니 내 안에 고즈넉한 빛

소박한 향기로 온 내 반쪽이 서 있었네

너무나 가까워서 잘 그릴 수 없던 당신인데

오늘에야 우러를 수 있는 심안을 주다니

힘들고 고단한 세월 속에서도

나의 등을 다독이며 슬기롭게 삶 꾸려주는 보람인데

보이는 것만이 전부인 양 때론 밀어내고 짜증낸 거 아닌지

지금 나는 작은 내 모습 부끄러워 고개 숙이네

우리 서로 만나서 꿈도 키웠고

시들할 땐 채워주며 믿음을 쌓아온 우리 사이

멈출 수 없는 한 줄기 노래로 피어나는 내 사랑아

지금 나는 고마워 감사해 눈물이 나네

내 마음 속 맑게 흐르고 있는 아아, 이 공기

퍼내고 또 퍼내도 다시금 솟구치는

깊고도 시원한 당신이란 샘물

어루만지고 쓰다듬으며 내 안에 기쁨으로 넘나드네.

─「당신」 전문

　명상하는 이의 기도처럼 들려오는 잔잔한 목소리, 읽은 이의 가슴에 그윽하게 담겨오는 사색의 울림, 사랑하는 사람에게 드리는 감사와 기쁨의 인사, 비로소 발견한 듯이 새롭게 돋보이는 반려자의 위상, 생각할수록 넘치는 사랑의 기쁨과 환희…….

　단언하건대 시문학이 공리적인 가치의 한 몫을 인정해 준다면, 그림자 역할로 남몰래 흘렸을 부군의 눈물자국과 땀방울을 닦아주기에, 희생적 헌신에 대한 감사와 보은의 답례로 이 시 한 편을 드린다 한들 누가 있어 부당하다 할 것인가?

　사람의 말은 발화되는 순간 약속이거나 맹세이며, 고백이거나 명령이며, 바람이거나 회상이다. 그렇지 않은 말은 단 한 마디도 없다. 발화

는 대상(수화자—독자)을 지향한다. 그 대상은 발화의 내용을 통해서
발화자의 의도에 반응한다. 발화자 역시 수화자의 반응을 고려하여 발
언의 내용과 어조와 톤을 조절한다. 그렇게 말하고 들으면서 인간은 소
통하고, 사람다운 삶은 가능해진다.

　문학이 무엇이며, 시는 또한 무엇인가? 말의 쓰임과 소통의 경로를 가
장 치밀하게 계산하고, 정확하게 조율해서 하는 말이 바로 '문학—시문
학'이 아니겠는가? 사람이 할 수 있는 말 중에서, 사람이 해버린 말 중
에서 가장 정치精緻한 말의 쓰임, 가장 순결純潔한 말의 소통을 시도하여
담아낸 말이 문학이요, 시가 아니고 무엇이겠는가?

　이렇게 본다면「당신」에 담긴 시상은 체험적 '사랑론'이라 할만하다.
고통을 이겨낼 수 있도록, 시문학의 끈을 유지할 수 있도록, 가정의 울
타리를 성소로서 건사할 수 있도록, 슬기를 북돋아준 사랑에 대한 고백
성사며 감사인사라 할만하다. 그렇게 감사의 인사와 사랑의 고백을 담
았다고 해서 시의 위상을 훼손하였다고 나무라지 마시라. 그렇게 시에
기도를 담아내고 바람을 드러냈다고 시의 순수성을 훼손하였다고 꾸짖
지도 마시라. 가장 진솔하고 순결한 언어가 시라면, 그런 지고지순한 언
어의 대상이 사랑하고 존경하는 사람말고 누구이겠는가!

　시어는 일상어와는 그 유통 경로가 달라야 한다고 고집하는 이론가
가 있음을 안다. 또한 시어와 일상어가 하등 달라야 할 이유가 없으며,
없어야 한다는 주장을 듣기도 한다. 생각해 보면 두 의견이 모두 일리
있는 생각이다. 실제로 일상의 대화에서도 문학적 표현은 무시로 유통
되며, 시의 언어에서도 일상적 언어는 무소불위로 차용되지 않는가. 문
제는 듣는 이의 태도며, 구사된 내용의 창조성이며, 미적 장치의 성공
여부에 달려 있다고 보면 무난할 것이다. 그런 요건들을 슬기롭게 충족
시킬 때, 우리는 시를 말하는 생활인, 삶을 아름답게 창조하는 시인을

만날 수 있다.

'지나치면 모자람만 못하며, 지나치게 친밀하면 경멸을 낳는다.' 앞은 동양의 금언이며, 뒤는 서양의 격언이다. 모두가 세월의 흐름 속에서 진리로 받아들여지는 귀한 말씀들이다. '너무 가까워서 잘 그릴 수 없던 당신' 그렇다. 지나치게 가까이 있으면 보이지 않다가도, 자신이 고통의 늪에서 헤맬 때, 잡아주는 손길의 체온을 통해서 뒤늦게 깨닫는 것이 사람이요, 인생의 진실이다. 그런 발견은 역시 육안보다 '마음의 눈[心眼]'이라야 제격이다.

자신의 모습을 적나라하게 드러내는 자는 겸손하고 진실하다. '내 작은 모습 부끄러워 고개 숙이네' 자아의 발견, 네 자신을 알라는 가르침이 비로소 귀에 들리고 가슴에 닿는다. 내가 커지면 상대가 작아지는 관계는 바람직하지 않다. 그 역의 관계도 옳지 않다. 가장 바람직한 것은는 내가 자라면 상대도 성장하는 관계라야 한다. 그런데 여기서는 '내 작은 모습에 고개를 숙이는' 관계다. 그것은 바로 상대가 스스로 작아짐으로써 비로소 내가 자랄 수 있었음을 뒤늦게 발견한, 겸손한 자의 깨달음이기 때문에 아름다운 것이다.

그랬을 때 화자가 취할 수 있는 반응은 당연히 '지금 나는 고마워 감사해 눈물이 나야' 한다. 어찌 고맙고 감사하지 않을 수 있으리. 아무리 퍼내도 마르지 않는 '샘물' 같은 존재를 향한 기쁨의 눈물이 또 다시 '깊고도 시원한 당신'이라는 샘물을 채우게 된다. 사랑의 힘, 삶의 진리는 이렇게 아름다운 의미를 창조하는 원동력이 된다.

그 사랑의 힘이 반려자로부터 받은 인간적 고마움을 변용시켜 나타나기도 하고, 때로는 절대자를 향한 신앙적 고백을 통해서 드러나기도 한다. 그러나 고통을 극복하고 아픔을 치유하는 데 소용되는 사랑의 힘을 변용했다는 점에서 신의 존재나 반려자를 형상하는 데서 조금도 차

별을 둘 필요는 없을 것이다. 동일한 시독법을 적용해도 무방하리라 생
각한다.

　이런 심상과 시의詩意는 작품의 도처에서 발견되며 이 시집의 주조를
이루고 있다. 그것은 고통을 극복하는 결정적이 힘이 바로 사랑의 구체
성이었던 것처럼, 문학하는 일이나, 시를 쓰는 일이나, 사람 사는 일에
사랑이 아니고서는 이룰 수 없음을 노래한 것이다. 그리고 그 노래가 신
께 드리는 감사의 기도로, 사랑하는 반쪽에게 바치는 헌사로 드러난다.

꿈꾸는 힘

　황시인의 시문학을 지탱하는 또 하나의 중요한 테마는 바로 '꿈'이
다. 여러 작품에서, 아니 거의 모든 작품에서 꿈꾸는 화자의 모습이 선
명하게 그려지고, 직설적으로 드러난다. 그리움과 꿈은 겹치면서도 다
른 측면이 있긴 하지만, 꿈과 꿈꾸기는 원인과 결과나 목표와 과정처럼
밀접하게 연결되어 있다. 꿈과 꿈꾸기는 사랑과 사랑하기처럼, 또는 노
래와 노래하기처럼 명사와 동사의 관계, 혹은 생각하기와 행동하기의
차원처럼 다르면서도 유관하다. 꿈만 가지고 있어서는 꿈이 이루어지
지 않는다. 꿈꾸기를 멈추지 않아야 꿈은 이루어진다. 그리움을 간직한
다고 사랑이 이루어지는 것은 아니다. 마른 하늘에 오작교라도 놓이기
를 바라면서 사랑해야 사랑의 가교가 놓인다.

　황시인의 시에는 꿈의 시상이 다양한 이미지를 통해서 그려진다. 어
찌 보면 이 시집은 시인의 꿈꾸기 기록장이며, 그리움을 그려낸 마음화
첩畵帖이라 해도 지나치지 않을 만큼 꿈의 테마가 빈번하게 등장한다.

　'아침에 일어나 하늘을 보듯/ 나에겐 꿈이 있어요' (「꿈의 주소」), '나

는 늘 꿈꾸었다/ 배롱나무 옆의 금낭화이었으면 했다' (「내 옆이 굳건히 버티었으므로」)처럼 시인은 꿈꾸기를 주저하지 않고 선언한다. '사랑하는 아가의 첫봄이/ 환한 꿈으로 밝아왔다' (「아가의 첫돌」), '누구라도 꿈을 보고 싶다면/ 누구라도 꿈을 만나고 싶다면/ 제주도를 꿈꾸세요/ 살아서 만나는 꿈을 품어보세요' (「꿈꾸는 제주도」)처럼 꿈의 실현을 당당하게 진언하고 선포한다. 볼 수 없는 환상적 이상일지라도 간직하고 염원한다면 꿈을 실현할 수 있다고 선포한다. 그녀는 꿈꾸기 선수다. 꿈의 전도사다.

어느 인류학자는 현대인들에게 결핍되어 있는 가장 소중한 것은 '신화의 상실'이라고 말했다. 나에게 말하라면, 현대인들이 상실한 가장 소중한 것은 바로 '꿈의 상실'이라고 할 것이다. 하기는 현실에서 불가능한 세계를 신화로 의탁하는 것이나, 실현 불가능하지만 결코 포기할 수 없는 바람을 꿈이라고 했을 때 신화와 꿈은 동일한 세계일 수도 있다.

그러나 단지 꿈같지도 않은 현실적 욕망을 꿈으로 착각하고 사는 물질주의의 노예들이나, 천박한 자본주의의 하수인들에게서 꿈과 이상을 이야기한다는 것은 가당치도 않은 망상일 뿐임을 전제해 두자.

황시인은 꿈이 얼마나 소중한 것이며, 삶을 얼마나 고양시키는 에너지인가를 줄기차게 역설한다. 그런 꿈과 꿈꾸기로 시의 밭에 마음그림을 그린다. 그것이 그의 시 세계의 중요한 특성 중의 하나가 되었다. 꿈이 있었기에 고뇌의 터널을 무사하게 지나올 수 있었고, 꿈을 꾸었기에 가장 아름다운 언어의 사제— 시인으로 살 수 있었던 것이 아닌가. 그런 의미에서 그녀의 작품 도처에서 넘쳐나는 꿈의 소재와 꿈꾸기 이미지는 지극히 당연한 현상이다.

모든 날들의 아침이 일어서고 있다

간혹 눈먼 세월이고도 싶은

또 꿈은 먼 곳에 있다 하여도

아침은 반짝이는 빛이며 길이다

생명이 있으므로 꽃일 수 있는

이 한없는 떨림, 떨림

시선을 한곳에 못 박고 없는 듯 떠다니는

실은 온몸이 울음이지만

음표다. 느낌표다

삶의 자리에서 매번 넘어서고 있음에랴

주어진 시간이 얼마일지 몰라도

마지막 한 방울 그 순간까지

아침을 퍼 올리면 되리라

나의 아침이 내 생을 봄풀처럼 일어서게 하나 봐.

— 「나의 아침이 내 생을 봄풀처럼 일어서게 하나 봐」 전문

꿈꾸는 자는 절망하지 않는다. '모든 날들이 아침'이 되는데 어찌 절망할 수 있으랴. 그러므로 꿈꾸는 자는 포기하지 않는다. 어둠 속에 있어도 빛을 그리며, 밤에 눌려 있어도 아침을 기다리는 자는 절망하지 않는다. 절망하지 않음으로, 포기하지 않음으로, 꿈꾸는 자는 언제나 희망을 노래한다. 굳이 입에 담아 희망을 노래하지 않을 뿐이다. 스스로 온몸이 희망이라는 이름의 아침 해가 된다.

'아침'이 무엇인가? 하루의 시작이요, 호흡의 가동이요, 생존의 비롯함이요, 생명 연소의 시작을 의미하지 않는가? 그런 시작과 호흡과 생존을 화자는 '빛이며 길'이라고 했다. 광명이며 진리라고 했다. 밝지 않은

길 없으며, 어두운 진리 또한 없다. 진리는 항상 밝은 광명으로 오는 것을 알았으므로 어찌 즐겁고 기쁘지 않겠는가?

그것이 비록 '온몸이 울음이지만' 울음 또한 '음표와 느낌표'가 되어 화자의 삶을 진동케 한다. '주어진 시간'을 누군들 알 수 있으랴. 다만 아침을 맞이하는 정성으로, 아침이면 일어서는 봄풀처럼, 진리를 향해서 육신을 일으키고, 광명을 향해서 고개를 들면 그만이다. 그런 향일성, 그런 생명성으로 어둠과 맞서게 한다. 희망이 있으므로, 아침 해가 떠오름으로, 화자의 생은 즐거이 생명작업이 가능한 것이다.

그렇게 봄풀처럼 일어선 생, 죽을 것 같던 절망의 밤을 딛고 화자는 '꿈꾸는 나무'로 부활한다. 그 나무가 어떤 나무였던가? '내 나라엔 봄에도 눈이 내린다/ 하얀 눈이 내린다/ 그냥 한 나절 내리는 눈이 아니고/ 벌써 천년이 넘도록/ 눈이 쌓였다'(「꿈꾸는 나무」) 천년이나 넘은 것처럼 느껴지는 까마득한 절망의 시간에도 화자는 꿈꾸기를 멈추지 않았다. 온 생애가 동토지대에 머물러 있는 것 같은 절망 속에서도 '상처를 속속들이 갈아입고/ 세월을 견딘/ 제 힘으로 굳건히 설 줄 아는/ 한 잎의 꿈꾸는 나무'로 소생하였다.

어디를 둘러봐도 하얀 눈만 쌓여 있는 허허벌판 같은 허무한 인생, 끝날 것 같지 않게 이어지는 어둡고 길며 차가운 고난의 터널에 갇혀 신음할 때, 누군들 봄을 기대할 수 있으랴, 누군들 새 땅, 새 하늘이 열리리라고 예상할 수 있으랴? 그래서 꿈꾸기는 소중한 것이다. 꿈속에 있을 때는 꿈이 필요치 않다. 꿈을 상실한 이에게 꿈꾸기는 필요한 것이며, 그럴 때 꿈은 힘을 발휘한다.

꿈은 힘이 세다. 이상은 강력한 에너지를 지닌다. 동토에 잠들어 있는 생명에게도 새 생명을 불어넣어 주며, 천년이나 내려 쌓인 비정한 토양을 뚫고 새움을 트게 하는 힘이 있다. 꿈은 메마른 나무에게 수액을 돌게 하여 한 잎의 꿈꾸는 나무로 굳건히 세우는 강력한 힘을 발휘한다. 꿈이 아니고서는 불가능한 시간의 소생, 생명의 부활을 꿈이 이루어 놓은 것이다.

꿈이 힘만 센 것은 아니다. 꿈은 아름다운 영혼을 지니고 있다. '내 시에는 깨끗한 영혼이/ 숨 쉬고 있다/ 나의 나무가 그대 나무에게/ 다시 약속해보는 푸르른 꿈/ 오늘이 있다' (「내 시詩에는」) 영원한 오늘을 꿈꾸는 이는 행복하다. 언제나 오늘을 맞이하는 이는 행복하다. 누구나 오늘을 맞이하려 하지만, 누구나 오늘을 맞는 것은 아니다.

현재는 과거의 누적이 아니다. 오늘은 내일의 예고편이 아니다. 꿈을 통해서 소생한 나무에게, 꿈을 꾸다가 부활한 나무에게 오늘은 삶의 전부일 뿐이다. 오늘을 소중하게 여기지 않는 사람은 없겠지만, 그 오늘을 어제의 흔적으로, 미래의 준비운동으로 생각하는 사람에게 오늘은 그저 무의미하게 허용된 수치상의 시간일 뿐이다.

그러나 어제를 잃었던 봄풀에게, 내일을 기약할 수 없었던 나무에게, 오늘은 엄숙한 생존의 은혜가 된다. 오늘은 어제를 잇는 연속극도 아니요, 내일 또 다시 이어지리라는 일기예보도 아니다. 다시는 되풀이될 수 없는 단 한번뿐인 삶의 보증수표가 되는 시간이다. 꿈꾸는 화자에게, 깨끗한 영혼을 소유한 시인에게, 오늘은 그 어떤 것으로도 대체할 수 없는, 맑은 영혼에게 허용된 최대한의 은총이 된다. 꿈은 힘이 세다. 특히 황시인의 시에서 꿈의 힘은 더욱 세게 드러난다!

결언— 차가운 불꽃

앞에서도 언급하였지만, 시는 역설의 진실을 본질로 하며, 모순된 진술을 밥 먹듯이 한다. 시문학이 모순을 형용한 의상 걸치기를 좋아하지만, 그것이 시의 운명이다. 일상적 표현만으로는 생각을 온전히 다 담을 수 없다고 판단할 때, 더욱 자극적이고 선명한 효과를 기대하고 발언하고자 할 때, 수화자에게 지워지지 않는 의미를 각인시키고자 할 때, 일상적인 대화에서도 불꽃을 튀며 표현의 금기를 간단하게 부숴버리는 것이 말의 운명이다. 우리가 이런 말의 운명에 순응해야지, 말에게 그런 길로 가지 말라고 경고한다고 해서 말이 말을 듣는 것은 아니다. 이것이 언어의 길이고, 이것이 시의 운명이다.

생각해 보면 상호 모순된 언어들을 충돌시켜서 의미역을 새롭게 확장하여 표현효과를 배가시킬 수 있다면, 그런 유혹에 초탈할 시인 논객은 흔치 않을 것이다. 그것이 말의 운명이고, 그것이 문학의 속성이다.

이를테면 '차가운 불꽃'이나, '뜨거운 얼음'이라고 표현해 보자. 이는 분명히 어휘의 사전적 의미로 보아서 모순되고, 그 해석에서 충돌한다. 이를 받아들이고자 작정한 독자나 화자 역시 이 상호 격돌하는 의미의 파장을 놓고 망설이지 않을 수 없을 것이다. 해석의 경계를 어떻게 설정할 것이며, 발언의 진의를 어디에 둘 것인가? 잠시 뜸을 들이게 될 것이다.

그런데 사실 이 표현은 황시인의 시세계가 담고 있는 또 하나의 특성을 규정하고자 할 때, 이렇게 진단하고 싶은 필자의 욕구를 모순형용으로 드러냈을 뿐이다. '차가움'과 '불꽃'은 그 속성으로 보아 수식관계나 동일한 의미망을 지닐 수 없는 어휘다. 차가움은 불을 꺼뜨리는 속성을 지니고 있고, 불꽃은 차가움과 대립되는 '뜨거움'을 본질로 한다. 그런데 어떻게 이 적대적인 어휘를 동일선상에 놓을 수 있다는 말인가?

바로 그 점에서 새로운 의미의 추출을 실감하는 즐거움이고, 그 즐거움이 표현의 효과를 배가시킨다고 보았기 때문이다. 그렇다면 황시인이 자신의 시적 표현의 지평을 확장하고, 표현의 효과를 배가시키기 위하여 이런 모순형용을 적극적으로 활용한 것은 당연히 취할 만한 시법이다. 실제로 황시인의 작품에서는 이를 적극적으로 활용하여 시적 의장을 두텁게 하려 한 시도가 여러 곳에서 발견된다.

그리하여 그런 모순형용이 시의 의미망을 웅숭깊게 하고, 시적 의장을 참신하게 하는 데 기여한다. 이로써 이런 표현의 특성은 그녀의 시세계를 온존하게 들여다보고자 할 때, 소홀히 여겨서는 안 될 매우 중요한 요소가 된다.

나는 이른 봄날의 짧고도 긴 편지예요

세상의 낮은 곳마다 환생의 꿈을 선물하는

예쁘지 않지만 뽐내지도 않는 모습

모진 겨울을 딛고 봄이면 꿈의 등불로

되살아나는 내 이름은 민들레예요

누군가의 마음에 가닿으리라는 그 소망 간절하여

하느님은 이 못난 나에게도 힘을 주셨어요

세상 어디든 날아가는 기적을 주셨어요

굳세게 잘살라고 용기를 주셨어요

누군가는 나를 캐어 나물 무쳐 먹고

또 누군가는 약을 해 먹고

그 누군가는 아무것도 아니라고 발길질로 못살게 굴어도

미소 지으며 참고 견디는 건 쉬운 일 아니지만

내 마음은 자연처럼 편안한 모습

망망한 시간과 공간을 넘어 바람 타고 하늘로

저 언덕 들판으로 있는 힘을 다해 끝까지 날아서 가요

누군가의 마음에 가닿아 뿌리내리라는
나는 이른 봄날의 짧고도 긴 편지예요.

— 「민들레」 전문

'짧고도 긴 편지' 는 모순형용이다. 마치 미워하면서 사랑하거나, 좋아하면서 싫어한다는 표현처럼 구사된 말의 씨앗들이 서로 버성기며 엇박자를 놓는다. 이것이 매력이다. 이것이 시의 언어에 긴장감을 주고 언표된 시어에 새롭고 참신한 함축성을 지니게 한다.

표현만이 아니다. 표현은 내면의 심상을 담아내는 그릇일 뿐이다. 그녀가 감성을 담아내고, 정신을 형상화하며, 영혼의 빛깔을 그려내는 그릇으로서 모순형용은 참신한 효과를 발휘한다. 이 점을 간과할 때 황영순 시의 중요한 금맥을 놓치게 된다.

이렇게 보았을 때, 이 시집에 담긴 작품들을 통독하고 느낀 첫인상—감상문은 그녀의 시적 열정이 매우 '뜨겁다' 는 것이었다. 이것을 그녀의 문학 열정이라고 해도 좋고, 시를 사랑하는 치열성이라고 해도 무난할 뜨거움이다. 이 뜨거움은 그녀가 생산한 시의 체온을 높이는 데 기여한다.

한편으로는 이 뜨거움을 사려 깊은 명상과 영혼과의 대화를 통해서, 혹은 신앙적 기도를 통해서 온당하고 진지하게 갈무리한다. 인간적으로 겪게 된 고통을 겸허하게 수용하고, 그 고통이 주는 생의 의미를 고뇌하면서 얻게 된 깨달음을 순도 높게 풀어내면서 냉철한 이성이나, 합리적인 생활인의 의식을 회복해 내는 점을 엿보게 한다. 이것은 '차가운' 이미지가 아닐 수 없다.

그러니까 황시인은 자신의 전 생애를 시문학의 열정으로 태워버릴 듯이 몰입하지만, 그것을 풀어내는 시적 의장은 사려 깊은 영혼의 소리에 더 가깝다는 것이다. 앞의 특성을 '불꽃'으로, 뒤의 특성을 '차가움'으로 하여 '차가운 불꽃'은 황시인이 시를 창조하는 특성으로 보였다. 뜨거운 문학의 열정을 차가운 이성의 힘으로 제어하면서, 중앙선을 넘어서는 안 될 삶의 운행을 슬기롭게 해내는 시, 그런 삶의 그림이 필자의 뇌리에 가득히 넘쳤다.

'짧고도 긴 편지'에 담고 싶은 시인의 의도도 여기에서 멀지 않다고 본다. 시는 짧은 것이고, 인생 또한 더욱 짧다. 시가 짧다는 것은 문학적 울림이 주는 한계와 시문학이 가지는 어쩔 수 없는 제한성을 무시할 수 없다는 시인된 사람의 자기표현이며 고백이다. '긴 편지'는 그럼에도 불구하고 사랑하는 사람에게, 절친한 친구에게, 소중한 독자에게, 그리고 냉정과 온정을 오락가락하는 세상과 사회에게, 절대적 존재인 신께 해야 할 말, 전해야 할 메시지는 차고도 넘친다.

그럴 때 차용할 수 있는 언어로 '짧고도 긴 편지'만큼 적절한 표현도 달리 찾기 어려울 것이다. 이런 확연하게 드러나는 표현의 묘미가 발전하여 모순형용이 제대로 빛을 내는 또 하나의 작품으로 필자는 「우리 언니」를 꼽고 싶다.

이 작품에서는 '얼굴'이 '고향집'과 충돌하고, '마음'이 '꽃밭'과 상충하더니, 급기야 '가득한 사랑'으로 통합된다. 심상의 변용이 눈부시게 이루어지고, 모순형용이 어휘에서만이 아니라 시상에서도 가능해져서 마침내 아름다운 결구를 이룬다.

서정을 풀어내는 감성의 물감이 아름답고, 혈육을 그리워하는 애틋한 정서가 또한 참신한 붓질— 어휘로 꽃밭을 이룬다. 그리하여 조성된 마음의 꽃밭에 무엇이 피어날 것인가! 회상하면 매운 눈물바람 뿐이던 살뜰한 언니생각이 나의 삶 안에 꽃밭을 이룬다. 기억하고자 해도 잘 떠오르지 않던 혈육의 그리움이 어느새 내 시의 텃밭에 사랑의 꽃으로 가득하다.

그런 서정이 군더더기 없이 알뜰하게 형상되도록 기여한 데에는 모순형용의 표현법을 기교로만 수용한 것이 아니었다. 황시인은 시의 의미에서도 모순형용을 효과적으로 구사하여 시의 내용(의미)이 곧 아름다움(예술미)이 되는, 시의 비밀을 간파한 것으로 보인다.

> 우리 언니 얼굴 예쁘게 그리려고
> 하루 종일 물감을 풀어 봤지만
> 내 마음 조급해서 고향집만 그렸네
>
> 우리 언니 마음 곱게 그리려고
> 한 달, 두 달, 석 달, 모란을 그렸지만
> 내 붓이 무디어서 꽃밭만 그렸네
>
> 언제부터였을까
> 내 마음 가득한 그녀
> 언제부터였을까 우리 뜰에 가득한 사랑

—「우리 언니」 전문

그녀는 이 시집의 서문에서 자신의 분신 같은 시에게 이렇게 명령한다.

"나의 詩여, 푸른 하늘로 저 벌판으로 날아가라!"

또한 시인을 이렇게 규정한다.

"누가 시인을 가난하다 일렀는가? 시인은 자신의 영혼을 깊이 들여다보는 존재며 그 정신 또한 풍요롭다. 한사코 꿈꾸는 씨앗처럼 삶의 껍질을 깨고 있는 이 작업, 詩業에 자기의 전부를 다 바치는 진지함과 엄숙함이 여기에 있다."

둥지에서 길렀던 새 새끼들도 날갯짓이 익숙하면 생존의 공간으로 날려 보내는 어미새의 심정으로, 슬하에 두고 보살폈던 자식도 성장하면 떠나보내는 어버이 된 이의 마음으로, 황시인은 자신의 새 새끼요, 자식 같은 작품들을 '떠나보냄으로써 성숙시키는' 깨달음을 진술하고 있다.

그러면서 그녀는 다시 그리움을 찾아가는 뜨거운 시의 영혼을 차갑게 불태울 것이다. 시인의 그리움은 끝이 없다. 시의 종착점은 화성보다도 멀다. 인간의 욕망은 달나라는 물론 화성까지도 탐색해 내야 직성이 풀린다. 그런 욕망으로는 결코 닿을 수 없는, 무균의 상태로 순수지대에 시문학이 항구적으로 존재하는 한, 순결한 우주를 꿈꾸는 영혼을 소유하는 한 시인의 그리움은 계속될 것이다.

시의 힘을 믿는 시문학의 신앙인으로서, 고통마저도 문학열정으로 극복하여 시력詩歷으로 승화시키는 시인으로서, 지속해서 시의 둥지를 틀 것이다. 그곳에 알뜰한 꿈을 담아서 사랑의 체온으로 부화시키는 작업을 지속하면서, 뜨거운 그리움을 찾아가는 영혼의 불꽃을 차갑게 태우리라.

동사형 사유가 빚은 발랄한 감성의 시세계

— 박은주 제3시집 『물은 맨발로 걷는다』 작품론

삼훈三訓의 시론과 동사형 사유

'나는 생각한다, 고로 나는 존재한다' 고 설파한 이가 데카르트였던가? 근대 철학의 기반을 세운 데카르트가 아니었어도 인간의 존재 방식은 '생각' 에서 출발하여 '행동' 하는 경유지를 거친 다음 다시 '생각' 으로 귀결되는 과정에서 크게 벗어나지 않을 것이다.

모든 행동이 생각에서 시작한다고 해서, 모든 생각이 행동이 되지는 않는다. 생각하지 않고 행동하는 사례가 있을 수 있을까? 생각이 없는 것이 아니라, 생각이 깊지 못한 경우는 있을 수 있겠으나, 생각 없는 행동은 불가능하다. 일거수일투족은 뇌리에서 파생하는 생각의 뇌파에 의해서 촉발된다.

그러나 행동 없는 생각은 얼마든지 가능하다. 이럴 경우 우리는 관념의 포로가 되어 구체성 없는 생각의 순환에 휩싸이게 된다. 우리의 삶을 보다 진정성의 차원으로 승화시키기 위해서 우리는 부단하게 생각에 걸맞은 행동을 요구하는 것이 사회적 가치로 인정된다. 그만큼 생각은 행동과 결합해야 의미와 가치를 지니게 되고, 그 의미와 가치가 사람의 삶을 진정성의 차원으로 승화시키게 된다.

그러므로 앞에서 지적한 데카르트의 생각은 '나는 생각하고 행동함으로써 나는 존재한다'는 말이 압축된 진술로 보면 타당할 것이다. 인간의 존재성은 생각으로 촉발되지만 그 생각만이 전부일 수는 없다. 사람들은 그 생각의 실체를 찾아서 끊임없이 탐구하고 탐색하는 여행을 감행한다. 그것이 바로 인생이다.

이런 인생의 길에서 가장 명확한 행동성— 구체성을 요구하는 장르가 있다면 말할 것도 없이 '인간의 삶'이다. 인생은 막연히 뜬구름 잡는 생각의 놀이터가 아니다. 인간의 생명성은 생각의 놀이터가 다른 구체성의 공간으로 구체화될 때 가능한 엄숙한 영역이다. 인간의 치열한 생각들이 행동을 수반할 때 그 생각은 농토로 가꾸어지기도 하고, 공장으로 세워지기도 하며, 전쟁터로 탈바꿈하기도 한다.

이런 치열한 인간의 삶을 있는 그대로 그리되, 그 구체성의 삶을 의역하기 위해 노심초사하는 또 하나의 영역을 고르라면 필자는 서슴지 않고 '문학'을 꼽는다. 문학이야말로 생각의 구름을 잡아서 인간의 삶에 적용함으로써, 허무한 관념의 포로가 되기 쉬운 인간을 끊임없이 구체적인 행동의 맥락으로 끌어가는 장르임에 틀림없다.

"시는 '승承'에 의해서 지어지고, 그 승을 받드는 '지志'를 말하며, 시의 말에 따라서 사람의 행위를 견지시키는 '지持'라고 보았다. 그러므로 시의 삼훈三訓— 承·志·持은 우리의 시문학에 지속적으로 관류했던 시의 정통적인 정의인 셈이다." — 윤재근 『詩論』

위 시론에 의하면 시는 군왕의 다스림을 받아서[承], 시인의 뜻을 말하며[志], 이를 통해서 사람의 행동을 견지시키는[持] 것이다. 오늘날 군왕이 무엇이겠는가? 그것은 바로 모든 예술의 창조적 모방 대상이자 근원인 하늘, 곧 자연이요, 섭리요, 우주의 원리인 동시에 근원적 진리의 세계로 보면 타당할 것이다. 이것은 바로 인간이 사유를 통해서 도달하고자 하는 근원적인 대상이 아닌가? 인간은 무엇을 생각하는가? 바로 근원적 진리이자 삶의 원리에 대한 추상화의 과정이 바로 사유— 생각이다.

이것을 이어 받는 것이 시의 첫째가는 도리라면 이에 시인의 의지를 덧붙이는 것이 다음의 경지다. 그것은 바로 형상화를 위한 언어적 표현을 뜻한다. 언어는 소리[聲]와 뜻[意]을 지닌다. 소리와 뜻이 결합하여 문자를 만든다. 그러므로 우리가 문자를 부려 쓰는 것은 바로 전달하고자 하는 의미를 소리와 결합시켜 드러내는 행위다. 시는 바로 그 소리와 의미를 그려낸, 인간[시인]의 생각을 구체화한 탁월한 표현 매체인 셈이다. 그래서 시에 쓰인 문자는 바로 시인의 뜻[志]이 된다.

그 뜻을 대하는 독자들은 자신의 생각을 시인이 전한 바에 어울리도록 행동— 행위를 견지堅持하게 된다. 제2의 독자가 되는 시인 역시 생각은 추상의 범주에서 촉발되지만 스스로 형상화한 문자에 의해서 자신의 행동마저 구체적인 행위— 동작으로 견지하지 않으면 안된다. 그래서 지[持]인 것이다. 하는 말 따로, 행하는 짓 따로 라면 독자는 물론 시인 자신마저도 자신의 시에서 무엇을 얻을 수 있겠는가?

시문학이 말로써 그려내는 삼훈의 성격을 지닌다는 동양적 시론과 함께 '시가 추상의 생각을 구체적으로 형상화한 언어예술' 이라는 서양의 시론에 비추어서도 시는 행동적 사유를 요구한다. 그 구체적인 사유가 부족한 시에서 우리는 막연한 관념의 흔적은 찾을 수 있을지 모르나 시인의 진정성을 찾기는 어렵다. 그래서 구체성이 결여된 시적 형상화는 시인의 상념의 넋두리요, 지적인 자기만족의 수준을 넘어설 수 없다.

이런 시적 자기모순에서 벗어나기 위해서는 진리를 승계하려는 의지와 함께 자신의 표현 욕구를 사려 깊고 웅숭깊게 끌고 가야 마땅하다. 그러나 이보다 더 긴요한 것은 승계하고 표현하려는 의지가 구체성을 동반한 행동으로 이끌어내야 한다.

이런 시적 요구를 간략하게 정리한다면, '생각하라. 치열하게 사유하라. 그러나 그 언표言表되는 언어의 이상은 가장 구체적인 모습을 지니게 하라. 치열한 행동적 언어를 동원하여 적나라하게 표출하라.' 이것이 현대시가 지향하여 마땅한 시도詩道가 되어야 한다.

시간까지도 박음질하는 동사형 어법

시인의 제3시집 원고를 통독하면서 받은 가장 강렬한 느낌은 동사형 사유가 발랄한 시적 감성을 갈무리하는 데 동원되고 있다는 점이다. 시인이 전하고자 하는 삶의 진실, 인생의 지혜, 혹은 자연의 진리를 '생각' 하는 것은 관념觀念일 수밖에 없다. 그 관념은 시인의 내적 자기 검열은 거쳤을망정 진리가 되기에는 더 많은 객관성을 확보해야 한다. 그런 객관성을 확립하는 하나의 방법이 바로 구체성을 동반한 언어행위다. 구체성을 동반한 언어는 독자들을 설득하는 데 매우 효과적이다. 구체적 행동은 만인에게 공통되는 보편성을 지니기 때문이다.

사람은 맨몸으로 날아다닐 수 없고, 사람은 먹어야 생명을 연장하는 존재이며, 사랑과 미움마저도 그것이 행동으로 구체화될 때 비로소 의미와 가치가 되는 그런 보편성을 가지는 존재다. 이 점은 시인이나 독자나 마찬가지다. 그래서 구체성이 동원된 언어의 표현은 객관성을 확보하는 데 매우 효과적이다.

그런 구체성의 언어는 두 말할 것도 없이 바로 동사動詞가 그런 역할을 하고 있지 않는가! 내면 깊숙한 곳에서 촉발되는 생각마저도 밖으로 표출하여 드러낼 때는 반드시 동사가 동원되어야 한다. 그래야 관념의 지평을 넘어 인간의 삶을 변화시키는 구체성을 확보할 수 있다.

설익은 관념을 나열해 놓인 시들이 아직도 횡행하고 있으며, 신을 향한 신앙인의 기도문으로 적당할 막연한 바람을 시라고 고집하는 것이 오늘날 문단 풍토의 일각을 이루고 있음을 부인할 수 없다.

여기에 비해서 그녀의 시에서는 시인의 표현 욕구를 동사적 사유의 맥락으로 형상화하려는 조짐을 읽을 수 있어 반갑다. 또한 박시인의 시를 감상하는 하나의 창문이 될 수 있겠다고 판단하였다. 생경한 관념의 모순 논리에서 벗어나는 방법, 자기만족의 기도문 같은 희망의 토로가 아니라, 그런 생각이나 바람 등 관념적인 의지들이 동사의 몸을 빌어 발랄하게 약동하는 시를 대할 수 있는 것은 하나의 시법이 될 수 있으리라 여겼다.

비포장 시골길
새내기 버스 기우뚱대다
박치기하려던 개구쟁이 바람 녀석에게
콧등이 살짝 스쳤을 뿐인데

흙먼지 뽀얀 고갯길
몰매라도 맞은 것처럼 마치
엄마에게 어리광 부리듯 여장군 앞에
불쑥 멈춰 선 채 꼼짝도 안 한다
엔진 고장도 아닌데……

가야 할 목적지는 아직 먼데
밭고랑 사이에 핀 냉이꽃처럼
흰 싸락눈 내리고, 어스름 땅거미도
바쁜 듯 똑딱똑딱 시간을 박음질하고 있다

나도 너처럼
떼쓰는 아이마냥 무작정 주저앉고 싶었다
신호등 파란불 아니었다면

— 「시간 박음질하다」 전문

삶의 전선에서 항상 뛰어다녀야 생존이 가능한 생활인들이 생활의 고단함을 푸념한들 대수랴. 그것도 된소리 안 된 소리로 고래고래 고함이라도 지른들 무에 흉이 될 수 있으랴! 그러나 시인의 푸념은 달라야 한다. 달라도 시적 발성으로 인생의 진리를 承하고, 그런 다음 시인의 의지를 志해야 한다. 그래야 시를 읽은 독자들이 공감의 차원에서 자신의 행동을 진리의 차원으로 持하게 된다.

독자뿐만이 아니다. 시인 자신도 자신의 언표된 내면의 생각을 비로소 형상화된 문자적 표현을 통해서 음미함으로써 자신의 행위를 '시인다움' 으로 견지하게 된다. 그런 시적 의도는 시인다운 사유로 촉발되어야 시다운 푸념이 가능해진다.

그런 단초를 이 작품의 제목이 효과적으로 형상화하고 있다. 「시간 박음질하다」가 그것이다. '시간' 은 가장 추상적 관념이면서, 동시에 가장 확실한 객관성의 실체이면서, 또한 구체적으로 확인할 길 없는 무형의 실재하는 개념이자 현상이다. 시간이 바람과 같은 차원의 자연적 현상이면서 또한 바람과는 또 다른 자연 현상으로 인간의 삶에서 떼려야 뗄 수 없는 긴요한 요소다.

바람은 분명히 존재하는 구체적인 현상이지만, 바람에 의해 촉발되는 간접적 현상이 없이는 감지할 수 없는 자연 현상이다. 시간도 그렇다. 시간은 분명히 인간과 자연을 교직하는 실체이면서도 시간은 볼 수도 없으며 만질 수도 없는 추상의 영역에 머물러 있다. 바람은 그래도 촉감으로 감지라도 할 수 있지만, 시간은 그냥 인간이 만든 시계라는 장난감 같은 도구나, 구름이 끼지 않은 날의 해의 기울기나, 밝음과 어둠이라는 간접적 실재가 없이는 도대체 헤아릴 길이 없다. 그러나 이 헤아릴 길 없는 삶의 요소가 인생은 물론 자연을 좌지우지한다.

그래서 누가 있어 시간의 존재를 의심하고서 살아남거나, 죽어갈 수 있겠는가? 인간은 누구나 막연하지만 구체적이고, 만질 수 없지만 역동적으로 작용하는, 시간의 노예인 것만은 움직일 수 없는 사실이다. 이 시간의 노예로서 하루하루 살아가는 인생의 고단함, 시간의 등고선을 타고 넘어야 하는 생활인의 고달픔이 바로 시간이라는 무형이지만 강력한 원리에 의해서 지배받고 있음을 이 작품은 말하고 있다. 그것도 동사적 사유를 소박한 시의 소재들로 구체화시키는 방법으로 그려내고 있다. 그리하여 눈 밝은 독자들은 하등의 어려울 것 없는 이런 시적 장치들을 통해서 보이지 않는 시간의 형상들을 실재적 현상들로, 구체적으로 실감하게 되는 행운을 얻는다.

인생의 길이 어디 탄탄대로뿐이겠는가? 포장되지 않는 먼짓길일망정 멈출 수 없는 것이 인생길이고, 그런 길을 가는 인생일수록 더디고 터덕거리기 마련이다. 이 '더디다'는 언표는 바로 시간이라는 개념을 드러낸 의미지만, 그 더디다는 의미를 '비포장 시골길'로 구체화함으로써 시간이 하나하나 또박또박 박음질하듯이 마디게 가는 실감— 행위로써

의 실감을 전하게 된다. 이것은 순전히 '시간을 박음질하다' 의 동사 '박음질하다' 로 얻어지는 효과임이 문명하다. 그런 효과로 인하여 삶의 운행이 만만치 않은 인생 초년병이라는 의미를 '새내기 버스' 라는 구체성으로 물질화하여, 현대시가 요구하는 '구체성과 행동성' 이라는 동사적 개념으로 귀일시키고 있다.

이런 동사적 사유의 맥락은 계속된다. '멈춰 서다' 가 그것이다. 인생길은 흙먼지 자욱한 고달픈 길이고, 그 길을 가는 사회 초년병(새내기버스)은 '몰매를 맞거나, 엔진 고장' 이라도 난 것처럼 '멈춰 섰다' 인생은 중단 없는 진행형이다. 잠자는 시간마저 인생은 중단하지 않는다. 잠자는 시간에도 인생은 나이를 먹고, 시간을 잊고 지내는 동안에도 인간의 세포는 생성— 성숙— 쇠퇴— 사멸하는 과정을 쉴 새 없이 되풀이한다.

그것이 시간의 속성이자, 인간의 숙명이다. 이런 관념에 구체성을 부여하여 시간이 인간의 삶을 움직이는 부동의 진리임을 드러내는 시의 장치는 바로 동사 '멈춰서다' 에 있다. 어찌 인간이라고 해서 고장이 나지 않겠는가? 자동차를 움직이는 엔진이야 수리하면 그만이지만, 인간의 엔진이 고장 나면 기어이 상처가 남는다. 힘에 부친 삶의 고갯길을 오르는 인생이여! '멈춰 서지' 않도록 내면의 시간을 조율할 일이다.

'가야 할 길이 바쁘고 멀수록 눈앞의 시간은 촉박하다' 이것은 막연한 생각이자 관념이다. 이런 의식을 시로 옮길 때는 구체성을 동반해야 시가 될 수 있다. 박 시인은 그런 시법으로 '동사형 사유' 를 채택하고 있다. 바로 '똑딱똑딱 시간을 박음질하고 있다' 가 그것이다. 무형의 시간도 시인에게 오면 바느질의 도구처럼 구체화되고, 실감할 수 없는 시간의 촉수도 시인에게 오면 옷감을 누비듯이 인생을 누빌 수 있는 바느질감으로 실감된다.

인생은 한 바늘 한 뜸 옷감을 박음질하는 과정과 매우 닮았다고 생각한다. 박음질이 천과 천을 이어서 의복을 만드는 행위겠지만, 인생 역시 과거의 시간과 미래의 시간을 이어서 삶이라는 인생 의복을 만드는 행위이기도 한다. 모든 인간의 행동은 시간이라는 먹이를 필요로 한다. 시간이 들지 않는 행위는 없고, 행위가 없이는 아무것도 인간의 실존에 영향을 줄 수 없다. 시간을 박음질하는 동사형 사유가 구체화되어 인생에게 분명이 있으나 쉽게 간파하지 못하고 살아가는, 또 하나의 공개된 비밀을 들여다보는 일이 즐겁다.

시간을 박음질하듯이 다급하게 살아가면서, '주저앉고 싶지' 않은 인생이 어디 있을까? 역시 '주저앉다' 는 동사다. '좌절— 절망— 실망' 같은 관념어를 배제하고 '주저앉고 싶다' 는 가장 구체적인 행동성이 드러나는 동사를 드러냄으로써 '좌절— 절망— 실망' 보다 더욱 강력하게 시인의 의지를 형상화하는 데 성공한다. 팍팍한 인생길에서 무시로 찾아오는 빨간 신호등을 만날 때마다 지친 인생은 주저앉게 된다.

그러나 이 작품에서는 주저앉아서는 안 될 하나의 희망을 '파란 신호등' 으로 배치하고 있다. 이 역시 동사적 사유의 생략과 압축이다. '신호등 파란불이 아니었다면' 하고 미완의 결구를 채택했지만, 이 역시 동사형 사유의 전형이라고 본다.

'파란 신호등' 은 '길을 건너다— 가던 길을 가다— 걸음을 옮겨 건다— 목적지로 향하다' 는 동사형에 대한 상징이다. 그 파란 신호등이 있음으로 해서 아무리 지치고 힘든 인생길일망정 인간은 멈춰 서지 않고, 절망하지 말고 가던 길을 계속해서, 시간을 박음질하며 힘차게 걸어가야 하는 것이 아니겠는가!

여성 화자가 지닌 동사형 사유

이런 동사형 사유는 강력한 시의 힘을 발휘한다. 이를테면 다음 작품
에서는 그 구체성의 실체가 더욱 효과적으로 시력을 과시한다.

등 돌리고 말았겠지

위험을 감지한
몸 안의 작은 생명
덫에 걸린 한 마리 새처럼 덜덜 떨며
짐승처럼 너를 울리지 않았더라면

어느 시련의 무게에 눌린
절절한 산 굽이굽이 휘돌다 다시 오고
가끔씩 폭풍우 후려치고 지나도
그래, 바람이 장난처럼 한번 그래본 거야

꺼이꺼이 울며 품속 뛰어드는 빗방울
껴안고 또 껴안고 맨발로 자갈길 걸어간다

흘러 흘러 바다로 갈 저— 눈물의 행보

—「물은 맨발로 걷는다」 전문

이 작품이 필자의 안목을 끌게 된 것도 실은 그 제목이 발휘하는 바,
강력한 동사형에 있었다. 「물은 맨발로 걷는다」의 '물'의 상징성, '맨

발' 이 암시하는 함축성, '걷는다' 가 드러내는 구체성의 실재를 실감하면서, 박 시인 특유의 동사형 사유가 빛을 내는 작품으로 보였다. 관심을 끄는 이상으로 이 작품은 여성 화자의 섬세한 정서가 감상주의로 흐르지 않고 역동적인 사유의 힘을 발휘하는 데서 주목할 만한 것이다.

'쉽게 쓰이는 자신의 시' 를 부끄럽게 여긴 윤동주에게 '쉽다' 는 것은 백척간두 누란의 위기 앞에 선 현실적 대응 능력이 겨우 시詩뿐이라는 자괴감의 표출일 수도 있는 데서 '쉽게 쓰인다' 의 '쉽다' 를 그냥 형용사로만 받아들여서는 윤동주를 읽는 데 실패한다. 그럼에도 근래 시단 일각의 추세는 대중성에 박자라도 맞추듯이 '쉬운 시' '쉽게 쓰인 시' '쉽게 읽히는 시' 에 대한 선호가 끊이지 않는다.

그러나 단언하건데 그렇게 쉬운 시를 선호하는 대중성에 무비판적으로 호응하는 것이 시의 정도라고는 생각하지 않는다. 시가 어렵다는 것은 그 표현 수단이 암유와 상징 등 어려울 수밖에 없는 숙명 때문이거니와, 시가 이해하기 쉽지 않다는 것은 시가 지닌 함축성이라는 고유의 미덕 때문임을 안다면 쉬운 시에 대하여 대중 영합하는 듯한 자세는 시의 정도도 아니요, 시인이 가야 할 길도 아니라고 본다.

시가 참으로 효과적인 표현법을 제대로 구사함으로써, 혹은 정치한 함축성의 비밀을 간직함으로써 난해하다면, 그런 시는 얼마든지 환영하여 마지않는 풍토가 시의 영토를 풍요롭게 할 것이다.

이런 취지에서 박시인의 시 「물은 맨발로 걷는다」는 일반 독자들이 받아들이기에 낯설지 모르겠으나, 시가 지녀야 할 미덕을 고르게 갖추고 있다. 이 작품에서 '걷는다' 는 동사를 그냥 발걸음을 옮기는 동사로만 받아들였다가는 시의 안방은 고사하고 시의 문턱에도 이르지 못하게 될 위험성이 있다. 그러나 그 고비만 넘긴다면 좋은 독서 체험을 할 수 있는 작품이다.

이 시를 대하면서 필자는 눈시울이 붉어지고야 말았다. 객체화된 시 작품과 그 시를 생산한 시인을 견강부회할 필요는 굳이 없겠으나, 그래도 시적 화자가 여성이라는 선입관과 이 시가 담고 있는 상처의 구체성이 읽는 동안 누선을 자극하기에 충분했다.

여성 화자가 아니고서는 체험할 수 없는 삶의 진실을 시적 진실로 형상화해 낸 원동력이 바로 동사형 사유와 맥을 잇고 있다. 동사형 사유가 관념적이고 추상으로 흐르기 쉬운 시의 의미 맥락을 구체화시키는 데 성공적으로 기여하기 때문이다.

'물'은 생명의 상징이자 은유다. '맨발'은 아무런 보호 장치도 없는 적나라한 모습이다. '걷는다'는 멈추지 않음이다. 그러니까, 이런 상징과 암유와 은유를 벗겨 내고 거칠게 의미 맥락을 짚어 보면 이렇다. '생명은 아무런 보호 장비도 없이 거칠고 황량한 길을 멈추지 않고 간다'.

'물'은 두 생명을 상정할 수 있다. 하나는 버려진 생명[물]이며, 또 하나는 버린 생명[물]이다. 버려진 물도 생명이고, 버린 물도 생명이다. 버려진 생명은 '짐승처럼 덫에 걸려 위험을 감지' 하였고, 버린 생명은 '시련의 무게에 눌려 폭풍우 후려치듯이 등 돌리고' 말았다. 두 생명은 이제 서로 방향은 다르지만 모두 '맨발'이 되어 '눈물의 행보[걷는다]'를 한다.

버려진 물은 '품속으로 뛰어드는 나약한 빗방울의 모습'으로 '바다로 갈[향하고]' 것이고, 버린 물은 '품안으로 뛰어드는 빗방울을 껴안고 맨발로 자갈길을 걸어서' 간다. 버려진 물은 비록 버려졌더라도 물이 지닌 본디 생명성을 잃지 않는다. '빗방울'도 물이고, '눈물'도 물이며, 행선지 '바다'도 물이다. 비록 버려졌지만 생명의 본향인 바다를 향하여 눈물[맨발]로 걷는 것이다. 버린 물도 마찬가지다. '바람이 장난처럼 그래본 것이지만' 맨발로 자갈길을 걷는 고행을 마다하지 않는 것이다.

생명의 환원과 생명성에 대한 참회의 눈물길을 '걷는다.' 시적 화자의 참회의 구체성이 시를 가슴으로 읽는 이들을 공감하게 하는 대목이다.

사실 우리 사회에서 낙태에 대한 담론은 참으로 부끄러운 수준에 머물러 있다. 낙태에 대한 찬반을 떠나서 언제나 모든 논쟁의 사안들이 본질을 외면하고, 그 지엽적 현상인 흑백논리에 묻혀서 제대로 논의조차 못하고 마는 것이 우리 사회의 의식 수준이 아닌가 한다. 생명성에 대한 진지한 논의도 당사자들에게 선택에 따른 합리적인 사유의 공간을 마련해 줄만도 하건만, 아직도 낙태에 대한 진지한 담론이 발을 붙이지 못하고 있다.

이런 사회 분위기 가운데에서도 시를 통해서 이를 정면으로 문제를 제기하고 인간성의 본질을 진지하게 성찰하게 한 이 작품은 박은주 시가 지향하는 한 특징을 간파하기에 매우 적합한 것으로 보인다. 시문학이 존재하는 이유 가운데 하나는 인간의 정신력을 심미적으로 고양시키는 데 있다. 그것이 언어예술이라는 장르를 빌리고는 있지만, 본질적으로는 인간성의 고양이라는 본래 목적은 훼손되지 않는다.

「물은 맨발로 걷는다」는 모든 논의의 중심에 인간성의 진지한 성찰과 생명성의 존엄함을 되돌아보게 한다. 모든 생명의 원초적 모습은 물이자, 물과 같이 한없이 나약하고 원형질적이다. 그런 생명의 미약함은 그것을 존엄하게 받아들이고 진지하게 대접할 줄 아는 인간에게서만 꽃을 피우고 결실할 수 있다. 그것을 외면당한 생명[물]이나, 그것을 어쩔 수 없는 형편으로 외면한 생명[물]은 그러므로 눈물의 길이라는 형극의 과정을 통해서 구원될 수 있는 것이다. 시가 어렵지만 극복할 만한 가치가 있는 것은 바로 이런 함축적 의미의 중심축을 독파해 냄으로써 우리의 정신력이 맞이하는 지적 카타르시스 때문이 아니겠는가? 여성 화자가 지닌 동사형 사유가 구체성의 힘을 발휘하여 독자의 정신력을 고양시키는 데 기여하는 시를 읽는 일은 그러므로 노작에 값하는 소중한 체험이다.

동사형 사유와 접맥된 서정의 한恨

　이런 동사형 사유가 돋보이는 작품들이 시집의 중심을 이룬다. 이를테면 '손톱만한 세상 피멍들어 이쁘다고/ 잘 익은 사내 가슴은 콩 당 콩 당/ 대장간이 된다/ 불화살을 만드는 중이다' (「봉선화」)의 4연에서는 연정마저 그냥 서정적 진술로 만족하지 않고, 역동적인 이미지로 구체성을 구현한다. '대장간이 되는 사나이의 가슴' 은 얼마나 뜨겁게 풀무질을 해댈 것인가? '불화살' 을 만드는 사나이의 열정은 또 얼마나 뜨거울 것이며, 이 불화살을 맞은 봉선화물 손톱에 피멍처럼, 붉은 열정을 물들인 처자들의 가슴은 또한 얼마나 뜨겁게 타오를 것인가?

　이 모두가 동사형 진술을 통해서 순정으로 물들어 가는 서정을 형상화하면서 동시에 '봉선화 물' 이 대장간의 풀무질로 타오르는 불길과 불화살로 당겨지는 불길의 색채 이미지를 교묘하게 결합시킴으로써, 서정의 맥락을 역동성의 그것으로 형상화하는 데 성공한다. 그런 이미지들이 이 시의 독해에 가세하여 독자들의 심미안을 충족시켜서 색채가 주는 사랑의 그림을 아름답게 그려 넣게 된다.

　이런 역동적 사유는 다음과 같은 진술에서도 발견할 수 있다. '사그락, 사그락 갉아 먹히는 것 아직/ 살아남아 있는 조그만 꿈들/ 그래, 다 먹어 치우거라/ 산다는 게 뭐 대수더냐' (「무력武力」)의 2연 '지하도에서' 가 이 작품의 부제다. 지하도 긴 의자에서 구겨진 모습으로 잠든 노숙자의 몸에 밤이 되자 온갖 물것들이 달려든다. 이를 시적 진술로 환치하는 데 박 시인은 예의 동사형 사유를 동원한다.

'물것들이 노숙자의 꿈을 갉아 먹는 것'은 역으로 '물것들에게는 살아가는 꿈을 실현하는 것'이라는 역설이 가능해진다. 다 먹어 치우라고 성원하는 것은 '산다는 것'에 대한 시인 나름의 달관이 엿보이는 듯하지만, 노숙자의 삶이 폄훼되는 현장을 외면하고서, 인간의 존엄성을 말할 수 없는 고민이 함축된 것으로 판단할 수 있다.

인간존재의 참혹한 현상을 외면하지 못하는 것은 시인의 여린 감성으로는 당연한 일이다. 다만 인생의 중반을 넘어가는 여류 시인에게 있어 서정적 체험이 어찌 다양한 스펙트럼을 지니지 않았으랴. 회상과 추억과 안타까움과 절절한 소망과 간절하게 기도하는 심정들이 서정적 울림을 통하여 형상화된 작품들도 발견된다. 그러나 이런 서정성이 고양된 작품에 있어서도 예의 그 동사형 사유의 힘은 고스란히 간직되어 있음을 발견할 수 있다.

그러니까, 박은주에게 있어 서정적 한이랄까, 추억의 안타까움마저도 동사형 사유를 통해서 이어받고[承], 그것을 자신의 서정의 색채로 드러내며[志], 이런 시적 진술을 자신의 삶 속에서 견지[持]해 내겠다는 자기 선언으로 보아도 무방할 것이다. 그것은 서정적인 한의 정서마저도 동사형 사유를 통해서 극복해 내려는 데서 알 수 있다.

어둠이 스멀스멀 기어들면
심장을 치는 빗방울 소리
더욱 요란해진다
살기 위한 가쁜 숨 몰아쉬며
두레박처럼 우물 속에 몸을 던진다

첨벙,
바닥 깊은 곳에 닿았나 보다

이만큼이야, 하는 메아리
그대 서 있는 벼랑 끝
아슬~한 소리

어머니! 당신 등 뒤에서 작은 등불이 되어
이 밤 온전히 지새울 수 있기를……

―「작은 등불이 되어」 전문

섬뜩한 한恨의 정서를 느끼게 한다. 박은주는 이런 서정마저도 동사형 사유로 시적 발상을 견지해 낸다. 어둠 속에서 통곡하는 남겨진 자식― 딸의 심정이야 더욱 요란해지는 빗방울 소리로 그려낸다. 어둠은 슬픔을 더욱 슬프게 하고, 비통함을 더욱 비통하게 하는 자연의 선물이다. 화자는 통곡하는 어둠의 공간에서 다른 자기를 희생할 어둠의 공간으로 옮겨 갈 준비를 이미 마쳤다. 그래서 빗방울이 내리치듯 서럽게 울 수 있다.

우물은 또 다른 부활의 공간이다. 부활은 죽지 않으면 불가능하다. 일단 죽어야 부활할 수 있다. 죽음은 자기희생이요, 부활을 위한 전제조건이다. '살기 위해' 부활의 끈이 달려 있는 두레박처럼 우물 속으로 몸을 던진다. '던진다' 는 동사다. 자기희생이라는 의식― 관념을 '던진다' 는 동사 시어를 배치함으로써 시상을 구체화한 한다.

우물 속에 몸을 던진 화자를 구원[부활]하는 것은 바로 '아슬~한 소리' 다. 시적 화자는 시적 대상인 어머니에 의해서 구원[부활]된다. '이만큼

이야, 하는 메아리' 는 바로 어머니의 목소리다. 절망의 깊이를 먼저 인생을 사신 어머니의 귀띔으로 가늠하게 됨으로써 비로소 절망의 깊이를 벗어나 새로운 등불을 밝혀 들 수 있게 된 것이다.

부활한 인생이 선택할 수 있는 길은 명확하다. 작은 등불이 되어 화자를 구원한 어머니의 여생을 밝혀 드리는 일이며, 통곡의 어둠[밤]을 온전히 지새울 수 있기를 바랄 일이다. 한의 서러운 정서마저도 박은주는 동사형 사유를 통해서 견지해 간다. 매우 건강한 시적 발상이요, 시의 어법이라 아니할 수 없다.

필자는 이 글의 앞머리에서 동양적 시관과 서양적 시론의 일단을 피력하면서 논의를 시작하였다. 시는 진리를 이으려는[承], 시인의 의지의 표현[志]이며, 이런 시작품을 통해서 시인이나 독자나 시의 뜻을 행동―행위로 실천[持]해야 하는 것이라는 시관을 소개하였다. 아울러 서양의 시론에서는 관념이나 추상적 개념, 막연한 느낌[정서]을 구체적으로 형상화함으로써 비로소 시의 실체를 만날 수 있다고 하였다.

막연한 개념의 나열을 시로 착각하는 일도 삼가야 하겠으며, 설익은 관념의 토로를 시라고 주장하는 일도 있어서는 안 된다. 쉬운 시에 대한 대중 영합적 시의 추세에 편승하는 것 역시 시의 정도가 아니라고 하였다. 구체성의 그림을 통해서, 시인의 시적 진술이 독자의 구체적 행동성과 일치될 수 있는, 또는 일치하려는 정신력의 고양을 촉발할 수 있는 경지로 시는 나아가야 한다. 이는 동서양을 막론하고 시는 결과적으로 구체적 행동성과 일치하는 심미적 장르임을 뜻한다 할 것이다.

이런 의미로 볼 때 박은주 시인이 이번 시집에서 보여주고 있는 '동사형 사유가 빚은 발랄한 시적 감성' 은 자신의 시적 특성을 어디에 두어야 하는가를 간파한 유효한 시의 어법이라고 생각한다. 막연한 느낌도 동사형 진술을 통해서 구체화될 수 있다. 설익은 관념이나 구체성이 없는 의식적 사념도 구체성을 동반하는 동사적 진술을 통해서 실감할 수 있다.

필자는 박은주 시가 지니고 있는 여러 가지 시적 발성법을 진단하면서 '동사형 사유가 빚은 발랄한 감성의 시세계'를 중요한 모티브로 봤다. 그러나 이것은 어디까지나 이 시집에서 발견할 수 있는 개성과 특징을 진단하고자 할 때 취할 수 있는 부분적인 사례일 수도 있다.

다만, '모든 시작품은 하나하나가 독립된 세계이자 나름대로의 미적 질서를 스스로 가지게 된다.'는 점을 전제한다면, 하나의 발상을 모든 작품에 적용한다는 것 자체가 무리임을 안다. 앞에서 지적한 시의 미덕들을 더욱 갈고 다듬어서 앞으로 전개될 박은주 시세계의 유력한 개성들로 더욱 발전하기를 바란다.

우리말과 우리 얼의 연금술로서의 시

— 김종선 제3시집 『촛불보람』 작품론

들어가는 말씀

시인은 말의 연금술사다. 시인은 새로운 말을 만들어 내고, 그 말이 생명력을 지니고 살아 숨 쉬게 하는 말의 신이다. 시인은 이미 있는 말을 빌려서 새로운 세계를 펼쳐 보이지만, 이미 죽은 말에도 미감의 입김 불어넣기를 마다하지 않는다. 어찌 죽은 말 뿐이랴. 아직 솜털도 나지 않은 생각의 씨앗에도 시인은 이름을 붙이고 새로운 말의 자리를 매김 한다. 그래서 시인은 말에 날개를 달아서 하늘로 치솟게도 하고, 죽은 말에 입김을 불어넣어 새 생명을 잇게도 하는 신통력을 지녔다.

시인은 어법 안에서 시를 꿈꾸지만, 시인의 꿈은 언제나 문법의 울타리 밖을 향한다. 일면 어법의 울타리를 세우면서 다른 일면으로는 스스로 만든 문법의 울타리를 허무는 시인! 그래서 시인은 말의 길을 내면서 스스로 낸 길을 부정하는 모순을 아무렇지도 않게 되풀이하는 말의 이단아다. 시인은 말에 관한한 반역을 허용 받은 모국어의 병사다. 시인은

자신의 모국어를 지키기 위해 스스로 영혼까지도 내어놓은 시의 파수
병을 자처한다.

　시인이 부리는 병사는 말의 집합체요 정신의 결정체인 시詩 작품뿐
이다. 자신의 모국어를 자신의 분신처럼 여기며 존중하고 사랑하는 시
인만이 자신의 시를 부정하고 자신보다 더 큰 나라와 겨레의 얼을 존중
할 줄 안다. 스스로를 부정하며 새로운 미와 의미를 찾는 시인, 자신의
작품을 끊임없이 새롭게 하는 시인에게서만 더 큰 나라 정신의 참됨과
겨레 마음의 아름다움을 찾을 수 있다.

　어느 시인은 이와 같은 시정신의 모순을 이렇게 지적했다.

　"시는 앎이고 구원이며 힘이고 포기이다. 시는 이 세계를 드러내면
　서 다른 세계를 창조한다. 시는 선택받은 자들의 빵이자 저주받은 양식
　이다. 시는 격리시키면서 결합시킨다. 시는 여행에의 초대이자 귀향이
　다. 시는 들숨과 날숨이며 근육운동이다."

— 옥타비오 파스

　모순의 상승적 통합이랄까, 역설의 포괄적 수용이랄까? 시 정신은 모
순이나 불합리마저도 시정신의 용광로에 넣어 고양시키며, 예술 미학
의 범주에서 승화시키기를 마다하지 않는다. 그 중심에 언어— 모국어
가 있다. 모국어의 은혜를 외면하고서는 누구도 시인일 수 없으며, 예술
의 언저리에서 생존할 수 없다.

　용감한 병사는 자신의 몸을 바쳐 나라를 지키고 겨레를 살리지만, 훌
륭한 시인은 자신의 얼을 바쳐 나라의 혼을 살리고 겨레의 넋을 지켜 낸
다. 용감한 병사의 무공은 죽어서 차가운 빗돌로 서겠지만, 훌륭한 시인
은 죽어서 모국의 말밭을 기름지게 하는 밑거름이 된다. 그래서 한 사람

의 훌륭한 시인을 한 나라와도 바꾸지 않겠다고 말하는 나라와 겨레는 풍요롭다.

나라의 위상, 겨레의 됨됨이는 힘의 세기로 결정된다. 경제적 부의 힘, 군사의 힘, 영토의 힘, 자원의 힘, 인구의 힘은 부강한 나라가 될 수 있는 여건이다. 그러나 이런 힘만이 전부는 아니다. 참으로 힘이 세면서도 품격 있는 나라가 되기 위해서는 또 다른 힘이 필요하다. 문화의 힘, 예술의 힘, 인문학의 힘, 역사의 힘, 그리고 사람의 힘이 풍성한 나라와 겨레가 진정 높은 위상과 품격 있는 겨레의 자격을 지닐 수 있다.

이렇게 본다면 강대국만이 최선은 아니다. 모든 것이 크고 풍부한 외적 힘만으로 작은 나라와 겨레를 얕잡아 보는 나라는 선진― 강국이 되기에는 좀 부족하다. 강소국이 하나의 대안이 될 수 있다. 모든 면에서 작고 부족하면서도 함부로 넘볼 수 없는 품격을 지닌 나라와 겨레는 강대국이 함부로 얕잡아 볼 수 없다. 그런 힘의 바탕을 제대로 갖춘 나라와 겨레는 강소국의 자격이 있다. 겉으로 보기에 작고 약하지만, 속으로 무한한 문화 창조의 힘을 지닌 강소국은 스스로를 존중하고, 마침내 다른 나라와 겨레의 존중을 받을 수 있다.

그런 강소국이 되기 위한 가장 우선하는 바탕이 바로 문화―예술 등 인문학의 힘이다. 인문학의 힘은 가시적인 경계를 넘어선 어떤 정신적인 바탕까지도 포함하는 개념이다. 그럼에도 어떤 가시적인 인문학의 힘, 한 나라와 겨레가 지니고 있을 법한 나라 힘과 겨레의 역량을 보이라면 우리는 서슴지 않고 제 나라 말과 글자의 유무와 함께 말밭[국어사전]의 두께와 질량을 측정 자료로 삼기를 주저하지 않는다.

제 나라 말과 글자는 바로 문화와 예술, 역사와 철학을 올곧게 하는 도구이자 바탕이며, 정신이자 실체이기 때문이다. 이 엄연한 사실을 아예 모르는 겨레도 많으며, 설사 안다 할지라도 강대국의 위세에 길들여져 제 나라 말과 글자의 존재성을 애써 외면하는 겨레 또한 헤아릴 수 없이 많은 것이 현실이다. 설사 외면하지 않더라도 힘써 살려 쓰고 존중하려는 노력을 포기한 겨레 또한 대부분이다. 말과 글을 존재의 근원으로 여기는 시인 작가에게서 이런 현상을 목격하는 일은 실망을 넘어 울분을 느끼게 한다.

제 나라 겨레의 생각과 느낌을 막힘없고 거침없이 부려 쓸 수 있는 훌륭한 글자를 지닌 나라, 그 문자로 이루어진 풍부한 말밭을 지닌 나라는 강소국이 되기에 부족함이 없다. 다행스럽게도 우리 겨레는 그런 행운을 지닌 민족이다.

세종께서 창제하신 한글[훈민정음]은 온 누리에서 가장 합리적이며, 과학적이요, 실용성이 탁월한 문자라는 사실은 이미 자타가 인정하고 있다. 한글은 창제자와 창제의 의도와 그 창제의 원리와 방법, 그 실용성이 낱낱이 밝혀져 있는 전 세계에서 거의 유일한 문자다. 그 한글을 실제 생활에서 실용적으로 유효하게 사용하는 문자로서는 온 누리에 유일하다. 대부분의 문자들이 근원이 확실치 않은 문자를 나라마다 약간씩 변용— 변형시켜 가면서 쓰고 있는 다른 나라의 실정을 감안해 보면 쉽게 알 수 있다.

아무리 우둔한 사람일지라도 한 나절이면 그 운용의 뼈대를 터득할 수 있을 정도로 쉽게 익혀 쓸 수 있는 한글— 우리말을 우리는 그 동안 얼마나 천대하고 박대했던가? 큰 나라의 위세에 짓눌려 정신까지도 사대주의事大主義적 잔재에 묻어 두고 살아오지 않았던가.

이처럼 한글의 훌륭한 점은 우리보다는 오히려 언어 전문가들이라 할 수 있는 외국의 언어학자들로부터 꾸중처럼 지적받고 있는 실정이다. 한국의 저명한 언어학자가 외국의 언어학회에 참석해서 한자로 쓰인 명함을 건넸다고 한다. 그 외국의 언어학자가 한국의 언어학자로부터 한자

명함을 뚫어지게 바라보더니 이렇게 질책성 질문을 했다고 한다.

"당신 나라에는 가장 완벽한 언어 체계를 갖춘 '한글'이라는 훌륭한 문자가 있는데 왜 한자를 쓰느냐?"

이 언어학자는 어찌나 부끄럽고 황당하던지 몸 둘 바를 몰랐다고 한다. 그리고 그 뒤로부터는 한글로 쓴 명함을 만들어 쓰고 있으며, 우리말을 지키고 다듬어 사랑하는 학자로 활동하고 있다는 것이다. 언어학의 전문가라는 사람이 이런 정도이니 다른 보통 사람은 어떠하겠는가?

언어는 생명체다. 언어는 다른 유기체처럼 '생성— 성장— 쇠퇴— 사멸'하는 과정을 밟는다. 사람들의 생활 속에서 태어난 말은 많은 사람들의 호응을 받아서 세력을 불려 가면서 자라난다. 사람살이의 도구로 쓰이는 동안에는 막강한 세력으로 위세를 떨치지만 소통의 뒤안길로 밀려나게 될 때, 말은 힘을 잃고 사람들로부터 외면당하게 된다. 언중言衆이 외면하는 이유가 자연스러운 언어 현상으로 비롯하는 것이라면 어쩔 수 없겠으나, 역사의 부침 속에서 강제적으로 외면당하고 소통의 도구가 되지 못할 때 생성된 말은 급격하게 망각의 장막 속으로 사라지게 된다. 강대한 나라의 문화와 함께 유입된 외래 언어— 문자가 토박이말을 쇠퇴시키는 가장 큰 이유가 된다.

이렇게 쇠퇴한 말은 시간의 부침과 함께 언중에게서 잊혀 마침내 '죽은 말[死語]'이 된다. 죽은 말이 다행스럽게도 고어古語라는 흔적이 남아 있어 나라말을 사랑하는 언중의 입김을 쐬게 되면 말의 생명을 되살릴 수도 있지만, 대부분의 잊힌 말들은 사어가 되어 소멸의 비운을 맞지 않을 수 없다.

이런 말과 글자의 비운을 차단하고 문화의 역량을 풍요롭게 하여 품격 있는 나라와 고상한 겨레가 되기 위한 제 일의 임무를 가진 사람을 꼽으라면 우리는 서슴지 않고 시인—작가를 든다. 시인—작가는 나라

말을 살리고 겨레의 얼을 갈무리하여 문화 예술의 역량을 스스로 충전시키는 것을 본질로 하기 때문이다.

시인이야말로 한 나라 문화의 총량을 보여주는 실재적 바로미터이며, 한 겨레 얼의 다채로움을 증명하는 살아 있는 화석이기 때문이다. 시인이 기울이는 제 나라 말과 문자에 대한 사랑은 그것이 어떤 형식, 어떤 작품으로 형상화 되었건 그것은 바로 겨레다움의 발로이며, 겨레말의 증명일 뿐이다.

겨레말의 수호와 그 사랑에 관한 한 우리에게는 다행스럽게도 김종선 시인이 있다. 그가 시문학을 통해서 우리말을 얼마나 사랑하고 가꾸려 애쓰는가는 시집 『촛불보람』에 실린 작품들을 일별해 보면 금방 알 수 있다. 그는 새로운 우리말의 생성에 심혈을 기울이면서 어미말— 모국어의 지킴이로서 소명 의식에 투철한 시인이다. 겨레말의 새로운 창조자로서의 소임을 시인 말고 누구에게 맡길 수 있단 말인가? 누더기처럼 오염되고 만신창이로 더럽혀지는 겨레말의 참상을 누가 보듬어 안아서 다듬고 지켜 내야 하는가? 시인 말고 누구에게 이런 거룩한 소임을 맡기고 기대할 수 있단 말인가? 김종선시인의 시는 그런 물음에 대하여 스스로 시문학 작품으로 응답하고 있다.

어디 그뿐이겠는가? 묻힌 겨레말을 발굴해 내고, 말의 최고 위상인 노랫말로 다듬어 내려는 노력이 눈물겹다. 고어는 고어대로 살려 시어로 삼아서 입김을 불어넣고, 죽은 말은 죽은 말대로 찾아 새로운 의미의 의상을 입혀 준다. 그래서 되살린 시어들이 가질 수 있는 최상의 격조를 지닌 노랫말로 다듬고 가꾸어 낸다.

겨레말을 사랑하는 절절한 마음얼과 그 뜨거운 열정을 대하노라면 참으로 우리말을 대하는 정성과 사랑에 절로 고개가 숙여진다. 참으로 우리 시대에 보기 드문 우리말 지킴이요 언어의 연금술사라 아니 할 수 없다.

　김종선시인의 시를 읽다 보면, 본디 우리말이었으나 그 우리말을 대신하여 행세하던 들온말 때문에 우리말로 쓰인 시어가 낯설게[생경하게] 느껴지는 이 황당함! 우리말의 새로운 합침과 나눔과 더함과 줄임으로 말의 경계를 확장하고, 그 의미의 영역을 증폭시키며, 아름다움의 경지를 심도 있게 하는 '우리말 시'가 오히려 어렵고 까다로운 것처럼 느껴지는 이 모순된 현상 앞에서 필자는 한없이 부끄러울 따름이다.

　그의 시를 대하다 보면, 제 어미 아비, 제 형제자매, 제 일가붙이를 알아보지 못하는 망나니 패륜아처럼, 우리말에 관한 한 우리는 망나니요 패륜아가 아니었는가, 새삼스럽게 자문한다. 한없이 부끄러운 마음으로 나의 언어생활을 되돌아보게 하는 그의 시는 우리 시대의 인문학자들이 지녔던 어미말― 모국어에 대한 방관적 태도와 의식에 대하여 통절하게 참회해야 할 자료가 되기에 충분하다.

　그런 노력을 크게 네 가지로 나누어서 살펴봤다. 하나는 언어의 연금술사로서 새로운 말을 생산하여 겨레말을 과감하게 부려 쓴 시, 둘째는 어미말― 모국어를 시어로 살려 씀으로써 겨레말을 지켜 내려는 시, 셋째는 말은 곧 얼이라는 자각 하에 겨레말을 통해 겨레의 얼을 가꾸어 가는 시, 그리고 마지막으로 이러한 우리말을 되살리고, 겨레의 얼을 지켜 냄으로써 비로소 노랫말로 승화될 수 있는 시에 대하여 고찰해 보고자 한다.

　우리말― 겨레말을 시어로 살려 쓰려는 일관되고 치열한 노력들이 지향하는 바는 필경 우리 겨레살이의 즐거움과 보람에 있음은 두 말할 것도 없다. 그런 의미에서 시야말로 김종선시인의 시문학적 의도와 우리말 사랑의 의지가 슬기롭게 통합되는 결정체임을 확인하는 것은 이 시집을 읽는 참 보람이 되리라 확신한다.

1. 새 말 생산자로서의 시인

우리말을 살려 쓰려는 시인의 노력은 뜨겁고 끈질기다. 어느 작품을 보아도 각주가 없으면 이해할 수 없으며, 해설 없이 의미 전달이 쉽지 않다. 이는 시로서는 결격 사유가 될 만하다.

그러나 정확하게 말하자면 이것은 김 시인의 잘못이 아니라, 순전히 독자인 우리의 잘못이다. 고유한 제 나라 말을 이해하지 못하는 청맹과니, 순수한 제 말을 알아듣지 못하는 우리의 게으름이요, 무지요, 안일함의 결과이기 때문이다.

그가 시를 우리말 살림의 도구로 삼고, 시를 겨레말 생성의 마당으로 삼은 일은 매우 슬기로운 선택이라고 생각한다. 시인이 아니고서 누가 우리말의 저수지를 풍성하게 할 것인가? 이 시집의 어느 작품을 보아도 순수한 우리말임에도 쉽게 이해할 수 없는 만큼 우리는 그 동안 우리말을 천대하고 외면해 왔음을 반증하는 꼴이 아닌가?

시의 세계는 완전히 창조된 세계다. 시가 개성을 생명으로 하고, 독창성을 양식으로 삼는 것은 시가 완전히 시인에 의해서 창조된 서정의 세계이기 때문에 당연히 지녀야 할 조건이다. 그래서 시를 우선 의미 맥락에서 이해하기에 곤란을 겪는 것도 시인의 개성과 독자의 의미역을 조율하는 과정을 겪어야 하기 때문이다. 여기에다가 감성의 수위까지 참작할 수 있어야 비로소 한 시인이 온전히 개성적으로 드러낸 서정미의 세계를 엿볼 수 있다.

그의 시에서는 의미 맥락을 따라잡기 위한 시어의 의미를 해석하는 일과 감성 채널을 맞추는 일 말고, 생경한 시어의 의미부터 파악해야 하는 과정을 한 번 더 치러야 비로소 그의 시 세계에, 작품이 지닌 심미안의 세계에 도달할 수 있다. 앞에서도 언급한 바이지만, 이는 순전히 독자인 나의 탓이다.

<blockquote>

장마철 허리에 땅별을 짊어진 달팽이 하나가

때알이 여덟때 가웃을 가리키는 곳품을 떠나

일갈 길 바쁜 찻길 느릿느릿 지나가고 있었다

나른한 듯한 맘 죽음의 구렁에 빠지려는 찰라

배움터 가는 어린양의 착한 눈에 띄어 목숨보람

들림 받아 모래주머닐 담아 둔 고무동이에 올려져

맘얼 고무공처럼 웅크리고 죽은 듯이 숨죽이다가

사위 고요해지자 눈을 떠 더듬이 둘 가로 뻗치고

발자국을 찍으며 숨어 간 즈믄길 벼랑의 때곳품

제 죽음의 길 아닌 꿈길 더듬어 간 빈 우렁이속

흙속에서 뽑아 올린 푸른 물기 채우려 배추밭에 촛불

켜고 속강꺼정 빼앗아 여름 그르치는 못된 벌레도둑

배움이 착한 눈땜에 이참 어쩔 수 없이 목줄 놓았으나

때품의 배곯은 헛검꺼정 몰아와 배추밭 어지럽히면

어둔 배추밭 촛불 켜고 못난 네 짓 밝혀 죄짐 물으리.

</blockquote>

—「촛불 켠 달팽이」전문

이 작품에 쓰인 시어들을 살펴본다.

'곳품=공간, 목숨보람=SOS, 맘얼=본능, 때곳품=시공' 등 시인 스스로 각주를 달고 있는 시어 말고도 우리는 이 시를 서정의 등가물로 받아들이기 위해서는 좀 더 시어를 정밀하게 탐색해야 한다.

'때알이, 여덟때, 가웃, 일갈, 즈믄길, 속강꺼정, 벌레도둑, 때품, 헛검꺼정, 죄짐' 등의 시어를 이해하는 데도 상당한 언어 감각이 필요하다.

시인의 우리말을 살려서 시어로 부려 쓰려는 노력의 일단이 곳곳에 보인다. 새로운 말을 만드는 일이 우선이고, 한자말, 들어온 말(외래어, 국적 없는 말)은 일체 쓰지 않으려는 의도에서 출발한다.

그러자니 자연스럽게 순수 우리말들을 새롭게 합성하거나, 자유롭게 파생어를 확장하여 쓰려는 시도를 줄기차게 해 오고 있다. 이런 노력들로 순전한 우리말만으로 짜여진 한 편의 시를 만날 수 있는 것은 큰 보람이 아닐 수 없다.

낯선 우리말의 난관을 뚫고 이 시가 담고 있는 의미 맥락을 얼추 뜻매김해 보면 이렇다.

"장마철에 제 갈길 모르고 길에 나선 달팽이를 등교하던 마음씨 착한 어린이가 이를 보고 구해 주었으나, 끝내 배추밭을 망가뜨릴 것 같으면 용서하지 않고 촛불을 밝혀서라도 네 죄를 물을 것이다."

이런 의미의 추적이 갖는 의미역은 꽤 넓다. 우선은 자연 생태계의 현상을 인간적 차원의 눈길로 끌어당겨서 생명을 보는 화자의 마음씨를 엿보게 한다. 그런 다음 배추밭이라는 생존의 일터를 등장시켜서 자연의 생명일망정 인간의 삶을 훼손하는 것에 대한 응징을 담고 있다. 그러나 이는 정치적이고 사회 환경적인 차원까지 끌어올려서 엄정한 비판의 은유를 담아낸다는 점에서 또 다른 의미의 폭을 확장한다.

순수한 우리말의 울림이 자연 생태계의 생명 존중 사상으로까지 확대되고, 이것이 사람의 삶에 미치는 의미를 새겨 보다가, 마침내 사람다운 삶의 의미에 대한 경지까지 확장한다. 그러니까 달팽이가 전반부에서는 자연의 순수성을 상징하다가, 후반부에 와서는 인간 삶의 순순성을 훼손하는 존재로 변이된다.

이는 배추밭을 삶의 순수성이 유지되어야 할 삶의 공간으로 본다면, 달팽이는 그 순수한 삶의 공간을 훼손하는 적대적인 존재로 변형되는 것과 맥을 같이 한다. 그렇다면 후반부에서 달팽이의 존재는 무엇을 은유하고 있을까?

그것에 대한 원관념을 밝히기는 그리 어렵지 않다. 바로 '촛불'에서 힌트를 얻을 수 있다. 촛불을 왜 밝혀야 했던가? 배추밭인 사람다운 삶을 훼손당하지 않기 위한 민초들의 자발적 함성이 빛으로 모였던 것이 아닌가? 존엄해야 할 사람다운 삶을 손상케 하는 권력도 어찌 보면 하찮은 미물 달팽이가 애써 가꾼 배추밭을 갉아먹는 일과 하등 다르지 않은 것이다.

어려운 전문용어를 등장시키지 않고서도 「촛불 켠 달팽이」에서는 자연과 인간과 사회라는 삼각관계가 어떻게 해야 바로 설 수 있는가를—정립鼎立의 방정식을 보여주는 작품이다.

이 작품을 논의의 예로 삼았을 따름이지, 여타 다른 작품에서도 이런 시적 의도와 창작 정신, 그리고 우리말을 갈고 다듬어 내려는 노력은 조금도 다르지 않다. 모든 작품을 다 열거하면서, 우리말을 어떻게 시어로 빛을 낼 수 있는지, 시어가 어떻게 생활어가 될 수 있는지, 일일이 예거하여 보여줄 수 없는 지면의 한계가 안타까울 따름이다.

2. 어미말[母國語] 지킴이로서의 시

근래 우리나라에는 영어 광풍이 몰아치고 있다. 그렇다. 광풍! 이라고 하지 않고서는 설명할 길이 없는 이상 현상이요, 병적 증상이다. 아무리 영어가 국제적인 공용어로서 위력을 지니고 있다고 해도, 상급학교 진학과 취직 시험에 절대적으로 필요하다 할지라도, 그리고 세계 표준[global standard]에 따라가기 위해 적합한 맞춤 교육이라고 할지라도, 근래 우리나라에 불고 있는 영어 광풍은 도가 좀 지나친 감이 없지 않다.

아직 우리말— 모국어도 제대로 익히지 못한 유아들에게까지 영어를 가르치느라 사교육비가 천정부지로 치솟아도 학부모들은 내 아이를 위한다며 영여 교육에 열을 올린다. 내 아이를 위하는 일이 진정으로 무엇인지? 한번쯤 생각해 볼 것을 권하기라도 할라치면 시대에 뒤떨어지고, 자녀 교육에 등한한 부모로 낙인찍히기 십상이다.

모국어는 그냥 언어가 아니다. 모국어는 산소 같은 존재요, 그 공기로 호흡함으로써 비로소 생명이 유지되는 혈액 같은 성질이다. 우리는 생각을 먼저 하고 말을 하는 것이 아니다. 말—언어를 미리 떠올리고 자신의 생각을 그 말에 맞추어 낸다. 말—언어가 없으면 생각도 없다. '아는 것이 많다' 는 표현이나, 소위 말하는 '지능[IQ]' 은 바로 언어 능력을 가리키는 수치일 뿐이다.

그러니까 한국어를 모국어로 익힌 사람은 생각도 한국어로 한다. 영어를 모국어로 익힌 사람은 당연히 생각도 영어식으로 하게 된다. 한국적 사고방식과 미국식 사고방식의 차이를 굳이 밝히지 않아도 그 생각의 씨앗부터가 어떻게 다른 것인지 우리는 잘 알고 있다.

우리말을 모국어로 습득하기 전부터 영어를 능숙하게 익히는 아이들은 무늬만 한국인이지 그 사고방식이나, 그런 사고를 통해서 형성되는 정신—얼은 이미 한국인이 아닌 것은 언어가 지닌 이런 이유 때문이다.

말이 전달하는 것은 의미만이 아니다. 의미와 함께 감성도 함께 전달한다. 말이 지니고 있는 감성은 어릴 적부터 부딪치는 사람과 환경으로부터 생득生得한다. 그 생득하는 수단과 방법이 바로 말—모국어다. 말은 의미를 지닌 전선 같은 것이라면, 이 전선을 타고 감성이 흐른다. 한국어라는 전선을 타고— 한국적이라는 감성의 전류가 한 인간을 '한국인' 으로 성장케 한다. 모국어는 한국인이 한국인으로 완성되는 제1의 조건이다.

이렇게 본다면 영어를 유아기에 익힌 아이들이 정체성에 혼란을 겪게 되는 것은 당연한 이치다. 무늬만 한국인이지 도무지 그 얼이나 정신에 한국적이라는 요소가 희박하게 된다. 그러므로 당연하게도 그런 사람으로부터 한국인으로서의 애국심이나 겨레의식을 기대한다는 것은 연목구어나 다를 바가 없을 것이다.

김종선시인은 시를 통해서 모국어 사랑의 전도사를 자처한 사람이다. 우리말의 감칠맛을 살리고, 우리말이 아니고서는 표현할 길 없는 미감의 포착을 위하여 모함에 가까운 실험도 불사한다. 이것은 순전히 모국어를 통해서 점점 퇴색화 되어 가는 민족 정서의 유지를 위한 시적 헌신이라 할 만하다.

언어가 어찌 의미만을 전달하기 위한 도구에 머물러야 하겠는가? 모국어는 마땅히 고향 산천을 그려내는 물감도 되고, 겨레말은 당연히 어머니의 감성을 되살리는 그림붓도 되며, 우리말은 당당하게 우리의 자연이나 우리의 삶의 환경을 불러내는 노래가 되어야 한다. 모국어는 그냥 언어가 아니라, 사람을 사람답게 하는 가장 근원적인 요소이기 때문이다.

김시인은 시를 통해서 이런 당연한 작업을 보여준다. 어머니의 사랑, 어머니의 사랑 같은 우리네 자연 감성, 그리고 면면히 이어지는 겨레다운 공감의 맥락을 묻히고, 잊힌 우리말을 되살려 씀으로써 우리 얼을 되살리는 목표를 이루려 한다.

여리디 여린 손길로 아픈 자국 어루만지는
따뜻하신 어머니 같아, 봄비는
골온찰일만번 쓰다듬고 씻어 주신 엄마손

손길 스치는 찰라 살아나는 숨결들

봄밤, 따뜻한 그 손길에 몸맘 다 맡기세요
당신의 꽃가지에 움 나고 텃밭에 싹 틔울
핏줄 타고 몸맘 흔흔히 젖는 삼시랑듬의 밀물
물너울 치는 손찜낫이에 박힌 얼음 다 풀리리

젖어미 젖줄 문 목마른 젖 아기의 기쁨
사랑하는 여자 살포시 보듬은 사랑탈 앓이
허물로 죽는 삼시랑듬 안타까운 하나님의 숨사름
봄바람 헤집어 옹알대는 노랑 병아리 같이

아빠와 아이들 뒷바라지 하다 겉늙은
고분고분 하는 아내 같아, 봄비는
이웃 앞에서는 호호호 웃고 다녀도
먹구름 속에서 우릉우릉 우는 슬픈 여자.
— 「따뜻하신 어머니 같아, 봄비는」 전문

이 작품에서도 우리말은 생생하게 되살아난다.

'따뜻하신자비로우신, 손찜낫이안마, 골온찰일만번, 숨결, 몸맘, 삼시랑, 물너울, 사랑탈앓이상사병, 숨사름,' 등 단 하나의 시어도 우리말이 아닌 것은 자리 잡을 틈이 없다. 엄정한 모국어 존중의 정성만으로 작품의 골격을 형성한다.

어머니의 사랑을 느끼는데, 어머니 사랑 같은 자연이 주는 서정을 새기는데, 사람과 자연으로 인하여 형성된 사람다운 정감을 그려내는데,

어찌 들온말(외래어)이 필요할 것이며, 난해한 전문 용어가 쓰일 수 있으랴?

김시인은 모국어를 지키는 일이야말로, 바로 본원으로서의 사람됨의 근간이라고 보는 듯하다. 이 작품 「따뜻하신 어머니 같아, 봄비는」에서도 그런 시정은 멈추지 않는다. 아이가 자라면서 이루게 되는 성정은 온전히 어머니로부터 온다. 태아로부터 시작되는 어머니의 정서는, 자연을 교감하면서 어린 아이의 내면적 성정을 이루게 된다. 그런 정서가 중첩하고 반복되면서 한 아이는 모정과 모향을 모국어의 바탕으로 받아들이게 되는 것이다.

이렇게 본다면 모성을 그리워하는 것이나, 어린 시절 마음에 새겨진 자연의 서정을 추억하는 것이나, 봄이라는 계절이 담고 있는 비유적 의미를 되새김하는 것들이 결국은 사람다운 정서의 중핵적 요소가 된다. 그래서 모국어를 지키는 일은 어머니의 사랑을 간직하는 일만큼이나 소중한 것이며, 고향의 추억을 간직하는 것만큼 막중한 것이며, 자연이 주는 정서를 받아들이는 것만큼 자연스러운 일이라는 것이다.

김시인이 모국어를 지키는 방법의 하나로 고유한 정서적 맥락을 지키려는 의도는 그래서 의미 있는 일이라 아니 할 수 없다. 봄비는 그야말로 따뜻하신 어머니의 사랑 같은 자연의 은총이다. 엄마 손길이 어루만짐으로써 하나의 생명이 살아나듯이, 봄비가 자연을 어루만짐으로써 숨결이 살고, 손찜낫상사병도 치유되며, 사랑탕앓이도 나을 수 있고, 온누리가 즐거운 웃음으로 되살아날 수 있는 것이다.

모국어를 지키고 살리는 일은 언어— 어휘만을 살리는 일이 아니라 어휘가 담고 있어야 마땅한 정서 정감까지 회복시킬 수 있어야하고, 그런 어휘만이 생명력을 지니고 영원히 살 수 있음을 김시인은 작품으로 말하고 있다.

3. 겨레 얼 가꿈이로서의 시

모든 언어는 외국어로 번역될 수 있다. 모든 문학작품이 다른 나라 말로 옮겨질 수 있다. 그러나 시의 번역에는 한계가 있다. 시는 생득적인 모국어를 배경으로 하고, 겨레 얼의 형상화를 본질로 하기 때문에 다른 나라 말을 모국어로 하는 사람들에게 원시 그대로 번역한다는 것은 애초 불가능한 일이다.

시에는 의미와 함께 정서가 담겨 있다. 어찌 보면 시는 의미 맥락보다는 정서 맥락을 더 중시하여 전달하고자 하는 언어 행위인지도 모른다. 아니 언어 행위 이전에 감성의 재현, 서정의 미묘함을 형상하고자 하는 의도가 더 크게 작용하는 것이 시문학이다. 그래서 나라말의 서정 체계나 모국어로서의 섬세한 감성을 담고 있는 시를 다른 언어로 재현한다는 것은 애초에 불가능하다고 보는 것이 옳다.

'얇은 사紗 하이얀 고깔은/ 고이 접어서 나빌레라.// 파르라니 깎은 머리/ 박사薄紗 고깔에 감추오고// 두 볼에 흐르는 빛이/ 정작으로 고와서 서러워라' 같이 「승무」에 담겨 있는 조지훈이 그려낸 서정의 미묘한 아름다움을 어떻게 다른 나라 말로 번역하고, 다른 민족에게 전달할 수 있을까?

'하얀' 과 '하이얀' 의 차이 하며, '나비로구' 와 '나빌레라' 의 미묘한 감성을 어떻게 분별하여 번역할 것인가? '파랗게' 와 '파르라니' 의 농담의 차이는 또 어떻게 할 것이며, '감추고' 와 '감추오고' 에서처럼 쓸 데없는 것처럼 보이지만 결코 무용하지 않는 '~오~' 의 삽입을 무슨 수로 제대로 전달할 수 있을까?

그래서 시만은 다른 나라 말로, 모국어가 다른 사람에게는 그 의미는 고사하고, 감성 맥락을 오롯이 전달하기는 불가능한 것이 당연하다 할 것이다. 겨레의 얼을 본질로 하는 시의 세계에서 겨레말의 정확한 구사는 그래서 필수불가결한 요소라 할 것이다.

김 시인은 기왕에 서정 소산인 시를 우리의 감성에 가장 적합하게 표현하기 위하여 과감하게 새로운 말, 새로 만든 말, 기존의 어휘를 합성해서 감성의 전달에 적합한 말, 묻혀 쓰임이 드문 말을 살려 쓰는 말 등 시어의 경계를 확장하기 위한 작업을 줄기차게 전개한다.

이런 작업의 궁극적인 지향점은 말할 것도 없이 '겨레 얼'을 가꾸려는 시인다운 의지에서 비롯하고 있다. 정신도 단련해야 바른 기품을 유지할 수 있으며, 의식도 수련해야 지혜로울 수 있다. 김 시인은 한국인의 한국인다움을 확립하기 위하여, 그런 노력을 통해서 겨레 얼의 바른 정립에 기여하기 위하여 모국어의 지평을 확대하는 일에 팔을 걷고 나섰다.

정치가들은 현실에 창조적 아이디어를 가미하여 환상을 만들어 민중을 선도한다면, 역사가들은 어제의 사실을 재단하고 평가하여 내일의 지혜로 연결한다. 언어학자들은 말을 분별하여 말이 제길을 바로갈 수 있는 문법의 길을 만든다면, 언중言衆들은 언어학자들이 만든 말의 길이 무엇이 되었건 삶에 충실한 언어를 구사할 따름이다.

그러나 시인의 길은 다르다. 정치가들이 무엇이라고 선동하건, 역사가들이 어떻게 평가하고 재단하건, 시인의 안목은 겨레됨의 가치와 사람됨의 의미로 정치와 역사를 뛰어넘으려 한다. 시인에게 있어 문법도 겨레의 얼을 다치지 않는 정도에서 지켜갈 뿐이다.

김종선 시인이 현대의 문법 체계나 말살이의 길에서 조금은 비켜나 시의 세계를 구축한다든지, 시세계의 아름다움을 형성하려는 일관된 노력의 근거도 바로 여기에 있다. 우리의 우리다움, 한국인의 한국인다움은 다른 데 있지 않다. 우리말을 제대로 구사할 수 있고, 우리말을 제대로 받아들일 수 있는 데서 멀지 않다.

하늘로 뻗치는 가을무늬 금빛 빛때깔의 흰 새털

청자 하늘에 가락을 빚는 소리꾼의 창 아니리아니리

금만경 나락 잎에 푸른 기상을 담은 판소리 여섯마당

전라도 사투리로 익살스레 물결쳐간 신재효의 넋살

온 누리 신명나게 장단 맞추어 깽깽 쳐 올리는 꽹새

서른여섯 돌 나라 잃고 부황나 헛검 들려 징징징 운 징

여름지이 나락 누에 쳐 앗은 설음 겨워 더쿵 쿵더쿵 설장구

법고 잡아 돌아돌아 손에 손을 잡아 비손한 강강수월래

세 박자와 여섯 박자의 무질서로 질서를 엮은 소리 마당

달구름속 한 길게 풀어 동그란 마음을 그려내는 열두필 상모

성을 지키는 성벽도 울타리도 치지 않고 문 열어 살다가

무너진 마한 백제 후백제 그리고 온이의 물렁한 씨넋덜

대창 깎아 들고 왜구의 총칼에 맞서 싸운 녹두밭 파랑새야

임진 정유년 괭이 들고 나라 지키다 붉게 물든 사미르강

온고을동산농장이천정보, 태인구마모또일천오백, 익산호소까와
이천,

옥구후지모도일천, 김제이사까와농장칠백정보, 산과바다와흘떼
꺼정

빼앗아 소작을 주어 훑어 멍에 씌우고 부려 먹은 우리더러

독도는 우리 땅이라고 괴성 지르는 저들 어떤 벌로 다스리랴

다시 찾은 씨알 열두마당 판소리의 넉살 물결치는 만경평야

벽골제에 허수아비 세우고 소달구지 끌던 여름지이 둠벙에

메뚜기물방개게아제비송장헤엄치게송사리개구리미꾸라지무자치

벌레약 뿌려 멸종 시키고 무심히 농자천하지대본의 깃발 달고
빈 황금마차 끌어 하늘하늘 하늘 먼 길 날아가는 고추잠자리떼
새털 몇 낱 빠진 열달 하늘 할아버지께 죄스러워 눈물 나네요.
—「고추잠자리가 끌고 가는 황금마차」 전문

언어는 단순히 의사소통의 도구만은 아니다. 사람이 섭취하는 음식이 단지 목숨을 연장시키는 에너지원으로만 작용하는 것이 아니라 인간의 영혼을 살아 있게 하는 원동력인 것이나 마찬가지다. 언어는 의미를 전달하면서 동시에 의미가 담고 있는 정신과 영혼을 담는 그릇이 된다. 말은 곧 얼이요, 나라말은 곧 나라의 정신이자 겨레의 얼이 된다.

그래서 나라말이 깨끗하면 그 나라의 정신이 올곧으며, 겨레말이 온전하면 겨레얼 또한 온전하게 되는 이치가 여기에 있다. 사회가 혼탁해지면 우선 언중이 쓰는 말씨부터 혼탁해지는 것을 우리는 체험적으로 경험한 바 있다. 한자 문화를 숭상하던 조선조는 우리말을 한자로 굴종시키는 역사의 오류였으며, 일제강점기는 그나마 살아남은 토속어를 일본어로 도색하는 망언亡言(나라의 말이 죽은)의 역사였다. 그 지독한 악영향은 해방 반세기를 지난 오늘날까지도 남아 있으며, 영원히 우리말의 순수성을 훼절하는 요소로 작용할 것이다. 여기에 6·25전쟁으로 인한 외세의 개입과 외국어의 남용, 근대화, 현대화 과정에서 겪은 외국어의 무분별한 남용으로 인하여 우리말은 어린아이의 말이나, 개념과 개념을 연결하는 조사(토씨)로만 남아 있을 지경에까지 이르렀다.

이렇게 우리말이 혼탁한데 겨레의 얼을 어디에 가서 찾을 것인가? 요즘에는 '영혼이 없는 공무원'이라거나, '영혼이 없는 공직'이라는 말을 당사자도 쓰고, 언론에서도 아무렇지도 않게 사용한다. 영혼은 얼이요, 얼은 사람의 근원이 아닌가? 영혼이 없다는 것은 얼이 없다는 것이니,

허우대만 사람이지 속은 사람이 아닌 사람이 나라의 중책을 맡고 있는 형국이다.

김종선시인은 그 주요한 원인 중의 하나를 바로 우리말의 혼탁에서 찾고자 한다. 김 시인은 그런 시인 중의 특별한 사람이다. 생각은 그렇게 할 수 있지만, 자신이 생산하는 모든 시를 자신이 정한 원칙대로 생산해 내는 시인은 흔치 않다. 독자의 외면, 시단의 이단아 취급, 그렇게 해서 마침내 올지도 모를 문학의 이단아로서의 고독을 감수하지 않으면 이룰 수 없는 결단이다. 그는 그런 모든 위험을 스스로 안고, 잃어버린 영혼— 얼을 찾을 수 있다면 그 길을 과감하게 걸어가는 시인이다.

이 작품 「고추잠자리가 끌고 가는 황금마차」는 우리가 지키고 가꾸어야 할 얼의 바탕이 무엇이어야 하는가를 순수한 우리말 시어와 우리의 정서를 통해서 형상화 한다.

금만경 넓은 벌은 우리네 삶의 신명난 터전이었다. 역사적 무지와 어리석음, 외세의 침탈과 자민족의 무지몽매함, 자연성을 외면한 맹독성 농약을 함부로 사용함으로써 자연도 죽이고 인간성도 말살하는 맹신적 과학성, 자국의 영토인 독도마저 제대로 지켜 내지 못하고 일본의 망언을 감수해야 하는 수모, 이런 어리석음과 눈물나는 수모를 가장 토속성이 강한 전라도 정서로 풀어낸 시가 이 작품이다.

그러니까 '고추잠자리'는 자연성의 질서가 온존한 것의 비유이자, 사람다운 사람, 겨레다운 겨레로서 지녀야 할 온존한 얼의 원관념으로 보아도 무방할 것이다. '황금마차'는 사람이 추구해 마지않는 가치와 의미의 비유로 보면 타당할 것이다. '끌고 간다'는 것은 중심으로서의 역할, 역동적인 자각의 구체적인 표현으로 보인다.

이를 의역해 본다면 '본디 우리다운 정서와 얼을 원동력(고추잠자리)'으로 삼아서 '잘사는 나라, 행복한 겨레, 세계만방에 떳떳한 나라

(황금마차)'를 이루어 내자는 것이다. 그것은 물론 우리의 정신, 겨레의
얼을 온전히 지켜 내고 가꾸는 일로부터 시작해야 한다.

4. 노랫말 다듬이로서의 시

시의 본래 모습은 노래다. 시가 궁극적으로 지향하는 모습도 바로 노
래다. 시가 반드시 지녀야 할 태생적 요소로 음악성− 운율− 리듬을 말
하는 것도 이런 이유 때문이다. 시는 노래의 다른 이름이며, 노래는 바
로 시의 구상적 모습이다.

시가 그렇게 음악성을 지니는 요소는 시어 때문이다. 시어의 구사가
시에 운율을 부여한다. 규칙적인 정형률은 말할 것도 없고, 비정형률인
내재율 역시 시어의 구사, 시행의 배치, 시연의 작용으로 이루어진다.

그렇게 노래를 지향하는 시는 마침내 노랫말이 되고, 가사가 되어 인
구에 회자된다. 그런 노랫말로 사랑받아야 할 시가 대중들의 애창곡에
서 멀어진 지 오래다. 어느 시는 너무 난해하고 고답해서 노랫말이 되지
못하고, 어느 시는 너무 난삽하고 우리말의 질서를 외면해서 노랫말이
되지 못한다. 그래서 소위 대중가요라는 노랫말이 시다운 품격보다는
대중성을 하향평준화하는 방향으로 고착되었다.

우리말의 질서를 잘 살려낸 시, 우리 겨레의 얼을 잘 담아낸 시가 있
다면 대중들이 좋아할 수 있는 대중가요의 노랫말이 되기를 꿈꾼다. 시
인이라면 이런 꿈을 꾸어야 하며, 시를 사랑하는 독자 역시 이런 꿈이
싫을 이유가 없다.

김시인이 우리말을 살려 씀으로써 궁극적으로 이루고자 하는 하나의
목표도 바로 우리말 노래 가사의 고양에 있을 것으로 보인다. 그의 몇

작품은 노랫말이 되기에 적합하며, 노랫말로 쓰였을 때 대중가요의 품격을 높이고, 시의 대중화에도 기여할 수 있는 요소가 충분하다. 시인이 노랫말 작사에 소홀할 때, 음악인이 우리말 사랑에 등한 할 때 우리는 시와 노래가 공존할 수 있는 문화적 기틀을 잃게 될지도 모른다.

> 들봄 풀잎놀은
> 햇살의 따뜻함
> 바람의 싱그러움
> 푸르고 여린 느낌속
> 소리시늉 짓시늉
> 살이빗살 아시가락
> 꿈듯 흘리는 겨레놀
> 저품의 숨사름 불붙어
> 푸르게 맘우렌 씨?의 깃발
> 뽑아도 뽑아도 기운이 차
> 바람을 배안은 멋의 숨결로
> 가락을 빚는 높은 음자리표의
> 풀잎놀 잉걸불보다 더 뜨겁다.

—「풀잎놀」 전문

이 작품 역시 우리말을 되살리면서 동시에 우리얼을 활력 있게 하려는 의도를 잘 살리고 있다. 시어의 적절한 구사로 정형적인 음수율의 안정감을 주면서, 동시에 자유시가 품은직한 내재율의 감칠맛도 살아나게 한다.

'살이빗살=활유, 아시=시원, 꿈듯=낭만, 저품=자연' 등 우리말의 다양한 변화와 생성을 통해 평범한 정서를 한국적 정서로 승화시키는 여유도 있다. 노랫말로서 알맞은 시행의 배치, 미학적 서정미를 끌어안고 있는 의미 맥락의 적합성 등 노랫말이 되기에 과·부족하지 않다.

모든 시가 노래가 되기를 꿈꾼다. 모든 노래는 모국어의 향연장이 되어야 마땅하다. 우리말이 생생하게 노닐면서도 의미 전달에 막힘이 없는 향연장, 우리 얼이 당당하게 노래되면서도 어긋나지 않는 노래의 향연장, 시와 노래는 그렇게 일치되고 상승효과를 내야 한다.

김시인이 꿈꾸는 궁극적인 시의 경지도 그런 이상향에 두고 있을 것으로 보인다. 그런 꿈을 실현하기 위해 우리말을 제대로 살려내는 일이 우선이고, 그 살려낸 우리말이 우리 시에 당당하게 자리매김 되고, 그런 우리말과 우리의 시가 우리의 얼을 목청껏 노래하는 경지일 것이다.

나가는 말씀

젊은이들이 사랑하는 사람과 나누는 작별 인사가 "내 꿈 꿔!"라고 한다. 아마 김종선 시인이 작별 인사를 한다면 틀림없이 "우리말로 꿈 꿔!"라고 인사할 것이며, 그는 꿈도 우리말로 꿀 것이다. 어찌 꿈뿐이랴? 그는 우리말로 노래하고, 우리말로 사랑도 하고, 우리말로 전화도 하고, 우리말로 편지도 쓰고, 우리말로 사귀거나 싸움질도 할 것이 틀림없다.

생경한 외래어, 잘난 척하는 외국어, 고답한 듯 멋을 부리는 한자말— 한자어, 유식연하는 문자투, 전문가인 척 하는 전문용어, 매너를 가장한 민중의 정서와 동떨어진 말, 상스럽고 품격 없는 말은 전혀 입 밖에도 내지 않을 것이다. 우리말을 부려 쓴 그의 시를 읽다 보면, 우리말 사랑에 기울이는 정성과 노력이 그의 시를 읽는 독자들을 우리말 사랑의 신앙인으로 만들기에 충분하다.

김종선 시인처럼 우리말을 살리는 일에 혼신의 노력을 기울이는 시인이 더 있었다면 우리말이 지금보다는 훨씬 깨끗해지고, 품격이 높아질 것이다. 나아가서 올바른 우리말을 씀으로써 우리의 얼을 바르게 갖추고, 나라의 품격을 고양시키는 데 이바지하게 될 것이다. 나라말은 나라 정신의 골격을 이루며, 시어는 나라말의 정체성을 올곧게 보여주는 언어예술이기 때문이다.

김종선의 시집 『촛불보람』에 담긴 모든 작품은 우리말― 우리 얼을 살리기 위한 의도가 한결같다. 전 편이 그런 의도와 시도를 담아서 창작된 작품이다. 독자들께 잠시 독해의 곤란을 줄망정 멀리 보고 길게 보아 우리말의 부활에 초점을 두고 있다.

따라서 필자를 포함한 독자들은 김종선 시인의 시를 받아들이는 데 우선은 '우리말 사랑' 이라는 일대 독서 원칙으로 무장하실 것을 권고드린다. 이는 그의 작업이 우리말의 위상을 드높이고, 우리 얼을 고양시키기 위한 고역을 스스로 떠안고 있는 데 대한 마땅한 대우라고 생각한다.

시문학의 길을 감에 있어 김시인은 넓고 큰 길을 버리고, 기꺼이 좁고 험한 길을 선택하였다. 그의 우리말 사랑의 시들이 우리나라의 문화―예술사에 길이 남아서 우리의 얼을 올곧게 하는 시금석이 될 날이 있으리라 확신한다.

다양한 방법으로 새로운 시어를 생산하여 시적 형상화의 도구로 삼음으로서 우리 겨레말을 풍성하게 한 시, 겨레를 지키는 일이 곧 모국어를 살려 쓰는 일이라는 확신을 담아 낸 시, 말이 사람의 얼을 전달하고, 나라말이 겨레 얼을 담은 그릇이라는 깨달음으로 일관한 시, 그리하여 마침내 우리말이 빛나고, 우리 얼이 노래되는 노랫말을 꿈꾸는 시가 우리들로 사랑 받지 못한다면 어디에서 우리를 찾을 수 있을 것인가!

우리말— 겨레말을 시어로 살려 쓰려는 일관되고 치열한 노력들이 지향하는 바는 필경 우리 겨레살이의 즐거움과 보람에 있음은 두 말할 것도 없다. 그런 의미에서 김종선시인의 시문학적 의도와 우리말 사랑의 의지가 슬기롭게 통합되는 결정체임을 확인하는 것은 이 시집을 읽는 참 보람이 되리라 확신한다.

언어의 연금술사로서, 나라말 지킴이로서, 김종선 시인의 작업에 아름다운 성취와 의미 있는 보람이 함께 하기를 바란다.

제3장 시론·2 :
순수의 깃발을 들고,
서정의 노를 저어

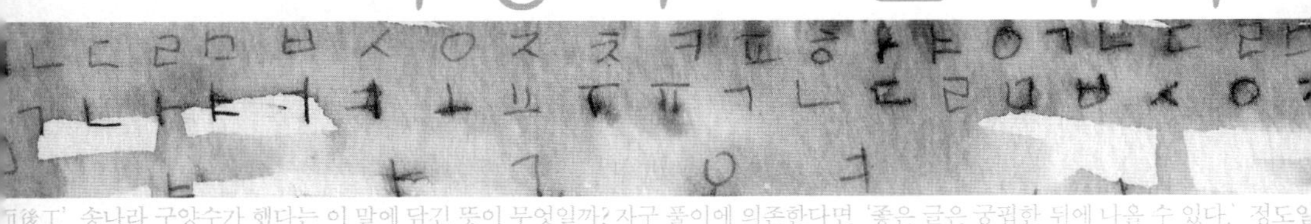

而後工' 송나라 구양수가 했다는 이 말에 담긴 뜻이 무엇일까? 자구 풀이에 의존한다면 '좋은 글은 궁핍한 뒤에 나올 수 있다.' 정도일 . '궁핍窮乏'을 축자적으로 풀이하면 간단하다. '궁핍窮乏=가난=살림살이가 넉넉하지 못함. 한글학회, '우리말큰사전' 이라고 간단 급하거나, '궁핍=곤궁하고 빈핍함, 곤궁困窮=가난하여 살림이 구차함, 빈핍貧乏=가난하여 아무것도 없음. 이희승 '국어대사전' 이 이하고 있다. 국어사전의 풀이에 의하여 詩窮而後工을 해석하면 '시같이 좋은 글은 시인이 가난하고 구차하여 아무것도 가진 것이 나올 수 있다.' 는 정도로 풀이할 수 있을 것이다.

글을 쓰려는 시인들이 지지리 가난해야 좋은 시를 쓸 수 있다니, 현대를 살아가는 대한민국의 시인들은 이제는 '좋은 글' 쓰기는 어려 것이 아닌지 염려가 된다. 궁핍의 사전적 의미로 보면 그렇다. 단군 이래 최대의 풍요와 번영을 구가하고 있다는 대한민국! 제3세계 백 게 있어 코리안 드림은 이제 고전이 된 지 오래다. 한국에 가서 일 년만 벌어서 귀국하면 고대광실 집을 장만할 수 있거나, 먹고사는 름 놓게 된다는 이주 노동자들의 입장에서 보면, 한국은 이미 부자 나라의 선두 그룹에 든 것으로 보인다.

에 관한 한 풍요의 바다에 빠져 버린 한국 — 한국인, 대한민국의 시인들에게 좋은 글은 물 건너 간 것일까? 물질적인 풍요가 후공을 하여 좋은 시와 담쌓게 할 것인가? 좋은 글 — 좋은 시를 쓰기 위하여 일부러 가난을 선택하는 시인이 없을 바에아 그렇게 될 지도 도 . 지방 시단의 말석에서 그래도 좋은 글 — 좋은 시에 목말라 하는 필자 같은 백면서생 — 무명 시인들에게 구양수의 잠언과도 같은 일 신경 쓰지 않을 수 없다.

려 중에도, 1천여 년 전에 이미 '육일시화六一詩話」 같은 시화집을 엮어 시 평설의 대문을 연 구양수 같은 대문인이 '궁핍'을 단순 질적 빈곤, 풍요에 대한 경계 정도로만 썼을 것인가 의아해 하면서, 시궁이후공의 숨은 뜻으로 필자의 생각이 줄달음쳤다.

는 시를 생산하는 과정에서 겪게 될 시인의 절실성 — 절박성의 함의도 있을 것이다. 궁즉통窮卽通이라고 했다. 궁하면 통한다. 인간 상황이나 물리적인 현상들이 더 이상 어떤 경지나 선택의 여지가 없을 때, 상황이나 현상들은 제 나름의 돌파구를 스스로 마련할 수 있는 것이 진리다. 둑 안에 가득 찬 물은 결국 제방을 넘어 저를 가둔 그 억압을 무너뜨리고야 말 것이 아닌가. 물길도 흐르다 보면 저 들고, 지류가 흐르다 보면 대하를 이룬다. 산맥이 달리다 보면 고산도 이루고, 고산이 지치다 보면 결국 뒷동산 낮은 기슭으로 내려 에 없는 것이 자연의 이치다.

제어할 길 없는 사유의 충일함이나, 정서적 곡진曲盡함이 더 이상 그 어떤 것으로도 해결할 수 없는 절박함에 몰입할 때 나오는 것이 어야 한다는 뜻이 詩窮而後工에 담겨 있다. 이는 저 워즈워드가 지적한 '시는 넘치는 감정의 자연스러운 유로流露' 라거나, 어느 적한 것처럼 '죽을 것 같은 절실함이 없다면 시를 쓰지 말라.' 는 지적과도 상통하는 것으로 볼 수 있다. 문장 중에서 가정 정치精 축과 생략과 함축으로 가장 높은 순도를 본령으로 하는 시는 '궁窮' 한 상태가 아니면 나올 수 없어야 옳다. 시궁이후공의 진정한 의 여기에서 찾아야 할 것이다.

정형시에 담긴 향수 어린 서정의 율조미

— 可日 조명환 처녀시집 『내 고을의 노래』 작품론

들어가는 말

인간을 정의하는 방법이 여러 가지가 있지만, '인간은 감성의 동물이다' 는 표현을 접했을 때 대부분 그 감성이 동물성과 결합하는 것으로 이해된다. 실제로 사람은 감성에 의해서 행동이 좌우되기 때문이다. 이를테면 희노애락애오욕喜怒哀樂愛惡欲— 칠정에 좌우되는 것이 살아 있는 존재[동물적]로서의 인간의 행위다.

기쁘면 환호하며 뛰고 즐거워한다[歡呼雀躍환호작약]. 성나면 얼굴이 붉으락푸르락 하며 자제심을 잃는다[憤氣衝天분기충천]. 슬프면 땅을 치며 통곡하고 괴로워한다[放聲大哭방성대곡]. 즐거우면 술 마시고 노래하며 춤춘다[飮酒歌舞음주가무]. 사랑하면 간절히 그리워하며 이별할까 애가 탄다[愛別離苦애별리고]. 싫어하면 시기하고 괜히 미워한다[嫌猜憎惡혐시증오]. 욕망에 사로잡히면 눈을 뜨고도 사물을 바로보지 못한다[靑盲— 청맹과니]. 이것이 사람의 실상이다.

‘인간은 이성적 존재다’ 라고 인간을 정의할 때 따라오는 의미는 사뭇 다르다. 그것은 동물적인 행위와 결합하지 않고, 형식적이고 의식적인 관념의 차원으로 치달린다. 이성理性은 당연히 행동을 견제하는 정신 작용이기 때문이다. 그러므로 이성적 존재로서의 인간은 행동하기 전에 먼저 사유하게 된다.

인간은 감성의 자극을 받으면 행동으로 반응하며, 이성의 자극을 받으면 행위 이전에 치열하게 정신작용을 가동시킨다. 그래서 전자의 영역으로 전반적인 예술이 가능한 것이며, 후자의 결과로 철학이 그 자신의 영역을 꼿꼿이 밝혀 나가는 것이 아니겠는가!

그렇게 인간의 감성[칠정]에 가장 민감한 반응을 보인 예술 장르를 꼽자면 가무歌舞를 들 수 있다. 태초부터 인간은 노래하고 춤추며 살아왔다. 상고시대 이래 제정일치 시대를 거치면서 집단 가무로 혹은 주술적 주문으로 인간은 끊임없이 노래하고 춤추며 삶을 영속시켜 왔다. 그런 인간의 행동 특성이 예술 행위라는 의식도 없이 그저 삶의 한 방편으로 면면히 이어진 것이다. 영신가迎神歌, 주술가呪術歌, 집단 무가集團舞歌, 노동요勞動謠를 거쳐 민요民謠에 이르기까지 인간은 춤추며 노래하는 것을 삶과 일치시켜 왔다.

우리 민족도 이런 전통은 예외가 아니었다. 4구체로 된 상고시대 집단 가요와 주술적 성격의 노래에서부터 신라 향가와 고려가요를 거쳐 오기까지 형식과 운율에서 다양하게 변형되면서 우리만의 노래를 불러 왔다. 그것은 자연발생적으로 반응하는 형식이건 고도로 의도되고 조율된 형식이건 바로 감성에 대한 반응 행위였다. 이러한 구전가요口傳歌謠 차원의 대상으로서의 춤과 노래는 문자로 정착하고서야 비로소 시문학詩文學의 모습으로 문학사의 원류를 이루었다.

그 중에서도 시조時調는 그 유래가 분명한 우리의 고유한 시문학이다.

대체로 고려 말에서 조선 초기에 그 형식이 완성되고, 조선을 거치면서 시조문학이 만개하여, 개화기를 지나 잠시 주춤하다 현대에 이르기까지 그 고유한 전통성을 유지·발전시켜 온, 한국문학사적으로 거의 유일한 전통 문학 양식이다.

시조가 이처럼 오랜 역사적 명맥을 유지하고, 오늘날에는 현대시적 표현의 기교까지 수렴하면서 새롭게 변화를 모색하여 일정한 문학적 효용성을 유지해 온 원동력은 무엇일까? 그것은 시조문학이 지닌 태생적 특성 때문임을 짐작할 수 있다.

우선 생각할 수 있는 것은 우리말의 특성이 시조의 정형률인 3·4조의 기본 율격과 절묘하게 맞아 떨어진다는 점이다. 2~3음절로 되어 있는 우리말 어휘의 체언이나 용언에 조사를 붙이거나 어미를 활용하면 자연스레 3~5음절로 만들어진다. 이런 우리말의 특성이 그대로 시조에 젖어 들어 평시조의 정형률을 이루었다. 그래서 3장 6구 45자 내외의 평시조의 기본은 3·4조의 음수율을 그대로 차용한 것으로 볼 수 있다.

또한 시조가 우리의 고유한 문학 양식이 될 수 있었던 것은 음풍농월吟風弄月과 음주가무飮酒歌舞를 즐겨 하는 우리 민족성과 그 맥을 같이 하고 있기 때문이다. 시조時調는 익히 알고 있는 바대로 시절가조時節歌調에서 온 말이다. 시절에 따른 자연의 변화상에서 느끼는 감성을 그대로 흘려보내지 않고 즉흥적으로 노래[창唱]를 했고, 이를 문자화하면서 문학이 되었다.

오늘날도 그 전통이 이어져 오고 있지만, 시조는 문학으로서의 위상보다 창唱으로서 먼저 자리매김 되었던 점을 간과할 수 없다. 우리 전통 음악 양식으로서 시조창時調唱은 문학으로서의 시 이전에 음악으로서 존재했던, 여흥과 풍류의 대상이었다.

이런 시조문학의 특성을 살려 영미 시의 소네트sonnet나, 일본의 하이쿠[俳句], 중국의 절구絶句 율시律詩 등에 버금할 수 있는 정형시로 계승·발전시켜야 마땅하다.

그러기 위해서는 전통적 고유성이 존립할 수 있는 문학적 토양이 건재해야 한다. 그것은 시조문학이 전통을 답습한 구태의연하고 고루한 문학 양식이라는 안이한 시각에서 벗어나, 새로운 표현 기교를 계발하고, 이를 즐겨 문학 창작의 그릇으로 삼는, 역량 있는 시조시인들의 출현과 함께, 이를 생활 속에서 향유하려는 다수의 문학 애호가들이 있음으로써 가능하다. 다시 말해 시조 표현 기교의 현대화, 역량 있는 시조 작가의 출현으로 점차적인 시조 문학의 저변 확대를 꾀할 수 있다.

가일可日 조명환의 시조는 그런 시대적 요구에 부응하기 위한 응답으로 읽혀지기에 충분한 요소들을 지니고 있다. 가일 선생은 부안에서 나서 자라고, 부안의 구석구석을 찾아다니며 골짜기에 얽힌 민담을 발굴해 내고, 산봉우리에 맺힌 전설을 기록해 가는 향토 지킴이이자, 향토 문화의 참 일꾼이다.

부안은 서해안에 돌출해 있는 변산반도를 안고 산과 강, 물과 바다, 바람과 들녘을 넓게 간직한, 물산이 풍부하고 절후가 고르고 기름진 천혜의 땅이다. 그래서 부안을 '살아서 살만한 곳[생거부안生居扶安]'이라 하나보다. 그런 곳에서 향토 지킴이로 살아오던 그가 늦깎이로 문학에 발을 들여 일관되게 시조문학의 천착에 쏟는 정열은 아무리 상찬해도 지나치다 할 수 없을 것이다.

발로 뛰면서 땀으로 엮어 내는 향토 사랑의 실천적 지성인이 만난 시조는 그대로 시조문학의 전통성을 계승하려는 의지로 연결되어 괄목할 만한 작품을 낳았다. 그것은 시조가 고유한 문학 양식임과 동시에 우리 민족성과 일치된 표현 양식이라는 점과 결부되어 가일 선생의 문맥을 형성하는 기초가 된 것으로 보인다.

그의 처녀시조집 『내 고을의 노래』에 담긴 작품 소재의 특성이 '부안— 변산' 이라는 범주와 어떤 방식으로든지 연결되어 있지만, 이를 세 가지로 세분하여 각각의 특성을 살펴보려 한다.

1. 애향심, 그 원천으로서의 시심

그의 시조는 한결같이 삶의 터전인 내 고을에서 시작해서, 명승지로서의 고향으로 나아가, 생활의 현장으로서의 부안으로 귀결한다. 그와 함께 부안 내변산을 살펴보거나 적벽강에서 격포로 나아가는 마실길을 돌아보노라면, 끝이 없는 그의 부안 사랑을 느낄 수 있다. 언제 어디서 그렇게 자상한 정보를 챙겼는지, 크고 작은 봉우리의 이름과 산맥의 연원을 찾아 밝히는 것은 물론이요, 실개천이나 옹기종기 모여 있는 마을의 유래까지 막힘이 없다.

그에게 부안은 객체의 대상만이 아니라, 태어나서 자라고 노년에 이르기까지 호흡을 함께 해 온 피붙이에 대한 애정에 버금가는 것이다. 애정 없이 어찌 의무감으로 고향을 지킬 수 있을 것인가? 그 애향의 진정성이 비로소 정형률을 만나 날개를 단 격이다.

그저 감탄사로만 연발하던 고향의 비경秘境을 비로소 형상화 할 수 있는 빌미를 시에서 찾아낸 감동이 엿보인다. 그저 눈으로 보고 즐기던 경치의 아름다움을 이미지화해서 드러내는 통로를 시문학에서 찾고 있다. 그 길을 우리 고유의 정형시인 시조에 둔 것은 가일 선생의 탁월한 안목이라고 본다.

이 시집의 도처에서 이런 작품들을 다수 만날 수 있다.

산이 눈을 뜨면 여명은 밝아온다
초목들 마음 깊이 내일 향해 일어서는
하늘이 내려준 뜻을 가늠하며 사는 숲

바다는 변함없이 우리네 가슴에 살고
살면서 사랑으로 펼친 생각 남은 터전
갈매기 날아오르듯 한꺼번에 비상하는 땅

추억은 뜨거운 미소 지지 않는 꽃이파리
사시사철 푸른 마음 푸른 생각 나누며
바뀌는 사계절의 꿈 펼쳐내면 노래가 되리

― ① 「부안」 전문

성근 마음이라면 낮잠으로 날리고
줄을 타는 저 폭포수 내 생각을 기웃댄다
사철을 소나무 되어 여기 살 수 있다면

― ② 「선계안골」 두 수 중 1수

푸른 빛 산에 들면 가던 길도 멈춘다
한없이 고적한 길 마음에 그리면
시간도 눈에 담아서 그 누가 재촉할까

누가 두 손 모아 세월의 얼굴 적시나
흐르는 맑은 물에 산의 소리 들으며
오늘은 그 무슨 사연 물길마다 채운다

                                           — ③ 「봉래계곡」 두 수 중 2수

　　하늘이 웃는 날은 해님도 쉬어간다
　　구름도 옷 벗으면 바람도 쉬어간다
　　산마루 오르는 당신 신선과 다름없다

　　용천비상 바위 등에 선녀들 내려앉고
　　백천내 굽이굽이 휘어감고 돌아오니
　　들 건너 첩첩산중에 미인송이 반긴다

　　새소리 물소리가 어우러져 백리를 가고
　　귀 세워 듣는 소리 먼 하늘에 살고 있다
　　천만년 흘러도 남을 만년변산 그 이름

                                           — ④ 「변산」 전문

　　한국팔경을 꼽자면 '산과 강, 바다와 바람의 고장'인 부안— 변산반도가 단연 으뜸이다. 한반도 남부에서 그리 널리 알려지지 않은, 숨 막히게 아름다운 경치를 간직하고 있는 곳이 바로 부안이다. 부안은 사계를 통틀어 빠지는 대목이 없다. 칠산 바다로부터 불어오는 계절의 서기는 내변산을 휘돌아 부안 내륙으로 봄을 실어 나른다. 바다 풍경 말고라도 그윽한 청솔의 향기를 간직하고 있는 내변산의 여름 풍광은 밟아보지 않은 사람에게는 설명할 길이 없다. 가을의 삽상한 바람을 안고 부안 해변을 거닐거나, 내륙 호수가 된 부안댐을 돌아보노라면 선경仙境이 따로 없다는 생각을 굳히게 된다. 겨울, 그 웅숭깊은 눈길을 밟아 내소사에서 직소폭포를 거쳐 월명암에 이르는 기행은 우리나라 최고의 겨울

코스라 아니할 수 없다. 한마디로 서정적 아름다움이 사람살이와 어우러져 곳곳에 비경을 감추고 있는 땅이다.

시 ①에는 그런 부안의 아름다움을 노래하며, 사계절을 더불어 살고자 하는 화자의 심중이 정형률의 온건한 정서에 실려 있다. 정형률의 틀을 유지하면서 부안의 다양한 지역적 특성들을 갈무리하는 솜씨가 시조 초보자로서 갖출 미덕을 잘 닦은 것으로 보인다.

시 ②에는 그런 승경勝景과 비옥한 터전에서 살고자 하는 삶의 의지가 역시 정형률의 틀 안에서 온건하게 갈무리 되고 있다. '사철을 소나무 되어 여기 살 수 있다면' 이라는 화자의 절절한 바람이 종장의 정형성을 잘 살리면서 노래하고 있다.

이러한 소망은 시 ③에서도 이어진다. 자연이 단지 객관적으로 머물러 있는 공간이 아니라, 사람의 삶에 끊임없이 의미를 불어넣어 인생의 지평을 확대하는 주체적 대상이라는 인식을 보여준다. '오늘은 그 무슨 사연 물길마다 채운다' 에서 보듯이 흘러가 버리면 그만인 강물이나 바다가 아니라, 인생의 굽이굽이마다 다채로운 보람을 엮어가는 현장으로서의 자연이요, 공간 인식인 것이다. 역시 '3·5·4·3' 평시조 종장의 정형성이 기운차게 결구結句 짓는다. 그런 독특한 결구가 고시조의 영탄조詠嘆調와는 사뭇 구별되는 것은, 과거 지향이나 은둔 안일을 추구하는 것이 아니라, 현실의 삶에 던지는 소망과 결부되어 있기 때문이다.

시 ④는 시 ①의 '부안' 과 마찬가지로 '변산' 을 소개하고 있어 전편을 실었다. 부안 전체를 실질적으로 아우르는 변산을 자랑하는 방편으로 현대시적 표현 기교를 적절히 구사하고 있다. 1수의 초·중장에 살아 있는 의인·활유법의 적용이 생동감을 주고 있다면, 2수에서는 내변산의 여정을 의인법으로 갈무리해서 독자들의 관심을 증폭시키더니, 3수에 와서는 변산의 영원성을 소망하는 애정을 듬뿍 담아서 결구하는 솜씨가 매우 인상적이다.

정형시가 지닐 수밖에 없는 어휘 부림의 제한성을 극복하고 나름의 서정으로 풀어낸 변산 사랑, 변산 자랑의 솜씨가 독자를 미소 짓게 한다. 시조가 자칫 정형적인 틀에 갇혀 그 변화의 특징을 살리지 못한다면, 진부한 타령에 머물 수도 있다. 그러니 가일 선생은 그런 위험을 슬기롭게 극복하면서 본인의 시세계를 펼쳐 내는 데 일정한 방법론을 터득한 것으로 보인다.

이밖에도 이 시집에는 향토를 사랑하고, 사랑하기 위해서 탐구하고 탐색하는 과정을 담은 시들이 주종을 이룬다. 이는 서정이 막연한 감정의 토로가 아니라, 삶이 구체적으로 펼쳐지는 시간과 공간의 변주에 있음을 보여주고 있다.

2. 감각적 소재, 객관적 상관물로서의 시심

'시는 객관적 상관물에 대한 넘치는 감정의 자연스러운 유로流露다'라고 말한 사람은 워즈워드였다. '객관적 상관물'이란 사람의 감정을 실어 내는 소재다. 시인에게 있어 소재는 어느 대상에 대한 느낌[感覺]을 갖기 위해서 뿐만 아니라, 그 내면화된 느낌[情緒]를 담아내기 위해서도 반드시 필요하다. 이는 마치 이슬이 맺히기 위해서는 풀잎이 필요한 것과 같은 이치다. 특별히 선정된 전문용어로서의 객관적 상관물이기보다 막연한 감각과 정서를 담아내고 그려내기 위한, 감정이입感情移入의 대상 상관물은 필수적이다.

그런 소재에서 느낀 바가 내면에서, 정서적 포용성의 용량에 달해 자연스레 '흘러넘칠' 때 터져 나오는 것이 바로 시다. 작위적인 감정의 조작이나 형식적인 울타리를 경계하기보다, 감흥이 차올라 터져 나오는 발성이 바로 시가 된다. 시인은 그러므로 일차적으로 객관적 상관물에 대하여 예민한 감각을 소유하고 , 이를 표현해 낼 수 있는 언어적 수량 또한 풍부해야 비로소 시를 노래할 수 있다.

이는 마치 미당未堂이 일찍이 지적한 '시인의 시적 감성은 감각과 정서와 예지의 순서로 발전한다.'에 대한 응답으로 보이기까지 한다. 사람의 내면적 혹은 의식적 수준이 반드시 순차적으로 발전하는 것은 아니지만, 그래도 미당의 지적은 시를 공부하는 사람들이 새겨 들을 만한 탁견이 아닐 수 없다.

가일 선생은 그런 점에서 향토에 산재한 소재를 객관적 상관물로 두어 자신의 감각을 적극 갈무리하고, 이를 내면화해서 정서를 표출해 내며, 의미를 부여할 만한 소재에 자신의 예지를 드러내어 노래하는 시인이다.

이는 향토의 시공이 무의미한 감각적 상관물이나 감정이입의 대상이 아니요, 순간순간 의식의 내면을 파고드는 소재들이 의미 있는 정서적 대상으로 삶의 예지를 밝혀가는 수단이 되기 때문이다. 다음에서 그러한 몇 작품을 살펴본다.

오늘 살아 있다는 말씀을 듣습니다
내일의 시간을 위한 빛나는 얼굴입니다
다시는 뒤돌아보지 않고 내 한 몸을 사룹니다

사른 몸짓들이 시간을 만듭니다
타서 매운 눈물 보이지도 않습니다
목숨의 맨 끝에 서서 내일만 기다립니다

- ① 「촛불」 전문

'촛불'의 감각이 내면화 되어 말씀으로 빛나는 얼굴로 변용되었다가, 시간을 만드는 매체가 되어 매운 눈물을 삼키는 인고의 대상으로 나아간다. 그런 시적 변용과 정서는 마침내 자기희생(내 한 몸을 사룹니다)이나, 목숨을 건 기다림으로 자연스럽게 이어진다.

이 시에서는 1수에 이어 2수에서 자연스럽게 의미 있는 맥락을 연결시키는 시적 변용과 1수 종장에서의 음수율의 작은 파격이 눈길을 끈다. 마치 자유시처럼 시연詩聯 가름의 묘미를 살림으로써 정형시의 위상을 현대화하는 데 기여하고 있는 것으로 보인다.

정형화된 규칙성을 무리하지 않게 변주하면서 새로운 미적 효과를 거두는 표현의 묘미를 살리는 일은 현대시조가 추구해야 할 지향점이다. 기존의 틀에 익숙하게 묶여 있기보다는 전체적인 정형률을 아우르면서, 부분적인 파격이 오히려 시조를 시적으로 승화시키는 촉매가 될 수 있기 때문이다.

촛불의 이미지화는 그래서 의미가 있다. 정형률의 제한을 극복하고 획득한 촛불의 이미지는 내밀하게 확산된다. 내일을 위해 돌이킬 수 없는 한시성限時性, 다시는 뒤돌아보지 않는 산화성散華性, 목숨의 맨 끝에 서 있는 생명성生命性 등으로 촛불의 이미지를 확연하게 그려내고 있다. 정형률의 품격을 유지하면서 이루어낸 성과다.

죽어서 하늘 된다면 여기 서지 않으리
죽어서 비가 된다면 여기 살지 않으리
죽음의 채 이른 고비 땀방울로 익히며

마음에 비운 속내 그 누가 알아줄까

마음에 채운 속내를 그 누가 몰라주나

오늘은 다시 태어나 빈 하늘이 되고 싶다

— ②「바위 1」 전문

촛불의 이미지화는 '바위'에서도 같은 방법으로 이어진다. 객관적 상관물인 바위에 화자의 정서를 실어서 무욕의 삶, 무소유의 생활철학을 실현하려는 예지를 담아낸다.

이 작품에서 바위는 더 이상 그냥 바위가 아니다. 바위는 하늘의 뜻을 담아내는 주체가 되려 하고, 바위는 자연의 삶을 수용해 내는 객체도 되었다가, 마침내 자신의 영역 안에서 죽음마저도 수용해 내는 주체로 승화된다.

그 길은 속세의 욕망으로부터 초연하고, 세상 인연의 끈에 연연하지 않으면서 끝내 무소유의 하늘 뜻을 이어받는 존재로 화한다. 바위에 화자의 의지를 입히고, 화자의 의식을 더해서, 바위는 마침내 부끄럽지 않게 깨달은 주체의 결정체가 된다.

잠시 소리치며 내게로 가고 싶다

오늘을 감아쥐며 내일 되어 눕고 싶다

몇몇 날 긴 해후 끝에 서툰 말씨 남기며

하늘이 실어가는 바람이나 되고 싶다

그 바람 목소리 얼굴도 알지 못한 채

짙푸른 바다의 염원 소리치며 부르고 싶다

— ③「파도의 말」 전문

이 시에서 시적 화자의 발성법은 다양하다. 파도에게 말을 걸기도 하고, 파도의 말을 듣기도 하며, 화자의 발언을 대신하게도 한다. 그것이 바로 시에서 말하는 객관적 매체다. '파도'가 바로 시인의 내면세계를 보여주는 상관물이다. 주체(시인)와(객체)(파도)가 상관적 맥락으로 소통할 때 비로소 삶의 의미를 가지고 되고, 삶을 진동시키는 미적 대상이 된다. 그 아름다움은 바로 사람의 정신력을 심미적으로 고양시키는 힘이 된다.

잔잔한 해변마루/ 하늘 별 춤추더니
해넘이/ 고운 붓질에/ 서산마저 풀어지면
물위를 가고 또 오는/ 빛그림자 바쁘다

— ④「석양」 전문

서림書林에 머무르는/ 꽃구름을 띄워라
바람을 잡아놓고/ 발길마저 쉬어가자
뜬구름/ 안개 잡으려/ 술래잡기 한나절

— ⑤「구름」 전문

이 두 작품에서는 정형시인 시조에 자유시다운 행 가름을 시도하고 있다. 평시조 한 수에 담을 수 있는 미적 함축성의 약점을 자유시가 즐겨 하는 행 가름의 기법으로 그 한계를 초월하려는 참신한 시도로 보인다.

우선 시각적인 면에서 시조의 파격이 두드러진다. 시 ④에서는 초·종장은 두 행씩으로 나누어 형태적 균형감을 주는 대신, 중장을 3행으로 가른다. 이는 '3·5·4·4'의 음수율을 자연스럽게 살리면서도, 내용상에서 시상의 흐름을 단속적으로 끌고 가려는, 계산된 행보로 보인다. 이의 효과는 중장을 음송吟誦해 보면 확인할 수 있다. '해넘이(붓질의 주체)' '고운 붓질에(노을이 화가가 되어 하늘을 채색했다)' '서산마저 풀어지면(하늘만이 아니라 산도 이미 노을의 일부로 참여한다)' 으로 행을 가름으로써 시상이 흐름는 인과관계를 명확히 드러내는 효과를 발휘한다.

이런 시도를 시 ⑤에서는 초·중장을 두 행씩 가르고 종장을 3행으로 구사한다. '3·5·4·3' 으로 행을 갈라 변화를 주는 것이다. 이로써 '3·5·4·3' 으로 전개되는 평시조 중에서도 가장 정형성이 강한 종장의 고착성을 깨뜨리는 효과가 있다.

혹자는 의도적으로 행 가름을 하는 것은 시조의 참맛을 해칠 수 있다고 우려한다. 일리 있는 주장이다. 그러나 모든 창조가 그렇듯이, 시문학도 형식적 변화와 창출을 시도하는 것 자체가 새로운 창조를 위한 기본 태도라고 볼 때, 종장의 이런 변화를 시도해 보는 것도 시조의 창조적 계승 발전을 위해 무방하다고 본다.

더구나 현대의 시문학은 그것이 자유시가 되었건, 정형시가 되었건 시각적인 효과를 무시할 수 없다. 고도의 시적 이미지와 그 표현의 함축성을 높이고자 한다면, 자유시다운 시도를 통해서 시조 문학이 지니고 있는 옹색한 표현의 지평을 확대하는 일은 가능하다고 본다.

시 ①②③에서는 객관적 상관물을 감각적 소재들로 취해 화자의 내면 의지를 덧입히고 발언하게 한다. '촛불' 은 주관적으로 이미지화되어 화자의 의지를 충실히 회화화繪畵化해 내며, '바위' 역시 화자의 의지를 드러냄으로써 서정시가 추구하는, 빠뜨릴 수 없는 요소의 하나인 '예지' 를 보여준다. 파도의 말은 결국 화자의 말이자, 진실한 말씀이다. 인생의 긴 해후 끝에 파도의 말처럼 욕심 없는 일관성의 소망을 가진다 한들 그리 나쁠 것은 없으리라.

시 ④에서 석양을, 시 ⑤에서 구름을 붙잡아 마음의 그림을 어떻게 그리고, 어떻게 노래하는가를 보여준다. 시조가 지닌 고유한 형태상의 변화를 시도함으로써 고루하기 쉬운 전통성을 현대화하는 데 기여하고 있다. 전통성은 지키는 것만이 능사는 아니다. 전통의 발전적 계승은 변화를 두려워하지 않는 창조성으로부터 기인한다.

3. 추억, 체험의 변주곡

시문학은 물론이고 모든 창조적 예술에서 '예술적 지성'은 필연적이다. 예술에서 요구하는 지성은 무엇일까? 창조자의 모든 체험을 변주해 내는 감수성感受性이 그 하나이고, 이를 무한한 창조성으로 확대시키는 원동력 상상력想像力이 그 둘일 것이다. 감수성이 떨어지고 상상력이 빈약하다는 말은 모든 예술작품의 치명적 약점이다. 아니 약점 정도가 아니라 예술(작품)로 존립하기 어려운 결함이다.

아무리 감수성과 상상력이 예술 작품에 필수불가결한 요소라 할지라도 그 바탕은 바로 창조자의 체험에서 멀지 않다. 특별한 감수성의 소유자라도 결국은 자신의 체험으로부터 얻어온 씨앗이 발아하여 이룬 숲이기 마련이다. 상상을 초월하는 창조성으로 세인들을 놀라게 하는 상상력의 힘도 결국은 체험으로부터 날아온 빛의 현현이기 십상이다.

예술적 지성이 요구하는 감수성과 상상력은 결국 체험을 어떻게 변주하여 예술(작품)의 핵심을 이루게 하느냐에 달린 문제다. 그러기 위해서는 우선 예술의 숲을 이루는 체험의 씨앗과 그것에 생명을 불어넣는 체험의 빛을 어떻게 조명하느냐에 달린, 작가 역량의 총화라 할 것이

다. 그의 작품에서 체험의 변주 형태를 엿볼 수 있는 다음의 작품들을
만나 본다.

> 하얀 공간과도, 바람과도 이별하고
> 이 밤 다 새도록 흥겨운 시간이다
> 더 많은 순간 속으로 즐거움을 부른다
>
> 술잔으로 건네고 마음으로 화답하고
> 얘기꽃 피워가며 노래 들으면서
> 눈망울 푸른 시간을 피워내고 있구나
>
> ―「야회별곡夜會別曲」 전문

가일 선생은 밤의 모임에서도 시상을 갈무리해 낸다. 일상이 추억으
로 편입되기 위해서는 이러한 일련의 갈무리 작업이 필요하리라. 허투
루 일상을 흘려보내는 것이 아니라 체험의 곳간에 차곡차곡 갈무리한
다. 그는 체험이 어떻게 변주되어 시의 소재가 되는지 그 소통의 맥을
알고 있는 듯하다. 삶은 시공의 변주다. 그런 일상을 잠시 접어 두고 흥
겨움에 빠질 수 있어 인생이다. 언제나 정해진 트랙으로만 달리지 않아
서 인생이다.

그러나 시공을 단편적으로 망각하고 만다면 그것은 그야말로 찰나적
이고 일회성으로 삶을 낭비할 수 있다. 그런 시간의 편린(순간)을 다잡
아 나아갈 때, 순간이 쌓여 '더 많은 즐거움' 으로 인생은 화답한다. 그
런 통로를 알기에 야회夜會일망정 별곡別曲을 불러 체험을 갈무리하는
것이다.

시공과 함께 모임에 작용하는 소도구 이상으로 사람과 사람 사이에

건네지는 술과 마음 역시 소중하다. 그런 삶의 요소들이 상처 입고 절망하기 쉬우며, 고독할 수밖에 없는 유한한 인생에 희망(푸른 시간)을 주는 진정한 삶(눈망울)을 가능케 하기 때문이다.

'더 많은 시간 속으로 즐거움을 부르는' 삶이 곧 '눈망울 푸른 시간을 피워 내는' 인생임을 말한다. 정형률 속에도 현대적 감각으로 서정을 평이하게 갈무리하는 대목이다. 시조가 구태의연하고 고루한 고유성에서 탈피할 수 있는 하나의 가능성을 보여주고 있다.

> 한 아름 안겨오라 창공에 핀 꽃이여
> 들꽃에 멈춰 놀며 푸른 꿈을 익힌다
> 서투른 말장난마저 홍조 빛을 띠고 있다
>
> ─ 「추억의 동산」 전체 3연 중 1연

이 시에서는 아예 '추억'을 시제로 내세운다. 어느 행위가 연루된 과거의 현상은 구체성이 있다. 그것은 개인으로 보면 사소한 에피소드일 수 있다. 그런 지나간 사건들이 중첩하여 '추억追憶'이란 이름의 추상의 관념으로 전환한다. 나아가 어느 특정의 사건들과 연유된 그런 여러 체험들이 의식의 저변에 녹아들어 추억이라는 이름의 관념으로 고착된다.

여기에서 적시하고 있는 '추억의 동산'도 구체성의 공간이라기보다는 추상화되고 관념화된 지난 세월을 구체화한 하나의 이미지로 작용하고 있다고 볼 수 있다. 그 동산은 시간적으로 과거의, 사건으로는 화자의 성장에 직·간접적으로 영향을 미친 사건들의 총화라 할만하다. 그러니 추억의 동산은 누구에게나 존재할 수 있는 서정이 성장해 온 공간이다.

'창공에 핀 꽃'이 결국은 '푸른 꿈을 익힌다'는 문학 소년으로 하여금 청운靑雲의 꿈을 영글게 하는 단초가 아니던가? 소년다운 심성으로 읊조리던 서툰 습작(서투른 말장난)마저 지금 생각하면 부끄럽고(홍조 빛을 띠고) 면구스럽지만 분명 오늘의 화자를 있게 한 체험이요, 추억이 었음을 말한다. 그러니까 '동산'은 구체성의 공간이 아니라, 소년을 존재하게 했던 푸른 꿈의 동산이요, 추억이 숨 쉬는 관념의 공간인 것이다.

누구에게나 이런 공간은 있게 마련이지만, 문학을 꿈꾸던 소년의 동산은 서정적인 예지의 모습으로 오늘을 위무하는 힘이 된다. 왜 문학인가? 달성할 수 없는 목표일지라도 결코 포기할 수 없는 인간의 꿈, 그것은 사람다움을 추구하는 힘이자 즐거움이 되기 때문에 외면할 수 없는 영원한 꿈이 된다.

맨발로 걸어가며 내일을 그립니다
수평선 갈매기는 또 먼 내일 그립니다
귀 익은 물결소리는 시간을 그립니다

—「바닷가에서」 전체 3연 중 1연

이 시에서는 맨발로 바닷가를 거닐던 추억이 생생한 구체성으로 살아난다. 육신의 몸으로 자연의 맨살을 거니는 것은 그대로 내일을 거니는 일이다. 그래서 '걸어감'의 행위가 곧 미래를 '그리는' 행위가 된다. 바닷가에서는 화자가 자연의 맨살을 거닐지만, 공중에서는 갈매기 또한 하늘을 거닐며 내일을 그린다. 이때의 갈매기는 승화된 화자의 변용이다. 화자가 바닷가를 거닐듯이, 그 화자가 날개를 달고 갈매기가 되어 하늘을 거니는 모습으로 승화된다. 뿐만이 아니다. 억조창생 이래 되풀이되는 파도 역시 그렇게 시간을 거닐면서 발자국을 새기고 있는 것이다. 이때 화자는 파도 소리가 되어 시간의 모래톱을 그려내고 있는 모습을 보여준다.

반복되는 '그립니다'는 음위율로서 각운을 제공하지만, 나아가서 같은 음이 반복되는 음성률이 마치 화자의 행위를 묘사하는 듯하고, 갈매기의 공중 선회를 그려내는 듯하며, 지치지 않고 되풀이하는 파도 소리를 형상하는 효과를 낸다. 음수율에 전폭적으로 의존하는 정형률의 진폭을 확대하는 효과를 내는 이런 표현은 자유시에서는 좀처럼 거두기 어려운 미적 성과로 보인다.

나가는 말

이밖에도 그의 시조는 다양한 계절감과 여러 인간사의 체험들이 관조를 통해서 터득한 작품들이다. 물상적 현상이나, 혹은 정신적 세계의 대상마저도 이를 구체화하고 형상화하기 위해서 관조의 시법을 중시한다. 겉으로 드러난 현상만이 아니라, 사물의 본질과 숨겨진 핵심을 찾기 위해서는 관조의 통로를 거쳐야 한다. 일반적인 것에 대한 시선이 아니라, 그가 아니고서는 찾을 수 없는 사물의 진면목을 드러내기 위한 이러한 시법은 계속되어야 할 것이다.

가일 선생이 추구하는 시조문학의 길은 향수 어린 향토애를 형상화하고, 서정미를 극대화하기 위한 정형률의 구사에 있다고 본다. 이를 위해서 그가 즐겨 찾는 시제와 시법은 '애향심, 그 원천으로서의 시심'을 진중하게 간직하고 있으며, 이를 통해서 괄목할 만한 시적 성과를 거두고 있다. 또한 '감각적 소재, 객관적 상관물로서의 시심' 또한 그의 문학성의 핵심을 이루는 대목이다. 그에게 오면 산천초목도 말을 하고, 말을 걸고, 걸어 다니게 된다. 시인의 말을 실어 내는 소재들을 통해서 특별한 감각을 체험하고, 이를 내면화해서 예지의 차원으로 끌어올리는 시를 선보인다. 그런 작업과 동시에 '추억, 체험의 변주곡' 또한 중요한 시의 수단이 되고 있다. 추억이 과거로 화석화된 정체整體의 대상이 아니라, 오늘의 시심을 자극하는 시의 제재로 승화되는 작품들 또한 적지 않다.

우리 사회에 일반적으로 통용되는 '늦깎이'라는 말이 있다. 우리말 사전은 이 말의 뜻을 이렇게 적고 있다. '나이가 들어서 중이 된 사람. 나이가 들어서 장색匠色 따위가 된 사람. 사리를 남보다 늦게 깨달은 사람. 과실 채소 따위가 늦게 익은 것'이다.

가일 조명환 선생은 이런 기준으로 보자면 '늦깎이' 임이 분명하다. 그는 나이 들어 시인의 길에 들어섰으니 시인 늦깎이다. 느즈막이 예술의 길에 들어섰으니 예인 늦깎이다. 문학의 사리를 조금 늦은 이순에 접어들어서야 등단했으니 단연 늦깎이다. 늦게 익은 과일이 무르지 않고 단단하다 하지 않던가? 그는 인생의 과실을 늦게 수확하는 진정한 늦깎이다.

어느 일을 통해서 일정한 업을 이루는 데 있어서 시기의 빠르고 늦음이 무에 그리 대수인가? 인생은 단거리 경주가 아니다. 천재적 자질로 개화하여 조기 낙화하는 것보다 진중한 황소걸음으로 인생의 장거리를 여유만만하게 걸어가는 도인다운 풍모가 우리를 감동케 한다. 사람의 만각晚覺 또한 아름답고 의미 있는 일이 아니겠는가!

유한하고 한시적인 인생에 관한한, 완벽한 고독 속에서도 자신을 돌아보며 언제나 깨어 있는 하루를 살아가는 것은 값진 일이다. 가일 조명환 시인의 탄생을 마음으로부터 환영하고, 그의 처녀시집 『내 고을의 노래』의 상재를 축하하는 이유가 바로 여기에 있다. 가일 시인의 문운을 빈다.

소재주의를 초월하는 함축성과
다양성의 시세계

— 이승훈 시집 『빈들의 소곡』 작품론

작품을 조망하며

소재주의素材主義라는 말을 쓸 수 있을지 모르겠다. 소재 없는 창작이
어디 가당키나 하겠는가? 그러므로 소재를 중요시하는 창작 태도야 그
리 논란거리가 될 수 없다. 다만 '주의'를 붙여서 강조할 만큼 소재에
집착함으로써 창작의 본질에 투철하지 못한 작품을 비판적으로 지적할
때 차용되는 개념이 소재주의가 아닌가 한다.

그런 비판의 요지는 창작의 본질에 소홀한 대신, 특이하거나 혹은 누
구나 다룰 법한 흔한 소재들을 창작자로서의 별 고민 없이 채택하여 개
성 없는 작품을 양산하는 데 대한 부정적 시각을 드러내는 경우가 허다
하다. 즉 소재 자체를 목적이자 수단으로 여기는 태도를 비판적으로 이
를 때 한하여 소재주의라는 개념이 유효하다 할 것이다.

그렇다면 창작의 본질이란 무엇인가? 그것은 말할 것도 없이 소재가
중심이 아니라, 소재를 통해서 세계와 인간에 대한 예술가의 독창적이

고 심미적인 혜안을 내보이거나, 소재를 뛰어넘어 독자들에게 무한한 창조적 상상력을 자극하는 데 있을 것이다.

우선 시인(예술 창작의 대표적 존재로서)에게 있어 소재는 사람됨의 진정성을 밝히는 그 '무엇'이어야 한다. 그 무엇은 시인만이 지닌 특별한 인간관이거나, 시인의 창조적 미의식과 결부되어 드러나는, 사람을 발견하는 신선한 안목이어야 한다. 그런데 소위 소재주의에 함몰되어 있는 작품들을 보면 소재의 표피적 관찰이 창작의 대상으로서 그런 인간관이나 안목에 이르지 못하고 있음을 지적할 수 있다.

다음으로 시인에게 있어 소재는 세계의 질서를 밝히는 그 '무엇'이어야 한다. 그 무엇이 소재를 통해서 세상을 읽어 냄으로써 잠재되어 있는 아름다움을 창조하여 사람됨의 삶에 얼마나 심미적으로 의미 있는지를 밝혀내야 한다. 그런데 소재주의에 치우친 작품에서는 소재의 외피에 드러난 특성만을 감각적으로 그려냄으로써 사람됨의 삶에 하등의 울림을 주지 못할 때 그 경향을 비판하지 않을 수 없다.

소재주의를 극복할 수 있는 길이 전혀 없는 것은 아니다. 첫째, 새로운 소재에 시인다운 창조성을 발휘하는 것이다. 기존 소재의 타성에서 벗어나 끊임없는 창조적 안목으로 신선한 소재의 발굴에 나서야 한다. 소재의 보편성에 안주하는 일은 시인이 경계해야 할 창작의 함정이다. 시어로 담아내는 함축성과 시어와 시어의 관계를 개성 있게 구축함으로써 소재를 새롭게 선보일 수 있어야 마땅하다.

둘째, 기존의 소재라 할지라도 소재에 대한 독창적인 해석을 시도하는 일이다. 그것이 가능하기 위해서는 역시 체험의 변주를 통해야 한다.

소재가 보편적이고 일상적인 것일지라도 그 소재에 관한 체험은 개별적일 수밖에는 없지 않는가. 시인의 체험을 통한 소재를 새로운 각도에서 조명하고 해석함으로써 소재주의의 함정을 탈피할 수 있다.

셋째, 소재가 지니고 있는 본질적 측면에 대한 탐구를 통해서 소재주의의 함정을 극복할 수 있다. 혹은 현상 너머에 있는 본질에 대한 감각적 변주를 통해서 시각적 소재를 청각적으로 풀어내는 등 소재를 다양한 감각으로 해석하거나 혹은 공감각적 방법으로 의역해 내는 것도 그런 예가 될 수 있다.

넷째, 보편적 소재라 할지라도 시인의 감정을 적극적으로 이입시킴으로써 시적 대상에 대한 차원을 주관적으로 끌어들이는 방법을 생각할 수 있다. 소재가 객관적 상관물로 머무르지 않고, 시인의 정서적 등가물로서 소재를 폭넓게 활용하는 것도 소재주의를 극복하는 한 방법이 될 수 있다.

소재주의에 대한 이런 언급을 하는 것은 이승훈 시인의 작품들에서 그런 소재주의 경향이 엿보이면서 이를 슬기롭게 극복해 내는 안목을 읽었기 때문이다. 이것은 이승훈 시인이 시의 어법을 확립해내는 길임과 동시에 그만의 시정신의 본질로 볼 수 있다.

그의 작품을 살펴보면 복수초, 백목련, 민들레, 들국화, 해바라기, 갈대 등등 식물― 나무― 꽃을 소재로 삼고, 특정하고 고유한 명소― 장소― 지역― 유래지 등등을 소재로 한 작품들이 다수를 이룬다. 계절이나 계절감 혹은 기상상태 등이 소재로 등장하는 작품도 적지 않다.

이들 작품을 통독하면서 느끼는 것은 소재주의를 극복하기 위해서 소재의 정면을 파고들어 가는 치열한 시정신이 그의 시 작업의 핵심으로 보인다는 점이다. 이를 토대로 그가 일관되게 소재에 집착하는 시 작업이 얻어낸 결과가 어떤 심미적 효과를 주고 있으며, 시의 의미망을 어떻게 확충하고 있는가를 살펴보고자 한다.

1. 소재주의를 극복하는 심미적 함축성

그의 작품들에서 발견되는 특징은 일반적인 사물을 시의 제재로 설정하는 데에 있음을 지적하였다. 누구나 접할 수 있는 일반 소재를 바탕으로 이 시인은 심미적으로 어떻게 다른 발언을 토해 낼 수 있을까?

뻐꾸기 소리로 자란 꽃
슬픔도 함께 자라 엉엉 운 엉겅퀴 꽃
남의 자식 제 자식으로
한평생 지켜 준 후에
엉엉 운 엉겅퀴 꽃

온몸을 가시로 덮고서
세상의 혹독한 바람은 다 막아 세우고
보라색 귀한 옷을 입으라고
머리는 자색으로 꽃을 피우고
지천으로 울고 있는 당신은 누구입니까

허망함도 그 순간으로 던지고
곳간마다 채울 것은 다 채우고도
못내 아쉬워하는 것은
당신 때문이 아니라 걸 알았네
세월이 흘러서 머리가 희어진 후에

지금은 우리를 이별의 마당에 앉히고

눈물 속에 피어나
나비와 벌들이 찾아오지
어린 시절 다시 찾아올 운명은 없는 듯
어머니 가슴 밭에 홀로 피워낸 엉겅퀴

―「엉겅퀴」 전문

앞에서 소재주의를 극복할 수 있는 몇 가지 방법을 제시하였다. 이 시인은 그런 시법을 자신의 시 창작의 열쇠로 간직하고 있음에 틀림없는 것으로 보인다. 우선 위에서 인용한 시에서 그런 시도를 엿볼 수 있다.

「엉겅퀴」는 우리네 산천에 지천으로 널려 있는 흔한 소재다. 그런 소재를 차용해서 시가 추구하고자 하는 심미적 의미를 걸러 낸다는 데서 소재주의 극복의 한 전례를 엿볼 수 있다. 이때의 '엉겅퀴'는 시를 담아내는 그릇이지, 그릇에 담기는 음식은 아니다. 그릇의 용도로서 엉겅퀴가 어떻게 쓰이고 있는지를 살펴보겠다.

우선 엉겅퀴는 그냥 식물성 제재가 아니라 '청각영상'인 뻐꾸기 소리로 변용되고, 뻐꾸기가 안고 있는 탁란托卵(제 알을 다른 새의 둥지에 낳아서, 다른 새로 하여금 제 새끼를 기르게 함)까지도 함축한다. 고정된 피동의 사물이 아니라, 제 새끼를 남의 둥지에 낳고서 모르쇠 하는 염치없는 생태계의 아이러니까지도 담아낸다. 거기에서 그치는 것이 아니다. '엉엉 운'이라는 울음소리까지 풀어냄으로써, 흔하디 흔한 식물 하나의 이름에도, 그 볼품없고 초라하기 그지없는 식물의 됨됨이에도 설화적 의미까지 활용함으로써, 삶을 구성하는 요소들마다 그 의미를 부여하기를 마다하지 않는다. 이것은 일상적 소재라도 이를 통해서 창조적 소재 발굴의 근거가 될 수 있음을 보여준다.

이어지는 2연에서는 '엉겅퀴'가 갖가지 풍상을 겪고 마침내 승리하는 사람의 이미지로 변용된다. 그 승리는 거저 얻어지는 것이 아니라, 온갖 고초를 견디고, 가혹한 풍상을 이겨내어 마침내 스스로 고귀한 신분으로 상승하는 승자의 이미지로 변용될 수 있는 단서를 내보인다. 그것이 바로 '지천으로 울고 있는 당신은 누구입니까'에 담겨 있다. 이런 질문은 물론 이 땅 민초들의 산실이 모성母性이라고 형상화할 수 있는, 저 4연의 귀결을 암시하는 복선의 역할까지도 상정하고 구사된 것으로 보인다. 그러므로 소재주의를 극복할 수 있는 또 하나의 방법은 독창적 해석을 통해서 지천으로 널려 있는 소재에 저마다의 심미적 의미를 확충하는 길이다.

소재의 본질을 탐구해서 얻은 '세월이 흘러서 머리가 희어진' 이유가 당신— 풍상과 고초를 겪고 마침내 노쇠의 길을 걷고 있는— 때문이 아니라는 것이다. 더구나 인생의 허무를 극복하고, 생활의 풍요를 이루고도 '못내 아쉬워하는 것은' 바로 당신— 엉겅퀴의 본질이듯이, 그것이 바로 비극의 단서가 될 수는 없다는 것이다. 소재의 본질을 깊이 있게 천착하지 않고서는 도달할 수 없는 경지를 보여준다.

이런 치열한 탐구의 결과로 제4연을 도출해 낸다. 그것은 한 마디로 '어머니 가슴 밭에 피워 낸 엉겅퀴'에 집약된다. 1연에서 보인 탁란 모순을 극복해 낸 원인도, 2연에서 그 중심 제재가 승리자의 이미지로 변용될 수 있는 단서를 마련한 것도, 그리고 3연에서 세월이 흐른 뒤, 성취의 끝에 오는 슬픔이 바로 모성으로서의 자연성에 감동하는 것으로 귀결된다. 이때의 엉겅퀴는 현상으로서의 소재를 뛰어넘어 시적 화자가 지니고 있는 서정적 등가물이 된다. 그것은 곧 엉겅퀴가 주체적 인식 대상에서 서정적 내면화 단계를 거쳐 서정의 울림을 주는 심미적 대상으로 승화되었음을 드러낸다. 이는 소재주의의 경계를 심미적으로 극복하여 터득한 그만의 시법詩法으로 보인다.

　　소재는 쉽게 찾되, 그 해석에서 그만의 독특한 심미안을 적용하는
것'으로 차별화된 시세계를 구축하는 것으로 보인다.

　　① 누님,
　　마사치오 화폭에서
　　아담과 하와가 하늘을 꼬옥 가리던
　　눈물의 경전 속으로
　　옥색 너울 쓰고 떠나셨지요.
　　② 저만치 떨어진 동화 속
　　한 생명을 다해 고뇌 찬 세상을 감추고
　　무덤 속까지 지닐 비밀,
　　지금은 일상이 되어
　　곡절 가득가득 맺힌 마디마다
　　끈끈한 유액 아껴
　　가뭄에도 옥동자 기르고
　　화관 없는 뒷모습
　　하얀 밤에 제 그림자만 따릅니다.
　　③ 누님, 맺힌 눈물
　　내 화폭 가장 어둔 곳에 다시 뿌려
　　삼백예순날 내내
　　달을 걸어둡니다.
─「무화과」 전문(번호는 필자가 붙였음)

　　제재 '무화과'는 식물 사전에서 얻을 수 있는 인식의 범주를 초월하
여, 전혀 새로운 심미적 대상으로 승화된다. 무화과가 뽕나무과의 낙엽

활엽 관목으로 높이가 3m 가량이고, 암꽃과 수꽃이 따로 있지만 수정하지 않고 결실한다는 등의 식물학적 지식이 이 시를 받아들이는 데에 그리 소용이 없어 보인다. 그런 인지적 사실은 이 소재를 통해서 보다 웅숭깊은 미의 세계를 드러내려는 사전 장치쯤으로 보면 될 것이다.

그보다는 오히려 서두에 등장하는 '마사치오 화폭'에서 이 시가 지향하고자 하는 시상의 전개를 암시 받을 수 있다. 27세에 요절한 이탈리아 르네상스 초기의 천재 화가 마사치오를 등장 시킨 시적 맥락의 필연성은 '아담과 하와'에서 당위성을 얻고, 마침내 위에서 밝힌 무화과가 지닌 특성— 암꽃과 수꽃이 수정하지 않고 결실하는 사실에 대한 의역으로 매우 신선한 소재의 해석을 엿보게 한다.

천재 화가 마사치오의 〈에덴동산으로부터 추방되는 아담과 하와〉라는 작품이 있다. 이 작품은 평면적이거나 설명적이지 않고 시각적으로 매우 명료하고 안정된 화면을 구성하고 있다고 한다.

마사치오를 이 시에 등장시킨 시적 필연성은 그의 화풍이나 미술사적 업적이나 특징 때문이 아닌 것으로 보인다. 그것은 순전히 마사치오 대표작의 하나라고 할 수 있는 〈에덴동산으로부터 추방되는 아담과 하와〉에 담긴 '아담과 하와'를 끌어내기 위한 장치일 뿐이다. 바로 이어서 나오는 '눈물의 경전'이 이를 증명하는 역할을 한다.

이런 회화사적 단서들이 이 작품을 형성하는 것은 이승훈 시인이 화가로서의 캐리어를 가지고 있다는 것과 무관하지 않다. 그런 기존의 인식적 체험이 소재 '무화과'를 만나서 상상력 풍부한 시의 세계를 전혀 낯설지 않은 익숙한 정경으로 그려내는 데 기여하는 것으로 보인다. 이것은 물론 뒤에서 언급하겠지만, 이 작품의 배경이나 심층 심리를 이루는 '심리적 요인'과 밀접하게 관련된 것으로 보인다.

이 작품에서 또 하나 주목해야 할 것은 '누님'이다. 이 작품은 단연으로 되어 있지만, 내용상으로 연을 가르면 다음과 같다. 내용상 ①연에서는 '아담 : 하와'의 대립 항으로 '시적 화자 : 누님'이 설정되어 있다. 시적 화자가 시적 대상인 누님에게 '무화과' 이야기를 들려주는 형식이다. 이때의 무화과는 시적 대상에게 하고자 하는 이야기의 핵심을 전달하는 그릇(소재)에 불과하다. ②연에서 보면 이야기의 시점은 어린 시절(동화)이고, 이야기의 내용은 '무덤 속까지 지닐 비밀'이며, 이야기는 '화관 없는 뒷모습/ 하얀 맘에 제 그림자만 따릅니다'로 결과한다. 이는 동화적이고 설화적인 설정을 통하여 소재가 지니고 있는 특성에 심미적 상상 공간을 확충하려는 의도로 볼 수 있다. 그렇지만 그런 상상적 허구가 ③연에 오면 과거의 일이 아니라, 현재와 미래까지 연계되어 있음을 보여준다. 화자의 삶의 가장 웅숭깊은 곳(내 화폭 가장 어두운 곳)에 뿌리를 내린 채 일상성(삼백예순날 내내/ 달을 걸어둡니다)이 되어 현재는 물론 미래지향적 삶까지 영향을 미치고 있는 것으로 설정되어 있다.

'한 편의 시 세계는 한 시인의 전 세계'와 맞먹는다는 주장에 공감한다. 그러므로 시 한 편에는 시인의 삶의 흔적이 담겨 있으며, 시인의 사람됨의 의미와 가치를 농축시킨 형상화된 세계라고 볼 수 있다. 시문학이 허구적 산물로써 상상력과 공동전선을 펼치지만, 그 내밀한 의식과 심리적 저류에는 한 시인의 생애와 그 맥락을 끊으려야 끊을 수 없는 긴밀한 유전성을 내포하고 있기 마련이다.

이렇게 본다면 이 작품 「무화과」는 소재로 차용한 무화과의 특성을, 화가로서 축적된 인식적 스키마schema를 동원하고, 여기에 시적 화자의 심층 심리에 깔려 있는 무의식의 성적 충동을 은유하면서 독특한 심미적 차원을 보여준다. 이는 한 시인의 세계가 얼마나 다층적이며 복합적인 미의식의 구조를 이루고 있는지를 알게 한다.

나아가 한 편의 시에는 소재가 지니고 있는 사실적인 요소와 그 요소들이 은유적으로 쓰일 수 있다는 것, 그리고 이를 해석하는 시인의 심미안이 예측을 불허하는 심층(심리의 단면)을 그려 보일 수 있다는 것, 또한 시인의 인식적 체험이 가세하여 단순한 소재가 복잡한 인간 심리를 형상화하는 수단이 될 수 있다는 것, 이런 요소들이 융합하고 참여하고 영향력을 발휘하면서, 한 편의 시는 독립적으로 완벽한 하나의 세계를 구축하게 된다는 것을 웅변하고 있다.

무화과를 복합적 미의식의 소재로 발굴해 내는 시인으로서의 창조성, 무화과를 자신의 미의식과 결부시켜 독창적으로 해석해 내는 시법, 무화과의 본질적 특성에 대한 심미적 탐구, 그리고 무화과를 시인이 지니고 있는 정서적 등가물로 승화시켜 내는 시정신이 이 작품「무화과」를 낳은 비밀 아닌 비밀로 보인다.

2. 소재주의를 초월하는 발상의 다양성

앞에서 이승훈 시인이 지니고 있는 시적 발상의 함축성이 어떤 시세계를 응축해 내는가를 살펴보았다. 그것은 한 시인이 축적해 온 체험에 상응했고, 심층적인 심리의 흐름도 놓치지 않으며, 마침내 시적 소재를 정서적 등가물로 승화시켜 내면화하는 단계까지 이르렀음을 살펴봤다.

다음은 작품마다 드러난 시적 발상의 다양성에 접근하고자 한다. 이 또한 그의 심미적 발상의 근거와 상통하는 것으로, 소재주의를 극복해 내는 시법으로 보인다. 우선 시인의 심미적 근원이 될 만한 작품을 한편 보기로 한다.

게와 조개를 줍고

모래알을 발로 세고

바다의 깊이를 가슴으로 재면서

비린 세월을 녹여 은박지에 소곤대고요

파룻한 사랑의 언어가 익어

섶섬엔 슬픔도 아침마다 깨어나고

영혼도 잠들고 하여라

힘이 솟아나라고

말 못해 온 황소도 그림으로 남았지만

아직도 아고리와 발가락군은

소라의 가슴으로 귀 기울이고

서귀포 풍경이 되어 가난하게 남았네요

하늘이 항상 내려와 있어요

해안이 가깝거든요

그림엔 언제나 비인 붓 자국

그곳엔 세상의 그리움이

빗물처럼 젖어서

해국도 피고 메꽃도 피어

밤엔 남쪽으로 가는 배에

별이 뜨고 있다.

— 「서귀포 풍경」 전문

이 작품은 '서귀포'와 화가 '이중섭'을 소재로 하였다. 시의 어느 구

절에도 이중섭을 직접적으로 언급하지 않았지만, 한국 문화사의 일단
을 엿볼 줄 아는 안목을 가졌다면, 혹은 서귀포 여행이라도 다녀온 사람
이라면, 예술이 현실과 부딪쳐서 어떻게 변용되는 것인지에 대한 심미
적 관심을 가진 사람이라면 쉽게 눈치 챌 수 있다.

고유한 공간 지명으로서의 서귀포와 고유한 인명으로서의 이중섭이
교차하는 곳은 바로 자연과 예술이다. '인생은 짧고 예술은 길다'고 했
다. 이를 달리말하자면 '인생은 짧고 자연은 길다' 나아가 '자연도 예
술도 인생보다는 길다'고 할 수 있다. 그러나 그 자연과 예술을 길게 바
라보는 시적 발상은 역시 인간에 의해서 가능한 것이니, 여기에서 자연
과 인간, 예술과 인간의 아이러니를 발견하게 된다. 짧지만 인생이 긴
예술을 낳고, 그 예술은 결국 인간에 의해 무한 생성을 되풀이하는 자연
을 모방한 격이 된다.

자연·예술·인간이 이루는 정립鼎立의 관계가 어떻게 전개되는지,
이들 세 요소가 서로 길항拮抗의 역학 관계를 어떻게 전개시키는지, 이
작품을 통해서 엿보는 일은 의미 있고 가치 있는 시 독법이 아닐 수 없
다. 왜냐하면 인간은 자연의 산물이고, 예술은 그 자연을 모방하기 때문
이다. 그러므로 자연과 예술이 인간의 심미적 대상으로 수렴될 때 비로
소 의미와 가치의 대상이 되는 것은 당연한 귀결이다.

이 작품은 시적 발상의 다양성을 통해서 자연과 인간과 예술이 혼연
일체가 된 세계를 그려낸다. 그것을 하나 되게 해서 우리에게 새로운
'풍경'을 제시할 수 있는 영역은 '시' 말고 그리 흔치 않으며, 그것을
가능케 할 수 있는 사람은 '시인' 말고 또한 찾기 쉽지 않다. 시인은 자
신이 발휘하는 고유하고 자유로운 상상력으로 이들 요소마다에 밀접한
인척 관계가 될 수 있는 인연의 다리를 놓는다. 심미적인 다양성의 의미
를 부여한다.

　1연에 그려지고 있는 상황이 재미있다. 한국전쟁의 와중에 잠시 서귀포에 내려와서 신산辛酸한 세월을 보냈을 이중섭이 서귀포 바닷가를 거닐고 있다. 그런데 정작 거니는 사람은 또 하나의 서정적 자아― 시인(화가) 자신이다. 화가 이중섭이 화가 이승훈으로 환치된다. ‘비린 세월을 녹여 은박지에 소곤대는’ 사람은 이중섭만이 아니다. 그런 신산한 세월― 비린 세월을 살았던 사람과 예술혼을 추체험하는 화자가 있다. 이중섭은 은박지에 간난艱難의 세월을 그렸다면, 서정적 화자는 지금 서귀포 바다(은박지)에 자신의 사랑을 속삭이고 있다. 서귀포 바닷가와 마찬가지로 이중섭도 풍경의 일부가 되어 있다. 객체로서의 풍경은 풍경을 볼 수 없다. 서귀포 바다와 이중섭이 어떻게 자신의 모습― 풍경을 볼 수 있겠는가? 그들 자신이 바로 풍경인 것을! 다만 이를 볼 수 있는 주체가 바로 시인이다. 주체만이 풍경을 바로 볼 수 있다. 시적 화자 주체인 자연(바다)과 이중섭(은박지 그림)을 서귀포 바닷가에 객체로 배치해 놓고 자신의 사랑 이야기를 풀어내고 있는 ‘풍경’이다.

　2연에서 지독한 가난에도 창작의 손을 놓지 않았던 이중섭의 예술혼이 ‘황소’ 그림에 잘 나타나 있다. 그 근육질의 물컹한 세속은 다 빼 버리고 뼈로만 이루어진 강인한 힘과 황소의 부리부리한 눈망울은 이미 황소가 아니라, 바로 화가 이중섭의 정신이었으리라. 그것이 가난으로 남았을지라도, 그것이 결코 불행의 징표일 수는 없다. ‘하늘이 항상 내려와 있어요/ 해안이 가깝거든요’ 이미 이중섭의 가난했던 삶은 그의 풍요로운 예술혼으로 지상의 일이 아닌 것이 되게 하였다. 더구나 무한한 자유(바다)의 영역이 되어서, 오늘 서귀포를 찾아서 그런― 예술과 자연과 인간이 혼연일체가 된 풍경을 화자(시인)가 응시(귀 기울이고)하고 있는 것이다.

　3연에서 바다는 그림을 그린다. 아니 화가는, 시인은 언제나 자연에 그림을 그린다. 그것이 서글픈(비인) 붓질이건, 서러움(빗물)의 붓질이었건 자연은 언제나 자신의 그림을 그리고, 그런 풍경을 마음에 담는 시인도 그림을 그린다. 그런 쉬지 않는 노작勞作이 결국은 삶의 환희(해국)도 피고 메꽃도 피어 볼만한 '풍경'을 이루지 않겠는가? 그런 쉬지 않는 창작의 혼이 결과적으로 삶에 희망(밤엔 남쪽으로 가는)의 배를 띄우지 않겠는가!

이승훈 시인이 소재주의를 극복하는 한 방법으로 '시적 발상의 다양성'을 지니고 있음을 엿볼 수 있는 대표적인 작품이다. 서귀포뿐이 아니다. 우리네 삶은 이처럼 다층적이고 복합적인 인과의 현상들로 중첩되어 있다. 그것을 서정적으로 아울러서 삶의 전선에 희망을 놓고 기쁨을 덧대는 일이 바로 예술— 시의 영역이며, 예술가— 시인의 역할임을 재확인하는 일은 시를 읽는 즐거움이 아닐 수 없다.

이 시인이 지니고 있는 발상의 다양성을 엿보기 위해서 그의 단시短詩 몇 편을 살펴보겠다.

구름을 밀어
댓잎을 깨우더니
기어이
풍경 소리 청한다.

— ① 「풍경」 전문

세상을 어둡게 소리치더니
빗소리 굵어져
깃털이 빠진다.

— ② 「소나기 1」 전문

속살까지 뒤집어 보이며

죽은 명태가 부럽다

누가 저렇게 죽은 힘을 보일까

세상의 사람들 냄새가 나지 않는다.

— ③「명태덕장」전문

꽃을 볼 줄 아는 사람 있나요

여기 아름다운 꽃이란 꽃 다 모여 있어요

꽃잎은 우리를 향해 있지만

꽃받침은 그 뒤에서

박수를 보내고 있지

자꾸 밀어 올리는 너희들이 있기에

친구도 있고

나도 있다.

— ④「꽃받침」전문

이제 외롭지 않다

네 식구 모두 더불어 찾아 온

모래밭은

더 이상 바닷물소리만 있는 것이 아니다.

— ⑤「해당화」전문

아무도 없는 섬에서

갯바위 참나리 꽃을 꺾으려다가

소스라쳐 달아나는 게를 보고

멈칫거린다

꺾는 일을 숨기고

지켜본다

누가 이 섬을 지키나 했다

— ⑥「게」 전문

논의의 편의를 위해 동그라미 번호를 붙여가며, 시적 발상의 다양성을 엿보기에 적합한 작품을 골라 봤다. 이 시인의 창작 노트나 문학 수첩에는 얼마나 많은 발상의 금화들이 가득할까 궁금하지만 이 작품들을 보면 그 내용을 알만도 하다.

짧은 형식의 위 시들을 통해 그의 시법의 통로를 들여다보는 한편 표현의 다양성을 확립하는 시적 방법에 대하여 시사점을 얻을 수 있다.

①「풍경」에는 감각적 체험이 내면화되는 과정을 보여준다. 구름을 시각으로 인식해서 대나무 숲을 흔드는 또 다른 시각영상(바람)으로 전이시키고 청각영상으로 승화시켜 내면화한다. 이것은 감각(구름을 밀어내는)이 정서(깨우다)화되어 마침내(기어이) 예지(청한)에 이르러야 한다는, 시적 발전의 3단계를 주장했던 미당未堂의 견해와도 일치한다.

②「소나기 1」에서는 시각영상이 청각영상으로 오버랩 되어 공감각을 이룬다. 소나기는 어두운 세상을 향하여 소리치는 굵은 죽비竹扉가 되기도 한다. 이 죽비가 제 역할을 다하지 못하는 시대일수록 빗소리를 굵게 듣는 것은 시인의 고유한 역할이 아니던가? 일례를 들자면, 정론직필正論直筆을 사명으로 해야 할 언론가 제 역할을 다하지 못할 때, 시인은 쏟아지는 빗줄기에서도 질타의 소리를 듣는다. '깃털이 빠진다' 는 암유暗喩에 이르면 조금 생경하지만, 그리 놀랄 일은 아니다. 빗줄기의 상형일 수도 있고, 어둡게 쏟아 버린 뒤에 맑게 갠, 일상일 수도 있다.

흔한 소재(소나기)에서도 그런 암유를 이끌어 내 비약시키는 시인의 개성적인 시법이 돋보인다.

③「명태덕장」에서는 알레고리allegory의 기법을 간결하게 구사하고 있다. 우유寓喩된 대상은 명태다. 자기 증명에 궁색할 때 사람들은 '속을 뒤집어 보일 수도 없다' 고 한탄한다. 그러나 명태덕장을 풍유諷諭의 수단으로 삼는 시인에게 세상은 명징하다. 온갖 상서롭지 못한 냄새로 상징되는 속세의 욕망을 다 비우고, 말리고 털어 버리고 나서야 비로소 명태— 황태가 되는 '죽음의 역설'! 그것은 그렇지 못한 인간의 삶에 대한 풍자다. 그리하여 마침내 냄새가 나지 않는 세상의 삶을 추구하는 시인의 정신이 참으로 명징하다.

④「꽃받침」에서는 문답을 통해서 보이지 않는 본질을 들여다본다. 세상은 꽃밭이고, 사람은 꽃이며, 그 사람이 사람일 수 있게 하는 원동력은 곧 꽃이 꽃일 수 있는 원리와 같음을 은유한다. 그의 메타포metaphor는 평이하게 구사되지만, 그 비유가 드러내는 의미는 심미적으로 자못 웅숭깊다. 꽃을 꽃으로만 보는 사람은, 영광 뒤에 흘린 피와 땀의 희생을 모른다. 사람이 사람일 수 있음은 단독자의 성과만은 아니다. 꽃이 개화할 수 있도록 보이지 않는 낮은 곳에서 받쳐 주는 꽃받침이 있음으로 가능하듯이, 사람이 사람다울 수 있는 원동력은 우정(친구)으로 대변할 수 있는, 여러 채널을 통해서 교류되는 인간애— 휴머니즘humanism을 바탕에 깔고 있음으로 가능하다.

⑤ 감정이입感情移入은 시의 중요한 표현 기법이다. 「해당화」에서는 그런 표현 기교가 응축되어 있다. 서정적 자아가 바닷가를 찾는다. 바닷가를 거니는 고독한 방문객을 선홍빛의 해당화가 맞이한다. 외로운 화자는 그에게 기댄다. 이때의 해당화는 그냥 꽃이 아니라, 자신을 위무하는 '식구' 가 된다. 모래밭을 적시는 파도의 외침도 더 이상 외로운 비명

이 아니라 잔잔한 위로의 노래가 된다. 해당화에 이입시킨 화자의 심정
은 그러므로 고독이요, 친밀함이요, 위무가 되어 화자를 반긴다. 그렇게
이입시킨 감정은 티 나지 않는 해당화의 아름다움이다. 이를 감식해 내
는 화자(시인)의 심미안이 지극히 온건하다.

⑥ 이승훈 시인이 마침내 다다른 곳은 시적 예지의 세계관이다. 시와
시인이 이르러야 할 필경의 세계다. 예술 작품에는 인식적 가치와 정서
적 가치 그리고 심미적 가치가 담겨 있어야 한다. 새로운 지식을 섭렵하
는 것, 감각적 체험을 내면화해서 삶의 힘이 되게 하는 것, 그리고 참된
아름다움이 무엇인지 분별할 수 있게 하는 힘이 예술 작품에는 반드시
들어 있어야 한다. 작품 「게」에는 그런 예술의 세 가지 가치가 온존하게
형상화 되어 있다. 읽을수록 발견과 깨달음이 깊은 울림을 준다. '사람
만이 만물의 영장' 이라는 자만심을 교육— 사람됨— 학습의 중핵으로
삼고서는 알아볼 수 없는 지혜의 세계다. 모든 생명이 생명일 수 있는
생태계— 물리계가 형성하는 관계망의 비밀 한 자락만 들추어 볼 줄 알
아도 앞의 주장이 얼마나 경솔한지 알 수 있다. 섬(삶의 거처)을 지키는
세력은 국방 경비병만이 아니다. 화자는 임자 없이 피어 있는 것처럼 보
이는 참나리 꽃 한 송이를 꺾는 일이 아무렇지도 않은 일인 줄 알았다.
그러나 생태계— 물리계의 생성과 그 생명의 연원을 함께 했을 '게' 한
마리의 출현에 깜짝 놀란다. 그 놀람 속에 온 세계를 조화로운 생명의
것으로 받아들이려는 시인의 예지가 빛난다.

그의 단시들을 살펴보면서 이승훈 시인이 매우 다양한 시적 발상법
을 지니고 있으며, 그런 발상을 표현해 내는 시적 기교에도 능숙한 시인
임을 알 수 있다. ①에서는 '감각— 정서— 예지' 로 발전하는 시세계의
가능성, ②에서는 감각적 체험을 자유자재로 구사하여 내면화하는 기
법, ③에서는 알레고리의 기법으로 세상을 명징하게 읽어 내는 시정신,

④에서는 메타포를 통해서 보이지 않는 사물의 진면목을 읽어 내는 인간애, ⑤에서는 시의 주요한 표현 기교인 감정이입을 온건하게 구사하는 시법, 그리고 마침내 ⑥에 이르러 조화로운 생명의 세계를 수용하는 시인의 예지를 볼 수 있다.

전체 작품의 조망을 마치며

이 글의 머리 부분에서 필자는 소재주의素材主義라는 말을 썼다. 그리고 그 소재주의가 지닐 수 있는 위험과 함정을 지적하고, 이를 극복할 수 있는 몇 가지 방안을 제시하였다. 동시에 이승훈의 시에서 발견되는 소재주의의 가능성을 점검하고, 이 시인이 이 소재주의를 어떻게 극복하여 자신의 독창적인 시세계를 구축하고 있는지 작품을 통해서 검토해 보았다.

그렇게 살펴본 이승훈의 시세계는 바로 '소재주의를 초월하는 함축성과 다양성의 시세계'이다. 물론 이것은 이 시인이 지닌, 섬세한 시적 감성이 이루어 낸 '심미적 함축성'의 시세계요, 시인의 열정이 빚은 '발상의 다양성'을 이룩한 시세계다.

시인이 이렇게 개성적인 자기 세계를 구축하기까지는 회화의 세계에서 익힌 심미적 조형 감각이 크게 작용하는 것으로 보인다. 그런 인식적이고 구체적인 미의 체험이 시의 소재를 창조적으로 발굴할 수 있게 하였고, 시의 소재로 채택한 사물을 독창적으로 해석할 수 있는 저력을 길러 주었던 것으로 보인다. 그리고 소재의 내면에 깔려 있는 본질 탐구에 정통함으로써 이를 시적으로 승화시킬 수 있었으며, 마침내 시가 지식의 산물로 제각기 노는 것이 아니라, 시인의 삶과 밀접하게 연관된 정서적 등가물로 승화된 시세계를 구축할 수 있었다고 확신한다.

이승훈 시인이 이 시집을 상재하고 나서 또 어떤 시적 변모를 보일지 자못 궁금하지만, 전혀 낯설지는 않다. 그것은 적지 않은 작품에서 느낀 지치지 않은 창작의 열기와 이를 바탕으로 삶의 진정성을 추구하는 시인됨의 사명감을 느꼈기 때문이다. 그의 시문학이 어느 행선지를 향하건 이승훈 시인이 지니고 있는 회화적 심미안으로 터득한 조형감각이 그의 시세계를 매우 역동적인 것으로 펼쳐 내리라는 확신을 갖게 한다.

그의 시집 『빈들의 소곡』의 상재를 축하하며 문학의 장도에 문운이 창성하길 빈다.

내가 나에게 말 걸기

— 장시몽 처녀시집 『내 안 깊은 곳의 너』 작품론

장시몽張詩夢 시인은 시를 자신에게 말하기 방법으로 설정하고 있는 듯하다. 사람이 하는 말은 흔히 타자를 지향하는 것으로 여긴다. 대화나 담론의 일차적인 의미로 본다면 맞는 말이다. 그러나 곰곰이 생각해 보면 비록 타자를 지향하는 말일지라도 그 말의 출발은 우선 자기의 내면에서 걸러지기 마련이다. 먼저 자기에게 말하기라는 과정을 필수적으로 거쳐야 한다. 그렇게 내면에서 자기에게 제대로 말한 뒤에 발설되는 말은 진중하고 진실 되어 말이 무게가 늘고 온건한 색채를 띤다.

성급한 사람은 말하기 전에 행동하고, 진지한 사람은 행동하기 전에 말부터 하지만, 진실한 사람은 말하기 전에 생각부터 한다. 그 생각이 바로 자기에게 말하기— 자기에게 말 걸기임은 두말할 필요도 없다. 자기의 생각을 먼저 자기에게 말해 본 다음에 타자에게 발설하는 과정은 교양인이 갖추어야 할 말살이의 원칙이며, 동시에 인생을 진중하게 살아가는 사람들의 특징이다.

그런 말은 대부분 과거에 대한 회상이거나 후회 또는 긍정, 현재 상황에 대한 호·불호의 감정 표출이거나 판단 또는 진술, 미래에 대한 다짐이거나 맹세 또는 기도이기 십상이다. 발설되는 말들을 분석해 보면 이런 규정에 어긋나는 말이 거의 없다. 아침에 주고받는 인사말이나, 길 떠나는 사람에게 건네는 당부의 말이나, 길거리에서 조우한 친지와 나누는 말들이 대부분 이런 규정에서 멀리 벗어나지 않는다.

말하기는 해야 할 말을 고르고 여미며, 그 말의 됨됨이나 내용을 짜 맞추는 데 소요되는 시간이 극히 순간적이며 찰나에 이루어진다. 특히 대화하면서 발설하는 말들은 그 시간이 더욱 단축되어 생각이 입에서 표출되는, 사유가 의미를 지닌 언어로 바꾸어지는 순간이 전기 회로를 흐르는 전류처럼 매우 짧은 순식간에 이루어진다.

그에 비해 글쓰기는 좀 다르다. 발설해야 할 생각에 맞는 어휘를 고르는 데 훨씬 여유가 있다. 생각에 맞는 말을 찾기 위해 여러 말들을 동원해 보고, 대입해 보고, 실제 적용해 본 다음에 얼마든지 교체하고 수정할 수 있다. 생각에 합당한 말을 찾을 때까지 심사숙고할 여유가 있다.

어휘뿐이 아니다. 문장도 그렇다. 선택한 어휘를 어디에 어떻게 어느 꼴로 배치해야 최선의 효과를 거둘지 궁구할 수 있는 시간이 말하기와는 비교가 안 될 만큼 여유가 있다. 사려 깊은 고려와 탐색의 시간에 있어 말하기와는 비교할 수 없을 정도로 여유 만만하다.

그런 말하기가 결국은 우리의 삶을 진중하게 하고 인격적 동질성을 획득하게 한다. 문학이 무엇이어야 하며, 시가 어떠해야 하는가에 대한 질문은 항상 있어 왔고 또한 앞으로도 있을 것이다. 시인들의 작품 한 편 한 편은 이런 물음들에 대한 궁극적인 대답이다. 문학적 사색이 언표화된 모습으로 구체화되면서 시인은 자신의 문학론을 스스로 발성하게 되는 형국이다.

장시몽 시인 역시 마찬가지다. 그의 작품들을 통독해 보면 한결같이 자신의 과거 행위에 대한 성찰과 미래 행해질 삶에 대한 다짐으로 일관하고 있다.

이점은 앞에서 지적한 바와 같이 진중한 삶을 천착해 내는 한 사람으로서, 혹은 그 진정성을 언표화함으로써 자신의 됨됨이를 시문학적으로 형상화해 내야 할 책무를 스스로 떠안은 시인으로서 마땅히 지녀야 할 발성법이라고 여겨진다. 그런 특성을 몇 가지 항목으로 분류하여 조명해 보고자 한다.

장시몽 시인의 첫 번째 시적 특성은 자신의 행위를 반성적으로 관조하여 걸러진 시심을 작품으로 빚는데 있다. 이를 통해서 시인은 자신의 부끄러움마저 드러내기를 주저하지 않는다. 결핍과 모자람으로 부끄럽기만 한 자화상을 밖으로 토로해 낼 때 그 발설자의 심경은 어떠하겠는가? 말할 것도 없이 이어질 삶에 대한 진정성을 확립하기 위한 자기 담보를 장치한 것이리라.

이를테면 다음과 같은 작품을 살펴보자.

바람이 소리를 내는 건
그의 뜻이 아니다
마음 속 갈등이
부딪히며 내는
엇갈림의 비명이다
참고 싶은 절규다

내가 웃는 건

그러고 싶어서가 아니라
외로움 감추는 거고
쓸쓸함을 배경으로 그러는 거다

일몰의 바다처럼
얼굴 붉힌들 무엇하랴……
천식 환자의 잦은 기침처럼
깊어진 가슴앓이
내색키 싫다

밤이 소리 없이 짙어 가는 것 또한
주위 침묵 탓이 아닌
잊자고
잊어 보자고 가슴 두드리는
회의의 멍든 내색일 거다.

— 「내 안 깊은 곳의 너」 전문

　그의 시에는 유독 '얼굴 붉힘'이라는 시어가 자주 등장한다. 자아의 의식 안에 내재하고 있는 또 하나의 자아를 향하여 말을 걸면서다. 그것은 순전히 얼굴 맞대고 말하기에는 '부끄러움— 얼굴 붉힘'이 심해서 그리할 수 없음이 이유다.

　「내 안 깊은 곳의 너」의 '내'는 현실 논리에서 마주하는 나— 자아다. 깊은 곳에 있는 '너'는 변형된 자아의 모습이다. 현실의 나는 끊임없이 깊은 곳의 '너'에게 말을 건넨다. 갈등의 경우마저, 절규하고 싶은 간절함마저 바람소리로 환기시키며 깊은 곳의 '너'에게 현실의 나를 들려준다. 인내하지 않고서는 현실의 나마저 지탱할 수 없음을 깊은 곳의 또 다른 자아에게 고백하는 형국이다.

현실의 내가 발설하기 쉽지 않은 정서 가운데 '외로움'이 있다. 쓸쓸함만이 외로움의 원인은 아니다. 쓸쓸함은 그저 '배경'으로 있어도 충분하다. 절대 고독의 경지에서 몸부림치는 자아를 인식하고 이런 현실의 자아를 깊은 곳의 '너'에게 들려줌으로써 현실의 '내'가 고독과 어떻게 대처해 나아가는지를 해명하는 어법이다. 그런 외로움 같은 고급한 정서를 발설한들 그것을 제대로 이해해 주고 소통해 줄 타인이나 밖— 외부는 없다. 그래서 현실의 자아를 달랠 유일한 방법으로 시인은 저 깊은 곳의 '나'에게 끊임없이 말을 건다.

그리하여 마침내 밤이 어둡게 깊어 가는 것이나, '회억'이 시퍼렇게 멍드는 것이나 결국은 인내의 쓴 결과일 뿐이라는 시인의 발견은 의미가 깊다. 현실의 자아와 내면의 자아가 이루는 소통을 통해서 시인은 자신의 미감과 삶의 진정성을 확립해 가는 것으로 보인다.

이 점은 시인 이상(1910~1937)이 현실의 자아와 내면의 자아의 끊임없는 갈등으로 마침내 자아自我 분열分裂이라는 심각한 상태에 이른 것과는 매우 대조적이다. 이상이 현실의 자아와 내면의 자아가 부조화함으로써, 혹은 말 걸기를 제대로 소통하지 못함으로써 결국은 정신분열의 아픔을 토로하는 시의 경지를 보인 것이라면, 장시몽 시인의 현실의 자아와 내면의 자아는 소통하고 화합하며 조화를 이루어 낸다. 현실의 자아와 내면의 자아가 멋진 하모니를 이룸으로써 삶의 진정성을 살려 나가는 하나의 방법을 확립해 내는 것이다.

장시인의 시집에는 이와 같이 현실에서는 항상 부끄럽고 안타까운 정서가 내면의 자아를 향하는 말걸기를 통해서 스스로를 정화하고 해법을 찾아가는 작품들로 가득 차 있다. 부끄러움에 대하여 얼굴 붉히고,

괴로움에 대하여 인내하며, 한 발 한 발 세속의 이랑을 넘어가는 한 지성적 미감의 소유자를 인식하기에 과·부족하지 않을 만한 작품군을 장 시인은 이 시집 안에 갈무리해 두고 있다.

이런 시적 발성법 혹은 말걸기의 효과는 다음과 같은 작품에서도 계속된다. 이를 장시몽 시인의 두 번째 시적 특징으로 보았다.

그것은 신앙심이 지성과 만나서 현실을 관조해 낸 작품군이다. '도덕적 개인과 비도덕적인 사회'라는 라인홀트 니부어(1892~1971)의 관점과도 일맥 상통하는 대목이 있지만, 장 시인의 발성법은 그와는 유를 달리한다. 부도덕한 사회를 향해서 도덕적인 개인으로서의 시인 자신에게 말을 거는 방법이다.

사회의 정화도 결국은 개개인 역할을 통해서 가능한 것이라면, 장 시인이 견지하고 있는 발성법은 시의 어법으로 보아도 의미 있다. 자신을 향하여 도덕적 개인으로 귀환하도록 채근하는 방법이야말로 가장 온건한 길이다. 부도덕한 현실을 안타까워하면서 양심에 호소하는 말걸기를 드러낸 작품들이 이를 증명하다.

이런 발성법은 대외적이고 대타적인 것 같은 포즈를 취하지만 결과적으로 자신을 향하는 부메랑 화법임은 말할 것도 없다. 실상은 자신을 향한 자책이요 다짐이 되기도 하며, 그 다짐이 결국은 간절한 기도의 어법을 취하는 것은 자연스러운 현상이다.

거리에서 돌아와
누울 즈음
또 새어 나오는 한숨소리…
결국

오늘도 깔끔하지 못했습니다

양보하고

마음을 넓게

한걸음 더 물러섰어야 했습니다

보답하는데

과감했어야 하고

속 좁은 계산은 잠시 미루었어야 했다구요

비겁하게 아낀 몇 푼은

사실 별거 아닌데두요

내일은 어떨까요

눈을 들어 하늘을 보면

작은 키에

몇 걸음 내닫는 꿈이

어찌 그리 작은지요

마구 주면서 살 수는 없는지요

눈가 주름 좀 펴 주시고

상의 단추 몇 개 풀어

가슴 좀 시원하게 해 주시오

내 마음의 잡념에

수갑 좀 채워 주십시오.

—「저녁기도」전문

장시몽 시인의 어법적 특성을 잘 보여주는 작품이다. 시적 발상은 밖— 사회에서 길어 올리지만, 그 시적 발상이 향하는 곳은 언제나 자신의 내면이다. 현실에서 마땅치 않는 자신의 행위에 대하여 이를 후회하고 다시는 그렇게 살지 말자고 다짐한다. 아직 이루어지지 않은 미래를 말하는 것이니 바람이나 기도일 수밖에 없고, 그런 바람이나 다짐이니 자신의 내면을 향할 수밖에 없다. 그래서 장시몽 시인은 기도하듯이 시를 말하고, 신앙하듯이 시를 생활 속에서 부려 쓴다.

비도덕적 사회는 개인을 언제나 힘들게 한다. 개인은 도덕적이지만 사회가 진흙탕이 되어서는 개인의 도덕성도 온전할 수 없다. 장 시인은 그 점을 안타까워한다. 좀더 양보하고, 마음을 넓게 쓰고 한걸음 물러서서 타인을 배려했어야 했는데 그것을 하지 못한 것을 후회한다. 속 좁은 이기심과 베풀지 못하는 인색함에 대해서도 가차 없이 자신을 질타한다. 가슴을 좀 시원하게 열어젖히고 타인 속으로 들어가지 못한 자아, 타인을 적극적으로 받아들이지 못한 자신을 꾸짖는다.

이러한 반성적 성찰은 마침내 자신의 의지만으로 이룰 수 없음을 알고 '내 마음의 잡념에/ 수갑 좀 채워 주십시오' 라고 스스로를 얽매려 한다. 단호함의 극치를 이룬다. 자신의 의지만으로는 비도덕적인 사회에서 도덕적으로 살아갈 수 없음으로 타력에 의해서라도 도덕적 삶으로 귀환시키고자 하는 의지를 '수갑' 으로 형상화해 냈다.

물론 그 타력은 절대자인 신에 귀의하는 어법— 기도로 일관한다. 장 시인은 종교가 지니고 있는 구원의 메시지를 추앙하는 자세가 아니라, 시인 스스로 신의 결속 안으로 들어가서 도덕적 개인을 성취하려는 시적 의도와 시심의 근원이 들여다보이는 시의 어법이다. 자신의 내면을 도덕적 기준으로 수갑 채워 놓고, 모든 외적 현상마저 자신과 말하기의 수준으로 끌어내린다.

이렇게 본다면 '자아에게 말걸기' 는 시인이 시를 생산해 내는 통로라기보다는 오히려 진실된 삶을 펼쳐 내는 방법으로 보이기도 한다. 단절될 수밖에 없는 밖의 환경에 부단한 연락의 의식을 공유하기 위하여 자신에게 말걸기라는 수법을 즐겨 이용한다. 그리하여 결핍된 현실을 불러내기도 하고, 부족한 자아를 불러들이기도 하면서, 외부와 내면을 서정의 공간에서 공유하면서, 사유의 보행을 나서듯이 한 시대를 시인 된 걸음걸이로 걸어가고자 하는 것이다.

　세 번째로 드러나는 특성으로 필자는 지성적 힘이 결부된 시심의 아름다움과 의미를 보았다. 모든 예술은 감성의 산물이지만, 감성 그 자체만으로는 아무것도 이룰 수 없으며, 아무데도 다다를 수 없다. 예술이 지성적 힘을 얻을 때 그 힘은 아름다움마저도 진실이 되게 하는 역동성을 발휘한다.

　그러기 위해서는 이성적 당위성이나 지성의 힘만으로는 부족하다. 감성적 심미안이 슬기로움을 만날 때 예술은 힘을 얻게 되고, 그 힘이 삶을 풍요롭게 한다. 예술이 추구하는 지성적 힘이란 무엇일까? 그것은 곧 철학적 사유와 사상적 정신력이 내재화 된 것을 말한다. 삶의 근원에 대한 천착, 인생의 길에 대한 끈질긴 탐구와 사유, 그런 본질에 대한 깊이 있는 사색이 아름다움에 힘을 싣게도 하고, 즐거움에 의미를 부여하게도 하는 것이다. 그것이 곧 예술이 추구하는 지성의 힘이다.

　장시몽 시인은 '자기에게 말걸기' 화법으로 지성의 힘을 발휘한다. 의미 있는 시작법이라 아니 할 수 없다. 다음의 작품에서는 지성의 힘이 시와 어떻게 만나서 심미적 아름다움과 의미로 재탄생하는지를 잘 보여준다.

　　방안을 가득 채운 자유는
　　외로움을 동반하고
　　나는 허공만 바라보며 시간을 부스러뜨린다

몇 권의 일기장 더미처럼

추억은 먼지 속에 녹슬어 가고

따스했던 얼굴들의 미소는

잃어버린 앨범과 함께 사라져버렸다

초침같이 자꾸 바뀌는 시간의 조각처럼

꿈도 자주 잊혀만 간다

내 인생에서 소비할

美製 볼펜심은 얼마나 될까

바이엘 66번 피아노도 잊었고

로망스 기타 기억나지만

쓰다만 시구는 그만 잊자

한 가지는 생각난다

몇 날을 끙끙대며 고안해 냈던 비밀번호

사랑하는 사람들의 생년월일 두 번째 숫자

3.3.3.5.

그러나 이젠

3.0제로.3.5로 바꾸고 싶다

나는 혼자다

호텔 캘리포니아

우리 또래들은 이 곡을 좋아한다

밤이라서 속으로만 흥얼거린다

캘리포니아 드림

샌프란시스코 장미정원 거기에 눕고 싶다

그 언젠가처럼……

— 「새벽 책상 앞에서」 전문

장시몽 시인이 지닌 지성의 힘이 감성과 만나서 이루어 내는 시적 변용의 결기를 잘 보여주는 작품이다. 생각하는 갈대가 이를 수 있는 사유의 경지를 이만큼 걸러내기도 쉽지 않았으리라. 그것은 이 작품이 '내가 나에게 말걸기'라는 시적 발성법에 대한 결정판이라 해도 과언이 아니리라는 것이 필자의 판단이다.

현대인들은 넘치는 자유 때문에 현실을 고달파하거나, 혹은 부족한 자유 때문에 현실을 저당 잡히고 사는 꼴이다.

앞의 넘치는 자유는 첨단 과학 기술과 산업주의 시대 다량— 대량 생산의 여파로 맞은 물질적 풍요의 한 대목을 말한다. 현대(적어도 21세기 초입)의 한국인들은 넘치는 자유의 물결 때문에 지겨워한다. 이제는 민주네, 정의네, 양심이네, 민족이네, 통일이네, 동포네 하는 가치 지향적 관념어들의 시세가 형편없이 추락한 지경이다. 그런 자리를 웰빙이네, 재테크네, 해외여행이네, 부동산 투기네, 주가지수네 하는 물질적이고 자본주의적인 가치들이 점령한 지 오래다. 도대체가 넘치는 자유조차 주체할 수 없는데 무슨 이념이나 정의가 눈에 들어올 리 없다는 투다.

뒤의 부족한 자유는 그럼에도 불구하고 욕망의 확대 재생산으로 하여금 상대적 빈곤감이 온 사회를 지배하고 있다. 현세적이고 물질적인 상업주의의 팽배는 마침내 정치 권력마저도 '시장의 손'에 넘어갔다는 인식을 낳았으니 더 말하여 무엇 하겠는가? 가치와 의미를 창출해 내던 인문학적 패러다임은 이제 자본이 그 역할을 마저 하고 있는 꼴이다. 그래서 총구에서 나오던 권력이 은행 창구에서 나오는 꼴이 되었으며, 민초들의 손끝에서 나오던 권력이 이제는 자본의 위력으로 빚어지는 형국이 되었다. 그러므로 가지지 못한 자들은 부족해서 결핍을, 가진 자들은 더 가지지 못해서 결핍을 호소한다. 그것이 바로 부족한 자유의 실체다.

「새벽 책상 앞에서」 시인은 자기에게 말을 건다. 자신이 소유한 자유
는 시간뿐임을 자각한다. 그러나 그 자유마저도 부스러뜨리고, 그 자유
로 인하여 쌓았던 소중한 추억마저도 사라져 버리고 만다. 그리고는 마
침내 시인 자신이 자신에게 묻는다. '미제 볼펜심으로 소비할 수 있는
내 인생의 질량을'. 아마도 그 대답은 이어지는 시어들이 잘 말해 주고
있다.

미제 볼펜심으로 소비할 수 있는, 저 탄탄했을 현세적 인생의 어느 페
이지는 이미 다 채워지고 빈 여백이 없을 만큼 시적 화자의 연륜도 깊어
졌으리라. 그러나 화자가 잃은 것은 물질주의적 가치로는 도대체 대신
할 수 없는 소중한 아름다움— 삶의 힘이 되는 예술적 지성미를 잃고 있
음을 자탄하게 된다.

예술적 힘은 아름다움을 동반한다. 피아노를 치며 인생을 노래하는
아름다운 힘, 로망스를 기타로 연주하며 즐기는 아름다운 의미, 소중한
시구를 무슨 잠언처럼 삶의 중심에 두고 가슴 떨려하던 순수한 삶의 모
습들이 이제는 사라진 것이다.

이제는, 고귀한 아름다움의 자리를 비밀 번호가 대신하게 되었다. 사
람의 자리에 기호화한 비밀번호가 대체되면서 인간적 삶, 지성의 힘이
예술을 만나서 우리의 삶을 풍요롭게 했던 시대는 저물고 말았다.

그렇다면 포기하고 말 것인가? 시적 화자는 결코 포기하지 않는다. 호
텔 캘리포니아를 노래했던 꿈을 다시 꾸고자 한다. 장미정원에 누워서
인생의 향연을 구가하고자 한다. 비록 현실의 저쪽에서 그 꿈이 퇴색하
고 끊임없이 상업주의적 물성주의가 현실을 압도할지라도 '그 언젠가
처럼' 잊을 수 없는 사람살이의 중심에 서고자 한다.

자유마저 부스러뜨리고야 마는 현세적 질곡을 넘어, 물성주의에 순
치되어 미제 불펜심으로 소비했던 내 인생의 질량을 가늠하면서, 한갓

기호화한 형식으로 존재하는 인간됨의 참상을 극복하면서 마침내 장미 정원에 내 인생을 평안히 눕게 하고 싶다는 꿈, 그 꿈꾸기를 포기하지 않는 자, 그 이름을 시인이라 하지 않던가!

　장시인은 그렇게 '내가 나에게 말걸기'의 화법으로 자신에게 주술을 거는 것이다. 기도를 하는 것이다. 주문을 외우는 것이다. 그리하여 마침내 감성의 결이 곱고 여리게, 정감의 파장이 섬세하고 진중하게 지성의 힘을 만나서 시적 미학을 결실하는 것이다.

　장시몽 시인의 시세계를 '내가 나에게 말걸기'로 집약하면서 필자가 느낀 아쉬움도 있다. 말하기의 차원에서 벗어나는 문학은 존재할 수 없지만, 그래도 그 말— 시어들이 좀더 함축성의 파장을 웅숭깊게 하고, 은유적 맥락을 더욱 정치精緻하게 구사해 주기를 바라는 마음 간절하다. 비범한 탁월성도 천재성에 값하지만, 비범하진 않지만 언어— 시어들의 개성적 관계 맺기나, 구사되는 언어들의 의미를 은유적으로 재배치함으로써 '장시몽류'의 시세계가 진일보하기를 염원하는 것이다. 그럴지라도 이것은 순전히 장시몽 시인의 시인다운 삶의 진정성과 이를 문학과 현실에서 고르게 동시적으로 구현해 내려는 문사다운 결기를 접하면서 부려본 필자의 욕심임을 안다.

　'내가 나에게 말걸기'는 시의 어법이자 삶을 진정케 하는 소통의 수단이다. 그것이 자아성찰을 통해서는 부끄러움을 토로하는 자기 고백으로, 신앙의 손끝에서는 정갈한 기도로, 그리고 지성의 힘을 만나서는 아름다움도 힘이 되게 하고 즐거움도 의미가 되게 한다. 장시몽류 시의 어법이 우리 사회에 삶의 진정성을 확립해내는 말하기 어법의 하나의 전형을 이루고 있다고 생각한다. 그런 시세계를 정밀하게 들여다 볼 수 있었던 것은 순전히 필자의 보람이 아닐 수 없다.

나를 찾아가는 시의 만행卍行
— 최신림 처녀시집 『홀로 가는 길』 작품론

시인은 탐색하는 사람이다. 자아의 심미안으로 경이로운 타아를 찾아가는 나그네다. 주체의 울타리를 넘어 객체의 현상을 아름다움으로 채색하려는 사람이다. 어찌 보면 시인처럼 모순에 찬 호사가도 없을 것이다. 앎이 어떻게 느낌이 되며, 느낌이 어떻게 앎으로 치환될 수 있겠는가? 이는 마치 그림 속의 떡을 보면서 굶주림을 면하려는 것이나, 포만의 욕망으로 하늘의 뜻을 간파하려는 것처럼 모순에 찬 것으로 비치기도 한다. 그럼에도 불구하고 시인은 그런 시도를 포기하지 않는다. 느낌이 진리가 되며, 깨달음이 바로 배부름이 되는 진리를 포기하지 않는 사람이다. 그래서 시인은 모순된 존재다.

그런데 생각해 보면 이 세상에 모순 아닌 것이 또 얼마나 있겠는가? 이를테면 하늘과 지상의 관계, 자연과 사람의 관계, 또한 사람과 사람, 사람과 신성의 관계, 소유와 무소유의 관계, 남과 여, 부모와 자식의 관계 중 모순 아닌 것이 무엇이겠는가?

하늘이 지상을 관장하는 것으로 비치다가도, 하늘의 조화는 결국 지상의 반응임을 알아차리는 것은 그리 어려운 일이 아니다. 사람이 자연의 대척점에 서 있는 것으로 비치다가도 사람마저 자연성의 극히 미미한 일부임을 깨닫기 또한 어렵지 않다. 사람이 사람 대하기를, 사람이 신을 대하듯 하면 크게 어긋나지 않는다. 이 점을 알아차리는 데 그리 광신적 신앙이 필요한 것은 아니다. 나(사람) 보듯이 타인(사람)을 보면 그만이기 때문이다. 소유하지 않고 어찌 찰나나마 생존할 수 있으랴. 소유와 무소유는 욕망의 한계를 설정하는 슬기로움에 의해서 좌우된다. 이런 슬기로움으로 남자(여자)가 여자(남자) 대하고, 부모(자식)가 자식(부모) 대하면 그만이다.

시인은 이런 모순된 관계에서 의미와 함께 아름다움을 동시에 추구하려는 인생 나그네다. 그렇게 해서 찾은 앎— 깨달음을 진리라고 해도 무방하지만, 시에서는 '미학적 진실'이라고 불리기를 선호한다. 왜 미학적 진실인가? 참되어야 하되 그것이 음악적 쾌감과 동반해야 하고, 즐거워야 하되 그것이 예술적 심미안과 결합되어야 하며, 의미를 밝히되 그것이 사람의 정신력을 심미적으로 고양시키는 계기가 되어야 하기 때문이다.

시는 아름다운 진리, 혹은 진실한 아름다움을 향하여 부단히 길을 간다. 아니 길을 낸다. 없는 길, 낯선 길을 탐색하고 개척하는 사람이다. 시인이 추구하는 탐색의 길이 종교적으로 보면 신의 뜻을 찾아가는 길이요, 인생론적으로 보면 바른 도리를 찾는 길이요, 삶의 방편으로 보면 그것이 존재의 자기 증명을 위한 탐색의 길이 된다.

불가의 선지식들은 동안거冬安居 하안거夏安居 통해서 깨달음, 혹은 깨달음을 위해 건진 화두를 가지고 길을 나선다. 이를 적나라한 세파의 한 중심에서 확인하고 증명하기 위해서 만행卍行을 떠난다. 그 길은 고통의 길, 극기의 길, 고행의 길이다. 육신의 길을 통해서 정신의 길에 이르고자 하는 수행의 길이다.

기독교에도 고행 수도사들이 있다. 봉쇄 수도회, 침묵 수도회, 사막 수도회 등 인간으로서 감내하기 쉽지 않은 규율을 스스로 수용하고 수도 정진한다. 한번 수행 기도처에 들어가면 출입문을 열어 주기 전에는 밖으로 나올 수 없는 고행을 자처하는 봉쇄 수행, '메멘토모리memento mori— 그대도 죽는다는 것을 잊지 말라'는 말 이외에는 어떤 말도 나눌 수 없는 침묵 수행, 혹독한 자연 환경을 적응하며 극복해 내는 사막 수행 등 수도자들은 육체적 극기를 통해서 정신적 진리, 마음의 자유를 추구한다.

이런 고행— 만행의 종착점은 결국 어디이겠는가? 결국은 '나는 누구인가?'에 닿는다. 나를 찾아서 그 멀고 험한 고행을 마다하지 않는다. 불가나 기독교의 수도사들이 엄한 자기 규율과 혹독한 고통을 감내하면서 자아를 찾아 나서는 이유는 시인들이 추구하는 미학적 진실과 크게 다르지 않다.

굳이 다른 점을 찾으려 한다면, 수도사들이 육체적 한계를 극복함으로써 정신의 해탈을 추구한다면, 시인들은 심미적 발견을 통해서 현실의 삶에 윤기를 주려 한다는 점이다. 그러니까 수도사들은 절대 자아의 발견이 곧 하늘의 진리에 닿는 일이라 한다면, 시인들은 특유의 심미안으로 발견한 미적 진실을 형상함으로써 진리에 이르고자 한다는 점이다.

종교나 문학이나 결국에는 '나— 자아'에 닿는다. 종교적 수행이나 시문학적 탐색이나 결국은 '나는 누구인가?'에 대한 해답을 얻고자 하는 과정일 뿐이다. 그런 탐색의 여정이 곧 만행卍行이다. 그러니까 만행은 삼라만상과 부딪치며 얻어지는 자아의 각성이며, 뺨에 스치는 한 줄기 바람이거나, 고속도로를 질주하는 차량의 행렬을 바라보는 것, 친구와 악수하고 연인과 접촉하는 모든 것이 수행이고 만행卍行일 수 있다.

'진리— 깨달음을 향한 수행' 일체를 만행이라 한다면, 신앙적 자세로 받아들이는 고행이나 시문학적 심미안으로 탐색하는 일이 바로 만행이다.

최신림 시인은 그런 만행의 차원에서 시문학을 탐색한다. 태생적 운명이랄까, 천성적 화두랄까 하는 점이 최 시인의 문학적 유전성을 규정하는 하나의 화두가 될 수 있다. 그는 이미 젊은 나이에 출가出家의 체험으로 수행과 탐색의 길을 경험한 바가 있다. 그의 수행은 청춘의 방황과 결탁하여 고뇌를 달게 여기는 인생으로 깊어 갔으리라. 그런 고뇌의 시간들을 거쳐 마침내 의미 있게 만난 경지가 바로 시문학이었다. 이는 최신림 시를 음미하는 데 시사하는 바가 크다.

한 사람의 인생 역정을 돌아보면서 그 사람의 자전적 인생 궤적을 그려볼 수 있듯이, 한 시인의 방황과 고뇌가 결국은 인생의 밑그림에 지대한 영향을 미친 것은 분명하다. 청춘의 쓴 맛을 제대로 음미하기도 전에 그는 서해의 어느 섬마을 '작은 암자' 에서 이미 문학적 수행의 시간을 담금질했음을 고백하고 있다. 이는 그의 인생에겐 쓰디쓴 양약이었을 것이며, 그의 문학에는 약발 좋은 보약이 되었음에 틀림없다.

그의 아호 '덕천광해德泉光海'는 그냥 얻어진 것이 아니리라. 불가의 무한한 탐색의 과정에서 얻어진 별호이겠지만, 아호가 내포하고 있음직한 사람됨은 바로 시인됨의 경지와 잘 어울린다는 점을 눈여겨 볼 필요가 있다.

시가 결국은 시인의 사람됨의 변주고, 시문학 작품이 마침내 시인됨의 질량에서 크게 벗어나지 않는다는 전제를 수용하면 그렇다. 그가 추구했을 불가에 귀의한 진리 탐구의 길이나, 끝내 귀향처로 삼은 시인됨은 전적으로 시문학 작품에서 합치되어야 한다. 그가 종교인으로서 수행하여 얻어진 깨달음이나, 시인으로서 문학적 탐색을 통해서 얻어진 심미적 세계가 작품에서 승화되어야 한다는 점이다.

역으로 보면 최신림의 시문학 작품이 그의 사람됨은 물론, 불가적 세계관에 대한 나름대로의 해석을 담아내면서 동시에 문학적 의미와 아름다움을 잘 빚어내야 한다는 점이다. 이것이 종교를 받아들이듯이 시문학을 수행했음을 보이는 길이요, 시문학의 심미적 안목이 불가적 진리를 형상화해 내는 도구가 될 수 있음을 기대할 수 있기 때문이다.

이런 관점은 그에게 짙게 배인 불가적 성장 색채나, 문학적 수업의 여정이 젊은 나이에 비해서 녹록치 않은 역정을 보여주고 있기 때문에 하는 말이다. 고통스럽고 써늘했을 청춘의 고뇌를 고스란히 수용하면서 최종적으로기대할 수 있는 세계로 시를 선택했다고 고백하고 있음에 기인하는 것이다.

종교나 문학이나 본질적인 운신의 근원은 바로 고독― 외로움이다. 이는 진정으로 참된 신앙인이 걷는 길이나, 혹은 치열성에 극한 시인이 걷는 길에서 공통된다. 외로움을 양식으로 하지 않는 신앙인이 걷는 길은 현세와의 타협하는 길이요, 고독을 사랑하지 않는 시인이 걷는 길 역시 사회에 순응하는 길뿐이다. 고독하지 않으면 신도 인간의 곁으로 다가 오지 않으며, 외롭지 않으면 뮤즈도 시인의 마음으로 찾아오지 않는다.

최시인은 그런 삶을 종교와 문학의 경계를 두지 않고 수행했다. 그리하여 덕천광해의 심덕으로 사려 깊은 시의 세계에 문학의 씨앗을 뿌리고자 하는 것이다. 그 씨앗이 발아하여 마침내 한 권의 시집으로 탄생하는 시점에서 우리는 『홀로 가는 길』을 만나게 된 것이다. 그러니 그가 걸어온 길은 '홀로 걸어온 길'이었으며, 앞으로 걸어가야 할 길 또한

'홀로 가야 하는 길'임에 분명하다.

이는 최신림 시인이 자신의 몫을 잘 간파한 것으로 보인다. 자아 탐색의 길에서 종교와 문학은 서로에게 매우 유익한 동반자가 될 수 있다. 철학과 사상이 형이상학으로 이웃하듯이, 종교와 문학 역시 형이상학으로 함께 한다.

다만 종교가 끝내 실제적인 삶의 현상들을 관념으로 개념 지음으로써 교리를 창조해 내는 것이라면, 문학은 관념으로 들어온 개념들을 형상화의 옷을 입혀 구체화함으로써 시를 생산해 내는 것이 다를 뿐이다.

이런 변별성에도 불구하고 선지식의 깨달음을 담은 게송이 시인의 시와 다르지 않고, 시인이 혼신의 힘으로 노래한 시가 게송과 별로 다르지 않음 또한 특기할 만한 일이다. 그의 시가 아직 그런 경지에 이르지 못했다 하더라도 시의 행간을 관통하고 있는 고독과 정신력의 결정이 그런 경지로 나아가려는 열정을 읽기에는 절대 부족하지 않아 보인다.

다음 작품을 보면 이런 생각이 그리 틀리지 않았음을 알 수 있다.

허울뿐인 육체 벗어버리고 가장 소중한 불빛 들고 그 먼 나라로 걸어가자. 구릉丘陵 지나 내 알 수 없는 그곳으로, 젊은 시인은 광인狂人 되어 핏방울 고인 울대로 노래 부르는 접동새 따라 터벅터벅 걸어간다. 청춘은 푸른 나무의 잎사귀 쪼아대는 바람 앞에 무릎 맞대고 조아려야 했다. 그저 시간을 허허롭게 기다리다 지친 살가운 영혼은 솔밭 사이로 길게 드리운 그림자 따라 이젠 한 소절 시詩 소리와 발자국 남기며 숨 거둔다.

— 「갈 수 없는 나라」 전문

이 작품이 담고 있는 서술적 특징은 '~가다'에 집중 되어 있다. '~가다’는 결구인 ‘숨 거둔다’에 이르러 종착점을 드러낸다. 그런데 시의 제목이 ‘갈 수 없는 나라’다. 이는 무엇을 의미하고자 하는 것일까?

줄기차게 어디론가 목표 지향적으로 가고자 하는 것이 바로 인생이다. 그러나 아무리 가고자 하지만 마침내 갈 수 있는 곳은 종언終焉의 자리 죽음뿐이다. 이것은 움직일 수 없는 진리요 불변의 사실이다. 그럼에도 불구하고 인생은 영원히 살 것처럼 현생에 애착을 가진다. 그리고 목표를 향하여 열심히 ‘가는’ 것으로 착각 아닌 착각을 하며 살아간다. ‘살아가는’ 것이 아니라 결국은 ‘죽어 가는’ 길임을 외면하는 것이다. 가고자 하지만 마침내 갈 수 없는 역설의 삶을 지적하고 있다. 그래서 갈 수 없는 나라가 아닌가.

그렇다면 갈 수 없음으로 현실은 닫힌 절망뿐인가? 그렇지 않다. 한 편의 짧은 게송으로 수행의 삶을 드맑게 정화시키는 선지식들처럼, 시인은 한 편의 시로 갈 수 없으나 마침내 갈 수 있는 길을 제시하고자 하는 것이다. 허울뿐인 육신의 겉치레로 가는 길, 가는 나라가 아니라, 가장 소중한 불빛을 들고 가고자 하는 것이다.

그 불빛이 바로 ‘핏방울 고인 울대로 노래 부르는 접동새’ 시심이나, ‘한 소절 시의 발자국 남기는’ 방법으로 가고자 하는 것이다. 하지만 육신의 길을 멈추어야 하는 한계에 부딪친다. 허울뿐인 삶은 마침내 그 허상이 벗겨질 때 참담한 몰골과 직면해야 한다. 그러나 혼신의 열정으로 부른 노래나 한 소절 시詩 소리는 ‘발자국’을 남길 수 있다. 육신의 발걸음으로는 갈 수 없는 나라지만, 접동새 울음으로 우는 시의 발걸음으로는 가지 못할 나라가 없다.

이런 탐색의 길이 마침내 시인의 자아 찾기의 길과 상통한다. 이처럼 나를 발견한 노래는 시의 게송이요, 그런 노래를 부르는 시인은 시의 만행이 아닐 수 없다. 나를 철저히 부정하고 깨달은 노래이기 때문이다.

가고자 하나 육신의 욕망으로는 닿을 수 없는 나라— 진리의 세계를 이 시인은 시로써 닿으려 한다.

최시인의 나를 찾아가는 만행은 이 시집을 관통하는 주요 모티브다. 다음 두 편은 이런 탐색의 과정을 잘 보여주면서, 동시에 시인이 바라보는 인생과 세계의 함축적 관계를 형상화하는 데 효과를 발휘하는 작품이다.

이른 새벽
약천암 오르는데
달팽이 한 마리
빈 집 등허리에 지고
끙끙대며
산 오르기가
버겁다며
빈 껍질뿐인
집을
길옆에 벗어 두고
맨 몸으로
비탈진
오솔길 올라갑니다.

—「약천암 1」 전문

달팽이가
허울뿐인

빈 껍질

벗어버리고

맨 몸뚱이로

꿈 찾아

이승 바닥

기웃거린다

없더라!

없더라!

아무것도

없더라.

—「무소유」 전문

앞에서 살펴본 '갈 수 없는 나라' 와 발성법이 그리 다르지 않다. '약천암' 으로 표상된 세계가 인간이 다다르고자 하는 구경의 목표라면, 혹은 인간이 지닐 수 있는 삶의 이유라면 무거운 집― 짐을 이고 지고서는 그 높은 목표에 이를 수 없는 것이다.

빛나는 훈장이나 값나가는 고귀한 보물처럼 여기지만, 그 집― 짐은 결국 '빈집' 일 뿐이다. 인간은 결국 껍데기로 남을 빈집을 무겁게 지고 마치 무슨 거룩한 이상이라도 되는 양 인생 고갯길을 올라가는 것이다. 참으로 어리석음의 극치가 아니겠는가?

인생의 고갯길만이 아니다. 하다못해 뒷동산이나 등산을 즐길 목적으로 하루거리 산에 오를지라도 지고 가는 짐은 간편할수록 목표의 정상에 도달하기가 용이하다. 등산 가방에 욕심 사납게 세속의 욕망과 염려를 잔뜩 챙겨 간다면 정상은 고사하고 산중턱에서 주저앉게 되는 것은 뻔한 일이다.

지혜로운 등산객은 '맨 몸'으로 올라간다. 지혜로운 인생은 군더더기 짐을 덜어낼 줄 알아야 한다. 행낭이 가벼워야 먼 길을 갈 수 있다. 욕망으로 부푼 행낭을 이고 지고서는 먼 길은 고사하고 이웃에도 이를 수 없다. 명예도 벗어 두고, 부귀도 내팽개치고, 영화는 잊어버리고, '맨 몸'으로 올라가야 한다. 결국 이룬 것이 달팽이 한 마리의 빈집일 뿐인 것을 '약천암'에 오르고자 하는 구도자는 안다.

가장 낮게 살아가면 보인다. '무소유'는 아무것도 소유하지 않는 삶이 아니다. 아무것도 소유하지 않는 무소유가 아니라, 필요 이상으로 소유하지 않는 삶이 무소유의 참 정신이다.

이런 무소유를 실천하려면 가장 낮은 자세로 살아갈 줄 알아야 한다. '이승의 바닥'을 기어가야 비로소 보인다. '없더라! 없더라! 아무것도 없음'이 보이는 것이다. 조금만 고개를 들면, 약간만 눈높이를 높게 두면, 어정쩡 허리를 들고 보면 '보인다'. 호화로운 욕망이 보이고, 화려한 부귀영화가 보이고, 드높은 권력의 자리가 보인다. 눈높이를 해발海拔에 둘 때, 달팽이의 삶으로 이승의 바닥에 둘 때 비로소 내가 보이고, 무소유로 자유로워진 참 나를 발견하게 된다.

그러므로 달팽이에 나의 시선을 둘 때 세상은 온통 존귀한 천지며, 나는 또한 얼마나 하찮은 존재인가를 발견하게 된다. 하찮은 존재인 나에게 무슨 장식, 무슨 소유가 그리 필요하겠는가? 잔뜩 소유해 보았자 결국은 아무것도 없는 이승의 바닥인 것을, 또 무엇을 소유하기 위해서 내가 나를 소유할 것인가? 없다. 아무것도 없다. 나를 능가할 만한 또 다른 소유의 대상은 없는 것이다.

최시인의 시적 만행은 이런 방식을 선호한다. 「약천암 1」이나 「무소유」에서 보여주는 나를 찾아가는 시의 만행은 매우 닮아 있다. 자아의 정체성을 확립하는 일이 구도자의 첫째 과업이라면, 시인의 과업 역시 여기에서 멀지 않다. 나를 찾아가는 길은 수도자들이 자청한 고행의 길이요, 수행의 길이라는 것이다. 가장 낮은 자세로 나를 낮추어야 비로소 찾을 수 있는 나의 존재성! 만행의 길 끝에서 만나게 될 나의 모습으로 과히 나쁘지 않다. 달팽이보다 무엇이 더 나을 수 있을까?

불교적 세계관으로 무장된 최시인의 시세계가 평이한 비유와 상징으로 다가선다. 짧은 게송처럼, 깨달음에 감격하는 구도자의 외마디 외침처럼 그의 시는 번다한 장식을 거부하고, 장황한 변설을 외면한다. 단순 명쾌한 깨달음의 경지를, 길을 가다 만난 사물의 진면목에서 나를 찾은 소회를 담담하게 그려낸다.

> 인간의 마음속엔
> 외로운 섬이 누구에게나 존재한다
> 고독이 잔잔한 물결에 흔들리는 날
> 열병과 고통이 온 몸 할퀸다
> 깊숙한 내면에 숨어 있는 침묵의 통로 저편
> 한 줄기 빛이 외길로 뻗어 있다
> 정적이 흐르는 바람의 끝 향하여
> 쉼 없이 방황하는 생각의 꼬리 잡고
> 아무와 동행할 수 없는 외로운 섬 같은
> 시간 속으로 홀로 간다.

—「홀로 가는 길」 전문

홀로 가다가 마침내 찾은 '나'의 모습이 처연하다. 가족이라는 품, 이웃이라는 울타리, 또래라는 인연, 동아리라는 이름의 또 다른 어울림,

사회라는 범주의 냉혹한 계약으로, 인간은 끊임없이 관계 지어지고, 또한 인연을 만들어 가는 존재다.

그런들, 그렇게 인연을 만들어 간들 마침내 다다른 나의 모습은 철저하게 '외로운 섬' 일 뿐이라는 발견이 쓸쓸하다. 외로우니까 사람이라고 명명한 시인도 있다. 그 외로운 사람을 생각하는 갈대라고 이름 붙인 철학자도 있다.

이제 함께 견뎌 내야 한다. 외롭지 않다고 부정하지 말고 고독과 더불어 살아야 한다. 그것이 바로 '침묵' 이다. 침묵의 통로 저편에 밝은 희망의 '불빛' 이 있을 수 있음을 시인은 말하고 있다. 그 불빛이 무엇인가? 그 침묵의 통로는 무엇인가?

철저하게 고독해 본 사람만이 침묵할 수 있으며, 침묵의 통로를 지나온 사람만이 시를 빚을 수 있다. 묵언 수행이 되었건, 봉쇄 수도행이 되었건, 밖으로 난 창이나 출입문을 닫아걸고 자신의 내면과 철저하게 맞서 본 사람만이 희망(불빛)을 말하고, 침묵을 웅변할 수 있다. 그것이 바로 깨달음이요, 그 깨달음이 바로 나를 찾는 일이다. 그것은 불가의 제자들이 고행을 감수하며 길을 나서는 만행처럼, 고독이라는 질병과 외로움이라는 복병과 혼자라는 절망과 싸워 이긴 결과다. 그 전리품이 바로 나를 찾는 길이다.

시인 최신림은 아직도 젊다. 이 젊다는 말은 연치만을 뜻하는 것이 아니다. 그가 나서야 할 구도의 길이 멀고, 그가 극복해야 할 자아 찾기의 길 또한 멀다는 뜻이다. 인생은 끊임없는 구도의 길이다. 누가 있어 인생의 진리를 밝혔다고 장담할 수 있는가? 누가 있어 인생의 길에서 나를 찾는 일을 마쳤다고 외칠 수 있는가? 그런 사람은 단 하나 '갈 수 없는 나라' 를 가겠다고 고집을 부리는 사람과 다름없다.

'늙었다' 가 단순히 숫자로서의 연치를 말하는 것이 아니라, 인생을 탐구하고자 하는 열정의 쇠퇴를 의미하듯이, 인생의 종언은 죽음이 아니다. 인생의 죽음은 나를 찾는 일에 자포자기하거나 자만에 이른 때를 말한다. 잠시도 중단할 수 없는 자아 찾기의 여정, 잠시도 미뤄둘 수 없는 삶의 길을 묻는 탐색의 길 찾기를 누가 있어 서둘러 닫을 수 있을 것인가?

최시인은 이 처녀시집을 상재함으로써 문학 인생의 하안거에 이를 것이다. 또는 이 시집에 담은 자아 찾기의 짐을 잠시 벗어 두고 숨고르기의 동안거에 들 수도 있다. 그렇대서 수행하는 나를 찾아가는 만행을 아주 멈추지는 않을 터이다.

기왕에 인생 탐색의 만행에 나서기 위한 숨고르기를 한다면, 그런 의미의 문학적 동안거— 하안거에서는 보다 명징한 심미안의 화두를 챙겨 들기를 권한다. 어떤 유혹에도 흔들림 없이, 어떤 난관에도 좌우됨이 없이 굳건하게 지탱하고 갈 수 있는 문학 화두를 견고하게 챙겨 두기를 바란다.

이를테면 자아 찾기의 궁극적 화두가 보다 많은 이들의 공감의 울력을 받을 수 있도록 한다든지, 시어의 제 자리 앉히기를 위해서 침묵의 수행승처럼 더욱 견고한 언어의 성에 들어가도 좋을 것이다. 아니면 시문학이 궁극적으로 획득해야 할 예술적 즐거움의 금광맥을 개척한다면 더욱 좋은 일이다.

어떤 방법, 어떤 수단이건 시문학이 여타 예술 장르의 원천적 질료이고 엄정한 언어예술이라는 움직일 수 없는 대 원칙 앞에서, 오롯한 시문학의 위상에 걸맞는 최신림 시문학의 의미 있는 아름다움을 위하여 제2시집의 수량에 축복 있기를 간절히 바란다.

제1시집에 담긴 나를 찾아가는 만행으로서의 시문학은 이제 시인으로서 자기를 들여다보는 거울이 될 것이다. 싫어도 내 새끼요, 미워도 내 소산이다. 이 '홀로 가는 길'을 천명한 최 시인의 단호한 선언에 필자는 일말의 안도의 호흡을 가다듬어도 좋으리라. 엄정한 자기 선언, 고독에 밀리지 않고 내 안의 섬을 찾아가려는 단호한 시문학적 결기가 마침내 아름답게 개화하리라고 믿는다.

그때 최신림의 시는 또 하나의 우담바라가 되어 우리의 시대, 우리의 삶에 소중한 위로가 되고, 기쁨이 될 것을 확신한다. 그런 확신을 당부 삼아 띄우며 소졸한 발문을 접는다.

순수의 깃발을 들고, 문학의 노를 저어
— 심재기 동시집 『뾰로롱 마음을 열어라』 발문跋文

어린이가 어린이다운 눈으로 보고 쓴 시는 동시가 되고, 어른이 어린이의 마음으로 쓴 글은 아동문학이라고 합니다. 그러나 이것은 어른들이 문학의 울타리를 치면서 느슨하게 가르는 말일 뿐이라는 생각입니다. 왜냐하면, 어린이나 어른이나 순수한 동심의 세계를 노래하는 시는 모두가 동시고, 어린이의 마음을 담은 글은 모두가 아동문학이기 때문입니다.

그러므로 동시나 아동문학을 가름하는 것은 필자가 어린이냐 어른이냐가 아니라, 바로 어린이의 세계나 마음을 얼마나 어린이답게 잘 그려냈느냐의 여부로 보아야 할 것입니다.

그런데 소위 어른 시— 성인문학을 볼라치면, 정작 아름다운 시, 훌륭한 문학작품은 군더더기가 없는 순수한 사람의 마음을 담아내고, 세상의 아름다움을 잘 그려낸 작품들이 대부분인 것을 알 수 있습니다. 이것으로 보아 정말 좋은 시, 훌륭한 문학작품은 어린이처럼 때 묻지 않은 맑은 마음을 그려낸 글이어야 함을 알 수 있습니다.

어찌 문학뿐이겠습니까? 예수님도 어느 누구도 어린이와 같지 않고서는 하늘나라에 들 수 없다고 일찍이 가르치지 않았습니까? 이는 가장 깨끗하고 맑은 마음을 지녀야만 천국에 갈 수 있고, 그 모범이 될 수 있는 예로 어린이를 든 것입니다.

예수님의 이 말씀을 빌리자면, 동시― 아동문학에 그려진 순수한 마음을 지니지 않고서는 누구도 문학 나라에 들 수 없다고 말할 수 있을 것입니다. 그만큼 동시― 아동문학은 문학의 정수精髓― 사물의 본질을 이룬 가장 뛰어난 형식이라 할 것입니다.

아직 세상 물정에 물들지 않은 어린이는 맑고 아름다운 마음을 지니고 있습니다. 그래서 어린이의 눈으로 보는 세상은 제한이 없습니다. 어른의 눈으로 볼 수 없는 세계의 구석구석까지 볼 수 있으며, 말하지 않는 것까지 말할 수 있으며, 움직이지 않는 것까지 움직이게 할 수 있습니다.

이런 이들은 생명이 없는 것에 생명을 불어넣으며, 자연에게도 말을 걸고 대화할 수 있으며, 동물들의 언어도 해석해 내는 신비한 능력을 지녔습니다.

그런데 사람은 태어날 때부터 이런 능력이 있다고 합니다. 그런 사람들이 세상의 형편에 물들고, 세월의 누더기에 갇혀 살다 보면 그 총명한 슬기에 때가 끼고, 맑은 영혼이 흐려진다고 합니다.

그런 됨됨이를 일컬어 '어른 되기' 라고 한다면, 누가 어른이 되고 싶어 하겠습니까? 불행히도 대부분 어른이 된다는 것은 어린이의 아름다운 마음을 잃어버리는 일이요, 어린이의 맑은 영혼을 더럽히는 일이라는 사실을 아쉽지만 인정하지 않을 수 없습니다.

그런데 어린이처럼 아름다운 마음을 되찾고, 흐려진 영혼의 정기를 되살리는 방법이 있습니다. 그것은 바로 아동문학을 통하는 길입니다.

일찍이 서양의 동화작가 안데르센은 이렇게 말했습니다.

"모든 사람의 인생은 신의 손으로 쓰이고, 그리고 그것은 한편의 동화다."

참 간결한 표현 속에 사람과 세상의 특징을 잘도 표현한 말입니다. 아무리 복잡하고 어려운 인생의 문제도 알고 보면 결국 한 편의 동화 이상도 이하도 될 수 없다는 것입니다. 사람이 살아간다는 것은 사람만의 의지로 사는 것 같지만 전 인생을 두고 보면 결국은 불가사의한 신의 섭리에서 벗어날 수 없음을 지적한 말입니다. 그리고 그것은 어린이들이 좋아하는 동화의 세계라는 것입니다.

얼마나 멋진 표현입니까? 그러니까 어린이가 되었건, 혹은 어른이 되었건 인생의 길을 제대로 알고 싶다면 동시나 동화의 세계에 들어보면 됩니다. 어린이들은 지어서 일부러 그런 세계를 들여다보려 하지 않아도 됩니다. 어린이들의 삶 자체가 바로 동시요 동화이니까요.

그러나 어른은 다릅니다. 이미 슬기로움에 때가 끼고, 영혼이 흐려진 어른은 지어서 일부러 어린이의 세계를 들여다보려는 노력을 하지 않고서는 하늘나라는 고사하고 살아서도 순수한 삶을 되찾을 수 없습니다. 이것이 바로 어른이 되어서도 아동문학을 추구하는 일의 근본원이며, 이것이 바로 신의 섭리로 이루어지는 한 편의 동화 같은 인생을 제대로 사는 일입니다.

이런 일을 내놓고 앞장서 하는 어른들을 일컬어서 아동문학가라고 부릅니다. 동시나 동화로 어린이들에게는 더욱 어린이다움이 무엇인가를 일깨워주고, 어른들에게는 잃어버린 슬기의 별빛을 되찾아 주거나 영혼의 샘물을 길어 올리는 사람들입니다.

심재기 아동문학가도 바로 그런 사람 중의 하나입니다. 그는 처음 아동문학으로 문학밭에 발을 들여놓았지만, 종내는 어른 시도 참 맛깔스럽게 쓰는 시인입니다. 하기는 문학의 넓은 경계에서 보면 성인문학이네, 아동문학이네 가르는 것이 참 어처구니없이 헛된 일이라는 생각이 듭니다.

왜냐하면 앞에서 말씀 드린 바처럼, 문학은 신이 쓴 한 편의 동화 같은 인생을 이야기해 주는 것이라면, 문학작품이 얼마나 성공적으로 인생을 동화처럼 그려내느냐의 성공 여부만이 문학의 관심사가 되어야 하기 때문입니다. 그래서 참 훌륭한 성인문학은 아동문학으로도 빛을 발해야 하며, 참 아름다운 아동문학은 성인문학으로도 손색이 없어야 할 것입니다.

심재기 선생의 문학 세계가 바로 그런 것으로 보입니다. 그는 성인문학의 노를 저어 아동문학의 진수眞髓― 중심 부분에서도 가장 중요한 부분에 이르며, 아동문학의 깃발을 들고 성인문학의 정상頂上― 산의 꼭대기에 오르기 때문입니다.

이런 작품을 꼼꼼하게 들여다보고 있으면, 그런 생각이 저절로 들게 됩니다.

'뾰로롱 뾰로롱'
새소리 아침을 열면
싱글벙글 해님이
희망을 물어온다.

새들이 안녕 안녕!
꽃들이 안녕 안녕!

온누리가 밝아온다.
지구촌이 달려온다.

창문을 열어라.
마음을 열어라.
희망이 속삭인다.
꿈을 키우자.

숲으로 달려가자.
바다로 달려가자

서로서로 손잡고
지구촌을 달려보자.

—「뽀로롱 마음을 열어라!」 전문

　이 동시집의 제목이기도 한 작품입니다. 그의 문학관과 인생관 그리고 세계관과 가치관이 어디를 바라보고 있으며, 그 바라보는 마음의 바탕이 어떤 빛깔과 음악으로 채워져 있는지를 이 한 편의 시로도 넉넉히 가늠할 수 있습니다. 앞에서 말씀 드렸던 아동문학의 됨됨이나, 정말 훌륭한 문학이 가리켜 나아가야 할 바를 동시의 형식으로 보여주고 있기 때문입니다.

　우선 이 동시에는 노래의 영혼이 오롯이 담겨 있습니다. '뽀로롱 뽀로롱'은 새소리에서 빌린 소리[차음借音]로 흔히 소리시늉말이라고 하지요. 이 소리가 이 시집의 전편을 관통하면서 음악성의 근원을 제공하는 동기가 되고 있습니다. 이 한 행은 시의 한 행에서 그 역할을 다하는 것이 아니라, 바로 이러한 발상과 다가섬으로 우리[사람]를 노래하고 세상[밖]을 날아가자고 권유하고 있습니다.

시집 전반에 흐르는 이러한 느낌은 어린이의 관점을 통해서 사람의 마음을 깨끗하게 해 주는 진정한 효력을 발휘합니다. 그리하여 사람들의 정서가 더 순화 발달되어 문화적 가치와 예술 종교 등에서 느끼는 지적이고 고차원적인 감정으로 독자를 끌어올리기도 합니다. 이것이 바로 문학이 지니고 있는 고유한 기능이기도 합니다.

뽀로롱 날아가는 경쾌한 발상은 날짐승의 비상飛翔— 새 따위가 날아감을 넘어 사람의 의식과 미감을 함께 데리고 날아오르는 이미지를 떠올리게 합니다. 시의 비밀 중의 하나가 바로 여기에 있습니다. 더불어 누리는 평화와 사랑의 느낌이야말로 문학이 가고자 하는 중요한 목적이기도 합니다.

이어지는 '새소리 아침을 열면'에서 말의 관계를 낯설게 함으로써 굳어진 사람의 의식을 일깨우는 시문학의 역할을 엿볼 수 있습니다. '뽀로롱'은 소리시늉말이지만, 이 시어가 의미하는 바는 짓시늉말[의태어]까지도 포함하고 있습니다. 날아가는 날개 소리를 통해서 날갯짓하는 새의 모습까지 떠올릴 수 있다는 뜻이지요.

여기에서 새는 바로 '아침을 열고' 또한 '웃음을 열고(싱글벙글 해님이)' 나아가서 '희망의 아침(희망을 물어온다)'을 물어오기도 합니다. 순전히 '뽀로롱' 하는 소리— 짓을 시늉하는 말 한 마디가 우리에게 전혀 새로운 세계를 체험하게 합니다. 이것은 새의 비상처럼 경쾌하게 희망의 새 아침을 열어 가자는, 매우 밝고 희망에 넘치는 시의 메시지message— (어떤 사실을 알리거나 깨우치거나 내세우기 위하여 전하는 말)가 되고 있습니다.

중첩된 장애로 행동거지가 불편했을 헬렌 켈러는 의외로 항상 즐거운 인생을 살았다고 합니다. 어느 신문기자가 물었습니다. "당신은 무엇이 그리도 즐거워서 항상 밝게 사십니까?" 그러자 헬렌 켈러가 대답했습니다. "당신의 눈을 음지로 돌리시오. 그러면 그늘을 볼 것입니다. 그러나 당신의 눈을 양지로 돌리십시오. 그러면 햇빛을 볼 것입니다. 나는 항상 양지를 바라보고 있습니다!" 참 유머러스하지요? 시각 장애까지 겹쳐서 앞을 볼 수 없는 헬렌 켈러가 눈을 뜨고 있는 기자에게 음지— 양지를 보라고 하다니요? 그리고 장님인 자신은 항상 햇빛을 보고 있다니요!

사물을 바라보기 위해 반드시 육신의 눈만 필요한 것은 아닙니다. 바로 마음의 눈이 절대로 필요한 것이지요. 육신의 눈으로만 사물을 보는 사람은 사물의 진짜 모습을 바로 볼 수 없습니다. 마음의 눈으로 바라보아야 사물이 지닌 참 모습을 바로 볼 수 있습니다. 헬렌 켈러는 바로 그 점을 지적한 것이겠지요.

심재기 선생도 바로 그런 사람입니다. 한사코 육신의 눈으로만 사물을 보려는 사람에게 마음의 눈으로 사물의 참모습을 바라보라고 채근하고 있습니다. 육신의 눈으로만 사물을 보면 절망과 고통의 현실이 아프게 드러나지만, 마음의 눈으로 바라보면 보이지 않던 희망도, 평화도, 사랑도 볼 수 있다는 것입니다.

그런 평화와 희망으로 '새들이 인사(안녕)' 하고 '꽃들이 인사(안녕)' 합니다. '새' 가 무엇이고 '꽃' 이 무엇입니까? 새는 지상에 있는 사물 중에서 가장 자유로운 존재의 표상입니다. 사람이 바라는 가장 최종의 삶의 목적을 말하라면 그것은 바로 '자유' 입니다. 나머지 가치들은 결국 자유를 위한 도구요 수단에 불과한 것입니다. 그런 자유를 꿈꾸는 사람은 항상 현실이라는 무거운 사슬에 묶여 있습니다. 그래서 현실을 벗어나서 이상의 세계를 훨훨 날 수 있는 새를 '자유' 의 상징으로 삼고 있습니다. 그런 새가 평화와 희망을 인사하는 세상은 얼마나 의미 있는 세계이겠습니까!

'꽃'이 무엇입니까? 꽃은 지상에 있는 사물 중에서 모자람 없이 완벽한 아름다움을 표상하는 사물입니다. 그래서 사람들은 축하할 만한 경사에도 꽃을 선물하고, 슬퍼해야 할 애사에도 꽃을 장식합니다. 완전무결完全無缺―(완전하여 아무런 결점이 없음)한 미의 상징이 바로 꽃입니다. 그런 꽃마저도 평화와 희망을 인사하는 세상은 얼마나 아름답겠습니까!

그는 바로 그런 자유와 아름다움마저도 새와 꽃의 안녕으로 잊어버리나, 혹은 절망하고 있는 세계에 대하여 희망을 전해줍니다. 그리하여 '온 누리가 밝아온다/ 지구촌이 달려온다'고 했습니다. 새처럼 자유로운 사람들이 살고, 꽃처럼 아름다움이 피어나는 세계가 바로 우리가 꿈꾸는 세상이 아니겠습니까? 새처럼 그렇게 경쾌하고 밝게 인사를 나누는 곳이 바로 그런 세상입니다. 그래서 온 세계가 희망에 들떠 환하게 밝아지고, 지구촌의 사람들이 그런 곳을 향하여 몰려들 것을 노래합니다.

그가 지향하는 문학의 세계는 여기에서 멈추지 않습니다. '창문을 열고/ 마음을 열면' 그런 희망의 세계가 더욱 가까이 다가온다고 노래합니다. 사람마다 지니고 있는 창문은 참 많습니다. 이념理念― 무엇을 최고의 것으로 하는가에 대한 그 사람의 근본 생각이 다르다고 같은 동포끼리 원수가 되는 창문, 사람의 피부 색깔이 다르다고 같은 인류끼리 차등하는 창문, 가진 것이 많거나 적다고 같은 사람끼리 차별하는 창문, 사는 곳이 다르다고 같은 국민끼리 적대하는 창문 등등 헤아리면 끝이 없을 것입니다.

그는 그런 모든 잘못되고 어두운 창문을 활짝 열자고 채근하고 있습니다. 그러면 희망이 오고 꿈이 열린다고 확신하고 있습니다. 항상 닫혀 있는 창문은 창문의 구실을 하지 못합니다. 사람의 마음도 마찬가지입니다. 마음의 창문을 열었을 때 비로소 창문의 구실을 다할 수 있습니다.

그 열린 창문을 통해서 희망이 밤하늘의 은하수처럼 쏟아져 들어오고, 아름다운 꿈이 꽃처럼 피어날 수 있다고 권유합니다. 심재기 선생이 그리워하는 세상, 그리하여 문학을 통해서 꿈꾸는 세상을 엿볼 수 있는 창문이기도 합니다.

그리하여 닿는 곳이 어디이겠습니까? 바로 '숲으로 달려가자' 요, '바다로 달려가자' 입니다. '숲' 은 무엇입니까? 나무가 한 그루 있으면 숲이라 하지 않습니다. 나무가 대여섯 그루 있다고 해서도 숲이라 하지 않습니다. 적어도 한눈으로 어림할 수 없을 정도로 많은 낱낱의 나무들이 군락群落— 생육조건이 같은 식물이 어떤 지역에 떼지어 나 있는 것을 이룰 때 숲이라고 부릅니다.

그러니까 '숲' 은 사람이 사람과 더불어 살아가는 공동체— 사회를 말합니다. 한두 명만 잘 사는 사회가 아니라, 서너 나라만 행복한 세계가 아니라, 대여섯 민족만 만족한 인류가 아니라, 모두가 함께 행복한 인류 공동체를 '숲' 으로 비유하고 있습니다.

'바다' 는 무엇입니까? 그것은 바로 생명이요 열린 세계를 표상하고 있습니다. 지구의 모든 생명의 고향은 바다라고 합니다. 생명의 고향으로서 바다는 또 한 세계를 향하여 열린 길이기도 합니다. 하늘길과 함께 바닷길이야말로 세계를 이웃으로 이어주는 생명선입니다.

심재기 선생은 바로 그런 숲을 이루고 그런 바다로 나아가자고 노래합니다. 단 하나의 조건이 있습니다, '서로서로 손잡고' 나아가자는 것입니다. 이념이 다른 사람끼리도 손에 손을 잡고, 피부 색깔이 다른 민족끼리도 손에 손을 잡고, 빈부 차이가 나는 나라들끼리도 손에 손을 잡고 각자 따로 서서 외롭고 힘든 나무가 아니라, 서로서로 어깨를 겯고 하나가 되는 숲을 이루자고 노래합니다.

성인문학에서는 흔히 난해시難解詩— (이해하기 어려운 시)에 대하여 이야기할 때, '어려운 시가 있는 것이 아니라, 잘못된 시가 있을 뿐' 이라고 말합니다. 이 말은 잘된 시는 어렵게 느껴지지만 실은 쉽게 읽히고, 잘못된 시는 설사 쉽더라도 어렵게 읽혀 이해하기 곤란할 수 있음을 염두에 둔 말이기도 합니다. 잘된 시는 어렵거나 쉬운 것이 문제가 아니라, 시 자체로서 완결성을 지닌 훌륭한 작품이어야 한다는 뜻이기도 합니다.

이 글의 앞에서 동시와 어른 시의 차별이 없어야 함을 이야기했습니다. 아니, 차별이 없어야 한다기보다는 그 궁극적인 귀결점에서 좋은 동시는 어린이뿐만 아니라 어른에게도 문학의 공감을 주는 시이어야 하며, 훌륭한 성인시는 어른뿐만 아니라 어린이에게도 이해될 수 있는 가능성을 지니고 있어야 함을 지적한 것으로 보아도 좋을 것입니다.

동시라서 쉬운 시이고, 어른 시라서 어렵다는 것은 일종의 편견이자 고정관념固定觀念— 그 사람의 마음속에 자리하여 흔들리지 않는 관념에 불과합니다. 편견이나 고정관념은 새로운 인식으로 그 잘못을 끊임없이 고쳐 가야 할 오류입니다. 그 단서를 동시에서 시작하는 것도 좋을 것입니다.

여기에서 지적한 시문학의 핵심을 심재기 시인의 시에서 발견할 수 있음을 반갑게 생각합니다. 이 시집에는 37편의 동시가 자리를 함께 하고 있습니다. 필자가 「뽀로롱 마음을 열어라!」 한 편을 분석의 대상으로 삼은 것도 어찌 보면 해설자의 선입견을 독자들에게 심어 주지 않으려는 의도로 보아도 좋을 것입니다.

필자는 심재기 시인의 작품을 이렇게 살펴보았는데, 독자들은 어떻게 그의 동시의 세계를 섭렵涉獵— 널리 이곳저곳을 다니면서 찾음 할 것인가 스스로 시문학의 세계를 탐색해 보는 것도 쏠쏠한 재미를 느낄 수 있을 것입니다. 그럴 때 필자가 감상했던 방법을 참고로 삼아도 좋을 것입니다.

심재기 시인은 아동문학의 깃발을 들고 세상의 어두운 골짜기를 지나 희망의 봉우리를 향하여 등산하는 문학의 참 일꾼입니다. 또한 성인 문학의 노를 저어 세상의 아름다움을 찾아 나서는 문학의 일등 항해사이기도 합니다. 심재기 시인이 마침내 도달하여 깃발을 꼽을 봉우리는 자유가 새처럼 날아오르고, 희망이 꽃처럼 아름답게 피어 있는 사람 사는 세상입니다.

우리가 그의 시를 가슴으로 읽는 것도 그런 소중한 꿈을 함께 이루어 가기를 바라는 소망이 아니고 무엇이겠습니까? 심재기 시인이 꿈꾸는 자유롭고 아름다운 세상이 문학의 텃밭에서 소중하게 결실하기를 간절히 바랍니다.

자아를 읽는 몇 가지 시선

— 김월숙 첫시집 『아직도 그가 서 있다』 작품론

1

한 세계를 바로보기 위해서는 최소한 엿새는 기다려야 한다. 기독교적 관점에서 보면 그렇다. 태초에 창조주가 세계를 들여다보기 위한 하나의 방법으로서 엿새라는 사유의 시간이 필요했음을 성서는 전하고 있다. 첫째 날은……, 둘째 날은……, 이어지다가 마침내 한 세계의 창조를 마치고 이레가 되는 날 창조주는 비로소 휴식을 취하며 일갈하신다. '보시기에 매우 좋았더라!' 한 세계를 창조한다는 말은 곧 한 세계를 인식하는 범주에 관한 다른 말이다. 세계 인식의 차원에서 엿새는 기독교가 요구하는 사유를 위한 최소한의 범주다.

장자莊子가 보는 세계는 기독교적 세계 인식과는 좀 다르다. 과장된 스케일을 지닌 비유지만 환상적이기까지 한 상상력의 힘이 있어 재미있다. 북쪽 바다에는 큰 고기가 있었다. 그 이름은 곤鯤이다. 곤의 크기는 몇 천리나 되는지 알 수가 없다. 그 고기가 변해서 새가 되었는데 그 이름을 붕鵬이라고 한다. 붕의 몸집이 몇 천리나 되는지 알 수가 없다. 힘차게 날아오르는 그 날개는 하늘을 드리운 구름과 같다. 이 새는 바다가 움직여 큰 바람이 일면 남쪽 바다로 날아가려 한다. 남쪽 바다는 천지天池다.

한 시인이 바라보는 인식의 범주는 세계와 닿아 있다. 시인이 지닌 시간적─ 공간적인 사유의 범주가 창조주의 창조 작업이나, 현인의 상상력과 닿아 있다. 그런 의미에서 독자의 심금을 울려 주는 시는 창조주가 만든 세상처럼 완벽한 세계를 지향하며, 현인의 비유처럼 상상력에 날개 달기를 즐겨 한다. 그런 시인의 세계를 들여다보기 위해서는 엿새의 시간만큼의 사유의 힘이나, 남쪽에서 북쪽에 이르는 원대한 날개를 공유했을 때 가능한 것이리라.

그러므로 한 시인의 세계를 들여다보려는 이 진지한 작업─ 독서는 시간과 공간의 전일적 조망의 기회를 얻어야 비로소 '보았다[認識]'고 말할 수 있으리라. 하루 이틀쯤 나아가다 말았는지, 몇 천리는 고사하고 몇 십리를 날다가 멈췄는지 오로지 그가 생산한 시적 생산물의 집적을 통해서만 관망할 수 있을 따름이다.

왜 시인의 세계 인식에는 이처럼 심오한 시간과 원대한 공간을 필요로 하는 것인가? 대답은 자명하다. "우리는 인간이란 그의 외부와의 여러 가지 접촉에 의해, 세계를 감성으로 포착하는 그의 방법에 의해, 혹은 세계와의 관계에서 기쁨에 사로잡히는 방법에 의해, 그리고 자신을 여러 사물들과 다른 사람들과 또는 자기 자신에 연결하는 관계의 스타일에 규정됨을 알고 있다." ─ 리샤르J. P. Richard 『시와 깊이』─는 지적을 겸허히 받아들일 줄 아는 사람을 우리는 알기 때문이다. 그를 일러 우리는 '시인詩人'이라고 부르지 않는가.

리샤르가 같은 저서에서 인용하고 있는 시인 쟝발의 '세계는 나의 내부에 그를 영접할 공간을 창조한다'는 시구처럼, 우리의 시인들은 자신의 내부에 영접한 세계에 대한 인식의 창을 통해서 비로소 노래할 수 있을 따름이다. 그것을 들여다보기 위해서 우리는 옛새의 시간을 낱낱이 들여다 볼 필요가 있다. 또는 남쪽에서 북쪽에 이르는 몇 천 리의 천지― 시의 세계를 들여다 볼 필요가 있다. 그렇게 함으로써 우리는 비로소 나의 세계 인식에 대한 맹점을 발견하거나 공감의 깊이를 함께 건너가거나, 혹은 세계 인식의 모순을 발견하고 스스로 치유할 수 있는 동기를 공유하며 즐거워하지 않는가. 그런 기쁨을 위해서 우리는 시적 사유의 강을 건너거나, 상상력의 하늘을 기꺼이 날아갈 준비가 되어 있지 않는가.

2

김월숙 시인의 세계 인식을 조망하기 위하여 우리는 김 시인이 천착해 온 불혹의 연치와 함께 자아 인식의 창문을 닦아온 문학적 공간들에 대하여 주목하게 된다. 첫 시집이라는 문학적 힘의 중량감과 함께 인간적 질량의 깊이를 기대하는 것은 당연하다. 그가 세계 인식의 창구라며 들고 나온 첫 시집 『아직도 그가 서 있다』는 그래서 의미 있다.

필자는 김 시인의 첫 시집이 담고 있는 세계 인식의 편린들을 종합하거나 분석하기도 하고, 직역하거나 의역하기도 하면서 문학적 의장의 치장들을 가능한 한 직설적 어법으로 지적하는 작업에 몰두하였다. 일흔일곱 편이나 되는 다양한 인식의 창들은 제 나름대로의 발성법과 포즈를 취하고 있기 마련이다. 그럴지라도 일관되게 흐르는 시인의 정신이나 사유의 자락이 묻어나는 감성의 발성법을 분류하거나 규정해 보는 것은 또 다른 의미와 가치가 있다고 생각한다. 왜냐하면 그런 세계 인식의 창문을 통해서 우리는 객관적 세계의 아름다움과 주관적 자아의 의미를 천착할 수 있기 때문이다.

김월숙 시인의 시들을 통독하면서 몇 가지 의미 있는 세계 인식의 특징을 발견하였다. 일흔일곱 편을 말하자면 모두가 각기 발성법과 시선을 달리하겠지만, 그 변별성을 집약할 때 대체적으로 다음과 같은 세 가지 특성들이 자연스럽게 떠올랐다. 첫째는 객관적인 시적 모티브를 내면화하여 사물의 진면목을 열어 보임으로써 사유의 깊이를 느끼게 하는 작품들이다. 둘째는 일상성에서 포착된 시적 모티브에 의미망을 덧씌움으로써 창조적 생명력을 불어넣으려는 시도들이다. 셋째는 건강한 에로티시즘의 미덕을 담고 있는 작품들이다. 이들이 지니고 있는 함축미와 함께 이미지를 갈무리하는 탁월한 기교가 건강한 에로티시즘을 엮어 내는 작품들을 살펴보려 한다.

이 시집에 수록된 많은 작품들이 첫 번째 작품군에 속하는 것으로 볼 수 있다. 특히 「민들레」, 「마른 풀의 노래」, 「명아주」, 「감」, 「꽃물 드는 날」 등에서 그 특징을 볼 수 있다. 두 번째 작품군에는 「종이접기」, 「가을은」, 「봄꽃 지는 날」, 「코스모스가 하는 말」, 「아직 그가 서 있다」 등을 꼽을 수 있다. 세 번째 작품들에는 「流頭夜」와 「동지」를 들 수 있다.

먼저 첫 번째 작품군에서 만난 「민들레」를 살펴본다.

흙 한 줌
햇빛 한 줄기만으로
행복할 수 있다

돌 틈이나

도심 한복판 시멘트 틈새
물기 하나 없이 말라붙은 가슴
어디든

가장 낮은 목소리로 노래하며
타다 남은 하얀 심지마저도
축복처럼 훨훨 날려 보내고

겨울 지나고
햇빛 한 줄기 비치면
또 다른 노래 마음껏 부를 수 있어
가장 낮은 세상 위해.

─「민들레」 전문

「민들레」는 김월숙 시인이 시적 모티브를 어디에서 찾으며, 그런 모티브를 통해서 드러내고 싶은 세계는 무엇인가를 보여주는 단적인 예가 될 만한 작품이다. 인식의 주체인 자아를 둘러싸고 있는 객관적인 세계를 인식의 내면으로 끌어들여서 자신의 어법으로 풍경화를 그린다. 그런 발상과 인식의 방법을 통해서 사물이 간직하고 있는 진면목을 열어 보이거나, 숨겨져 있는 의미를 찾아내거나, 역설적으로 내면에 잠재되어 있는 자아의 목소리를 대변하게 하는 효과를 거두고 있다.

생명적 존재가 요구하는 생존의 필수적인 여건은 동일하다. 토양성과 광합성과 수액성과 그로 인하여 결과 되어지는 행복의 함수관계다. 이 작품은 발상이 지닌 단순성의 위험을 극복하려는 기교적 난해성을 아예 무질러 버리고 있다. 시인이 세계를 보는 인식의 범주는 곧 바로 자아의 세계로 대입된다. 회색빛 시멘트의 도심이 지니고 있는 비생명성에 대한 도전이자 반발을 처음부터 드러내고 있다. 생명성의 악조건, 생명이 존재할 수 없는 비자연적인 상황에서도 시인은 행복을 노래할 수 있다. 아니 노래해야 한다. 그것도 가장 낮은 목소리로 속을 태운 노심과 초사마저도 축복의 메시지로 승화시킬 줄 안다. 아니 승화시켜야 한다. 그래서 시인이 아닌가.

코란에는 이런 구절이 있다고 한다. '한 인간을 죽인 것은, 온 인류를 죽인 것이다.' 이 잠언箴言을 빌어오면, '한 생명을 죽인 것은, 온 세계를 죽인 것이다'. 생명적 존재는 그것이 무엇이 되었건 민들레 같은 존재와 하등 차이가 있을 수 없다. 하찮은 것처럼 보이는 민들레 한 포기가 제 생명의 의지대로 뿌리를 내리고 삶의 기쁨을 구가할 수 없다면, 인간의 삶 또한 기쁨을 노래할 수 없다.

시인은 이것을 염려하는 것이다. 가장 낮은 세상을 꿈꾸는 시인의 세계 인식은 그러므로 모든 생명체가 삶의 기쁨을 구가하며 행복을 꿈꿀 수 있는 그런 세상이다. 그런 세상을 위해서 시인은 겨울의 상황에서도 마음껏 노래 부를 준비가 되어 있다. 아니 부르고 있다.

「감」에서는 감이 아니라, 아버지의 사랑을 매단 나무를 그리고 있다. '상자를 열자/ 고향집 뒤란이 먼저 나오고/ 조그만 계집아이/ 감꽃 목걸이 걸고/ 새끼줄 그네에 앉아 노래를 부릅니다'. 이때의 감은 고향이자 어린 시절의 추억이고, 아버지이자 그 육친으로부터 비롯하는 사랑의 과실이다. 우리는 이런 풋풋한 삶의 서정을 망각한 채 어디로 흘러가고 있는가? 시인은 묻고 있다. 언젠가는 모두가 '까치밥 한 개로 남을/ 아버지의 삶' 처럼 돌이킬 수 없는 끝자락을 예견하는 시인의 사유는 우리 모두에게 유효하다.

「꽃물 드는 날」에서는 딸에게 봉숭아 꽃물을 들여 주는 이야기가 있다. '딸애의 손톱마다/ 어린 날의 기억 칭칭 묶어 놓고/ 한밤을 같이 뒤척였습니다/ 밤새도록 풀어지던 세월 너머에/ 꽃보다 곱던 어머니 웃음' 그러니까 화자의 딸에게 꽃물을 들이는 것이 아니라, 결과적으로는 자신의 손톱에 꽃물을 들여 주던 어머니를 기억해 내는 구도로 엮어져 있다. 인식의 촉수는 참으로 미묘하다. 고운 꽃보다 고운 어머니의 사랑을 깨닫게 하는 것은 봉숭아 꽃물이지만, 정작 그것이 가능했던 것은 딸에게 전해 주는 사랑이 있음으로 이루어질 수 있다.

객체로서의 시적 모티브는 끊임없이 내면화하려는 경향을 보인다. 삶의 조건에 침윤되어 있는 악조건에 대한 성찰, 혈육의 사랑을 재인식하고 서정의 심금을 울려 주는 삶의 기쁨을 찾아내어 노래한다. 객관적 상관물이 주관적 내면 풍경으로 들어오면서, 하나의 소재는 시적인 승화와 변용을 겪는다. 김월숙 시인이 즐겨 차용하는 발성법이자 세계를 인식하는 사유의 방법이다.

이런 시적 발성법의 궁극적인 지향점은 무엇일까? 말할 것도 없이 '자아의 성찰'에 있다. 자기모순을 자행할 수밖에 없는 삶의 질곡을 극복하려는 몸부림이다. 시문학은 풀 한 포기, 추억 한 자락으로 맹목성으로 일관하는 자아의 환경— 시, 공간에 끼인 때를 벗겨 내거나, 시야를 흐리는 안개를 걷어 내는 작업의 다른 이름일 뿐이다.

3

두 번째 작품군에서는 언어적 기교를 통해서 좀더 시적 장치를 세련되게 하려는 시인의 의지가 보인다. 앞에서 거론한 작품들이 소재에서 기인하는 경향이 있다면, 두 번째 작품들이 보여주는 특성은 일상사적인 삶의 구체성과 관련이 깊다는 점이다. 무의미한 듯이 보이는 일상에 내재해 있는 의미를 끌어내어 삶에 다양성의 옷을 입히는 것으로 읽힐 수 있다. 「종이접기」를 통해서 이런 특성들을 살펴본다.

시간을 접는다
마음을 접는다
빈 낚시 드리우고
세월을 낚던 강태공처럼

손바닥만한 세상
시름은 접고
설움은 뒤집어

인고의 나무마다
눈물꽃 피었다 지면
까아만 씨알갱이
껍질 벗고 날아올라

향기 넘치고
햇살 가득한 노래
더덩덩실 춤사위 어우러지는
아름다운 세상

시간을 접는다
마음을 접는다.

― 「종이접기」 전문

　시간과 공간에 놓인 존재가 자아의 운명이다. 누구도 이 시간과 공간의 사슬을 벗어날 수 없다. 그것을 벗어난다는 것은 곧 종말을 뜻한다. 시공의 어름에 우리의 생로병사生老病死가 있다. 세계 인식이란 곧 시간의 질량과 공간의 범주에 대한 각성이다. 그런데 이 작품의 화자는 그 절대 절명의 숙명을 간단하게 접고 갈무리한다. 장자가 말했던 남북 몇 천리의 천지天池마저도 간단하게 갈무리할 줄 안다. 그래서 시인이 아닌가.

　자아를 옭아매는 숙명의 시간일지라도 시의 세계에서는 '접을 수 있다'는 점에서 창조적이다. 그러므로 종이접기는 손장난이 아니라, 운명에 대한 도전이자 반발이다. 자아를 얽매는 시간의 마수마저도 '접는다'는 의지만으로 이미 무의미한 일상성의 포로 신세에서 벗어나고 있음을 말하고 있다. 그런 선배로서 우리는 프로메테우스Prometheus와 강태공姜太公을 기억한다. 프로메테우스는 천계에서 제우스Zeus를 속이고 불을 훔쳐서 인간에게 전해 줌으로써 제우스의 격노를 사서 코카서스의 큰 바위에 묶여 독수리에게 간장을 쪼이는 형벌을 받지 않는가. 다행히 프로메테우스는 거인 헤르쿨레스Hercules의 도움을 받아 그 지독한 형벌에서 구제 받게 되지만, 우리의 시인은 누구의 구원을 받을 것인가? 염려할 것은 없다. 형안炯眼을 지닌 독자가 있는 한 시간과 공간을 마음대로 '접어 버린' 시인의 신성모독은 구원 받을 수 있다.

　이에 비해서 강태공은 또 다른 세상을 마름하기 위한 위장된 '시간접기'였지만, 이 시에서 화자는 어찌 보면 강태공보다 한 수 위라는 생각이다. 왜냐하면 시간을 접는 것은 물론이요, '마음― 공간'까지 접기 대문이다. 그런 시간과 공간을 접는 발상은 온갖 번뇌로 가득한 이 세계에

대한 인식을 보여주기 위한 장치였음을 안다. '손바닥만한 세상/ 시름
은 접고/ 설움은 뒤집어' 보임으로서 접는 의도를 분명히 제시하고 있
다.

　그런 시간과 공간 접기의 궁극적인 지향점 역시 두말할 것도 없이
'자아의 성찰'과 닿아 있다. 한 줌도 되지 않는 세상으로부터 당하는 부
당한 고통과 모욕을 단숨에 날려 버리려는 각성과 닿아 있다. 자기모순
을 되풀이할 수밖에 없는 삶의 멍에로부터 벗어나려는 깨달음과 닿아
있다. 시간과 공간을 접고, 근심 걱정과 슬픔을 접으면, 우리 삶의 전경
前景은 또 다른 무지개빛을 만들 수 있다. 그 무지개 뜨는 언덕이 바로
시문학의 세계가 아닌가.

4

　세 번째로 「流頭夜」와 「동지」가 담고 있는, 시적 미덕을 살펴보고자
한다. 이 작품이 지니고 있는 함축미와 함께 이미지를 갈무리하는 탁월
한 기교가 출중하여 다른 작품들을 압도하고 있다.

　　달과 구름
　　지칠 줄 모르고 술래잡기하는 밤

　　이파리 하나 흔들지 못하는 바람에
　　헝클어진 머리
　　밤새도록 헹구었지
　　세월 속에 숨었던 꽃삔 하나

반짝!

가슴팍 찌르고 자궁 속에 깊이 또아리 틀었어

달빛이 이리 뜨거운 줄 오늘에야 첨 알았네.

—「流頭夜」전문

어둡고 긴 터널이 가장 빠른 지름길인 걸

밤은 알을 낳고 알은 에로스를 낳고 에로스는 세상과 신을 낳았다지?

밤은 창조의 시간 알은 창조의 母胎

조사 하나만 바꾸면 선과 악이 뒤집히고 분별을 잃는 어둡고 추운 겨울밤의 끝자리

가장 길고 두터운 어둠 속에서 두 손 마주 모아 새알을 빚어 볼거나?

간절한 소망을 굴리고 굴려서 어릴 적 가지고 놀던 유리구슬만큼 투명한 새알을 빚어볼 거나?

뱀이 허물을 벗고 또 한 생을 마련하듯 허방다리 짚으며 살아온 세월만큼 싹싹 비벼서

새로운 생명을 빚어야지.

빛 한 점 묻어나지 않는 어둠의 끝에서 혁거세와 동명왕과 수로왕과 석탈해를 내어야지.

가장 길고 어두운 이 밤은 새날로 가는 지름길인 걸.

—「동지」전문

이 두 작품을 함께 거론하는 것은 이미지의 유사성과 함께 그 내용이 담고 있는 의미망의 영역이 유사한 데 있다. 이들도 앞에서 밝힌 작품들처럼 일상의 소재적 특성을 함유하고 있지만, 개성적인 아름다움과 시적 울림이 크다. 시를 읽는 즐거움, 시문학이 지닌 아름다움의 힘을 느끼게 하는 작품들이 공통적으로 지니고 있어야 할 요소들을 알맞게 지니고 있다는 점에서 탁월하다. 이 작품을 함께 거론하는 것은 다음과 같은 시문학의 미덕들을 공유하고 있다고 보았기 때문이다.

두드러진 미덕은 에로티시즘의 건강성에 있다. 두 작품 모두 성적 이미지들로 충만하지만 이들 성적 이미지들이 어쩌면 그렇게도 알맞은 노출과 함축성과 은유로 갈무리되어 있는지 서툰 독자라면 놓치기 쉽게 감추어져 있다. 시는 숙명적으로 감추면서 드러내고, 드러내는 듯하면서 감추는 것이 기본적인 수사가 아니던가.

「流頭夜」에 보이는 성적 이미지들을 음미해 본다. '달과 구름/ 지칠 줄 모르고 술래잡기하는 밤' 은 그대로 '운우지정雲雨之情' 을 은유한 적절한 언어적 치환 기법이다. '세월 속에 숨어 있던 꽃뺀 하나/ 반짝/ 가슴팍 찌르고 자궁 속 깊이 또아리 틀었어' 는 수태受胎의 찰나를 시각적이면서도 촉각적인 이미지를 통해서 인상적으로 그려내고 있다. 나아가서 '달빛이 이리 뜨거운 줄 오늘에야 첨 알았네' 는 오르가즘으로 오는 환희의 절정을 건강하면서도 온건하지만, 미적 진솔성마저 획득한 표현의 탁월성을 입증하고 있다.

「동지」도 이와 유사한 성적 이미지들로 직조되어 있다. '어둡고 긴 터널이 가장 빠른 지름길인 걸' 이라는 초구와 '가장 길고 어두운 이 밤은 새날로 가는 지름길인 걸' 의 결구는 동일한 의미의 수미 쌍관적 배치이지만, 역시 성적 이미지들로 해석된다. 어둠이나 동굴(터널)은 생성이나 탄생과 밀착된 원형적 이미지들이다. 어둠의 터널을 지남으로써 새로운 탄생은 가능한 것이므로, 밤이 길고 어두울수록 창조적 완성을 향한 도정은 단축되는 것이 아니던가. 역설적이지만 새 생명의 비밀은 그런 역설의 끝에 진실을 준비하고 있다. 이런 이미지의 구축과 보완을 위한 배치에도 손색이 없다. '밤은 알을 낳고 알은 에로스를 낳고 에로스는 세상과 신을 낳았다지?/ 밤은 창조의 시간, 알은 창조의 母胎/ 조사 하나만 바꾸면 선과 악이 뒤집히고 분별을 잃는 어둡고 추운 겨울밤의 끝자리' 는 창조의 순환적 원리에 대한 시적 진술이다.

이어지는 진술은 건강한 에로티시즘의 절정을 구가하고 있다. '가장 길고 두터운 어둠 속에서 두 손 마주 모아 새알을 빚어 볼거나?/ 간절한 소망을 굴리고 굴려서 어릴 적 가지고 놀던 유리구슬만큼 투명한 새알을 빚어볼 거나?/ 뱀이 허물을 벗고 또 한 생을 마련하듯 허방다리 짚으며 살아온 세월만큼 싹싹 비벼서/ 새로운 생명을 빚어야지./ 빛 한 점 묻어나지 않는 어둠의 끝에서 혁거세와 동명왕과 수로왕과 석탈해를 내어야지' 에서 신화적 모티브와 결합시키면서 새 생명의 탄생을 향한 에로티시즘의 질박성을 토로하고 있다. 난생卵生 설화가 되었건, 또는 기이한 탄생 설화를 지니고 있건, 모든 생명의 탄생은 신비다. 신적 섭리의 불가해한 측면이 없다면 생명의 탄생의 신비는 그만큼 희석될 것이다. 여성으로서 새로운 탄생을 지향하는 것은 가장 건강한 인간적 욕구이자 의무다. 그러므로 구가되고 있는 에로티시즘은 과장이나 치장으로서의 선정성煽情性과는 거리를 둔 대단히 건강하면서도 바람직한 미적 효과를 거두는 데 기여한다. 여성으로서 지니고 있는 새로운 생명 탄생의 의지를 어찌 도덕성의 울안에 가둔 채 묶어만 둘 것인가?

이 두 작품을 보면, 김월숙 시인이 여류로서 지니고 있는 조신操身한 성정과 지적인 세련미가 결과적으로 건강한 에로티시즘의 시학이라는 새로운 경지를 여는 데 기여한 것이 아닌가 여겨진다. 신화적 모티브와

현대인의 건강한 성적 모럴과 함께 그 욕구와 생명 탄생의 진실들이 융
합하고 교류하면서 현대적 설화를 만든 작품이다.

5

　이밖에도 창조적 사유가 번득이는 깨달음과 진리의 길을 찾으려는
달관의 삶에 대한 지향성이 강한 작품들이 있다. 제4부에 편집된 작품
「착시」라든지 「판타카를 기다리며」 등에서 이런 특징을 엿볼 수 있다.
이들이 보여주는 인식의 예리함이 김 시인의 또 다른 시적 진경을 열어
갈 것으로 짐작된다. 어찌 보면 첫 시집에 이어질 다음의 문학 세계를
예고하고 있다는 감을 지울 수가 없다. 이런 이유로 이 소론에서는 그런
작품들에 대한 거론을 삼가고자 한다.
　필자는 이 소론의 모두冒頭에서 구약성경의 창세기의 내용과 장자의
곤鯤과 붕鵬의 이야기를 인용하였다. 한 시인의 세계는 그에게 있어서는
온 세상이요, 온 천지天池라고 믿는다. 아니 믿는다기보다 그렇게 되어
야 한다고 확신한다. 하느님께서 말씀으로 엿새 만에 세상을 창조하셨
듯이, 장자가 몇 천 리가 될지도 모르는 광대한 날개를 단 붕새를 천지
로 날려 보내듯이, 한 시인은 자신의 전 생애를 기울여 창조한 시의 세
계를 통해서 자신의 세계를 창조한다. 그래서 시인에게 있어서 시는 말
씀이요, 천지가 된다.
　그런 말씀의 못[天池]에 담긴 세계 인식은 궁극적으로 자신의 내면에
서 숨죽이고 있는 '자아自我읽기'의 한 방법이라는 문학적 믿음을 김월
숙 시인의 첫 시집 『아직도 그가 서 있다』에서 발견하는 것은 또 다른
기쁨이다. 시문학을 통한 자아 읽기에 충실할 때 우리는 유한성의 인생

을 저 광대무변한 진리의 세계로 진입시킬 수 있는 내면적 힘을 충전할 수 있는 소중한 기회를 갖게 된다. 그런 강인한 내면의 힘들이 김월숙 시인의 시문학의 앞날을 더욱 풍요롭게 하기를 바라며, 그런 저력을 담고 있는 첫 시집의 출간을 뜻 깊게 지켜보는 까닭이 여기에 있다.

시를 생활하는 고통과 즐거움 또는 그 본질

— 하지연 처녀시집 『첫사랑은 방부제였다』 작품론

1. 형식과 본질은 동일하다

형식은 내용을 규제한다. 골격을 이루고 있는 내용이 표면에 드러나기 전에 이미 표현된 형식적 특징이 내면의 본질을 이루도록 일정한 압력으로 작용하게 된다. 운동복(형식)을 입은 사람은 수시로 신체를 자유롭게 굴신시켜 몸을 즐겁게(본질) 하려 한다. 전투복을 입은 사람은 자신도 모르는 사이에 전사의 자세로 무장하며, 머리띠를 두른 사람은 구호의 열기로 주먹을 부르쥐며 운동가를 열창하는 대열에 합류하게 된다. 흰옷을 입을 수밖에 없는 직종의 사람들은 저도 모르게 혹은 의도적으로 하얀 이미지가 주는 순결하고 청결한 직업의식을 발휘하게 된다면, 이 또한 형식이 내용을 규제하는 범주에서 멀지 않은 경우다. 그러므로 형식과 그것을 이루는 본질은 동일해야 한다.

문학은 형식과 본질이 동일하다는 진실을 명징하게 보여주는 흔치 않은 경우다. 소설이라는 형식적 틀은 그것을 생산해 내는 사람이나 그것을 수용하는 사람 모두에게 이야기 맥락이라는 본질의 틀을 공유하게 한다. 희곡을 대하는 경우도 마찬가지다. 희곡을 산출해 내는 이나 그것을 읽을거리 혹은 볼거리로 채택한 독자나 관객은 부지불식간에 인물과 인물, 혹은 인물과 환경이 빚어내는 대립과 갈등의 양상이라는 본질을 상정하게 된다. 일상의 에피소드들이 글감으로 승화되어 쓰는 이나 읽는 이 모두에게 주관적 체험 정서를 객관적 체험 정서로 승화시켜 공유하게 하는 수필문학도 이 범주에서 멀지 않다.

시문학의 경우 형식과 본질은 더욱 명확해 진다. 시어와 시행과 시연에 담긴 운율이라는 시 형식의 특징은 그것이 어떤 이미지를 담거나, 어떤 고매한 정신을 띠거나, 혹은 어떤 원색의 사상을 그릴지라도 그것은 노래라는 본질에서 벗어날 수 없다. 리듬감이라는 태생적 본질을 생명으로 하여 시는 시인과 시를, 혹은 시인과 독자를, 또는 시와 독자를 소통시키는 것을 본질로 한다. 노래하기의 본질을 전제할 때 시의 생명이 온전하게 유통될 수 있다.

형식과 본질이 동일하다는 선언에서 볼 때, 시문학의 경우는 다른 장르와는 또 다른 성격을 지닌다. 시와 시인의 동일성 문제다. 시의 형식을 빌려 창조된 언어적 진실이 시인이 이루어 내는 삶의 진실과 일치하느냐의 문제다. 그래서 '시인詩人'이고 언어로서의 시와 삶으로서의 시인이 동일하기를 쉼없이 한다.

그리고 그런 바람은 시문학의 역사를 더듬어 볼 때 대체로 일치된 결과를 찾아볼 수 있다. 형식으로서의 시와 그것을 생산해 낸 본질로서의 시인의 삶을 동일하게 두고 시문학은 독자적인 길을 걸어왔다. 오늘도 시가 밥이 되지 못하는 줄을 뻔히 알면서도 청춘의 한 대목을 뜬눈으로 밝히는 시인 지망생이 줄어들지 않는 것은 무엇을 말하는가? 오늘도 원고료가 생활이 되지 못함에도 불구하고, 삶의 진리를 규명하는 길은 시문학이 유일하다는 듯이, 좋은 시와 좋은 삶을 일치시키려 인생을 소진시키는 기성 시인들의 노심초사는 무엇을 말하는가?

그래서 시인은 언어의 형식을 빌고 태어난 시적 진리가 자신의 삶을 통해서 일체화하기를 바라는 사람들이다. 그 바람이 비록 노래의 형식을 빌리고 있지만, 그 태생은 본질적으로 서글픈 것이 아닐 수 없다. 고귀한 꿈일수록 그것은 땀과 눈물을 요구하지 않던가? 시인이 불면의 고통을 대가로 시를 얻는다면, 그로 인해서 얻어진 시로 인하여 자신의 삶이 구속되는, 악순환의 천형을 짊어진 사람들이다. 그렇지 않고서는 시인의 이름은 존재할 수 없으며, 그렇지 않고서는 시는 무용지물에 불과한 언어의 장난일 뿐이다.

2. 생활의 시, 혹은 시의 생활

하지연 시인의 경우 형식과 그 본질이 동일하다는 선언을 적용하기에 과부족하지 않다. 늦깎이로 출발하여 이제 겨우 문단에 발을 내디딘 신인에게 감히 이렇게 단정할 수 있는가? 말할 것도 없이 그 본질로서의 '시인됨'과 그 형식으로서의 '시다움'을 근거로 해서 하는 말이다.

필자는 하 시인에게 이렇게 말할 수 있는 결코 짧지 않은 인연을 쌓아 두고 있다. 그가 시인으로 살기 위하여 얼마나 많은 인생을 소진하였는가를 지근거리에서 지켜보았기 때문이다. 절박한 생계를 제쳐 두고 기약 없는 시문학에 퍼 주었던 세월을 잘 알기 때문이다.

하지연 시인은 남원이 고향이고 삶의 터전이다. 남원 요천강 가에 자그마한 음식점을 운영하며 생계를 꾸려 가고 있다. 대부분의 자영업이 그렇지만, 특히 음식점은 고된 일이다. 하 시인의 손과 발, 땀과 눈물,

시간과 노동을 전폭적으로 투자하는, 냉엄한 삶의 현장인 것이다. 자영업자들이 손에 쥐게 되는 대부분의 이익들은 말이 이윤이지, 순전히 자신의 전 인생을 건 땀과 노동력을 주고 얻어지는 결실이다. 바꾸어 말하면 음식점을 자영하여 생계를 유지하려면 앞뒤 가리지 말고, 밤낮 구별하지 말고, 체면 불구하고, 전 인생을 올인해야 하는 힘든 일이다.

그럼에도 불구하고 하 시인은 그 생계의 사활이 걸린 자영업에서 한나절을 뭉떵 잘라 내어 전주에 있는 문학 교실에 쏟아 부었다.

남원에서 전주는, 옥에 갇혀 생사의 기로에 놓인 춘향이를 구하러 가던 이몽룡에게는 그리 먼 거리가 아닐지도 모른다. 그러나 식솔들의 생계가 걸린 생업을 잠시 접어 두고 문학이 무엇이길래, 시가 무엇이길래, 그 먼 남도 백리 길을 왕래했단 말인가! 그것도 결코 짧지 않는 십여 년에 버금하는 세월을 하루 같이 넘나들었단 말인가!

생각하면 할수록 하 시인의 시인됨의 자질은 이미 이 시절 돌이킬 수 없는 질병으로 굳어졌으며, 치유할 수 없는 천형을 스스로 짊어진 길이었음에 틀림없다. 기성 시인도 감히 흉내 낼 수 없을 정도의 열정으로, 문학 교실의 문턱을 넘나들며, 그가 새긴 것은 말할 것도 없이 생존의 엄숙성을 초월할 수 있는 시문학의 치열함이었으리라.

사물의 됨됨이를 논하는 근거로서 형식이 본질과 동일하다면, 아니 동일해야 한다면, 시문학의 됨됨이를 논하는 근거로서 형식적 됨됨이인 '시다움'은 먼저 그 시를 생산해 내는 본질적 됨됨이인 '사람됨―시인됨'에서 찾아야 할 것이 아닌가? 이렇게 본다면 하 시인의 됨됨이는 그 시인된 자질로서 더 이상 바랄 수 없는 경지에 이르렀다고 보아도 무리가 아니라고 믿는다.

그 긴 세월 동안 줄곧 시문학을 외면하지 않고 시의 길을 탐색해 왔음을 알기 때문이다. 곁눈질하지 않고, 시다운 길에서 벗어나는 것은 시의 죽음에 이르는 길임을 알고 시의 길을 천착해 왔기 때문이다. 그런 그의 문학 수업은 당연히 세속적 기회와 타협하지 않았고, 현실의 한 대목을 가장 소중한 시문학으로 채우는 것을 당연하게 받아들였다. 그렇게 그는 줄기차게 시의 길을 걸어왔고, 마침내 시로써, 시인으로서 자기실현에 이를 수 있는 출발선에 서게 된 것이다.

하 시인이 드나들었던 문학 교실은 문학의 기술을 전수하는 공장이 아니다. 붕어빵에 붕어가 없듯이, 문학 교실에 문학 기술은 없다. 다만 있다면 문학을 호흡할 수 있는 만남이 있고, 좋은 시가 지천으로 널려 있다. 만남은 대화로 이어지고, 대화는 또 다른 자기 세계로 안내하는 길동무다. 좋은 시가 발에 걸리고 손에 잡힐지라도 그것은 내 시업에 징검다리가 될 뿐, 징검다리 저쪽 내가 일구어야 할 시의 밭, 내 시의 영토는 아니라는 생각을 철저하게 다짐하는 계기가 될 뿐이다.

하 시인은 문학을 수업해서 좋은 인생에 이르려는 것이 아니라 인생을 학습해서 좋은 시의 길, 참된 시인의 삶을 찾으려 했던 것으로 보인다. 생활은 의지로 어느 정도 감당할 수 있다. 그러나 창조적 혜안이 작용 하는 시를 쓰는 일은 의지만으로 일정한 성과를 거둘 수는 없다. 그렇다 할지라도 '좋은 시'를 쓰고, '참한 시인'이 되려는 의지 없이 어떻게 그 지난한 길에 이를 것인가!

하 시인은 그 길을 생활 속에서 찾아냈다. 생활하며 얻어지는 시, 시를 쓰며 구체화되는 삶. 그러므로 시를 건지는 가장 확실한 영토는 말할 것도 없이 생활의 장이며, 생활의 장에서 거둔 시적 형식미를 삶에 이식함으로써 일정하게 삶의 격조를 유지하려 애썼던 것으로 보인다. 삶의 막장에서 건진 시의 광맥, 생활 에너지로 넘쳐 나면서도 가차 없는 단호함이 하지연 시의 진면목이다.

생활의 시, 시의 생활화! 이는 하지연 시의 맥락을 추스를 수 있는 뚜렷한 고갱이가 된다. 그의 문학은 고답한 정신주의의 반열에 오르기를 원치 않는다. 그의 시는 현실과 유리된 지적 유희의 놀이터에 안주하기를 거부한다. 그가 문학을 삶의 수단이나 여기餘技로 여기지 않는 것처럼, 그의 삶 또한 문학을 체면의 앞자락에 놓을 장식으로 여기지 않는다. 사소한 일상사에 숨은 진실의 함정을 찾아내어 그 진실이 비켜 갈 수 없는 진로를 여는 데 그의 관심은 집중되어 있다.

그의 일상은 시를 작업하는 매우 중요한 일터가 된다. 놓치기 쉬운 삶의 편린, 버리기 쉬운 감정의 끝자락, 시재詩材— 시의 거리가 될 것 같지도 않은 생활의 조각들이 시를 찾는 그의 안목에 걸리면 그냥 놓여나지 않는다. 그 일상사들에 자기 안목으로 의미를 발굴하고, 그 무색의 의미에 자기만의 시적 형식미로 결구를 놓는다.

이런 일련의 작업들을 유심히 살펴보노라면 그의 시테크가 성장주가 될 만하다는 기대감을 당연히 갖게 된다.

그는 끊임없이 관찰할 것이다. 중단 없이 발언할 것이다. 그리고 쉬지 않고 천착할 것이다. 시를 생산해 내는 것이 생활과 다른 길이 아니듯이, 그가 관찰하여 형식미를 띠게 하는 작품들은 사물의 존재를 생동감 있게 할 것이다. 그가 노래의 형식으로 발언하는 작품들은 아래로부터의 흔들림이 될 것이다. 그가 파 내려가 마침내 이른 시문학의 막장에서 건진 분신들로 인하여 그의 생활이 불편해질 것이다. 왜냐하면 그가 이룬 형식(시)미는 그의 삶(본질)과 일치해야 하므로!

그것은 커다란 고통이리라. 비판하고, 풍자하고, 암유하고, 비유해서 드러낸 삶의 부조리함과 인간사의 어두운 구석들이 시의 형식미를 통해서 그의 식솔이 되리라. 어찌 무책임하게 낳아 두고 방치할 것인가? 그들이 제 길을 찾아가거나, 제 자리에 놓이는 것을 확인하기까지는 결코 평안치 못하리라. 그의 시인된 본질이 무책임한 방기放棄를 허용치 않으리라. 그러므로 그의 생활은 고통스러울 수밖에 없다.

그런데 그 고통이 또한 즐거움의 변주인 것을 어찌 하랴! 모든 창조자는 일종의 마조히스트들이다. 자신에게 고통을 주고 거두는 자신만의 쾌락을 위하여 기꺼이 자신을 학대하는 피학증적인 특성을 유전인자로 지니고 있는지도 모를 일이다. 그가 시를 생활하고, 시를 거두는 일련의 사고 체계와 관조의 특성들은 이런 예술가적 인자를 고스란히 물려받고 있는 듯하다.

시를 생활하는 고통과 즐거움, 그것은 시인이고자 하는 이들이 지녀야 하고 생활을 통해서 고스란히 드러내야 하는 본질인 것이다.

3. 알레고리와 시적 변용

시를 생활하는 괴로움과 기쁨, 그것은 시인으로 살고자 하는 사람이면 마땅히 감수해야 할 본질이다. 창조적인 작업을 하는 사람이면 누구나 이런 범주에서 자유로울 수 없다. '시'의 자리에 다른 장르를 대입해 보면 알 수 있다. 창조적 작업의 과정도 수월치 않은 고통의 산물이지만, 그것을 통해서 형상화 된 작품들이 두고두고 생산자를 압박한다. 즐거운 고통, 이 천형의 형벌을 감수한 자, 그의 이름은 시인이다.

이번에 하지연 시인이 묶어 낸 첫 시집 60여 편의 작품을 통독하고 나니 어느 작품 하나 이런 지적에서 벗어나는 예를 찾을 수가 없었다. 세상을 살되 허투루 살지 않으려는 단호한 시인 정신이 편 편마다 번득인다. 소재로서의 사물에 몰입하는가 하면, 어느새 세상의 무딘 도덕관에 대한 풍유諷諭요 암유暗喩가 읽는 이의 간담을 서늘하게 한다. 사소한 일상의 에피소드인가 하고 마음 귀를 기우리노라면, 어느새 세월의 그늘 속에 묻혀 가는 화자의 자화상이 읽는 이의 자화상과 오버랩 되어 변용되어 다가온다.

이런 특징은 그의 시집 어느 곳을 임의로 펴 봐도 일관되며 균질均質하다. 시인이 시로서 말하되, 그의 말은 이미 풍유나 암유를 통해서 형상화 되고 소재로서의 에피소드는 육화되어, 본 모습은 변용된 뒤임을 알 수 있다. 그런 뒤에 독자의 미감 역시 화자의 발견과 지적에 전폭적으로 공감함으로써 창조적 수용자의 반열에 오르는 기쁨을 거두는 것이다.

시를 짓고 이를 생활하는 데 따른 고통과 기쁨도 만만치 않지만, 그런 시를 독서 식탁의 메뉴로 선정한 독자의 고통과 기쁨 또한 시인의 그것에 조금도 뒤지지 않다. 이를 확인하기 위하여 몇 작품을 인용해 보겠다.

이 시집에 실린 모든 작품을 소재의 특이성, 표현 방법의 특징, 주제의식을 형상화는 구현법, 시적 변용에 이르는 개성 등을 기준으로 하여 몇 개의 동심원으로 묶어 살펴 보았다. 이는 이야깃거리를 도출해 내려는 필자의 못된(?) 버릇이기도 하지만, 한 권의 시집에 실린 전체 작품을 대상으로 했을 때는 효과적인 것도 사실이다.

그러나 독자들의 입장에서 보자면, 혹은 이 시집의 특징으로 볼 때 군이 그런 글쓰기가 오히려 시 감상에 방해가 될 수도 있다. 더구나 이 시집은 그런 범주화가 불필요할 정도로 균형 잡힌 시의 표현성과 그 형상화의 균질성을 특징으로 하고 있지 않는가!

그럼에도 불구하고 '자기 응시, 아내— 가족사, 알레고리, 타인 응시, 감정이입, 사회적 발언, 이미지의 선명성' 등은 전체 작품을 통독하면서 범주화를 염두에 두고 한 메모 내용이다.

하 시인의 어느 작품인들 어느 이름으로 규정할 수 없겠는가마는 무엇이라고 규정하고 명명하건, 그의 시에는 인간에 대한 애틋한 서정의 울림과 세상사에 대한 긍정의 시선이 따뜻하게 녹아 있다. 하 시인이 시

를 창조하는 심미안의 근저가 바로 이 외면할 수 없는 인간에 대한 애착
이라 해도 과언이 아니다.

　　　나는 슈퍼맨이다 큰 소리 꽝꽝 치지만
　　　두 개의 알람시계가 교대로 목청을 갈아야
　　　겨우 아침의 창을 연다
　　　부산스레 완전무장을 하고
　　　원 궤도를 도는 지구의 버스를 탄다
　　　넘어지지 않으려고, 하루 종일 버티고
　　　돌아오는 발걸음은
　　　밤바람에 흔들리는 깃발이다
　　　어긋나고, 풀어진 나사
　　　다시 맞추느라 침대 위에서 뒤척이는데
　　　창문턱을 타고 들어오는 고양이 털 같은 봄바람에
　　　아내는 코맹맹이 소리를 낸다
　　　─ 자기, 자─
　　　─ 피곤해, 그냥 자자─
　　　벽쪽으로 얼굴이 돌아가는데
　　　방 안의 어둠이 갑자기 숨을 멈추고
　　　활시위를 팽팽히 잡아당긴다
　　　겨우 오학년인
　　　나의 등짝을 향하여

　　　　　　　　　　　　　　　　　　　─「슈퍼맨의 비애」 전문

　누군들 생활의 하중에서 자유로울 수 있으랴? 시적 화자인 시인과 시

적 대상인 아내의 압축된 대화는 더 이상 은유나 암호가 아니다. 생활의 시이고, 시의 생활화다. 자기 고백의 진솔함 속에 묻어나는 생활인의 일상이 슈퍼맨의 이미지 속에서 녹초가 되고 있다.

자신을 드러내는 방법은 여러 가지가 있을 수 있다. 자기를 응시함으로써 자신의 위상과 실체를 묻는 방법도 하나다. 화자가 자신을 드러내는 방법은 진솔한 자기 고백에 있다. 자기 응시를 통해서 '나는 지금 어디를 가고 있는가?' 엄정하게 묻고 있다. 이 물음은 화자 자신만의 것은 아니다. 이 시를 읽을거리로 채택한 독자의 몫이기도 하며, 설사 이 시를 외면할지라도 생활인이라면 마땅히 자문하고 자답해야 할 문제다. 나는, 우리는 지금 무엇을 위해, 어디를 향해 나아가고 있는가?

생활인의 비애는 생활 그 자체로부터 오는 것만은 아니다. 그 생활을 감내할 만한 힘이 없어서 오는 것만도 아니다. 그 생활의 하중을 감내할 만한 또 다른 보상 체계가 작동함으로써 인간은 얼마든지 슈퍼맨도 될 수 있고, 슈퍼우먼도 될 수 있다.

그 보상 체계를 섣불리 이상이나 고답적인 관념주의에서 찾으려 하는 이는 생활의 시, 시의 생활을 이해하지 못한다. 그것은 교과서적인 덕목이 될 수는 있으나, 삶의 현장에서 찾을 수 있는 답은 아니다.

그 보상 체계란 말할 것도 없이 원초적 본능과 관련되어 있으리라. 인류가 지속될 수 있는 공개된 비밀, 삶이 계속될 수밖에 없는 비밀 아닌 비밀, 남녀 간의 사랑을 넘어, 부부간의 사랑의 실체가 있음으로 해서 가능한 것이다. 남녀 간의 사랑이나 부부간의 사랑이나 그것이 그것 아니겠느냐고 하겠지만, 앞의 사랑은 사랑을 위한 사랑이고, 뒤의 사랑은 삶을 위한 사랑이다. '등 따숩과 배부른 인생', '여우같은 마누라와 토끼 같은 새끼들'이 알콩달콩 살 수 있는 근저가 바로 부부간에 나눌 수 있는 원초적 본능이다.

이 보상 체계가 위협받는 우리 시대의 슈퍼맨들은 오늘도 활시위 팽팽히 잡아당겨지는 눈 사위를 못 본 체하며 삶의 전선으로 나선다. 애틋하지만 따뜻함도 동시에 내포하고 있는 슈퍼맨의 비애는 그래서 웃음 눈자위에 보석보다도 값진 눈물도 함께 묻어나는 것이다.

자기 응시는 필연적으로 가족사를 외면할 수 없다. 그가 얼마나 솔직담백한 알레고리allegory─ 諷諭의 수법에 능숙한 시인인가는 슈퍼맨의 비애를 통해서 공감할 수 있다. 그가 지닌 이런 탁월한 시의 어법은 「가을」에서 더욱 빛을 발한다.

고추밭이 붉어져 간다
날마다 물이 올라 탱글탱글해진다
고추 따던 엄니
 ─ 고것 참 실하게도 생겼다. 고놈의 탄저병만 아니면
올 가실에도 돈 좀 할 것인디─
노리개인 냥 매달려 있는 빨간 고추
귀엽고 탐스러운지 자꾸 매만지며
또 중얼거린다.
 ─ 니 아부지는 뭔 놈의 술을 고로께 먹어 싼 다냐. 맨 날 곤드레 만드레 취해서
새벽에도 일어 설 줄 모르고 잠 만 퍼질러 자는지.
주 써서 개나 줄 것이제 ─

여름 열기 식어 따뜻한 구들이 그리운 밤
달빛 너무 밝아 들국화 잠 못 들고
엄니도 잠 못 들어 뒤척이는데

아부지는 오늘도 주막에서 술을 마신다
지금은 희아리(덧말:*)가 되어 버렸지만
젊은 날의 **뻣뻣했던** 풋고추 안주 삼아
목청이 펄럭인다

*희아리: 조금 상한 채로 말라서 희끗희끗 하게 얼룩이 진 고추

— 「가을」 전문

이 작품에는 비유적인 몇 가지 요소들이 가세하여 시를 즐겁게 하고, 그런 심미적 즐거움이 마침내 삶의 진정성에 공감의 폭을 확장한다. 그 공감대를 형성하는 중요한 요소는 시의 의미 맥락이 주는 삶의 진정성과 시적 어조와 구성적 특색이 주는 효과로 보인다.

'고추'는 이 작품에 의미를 형성하는 핵심 제재지만, 고추로 의역된 삶의 실체는 좀 더 간고하고 구차하며, 절박하여 눈물겨운 가난한 농촌의 삶, 필부필부匹夫匹婦의 일상사와 직결되어 있다. 단순히 가세에 도움을 줄 수 있는 고추 농사의 작황이 주된 이야기 같지만, 그 근저에는 남성 구실에 있어서도 작황이 좋지 않은 '니 아부지'에 대한 원망이다. 고추 농사 잘못된 거야 내년에 다시 지으면 그만이지만, 가정 농사 돌보지 않고 술타령에 빠져 있는 지아비에 대한 원망을 토로해 내는 '엄니'의 푸념이 시를 지탱하는 핵심이다.

이런 푸념이 시를 지탱시킬 수 있는 힘은 바로 시의 어조와 구성적 특징이 가져오는 덤이다. 이 시의 화자는 서사문학으로 치자면 '작가 관찰자 시점'에서 화자의 역할에 머문다. '작가 관찰자 시점'의 화자는 철저하게 객관적 상황 전개와 전달에 치중한다. 엄니의 푸념을 충실하게 전달하고, 아버지의 부재 이유를 객관적 상황으로 제시하는 수준에

서 그 역할이 제한되어 있다. 나머지는 등장인물의 언행과 사건의 실상
이 말해 줄 뿐이다. 독자는 이 불가침의 원칙을 고수하는 화자의 내레이
션을 근거로 즐거운 상상의 날개를 펴면 그만이다. 그만큼 독자의 역할
이 중심이 되는 것이 '작가 관찰자 시점'의 소설이다.「가을」시에서는
그런 화자의 효과가 유감없이 발휘된다.

객관화된 화자의 발언이 효과를 발휘하기 위해서는 등장인물의 개성
있는 캐릭터가 한몫을 하고, 그 캐릭터는 인물이 구사하는 어조에 의해
서 좌우되기도 한다.「가을」에서 '엄니'가 구사하는 시적 어조는 그 어
떤 시의 장치나 기교를 능가할 만큼 질박하고 절절하다. 절절하다 해서
마냥 비극의 정조만을 띠는 것은 아니다. 판소리의 아니리처럼 비장한
사설에 묻어 둔 예리한 해학의 비수가 있어 즐거우면서 서늘하다. 그것
은 순전히 엄니가 구사하는 토속적인 어조를 조리하지 않고 직접 시에
채용한 효과다. 풍유의 수법을 능청스럽게 구사하는 하지연 시인의 장
점이 아닐 수 없다.

"시편은 단순히 문학적 형식이 아니라 시와 인간이 만나는 장소이
다."는 노벨문학상을 수상한 멕시코의 시인 옥타비오 파스가 지적한 말
이다. 이 시의 화자인 아들은 어머니의 푸념과 아버지의 부재를 전하는
소도구로 고추를 들고 있다. 그러나 한 마디도 자신의 의견을 보태지 않
으면서도 어머니와 아버지로 구성되는 가족— 가정이라는 구도를 그려
보이고, 그 구도 속에 진솔한 '인간'을 형성해 내는 데 성공한다. 단순
한 시편이 아니라, 고추농사의 호불호가 아니라, 사람다운 삶에 관한 사
람의 이야기를 천연덕스럽게, 시치미 뚝 떼고 들려주고 있다. 하지연 시
인의 시편이 시문학이 지닌 형식으로서의 역할에 머무는 것이 아니라,
끊임없이 사람됨의 본질로 다가가고자 하는 몸부림인 것이다.

고추처럼 흔한 소재로도 어조와 구성의 묘를 살려 질박하고 진솔한 삶

의 이야기를 아름답게 드러내는 그가 타인에 관해서도 외면하지 않는 것
은 당연하다. 「접시꽃 피고」는 타인에 관한 관심이 어떻게 시편을 넘어
인간의 삶으로 형상화되는지를 보여주는 하나의 시금석이 될 수 있다.

그녀는 줄기마다 흰색과 빨간색이 섞어진
혼혈의 꽃들을 피워낸다.
화냥기가 있어서가 아닐 것이다.
金씨네 대문에 못질 하지 않으려고
칠성당 공덕으로 고추를 내걸었고
팔자 기구하여
절름발이 李씨 집에 얹혀살다가
온전한 주춧돌 만들어 놓기 위해
열 달을 갈고 닦았다.
입에 풀칠해 주던 보따리장수로 떠돌다가
허물어져 가는 催씨네 서까래 받쳐 주기 위해
눈물로 기둥을 세웠다
그렇게 삼식이 어머니는 운명의
보릿고개를 넘으셨다
등 뒤의 쑥덕거림과 뒤 꼭지 손가락질에도
독하게 마음먹고 살았지만
눈물은 늘 가슴에서 썩고 있었다
삼베 옷자락에 베인 핏자국
강물에 지울 수만 있다면
천만번 헤지게도 빨았으련만
나룻배처럼 흔들리는 팔자

또 한 번 흔들리며 강물에 실려간다

—「접시꽃 피고」 전문

이 작품은 시적 변용과 감정을 이입하는 시의 어법이 자연스럽게 합일하여 인간의 이야기를 풀어낸다. 나팔꽃은 삼식이 어머니고, 이 땅에서 한스런 삶을 살다 간 수많은 여인네들이라면, 접시꽃은 그런 한과 그런 삶이 변용되고 이입된 객관적 상관물이 된다.

접시꽃이 한스런 서정으로 피어나는 것을 발견하는 눈을 가진 사람을 일러 우리는 시인이라고 한다. 시인은 보이는 것으로 보이지 않는 것을 발견해 낼 수 있지만, 보이지 않는 그것이 사람의 진정성을 구체화하고, 독자의 심미안을 개안시키는 데 기여할 때 의미와 가치가 있다.

이런 관점으로 보았을 때, 타인에게 기울이는 그의 서정의 폭이 애틋한 긍정의 시선을 지니고 있음을 본다. 객관적 사물이 시의 소재가 되지만, 그런 소재들을 통해서 타인의 간고한 삶까지도 긍정할 수 있는 따뜻한 서정적 포즈를 유지하고 있는 것이다.

이것은 시인에게 매우 중요한 덕목이다. 고답한 정신주의의 선풍에 빠져서 삶의 구체성이 결여된 고담준론형의 시에서는 맛볼 수 없는 질박한 사람의 냄새가 나는 시풍, 이런 시풍은 사람의 삶이 지속되는 한 그 시문학의 생명성도 오래 가지 않을 수 없을 것이다.

하 시인의 또 다른 진면목은 이미지 형성의 탁월성에서 찾을 수 있다. 다음의 「초승달」은 그가 얼마나 풍성한 상상력과 아름다운 심미적 기저를 지니고 있는가를 단박에 알 수 있는 작품이다.

목간 원형 창문을 조금 열어 놓았는가
하늘에서 누군가 목욕을 하는가보다

물안개가 창가에 어린다

얼굴은 보이지 않지만

물소리를 들으니 몸매 가냘픈 사람인가보다

어쩜, 옥황상제 일곱 번째 딸

늦둥이인지도 모른다

지상이 하어 수선하니 금강산 구룡폭포로

목욕을 보내지 않고

궁으로 물 길어다 하는 모양이다

날은 밝아오는데

창문은 닫히지 않고 누구를 위해서일까

향수를 바르는지

새벽하늘에 아카시아 꽃향기 가득하다

―「초승달」 전문

이 작품은 시각적 이미지와 청각적 이미지는 물론 후각적 이미지가 공감각을 형성하여 '초승달'을 그려낸다. 이미지를 형성하기 위해 동원된 작품의 소재들이 아교질 같은 접착력을 가지고 전체 작품의 완결성에 기여한다. 어느 하나 보텔 것도, 빼야 할 것도 없는 '완벽한 요소들의 합집합'으로서의 시적 결구를 이룬다.

'향수를 바르는지/ 새벽하늘에 아카시아 꽃향기 가득하다'에 이르러 필자는 잠시 그 아득한 향기에 취했다. 지금은 시절이 하 수상하여 유월 초에 피던 아카시아 꽃이 철을 잃고 오월 중순부터 자지러지고 있지 않는가!

「초승달」이 한 폭의 빼어난 풍경화, 뽀얀 물안개 어린 목간통에서 물소리도 조신하게 하늘 목욕을 하고 있는 선녀 이야기일 수도 있다. 만약 그런 단계에서 이 작품이 머물렀다면 이미지 형성 능력이 탁월했다 해도 그저 빼어난 수채화에 머무르고 말았을 것이다.

그러나 그는 설화를 재탕하는 편의주의를 멀리한다. 하늘의 옥황상제를 늦둥이를 둔 현실의 침실로 끌어내리고, 금강산 구룡폭포를 외면하고 궁으로 물을 길어다 하는 목욕으로 치환함으로써 현실과 끊임없는 맥락을 지어내는 데서, 그가 지니고 있는 시적 상상력이 현실을 의역해 내는 건실함을 잘 보여 준다.

그가 지닌 능숙한 이미지 구축 능력을 확실하게 보여주는 작품으로 「채송화」를 빼놓을 수 없다. 시인의 안목에 포착된 사물이 독자의 심미안에 아름다운 영상을 안겨 준다. 이를 통해 시는 독자를 신선한 미적 추체험의 세계로 인도한다. 그런 독서 체험이 우리의 서정을 풍요롭게 한다. 탁월한 이미지 구축 능력은 하지연 시문학이 지닌 또 하나 시의 미덕이 아닐 수 없다.

돌담 아래 어린 난쟁이 소년이/ 종일 쪼그리고 앉아/ 햇빛을/ 손바닥에 올려 굴려보다가/ 입으로 후후 불어보다가/ 손가락으로 콕 찔러보기도 하면서.　　　　　　　　　　　　　　　　　　　　　—「채송화」 전문

4. 방부제 같은 시의 힘

하지연 시인은 정직하다. 그는 "내 시집을 읽고 감동을 느낀다면, 그건 위선이다. 나는 아직 곰삭지 않은 홍어이기 때문이다."고 고백한다. 냉철하게 자기를 인식하는 사유의 바탕 위에서, 그는 쉬지 않고 성숙한 삶을 위하여 자신을 발효시키려 고심할 것이다. 그런 숙성의 시간 뒤에

남는, 제대로 삭혀 감칠맛을 낼 그의 시가 기대되는 것도, 그가 지닌 냉철한 자기 인식의 솔직담백함을 믿기 때문이다.

곰삭은 '홍어 맛'을 아시리라. 여름날 두엄자리에서 한 사흘 발효시킨 홍어! 콧속을 톡 쏘는 '매운맛'이 특징인 홍어 맛! 곰삭은 홍어처럼 읽는 이의 무딘 감성에 톡 쏘는 감성의 즐거움과 그 즐거움 끝에 생활의 고통마저도 한방에 날려 버릴 수 있는 시, 잘 숙성된 하지연 시가 시문학이 가야 할 또 하나의 개성적인 길을 열어 가리라 확신한다. 그 길은 시문학이 감당해야 할 기능에 충실한 길이 될 것이다.

세상의 모든 사물은 자기 나름의 역할과 기능이 있기 마련이다. 그 역할(기능)이 의기소침하여 위축되거나 허장성세로 오버하지 않고 제대로만 작동된다면, 이 세상은 훨씬 아름답고 의미 있는 모습을 지니게 될 것이다.

시도 그렇다. 인류를 구원할 만한 명시를 기대할 것도 없다. 지금부터 영원까지 세계의 역사에 기록될 만한 명작을 바랄 것도 없다. 모든 사람을 감동시킬 만한 걸작을 고대할 일도 아니다. 하지연 시인의 고백처럼, 한 편의 시가 자기 인생의 방부제만 될 수 있어도 시가 존재해야 할 충분한 이유가 된다.

진부하게 타락해 가는 의식을 팽팽하게 조여서 진실의 음률을 낼 수 있도록 긴장시키는 시, 세상의 부조리에 함구무언하는 보통 사람을 부끄럽게 하는 시, 고통스런 삶에는 따뜻한 위로가 되고, 즐거운 인생에 뜨거운 박수를 더하는 시, 이런 시들이 세상을 정화시키는 촉매가 되는 세상을 꿈꾼다. 그의 시들을 통독하면서 그런 꿈들이 막연한 것만은 아니라는 단서를 얻을 수 있었던 것은 커다란 수확이다.

하지연 시인의 처녀시집에 담긴 시들이 틀림없이 시인 자신의 삶에 방부제가 될 것이다. 나아가 시문학이 제공하는 서늘한 경각의 대열에

동참하기를 자원하는 독자들에게도 인생의 신선도를 유지시키는 촉매
가 되기를 바란다. 그것은 시라는 형식과 시인이라는 본질이 일치할 때
가능한 것처럼, 생활이라는 삶의 형식과 사람됨이라는 인생의 본질을
동일하게 하려 노심초사하는 시의 독자들만이 거둘 수 있는 미덕이다.

시인의 면모

— 손석일 시인을 추모하며

소년 시절부터 문학적 치기에 함몰돼 있던 촌놈이 있었다. 문학이 무슨 영광의 중앙역으로 가는 특급 열차표나 되는 듯이, 혹은 가난의 시린 잔등과 무명으로 빛바랜 남루까지도 다 덮어 주고 채색해 주는 무지개쯤으로 아는 소년이었다. 이 소년은 문학이라는, 그것도 시문학이라는 거대한 괴물을 전지전능한 마력을 지닌 존재쯤으로 여겼음에 틀림없다.

그에게 그런 의식을 심어 준 결정적인 이유는 그의 조부로부터 타고난 유전적 기질 탓이라고 훗날 생각한 적도 있었다. 이 소년의 할아버지는 중농의 경제적인 여유를 한학을 탐구하거나 절구나 율시를 자작하시는 현학적 취미와 전통 가곡이나 시조창을 즐기시면서, 어린 손자의 가슴 속에 지워질 수 없는 큰 자국을 남기신 것이다. 소년은 '공부(한문학)하는 일이나, 시를 노래로 부르는 일(시조창)이 저렇게 고상하고 위대하며 거룩한 것이구나!' 하는 경외감으로 할아버지를 우러러보았다.

그런 소년의 아버지 역시 일제강점기 말엽에 국민학교 교편을 잡고 있으면서, 우리말 연구와 동시나 자유시 등을 습작하시거나, 자작 동시에 곡을 붙여 학생들에게 보급하기도 하셨다. 그런 솜씨가 발전하여 당신께서 근무하시던 전주국민학교의 교가와 찬가의 가사를 지으시는 등 숨은 솜씨를 발휘하시기도 하였다.

소년의 눈에 비친 아버지가 지니고 계신 놀라운 능력들은 마땅히 할아버지의 학구적 기질과 풍류를 좋아하시던 유전적 결과라고 믿게 되었다. 소년은 할아버지께서 서예를 즐기시던 모습이나, 행랑채에서 서당을 열어 도시로 진학하지 못한 동네 청년들의 훈장 노릇을 하신 것이나, 모두가 가문의 기질 탓이라고 믿었다.

그런 믿음은 자연스럽게 할아버지로부터 아버지에게로, 아버지로부터 소년에게 전수되는 것은 너무나 당연하였다. 그런 결과들이 소년에게 학구적 호기심과 시문학에 대한 경외심을 심어 주고, 평생을 훈장과 무명 시인으로 살아가게 하는 결정적 원인이 되었다고 굳게 믿고 있다.

그런 소년이 그 당시 박목월 시인께서 창간하시어 그야말로 문학도들의 필독서가 되었던 《心象》이라는 시 전문 월간지에 푹 빠지게 된다. 그리고는 짧지 않은 세월을 일방적으로 구애하고 짝사랑하며 십년 가까운 세월을 지나게 된다.

정성이 지극하여 하늘도 감동했는지 《心象》의 응답이 있었다. 그리하여 심상의 식구가 된 성장한 촌놈은 서울 나들이를 하게 되고, 〈심상시인회〉의 식구들과 안면을 트면서 새로운 문단의 분위기에 서서히 물들어 가고 있었다.

그렇게 서울이며, 〈해변시인학교〉며, 〈심상시인회〉 모임 등에 참석하다 보니, 그래도 촌놈이 찾게 되는 것은 고향 까마귀였다. 우리 고장 출신이 누구인가? 찾다 보니 이시연 시인과 손석일 시인이 있었다. 그런데 이시연 시인은 그래도 같은 전주여서 자주 연락도 하고 지내는 터수가 되었으나, 손석일 시인은 어쩌다 만날수록 아리송한 말만 들렸다.

거처가 일정치 않지만 일단은 김제를 생활 근거지로 한다는 것, 한때는 승려였으나 현재는 환속하여 세속에 발을 붙이고 있다는 것, 생업이 양봉업이라 철따라 꽃길 따라 삼천리 방방곡곡을 바람처럼 돌아다닌다는 것, 그래서 모임이나 만남이 여의치 못하다는 것, 가정도 어떤지 잘 모르겠다는 것 등등.

촌놈 출신 필자의 성장사와는 완연히 다른 그를 어쩌다 만나게 되면, 그에 대하여 들은 소문― 풍문과 필자 나름의 판단과 상상력으로 모자이크한 모습으로 손 시인의 실체에 오버랩되기 일쑤였다.

그 형상화된 모습은 '진짜 시인'의 모습이었다. 그가 발표하는 시작품보다도 앞에서 소개한 소문과 풍문이 겹쳐지면서, 필자에게는 손 시인이야말로 참으로 시인답게 사는 분이라는 의식이 형성되어 갔다. 그런 진짜 시인다운 모습은 외모와 행동 양식, 그리고 그의 말솜씨를 접하게 되면서 더욱 확고하게 굳어졌다.

손석일 시인의 외모는 영락없는 시골 농부 모습 그대로다. 금방 농사일을 제쳐두고 나타난 모습이거나, 농사일을 하다가 쉴 참에 잠시 들린 모습 그대로였다. 치장이나 꾸밈이라고는 아예 없는 입던 모습 그대로요, 하던 일을 그대로 옮겨온 듯한 입성 그대로였다. 이런 모습을 지켜보면서 필자가 손 시인을 '진짜 시인'으로 여기지 않을 수 있었겠는가!

그보다 더욱 필자에게 신비감을 주게 된 것은 손 시인의 행동 양태였다. 어디를 가건 어디에서 자리를 옮기거나 떠나건 누구에게 귀띔을 하거나 언질을 주는 법이 없다. 어떤 모임에 참석하여 손 시인이 참석했는지 둘러보면, 분명히 시작할 때까지는 보이지 않던 모습이 행사가 중간쯤 진행될 즈음 어느새 왔는지 행사장 뒷자리에서 그의 모습을 발견할 수 있다. 그런 모습도 잠깐, 행사가 끝나고 안부라도 묻고 소식이라도 전할라치면 어느새 자리를 떴는지 자취를 찾을 수 없다. 참으로 바람처럼 왔다가 구름처럼 사라지는 행태 그대로였다.

삼라만상의 나타나고 사라짐이 하늘에 뜬 구름 같을진대 굳이 왔다고 왔음을 소리칠 것도 없고, 간다고 갔음을 알린다 한들 무엇이 달라진단 말인가? 손 시인은 분명히 그렇게 생각하고 믿고 확신한 대로 행동했음에 틀림없다. 없는 듯하다가 있고, 있는 듯하다가 사라진다. 색즉시공色卽是空이요 공즉시색空卽是色을 손 시인처럼 행동으로 보이는 분을 필자는 일찍이 본적이 없다. 그러니 촌놈 출신 필자에게 손 시인의 모습이 얼마나 진짜 시인으로 비쳤겠는가?

이런 모습이나 행태보다 그의 말씨나 말투를 대하면 진짜 시인다움은 더욱 확고해진다. 말을 구사할 때면, 말씨가 매우 빠르고, 약간 어눌하게 더듬는 듯하다. 군더더기 없이 본론만을, 하고자 하는 말만을 빠르고 신속하며 단순하게 직설해 버리고는 만다. 시가 압축과 생략, 함축과 은유를 생명으로 하는 것을 몸으로 실천하는 듯하다. 그의 말을 듣고 있노라면, 비교적 말담이 구성지거나 구수하지 못한 필자마저도 평소에 필요 없는 말을 너무 많이 하고 산다는 것을 반성하게 된다.

이렇게 시인의 삶을 살던 손석일 시인이 평소의 행동 양식처럼, 운명을 달리했다는 소식을 그야말로 풍문처럼 들었고, 그것이 사실임을 확인할 수 있다. 필자가 이 짧은 식견으로 손 시인의 시에 대하여 언급하고자 하는 것도, 앞에서 밝힌 것처럼 순전히 그와 시문학으로 얽힌 인연과 그 뒤 이어져야 할 만남이 어떤 문학적— 인간적 매듭이 없었던 사실에 대한 아쉬움을 만분의 일이나마 덜고자 하는 것이다.

손 시인의 작품들은 지방 문단지나 불교 문학지 등을 통해서 접할 수 있지만, 여기에서는 〈심상시인회〉 엔솔로지에 실린 세 편의 작품을 살펴 보기로 한다.

잠겨 있다

구름이 잠간 들려

마음을 비우고 간다

뿌리가 축축이 젖어 있다

발걸음이 가빠온다

시간이 모이고 있다

유리창을 닦고 있는 빛이

곧장 달아나고

아침을 굶은 그늘이

조용히 쓰러지고 있다.

―「수면에」 전문

잠겨 있음이 무엇일까? 이를 유추할 수 있는 단서들이 소개된다. '구름·뿌리·시간·빛·그늘'이 그들이다. 그런데 이런 단서들은 '마음·발걸음·시간이 모이다·달아나다·쓰러지다' 들과 상관성을 지닌 채 등장한다. 그러니까 잠겨 있는 것들은 앞의 단서들을 거쳐서 마침내 조용히 쓰러지고야 만다.

완벽한 '수면'의 이미지다. 그런데 이런 수면의 명징한 이미지들이 '아침을 굶은 그늘'에서 잠시 멈칫거린다. 아니 시의 독자들 미감에 '멈칫거리기' 보다는 오히려 '버석거리기'가 타당할 것이다. 그냥 수면의 이미지로 즐기고 말기에는 뭔가 목에 걸려 넘어가지 않는 것이 있다는 점이다. 무엇이 독자의 미감을 버석거리게 할까?

그런 궁금증을 해소할 수 있는 것으로 측은지심을 들고 싶다. 시의 화자에 닿으려는 독자의 상상력의 걸림돌은 측은지심이 아닐까? 화자의 시심에 고여 있는, 아침을 굶은 어두운 생활의 한 대목을 명징한 수면에 물수제비뜨는 심정으로 서정의 돌팔매질이나 하며 지나치기에는 안쓰러움이 작동한다.

그렇다. 이 작품은 군더더기 하나 없는 물의 이미지요, 호수의 이미지요, 수면의 이미지다. 물과 호수와 수면은 같으면서도 다르다. 모두가 물― 수성水性과 관련이 깊으면서도, 그 용처나 부림이 다르다. 물은 원천적인 질료로서 존재한다. 호수는 물을 담아 두는 그릇이다. 물이 없다면 호수는 존재하지 않는다. 수면 역시 마찬가지이다. 물이 없고, 물을 담아 둘 호수가 없다면, 수면이 어떻게 존재하겠는가? 그러므로 물과 관련된 이 세 가지 이미지는 같으면서도 다르다.

잠겨 있는 것은 물이면서, 간고한 생활의 변형이어도 좋다. 수면(거울)에 비치는 구름이야 행운유수行雲流水 아니겠는가! 행운유수를 담아 두는 호수 같은 시심을 지닌 화자는 부단히 마음을 비우는 삶을 지향한다. 뿌리가 젖는 것, 발걸음이 빨라지는 것, 시간이 모이는 것들도 물― 호수의 관련 이미지를 생각하면 설득력 있는 이미지 구축 작업이다. 맑은 수면을 보면서 의식과 정신의 유리창을 닦는 사람 역시 마찬가지 이미지다.

시의 구성법이 항용 그렇듯이, 결구에서 울림을 만들면서 시의 주제를 함축한다. 아침을 굶은 화자, 마음의 수면에 비친 드맑기 이를 데 없는 화자는 그러나 아침을 굶었다. '텅 빈 충만'은 수행하는 사람이 지향하는 최선의 목표요, 생활의 수행자 시인이 지향하는 최고의 덕목이 아니겠는가? 맑아서 굶을 수밖에 없는 정신의 청빈한 존재, 수면은 그렇게 아침 햇볕을 받으며 일렁거리고 있다.

이런 시심을 맑은 물속처럼 들여다보는 독자들도 함께 시심의 수면으로 흘러가며 청정하게 쓰러지고 있다.

가을은

아무도 알아들을 수 없는

소리의

둔탁한 현을 문질러

빛을 고르고

거기서

순백의 음악을 떠낸다

그 음악 속에는

시간을 거머쥔 채 기우는

색깔들이

한 편의 시를 낳기 위해

새로운 작업을 시도한다.

—「가을」 전문

손석일 시인의 작품에는 군더더기가 없다. 아무런 장식— 치장이 없다. 시 이외의 비본질적 장식들로 시의 행간을 어지럽히지 않는다. 앞에서 밝힌 것처럼, 이는 손 시인의 성품이자 시를 이루어 내는 그의 주요한 기교다. 그의 시적 기교를 한 마디로 말하라면 '기교 없음을 기교'한다고나 할까?

시적 중심 제재를 형상화하기 위한 일념이요, 단일한 의미 구조나 단선적인 미적 함축성을 향하여 이미지를 구축한다. 「가을」에서도 그의 성품과 시적 기교는 여실히 드러난다. 중심 제재는 물론 '가을'이다. 전체 시의 구조적 일관성이나, 시어가 지향하는 함축성도 중심 제재를 드러내기 위하여 한 곳으로 집중한다.

이 작품을 단순하게 요약하면 이렇다. '가을은 음악이요, 색깔이다'

이를 좀더 확장하면 이렇다. '가을은 둔탁한 현을 문질러 내는 음악이요, 시간을 거머쥔 채 기우는 색깔(그림)— 풍경이다'. 그래서 닿는 곳이 바로 '한 편의 시를 낳기 위한 새로운 작업'에 이른다. 가을이 마침내 낳은 것은 한 편의 시다.

가을의 이미지를 선명한 의미 체계와 단선율의 미적 체계로 구축해낸다. 손석일 시인에게 온 가을이 시간 개념의 울타리를 넘어와서 아무도 들을 수 없지만 시를 읽는 독자라면 분명히 감지할 수 있는 둔탁한 음악소리로 변형(형상화)된다. 마찬가지로 가을이 손 시인의 심미적 시의 세계에 오면 거머쥘 수 있는 물질(형상화)의 모습으로 색깔을 띠게 된다.

투명한 시간의 여울을 지나고, 순백의 음악으로 치환된 소리의 리듬을 타고 왔던 가을이 마침내 시를 낳기 위한 새로운 작업을 시작한다. 가을은 기우는 시간이 아니다. 조락하는 계절이 아니다. 순수한 청각 영상인 순수한 소리의 파장을 담고, 비록 기울어지지만 아름다운 색깔(그림)을 담고 있는 존재가 바로 가을이라는 시간의 이름이다.

그러므로 한 편의 시를 낳는 것은 마침내 가을이 아니라, 화자— 시인으로 치환되는 데에서 이 시는 절정을 이룬다. 한 편의 시를 낳는 작업은 결국 가을의 순수와 색깔로 익은(거머쥔) 화자요 시인이 되는 것이다. 가을이 시인으로 변용이 가능한 세계가 바로 시의 세계다.

손석일 시인은 이런 시의 세계를 아무 군더더기 없이 깔끔한 미의식으로 드러내고 있다. 무기교의 기교로 들어내는 것이다.

아무리 채워도
박자 하나가 모자란
소리에

다시 소리를 타서 마시는

메아리

새겨도 새겨도 새겨지지 않는

흔적을

한 가닥 시름으로 가리고

한번 지나고 나면

그 어떻게도 재생이 불가능한

시간 속에 머물게 한다.

—「메아리」 전문

앞에서 살펴본 두 편의 작품과 시적 기교면에서 일관성을 유지하고 있는 작품이다. 메아리를 형상화하고자 하는 순수 일념으로 이미지를 구축한다. 그런 일관된 작업이 마침내 이르는 곳은 진실의 세계요, 진리의 탐구다. 물론 그런 진실과 진리가 객관적 상관물로 떠올랐다가 마침내 가라앉는 곳은 바로 삶의 진실을 추구하는 자아다.

이 작품 메아리는 그런 미장美匠 의식을 용이하게 간파할 수 있도록 친절을 베푼다. 박자 하나가 모자란 소리는 조금도 과장이나 왜곡이 없는 메아리의 재생이요 환생이다. 문제는 아무리 채워도 그 하나 모자란 박자를 맞출 수 없다는 데에서 시적 비극은 자리한다. 그래서 메아리는 제 소리에 제 소리를 타서 마시기도 한다. 그래도 박자 하나 놓치는 것이 메아리의 숙명이다.

어찌 메아리만의 숙명이겠는가? 제 몸을 제 스스로 갉아먹으면서도 항상 한 박자 놓치고 사는 게 우리의 인생이 아니던가! 그 놓친 박자를 아쉬워하고, 그 기회 잃은 것이 삶의 비극적 원인이 되기도 한다. 메아리의 존재 양상이나, 시적 자아의 존재 양상이 유사성을 함축하면서 시의 의미 맥락을 형성한다.

이런 삶의 진실을 새긴다고 해서 고쳐지지는 않는다. 운명이나 숙명이라고 하는 삶의 그늘들이 그래서 어두운 것이리라. 자취 없이 사라짐으로 메아리의 그늘은 없다. 그러나 아무리 새겨도 새겨지지 않는 것이 메아리의 존재 양식이다 그 존재의 실체를 가리켜서 우리는 시간이라고 부른다. 그러므로 메아리(시간 없는 몸)는 무형으로 분명히 존재하는 있는 실체를 드러내는 세계다. 메아리는 사라지지만, 시적 자아를 포함한 인간은 어떻게도 재생이 불가능한 시간의 틀 속에서 몸부림치는 것이다.

어떻게라도 재생할 수 있다면 문제는 간단하다. 한번 지나고 나면 다시는 재생할 수 없는 세계─ 메아리의 세계 속에 사는 인간은 자신의 운명 앞에서 망연자실하고 있다.

손석일 시인의 세 편의 시는 하나같이 통일된 목소리를 지니고 있으며, 무기교의 기교를 특징으로 한다. 그러나 객관적 상관물이었던 시적 제재들이 생경하게 사물로 남아 있는 것이 아니라, 시적 변용을 통해서 끊임없이 삶의 진실을 그려내면서 귀결되는 양상을 띤다. 사물을 그리는 듯하면서, 마침내 시적 자아가 발견한 진실─ 진리의 자락을 보이면서 한 편의 시적 세계는 그대로 자아의 삶과 중첩한다. 손쉽게 시적 발상을 포착해서, 단순 명료한 시적 진술의 세계를 그려내고는, 슬그머니 자아의 목소리를 드러낼 듯하다가는 이내 감추고 만다. 그런 뒤에 남는 시의 울림은 진리요 진실이다.

이러한 시적 발상법과 시적 기교는 시인의 사람됨과 완벽하게 일치한다. 앞에서 밝힌 바처럼, 있는 듯하다가도 없고, 없는 듯하다가도 나타나는 손석일 시인의 행동 양식처럼, 그의 시는 전적으로 그의 삶의 형상화 이상일 수 없다. 존재하는 듯하다가 비존재의 영역으로 사라지고 야마는 인간존재의 운명성과 그의 시는 미학적으로 매우 닮아 있다.

그래서 '글은 그 사람'이라는 정의가 유효한가 보다. 글이 글을 쓴 사람 이상일 수 없다면, 시도 역시 시를 쓴 시인 이상일 수 없다. 이 말은 시가 그 시를 쓴 시인의 사람됨을 침소봉대하거나 무참하게 과장하는 시들이 횡행하는 작금의 시단 풍토를 본다면, 대단한 미덕이 아닐 수 없다.

손석일 시인의 작품을 통해서 손석일을 제대로 회상할 수 있고, 마침내 손석일 문학— 시정신을 유추하거나 미적인 추체험이 가능하다면, 손석일의 시문학은 성공적인 자기 세계를 확립하고 있다고 보아도 무방할 것이다. 진짜 시인의 면모는 시인의 일거수일투족에서 비롯하지만, 그런 삶의 진실성이 시문학을 통해서 구체화되고 미학적 울림이 가능할 때, 그런 시를 읽는 독자는 행복하다.

손석일 시인이 바람처럼 자취를 감췄다. 필자의 손에 남겨진 〈심상시인회〉 엔솔로지 안에서 손석일 시인은 그 특유의 초탈하면서 군더더기를 거부하던 모습으로 숨쉬고 있다. 그렇다. 문학은 그 보편성과 항구성을 생명으로 숨쉰다. 마찬가지로 손석일 시인의 항구적이고 보편적인 문학 정신이 필자의 시적 탐구의 한 자양분으로 오래도록 살아 있을 것이라는 희망적 예상을 전하며, 손 시인의 명복을 빈다.

시인 김기찬 시문학의 미덕

　시인 김기찬은 참신한 시문학의 미덕을 지니고 있다. 그가 시를 생산해 내는 의식의 통로내지, 사유의 마당이 언제나 그런 미덕으로 풍성하다. 그의 의식은 항용 아름다움을 의미 뒤에 숨겨 두기를 좋아하고, 그의 사유는 현상의 벽 너머에 있는 진실의 모습을 관망한다. 그런 관망은 으레 직관으로 시작하지만 보통 사람이 놓치기 쉬운 대목을 은유해서 형성화 해내는 솜씨는 김기찬 시의 미덕이 아닐 수 없다.

　필자가 김 시인의 시에 주목하며 매력을 느끼게 된 동기는 「불가사리」라는 단 3행의 시를 접하면서였다. 시의 본질인 압축과 생략, 메타포 metaphor와 상징이 적절히 녹아들어 있고, 시대의 징표를 읽어 내면서 동시에 사물의 본질을 은유해 내는 솜씨는 아무나 흉내 낼만한 것이 아니었다. 이런 절창은 그 많은 문사들이 의지를 가지고 욕심을 부린다고 해서 얻어지는 것이 아니다. 그럼에도 김 시인은 단 3행에 이런 시의 미덕을 응축해 내고 있었던 것이다.

별의별 별들 중에서
어느 별자리의 똥이었을까
하늘구린내가 난다

— 「불가사리」 전문

필자는 이 시를 발견한 기쁨을 마침 일간지에 좋은 시를 소개하는 코너에 소개한 적이 있다. 다음은 당시 일간지에 소개한 필자의 졸문이다.

어느 잡지의 한 코너 이름이 '짧은 글 긴 여운' 인 것을 보고 참 사려 깊은 표제라고 생각했다. 그 내용이 표방한 것처럼 글의 길이는 비록 짧을지라도, 그 글이 함축하고 있는 의미가 반비례하여 웅숭깊은 울림을 줄 수 있다면 금상첨화일 것이다. 이 시는 짧은 정도가 아니라, 생략하고 압축하여 최대한 짧은 형식미를 자랑하는 시 중에서도 더욱 간결함을 특징으로 하고 있는 시다.

불가사리는 그 외모가 별모양이다. 별모양에 걸맞게 별이 함유하고 있는 바처럼 그 내연도 함께 한다면, 매우 사랑받는 존재가 되리라 생각해 본적이 있다. 그러나 불가사리는 그가 지니고 있는 외형미와는 영 딴판이다. 이 불가사리가 창궐하게 되면 그 바다 밑은 이미 황무지가 되어 있음을 표징한다고 한다. 그러니 별의별 별들 중에서 어느 자리에 있는 별이건 불가사리별이 구린내가 풍기는 것은 당연하다.

이 시가 지닌 미덕은 참 많다. 그 중의 하나는, 함부로 손에 넣을 수 없을 것 같은 이상적 가치들조차도 때로는 참을 수 없는 역겨움의 대상으로 전락할 수 있음을 은유하고 있다는 데 있다. 이 시를 열독하는 순간, 창군 이래 처음으로 사성장군을 독직 혐의로 구속하였다는 뉴스가 인구에 회자되고 있다.

— 이동희 《전북중앙신문》 「시로 읽는 세상」, 2004. 5. 14.

　모든 사물은 그 시간적 상황과 밀접한 관련을 지닌다. 우연일망정 사물이 어느 시기에 놓이느냐에 따라 그 사물이 의도하지 않은 함축성까지 포괄하게 되는 것이 아니던가? 이 시를 소개하던 무렵 우리나라에는 창군 이래 처음으로 군 장성이 독직 사건으로 구속 되었다는 보도가 신문지상을 장식하고 있었다. 이 사건이 어쩌면 그렇게도 절묘하게 시가 함축하고 있는 의미와 딱 맞아 떨어지는지 필자는 일종의 쾌감까지 느꼈다.

　그렇지 않은가? 군 장성이 얼마나 높은 벼슬자리인가? 그 위세와 위용은 감히 보통 사람으로서는 상상할 수 없는 것이다. 장성의 계급장을 '별' 이라고 하지 않던가! 그래서 장성부터 장군이라 하지 않는가! 무사가 아닌가! 장군, 무사는 어떤 사람인가? 선공후사先公後私, 멸사봉공滅私奉公 등의 말과 행실이 일치하는 사람이라는 의식이 보통 사람들의 뇌리를 차지하고 있다. 여기에 충무공 이순신 '장군' 의 이미지까지 결합하여 장군은 보통 사람과는 달리 청렴결백하고 애국심이 남다르다는 선입견을 가지게 하는 자리가 아니던가? 그런 장군이 자신의 벼슬과 직위를 이용하여 부정을 저지르고 쇠고랑을 차게 되었다는 것은 자신의 불명예는 물론이요, 별자리 장성들에게 일대 치욕이 아닐 수 없는 사건이다.

　'불가사리' 는 영락없는 별자리 계급장과 닮은꼴이다. 보기에는 그럴싸하지만 이 불가사리가 창궐하면 바다 밑은 황폐화되고, 이 별을 닮은 불가사리가 부정하게 되면 군대 사회도 황폐하게 되는 것은 사필귀정이다. 군인으로서 장성 계급은 별의 별 자리 중에서 하늘에 닿을 만큼 높고 위용 있는 자리지만, 부패한 군인은 하늘구린내 이상도 이하도 아닌 몹쓸 것이 되고 만다.

김 시인의 시적 미덕이 빛을 발하는 대목이다. 불가사리가 시인의 직관에 의해 포착되었지만, 불가사리로 머물지 않고, 시인의 미의식에서 변용을 일으켜 하늘구린내를 풍기는 몹쓸 사물이 되었다가, 시대의 상황과 맞물려 시인이 전혀 의도하지 않았거나, 독자도 전혀 기대하지 못했던 사회에 대한 경종이요 목탁의 소리까지 내고 있지 않는가!

이 작품 「불가사리」가 그 간결한 응축미를 통해서 시의 에스프리esprit를 보여준다면, 다음 작품 「바다라는 이름의 여자」는 그런 김 시인의 시적 미덕이 합종 연합하여 작품의 완결성은 물론 김기찬 시의 개성을 엿보게 한다. 독자들이 이 작품을 읽으면서 시가 어떻게 즐거운 읽을거리가 될 수 있으며, 그 즐거움이 사물을 보는 미적 안목을 얼마나 확대시킬 수 있는가, 그런 독서 체험이 우리의 삶을 얼마나 진실하게 이끌 수 있는가를 추체험하는 것은 시를 읽는 독자들의 행복이 아닐 수 없다.

채석강 가에는 오랫동안 봐둔 나만의 한 여자가 있다

부르지 않아도 달려와선 몰라,몰라몰라몰,라 하며

가슴팍에 머리를 묻고 아양 떠는 여자

나는 이런 낙지 같은 여자가 좋아라

속치마도 잠깐 잠깐씩 보여주며

미끈한 엉덩이를 쓸어줘도 가만있는

바다라는 이름의 여자

그녀의 몸 어딘가엔 무인도가 있다고 한다

백만 평인지 천만 평인지 모를

무인도에는 온종일 남태평양의 해조음이 울어대고

사면의 푸른 커튼이 수초처럼 넘실거린다고 한다

채석강 가에는 세월이 흘러도 좀체 늙을 줄 모르는

한 여자가 있다

살을 비비며 문질러대며

철없이 자꾸만 무인도에 가자는 여자

아무도 못 찾을 무인도에 가

지상에 없는 듯 살자고 보채쌌는

아직은 이런 멍게 같은 물찬 여자가 좋아라

오지랖이 넓어서 바다라는 이름의 여자

그녀를 만나기 위해

오늘도 채석강 가에 나와 놀이 된 한 남자가 있다

—「바다라는 이름의 여자」 전문

이 작품은 김기찬 시문학의 미덕이 잘 집약되어 있다. 우선 시적 변용이 눈부시고 아름다우며, 참신한 이미지가 독자의 미감을 경쾌하게 자극한다. 바다가 여자가 되고, 즉물적 사물성이 은유적 추상성을 띠게 되며, 시의 어조가 주는 쾌미快味— 독자를 즐거운 상상의 세계로 안내하며, 유려한 관능을 체험하도록 자극한다.

생각해 보자. 바다라는 이름의 여자는 이미 바다가 지니고 있는 원형질적 생산성에다가 바다의 구체적인 디테일detail이 보여주는 상징성까지 더하여 완벽한 여성성으로 전환한다. 그러니까 시를 끌고 가는 화자는 객관의 포즈를 취한 채 또 하나의 시적 대상인 '놀이 된 남자'를 건너다보듯이 소개하고 있지만, 독자들은 알만한 것은 이미 다 알고 있다. 화자가 곧 여자(바다에 빠진 '남자')라는 것을. 화자는 두 개의 시적 대상— '바다라는 이름의 여자와 그 여자를 만나기 위해 놀이 된 남자'를 객관화시켜서 응시한다. 그렇지만 그 두 대상이 결국은 시의 화자인 시인의 미의식에서 하나로 융합하고 있음을 안다.

우선 이 작품이 독자의 미감을 확 끌어당기는 매력은 그 어조의 천연덕스러움에 있다. '몰라,몰라몰라몰,라' 의 유머러스한 말부림의 기교를 보자. 애교 있는 여자가 아양을 떨거나, 좋아하는 남자를 향하여 교태를 부리는 저 귀여운 여인의 그것이 보이고 들리며 만져지지 않는가? 처음의 '몰라' 다음에 한 박자 쉼표가 필요하다. 그런 다음 '몰라몰라몰' 까지는 코맹맹이 소리가 속사포처럼 연속되다가 '몰~' 에서 또 한 박자 쉼표가 필요하다. 마지막 '~라' 를 입술 위에 찍힌 애교 점처럼 살짝 덧붙이는 메조소프라노의 음색을 기억하면 된다. 그것은 물론 바다가 부리는 교태요, 파도가 일렁이는 애교이겠지만, 이 시에서는 전혀 드러내거나 직시하지 않으면서도 바다의 여성성이 얼마나 아름다운 것인가를 그려내고 있다. 이를 감지하는 시인의 미의식과 관찰력이 눈부시게 빛나는 대목이다.

바다의 여성성이 얼마나 참신한 이미지로 갈무리 되어 있는가는 다음의 표현들을 만나면 실감할 수 있다. 낙지 같은 여자, 속치마도 보여주는 여자, 미끈한 엉덩이를 쓸어줘도 가만있는 여자, 좀체 늙을 줄 모르는 여자, 살을 비비며 문질러대는 여자, 멍게 같은 물찬 여자 등등 모두가 바다이면서 그 바다가 지닌 매력이 아름답게 여성으로 변용되어 있다.

바다는 그렇다. 천태만상千態萬象이요 만휘군상萬彙群象의 모습으로 바다는 살아 있다. 잔물결만 일렁이는 바다의 모습이 순한 양떼들이나 초원의 모습으로 비쳐지기도 하겠지만, 폭풍우가 몰아치는 성난 바다의 모습은 전혀 다른 폭군이 되어 세상을 향해 포효하지 않던가? 채석강 암벽에 부딪치며 수만 권의 책을 읽어도 지치지 않던 바다— 파도— 포말의 모습이 또 다른 여자의 모습으로 읽힌다 한들 그것이 그리 이상할 것은 없다.

그러나 누구에게나 그렇게 보이고, 누구나 그렇게 읽을 수는 없다. 우리의 시인은 스스로 노을이 되어 시간 속에 자신을 녹여 가면서 스스로 바다(여자)의 시인(남자)이 됨으로써 바다를 읽을 수 있는 특권을 찾아 낸 것이다. 그런 덕분에 시의 독자들은 사물을 보는 안목을 풍요롭게 하고, 사물 속에 감춰 있는 본질적 모습을 통해서, 자신에게 잠재되어 있는 삶의 생명성이랄까, 심미안을 충족시킬 수 있는 것이다.

대부분의 사람들은 바다에 가면 장엄한 감동에 압도되거나 아득한 절망으로 할 말을 잊는 경우가 다반사다. 저 아득한 태고의 몸부림이랄까, 대책 없이 무량하게 경계 없음으로 의연한 일렁임이랄까, 아니면 죽은 듯 살아 있으며, 살았으나 망연하게 처연한 바다를 목격하며, 바닷가에 서면 말을 잊은 대신 안개 같은 생각만이 정신을 아득하게 한다.

그러나 김기찬 시인은 바다가 숨기고 있는 미감을 찾아내어 시의 독자들에게 아름다운 여자를 선물하고 있다. 시의 독자들은 이 바다라는 여자를 만나면서 아련한 심미 의식에 생명력이 꿈틀거리는 것을 실감할 수 있을 것이다.

필자는 좋은 시를 만날 때마다 시의 본질로 회귀하는 즐거운 습관이 있다. '좋은 시는 인간의 정신력을 심미적으로 고양시키는 언어 예술이다.' 는 정의를 기억해 내는 일은 좋은 시를 읽는 필자의 습관이다. 이런 정의가 참 진술이 되기 위해서는 그런 작품을 만나는 수밖에 없다. 그러므로 시의 정의에 부합하는 작품을 만나는 일은 시의 본질로 돌아가서 삶의 진정성을 성찰하게 하는 계기가 된다. 어찌 즐거운 체험이 아니랴.

이 작품을 만나고 나서도 예의 버릇은 발동되었다. '참 좋은 시' 의 모습은 정형화 되어 있지 않으면서도 안개 같은 미의식을 눈 뜨게 하는 매력이 있다. 바다를 좋아하는 사람에게 '왜 바다가 좋은가? 라고 묻는 것은, 여자(남자)가 사랑하는 남자(여자)에게 '왜 그 여자(남자)가 좋은

가? 라고 묻는 경우와 같다. 막연하게 사랑에 눈을 뜨지만, 그 막연함으로 안개가 낀 의식의 한 가운데에는 분명코 언어화 될 수 있는 미의식의 정보들이 빼곡하게 들어차 있음을 안다. 다만 콕 집어서 '이렇기 때문에! 라고 말할 수 없을 뿐이다.

사실 감성적 판단을 꼭 언어화 할 필요는 없다. 막연하고 대책 없는 이유 아닌 이유 때문에 좋아하고 싫어하며, 사랑하고 미워하며, 만나고 헤어지는 것이 아니던가! 사물을 사랑하는 시인에게, 사물의 본질에 내재되어 있는 참된 본질을 발견한 시인에게, 시의 이유를 묻는 일은 가당치 않다. 그것은 감성의 산물이기 때문이다.

「바다라는 이름의 여자」를 만나고 나서도 똑 같은 결론에 이른다. 이유 아닌 이유 때문에 이 시에 매료되면서도 그것이 결국은 우리의 삶을, 안개 같이 분명치 않은 의식을, 산성화되어 가는 정신력을 아름다운 방향으로 끌어올리는 체험만으로도 우리는 시를 읽는 축복을 이미 향유하고 있는 것이다. 그런 시를 양산하는 시인들이 우리 문학계, 우리 전북시단에 빛나는 별들처럼 피어나기를 간절히 바란다.

우리 전북시단의 젊은 시인, 김기찬 시인으로부터 그런 가능성을 발견하는 일은 매우 기쁜 일이다. 그런 판단을 공감하는 회원들의 성원이 있어 '2006년 제7회 전북시인상'을 수상한 것은 그러므로 당사자에게는 무거운 책무가 되겠지만, 우리 모든 회원들에게는 경사라 아니할 수 없다.

사랑은 명사가 아니라 동사다

— 석헌石軒 이상수 시집 『온 사랑을 위한 기도』에 붙임

사랑을 국어사전에서 찾으면 그 뜻이 다음과 같이 풀이되어 있다.

〈사랑〉: 명사—①아끼고 위하여 한없이 베푸는 일 ②남녀 간에 정을 들여 애틋이 그리는 일 ③동정하여 너그럽게 베푸는 일 ④어떤 사물을 몹시 소중히 여김, 또는 그 마음 ⑤기독교에서 긍휼矜恤과 구원을 위하여 예수를 내려 보낸 하느님의 뜻(동아, 새국어사전)

사랑은 추상 명사임에 틀림없다. 그러나 그 사랑이 추상하는 개념에 머문다면 사람이나 세상은 하등 사랑의 영향에 그리 몸달아하지 않을 것이다. 사랑의 개념이 관념의 영역에 머물러 있을지라도, 끊임없이 구체적인 행동의 영역을 지향하는 속성을 본질로 한다.

사랑이 사람의 삶에 작용하는 구체적인 동작을 지향한다는 것은 삶의 본질이 바로 그처럼 구체적이라는 것과 맞물려 있다. '화중지병畵中之餠'이라는 말이 있다. '그림 속의 떡'이라는 뜻이다. 배고픈 사람에게 그림 속의 떡을 아무리 많이 보게 할지라도 주린 배를 채울 수는 없다.

심술쟁이 놀부 마누라가 밥풀 묻은 밥주걱으로 시아제의 뺨을 때리

자, 흥부는 굶주림에 지친 나머지 뺨에 묻은 밥풀을 떼어먹는다는 코믹한 이야기가 〈흥부전〉에 전한다. 고전 소설이라고 웃어넘길 일이 아니다. 입으로 들어가는 것이 있어야 고픈 배를 달랠 수 있지, 아무리 말로─관념으로─개념으로 진수성찬을 차린다할지라도 배를 채울 수는 없다.

그래서 사랑의 성자이신 예수께서도 사랑의 본질을 바로 구체성을 들어서 가르치셨다. 내 목숨을 위협하거나, 가족의 생명을 빼앗거나, 사랑하는 사람의 안위를 해치는 원수가 있다 하자. 이 원수를 어떻게 할 것인가?

젊잖게 설교하듯이 "'눈에는 눈, 칼에는 칼' 이라는 식으로 원수에게 복수하지 말라. 사랑이 없는 복수는 상대뿐만 아니라 복수하는 자신의 삶도 황폐화시킴으로 누구에게도 이로울 것이 없다. 원수를 원수로 갚지 말고, 사랑으로 보듬어 안아야 한다. 그것이 서로를 살리는 길이고, 평화롭게 사는 길이다. 자신을 사랑하는 방법으로 원수를 사랑하라. 그것이 하느님의 뜻이니라." 이렇게 가르쳤다면, 아마 머리 나쁜 학생, 심술 고약한 인류는 아예 들으려고도 하지 않았을 것이다.

예수께서는 이를 신체를 들어서 간단명료하게 비유하여 머리 나쁘고 심성 고약한 인류의 손에 쥐어 주었다. "왼뺨을 때리거든 오른뺨도 내밀어라!" 아무리 고약한 본성을 지닌 사람일지라도 이런 구체적인 사랑의 메시지를 무지를 핑계로 외면할 수는 없을 것이다.

이렇게 구체적이고 선명한 교수법으로 사랑의 메시지를 전달함으로써 예수를 인류의 최대 최고의 스승의 자리에 올려놓은 것이라고 생각한다. '오른손이 한 일을 왼손이 모르게 하라' '부자가 천국에 들어가기는 낙타가 바늘구멍에 들어가기보다 더 어렵다.' '누구든지 저 어린이와 같지 않고서는 나의 나라에 들어올 자가 없느니라.'

모두가 구체적인 물질이나 신체 사물을 동원해서 사랑의 본질을 가르친다. 성자들의 교육방식은 그처럼 선명하고 뚜렷했다. 불가에서도 사람이 베풀 수 있는 삼대 공덕으로, 굶주린 사람에게 음식을 주는 것, 헐벗은 사람에게 옷을 입혀 주는 것, 차가운 강물에 징검다리를 놓아 주는 것이라고 한다. 모두가 사람이 사람에게 베푸는 사랑은 막연한 관념이나 개념이 아니라는 뜻일 터이다.

석헌(石軒: 그의 아호) 이상수 인형仁兄의 시를 읽다보니 한결같이 사랑의 메시지로 가득하다. 원래가 지인들에게 베풀기를 좋아하고, 조금이라도 특별한 것—이를 테면 계절의 별미나 좀 신기한 소도구라도 있으면 가까운 지인에게 나누어 주어야만 직성이 풀이는 사람이 석헌이다. 이는 그가 독실한 기독교 신앙인이라서 그런 것만은 아니라고 생각한다. 타고난 선성善性이 그의 행동특성이 되었을 것으로 보인다.

가족을 사랑하되 의식주를 해결해주지 않는 가장의 사랑이 얼마나 공허하겠는가? 친구를 사랑하되 맛있는 음식을 혼자서만 배부르게 먹는다면 그것이 어찌 우정으로 발전할 수 있겠는가? 이웃과 친교를 맺되 혼자서만 호의호식하며 공동체의식이 없는 이웃 사이에 무슨 사촌지정四寸之情이 생기겠는가? 석헌은 사랑을 관념으로 아는 데에서 그치는 것이 아니라, 자신이 지니고 있는 구체적인 무엇을 전해주는 실천적 행동으로 증명해 보이는 삶을 살아왔으며, 지금도 그렇게 살아가고 있다.

필자는 석헌과 동문수학한 처지이고, 직장에서도 함께 근무한 동료로서 짧지 않은 세월을 같은 지역에서 정을 나누며 살아왔다. 그런 결과 내 손길 닿는 곳에는 그의 사랑의 손때가 묻은 물건이 적지 않다. 자신이 읽고 감동 받은 책을 전해주면서 나의 게으른 독서의욕을 자극하기도 했고, 내 삼척三尺 안두案頭 테이블에는 그가 전해준 필기도구가 나의 서툰 시심을 채근하기도 한다. 그뿐만이 아니다. 시간의 공허함을 함께 메우자며 점심 한 끼의 식사를 위해 몇 십리도 찾아오기를 마다하지 않는 심성의 소유자이자, 실천하는 우의의 사나이가 바로 석헌이다.

그럼으로 그의 시를 읽다보면 그가 평소에 생활을 통해서 실천해온 사랑의 구체성에 대한 언어화라는 사실에서 그리 멀지 않게 다가온다. 다만 석헌이 사람 좋아하고 외로움을 많이 타는 심성의 소유자이면서, 그가 한 평생을 추구하고 있는 기독교 신앙으로 다듬어진 독실한 신심이 그를 행동적이고 구체적인 사랑의 실천력을 끌어내는 원동력이 되었을 것이라고 막연히 생각해 왔다.

그러다가 이번에 그의 시집 『온 사랑을 위한 기도』 전문을 읽어보면서 필자가 평소에 석헌을 알고 느끼게 했던 사람됨, 인성, 신앙심의 근거가 바로 '동사적 사랑' 에 있음을 확인할 수 있었던 것은 큰 소득이었다.

그의 시들은 독실한 신앙의 신심을 형상화 한 것들이거나, 하나님을 향한 고백이요 간구이거나, 사랑하는 가족을 향한 간절한 헌신과 희생을 위한 각오이거나, 하나님으로부터 받은 은총, 사람으로부터 입은 은혜, 그리고 온 누리에 가득한 신성에 대한 감사와 축복에 대한 보답의 마음을 형상화한 것들로 가득하다.

하긴 사랑이 편벽된다면 사랑을 이루는 외연外延을 일그러지게 하고, 사랑이 내포內包해야 할 의미를 무색하게 하여 모순에 찬 사랑이 되고야 말 것이다. 그는 적지 않은 시들을 통해서 때로는 기도하는 어법으로, 혹은 고백하는 자세로, 때로는 염원하는 목소리로, 그리고 반성하고 회개하며, 끊임없이 자신의 삶을 성찰하는 사유자의 자세로 기도하기를 마다하지 않는다. 그런 기록이 바로 이 시집의 주류를 이룬다.

이 글의 앞에서 밝혔던 사랑이라는 명사가 지니는 의미의 대종을 이루는 작품의 성향을 보이고 있다는 점이다. 필자는 우리말 사전이 풀이하고 있는 사랑의 의미가 석헌의 시에서 어떻게 구체화되고 있는지 살펴보려 한다.

먼저 사랑의 구체적인 의미는 '아끼고 위하여 한없이 베푸는 일' 과 관련되어 있다. 그런 작품으로 다음을 보기로 한다.

주는 것만큼 오는 것일까?
받는 것만큼 돌려 줄 수 있을까?
돌아오지 않아도
쉼 없이 주고 싶은 것

그 사람이 나를 생각하지 않아도
생각만 해도 가슴이 아린 것
사랑은 바로 거기에 있지 않을까?

저울질하는 사랑을 아쉬워하고
기대를 강요하는 것 그게 사랑일까?

사랑은 주어도,
주어도 또 주고 싶고
사랑은 계산이 필요 없고
사랑은 모자람으로 풍요롭고
사랑은 아픔까지도 안아 주는 것!

오늘 하나뿐인

사랑을 품고 싶음으로

아픔마저도 아프지 않다.

—「사랑과 아픔」 전문

사랑의 본질은 주는 데 있다. 받는 것이 아니라, 항상 주는 데 있다. 일방적으로 주는 사랑은 하나님의 사랑이다. 받고자 하는 사랑은 인간의 것이다. 그럼으로 받고자 하는 사람에게 주는 사람의 사랑도 하나님의 사랑을 닮았다.

부모가 자식에게, 스승이 제자에게, 남편이 아내에게, 형제가 형제에게, 친구가 친구에게 아무 조건 없이, 아니 손해가 나고, 아픔을 겪어도 '주고 싶은 마음'이 바로 사랑의 본질이다. 아무리 채워도 다 채울 수 없는 것이 욕망이라면, 아무리 주어도 줄 것이 있는 것이 바로 사람의 사랑이다.

내 입에 들어가는 한 줌의 밥숟가락의 밥마저 빼앗아 먹는 자가 자식이라면, 내 입에 들어간 밥일지라도 자식에게 주고 싶은 것이 사랑이다.[咽苦吐甘恩—인고토감: 쓴 것은 삼키고, 단 것은 토해 먹이시는 부모님의 은혜] 계산되지 않는 사랑, 더 주지 못한 모자람으로도 풍요롭고, 주지 못해 아파하면서도 풍요를 누리는 것이 바로 사랑의 본질이요, 인간의 속성이다.

이 시는 석헌의 사람됨을 제대로 드러내고 있다. 이 시의 끝 연 '오늘 하나뿐인/ 사랑을 품고 싶음으로/ 아픔마저도 아프지 않다'에 사랑의 본질이 결구結句되어 있다. '오늘'은 현재성의 극단이다. 사랑을 품고자 하는 자는 과거의 추억도 아니고, 미래 지향적 바람도 아니다. 그것은 아픔마저도 아파하지 않는 실천적 사랑, 구체적인 행동성을 요구하는 사랑의 결단인 것이다.

　현실에서 이루어지는 이러한 셈법은 사람의 셈법이 아니다. 그가 지향하는 사랑의 구체성은 곧 신성에 닿으려는 신앙심의 발현으로 보아도 무방할 것이다. 하나님이 인간을 사랑하기 위해서 자신의 독생자를 잃는 아픔을 겪어야 했듯이, 이 시의 화자는 그와 같은 신성을 닮으려, 아픔까지도 아파하지 않으면서 사랑을 실현하겠다는 것이다.

　다음으로 사랑의 구체성은 '남녀 간에 정을 들여 애틋이 그리는 일'과 관련되어 있다. 이 시집에는 '아내'를 기리는 작품이 다수 등장한다. 석헌이 애처가로서 신심이 각별한 성가정聖家庭을 통해서 거두는 부부애의 아기자기함이 잘 드러난 시다. 부부가 서로 사랑하면서 자녀들을 낳아 기르고, 가정을 성화聖化하면서 하나님의 사랑을 실천해 가는 것은 하나님이 거두시고자 하는 최선의 모습일 것이다.

　　하늘이 주신 연분으로
　　둘이 하나 된 삶

　　소망으로 꾸린 하나님 터전
　　생명의 터를 가꾸는 오색 둥지

　　인생의 여정에서
　　눈엣가시가 박혀 소원해지면
　　내 눈의 들보를 먼저 보게 하시더니

마음의 심지가 꺼져 갈 때면

당신의 가슴 불을 댕기어

서로를 태우는 신앙의 불화살

혼미한 생사여탈 나란히

평준한 기도를 저울추 삼아

미운 정, 고운 정

사랑만으로 피우는 삶의 불꽃

사랑은 약속을 피게 하는 꽃바람

—「부부의 인연」 전문

석헌은 슬하에 2녀 1남을 두었다. 석헌이 두 따님에게 어버이로서 정을 베풀며 사랑하는 마음을 가끔 엿보게 되는 경우가 있다. 어쩌면 그렇게도 살뜰하고 지극하게 어버이로서 정을 베푸는지 감탄스럽다. 두 사위에게 대하는 마음가짐도 친 자식 못지않음을 알 수 있다. 어찌 딸자식 사위자식이 귀엽고 소중하지 않으랴!

그런 사랑의 바탕이 바로 이 작품에서 보는 바와 같이 부부사랑의 결실임은 불문가지不問可知한 일이다. 왜냐하면 가정은 작은 성소聖所요, 하나님 사랑의 전진기지이기 때문이다. 석헌은 부부로 맺은 인연을 통해서 하나님 성소로서 가정의 가장 노릇을 진중하고 살뜰하게 수행하는 것으로 보인다. 이 작품이 그것을 반증하고 있다.

물론 그런 사랑은 구체성을 통해서 이루어진다. 가정을 하나님이 지어주신 아름다운 터전(오색 둥지)으로 삼아 가면서, 부부는 서로의 현실을 의지하게도 하지만, 영적 성정의 가장 좋은 파트너가 되기(눈엣가

시 박혀 소원해지만/ 내 눈의 들보를 먼저 보게)도 한다. 이런 역할 기능과 상호작용이 신앙 안에서 이루어지기 때문에 이들 부부의 사랑은 꺼질 줄을 모른다.

신앙은 이들 부부에게 있어 영적 성장을 위한 디딤돌이 된다. '마음의 심지가 꺼져 갈 때면/ 서로를 태우는 신앙의 불화살'이 되는 부부 사이는 바로 신앙의 길동무요 영적 성장의 좋은 배필이라는 것을 드러낸다. 바로 사랑의 구체성과 닿아 있다.

현실의 삶을 구축하면서 가정을 생명의 터전으로 가꾸는 궁극적인 모습은 끝 연에 드러나 있다. 사랑은 '삶의 불꽃'이요 '약속을 피게 하는 꽃바람'이라는 표현은 부부사랑의 구체성이 형상화된 표현으로 볼 만하다. 은유적 결구가 강한 인상을 준다. '삶=불꽃'으로 그 치열한 역동성을 은유하였다면, '약속=꽃바람'은 부부로서의 혼약의 의미를 성실하게 수행하는 구체적인 삶이 바로 부부 사랑의 핵심이란 뜻으로 마무리한다.

사랑의 구체성은 '동정하여 너그럽게 베푸는 일'의 의미를 지닌다. 궁휼窮恤이 여기는 마음이 바로 사랑의 시초가 된다. 측은지심惻隱之心이 인지단야仁之端也라고 했다. 측은하게 여기는 동정심―연민의 정이 바로 자비심의 단초라는 말이다.

하얀 눈이 시계의 초침을 멈추게 하였다.
아파트 뒤에 보이는 황방산도
하얗게 담요를 뒤집어쓰고
고즈넉하게 누워 견고한 미명의 침묵을 즐기고 있다.

누구일까?

육신으로 무거운 세상

각성 없이 질주하던 탐욕의 발을 멈추게 한 이가

누구일까?

싱싱함을 부러워하고 탐하며

갈증으로 허덕이던 메마른 샘에

출렁 출렁 물길을 대어주는 이가

누구일까?

보이지 않은 질긴 예정된 끈으로

손을 묶고, 발을 묶고, 생각까지 묶어버린 이가

그러나 그 구속으로 오늘도 호흡을 하고

삶의 의미를 찾고, 온 얼굴에 미소를 띠우고

멈춰버린 초침을 돌리며,

행복을 다져간다.

─「누구일까?」 전문

　사랑의 구체성은 자기 성찰로부터 발현해야 한다. '견고한 미명의 침묵'이 바로 자기 성찰의 삶의 자세를 드러낸 표현이다. 온 산하를 덮은 흰 눈을 바라보면서 시인은 생각한다. 견고한 사유의 품 안에서 오로지 말이 없는 말, 그것은 바로 침묵으로 하는 자기와의 대화를 뜻함이다. 그럴 때 지상의 시간은 아무 의미가 없다. 바로 신성을 느끼는 순간이 되고도 남는다. 그래서 '시계의 초침을 멈추게' 하는 것이다. 절대의 순간에 느끼는 신성을 희열하는 심정이 바로 '즐김'이다.

우리는 시간의 존재다. 그러나 유한한 존재성인 우리가 시간을 초월할 수 있는 기회는 딱 한번 찾아온다. 그것은 바로 죽음과 닿아 있는 순간이다. 시간의 늪에서 허우적거리며 살다가 그 시간의 늪을 빠져나오는 순간, 인간은 절명絕命하게 된다. 대단한 모순이 아닐 수 없다. 그러나 시인은 바로 그 순간의 깨달음을 '육신으로 무거운 세상/ 각성 없이 질주하던 탐욕의 발을 멈추게 한 이가/ 누구일까?' 라고 설의법設疑法으로 말한다. 그런 유한성을 깨닫게 하는 것이 바로 견고한 미명의 침묵(사유)이었으며, 그런 사유를 통해서 비로소 시간의 늪에서 허우적거리고 있는 자신을 발견하면서 측은지심을 유발시키는 것이다.

이 유한한 인간의 삶에 그래도 생명(출렁출렁 물길을 대어주는 이)으로서의 신성을 발견해내는 시인의 안목이 진중하다. 어리석은 인간은 그것을 깨닫지 못하고 '보이지 않는 끈(현실)' 으로 자신의 유한한 삶을 더욱 옭죄는 결과를 받아들이고 있다. 그것을 깨닫지 못한 인간에게 보내는 측은지심이 무겁다.

그런 어리석음으로 인하여 사람들은 이웃으로 향하는 사랑의 실천(손)을 묶어 두게 하고, 타인에게 가야 할 인보隣保의 자비심(발)을 묶어 두게 하며, 나아가 신성의 존재성(생각)마저도 망각하고 살아간다. 신성을 부정하는 이들에 대한 연민지정이 진지하다.

그럼에도 불구하고 견고한 미명의 침묵으로 사유한 시인은 '멈춘 시침을 돌려놓으며' 행복한 삶을 향한 신심의 발현을 체험한다. 이런 심지 깊은 마음의 바탕에는 그의 시 「마음의 촛불」에도 잘 그려져 있다.

밤이 되면 밤마다 나의 마음속에 켜지는
자그만 촛불이 있습니다.
어둠속의 꺼질 듯 꺼질 듯

나의 외로운 영혼을 비춰주는 희미한 촛불

그러나 나에게 반드시 깊은 묵상을

가져오고 한없이 먼 나그네길을

가리킵니다.

—「마음의 촛불」전문

　시인이 지향하는 바의 궁극적인 세계가 무엇인가를 엿보기에 부족하지 않은 작품이다. 촛불의 속성—자신의 전 존재성을 희생시켜 가면서 부정한 세력과 맞서는 용기를 상징하는 촛불의 삶을 밝히고 있다. 그 촛불의 삶은 외로운 영혼을 비춰주기도 하고, 그런 빛의 소생으로 말미암아 비로소 인생(나그네길)의 여정을 슬기롭게 걸어갈 수 있는 원동력이 될 수 있을 것이다.

　석헌은 충분히 그런 삶의 길을 걸어가고 있다. 오로지 믿음의 도정에서 곁눈질 하지 않고, 자신이 믿는 하느님의 가르침을 몸으로 실천해 간다. 빛은 어둠 속에 묻혀 사라지지만, 어둠 또한 빛으로 인하여 선성으로 물들 수 있음을 고집스럽게 실천하는 것이다.

　믿음의 길, 신앙의 길이 바로 그런 길이 아니던가! 묵상 속에서 하나님의 존재를 실감하면서, 그런 신성을 현실의 삶에서 실현하는 실천성과 구체적인 행동성이야말로 신앙인이 지녀야 할 제일의 덕목이 아닐 수 없을 것이다. 머리로 하는 신앙이 아니고, 발로 뛰고 땀을 흘리는 신앙이야말로 현실에서 결핍되기 쉬운 사랑의 에너지를 충전하는 길이 될 것이다. 그는 그런 구체성을 통해서 하나님의 가르침을 실천해 나아가는 참 신앙인이다.

　사랑에는 또한 '기독교에서 긍휼矜恤과 구원을 위하여 예수를 내려

보낸 하느님의 뜻'을 포함하고 있다고 사전은 밝히고 있다. 예수님의 실체는 역사적 인물이지만, 인격적 존재로서의 예수님은 이미 죽음에서 부활해 영원한 신성으로 승천한 지 오래다. 그럼으로써 예수님은 영원불멸의 신성으로 살아계신다. 이것이 기독교에서 말하는 예수님의 실체다.

예수님은 승천하여 하늘나라에서 불멸하시지만, 사람의 세상인 지상에는 예수님이 어떻게 존재하는가? 교회의 십자가에 왕림하실까? 아니면 성당의 십자고상에 현존하실까? 그것도 아니라면, 무소부재無所不在하는 성령으로 임하실까? 아마 기독교에서는 이 모두의 방법으로 예수님은 현존하신다고 주장하고 믿을 것이다.

그러나 사람의 세상, 지상에 남아 계시는 모습은 다름 아닌 바로 '사랑'의 모습과 개념과 의미와 가치로 계실 뿐이다. 그래서 사랑이 유독 기독교만의 전유물은 아니지만, 오늘날 사랑의 신, 사랑의 하나님으로 숭앙崇仰 받는 종교가 바로 기독교가 아니던가? 이 '사랑'이 기독교의 가장 뚜렷한 상징이자 의미임을 아무도 부정하지 않는다. 그래서 사전에마저 사랑은 기독교의 신성인 하나님의 뜻이라고 규정하고 있는 것이다.

> 내가 보고 있는 하나님이
> 그는 보이지 않는다고 했다
> 내가 느끼는 하나님이
> 그는 느껴지지 않는다고 했다
> 아무리 간증해도
> 아무리 설명해도
> 그는 모르겠다고만 했다

너무 안타까운 나는
하나님께 억지를 썼다
나에게는 더 이상은 아무것도
그에게 해줄 수 있는 일이 남아 있지 않노라고 했다

그리고 이제는
그를 고만 내려놓고 싶다고 했다
이제는 주님이 알아서 하시라고 했다
하나님의 생각은 그렇지가 않으셨다

내가 하나님의 현존으로
그 곁에 있어 주라 말씀하셨다
하나님이 포기하실 때까지
포기하지 말라고 하셨다
내면의 말씀에 순종하며

오늘도 묵묵히
내 삶의 한 모퉁이 떼어 그와 나누며
하나님의 심부름꾼 되어
주님의 시간을 우러러
나를 사윈다.

— 「하나님의 현존」 전문

자꾸만 외면하는 사람에게 사랑을 고백하는 사람의 심정을 우리는 짝사랑이라고 한다. 줄기차게 자신의 진실성을 말하며 사랑하는 사람에게 사랑하는 마음을 전하고 싶어 애를 태우는 모습에서 사랑의 진정성을 엿볼 수 있다.

그러나 이 시에서 화자는 사랑하는 이성을 향한 짝사랑이 아니라 하나님의 사랑을 증명하기 위해 애태우는 모습을 적나라하게 드러내고 있다. 그것은 사랑의 원형이 어떠해야 하는가를 보여준 고백으로 보인다. 아무 대가도 바라지 않는 일관된 진심을 우리는 순수하다고 한다. 신앙심으로부터 발현하는 인도자의 마음만큼 순수한 마음이 또 어디에 있을까? 석현은 그런 순수함으로 신의 존재를 설득한다. 그 과정이 이 시를 이루는 중심을 이룬다.

무지를 일깨우는 일이나, 사랑을 고백하는 일이나, 신성을 증명하는 일이나 그 설득의 과정은 아마 그가 제시한 이 작품이 전형이 될 수 있을 것으로 보인다.

①단계는 〈제시하기〉다. 지성을 동원한 인식의 차원에서, 혹은 감성을 동원한 느낌의 수단으로 하나님의 존재를 제시한다. '내가 보고 있는 하나님이/ 그는 보이지 않는다고 했다/ 내가 느끼는 하나님이/ 그는 느껴지지 않는다고 했다/ 아무리 간증해도/ 아무리 설명해도/ 그는 모르겠다고만 했다'가 그것이다. 무신론자에게 혹은 세속적 가치와 의미로 찌든 사람에게 인지적 각성을 촉구하고, 정서적 감각을 자극해도 그리 쉽게 동화될 수 없는 것이 선교요 포교의 어려움일 것이다.

②단계는 〈의탁하기〉다. 화자의 능력으로는 감내할 수 없으니 하나님께 매달리는 것이다. 인간의 능력으로는 할 수 없는 일이니 신의 능력을 보여 달라는 것이다. 부모에게 매달려서 욕구를 충족시키고자 하는 어린아이가 지닌 순수성과 다르지 않다. '너무 안타까운 나는/ 하나님께 억지를 썼다/ 나에게는 더 이상은 아무것도/ 그에게 해줄 수 있는 일

이 남아 있지 않노라고 했다' 가 그것이다. 인간이 다른 인간을 설득시
킨다는 것은, 한 세계를 지우고 비우게 하여 전혀 다른 세계로 지운 자
리를 그리고 채우게 하는 일이니 얼마나 어렵겠는가? 그럴 때 신앙인뿐
만 아니라, 연약한 인간이 마지막으로 기댈 수 있는 영역이 바로 절대적
존재가 아니던가? 무신론자나 비신자라 할지라도 절체절명의 순간에
터지는 외마디 비명, '오, 하나님!' 이 한 마디가 인간에 내재되어 있는
신성을 말해주지 않던가!

③단계는 〈절망하기〉다. 하다가 안 되면 절망하고 좌절하고 포기하
고 싶은 것은 인지상정이다. 그럴 때 한 가닥 희망의 끈이 없다면 사람
은 더 이상 순수한 사랑의 노래를 부를 수 없다. '그리고 이제는/ 그를
고만 내려놓고 싶다고 했다/ 이제는 주님이 알아서 하시라고 했다/ 하
나님의 생각은 그렇지가 않으셨다' 가 그것이다. 자포자기는 순수 열정
이 만나기 쉬운 함정이다. 누구나 그런 함정을 한 번도 겪지 않고 사랑
을 실현한 경우는 없을 것이다. 하물며 하나님의 사랑이 아닌가! 그럴
때 신실한 믿음은 내면의 소리에 귀를 기울일 수 있다. 그것이 바로 믿
음의 힘이다!

④단계는 〈순종하기〉다. 절망의 끝에서 건져 올린 희망의 메시지를
듣는다. 신앙의 힘이자, 순수 열정이 찾을 수 있는 구원의 메시지다. '내
가 하나님의 현존으로/ 그 곁에 있어 주라 말씀하셨다/ 하나님이 포기
하실 때까지/ 포기하지 말라고 하셨다/ 내면의 말씀에 순종하며' 가 그
것이다. '순殉' 자는 '따라죽을 순' 이다. 순교殉敎는 종교를 위해 따라
죽는 것이고, 순애殉愛는 사랑을 위해 따라죽는 것이며, 순직殉職은 직업
에 충실하다 따라죽는 것이고, 순국殉國은 나라를 위해 따라죽는 것이
다. 나를 위해 죽은 것이 아니라 바로 내가 가장 의미와 가치를 두는 존
재를 위해 나를 희생하는 삶이 바로 순(殉)이다. 석헌의 삶은 바로 그런

내심의 결의와 신심을 이렇게 그려내고 있다.

⑤단계는 〈헌신하기〉다. 하나님의 사랑을 널리 펴는 길에 자기희생이 없이는 불가능하다는 것은 예수님께서 구체적인 행동으로 보여주셨다. 온갖 박해와 굴욕을 감내하시면서 인류에 보여주신 것은 바로 자기희생─헌신적 삶만이 타인을 사랑하는 구체성임을 보여주신 것이다. '오늘도 묵묵히/ 내 삶의 한 모퉁이 떼어 그와 나누며/ 하나님의 심부름꾼 되어/ 주님의 시간을 우러러/ 나를 사윈다.' 가 그것이다. 마지막 결구 '나를 사윈다' 가 아프게 울림을 준다. 그는 그렇게 생활과 신앙을 일치시키고, 앎과 느낌을 일치시키며, 깨달음과 행동을 일치시키면서 험하기만 한 세상을 예수님 사랑으로 물들이기 위한 삶을 실현해 가고 있다.

이 작품 「하나님의 현존」은 선교와 포교 혹은 전도하기 위한 신심의 다섯 단계가 매우 사실적인 고백과 기도의 형태로 선명하게 그려져 있다. 이는 마치 드라마의 대본이 되는 희곡을 구성하는 원리인 다섯 단계 이론과 일치하는 점에서 매우 의미가 있다. 희곡은 〈발단→전개→위기→절정→대단원〉의 다섯 단계를 거쳐서 전개된다. 갈등(이야기)이 야기되는 발단단계를 거쳐, 갈등이 발전하는 전개부분을 지나서, 갈등이 치열하게 부딪쳐 파열음을 내는 위기단계를 극복해야 해결의 실마리인 절정 단계에 이를 수 있다. 그 다음에 어느 방식으로든지 갈등이 해소되어 대단원에 이른다.

전도나 선교도 이런 단계를 밟는 것은 마찬가지일 것이다. ①단계〈발단=제시하기〉→②단계〈전개=의탁하기〉→③단계〈위기=절망하기〉→④단계〈절정=순종하기〉→⑤단계〈대단원=헌신하기〉의 발전 양상이 희곡의 전개과정과 매우 흡사하다. 이런 탄탄한 구성력으로 인하여 이 작품「하나님의 현존」이 독자들에게 한 신앙인의 역동적 신심을 자연스럽게 추체험 시킨다고 생각한다.

　이는 선교와 포교에만 적용되는 것은 아닐 터이다. 인간의 삶의 현상들은 대개 이런 발전 과정을 거치면서 생성하고 소멸하는 운명에서 벗어날 수 없다. 사람을 가장 사람답게 하는 원천적 요인이자 요소인 '사랑' 역시 이런 과정에서 예외일 수 없다.

　흔히 사랑에는 네 가지 종류가 있다고 말한다. 첫째, 받기만 하고 주지는 않겠다는 이기주의적 사랑. 둘째, 주지도 않고 받지도 않겠다는 개인주의적인 사랑. 셋째, 받은 만큼만 주겠다는 합리주의적 사랑. 넷째, 받지도 않으면서 주기만 하는 희생적인 사랑이 그것이다.

　가난하고 병들고 장애 있는 사람들을 위해 한 평생을 바친 Mother Teresa 수녀님은 '남을 위한 헌신과 봉사야 말로 세상에서 가장 아름다운 삶' 이라고 말하였다. 헌신과 희생의 삶이야말로 구체적인 사랑의 실현을 위한 전제로서 구체적인 행동은 필수다.

　필자의 외우畏友 석헌은 독실한 기독교 신앙인이다. 그가 사람들과 나누는 사랑의 실현은 반드시 종교적 신심 때문만이 아니라, 타고난 선성으로 말미암은 바가 크다. 그럴지라도 예수님의 가르침을 생활 속에서 실현하려는 그의 노력은 필자처럼 어설프게 식자연하는 자에게는 경외한 경지가 아닐 수 없다.

　그런 관점에서 봤을 때 그의 신앙 고백시집 『온 사랑을 위한 기도』는 사랑이 추상 명사의 세계에 머무는 관념이 아니라, 강력한 실천력을 동반하는 동사의 세계에 있음을 보여주었다 할 것이다. 그가 신학에 몰두하는 학문적 성과와 함께 기독교 신앙을 실천하면서 누리는 마음의 행복이 시의 나라에서 아름답고 평안하게 꽃피우기를 염원한다.

이동희 자술 연보 : 油然의 文學的 自傳

• 1946년

9월18일(음력 8월23일) 전주부(시) 서인동 127번지에서 아버지 이상복(李相福. 경주이씨. 자는 원선元善, 아호는 지촌芝村), 어머니 김금종(김해김씨)의 3남 3녀 중 둘째 아들로 태어나다. 서인동은 지금의 다가동으로 서문교회 종루 옆에 있는 적산가옥이었다. 아버지는 전주초등학교에서 교편을 잡고 계셨고, 어머니는 전북고녀를 갓 졸업한, 청주가 택호인 충청도 규수였으나 외조부(金正培)께서 관직을 따라 전주에 부임하시어 인연이 닿았다고 한다. 아버지는 당시 인텔리 계층답게 아들의 출생신고를 양력으로 해서 생일이 지금의 주민등록 번호와 일치한다. 아버지는 전주초등학교에 근무하실 때 한글 연구와 문학습작을 즐겨하셨고, 전주초등학교의 교가와 찬가를 작사·작곡하는 등 문예 소질이 출중했다는 전언이다. 내가 조금이나마 문예 기질이 있다면, 그런 아버지의 유전 덕분일 것이다.

• 1949년

한국전쟁이 발발하기 직전에 아버지는 공부를 더 하시겠다는 일념으로 서울 창신초등학교로 근무처를 옮겨 교편생활과 학업을 병행하시고, 어머니는 전주에서 6남매를 기르며 생활하시다.

*1950년

6?25전쟁이 발발하자 아버지는 남하하지 못하고 영영 불귀의 고혼이 되시다. 이에 어머니는 혼자의 몸으로 전주에서 더 이상 생활이 불가능하자 어린 6남매를 이끌고 큰댁이 있는 완주군 봉동읍 성덕리 116번지로 귀향하다. 할아버지는 향리에서 서당을 열어 후학을 가르치셨으며, 사후 유고를 모아 『죽헌 한시집』을 발행할 정도로 한학에 조예가 깊으셨다. 조부의 휘는 명수(明洙)요, 자는 봉우(奉雨)였으며, 아호는 죽헌(竹軒)으로 향리에서는 학자양반이라 불

렸다. 죽헌 조부께서는 자연 생물에 대한 탐구적 열의와 실험정신이 왕성하시어 텃밭에 각종 채소나 약재 등을 심어 가꾸기도 하였고, 꽤 넓었던 울안에 각종 과일나무를 식재하였으며, 뒤꼍에는 대나무밭을 조성하여 운치를 즐기시는 등, 매사 무실역행을 통해 생활을 개선하려는 의지를 지니신 실학정신의 소유자이자, 문사다운 풍류를 즐기셨던 분으로 기억한다.

● 1955년

竹軒 조부께서는 3남 5녀를 두셨는데, 나의 아버지는 그 중 맏이로 명석한 두뇌와 준수하신 용모로 큰 기대를 하셨으나 한국전쟁의 와중에 맏아들을 잃는 상심이 크셨으니 이를 한학과 서예 연마의 열정으로 극복하셨던 것 같다. 내가 조금이나마 학문에 대한 열정을 발휘하고, 현학적인 지향성을 지니고 있다면, 이 또한 조부님으로부터 물려받은 내력이라고 여긴다. 특히 죽헌 조부께서는 나의 어머니께서 병마에 시달리실 때 소복을 하신 채, 며느님이신 나의 어머니의 쾌유를 비는 불경인지 역경인지를 밤새 독경하셨던 기억이 생생하다. 내가 훗날 쓴 졸시「대나무숲을 흔드는 글 읽으시는 소리」는 이런 어린 날의 기억이 배경을 이룬 작품이다.

● 1958년

봉동국민학교를 졸업하다. 이 해 봄(음력 3월20일) 끝내 병마를 이기지 못하신 어머니께서 마흔넷이라는 청상으로 한 많은 일생을 접으시고, 지금은 완주군 고산면 남봉리 선영에 잠드시다. 이로부터 우리 6남매는 천애 고아가 된 셈이지만, 특히 갓 초등학교를 졸업한 나와 초등학교 4학년이던 막둥이 아우 유성油城이 겪은 간난의 삶은 이루 말할 수 없다. 요절하신 아버지와 어머니를 기리는 추모시「사랑으로 달게 먹이시고」를 지어 이를 오석에 새겨 어머님 산소에 시비를 세운 것은 내가 지천명에 이르러서야 가능했으니, 그 불효를 용서받을 길이 없다.

● 1959년

초등학교를 졸업했으나, 중학교 진학을 못하고 있을 무렵 모운(耗雲) 삼촌으로부터 처음으로 아호 혜운惠雲을 부여 받고 어린 소견에도 무슨 대단한 문사나 된 양 우쭐했던 기억이 있는 것을 보면, 문예 풍취를 선호하는 기질은 타고 났던 것으로 보인다. 그리고 초등학교 시절 더러 글짓기 분야에서 담임선생님의 칭찬을 들었던 것이 문학의 언저리에서 희미하게 기억날 뿐이지 특출한 문재를 발휘하지는 않았던 것 같다.

● 1960년

죽헌 조부께서 동네 청년들의 성원으로 행랑채에 서당을 열었는데, 중학교에 진학하지 못한 처지에서 할머니를 졸라 할아버지가 훈장인 서당엘 나가 천자문과 사자소학을 떼고, 명심보감을 익힐 무렵이다. 이 때 두 가지 사건이 나를 학문과 문학의 길에서 한시도 벗어나지 못하게 했던 것으로 보인다. 하나는 천자문 책을 요산(樂山) 숙부께서 손수 한지에 붓글씨로 써 주셨는데, 이 책을 콩기름을 메겨서 애지중지하였던(지금도 이 천자문 책을 간직하고 있다) 흐뭇한 기억과 다른 하나는 서당의 자치 반장이었던 동네 형이 하루는 나를 부르더니 자기들이 할아버지를 독선생으로 모시고 공부하는 방에 너까지 오니 자리도 비좁고 방해가 되니 나오지 말라는 통보를 받은 일이었다. 이때 받은 충격으로 진학에 대한 꿈을 키우기 위해 대처인 전주로 나가게 된다. 이는 당시에는 매우 큰 설움이었으나 삶을 전환시키려는 운명적 계기가 되었던 것으로 본다.

● 1963년

초등학교 졸업 후 시골에서의 방황을 접고 전주로 나오다. 시골 앞집에 살던 죽마고우 平雨 누나의 안내로 덕진중학교—당시 일송중 야간부에 진학하니 다른 또래보다 4년이나 늦은 만학이었다. 그래도 향학열이 있었던지 주경야독이 그리 고된 줄 모르고 열심이었다. 주경야독이란 글자 그대로 낮에는 일하고 밤에는 학교에 다니는 생활로, 동사무소 급사로 근무하기도 하였고, 개인 사무실의 사환 노릇도 하며 학업을 계속했다. 중학교 때는 그래도 누나의 자취생활에 얹혀서 그런대로 고생인 줄 모르고 지냈으나, 누나들이 모두 출가한 이후 중학교 3학년부터 홀로 생활을 하였다. 특히 이때부터 구공탄 구입비등 자취생활비를 헐어『현대문학』을 정기 구독하였는데, 이는 문청을 진통으로 건너가려는 자생적 문학수업이었던 것 같다. 당시는 무슨 뜻인지도 모르면서, 얼어터지는 겨울, 연탄불도 없는 자취방에서 이불을 둘러쓰고 빨간 색연필로 밑줄을 그어가며 문예지를 읽었던 일은 두고두고 나의 문학이 성장할 수 있었던 자산이었다고 지금도 믿고 있다.

특히 중학교 시절에 작가 최병탁 은사님으로부터 국어 공부를 할 수 있었던 것은 행운이었다. 매우 엄격하면서도 맏형 같은 사랑을 주셨던 최 선생님 국어 수업 시간에 『레미제라블』을 몰래 읽다 들킨 적이 있다. 다른 학생, 다른 경우라면 혼찌검이 났을 법한데, 선생님께서는 몇 가지 문학관련 추가 질문에 내가 대답을 잘 하자 꾸중은커녕 오히려 칭찬을 해 주셨다. 이는 나의 삶이 문학 지향성을 갖는데 큰 영향을 주었던 사건으로 이후 내가 문단에 등단해서 문학 활동을 하면서도 최 선생님과의 교류를 지속할 수 있었던 계기가 되었다.

● 1966년

전주영생고등학교 야간부에 진학하다. 고등학교 2학년까지 주경야독하며 자취생활을 하였으나, 고교 3학년이 되면서 학업에만 전념하게 된다. 그래서 학비가 궁색하자 학우들이 전교학생회장에 출마하라고 권유하였다. 학생회장에게는 학비를 면제해 준다는 사립학교규정이 있어 학비 염출이 어려운 나의 처지를 알고 학우들이 학생회장에 입후보시킨 것이다. 세 사람이 겨룬 비밀보통 선거에 참여하여 당선됨으로써 고교 3학년을 학비 걱정 없이 다닐 수 있었다. 특히 이때의 경험으로 내성적인 줄만 알았던 나의 성격이 삶의 위기 앞에서는 외향적인 적극성도 있음을 알아챘고, 이때 경험했던 리더로서의 연마는 훗날 나의 평생직장이었던 교직생활이나, 크고 작은 자생단체의 책임자로서의 역할을 수행하는 데 적지 않은 도움이 되었다고 믿는다.

● 1969년

영생고등학교를 졸업하다. 고등학교에서 시인 月村 이기반 선생님을 흠모하였고, 특히 교지에 「조락―凋落」이라는 내 시가 실려 선생님의 칭찬을 들었던 일은 소중한 문학 추억이었다. 또한 공주교육대학교에서 정년하신 최학주 선생님이 당시 고교3학년 담임 선생님이셨는데, 재학 시절에는 물론 졸업 후에도 선생님의 어여쁨을 받았으며, 사제지간의 훈훈한 정이 오갔음은 내 인생에 큰 위로가 되었다. 국어과 이종희 선생님을 만난 것도 무척 소중했다. 대학을 갓 졸업하고 부임하신 이 선생님께 만학도인 나는 문학적 교감으로 가까이

다가갔다. 선생님께서는 「여인숙」이라는 당신의 시를 소개해 주셨는데, 그때의 신선한 충격은 수십 년이 지난 지금도 시의 내용을 기억할 정도로 인상적이었다. 시인 이종희 은사님께서는 내가 전북문인협회장에 나설지 말지 망설일 때, 당신께서 전북문학상 상금을 매년 1천만 원씩 3년 동안 지원하겠다며, 회장을 맡아 봉사할 것을 종용하셨다. 그리고 내가 문협회장으로서 역할을 수행하는 동안 이 약속을 지켜 벌써 두 해째 정재를 기탁해 주신다. 생각해 보면 나의 됨됨이가 보잘 것 없고, 내 인생 역정이 불운의 연속이었으나 이처럼 소중한 인연과 귀중한 은사님들을 통해서 시인이 될 수 있었으며, 나아가 사람다운 노릇을 할 수 있는 눈귀가 트였던 것으로 생각하니, 불행의 뒤에는 행운이, 불운의 곁에는 기쁨도 예비 되어 있는 것이 인생이 아닌가 짐작한다. 같은 해 군산교육대학 부설 초등교원양성소에 합격하여 초등교사 자격증을 획득하고, 같은 해 6월 진안용두초등학교에서 교편을 잡다.

● 1970년

초등학교에서 교편을 잡으며 전주교육대학부설 교원교육원에서 3년 동안 계절제 수업을 받다. 이는 당시 초등학교 교장이셨던 최병우 선생님의 인간적 배려에 의해서 결행할 수 있었다. 최 교장선생님께서는 나의 인간적 성장과 교육자로서의 미래를 내다보시며, 공부를 계속할 것을 종용하고 권유하시며, 실질적인 기회를 주셨다. 최 교장선생님과 하숙집에서 침식을 함께 하며 교육자적 자질과 음악적 소양, 특히 피아노 음악을 비롯한 클래식에 대한 소양을 넓혔던 것은 나의 필생의 취미생활인 음악 감상의 기틀이 이때 형성되었던 것으로 본다. 이후 음악은 나의 인생에서 빼놓을 수 없는 막중한 친구가 되었다.

● 1973년

이 해에 교원교육원에서 취득한 학점으로 전주교육대학에 편입학하여 다음 해에 전주교육대학을 졸업하다.

● 1974년

노경자(함평노씨)와 결혼하다. 근무학교를 완주군 중인초등학교로 옮기다. 이해 전주대학교 국어교육과에 편입학하여 주경야독하다. 이때 고등학교에서

대학으로 자리를 옮기신 이기반 은사님을 다시 만나 문학 연마의 기회를 가지다. 동기동창이지만 연배는 한참이나 위였던 요천(曜川) 박요일 형, 중촌(中村) 심병기 형, 석율(石栗) 정규범 형과 친교 했던 일은 학문에 맛을 들이는 중요한 전기가 되었다. 주말마다 돌아가며 서로의 집에 모여 낮의 교편생활로 부족할 수밖에 없었던 학과 공부를 위해 철야하며 공부하였고, 문학공부도 병행하기 위해 〈調律〉이라는 동인을 결성하고 당시 출강하시던 김교선 평론가를 모시고 자문을 구하기도 했다. 박목월 시인이 창간한 시전문지 『心象』을 이 무렵부터 정기구독하며 시단 등단의 꿈을 익혔다. 그 후 세 분은 교직에서 성공적인 마무리를 하였으며, 나만이 문학의 길에서 독야청청하고 있는 셈이지만, 이런 끈기와 지구력은 세 분 형들로부터 받았던 인간수련의 결과임을 믿어 의심치 않는다.

● 1977년

전주대학교를 졸업하다. 진안정천중학교에 국어교사로 부임하다. 이때 맺은 젊은 교사들과는 평생 동지로 좋은 인생동무가 되다. 특히 서보(徐步) 이강로 시인, 이선(里禪) 신현규 아우와는 문학적 친교의 인연을 맺다.

● 1978년

아들 재강(在剛) 태어나, 애칭을 한누리로 지어 부르다. 당시 우리는 부부교사였는데, 친가나 처가나 양위 부모님이 계시지 않음으로 육아가 커다란 고통이었다. 요즘처럼 육아시설이나 기관이 흔한 때도 아니어서 어쩔 수 없이 아이는 하나만 낳기로 했다. 그 결정이야 우리 부부의 선택이었지만, 아들이 자라면서 형제자매가 없어 외로움을 탈 때마다 미안한 생각이 들기도 하였다.

● 1979년

고려대학교 교육대학원 국어교육과에서 수학하다. 계절제대학원으로 6학기 3년 동안의 여름방학과 겨울방학을 온통 쏟아 부어 학문의 맛을 들이다. 이때 작가 정한숙 선생님의 지도로 『1920년대 한국소설의 작중인물 연구—春園과 늘봄의 작품을 중심으로』논문으로 석사학위를 받았을 뿐만 아니라, 평론가 김인환 선생, 작가 송하춘 선생을 소개받았다. 김인환 선생의 문학비평론과 오탁번 선생의 문학비평실기론을 수강한 것은 나의 학문 열정에 불을 지피는 계기가 되었다.

● 1980년

진안여자중학교에 부임하다. 이 무렵 시 습작에 몰두하였고, 시조 습작에도 관심을 가지고 매진하였으며, 이우만 시조시인과 함께 鵲村 조병희 선생님 댁을 출입하다.

● 1983년

전주상업고등학교에 부임하다. 학교신문 편집을 지도하며 좋은 제자들을 가르치다. 이때 전주상고에는 장수택 선생이 계셨는데, 담당교과는 상업과였지만, 인문학적 식견이 높고 정의로운 시국관과 천주교신자로서 신심이 돈독했다. 특히 장 선생은 왕성한 독서력으로 무장한 합리적인 인간성의 소유자로서 후배들이 많이 따랐다. 아들 재강이 나보다 먼저 천주교에 입문하였으며, 후에 나도 아들과의 약속을 지켜 천주교에 귀의할 때 장 선생을 대부로 모시고 세례를 받았다. 이후 내 인생의 중심이었던 교직, 학문, 문학, 종교 활동을 하면서 나의 정신세계는 장 선생의 인문학적 세계관과 휴머니즘에서 많은 영향을 받았다.

● 1985년

시 전문 월간지 『心象』신인상에 당선되다. 심상에는 창간호부터 거의 십년 가까운 기간 동안 한 번에 수십 편의 습작을 띄엄띄엄 투고하였다. 당선작은 「음악에」「숲속에서」 등 6편이었다. 황금찬 시인과 박재삼 시인께서 심사하고 추천해 주셨다. 박동규 선생께서 등단의 기쁨을 함께 해주시던 기억이 생생하다. 당시 등단의 기쁨이 어찌나 컸던지 심사소감에서 '다른데 한눈팔지 않고 시문학을 업으로 삼아 순수한 삶을 지향하겠다.' 고 다짐했는데, 몇 년 후에 당선소감을 다시 보니 치기가 느껴지기도 하였지만, 말이 씨가 되었는지 교직에서의 승진 등은 언감생심 이르지 못하고 시문학을 벗하며 사는 신세가 되었다.

● 1987년

제1시집 『빛더듬이』를 심상사에서 출간하다. 시적 발상에서나 시심에 공감하는 정도에서 좀 더 천착이 필요하다는 자괴심보다는 처녀시집의 상재에 따른 기쁨이 더 컸다. 이 무렵부터 소재호 시인, 진동규 시인, 정희수 시인과 함께 시동인 「전주풍물」을 결성하고 시공부에 몰입하다. 이후 전주풍물은 26명의 많은 시인을 동인으로 맞아들여 큰 시 모임으로 확대 발전되었으며, 향후 19집의 연간 사화집을 발행하고 있다. 전주풍물은 우리 지역사회에서 가장 왕성하게 시에 매진하는 최대 시동인이 되었다.

● 1988년

조선대학교 대학원 국문학과에 진학하다. 조선대학교에서 시인 박홍원 선생님을 만난 일은 무척 인상 깊다. 수업 전후에 조선대와 그리 멀지 않는 자택까지 동반하시어 향기로운 차를 내어주시거나, 혹은 노상에서 맥주 몇 잔을 마시며 들려주셨던 시담의 울림이 자못 자상하고 인자하셨다. 박 시인께서 서둘러 이승을 하직하시니, 그 인자하신 은혜를 만분의 일이나마 갚을 길이 없어 못내 안타까울 뿐이다.

반 년간 종합문예지 『表現』의 주간을 맡다. 시인 이운룡 선생님의 권유에 의한 것이다. 이운룡 시인과는 사연이 각별하고 인연이 깊다. 이 시인께서 조선대학교에서 먼저 박사학위를 받으시고, 나에게 학문을 더욱 진중하게 탐구하면서 시창작에 임하라고 권유하셨다. 이후 이 시인은 내가 조선대학교 대학원에 진학할 수 있도록 손길을 잡아 안내해 주시며, 조선대 교수님들께 일일이 인사를 시키고 학문연구의 앞길을 열어주셨다. 또한 이 시인은 『表現』의 산 중인으로 혼자서 그 방대한 운영과 발행을 꾸리셨다. 그 후 표현문학회 책임을 나에게 맡기시며 운영을 당부하시어 한 번의 임기를 수행하기도 하였다. 나의 제2시집 『사랑도 지나치면 죄가 되는가』에 정성어린 평설로 발문을 얹어주시기도 하였으며, 나 또한 훨씬 훗날 이 시인님의 시를 전체적으로 공부하는 심정으로 조망하는 평설을 쓰기도 하였다. 이운룡 박사님의 자상하시고 형제애 넘치는 각별한 보살핌으로 박사학위 과정에 겁도 없이 도전할 수 있었으며, 시문학의 진정성을 더욱 깊이 새길 수 있는 품을 열어주신 점은 두고두고 잊지 못할 일이다.

● 1989년

이 무렵부터 의학박사이면서 문사철文史哲에 더 해박한 지식을 섭렵하신 이동호 박사의 문하에 드나들다. 이 박사는 신심 높은 재가수행 불자이자, 도가수련의 하나인 태극권의 국내 최고 유단자이다. 또한 다도에도 정통하고 지역사회의 크고 작은 자리의 책임도 맡아서 처리하는 등 무실역행하시는 분이다. 그로부터 정신적 가르침을 받은 것은 큰 행운이 아닐 수 없다. 이 박사는 왕성한 독서가이자 장서가로 동서양의 진귀한 도서들을 다수 구비하고 있으며, 반드시 읽어야 할 필요가 있다고 여겨지는 책은 두 권을 구입하여 한 권은 나에게 전해주며 공부하도록 배려하는 등 정신의 스승일 뿐 아니라, 따뜻한 인간미로 형제지정을 나누어 주신 분이다. 전통차를 마시며 독서의 내력을 말씀하시거나 인간존재의 의미를 탐구해 나가시는 모습을 곁눈질하며, 나의 공부법도 옹색한 학문의 돌파구를 찾기도 하였으며, 내 시문학의 협량을 깨뜨릴 수 있는 슬기를 얻기도 하였다.

● 1990년

김제고등학교에 부임하다. 여기에서 지산(知山) 조용신 선생, 인수(仁水) 김용만 선생, 우경(友耕) 이애자 선생 등 후배 교사들과 자별한 우의를 나누다. 이때 고등학교 3학년 진학지도, 대학원 출석수업, 문단활동 등 이중삼중의 중압감을 이들 후배 교사들과 어울려 대화를 나누고 가벼운 나들이를 하면서 크게 위로를 받고 힘이 되었다.

● 1991년

계간 시조전문지『현대시조』에 시조「돌에게(1)—새를 닮은 바닷돌」등 몇 작품으로 시조문학상에 당선되다. 시조시단에 등단은 했으나 이후 시조 창작에 근기를 발휘하지 못하고 자유시 쪽으로 기울었다. 그래도 시조 사랑의 마음은 여전하다. 작촌 조병희 선생께서 나의 아호를 '油然'으로 작호해 주시고 초서로 현판 글씨 '油然齋'를 써주시다. 내가 중화산동 예수병원 뒷동네에서 거처할 때인데, 바로 기전학교 뒷산이 油然臺로서 油然落照는 완산팔경의 하나이니, 유연을 아호로 쓰라고 내려주셨다. 작촌 선생께서는 향토사학자이자 서예가로서 가람 이병기 선생의 생질이시다. 시조를 대하는 문학적 자세나 정신

력이 매우 강직하고 정갈하시어 언제나 한국학의 바른 길과 서예와 시조의 참
맛에 대하여 기탄없는 말씀을 해주셨다.

● **1992년**

백제예술대학에 향후 4~5년 간 출강하다.

● **1993년**

전라북도교육청 금마교원연수원 국어과 전임강사로 향후 10년간 출강하다.
같은 교사의 처지에서 현직 교사의 재교육에 강사로 출강하는 일은 위험 부담
도 있었지만, 출강하는 내내 매우 큰 보람과 성취감도 느끼다. 교학상장(敎學
相長)의 참뜻을 파악하는 계기가 되다.

● **1994년**

전북도민일보에 향후 4년간 문화칼럼―명시산책 등을 집필하다.

● **1995년**

전북문인협회 부회장으로 봉사하다.

● **1996년**

자유문예대학에서 향후 3년간 시 창작을 강의하다.

조선대학교 대학원에서 구창환 교수의 지도를 받아 「벽초 홍명희의 『임꺽
정』 연구」로 문학박사 학위를 받다. 박사 과정을 이수하고, 종합시험도 진즉에
통과하였지만, 미래에 대한 비전을 확신할 수 없는 무기력증에 빠져 의기소침
한 터라 학위논문 제출이 천연되었다. 그러나 더 이상 미룰 수 없는 10년의 기
한을 두 해 앞두고 학위 논문이 심사를 통과하였다. 석사학위 논문과 박사학위
논문이 모두 소설론이다. 창작은 운문―시를 전공하지만, 학문 연구는 시와는
다른 산문―서사문학을 탐구하려는 선택이었다. 이는 문학을 전 방위로 섭렵
하고자 하는 당찬 의지였으나, 의욕은 멀리 있고 현실은 미치지 못했다. 세상
에는 박사학위가 한낱 흔한 학문 탐구의 결과일 뿐이라고 대수롭지 않게 여길
지 모르겠지만 나에게는 감회가 깊다. 맏아들을 일찍 잃고 상심했을 竹軒 할아

버지의 학문적 맥이나, 공부 때문에 서울로 전근을 자청하시어 전쟁의 참화로 요절하신 茁村 아버지의 한을 미약하나마 덜어드리는 행위라고 스스로 위로를 삼았기 때문이다. 더구나 학문적 자수성가가 아닌가!

● 1997년

고산고등학교에 부임하다. 여기에서 유호영 교장과 정기택 교장의 배려로 대학 출강과 문단활동을 활발히 전개할 수 있었다. 특히 정기택 교장선생을 중심으로 이백(以白) 안길권 박사, 석헌(石軒) 이상수 학형과 인간적 교감을 나누며 친교할 수 있었던 시간들이 지금까지 이어져 삶의 깊이를 더하고 있음은 내 문학인생의 축복이다.

● 1998년

전주일보에 향후 3년간 문화칼럼을 집필하다. 제2시집『사랑도 지나치면 죄가 되는가』와 제1수상집『숨쉬는 문화, 숨죽인 문화』를 도서출판 둥지에서 발간하고 전주코아호텔에서 출판기념회를 갖다.

● 1999년

전주대학교 사범대학 겸임교수로 임명되어 향후 7년간 대학 강단에 서다. 임기 3년의 초대 전북시인협회장에 피선되다. 이때 연간 사화집『시의땅』을 창간하고 그 기틀을 다진 일과 '월례 도심 속의 시낭송회'를 일 년 간 12회 개최함으로써 문학의 저변을 확대하고, 시인들의 창작의욕을 고취한 일, 그리고 전북시문학상을 제정하여 시상한 일 등은 지역사회 문학 발전에 일정 부분 기여한 바가 있다고 여기다.

아내 노령이 28년간 봉직한 교직에서 명예퇴직하다. 소녀시절부터 소설작가가 되려는 꿈을 늦게나마 실현시키려는 그녀의 열망을 성원해 기린 오피스텔에 창작실을 마련하고 면학 정진하도록 주마가편하다. 문학수업을 위해 서울을 오가며 박상우 작가에게서 소설 창작의 혼을 호되게 전수받다. 사람은 나이가 들어서 늙는 것이 아니라, 배우기를 포기할 때 비로소 늙는다고 한다. 무엇이 되기 위한 목표 지향적 삶보다, 죽는 날까지 배우고자 하는 의지를 실천하는 일은 가상한 일이라 여겨 면학·정진하도록 배려하다.

● 2000년

전북문인협회 부회장에 두 번째로 선임되다. 유연문예교실을 개설하여 지금까지 시 창작 교실을 운영하고 문예 강의를 지속하다. 전북문학상을 수상하다. 모범공무원상을 수상하고 국무총리 표창을 받다.

● 2001년

제3시집 『은행나무등불』을 현대시에서 발행하고, 문학 평론집 『문학의 즐거움 삶의 슬기로움』을 신아출판사에서 발행하다. 새전북신문 창간 특집 '문학 속의 전북인' 이란 타이틀로 주간 전면특집을 6개월간 집필하다. 표현문학상을 수상하다. 표현문학회장에 선임되어 반년간 종합문예지 『表現』을 네 권 출간하였으며, 두 번에 걸쳐 표현문학상을 시상하다. 전주일보 '독서산책' 을 향후 1년간 주간 연재하다. 전북매일 '문화뜨락' 을 1년간 집필하다.

● 2002년

전주시예술상을 수상하다. 국악실내악단 '한음사이' 에서 공연한 창작곡 '전주십경―전주십미' 의 전작가사를 집필하다.

● 2003년

전주여자상업고등학교에 부임하다. 학교도서관을 운영하고 교지를 편집 발행하면서 좋은 제자들과 문예 작업하다.

● 2004년

창작 칸타타 '루갈다' 전작가사를 집필하여 한국소리문화전당에서 공연하다.

● 2005년

제4시집 『벤자민은 클래식을 좋아해』를 시선사에서 발행하고, 좋은 시 해설 선집 『누군가 내게 시를 보내고 싶었나봐』를 디자인 흐름에서 발행하다. 전북중앙신문에 '행복을 여는 서시' 로 향후 2년간 매일 연재를 집필하다.

● 2006년

제2수상집 『우리시대의 글쓰기』를 수필과비평사에서 발행하다. 전주여자 상업고등학교에서 교직을 마치다. 교직 퇴직 기념으로 최초의 외국여행 중국을 관광하며, 자연자원의 무한함에 경탄하다. 아들 재강이 경북 구미 처자 이지영(벽진이씨)과 결혼하다. 첫 손녀 이린(李璘) 태어나다. 이 아이가 수시로 내 시심의 원류가 되기도 하다.

아내는 화승문예가족잔치(1989), 동서커피문학상(2002), 공무원문예대전(2005) 등에서 단편소설이 당선된 바 있으나, 이 해 전북도민일보에 단편소설 「동심원」이 노경찬이라는 필명으로 당선되어 등단하다. 이때 옥구(沃溝) 최영 시인이 우리 부부를 비롯한 몇몇 문우를 김제에 있는 자신의 초사에 초청하여 등단 축하 잔치를 베풀어 주어 감격하다. 옥구는 이때뿐 아니라 철이 바뀌는 길목마다 계절의 풍미를 만끽할 수 있는 자리를 마련하여 시심을 다듬을 수 있는 뜨거운 우정을 보여주는 시우로서, 그의 사려 깊은 마음씨에 언제나 외우(畏友)의 염을 가지다.

● 2008년

전북중앙신문에 '시인수첩'이란 코너 명으로 향후 지금까지 주간 연재 칼럼을 집필하여 145회에 이르다. 제16회 목정문화상(문학부문)을 수상하고 상금 1천만 원을 받다. 이는 내 생애 기록될 만한 정신적 물질적 행운이었을 뿐 아니라 문학에 가일층 매진할 수 있는 동기가 되기에 충분하다. 심사해 주신 김남곤 시인, 이운룡 시인, 송하선 시인 등 평소 내가 존경하고 따르던 우리 고장 문단 원로들의 기림에 누가 되지 않는 문학 활동을 해야 할 책무가 나에게 있음을 안다.

● 2009년

아내 노경자 장편소설 『파도타기』가 노령(魯玲)이라는 필명으로 전북문예진흥기금을 받아 출판하다.

전북문인협회장에 피선되다. 문인협회장 출마에 많이 고심하다. 몇 해 전부터 함께 주간 산행으로 모악산을 오르내리며 시심을 조율하던 晚島시인, 月川 시인 등과 함께 시문학의 바른 길에 대하여 많은 대화를 나누기도 했으나, 누구로부터 부여받은 바 없는 시대적 소명의식이랄까, 또는 문학적 치기의 심사를 다잡지 못한 결과임을 알다. 문인협회장으로 부임하여 '삶의 의미를 찾아가는 문학의 힘!'이라는 표어를 내걸고 전북문인대동제, 도민해변문예마당, 새만금문학제, 전라예술제 문인의 날 운영, 전북고교생백일장, 전북문협신문 발행, 내실 있는 전북문학상 시상, 전북문학관 건립을 추진하는 등 문학의 활성화와 문인들의 창작의욕을 다지는 데 진력하다.

부안문예 창작반에 출강하고, 사화집 『부안문예』창간호 발행을 지도하다. 부안문예반을 지도하며 평생학습의 길에 들어선 회원들과 인간적으로 교류하다. 회원들에게 개별적으로 아호를 지어 주고, 문예창작의 손길을 잡아 준 결과 괄목할 만한 성과를 보인 사화집을 상재한 것은 큰 보람이다. 문학적 성취와 함께 내적 완성을 위한 감수성 훈련에 비중을 둔 문예 강의는 언제나 의미 있는 보람이다.

● 2010년

아내와 서부 유럽 6개국을 여행하다. 이 여행의 산물로 여행시 55편을 집필하고, 정이순 화백의 삽화와 김종 시인의 발문을 얹어 기행 사화집 발행을 준비하다. 부안문예 창작반에 2년차 출강하고, 사화집 『부안문예』제2집 발행을 지도하다. 전북문인협회장으로서 '작가저서구매사업'을 전개하여 46명 시인 작가의 저서를 구입하여 전라북도에 산재해 있는 64개의 작은 도서관에 배포하다. 둘째 손녀 이다(李多) 출생하다. 손녀들의 귀여움이 제재가 되어 여러 편의 시를 쓰다. 두 손녀 린·다(璘·多)가 내 시심의 원류가 되기도 하다. 「단야 아가씨」전작가사를 집필하여 전라예술제(김제예술문화회관)에서 시극 공연하다.

● 2011년

제5시집 『북으로 가는 서정시』 제6시집 유럽기행시화집 『하이델베르크의 술통』은 모아드림에서, 제2평론집 『문학의 두 얼굴』과 노령의 창작소설집 『바람의 눈』은 도서출판·작가에서, 제3평론집 『임꺽정과 서사문학 연구』를 디자인·흐름에서 발행하다. 특히 제3평론집은 그 동안 박사학위 청구논문 형태로 있던 것을 서사문학 관련 평설들과 한데 묶은 것이다.

전라북도인재육성재단 자문위원, 목정문화재단 이사, 최명희문학상 운영위원으로 선임되다. 전주시평생교육센터에서 전북문예반 문예창작 강의를 시작하다. 한국고전문화연구원의 인문학강좌 시리즈에 강사로 참여하여 시군을 순회하며 '삶을 살찌우는 문학이야기'를 강의하다.

그 동안의 지속적인 집필 작업으로 출판되지 않은 원고가 적지 않게 누적되어 있다. 올해 여러 권의 저서를 출판하는 것도 그런 여파의 일환일 뿐이다. 사람을 소재로 한 시 '油然人譜'를 천 편을 목표로 매년 한 권씩 최소 10권을 여생 동안 상재하려고 작심하다. 이미 한 권의 분량이 완성되었다. 산문시집도 이미 시집 한 권이 넘는 분량이 세상 나들이를 갈망하고 있다. 또한 의미와 가치를 심미적으로 찾아가는 '좋은 시 깊이 읽기' 작업을 지속하려 한다.

이렇게 글을 읽고 쓰는 일은 살아있음의 증명임과 동시에 살아가고자 하는 방편일 뿐이다. 이 모두가 유한한 인생을 어떻게 하면 무한의 영역으로 접근시킬 수 있을까 하는, 무망한 욕망의 변형임을 안다. 그래도 그럴 수밖에는 없다. 일하는 습관, 건강을 관리하는 습관, 공부하는 습관은 인생에서 더 이상 다른 것을 더할 필요 없는 최선의 삶이라고 한다. 그런 삶을 위한 무망하지만 피할 수 없는 삶의 몸부림으로써 문학을, 시문학을 여생의 동반자로 삼아서 살아갈 것이다. 그렇게 살아오다 보니, 불행이 행운을 불러오는 전조였으며, 불운이 즐거움을 예비하는 징표였음을 나의 문학이 나의 인생에게 귀띔하고 있음을 알겠다. 그렇게 문학을 '좋은 삶을 위한 습관'으로 삼아갈 뿐이다.

찾아보기